Histoire générale
du XXe siècle

Des mêmes auteurs

Bernard Droz

Histoire de la guerre d'Algérie 1954-1962
en collaboration avec Evelyne Lever
Seuil, « Points Histoire », 1982.

Anthony Rowley

L'Évolution économique de la France du milieu du XIXe siècle à 1914
SEDES, 1981

L'Évolution économique de la Russie du milieu du XIXe siècle à 1914
SEDES, 1982

Les vingt-cinq ans qui ont transformé la France, 1960-1985
en collaboration avec Jean-Louis Monneron
t. VI de l'*Histoire du peuple français*
Nouvelle Librairie de France, 1986

Bernard Droz / Anthony Rowley

Histoire générale du XXe siècle

Depuis 1950

TOME IV

Crises et mutations (1973 à nos jours)

Éditions du Seuil

Histoire générale du XXe siècle (en 4 tomes)

Jusqu'en 1949 (t. I et II)

1. Déclins européens
2. La naissance du monde contemporain

Depuis 1950 (t. III et IV)

3. Expansion et indépendances
(1950-1973)
4. Crises et mutations
(1973 à nos jours)

EN COUVERTURE : Drapeau de la RFA élevé sur le Mur.
Berlin, novembre 1989. © AFP.

ISBN 2-02-009113-5 (édition complète).
ISBN 2-02-014622-3 (vol. IV).

Avant-propos

Il n'est pas simple d'écrire l'histoire récente, et moins encore l'histoire immédiate. L'abondance et la qualité de la documentation ne sont pas en cause, mais plutôt le manque de recul et le risque du démenti qui pèsent sur la mise en perspective et l'interprétation des faits majeurs. La prudence s'impose d'autant plus qu'en ce dernier quart de siècle, la classique accélération de l'histoire semble céder à l'emballement. Le chemin parcouru entre 1973 et 1991 est proprement stupéfiant. Car, si la crise économique mondiale qui ouvre ce dernier volume était, pour une part, lisible dans les tensions accumulées depuis le milieu des années soixante, nul ne se serait hasardé à augurer un effondrement si rapide, et somme toute si facile, du communisme est-européen et la dislocation du système soviétique.

Interroger le passé pour expliquer le présent, cette justification commode de l'histoire contemporaine, est devenu de ce fait une aventure hasardeuse. Quand, en octobre 1973, la guerre du Kippour et le choc pétrolier qui s'ensuit ouvrent la crise économique, le souvenir de la grande dépression des années trente s'impose. A l'opinion sans doute, du moins dans ses franges les plus âgées, mais surtout aux responsables politiques et économiques grandis dans le culte de l'interventionnisme redistributeur. Mais, à côté de similitudes, dont la plus évidente est la montée inexorable du chômage, la crise mondiale épouse d'emblée des formes différentes de sa devancière, qui rendent sans effet les remèdes keynésiens initialement retenus. A un traitement par la demande s'est substituée, à la fin des années soixante-dix, une économie de l'offre. Avec elle s'impose un néolibéralisme soucieux d'accompagner, par les voies financières notamment, ce qui est moins perçu comme une crise que comme une gigantesque restructuration du capitalisme international.

Si le monde n'est plus en 1929, il n'est pas davantage en 1933. La crise des années trente avait eu pour corollaire politique la fascination exercée, sur les masses comme sur les élites, par les voies révolutionnaires du communisme et du fascisme. Quarante ans plus tard, une telle ascension aux extrêmes n'est plus de mise. Avant même d'avoir administré les preuves de sa faillite économique, le communisme a progressivement révélé son vrai visage, celui de l'imposture totalitaire, quelle qu'en soit la version — soviétique, chinoise ou tiers-mondiste. De *refuznick* en *boat people*, la démystification a fini par gagner les intellectuels et les électorats occidentaux. Plus largement, la désyndicalisation des catégories salariées, le repli sur les valeurs individuelles, la fragmentation du tissu social en entités associatives sont autant de signes du renoncement aux grands projets révolutionnaires ou simplement collectifs. A droite, les régimes autoritaires connaissent des fortunes diverses. L'indéniable militarisation de l'Amérique latine procède moins de la crise que d'une mise au pas de l'opinion dans un contexte de décollage industriel inséré dans l'économie mondiale. Mais, si le Tiers Monde reste dans l'ensemble ancré dans ses structures autocratiques, la démocratie reconquiert ses droits en Europe méridionale, résiste aux assauts du terrorisme et s'érige comme pôle d'attraction dans les pays qui conjuguent la crise économique et l'autoritarisme politique.

L'analogie est plus tentante au regard des relations internationales. La crise des années trente avait favorisé la reconstitution des blocs antagonistes, celle de 1973 coïncide, ou peu s'en faut, avec une nouvelle guerre froide. Au centre de ce refroidissement, un regain d'impérialisme soviétique dirigé cette fois-ci vers le Tiers Monde. Maître du centre et de ses périphéries, Brejnev l'Africain avance ses pions dans ces zones déshéritées qui commandent l'accès aux mers chaudes. S'agit-il de saper les bases du capitalisme occidental en s'appropriant les voies commerciales stratégiques ? Ou plus vraisemblablement de saisir les opportunités que lui offre une diplomatie américaine paralysée par les retombées du Watergate et de l'aventure vietnamienne ? Il suffit d'un raidissement occidental après l'invasion de l'Afghanistan et durant la crise des euromissiles pour que la préservation des acquis de la détente finisse par l'emporter sur les risques d'un affrontement.

Après les affres des années soixante-dix, la décennie suivante introduit progressivement quelques raisons d'espérer. La désinflation aidant, l'investissement reprend, stimulé par la demande internationale. De nouveaux pôles de croissance se dessinent, ou se confirment. L'envolée des cours en Bourse n'est qu'à peine interrompue par le krach d'octobre 1987. Mais la reprise porte inégalement ses fruits. Géographiquement, elle profite aux pays capitalistes développés, anciens ou nouveaux, sacrifiant l'essentiel du Tiers Monde qui pâtit de l'échange inégal, de politiques économiques incohérentes et d'un endettement asphyxiant. Parmi les pays riches, une redistribution s'opère : la prédominance américaine, entamée, dans les années soixante-dix, est sérieusement ébranlée par la montée en puissance de la RFA, du Japon et de ses satellites asiatiques. Quant au modèle de développement économique de type marxiste, il ne survit en Chine qu'au prix d'aménagements considérables et s'effondre en Europe après avoir fait la preuve de son inefficacité au terme d'une décennie de crise. Par ailleurs, la reprise s'est montrée socialement sélective. Un chômage structurel s'est durablement installé, chiffré à 27 millions en 1988 pour la seule OCDE, que le secteur tertiaire, en pleine expansion, n'est pas à même d'absorber. L'affaiblissement des systèmes de solidarité, même dans les pays de tradition ou à direction social-démocrate, conduit à la multiplication des situations de précarité, aggravées par les flux de réfugiés ou d'immigrés.

Au moins la décennie quatre-vingt aura-t-elle été fatale à de nombreux régimes dictatoriaux. Encouragée par de multiples facteurs endogènes ou exogènes, l'aspiration à la liberté s'est révélée un phénomène universel. Mais sa concrétisation politique est là encore inégale. Les évolutions les plus positives se situent en marge des grandes zones de prospérité, en Amérique du Sud, en Asie et en Europe de l'Est où, nouvelle « année sans pareille », 1989 a vu l'effondrement quasiment sans coup férir des régimes communistes. Mais, si l'avenir démocratique de l'Union soviétique, ou de ses diverses composantes nationales, reste problématique quelle que soit l'ampleur des mutations opérées depuis 1985, les systèmes communistes du Tiers Monde demeurent fermés à la réforme politique que commanderait logiquement une conversion tardive aux bienfaits de l'économie de marché. Le drame de la place Tien Anmen en est la tragique illustration. Les évolutions sont plus lentes encore au Proche-Orient et en Afrique, même si celle-ci a vu l'effondrement des dictatures les plus sanguinaires et la fin du régime de l'*apartheid*. Du reste, la démocratie ne constitue jamais qu'un cadre juridique. Propice aux faux-semblants et aux manipulations, elle n'est, au mieux, qu'une réponse partielle à l'immensité des problèmes concrets, individuels et nationaux. Elle doit en outre compter avec d'autres courants dont la décennie a révélé la force mobilisatrice : le renouveau religieux de type fondamentaliste, la renaissance des nationalismes et des conflits interethniques, la tentation du populisme simplificateur et démagogue.

C'est donc au chapitre des relations internationales et de la nouvelle géopolitique du monde contemporain que les avancées ont été plus décisives. La véritable césure ne se situe pas ici au seuil, mais à mi-parcours des années quatre-vingt. Corollaire indispensable de la *perestroïka*, la nouvelle pensée soviétique s'est élaborée conformément aux intérêts d'un peuple et non plus d'une idéologie. Les signes tangibles en sont d'ores et déjà considérables : signature des premiers traités de désarmement nucléaire, ouverture du rideau de fer et réunification allemande, résorption des foyers de tensions, gestion concertée, voire consensuelle des crises, comme l'indique la récente guerre du Golfe. Paradoxalement, c'est au moment où le legs onéreux de la Seconde Guerre mondiale est en voie de liquidation que les Nations unies, symbole en 1945 de l'espoir d'un monde nouveau, trouvent une réhabilitation tardive. Mais si le spectre de la guerre froide a reculé, ou disparu, la genèse d'un nouvel ordre mondial fondé sur la concertation, l'équilibre et le respect de la loi commune ne dépasse pas encore le stade de l'intention. L'effondrement de la bipolarité ne signifie nullement l'avènement d'un monde plus sûr.

Une fois ce constat effectué, il reste à préciser les charnières chronologiques, à faire le départage entre les hasards de l'Histoire et les ressorts fondamentaux. Trois interrogations sous-tendent notre réflexion : 1. Pourquoi un système politique qui a survécu — au point de paraître, en 1985 encore, inébranlable — sous une succession de chefs séniles et malades s'effondre-t-il lorsqu'il est dirigé par un homme en pleine forme, courageux et résolu à se confronter aux problèmes essentiels ? 2. Pourquoi la victoire des démocraties suscite-t-elle peu d'enthousiasme, leurs citoyens préférant se lamenter sur les vices du système, sur la distension des liens sociaux et sur la ruine d'un idéal par la logique marchande ? 3. Pourquoi la consécration des droits de l'homme coïncide-t-elle avec l'exclusion individuelle, le repli sur soi et l'oubli des mondes du Sud, comme s'il n'existait plus d'alternative à la démocratie libérale ?

En filigrane, on devine la dialectique de la peur et de l'ordre. Peur du vide politique et de la catastrophe économique à l'Est comme au Sud ; peur quotidienne du chômage, de la pauvreté, du voisin, de la famille partout. A cet affaiblissement répond le besoin d'un ordre qui « convertirait » la peur, en donnant un sens à nos angoisses. Ordre économique qui déterminerait les tâches et les droits, ordre diplomatique qui consacrerait un chef d'orchestre — fût-il américain, donc soupçonné de visées impérialistes —, ordre médiatique qui canaliserait les émotions et dont les images fourniraient les bases d'une culture commune.

Prendre la mesure de ce clivage conduit d'abord à en chercher l'origine, dans ces premières années de la décennie soixante-dix où émergent les notions de crise et de mondialisation, annonciatrices toutes deux d'ordres et d'inquiétudes. Il s'agit ensuite d'identifier les tensions nationales et internationales, leurs modes d'expression, leur résorption ou leur persistance. C'est enfin esquisser des scénarios qui permettent de mieux comprendre les interactions entre l'histoire d'un siècle finissant qui fait peur et la recherche de valeurs rassurantes.

Paris, été 1991

1

La grande transformation économique

On a du mal à dénombrer les chocs qui ont affecté l'économie mondiale depuis 1973. Matières premières et énergétiques, monnaies, Bourses, finances publiques, branches industrielles, investissement, épargne et consommation, tous ont subi des perturbations importantes et répétées. Le panorama géographique n'est guère plus plaisant : les pays de l'Est sont en faillite, le continent américain ploie sous les dettes, la Chine n'arrive pas à concilier les impératifs contradictoires de la croissance et de la stabilité financière, l'Afrique cumule le maximum de handicaps et l'Europe occidentale — seule zone prospère avec le Japon — peine à définir une identité commune.

En 1991, pourtant, les hommes auront produit deux fois plus de biens que leurs prédécesseurs en 1970. Et la dette du Zaïre a beau représenter 150 % de son PIB, l'espérance de vie a franchi la barre des cinquante ans en 1988 et la quantité d'électricité utilisée par habitant a été multipliée par quatre en vingt ans. D'une manière générale, l'accroissement des échanges et la ruée vers l'économie de marché constituent de surprenants signes de bonne santé, en période de crise. Qui eût imaginé au milieu du siècle ou, *a fortiori*, pendant la crise des années trente, de reconnaître comme principe naturel et légitime les préférences du consommateur ?

Dans ces conditions, la tâche des responsables politiques ou économiques s'est singulièrement compliquée. Ils doivent tenir compte de la mondialisation et de l'homogénéisation progressive des modes de vie, tout en donnant l'impression qu'ils sont en mesure de dominer les contraintes nationales.

Or, les processus économiques sont devenus tellement complexes que les décideurs sont exposés, dans leur action, au risque de la contradiction, voire de l'incohérence. On voit ainsi des États chercher à déstabiliser un marché et tenter de le réorganiser à leur avantage. D'où l'atmosphère de confrontation qui domine cette période : rivalité Est-Ouest et Nord-Sud, concurrence à l'intérieur de l'Europe comme entre les côtes Pacifique et Atlantique.

On comprend que cette agitation ait paradoxalement abouti à célébrer les mérites de l'immobilisme, des réunions internationales où les argentiers des pays les plus riches du monde conviennent de programmes d'action minimalistes, à grands coups de trompe médiatiques, comme au Plaza de New York en septembre 1985. Depuis la surprise du premier choc pétrolier, on a souvent le sentiment que les acteurs économiques s'ingénient à justifier l'intuition du mathématicien Henri Poincaré, il y a quatre-vingts ans : il faut se méfier de l'« effet papillon ». Autrement dit, le plus léger mouvement pourrait déclencher des changements aussi brutaux qu'inattendus. Du défaut de prévision, on a ainsi glissé vers celui de décision. Faute de savoir ou manque de lucidité ? On se doute que la réponse engage notre avenir.

1

L'année noire

octobre 1973-été 1974

La guerre du pétrole, l'autre guerre du Kippour

En ce début d'automne 1973, l'optimisme est de mise dans les chancelleries. Avec le règlement du conflit vietnamien, le *statu quo* au Proche-Orient et les chiffres records de la croissance économique, la paix et la prospérité semblent en mesure de succéder aux stratégies obsidionales, vestiges de la guerre froide. Même la percée des troupes du général égyptien Chazli à travers le désert du Sinaï, le 6 octobre, ne déclenche pas d'atmosphère de crise. Américains, Européens et Soviétiques se bornent à assumer leur rôle de marchands d'armes avec zèle, comme si l'image de la « poudrière du Moyen-Orient » leur était familière. Après la bataille du Golan — le plus grand engagement de blindés depuis la Seconde Guerre mondiale, les Soviétiques à partir du 10 octobre et les Américains le 14 mettent en place des ponts aériens, mais se gardent de toute intervention diplomatique [1].

Lorsque la percée de la brigade Sharon au-delà du canal de Suez fait basculer le sort de la guerre, les gouvernements arabes prennent conscience de leur isolement. Les pays du Golfe producteurs de pétrole décident d'une réunion d'urgence, le 16, à Koweït-City. Le 17, pour la première fois, le prix du pétrole est fixé unilatéralement à 5,1 dollars le baril d'*Arabian light*, soit une hausse de 70 %. De plus, les producteurs décident de réduire chaque mois leurs livraisons de 5 % par rapport à septembre « jusqu'à ce que les Israéliens

1. Sur le récit de la guerre du Kippour, cf. t. III.

se soient complètement retirés des territoires occupés et que les droits légaux du peuple palestinien aient été restaurés ». Le 18, la réduction passe à 10 % en Arabie Saoudite et au Qatar. Le 19, Abu Dhabi et la Libye arrêtent leurs exportations vers les États-Unis. Le 20, l'Arabie Saoudite décide un embargo total vers les États-Unis et les alliés d'Israël. Elle est suivie par le Koweït, le Qatar, Bahrein et Dubaï. La guerre du pétrole naît dans l'urgence et l'improvisation.

Certes, pendant la guerre des Six-Jours, l'arme du pétrole avait servi à soutenir les revendications politiques des pays arabes. En janvier 1973, le Koweït a même envisagé publiquement son utilisation en cas de conflit avec Israël, et l'Arabie Saoudite avait mis en garde les États-Unis quant au risque d'une crise pétrolière de ce type. Mais la fin de non-recevoir du président Nixon, se refusant à établir un lien entre la politique américaine au Proche-Orient et le pétrole arabe, paraît clore le dossier. Reste la question technique, rabâchée par tous les pays producteurs de pétrole depuis 1970 : comment se prémunir contre l'inflation et les variations du cours du dollar en pleine crise monétaire mondiale ? Telle est la préoccupation des membres de l'OPEP lorsqu'ils rencontrent les représentants des compagnies pétrolières à Vienne, le 8 octobre 1973. Le débat porte sur la hausse de 15 % des prix proposée par les compagnies et refusée par l'OPEP qui réclame au moins 40 %. Il n'est nullement question de l'arme pétrolière.

Après l'échec des militaires, les pays arabes producteurs agissent comme si leur force financière restait l'ultime recours de peuples humiliés par l'indifférence des Grands. Le succès de cette manœuvre est dû, pour une large part, au *leadership* assuré par les émirats conservateurs du Golfe. L'embargo, le rationnement et la valse des prix sont imposés par des pays « responsables » qui, avant la crise, déposaient 10 milliards de dollars par an dans les caisses des banques occidentales. La deuxième décolonisation a commencé. Il ne s'agit plus d'abaisser un pavillon mais de payer, donc de céder des richesses. Dans le reste du monde, les pays producteurs de pétrole l'ont si bien compris que, le premier, le Venezuela augmente ses prix de 56 % et réduit sa production de 5 %, tout en rassurant les Américains sur la régularité des approvisionnements. De fait, contrairement à une idée reçue, les vendeurs n'ont pas pour objectif d'imposer le prix de base le plus élevé. Ils cherchent à optimiser l'emploi de leurs ressources dans un contexte favorable. Malgré les nouvelles hausses décidées en novembre 1973 [1], le marché reste encore élastique et l'inquiétude des consommateurs mesurée.

Les Occidentaux s'intéressent presque exclusivement à l'aspect politique de la crise. La première hausse des carburants à la pompe [2] frappe moins que les chiffres records de la croissance économique atteints en 1973. Aux États-Unis, les réactions sont plutôt favorables, dans la mesure où l'augmentation des prix rend de nombreux puits texans à nouveau rentables [3]. De plus, ni le Canada, ni le Venezuela, ni le Mexique n'ont appliqué l'embargo arabe.

Le changement d'état d'esprit se produit au moment où la guerre du pétrole entre dans sa phase terminale. Le 21 décembre, à l'annonce d'une nouvelle hausse, l'Europe et le Japon, premiers clients du Moyen-Orient, prennent des mesures d'urgence. Le spectre de la pénurie envahit les médias : pendant les congés de Noël, des Européens ébahis voient les autoroutes hollandaises encombrées de seules bicyclettes pendant le week-end. Partout sont prises des mesures d'interdiction de la circulation, de limitation de vitesse et de rationnement du gazole. Les autorités britanniques vont jusqu'à obliger leurs entreprises à ne travailler que quatre jours sur sept pour économiser l'électricité. Le relèvement supplémentaire des tarifs décidé à Téhéran convainc les derniers hésitants. Aussitôt, chacun s'organise et, dans le plus

1. Le 4 novembre, la baisse de la production atteint 2 millions de barils/jours, soit 25 % en deux mois. Le prix du baril varie de 4,8 à 8,9 dollars.

2. Le litre de super passe en France de 1,19 à 1,33 franc, de 162 à 185 lires en Italie et de 0,7 à 0,9 mark en RFA.

3. Le plan Enders, du nom de l'adjoint de Henry Kissinger, démontre même que l'intérêt du pays est d'aligner les prix de son pétrole sur ceux du marché. Cela permettrait de freiner la consommation, d'accélérer l'indépendance énergétique du pays et de rééquilibrer la balance des paiements. On notera que les grandes compagnies dénonceront dans le plan Enders une tentative de nationalisation rampante des ressources énergétiques. Ce débat dominera les années soixante-dix aux États-Unis.

parfait égoïsme, se rappelle au bon souvenir des fournisseurs arabes. Le ministre français des Affaires étrangères, Michel Jobert, entreprend une tournée des pays arabes et revient, à la satisfaction générale, avec un accord signé par l'Arabie Saoudite et prévoyant la fourniture de 30 millions de tonnes de pétrole payées pour partie au cours le plus haut et par la fourniture d'équipements industriels et pétroliers. La sécurité, même au prix le plus élevé, est devenue le mot d'ordre des pays développés [1].

De leur côté, les pays producteurs se soucient de consolider leurs acquis. Le 7 janvier 1974, à Genève, l'OPEP envisage de baisser ses prix et se prononce finalement pour une stabilisation. La « guerre » du pétrole n'est plus nécessaire, car les compagnies comme les États consommateurs semblent incapables de constituer un front uni. En témoigne l'échec de l'OPIP (cartel des importateurs de pétrole) proposée par Richard Nixon. Celui-ci organise la conférence de Washington, du 11 au 13 février 1974. Les treize pays occidentaux les plus avancés, sauf la France, mettent au point un système de répartition en cas de pénurie et conviennent d'une concertation internationale permanente. En fait, l'accord fait long feu, car les partenaires de l'Amérique se sont vite aperçus que l'affrontement bloc contre bloc servait les intérêts américains. Après le règlement du conflit israélo-arabe, Washington manifestait une curieuse conception de la détente dans son propre camp. Rassurés, les producteurs purent donner à l'embargo une valeur dissuasive en le limitant, à partir du 17 mars, à cinq pays condamnés pour leurs liens avec Israël [2]. De même, après avoir nationalisé sans opposition bon nombre de compagnies [3], les pays de l'OPEP mettent

1. La France signe un accord du même type avec l'Iran le 9 février. Elle est imitée par le Japon qui signe des accords avec l'Irak et l'Indonésie, et par la Grande-Bretagne qui traite avec l'Iran.

2. Il s'agit du Danemark, des Pays-Bas, du Portugal, de la Rhodésie et de l'Afrique du Sud.

3. La première, la Libye nationalise Texaco et Standard Oil of California ; en mai, l'Arabie Saoudite et le Nigeria prennent 60 % de leurs compagnies intérieures.

un point final à la tension internationale en décidant le 15 juin, à Quito, de stabiliser les prix pour au moins six mois. Le spectre de la guerre pétrolière s'évanouissait, restait à s'accommoder du quadruplement des prix.

Les enjeux de la crise pétrolière [1]

Six mois après l'annonce des premières hausses, les organisations internationales et les médias avaient le sentiment confus « qu'un changement sans équivalent depuis la fin de la Seconde Guerre mondiale [2] » venait de se produire. Mais l'origine du cataclysme leur semblait mystérieuse. Aucun expert ne l'avait prévu et les spéculations du moment portaient sur les perspectives grandioses d'une société « tout pétrole ».

En fait, la crise pétrolière couvait depuis au moins deux ans. La guerre du Kippour fut le prétexte qui permit de nouer les fils technique, financier et idéologique de la crise. Depuis le début des années soixante-dix, la modification de la structure de la consommation énergétique, entamée dix ans plus tôt, est achevée. Dans l'Europe des Neuf et au Japon, le pétrole assure 65 % des besoins en énergie primaire ; aux États-Unis, 40 %. Pour satisfaire cette demande, les pays producteurs utilisent à plein leurs capacités. En particulier dans le golfe Persique où les coûts d'extraction et de mise en chantier sont très faibles [3]. Du coup, l'OPEP réalise 90 % des

1. Sur l'ensemble de la période, cf. A. Rowley, « Les trois crises du pétrole 1973-1988 », *L'Histoire*, n° 122, mai 1989.

2. Rapport annuel du FMI, 1974. On trouvera des termes voisins dans le rapport 1974 de l'OCDE.

3. **Évolution de la production pétrolière**

(en millions de tonnes)

	États-Unis	*URSS*	*Arabie Saoudite*	*Iran*	*Libye*	*Abu Dhabi*
1960	347	148	62	52	2	—
1972	532	394	286	254	150	50

échanges de pétrole. Européens et Japonais ont ainsi toléré une dépendance vis-à-vis d'une énergie et d'un groupe de fournisseurs, en étant persuadés que le contrôle exercé par les grandes compagnies suffisait à les prémunir contre un coup de force des producteurs.

C'était mal apprécier l'importance de la revendication nationale dans le Tiers Monde et le changement des conditions de transport depuis 1967. La fermeture du canal de Suez contraignait des navires de taille modeste et en nombre insuffisant à contourner l'Afrique par le cap Horn, ce qui créait un premier goulet d'étranglement. En mai 1970, l'interruption de la *Tapline* reliant l'Irak à la Méditerranée *via* la Syrie donnait le statut de fournisseurs privilégiés de l'Europe à la Libye et à l'Algérie, toutes deux favorables à une réappropriation des gisements par les compagnies nationales [1]. Il était alors prévisible que les producteurs demandent une renégociation des conditions financières. Avoir le droit de se taire en percevant l'équivalent de 8 % du prix à la consommation, c'était à la fois un pourboire insuffisant et une incohérence, compte tenu de l'évolution du marché.

Malheureusement pour les Occidentaux, les accords de Téhéran, signés en février 1971, ne satisfirent l'OPEP que six mois. La belle victoire, en effet, d'avoir obtenu 60 cents de plus par baril de pétrole, quand la décision du président Nixon de ne plus convertir le dollar en or à partir du 15 août entraînait une chute spectaculaire de sa parité ! Déjà les pays exportateurs considéraient cet accord comme un rattrapage sur leur manque à gagner des années soixante [2]. Ils furent d'autant plus dépités de constater que le système de l'indexation automatique annuelle des prix devenait caduc, dès lors que l'inflation et les fluctuations monétaires régnaient. En un sens, Téhéran constitue une répétition générale du fonctionnement du cartel. Les responsables de l'OPEP, notam-

1. Dès septembre 1970, la Libye réduit la production des compagnies d'un million de barils par jour au nom de la conservation des gisements. Et l'Algérie nationalise Shell.

2. De 1960 à 1970, les revenus pétroliers des principaux exportateurs sont passés de 1,4 à 4,2 milliards de dollars, alors que la production sextuplait.

ment le Saoudien cheikh Yamani, y ont appris que les rapports de force étaient décisifs dans une négociation entre deux cartels.

Que se passe-t-il alors dans l'économie mondiale, quand un produit essentiel, bon marché et sans substitut voit son prix quadrupler? Une tornade financière. Seule l'hyperinflation allemande du début des années vingt pourrait lui être comparée. L'impact technique des hausses de prix représentait un surcoût de l'ordre de 2 à 3,5 % du PIB pour les pays industriels. Or, en 1974, l'inflation atteint 13,5 % en moyenne contre 6 à 8 % les années précédentes. Le Japon bat des records avec une inflation de 24 % ! Dans la brèche pétrolière se sont engouffrés les producteurs des autres énergies, rejoignant ceux des matières premières. Mais cela ne trouble guère les Occidentaux qui, non contents de ne pas avoir anticipé l'inflation, vont sous-estimer ses conséquences redistributives sur le plan social. Comme à la fin d'une guerre, les prêteurs, les détenteurs d'obligations, les pensionnés se trouvent spoliés. Quant aux salariés et aux entrepreneurs, ils ont compensé leur mauvaise prévision en faisant « comme si de rien n'était ». Les premiers ont exigé une nouvelle hausse de leur pouvoir d'achat, les seconds ont changé les étiquettes pour préserver leurs marges. Seuls, Japonais et Allemands ont accepté de payer l'essentiel de la facture pétrolière au cours de l'année 1974. Ce qui attira la commisération des Américains et la sollicitude empressée des Français, supputant déjà la fin du « miracle allemand ». En tout état de cause, la spirale inflationniste était lancée.

Mais il y avait pire. Le type d'inflation dû au choc pétrolier était connu depuis soixante ans. A défaut de proposer des solutions identiques, les gouvernants ne risquaient pas de tomber en panne de thérapie. En revanche, peu de gens remarquèrent qu'en quinze mois 50 milliards de dollars avaient été transférés des sociétés de consommation vers des pays sobres par nécessité. L'épargne mondiale devenait abondante en pleine poussée inflationniste. L'heure était décidément aux emprunteurs qui bénéficiaient de taux d'intérêt réels négatifs. Imperceptible dans les pays industriels, le phénomène fut une aubaine pour les pays en développement exportateurs de matières premières. Avec des taux atteignant

– 30 %, ils achetaient des dollars au prix des bolivars. La fièvre des grands projets avait contaminé le Sud. Et les banquiers londoniens et new-yorkais faisaient leur métier : loin d'investir, ils prêtaient à des pays affamés d'argent depuis leur indépendance. Dans de telles conditions, parler de sécurité relevait de l'aveuglement.

La flambée des matières premières

Sous le choc de la crise pétrolière, les contemporains eurent le sentiment que les prix de toutes les matières premières se mettaient à flamber. Ils réagissaient avec deux ans de retard. Jusqu'à la crise monétaire de 1971, l'Occident se soucie de préserver un commerce important — 40 % des échanges mondiaux —, qu'il contrôle bien [1]. Les prix sont à la baisse depuis la fin des années cinquante : le cacao, le café, les phosphates et la bauxite se vendent au même cours à quinze ans d'intervalle. Le « pillage du Tiers Monde » n'a pas bonne presse, mais il fonctionne à merveille.

En dix-huit mois se produit un renversement général des conditions d'exploitation des matières premières. La décision du président Nixon perturbe des transactions libellées en dollars. Les producteurs réclament une révision des prix pour faire face à l'inflation. La dégradation des termes de l'échange, lente jusque-là, devient inacceptable. Aussi se crée une solidarité de fait des vendeurs qui retiennent les leçons de l'accord pétrolier de Téhéran. Les producteurs de coton et de sucre obtiennent gain de cause en 1972, ceux de caoutchouc et de cacao gonflent leurs stocks pour faire monter les prix. Le principe du cartel est adapté : les producteurs de café lancent la marque « café mondial » tandis qu'un comité interministériel du cuivre fonctionne. Enfin, l'évolution de la demande favorise le Tiers Monde. Les marchés industriels conquis par l'Europe et le Japon aux dépens des États-Unis

1. Le Tiers Monde fournit 90 % de l'étain, du manganèse, 65 % du cuivre et des phosphates, 55 % du fer et 40 % du plomb. Ces marchés sont contrôlés par cinq ou six opérateurs, le cas limite étant celui de la banane tenu par trois sociétés.

accroissent leur dépendance en matières premières. De leur côté, les Américains voient dans une augmentation du prix des matières premières un moyen de ralentir la progression de concurrents dépendants.

A la fin de 1973, toutes les conditions sont réunies pour une explosion des cours. D'autant que les pays du Tiers Monde, obligés d'acheter plus cher leur pétrole, cherchent d'urgence à trouver des devises. Le 1er janvier 1974, le Maroc triple le prix de ses phosphates ; il est suivi par les producteurs de bauxite qui quadruplent les leurs. La spéculation sur les denrées alimentaires est encore plus frénétique. Les ménagères françaises dévalisent les rayons de sucre des supermarchés et stockent des kilos de café [1].

Les ingrédients sont identiques à ceux de la crise pétrolière, mais le dosage est différent. La revendication nationale compte autant que les espérances financières. De plus, l'échec sanglant et récent d'Allende au Chili a conforté la méfiance des États jeunes à l'endroit des compagnies multinationales. Ils refusent désormais les projets d'investissements des grandes compagnies et préfèrent emprunter auprès des banques ou des gouvernements. Aussi le mouvement de nationalisation des mines et des plantations prend une ampleur particulière. En six mois, les phosphates du Togo, la bauxite du Surinam, le fer de Mauritanie, les minerais du Pérou passent sous la tutelle de l'État. Seuls les pays d'Asie semblent plus réservés, ce qui n'est guère surprenant puisqu'ils commencent à offrir des conditions avantageuses d'implantation aux sociétés occidentales.

L'importance de ces changements est concrétisée par la tenue d'une cession spéciale de l'Assemblée générale de l'ONU en avril 1974. Le discours prononcé par le président algérien Boumedienne marque l'entrée officielle du « Sud » sur la scène diplomatique. En justifiant la reprise en main par le Tiers Monde de ses richesses propres, Houari Boumedienne se pose en porte-parole de tous les pays neufs, qu'ils soient ou non producteurs de pétrole, qu'ils aient choisi un mode de développement socialiste, capitaliste ou mixte. Loin

1. Les prix du café passent de l'indice 100 en 1967 à 120 en mars 1972 puis à 300 en mars 1974, avant de se stabiliser à 260 en septembre.

des conférences à huis clos ou des négociations bilatérales, le chef d'un État né douze ans plus tôt vient affirmer ses convictions au sein de l'institution qui symbolise le mieux la suprématie des vieilles nations.

Les réserves prévisibles des pays industriels s'accompagnent cependant de signaux diplomatiques discrets. Bénéficiaire indirect de la hausse en raison de sa forte production agricole et soucieuse de ses intérêts en Afrique noire, la France apporte un soutien remarqué à l'idée d'une conférence internationale dont les objectifs seraient ceux d'un nouveau GATT. En outre, pour la France comme pour ses partenaires de la CEE, le degré de dépendance extérieure est tel qu'un embargo ou un stockage prolongé anéantirait les grandioses perspectives de croissance économique [1]. De leur côté, le Canada, l'Australie et l'Afrique du Sud, ravis d'encaisser un pactole, appuient en sous-main la constitution de cartels de producteurs. Jouant alternativement la carte de la solidarité américaine et celle de l'affranchissement des pays jeunes, le Canada et surtout l'Australie en profitent pour s'affirmer en tant que puissances régionales. Mais les nouveaux partages d'influence demeurent encore incertains et l'année s'achève sur une stabilisation des positions et des prix.

La décennie de la faim

La nouvelle filtre en juin 1973 : 100 000 personnes seraient mortes de faim au Sahel. L'information est aussitôt démentie par les gouvernements africains concernés [2], qui, deux mois plus tard, dressent un premier bilan de 50 000 morts. Il faudra attendre la déclaration du secrétaire général de

1. La CEE importe 99 % de son cuivre, 94 % de son étain, 85 % de son plomb et 76 % de son zinc.

2. Compris entre la bande des 100 millimètres de pluie annuels au nord et des 500 au sud, le Sahel s'étend sur une bande de 6 000 kilomètres de long et 450 de large. De la Mauritanie jusqu'au Tchad, la majeure partie du Sahel se trouve en Afrique francophone, tandis que le Soudan et l'Éthiopie forment l'extrémité orientale de cette « ceinture de sécheresse ».

l'ONU, Kurt Waldheim, en mars 1974, pour savoir que 25 millions d'Africains sont directement menacés par la famine. Au même moment, le Bangladesh et les trois districts du Bengale indien supportent la plus terrible famine depuis 1943. En Assam, au Maharashtra, la situation se détériore si vite que les autorités de New Delhi désespèrent de sauver la majorité des paysans, même avec une aide internationale d'urgence. Enfin, la demande croissante des pays de l'Est en produits alimentaires inquiète leurs fournisseurs occidentaux. Si la carte des pays sous-alimentés s'étend chaque année, la planète sera-t-elle en mesure de nourrir ses habitants à la fin du XXe siècle ?

Cette vision prospective catastrophiste connaît son apogée en 1973-1974 [1]. La conjonction des crises pétrolière, alimentaire et des matières premières excite l'imagination des contemporains, prompts à y déceler une vengeance immanente après des années d'insouciance. En fait, la crise alimentaire révèle la médiocrité des politiques agricoles, les déséquilibres des marchés et les illusions forgées lors de la Grande Croissance. Si sa chronologie déborde celle de l'année noire, son exceptionnelle médiatisation à ce moment précipite le retournement des opinions publiques. La menace du rationnement énergétique préoccupe surtout les riches, le spectre de la famine annonce des temps difficiles pour tous.

Erreurs de jugement et accidents climatiques sont à l'origine de la tragédie du Sahel. De l'après-guerre jusqu'au lendemain de l'indépendance, les pays du Sahel bénéficient de vingt années de précipitations abondantes. Le bétail ne meurt plus de faim et, grâce aux techniques vétérinaires introduites par les Français, il ne succombe plus aux épidémies. Stimulés par la demande des marchés nigérian et ivoirien, les éleveurs font doubler leur troupeau bovin en quinze ans. Chacun feint alors d'ignorer que les pâturages sont surexploités, que la végétation s'appauvrit avec le passage répété des bêtes et que l'économie particulière de ces populations nomades n'est pas prise en considération par leurs voisins, soucieux de déve-

1. On lira le numéro spécial de *L'Express* pour 1974, ou bien D. Gale Johnson, *World Food Problems and Prospects*, Washington, 1975.

lopper leur commerce de réexportation. Face aux premières mauvaises années, de 1968 à 1971, les pouvoirs publics réagissent par la condamnation du mode de vie nomade et par la protection des pâturages nationaux, au titre des frontières fixées lors des indépendances. Paradoxal succès de l'héritage colonial, comme si les nomades pouvaient respecter les frontières et payer des impôts à date fixe.

On fut bien forcé de parler d'économie après la sécheresse de 1972. Sur la majeure partie des terres, il tombe moins de 200 mm d'eau. Les arbres du désert meurent de soif. Chassés par le sable, les pasteurs se déplacent vers le sud pour atteindre les fleuves Niger et Sénégal avec le reste de leurs troupeaux. Deux millions de femmes et d'enfants se retrouvent seuls devant la famine. La migration des éleveurs achève de déstabiliser ces pays : les paysans sédentaires, déjà en difficulté à cause des mauvaises récoltes, rejettent les arrivants ; les villes explosent littéralement avec l'afflux des réfugiés [1] et le réveil des inimitiés tribales montre la fragilité politique de nations que seule la perspective du développement économique faisait tenir. A la fin de 1972, la question est simple : comment nourrir et soigner une population dont les effectifs ont augmenté de 60 % depuis 1960, avec un troupeau décimé et pas de médicaments pour enrayer les épidémies de choléra et de diphtérie qui tuent autant que la faim ?

La militarisation des régimes fut la réponse la plus courante à cette crise. Qu'il s'agisse de lutter contre une rébellion, comme au Tchad, ou de changer radicalement d'orientation économique, au Niger ou en Éthiopie, les colonels offrent à leurs concitoyens la garantie apparente de la compétence et la satisfaction d'un discours nationaliste. Avant l'été 1974, cette attitude conservera quelque crédibilité. L'intervention de la FAO et les premières livraisons de nourriture furent interprétées comme des tentatives néocoloniales. Les responsables tchadiens ou nigériens faisaient observer que le coût du transport aérien aurait permis d'irriguer des

1. Les petites villes sont envahies par 2,5 millions de réfugiés. Ainsi, Rosso, située sur le fleuve Sénégal, est passée de 8 000 à 40 000 habitants en six semaines. Les grandes villes accueillent 1,5 million de cultivateurs à la recherche de nourriture.

milliers d'hectares et de fournir à domicile les 100 000 tonnes de céréales qui leur manquaient. D'autres critiques portaient sur la lenteur de l'acheminement et donc son inefficacité [1].

Ce raisonnement économique simpliste fut balayé par la persistance de la sécheresse et l'incapacité des autorités à y faire face. Celles-ci durent requérir une aide alimentaire de 1,2 million de tonnes, soit le double de celle prévue par la FAO. Le retard pris en 1973 se payait d'un prix exorbitant, en raison de l'arrivée inopinée de la crise pétrolière. Ce double choc anéantit les espoirs de développement et rétablit la primauté de l'urgence quotidienne. Dès lors, la tâche des militaires consistait à masquer la réalité à l'opinion le plus longtemps possible — en général par la force — et à compter sur les grandes puissances pour assurer les fins de mois du pays.

Cette incompréhension entre pouvoirs et le laxisme économique derrière les proclamations martiales caractérisent aussi les disettes de l'Amérique centrale, des Philippines et la famine dans le sous-continent indien. Ici, les pluies torrentielles et les inondations de la mousson de 1974 ont noyé les cultures ; là, la surexploitation des sols accélère le ruissellement et la pluie tant attendue provoque des ravages. Partout éclate la négligence des responsables : au Bengale, le gouvernement provincial a refusé d'acheter 1 million de tonnes de riz disponibles à bas prix ; cinq mois plus tard, il ne pouvait plus en acquérir que 160 000 tonnes et devait s'en remettre à la manne internationale. Quant aux régions indiennes où la révolution verte est une réussite, leur production chute en raison de la forte hausse du prix des engrais et leur raréfaction après la crise pétrolière.

Devant ce désastre, le Tiers Monde a tôt fait d'incriminer l'attitude des compagnies occidentales. Au cartel des pétroliers correspondrait celui des cinq multinationales du blé ou du soja. De plus, celles-ci seraient soutenues par leurs États qui les utiliseraient comme fer de lance d'un néocolonialisme

1. En 1973, 550 000 tonnes de céréales arrivèrent en Afrique, mais, en raison des capacités de stockage insuffisantes à Dakar, du manque de camions et des possibilités limitées de la ligne ferroviaire Dakar-Mali, 35 % furent perdues. Le scénario se renouvela en 1974.

rampant. Une « guerre du blé », prônée par l'Inde et l'Égypte, devrait répondre à la duplicité des pays industriels. L'analyse est habile mais incomplète. Il est vrai qu'en 1973 les États-Unis, le Canada et la France assurent 70 % des exportations mondiales de blé par l'entremise de cinq sociétés [1]. En théorie, leur position est donc plus forte que celle des exportateurs de pétrole. Ils n'ont pourtant pas besoin de parler d'embargo, ni de se concerter pour quadrupler leurs prix.

Les exportateurs se contentent de suivre l'évolution du marché depuis 1971. Jusqu'à épuiser leurs stocks : à l'été 1974, les greniers américains sont vides et les réserves mondiales représentent 5 % de la production contre 20 % en 1970. La planète est à la merci d'une mauvaise récolte. Mais les vendeurs occidentaux comme les acheteurs du Tiers Monde se gardent bien d'évoquer le nom des deux principaux responsables de cette tension extrême : l'Union soviétique et la Chine. Les premiers sont satisfaits de vendre 40 % des quantités disponibles, soit 31 millions de tonnes, à deux pays solvables. Et les gouvernements encouragent ce commerce qui leur paraît consolider la détente diplomatique. Quant à la majorité des clients pauvres, ils ne peuvent dénoncer l'un de leurs protecteurs sans risquer de perdre des crédits, des techniciens, voire de remettre en cause leur propre modèle de développement inspiré de la planification soviétique ou de l'autosuffisance à la chinoise. Certains pays, tels le Brésil ou l'Inde, assimilent vite les règles de la nouvelle donne alimentaire et préfèrent supporter un déficit plus important, mais exporter vers l'Union soviétique. La faiblesse chronique de deux des plus gros producteurs accable d'abord les nations anonymes.

Les images de la sécheresse et les plaintes des populations affamées accentuent le pessimisme des observateurs. Incapables d'apporter des réponses, ils préfèrent imaginer les fléaux qui menacent d'emporter nations opulentes et populations faibles confondues. Leur première crainte porte sur l'enchaînement des crises et ses conséquences inflationnistes sur le coût des engrais et des pesticides. En fait, la hausse

1. Situation comparable pour le soja, où les États-Unis contrôlent 85 % du marché et le Brésil 10 %.

de 1973-1974 constitue un rattrapage sur les prix de 1972, tombés à leur étiage de 1910-1914. Par la suite, les prix demeureront identiques à ceux des années soixante et n'entraveront nullement la production agricole. Mais pourrait-on encore cultiver si les déserts s'étendaient ? On extrapole à partir des 100 km gagnés par le sable au Sahel. C'était négliger les progrès des terres irriguées en Occident et en Extrême-Orient. A l'échelle du monde, la désertification de l'Afrique est gommée par l'augmentation régulière des superficies arables [1]. Enfin, les experts redoutent que l'utilisation des céréales pour la nourriture des animaux occidentaux ne prive le Tiers Monde. Les soucis gastronomiques des riches sont rendus pour partie responsables de la sous-alimentation des pauvres. On oublie à nouveau les réalités du marché et l'intérêt des producteurs, qui vendront leur grain plutôt que de le donner à leurs bêtes.

De manière rétrospective, la crise alimentaire de 1972-1974 apparaît comme un accident qui interrompt peu la hausse de la production alimentaire par habitant. Dès 1975, la menace de la famine générale est écartée, tandis que les résultats obtenus entre 1976 et 1979 sont supérieurs aux meilleures performances des années soixante. Les prévisions désastreuses sont oubliées quand les prix du blé et du maïs retrouvent leur niveau de 1972 et que le Tiers Monde semble capable de conquérir une part des marchés industriels [2].

Une fois le cataclysme passé, il reste cependant un continent sinistré, l'Afrique, et des dirigeants qui ont vu s'effondrer leurs illusions. A l'exception de la Côte-d'Ivoire ou de la Tunisie, la production par habitant a diminué de 10 à 15 % dans tous les États africains. Pour ces pays dépourvus d'argent, mal équipés pour recevoir l'aide internationale et

1. La surface des terres arables augmente de 5 % l'an entre 1967 et 1977, celle des terres irriguées de 25 %.

2.

	1972	*1974*	*1976*	*1979*
— prix du blé*	54	110	74	61
— prix du maïs*	46	79	58	50

(*en dollars/tonne)

producteurs de denrées non stratégiques, le choc alimentaire marque le début des années tragiques. Or, pas plus que leurs voisins, ils ne disposent de politique agricole de rechange. L'illusion des miracles de la technique s'est dissipée avec l'échec des projets grandioses de détournement de fleuves et les mécomptes des variétés de céréales à haut rendement. Ceux qui espéraient juguler l'inflation démographique grâce au succès des révolutions vertes (agricole) ou blanches (laitière) ont dû accepter la fatalité du nombre ou prendre des mesures antinatalistes draconiennes, avec les risques sociaux qu'elles impliquent. Enfin, les Occidentaux, qui pensaient pouvoir traiter le pain comme une marchandise ordinaire, se trouvent investis d'une délicate mission : trouver un substitut à un système commercial bloqué et, dans l'intervalle, choisir leurs clients sans passer pour des affameurs.

Le choc de 1973, un accident trop explicable ?

Il est aujourd'hui facile de railler les prophéties des hommes politiques qui annonçaient régulièrement la « sortie du tunnel » ou les experts qui, en 1977 encore, persistaient à pronostiquer une progression régulière du revenu, de l'emploi et des PNB pour 1975-1980 [1]. Cet aveuglement, partagé par l'opinion, se fondait sur les résultats encourageants de 1976. Après une période d'adaptation des économies, l'expansion reprenait, sans rechute prévisible. Il serait donc anachronique et abusif d'examiner le choc de 1973 à la lumière des années quatre-vingt. *A fortiori*, d'en faire d'emblée le point de départ d'une crise de longue durée, à mesure que les turbulences initiales laissent apparaître des contradictions de fond [2]. Cela n'empêche pas les explications de foisonner [3].

1. P. McCraken, *Pour le plein-emploi et la stabilité des prix*, rapport OCDE, juin 1977.

2. Pour une analyse d'ensemble sur la crise, cf. chap. 3.

3. Parmi l'innombrable littérature sur le sujet, on retiendra : J. Lorenzi, O. Pastré, S. Toledano, *La Crise du XXe siècle*, Paris, Economica, 2e éd., 1982 ; E. Mandel, *La Crise, 1974-1978*, Paris, Flammarion, coll. « Champs », 1979 ; M. Aglietta, *Régulation et Crise du*

Le schéma de la crise semble pourtant d'une simplicité rustique. L'importance de la facture énergétique et des matières premières engendre une inflation, d'abord exogène puis endogène lorsque l'ajustement des salaires et des marges des entreprises se produit. Les acheteurs, industrialisés ou non, enregistrent un déficit de leur balance commerciale et une hémorragie de devises. Ils doivent régler leur niveau d'activité à la baisse, ce qui, compte tenu de leur nombre et de leur importance, déclenche une récession internationale et domestique. Le ralentissement des affaires entraîne une poussée du chômage. Les quatre composantes des « carrés magiques » des nations développées se rétrécissent au même moment [1].

L'ampleur de ce racornissement constitue cependant une première surprise. Entre 1970 et 1973, l'inflation avait déjà progressé de plusieurs points et se situait autour de 8 %*. De la sorte, la poussée de 1973-1974 voit ses effets démultipliés parce qu'elle justifie les anticipations des salariés, à la fois attachés au « partage des fruits de la croissance » et inquiets d'une possible récession, donc d'une réduction du temps de travail. Entrepreneurs, salariés et États gagnent ainsi un temps précieux sur le quatrième maillon de la crise, en profitant des politiques d'aisance monétaire pratiquées depuis la fin des années soixante [2]. Le coup de frein des politiques de rigueur n'en est que plus violent, mais il intervient trop tard pour empêcher une dispersion des taux d'inflation. Les dif-

---

capitalisme, Paris, Calmann-Lévy, 2e éd., 1982 ; CEPII, *L'Économie mondiale : 1970-1990. La troisième révolution industrielle en jeu*, Paris, Economica, 1983 ; P. Dubois, « La rupture de 1974 », *Économie et Statistique*, août 1980 ; H. Lepage, *Demain le libéralisme*, Paris, Livre de Poche, 1980 ; A. Minc, *L'Après-crise est commencée*, Paris, Gallimard, 1982. En anglais, C.P. Kindleberger, *The World in Depression*, Cambridge UP, 1975, et D. Bell et I. Kristol, *The Crisis in Economic Theory*, New York, 1981.

1. Il s'agit des performances de croissance, d'emploi, de stabilité des prix et d'équilibre extérieur.

2. De 1969 à 1973, la masse monétaire croît sur un rythme de 20 à 25 % en France, au Japon et en Italie ; de 15 % en RFA.

* Voir tableau statistique d'ensemble.

Les grands indicateurs de la crise

(en %)

	*Croissance du PNB en volume**			*Évolution de la production industrielle***			*Évolution de la demande intérieure***		
	1959 à 1972	*1973*	*1974*	*1972*	*1973*	*1974*	*1972*	*1973*	*1974*
Canada	5	6,8	4,5	−2	1,5	2	−2	0	− 2,25
USA	4,1	5,9	−1,75	−2,5	−0,5	− 7,5	−4,5	−1,5	− 8
Japon	11	10,2	−3,25	−0,5	2	−10,5	−4,25	−1,75	−11
France	5,8	6	4,75	−2,25	−1,5	− 3	2,25	0,75	0,5
RFA	4,9	5,3	1	0,75	−3,5	− 7,25	−0,5	1	− 4
Italie	5,5	6	4,75	−2,25	−0,5	− 3,75	−5	−3	− 4,5
G.B.	3,1	5,3	−0,5	−1,5	2,5	− 2	−3	2,5	− 2

(* Moyenne par an)
(** par rapport à la moyenne 1960-1973)

	Évolution du taux de chômage				*Hausse des prix à la consommation*			*Évolution du pouvoir d'achat*	
	1959 à 1972								
	Moy.	*Maxi. atteint*	*1973*	*1974*	*1972*	*1973*	*1974*	*1973/ 1972*	*1974/ 1973*
Canada	5	7,9 (1958)	5,6	5,4	5,1	9,1	12,4	0,5	3
USA	4,7	7,5 (1958)	4,9	5,7	3,4	8,8	12,2	−0,5	−2
Japon	1,2	1,9 (1955)	1,3	1,5	5,3	19,1	21	8	2
France	1,7	2,4 (1972)	2,1	2,3	6,9	8,5	15,2	7,5	5,5
RFA	1,1	4,9 (1955)	1,3	2,7	6,5	7,8	5,9	4,5	6
Italie	3,6	5,5 (1959)	3,5	2,9	7,4	12,5	25,7	13	−4,5
G.B.	2,3	3,9 (1972)	2,6	2,6	7,8	10,6	19,5	2	2,5

Sources : *Perspectives économiques de l'OCDE*, n° 16, décembre 1974, et n° 18, décembre 1975.

férentiels oscillent entre 5 et 10 points, contre 2 ou 3 auparavant. Au moment où leur équilibre extérieur se dégrade, on imagine le handicap que représente cet écart pour des pays peu vertueux, comme la France, le Japon, l'Italie ou la Grande-Bretagne.

A cela s'ajoute le recul immédiat de l'activité industrielle et le freinage de la croissance. Le temps de réaction au choc de 1973 paraît anormalement rapide : le Japon et les États-Unis sont touchés en novembre, l'Allemagne et l'Angleterre en janvier 1974, l'Italie en mars et la France en août. Il en va de même dans les pays pauvres, comme si les hausses de

1973 avaient eu un impact maximal sur des consommations faibles mais quasi inélastiques. Au printemps 1974, leur économie est en panne. Seuls quelques fournisseurs de l'Occident, tels la Corée du Sud ou le Brésil, sauvegardent une croissance réduite de moitié. Si l'on ajoute les effets des crises sur des économies socialistes tournant à faible régime depuis 1970, ce sont plus de cent pays dont la conjoncture se modifie presque simultanément.

Cette géographie et cette chronologie de la crise représentent deux anomalies supplémentaires. Aucun tracé de sa propagation ne se dessine clairement. Ainsi, Français et Italiens résistent mieux que leurs voisins, malgré leur dépendance énergétique et leur forte inflation. Quant aux Américains, exportateurs d'énergie et de blé, ils sont les premiers et les plus durement touchés. Impossible également de trouver un schéma financier qui reproduirait celui de 1931. Pourtant, le flottement du dollar rappelait fortement celui du sterling de jadis. Mais, au lieu d'entraîner la faillite du système, cette décision a permis d'encaisser le choc du prélèvement pétrolier, au prix d'un quintuplement de l'endettement international. Quant à désigner des boucs émissaires, les Occidentaux avaient trop besoin des pays arabes pour l'oser et ils savaient que la hausse des matières premières représentait un tiers seulement de l'inflation. L'impression dominante était celle d'une explosion qui, curieusement, n'aurait pas fait trop de victimes.

Car telle fut la dernière surprise de cet épisode mouvementé. Les économies occidentales ont traversé douze mois de turbulences sans crise majeure de leurs systèmes politiques et sociaux, sans rupture des échanges internationaux, sans altération profonde de leurs mécanismes économiques. Ce ne fut pas faute d'avoir invoqué les mânes de 1929 [1]. Mais la crise boursière refusa d'éclater, les prix et les revenus s'obstinèrent à progresser et les investissements fléchirent huit fois moins qu'en 1930. Même la poussée du chômage apparut tardive et provisoire. Après une première alerte dans l'hiver

1. Voir l'article de G. Mathieu « Quand l'histoire ne se répète plus », *Le Monde*, 16 mai 1980, et X-Crise, *De la récurrence des crises économiques*, Paris, Economica, 1982.

1973, les chiffres étaient redescendus au seuil de quasi-plein-emploi — 2,5 % en Europe et 5 % aux États-Unis. La dégradation de l'automne 1974 fut surtout sensible en Allemagne fédérale, en France et aux États-Unis. Mais, à l'exception de la France, les taux ne dépassaient pas ceux des rares mauvaises années d'après-guerre. Rien qui ressemblât aux années trente et qui aurait empêché les pouvoirs publics d'indemniser largement des citoyens provisoirement écartés de la vie active.

Dans ces conditions, on comprend que les contemporains, obnubilés par le retournement spectaculaire de la conjoncture, aient longtemps tenu les événements de 1973-1974 pour temporaires. Certains prédisaient que la hausse des produits bruts permettrait d'accélérer la croissance en apportant le surplus de richesse de l'Occident à de nouveaux consommateurs. Contraints d'appliquer une sorte de plan Marshall pour les pauvres, les pays industriels allaient installer l'humanité sur la voie d'une prospérité mieux partagée. La forte expansion des quatre dernières années aurait subi ainsi un coup d'arrêt salutaire et classique. L'imbrication étroite des économies le rendrait plus brutal, mais la concordance des cycles nationaux laissait présager une purge rapide. D'où la série d'erreurs enregistrée en pleine crise. Les patrons ont attendu six à huit mois avant de réduire leur production ; ils ont accumulé des stocks anormaux, dont l'écoulement prioritaire a créé des goulets d'étranglement. La mévente, combinée à l'endettement excessif pour cause d'inflation, a précipité le nombre des faillites. De leur côté, les gouvernements ont cru bon de prendre des dispositions déflationnistes d'autant plus sévères qu'ils avaient pris un an de retard. Celles-ci ont produit des effets rapides sur l'activité industrielle et incité les particuliers à anticiper le renversement de tendance. La pratique de la stagflation était entrée en vigueur avant que le mot fût forgé.

Les contemporains avaient saisi l'essentiel de la crise : son déclenchement surprenant, son extension mondiale et la persistance de l'inflation. Dans cette perspective, la crise est dépeinte comme un ajustement normal dont les modalités seules restent aléatoires. On devine le jugement porté sur l'action des autorités en 1974. A elles, la responsabilité du désordre prolongé ; aux marchés, la tâche longue et délicate de rétablir des équilibres. Mais l'ampleur de la récession, particulièrement aux États-Unis, reste mal expliquée. Il faut admettre l'idée d'un phénomène qui se serait auto-amplifié, ce qui revient à se défausser avec élégance d'une question essentielle : sommes-nous en présence d'une simple crise de croissance, ou bien d'un dysfonctionnement durable de l'économie mondiale ?

Cette interrogation est au cœur de l'interprétation marxiste de la crise. Les années soixante marquent en effet le début d'une baisse de la productivité du capital [1]. Sont invoqués la mauvaise utilisation des investissements, le renversement du partage de la valeur ajoutée en faveur des salariés grâce à de meilleures rémunérations et aux transferts sociaux, la diminution de la durée moyenne du travail et l'aggravation de l'absentéisme. Toutes ces limites au rendement du capital investi auraient incité les entrepreneurs à privilégier l'achat de machines moins nombreuses mais plus chères, ainsi qu'à réduire l'embauche. On retrouve le schéma de la suraccumulation du capital avec ses conséquences inflationnistes, quelle que soit la solution du dilemme défense du salaire réel/sauvegarde du profit. La crise illustrerait une nouvelle étape de la baisse tendancielle du taux de profit ou de la rentabilité du capital.

Ce raisonnement présente l'inconvénient de ne pas résister à l'épreuve des faits, sauf pour sa première proposition, la baisse de la productivité du capital. Encore convient-il de préciser que celle-ci est réversible — le Japon des années soixante en est la preuve —, différente suivant les secteurs, et qu'elle affecte aussi les économies socialistes. En revanche, la rentabilité du capital est bien réelle, les occasions d'investir demeurent abondantes, bien que le taux d'intérêt réel soit négatif, et l'épargne

1. La productivité du capital mesure le rapport de l'accroissement de la valeur ajoutée à celui du stock de capital. La chronologie des baisses est la suivante : 1950, Grande-Bretagne, 1960, Allemagne, États-Unis, 1970, France et 1971, Japon.

des ménages contribue au financement des entreprises [1]. En dépit des conclusions tirées par le Parti communiste d'Union soviétique en 1973, il semble pour le moins hasardeux de mentionner le « pourrissement de l'économie capitaliste ».

A défaut d'une décomposition, l'idée d'un dérèglement du capitalisme satisfait beaucoup d'analystes. L'interprétation conjoncturelle s'enrichit avec l'examen de l'évolution du système international depuis 1957-1958. On y décèle le rôle nouveau tenu par les pays neufs qui passent du statut de clients à ceux de fournisseurs de main-d'œuvre, de sites industriels bon marché, enfin de produits concurrents élaborés dans les usines délocalisées des multinationales. Revanche des théoriciens classiques, la crise de 1973 fournirait l'occasion idéale pour le Tiers Monde d'affirmer sa personnalité en prélevant une rente sur les consommateurs industriels. En raison du développement des échanges internationaux, la transmission de la crise aurait été accélérée, d'autant que les garde-fous installés après guerre — changes fixes, faibles liquidités en circulation — n'existaient plus. La contradiction entre des intérêts nationaux rivaux et la tendance internationale aurait été impossible à gérer plus longtemps. Le principe d'une crise d'assainissement est sauvegardé.

Ce montage offre une explication presque satisfaisante. Il permet d'intégrer la grande phase d'inflation consécutive à la guerre de Corée et d'en trouver les « responsables » : les États-Unis et leur politique d'égoïsme monétaire d'une part, l'attitude des agents économiques — entreprises, syndicats,

1. **Taux de profit du capital**

(en %)

	France	*CEE*	*États-Unis*	*Japon*
1960	6,8	3,5	3,4	0,8
1965	5,8	3,5	4,7	1,5
1970	7,3	3,6	3,3	3,4
1975	6,2	2,5	3,5	1,0

(taux d'autofinancement moyen du capital : 70 % entre 1968 et 1975)

Source : *Économie européenne*, n° 20, juillet 1984.

consommateurs — de l'autre. Enfin, on dispose de phénomènes à la fois permanents et croissants en intensité. Restent malheureusement pendantes les questions de l'ampleur et du déclenchement de la crise. Il n'y a aucune raison historique ou théorique pour qu'une nouvelle donne industrielle mondiale ou qu'une inflation extrême entraîne une dépression cumulative.

Afin de répondre à ces objections, plusieurs experts ont réactualisé l'antienne classique des cycles économiques, qui rythmeraient l'évolution du monde, en fonction de périodes à peu près identiques. En se plaçant sous le patronage de Hansen, de Kondratieff ou de Schumpeter [1], ils ont souligné l'épuisement des innovations et l'obsolescence du cycle pétro-électrique inauguré en 1940. La crise marque alors le point de départ d'une transition entre deux modes de production et annonce le basculement d'une hégémonie atlantique anglo-saxonne vers une suprématie de l'ensemble pacifique. Cela revient, hélas, à prendre ses désirs pour des réalités. Aucune statistique fiable ne vérifie la théorie des cycles. Quant aux hypothèses des phases de maturité du capitalisme et des hégémonies successives, ce sont des constructions rétrospectives, incomplètes et très subjectives [2]. A partir d'une interrogation légitime — le rythme des progrès scientifiques —, on en vient à créer artificiellement une causalité de la crise.

En définitive, un seul élément, présent à des degrés divers dans toutes les intepprétations, permet d'intégrer les aspects multiformes du choc de 1973 : la modification du contexte monétaire international depuis la fin des années soixante. Les États-Unis ne peuvent plus assumer la fonction de prêteur en dernier recours qu'ils détenaient depuis 1940. Mais le dollar reste la monnaie du monde et personne ne tente vraiment de modifier cette situation : les droits de tirage spéciaux et les eurodevises se sont ajoutés aux dollars au lieu de les rempla-

1. Bonne mise au point sur les cycles dans C. Stoffaës, *Fins de monde*, Odile Jacob, 1987.

2. A partir du recensement de J.J. Van Duijn, *The Long Waves in Economic Growth*, Londres, 1983, on peut aussi bien démontrer que les années soixante-dix se situent dans une décennie innovatrice ou qu'elles constituent des années rentières.

cer. Allemands, Suisses et Japonais ont beau en dénoncer les méfaits, ils se récusent avec ensemble dès qu'on évoque leur association au *leadership* monétaire. Les nations auraient d'ailleurs tort de s'inquiéter puisque le flottement des monnaies permet l'ajustement aisé des parités. L'heure de gloire de la *courbe en J* [1] est arrivée : Français, Américains, Italiens et Britanniques pratiquent des dévaluations compétitives pour compenser les chocs importants et regagner des parts de marché. De manière symétrique, Allemands, Suisses et Japonais réévaluent sans douleur excessive grâce à la réputation de leurs produits.

Tout irait donc pour le mieux si les pays exportateurs de pétrole n'avaient eu l'idée saugrenue de répondre à ce jeu de ping-pong monétaire par une hausse brutale. Désormais, la partie se joue à trois, mais personne n'en a écrit les règles. Le coût de la dévaluation devient prohibitif et l'espérance commerciale de faible importance et lointaine. Que faire d'autre cependant ? Incapables de répondre à cette question, les pays industriels se sont livré une guerre monétaire impitoyable, sans autre résultat que le déclenchement d'une spirale infernale. Dans les premiers mois, la stratégie des « pays soldeurs » impose ses illusions : les nouveaux riches du pétrole remplaceront les marchés d'hier et subiront le choc en retour d'une inflation réexportée. Le mécanisme inflationniste est verrouillé, tandis que chacun s'accommode de la flambée des prix. Jusqu'au moment où la courbe en J ne se redresse plus. Il reste alors à payer une facture extérieure colossale : le temps de la déflation est arrivé et le second verrou de la crise tiré.

Un septennat de désordre monétaire inauguré en 1967 par l'échec du pool de l'or, se conclut par la crise mondiale la plus aisée à supporter. Ultime paradoxe, c'est en effet le premier responsable de la crise qui contribue à en atténuer les retombées. L'argent continue de circuler, ce qui satisfait les anticipations des uns et les besoins primaires des autres. On comprend que les chefs politiques soient restés d'un opti-

1. La courbe en J représente les effets d'une dévaluation sur la balance commerciale. Celle-ci se dégrade d'abord car les importations coûtent tout de suite plus cher ; elle peut se redresser si la compétitivité des produits exportés est rétablie.

misme mesuré. Les mécanismes économiques semblent suffisamment résistants pour qu'une catastrophe soit évitée. Le spectre des années trente est décidément fort loin, les jeux de la politique accaparent l'attention.

Le désarroi des dirigeants occidentaux

Le 1er janvier 1974, Edward Heath est Premier ministre de Grande-Bretagne, Willy Brandt chancelier en RFA, Richard Nixon président des États-Unis, Georges Pompidou président de la République française. Un an plus tard, Harold Wilson, Helmut Schmidt, Gerald Ford et Valéry Giscard d'Estaing occupent leurs fonctions. Et des changements similaires se produisent en Italie, en Belgique, au Portugal, en Grèce et au Japon. Le camp occidental n'a connu aucun bouleversement de cette ampleur depuis la fin de la guerre.

Les moments de crise précipitent la recherche des coïncidences et l'on eut vite fait de rapprocher désordres économiques et versatilité des électeurs. Mais il est encore plus périlleux d'appliquer la notion de cycle aux données politiques. Si les majorités voient parfois leurs contours se modifier, les alternances électorales sont peu nombreuses. Les coups de théâtre individuels comptent plus que la transformation du rapport des forces. On ne saurait davantage parler d'une nouvelle génération de dirigeants. Ces derniers ont bâti leur carrière à l'ombre de leurs prédécesseurs ou ont déjà connu la faveur des électeurs. Leur expérience apparaît rassurante dans une conjoncture incertaine mais non critique. Les citoyens attendent d'eux qu'ils préservent ou qu'ils rétablissent des acquis et des modes de fonctionnement, tout en sachant prendre la mesure de l'évolution des mentalités.

Même si les supputations sur l'état de santé de Georges Pompidou étaient nombreuses depuis l'automne 1973, sa disparition, le mardi 2 avril 1974, accapare l'attention de la communauté internationale. Chacun pressent la fin de la « République gaullienne », mais personne ne sait au juste quels changements il convient d'en escompter. Du coup, le mot fera fortune pendant la campagne présidentielle, sans que son contenu ou ses modalités soient explicités clairement. Seule certitude des candidats : les Français veulent rompre avec l'immobilisme du couple Messmer-Pompidou depuis les élections législatives de 1973. Cette interprétation ne laisse pas de surprendre les partenaires de la France, plus sensibles à l'activité diplomatique déployée depuis le sommet européen de La Haye. Prompts à assimiler le changement au goût immodéré des Français pour la révolution, ils s'inquiètent de futures réorientations. Et les professions de foi des trois principaux protagonistes, Jacques Chaban-Delmas, Valéry Giscard d'Estaing et François Mitterrand, leur apportent peu de précisions.

La « nouvelle société » envisagée par Jacques Chaban-Delmas souffre d'une fâcheuse impression de « déjà vu », en même temps que son contenu pratique demeure flou. Les réformes de société ne sont pas détaillées et passent pour des complaisances à l'égard des électeurs de gauche ; le programme économique s'inscrit dans la continuité d'une France pompidolienne urbaine et industrielle, au moment où le prix d'une modernisation accélérée semble excessif ; enfin, la volonté affichée du changement pèse peu face à la réalité du pouvoir UDR, à l'héritage revendiqué de la geste gaullienne, depuis la Résistance jusqu'au nationalisme sourcilleux. Le candidat Mitterrand se heurte à des problèmes voisins. Il doit, lui aussi, proposer un changement tout en rassurant une partie de l'électorat modéré, sans décevoir trop l'attente de l'extrême gauche. D'où la contradiction entre les dispositions du programme commun et les perspectives tracées par le candidat lors de sa première conférence de presse, le 18 avril. Mais celui-ci a l'habileté de délimiter les frontières du changement — « Tout le possible, mais rien que le possible » — et de laisser les citoyens rêver à son agencement intérieur. Le capital de sympathie et d'autorité ainsi acquis rend crédible la perspective d'un changement qui procéderait autant d'une rupture que d'une restructuration.

Valéry Giscard d'Estaing affiche une conception paradoxale et se définit comme « un traditionaliste qui aime le changement ». La formule est judicieuse, car elle lui permet de s'opposer autant aux partisans d'un changement nécessaire qu'à ceux d'une action individualiste. Présenté comme une sorte d'acte gratuit, le changement constitue le préalable à un rassemblement dépassant les clivages idéologiques. Il n'est plus nécessaire de lui donner un contenu précis : le candidat Giscard incarne le changement. Cette stratégie fonctionne admirablement à chacun des deux tours. Dans le duel interne à la majorité, elle lui permet de recueillir le soutien conjoint du Centre démocrate et du « groupe des 43 [1] ». Valéry Giscard d'Estaing s'impose comme le candidat de la majorité — terme évocateur qui dépasse la simple addition des droites [2]. De même, lors de la campagne du second tour et particulièrement le 10 mai, jour du premier débat télévisé en direct, Valéry Giscard d'Estaing réussit à donner l'image d'un homme politiquement neuf, technicien hors pair capable de conduire le pays sur les chemins du futur, et en même temps d'un citoyen presque comme les autres.

Sa courte victoire*, contraint le président à expliciter tout de suite la nature du changement promis. L'exercice est périlleux, car il doit consolider une majorité certes élargie mais moins cohérente et prendre de vitesse une gauche qui a étendu son assise sociale et retrouvé un électorat comparable à celui de l'immédiat après-guerre. L'urgence de la situation explique la multiplication des gestes symboliques. La nomination de Jacques Chirac au poste de Premier ministre illustre la rupture avec le gaullisme historique et l'arrivée aux affaires d'hommes jeunes dont la compétence technique prime sur le parcours historique. Quant à l'importance accordée aux initiatives libérales [3], elle vise à dessaisir la gauche du monopole de la générosité.

1. Le 10 avril, Jean Lecanuet, président du Centre démocrate et opposant notoire au gaullisme, approuve la candidature de VGE au nom « d'une autre majorité pour la France ». Le 13 avril, 43 personnalités politiques, surtout UDR, dont Jacques Chirac, ministre de l'Intérieur, Jean Taittinger, Jean-Philippe Lecat, ministre de l'Information, et Olivier Stirn, secrétaire d'État, lancent un appel à une candidature d'union, visant en fait à dissuader Jacques Chaban-Delmas.

2. Dès le 13 avril, avec 26 % d'intention de vote, VGE dépasse Chaban-Delmas. Au premier tour, il gagne 760 000 voix sur le score de la majorité en 1973.

* Voir tableaux récapitulatifs p. 333.

3. Cf. p. 314.

Mais le temps d'un homme d'État coïncide rarement avec celui de son peuple et encore moins avec la marche du monde. Alors qu'il affiche l'ambition d'être le maître d'œuvre « d'une nouvelle époque », le président doit définir d'urgence une stratégie claire et efficace pour lutter contre les effets de la crise pétrolière. Le plan de refroidissement de juin 1974 — dit « plan Fourcade » — reprend les principes directeurs du plan de stabilisation de 1963, élaboré par Valéry Giscard d'Estaing. Le chef de l'État assume la responsabilité des choix gouvernementaux, l'organisateur du changement se pose en continuateur, le technicien l'emporte sur l'homme politique. Il commet ainsi une triple erreur de diagnostic. En faisant payer la facture de la crise aux salariés les plus aisés, il ne cassait nullement les anticipations inflationnistes. Les ménages pas plus que les entrepreneurs n'ont admis les arbitrages du gouvernement. Et cet électorat étonnamment fluide, composé surtout de cadres, de femmes et de personnes de plus de cinquante ans, a récusé ce type de changement imprévu, trop technocratique et en contradiction avec le discours du candidat. Toutes choses qui avivaient le trouble des députés UDR, déjà meurtris par les tensions de la primaire présidentielle. Inquiets du processus de rééquilibrage de la majorité, ceux-ci retrouvent de vieux réflexes conservateurs pour critiquer la dérive sociale du libéralisme et l'inefficacité d'un changement réduit aux dimensions d'un caprice présidentiel. Six mois après son élection, Valéry Giscard d'Estaing éprouve le désenchantement d'une opinion tout à coup méfiante et pessimiste.

Ces interrogations hexagonales apparaissent presque superflues, comparées à l'atmosphère de crise permanente qui a envahi l'Italie, la Grande-Bretagne et la Belgique. Les effets de la crise pétrolière servent de catalyseur à l'expression d'un malaise social perceptible depuis le début des années soixante-dix. Mais le changement réclamé bute ici sur l'étrange incapacité de la classe politique à le prendre en compte.

A Bruxelles, la coalition tripartite réunissant socialistes, chrétiens-sociaux et libéraux sous la houlette d'Edmond

Leburton se dénoue le 19 janvier 1974, lorsque les Iraniens annoncent leur retrait d'un projet de raffinerie cofinancée par les deux gouvernements. Le prétexte est mince, mais il fournit l'occasion d'étaler au grand jour l'incompatibilité des politiques économiques de chaque camp. Incapables de s'entendre sur le rôle attribué à l'État, les parties en viennent « naturellement » à exhumer la querelle linguistique toujours pendante et qui leur semble plus urgente que l'adaptation de l'économie belge à la crise énergétique. Aussi, les tentatives de Léo Tindemans, chef de file du courant flamand des chrétiens-sociaux, échouent devant le veto de l'aile wallonne de son propre parti. Et les élections générales du 10 mars achèvent de figer la situation [1].

Léo Tindemans envisage successivement une coalition entre chrétiens-sociaux et socialistes, puis entre son parti et les libéraux. Mais les surenchères de chacun n'ont pour résultat que d'exacerber les mésententes sur le statut de Bruxelles, sur la question scolaire et les pouvoirs dévolus à chaque région comme s'il était urgent d'évacuer les débats économiques [2]. Le Premier ministre désigné par le roi Baudouin doit se résoudre à former un gouvernement minoritaire autour des chrétiens-sociaux et des libéraux, en espérant que les formations fédéralistes voudront bien lui apporter leur soutien. Sorte de sanction immédiate de la paralysie gouvernementale, l'année 1974 voit se multiplier les mouvements revendicatifs et les attitudes corporatistes. En avril, les compagnies pétrolières bloquent la production des raffineries pendant trois semaines pour protester contre les atermoiements du gouvernement quant à la hausse du prix des carburants. En septembre, les enseignants et les paysans manifestent contre la dégradation de leur niveau de vie et l'absence de mesures spécifiques d'accompagnement. Du coup, la priorité donnée à l'inflation dans le budget 1975 ne satisfait personne. La Belgique vit la crise à l'heure des expédients.

1. Les chrétiens-sociaux obtiennent 72 sièges, les socialistes 58, les libéraux 30, le Rassemblement Wallon et le Front démocratique francophone 25, le Volksunie (fédéralistes flamands) 22 et les communistes 4.

2. Témoin, la négociation marathon de vingt-trois heures entre tous les partis à l'exception des communistes et des socialistes les 19 et 20 avril.

L'Italie ne peut même pas se contenter d'un tel constat. Marqué par trois crises gouvernementales, des scandales à répétition, hanté par la peur des attentats et d'un putsch, traumatisé par la chute de la lire, le pays semble à la dérive à la fin de l'année 1974. Pourtant, le gouvernement Rumor avait tenté de répondre au choc pétrolier en essayant deux stratégies économiques, aux effets d'ailleurs contradictoires. Jusqu'en décembre 1973, il avait maintenu sa politique d'argent bon marché aux fins de dégager un excédent commercial et de préserver une croissance économique soutenue. Puis, devant l'accumulation des déficits — qui atteignent 7 500 milliards de lires —, Mariano Rumor prend des mesures déflationnistes, en taxant les acheteurs de biens durables et en bloquant les prix pour six mois. Dans l'attente des résultats, l'Italie doit une nouvelle fois emprunter auprès du FMI. Fin février, les conditions du prêt de 1,2 milliard de dollars fournissent un prétexte aux républicains, menés par Ugo La Malfa, pour critiquer les choix du socialiste A. Giolitti, ministre du Budget et du Plan. Comme en Belgique, les controverses sur le plan de l'État entraînent le délitement de la coalition quadripartite entre démocrates-chrétiens, républicains, socialistes et sociaux-démocrates.

En dépit d'un replâtrage rapide autour d'un nouveau ministère Rumor, la crise de la démocratie italienne accapare l'attention et relègue les soucis économiques au rang d'arguments politiciens. Les partis au pouvoir — et au premier chef la Démocratie-chrétienne — subissent une crise de confiance qui évolue en discrédit puis en rejet de la classe politique, à l'exception du PCI, et, par extension, de l'administration et des corps de l'État. Le résultat du référendum abrogatif sur le divorce offre une première indication[1]. Les démocrates-chrétiens ont été battus parce qu'ils sont apparus archaïques — en demandant une sorte d'allégeance aux positions de l'Église — dangereusement autoritaires — en acceptant l'appui du MSI — et divisés sur le problème. Pour

1. Le vote porte sur la révision de la loi du 1er décembre 1970 qui avait permis, en pratique, de régulariser des situations anciennes, et qui constituait une étape dans la révision du Concordat. Les partisans de la loi obtiennent 59,15 % des suffrages exprimés, soit 19,1 millions de voix.

autant, il n'y a pas de victoire des partis laïques : les communistes ont tout fait pour éviter le référendum qui contrecarrait leur stratégie d'ouverture; les socialistes et les républicains, également partagés, ont préféré aborder la question sous son aspect social et s'interroger sur les causes globales de la crise familiale. La « divine surprise » du vote incite les laïques à envisager la formation d'une autre majorité. En fait, ce résultat atteste de l'indépendance des électeurs, notamment catholiques, qui ont refusé de transformer un choix moral en plébiscite pour la Démocratie-chrétienne.

Cet échec politique devient scandale, lorsque les Italiens apprennent simultanément l'effondrement de l'empire financier de Michele Sindona, banquier de l'*establishment* catholique et consacré « homme de l'année 1973 » ; l'attentat de Brescia, le 28 mai, où l'explosion d'une bombe au cours d'un meeting antifasciste fait 6 victimes et 95 blessés ; enfin, la prise d'assaut d'un camp d'entraînement militaire à Racino, au cours de laquelle un néofasciste est tué et deux policiers blessés. Les Italiens savaient la République menacée par les visées totalitaires et les attentats, gangrenée par la corruption et l'incurie [1], ils découvrent que la subversion étend ses ramifications dans les rouages de l'État. En un sens, l'Italie de 1974 vit à l'heure du système mafieux. Loin d'être indifférente ou résignée, l'opinion publique s'adapte à cette désorganisation en pratiquant la « désobéissance civile » : les clients boycottent les nouveaux tarifs et fixent eux-mêmes les prix du gaz, du loyer ou du café. Pris de court, les syndicats essaient tant bien que mal d'accompagner le mouvement, les fonctionnaires de profiter du système et le gouvernement renonce à récupérer la moitié des taxes exceptionnelles qu'il avait instaurées pour lutter contre l'inflation.

A l'automne, l'Italie se trouve dans une telle impasse que la énième démission de Mariano Rumor, le 3 octobre, laisse

1. Parmi les scandales de l'année, celui des caisses noires des pétroliers qui aboutit, en deux jours, au vote d'une loi confiant à l'État le financement des campagnes politiques pour un montant maximal de 60 milliards de lires, ce qui n'a aucun rapport avec la réalité mais permet d'enterrer l'enquête. Quant aux attentats, on en compte environ 600, ainsi que 42 enlèvements pour des rançons estimées à 400 milliards de lires.

l'exécutif vacant pendant cinquante jours. On imagine les conséquences en plein réajustement des politiques économiques, européennes et occidentales. Les communistes renouvellent leur offre de participation au pouvoir, mais les démocrates-chrétiens et les sociaux-démocrates répugnent à s'associer avec un parti non compromis dans les scandales et qui vient de gagner 10 % de voix supplémentaires aux dernières élections partielles [1]. Aldo Moro finit par imaginer un compromis à double détente : les démocrates-chrétiens et les républicains gouvernent avec le soutien des deux autres partis de l'ancienne coalition. Ainsi se met en place une équipe pléthorique — ce qui avive les critiques contre la bureaucratisation du pays, dirigée par des hommes qui font profession de rigueur mais dont le premier acte est d'entériner les quinze points de hausse de l'échelle mobile des salaires. Certes, les hommes politiques italiens sont passés maîtres dans la façon de gérer le provisoire, cependant les aberrations du système et le poids d'un endettement équivalant aux trois quarts de la production annuelle incitent à se demander si les troubles de l'année 1974 ne présagent pas une décennie « maudite » qui annulerait les acquis économiques et sociaux d'une génération de conquêtes.

On n'imagine pas de semblables péripéties en Grande-Bretagne. Les observateurs font l'éloge de la stabilité d'un régime tricentenaire, des relations entre l'exécutif et un Parlement discipliné et de gouvernements qui disposent de temps pour conduire des politiques cohérentes. D'où le choc de 1974. Il ne faut pas moins de deux élections générales pour désigner un vainqueur fragile, confronté à de sombres perspectives. C'est que le débat sur le changement, circonscrit à sa nature sociale, laisse affleurer les tensions extrêmes qui parcourent la société britannique. La vieille complicité qui unissait les ouvriers, les membres des « classes bavardes » et les politiciens travaillistes s'est érodée. Le souvenir de la tentative infructueuse de 1969 pour réglementer les relations du travail et les critiques de la presse à l'égard des prétentions syndicales ont suscité une méfiance réciproque. A force de

1. Notamment en juin en Sardaigne, dans un fief de la DC, et en novembre.

maladresses répétées depuis 1972, le Premier ministre sortant, Edward Heath, a pour sa part réussi à exaspérer les ouvriers et à inquiéter un électorat modéré, traumatisé par la semaine de trois jours. Au moment où le pays s'interroge sur sa capacité à affronter la crise économique, le désarroi des citoyens et la puissance déstabilisatrice des groupes d'intérêt caractérisent les élections de 1974.

Aussi, en février comme en octobre, aucun des deux grands partis ne dépasse la barre des 40 % de suffrages exprimés, situation inédite dans la Grande-Bretagne d'après 1945 [1]. Dépourvus de majorité, Heath et Wilson doivent composer avec les libéraux, les nationalistes écossais ou les protestants irlandais. En pleine grève des mineurs, de telles conditions scellent le sort d'un Premier ministre impopulaire que les libéraux hésitent à rallier. Le 5 mars, Harold Wilson forme un gouvernement travailliste minoritaire, en comptant sur la bienveillance du vote écossais et gallois. Il donne aussitôt des gages à la gauche du parti avec la nomination de Michael Foot au ministère de l'Emploi, aux mineurs qui se voient proposer des hausses de salaires substantielles et aux nostalgiques du protectionnisme impérial en transformant le discours du trône du 12 mars en plaidoyer anticommunautaire. Hormis la fin du conflit charbonnier le 11 mars, le Premier ministre convainc peu l'opinion de sa capacité à promouvoir le changement social. Le 20 juin, une coalition d'intérêts disparates qui va de l'aile gauche du Labour aux conservateurs, met en minorité à trois reprises le gouvernement. Sont successivement repoussés un amendement à la loi de finances d'inspiration keynésienne, la suppression du tribunal des relations industrielles et plusieurs projets de nationalisation. Dès lors, la tenue d'élections anticipées paraît inéluctable, mais les enjeux en deviennent la paix sociale et la continuité.

En septembre, Harold Wilson signe avec Len Murray, secrétaire général du TUC, un nouveau contrat social qui reprend et amplifie les engagements de la campagne de février. Le gouvernement écarte l'encadrement des salaires, maintient le contrôle des prix et promet une réforme des pen-

1. Voir G. A. Dorfman, *Government versus Trade Unionism in British Politics since 1968*, Londres, 1979.

sions, des relations du travail et de la fiscalité. En retour, les syndicats s'engagent à demander le strict maintien du pouvoir d'achat, à privilégier les objectifs de productivité et à conclure des accords d'entreprise à long terme. Les travailleurs y gagnent 3 % de pouvoir d'achat et le gouvernement espère avoir acheté la paix sociale un prix raisonnable (si le pétrole monte), le temps que la pseudo-cogestion à l'anglaise s'installe. Cette entente au sommet assure aux travaillistes une courte majorité avec 319 sièges pour 39,3 % des voix contre 276 sièges aux conservateurs. Pourtant, le Premier ministre n'a guère le loisir de se féliciter de cette légitimité populaire car la stabilité politique et sociale du pays se détériore brutalement sous les demandes réitérées de changement. Grèves sauvages et revendications catégorielles se multiplient en automne : les mineurs, les cheminots ou les enseignants londoniens obtiennent des avantages particuliers, qui sont autant d'entailles dans le pacte social. Cette agitation incite certains députés et militants à contester le principe du compromis. Jeunes et issus des classes moyennes, ils réclament une politique socialiste plus explicite et renforcent leur influence par le biais d'une tactique systématique d'entrisme à la base. Leurs leaders, Tony Wedgwood Benn et Michael Foot, ministres de l'Industrie et de l'Emploi, réclament l'avènement d'une démocratie sociale, fondée sur un nouveau partage du pouvoir dans les entreprises ainsi qu'un train supplémentaire de mesures sociales. Menacé par ce glissement à gauche du parti, Harold Wilson se voit reprocher son opportunisme tactique, sa faiblese — notamment lors du rétablissement du *closed shop* — et son absence de prise sur les événements extérieurs. Pour la première fois depuis la guerre, la capacité de la Grande-Bretagne à survivre sans « se défaire » est en question.

A première vue, les changements intervenus en Allemagne fédérale, aux États-Unis et au Japon relèvent d'un registre exclusivement moral. Willy Brandt est victime du scandale déclenché par l'arrestation d'un proche collaborateur, Günther Guillaume, accusé d'espionnage au profit de la RDA. Le Premier ministre Tanaka a été contraint de démissionner, en octobre 1974, après que plusieurs dignitaires du Parti libéral ont été convaincus de corruption. Enfin, le départ de Richard Nixon, le 8 août 1974, clôt dix-huit mois de révélations sur les pratiques de l'entourage présidentiel et sur le comportement à la fois despotique et pusillanime du chef de l'État [1]. Au-delà de la simple coïncidence, qui a cependant pour effet l'affaiblissement de la diplomatie occidentale à un moment d'intense activité et de succès, ces trois affaires révèlent une demande de changement plus complexe.

Le fait divers sert de levier pour déstabiliser un pouvoir exécutif jugé omnipotent, même si un vote a confirmé sa légitimité. En 1972, Willy Brandt avait conduit le SPD à sa plus large victoire et Richard Nixon avait reçu les voix de deux Américains sur trois. Les pots-de-vin versés par la société Lockheed choquent moins que les dénégations et les revirements de Kakuei Tanaka. Ceux-ci passent pour des marques d'arrogance symptomatiques d'une dérive du jeu démocratique. La prépondérance de l'exécutif, manifeste depuis le milieu des années soixante, se trouve remise en cause alors que la crise énergétique sollicite une intervention urgente. Les affaires d'espionnage ou de corruption, pour anecdotiques qu'elles soient, servent à dénoncer l'incapacité des autorités. Grâce au relais de la presse, la contestation touche désormais la plupart des grandes orientations de politique économique. Le SPD se voit reprocher des choix marxisants contraires à son orientation social-démocrate et Willy Brandt, sa naïveté dans ses relations avec les démocraties populaires. Au Japon, l'opposition prend prétexte du scandale révélé par la presse pour refuser de voter le budget 1974, gelant ainsi les dépenses publiques, un des moteurs de la croissance. Belle occasion pour condamner le laxisme de la politique financière conduite par Tanaka. Enfin, aux États-Unis, à la suite des journalistes du *Washington Post*, la presse exige la vérité sur l'origine des bombardements sur le Cambodge, la stratégie suivie par les multinationales ou les revenus des hommes politiques — précipitant du coup la démission du vice-président Spiro Agnew dès octobre 1973. Cette vague de purification

1. Sur le récit du Watergate, cf. t. III.

n'est cependant pas exempte d'hypocrisie. Une fois les boucs émissaires désignés à l'opinion, les dirigeants se gardent bien de mettre en place une transparence politique réelle. Le changement devient plus un fonds de commerce électoral qu'une éthique.

2

La crise en pente douce

été 1974-1978

Le choc pétrolier offrait un point de départ idéal pour une ère nouvelle. Les contemporains semblent pourtant s'être ingéniés à démontrer le contraire, dans la seconde moitié des années soixante-dix. La plupart des gouvernements occidentaux ont affirmé que le coût de la facture pétrolière serait remboursé au centuple par les profits des contrats passés avec les princes du pétrole. Leurs administrés ont cru à l'annonce répétée de jours meilleurs et ils n'avaient guère de raison d'en douter puisque leur consommation et leur niveau de vie progressaient. De leur côté, les dirigeants du Tiers Monde et des pays socialistes persuadaient aisément leurs compatriotes que les richesses futures d'une industrialisation rapide valaient bien quelques sacrifices.

En un sens, il n'existait pas de bon usage de la crise. Il était donc plus sage de l'ignorer. En outre, le ralentissement de la croissance avait beau noyer les performances nationales dans une grisaille persistante, la récession n'était pas à l'ordre du jour. Insidieusement, cependant, l'accumulation des espoirs déçus allait transformer les mentalités. Entre une relance occidentale programmée, annoncée et invisible, des économies planifiées incapables de tenir leurs prévisions, même modestes, et les mirages d'un dialogue Nord-Sud éphémère, la génération des années fastes a commencé de douter. Cinq ans après la guerre du Kippour, il lui restait deux certitudes à méditer : des millions de chômeurs et des contrastes prodigieux entre les résultats des pays comme des entreprises. Le prix de l'insouciance ? Sans doute. L'histoire aussi de nations engourdies, victimes du premier « hiver économique » depuis la guerre.

Le temps des incertitudes internationales

La victoire ambiguë du libéralisme

A considérer les chiffres du commerce mondial entre 1975 et 1979, le monde a surmonté les dangers du repliement et de l'asphyxie. Seule l'année 1975 marqua une rupture nette, les échanges diminuant de 3 % alors que la production mondiale baissait de 1 %. Mais le boom de 1976, avec un accroissement en volume de 11 %, effaçait cette contre-performance. La reprise se confirmait par la suite avec une progression moyenne de 5,2 % l'an. A nouveau, l'écart entre les exportations et la production illustrait l'ouverture croissante des économies [1]. Simultanément, la géographie et la répartition de ce commerce se modifiaient. Si l'OCDE reconquiert une partie du terrain perdu entre 1973 et 1975 — conservant ainsi 65 % des exportations mondiales —, c'est sous l'impulsion du Japon et de la RFA, tandis que les Pays-Bas, la Belgique et les États-Unis voient leurs positions s'effriter. Les clivages sont encore plus nets dans le Tiers Monde, où les pays exportateurs de pétrole ont doublé le volume de leurs échanges, alors que la stabilité des pays importateurs est imputable aux succès des pays d'Asie du Sud-Est. Expliquant en grande partie ces évolutions, le redressement des exportations de produits manufacturés, après le creux de 1974, s'opère au détriment de la part des matières non pétrolières. Les automobiles, les avions, les transistors et les satellites des pays industriels retrouvent des acheteurs.

1. **Degré d'ouverture des économies à l'échange international**

(en %)

	États-Unis	*Japon*	*France*	*Italie*	*RFA*	*Royaume-Uni*
1970	5,5	10	16	17,5	20	23,5
1979	10	14	22,5	26,5	26	26

Trois facteurs, d'importance inégale, ont contribué à écarter la menace d'une guerre commerciale. Dès 1975, en effet, les commandes des pays pétroliers et des Nouveaux Pays Industrialisés permettent de réactiver les échanges. Les premiers, tels la Libye, le Koweït ou l'Arabie Saoudite, souhaitent à la fois créer des infrastructures et renforcer leur rôle de puissances régionales. C'est une aubaine pour les pays industriels qui leur vendent des raffineries, des aéroports ou des hôtels — à la rentabilisation commerciale très hypothétique — et surarment des nations obsédées par la crainte du coup d'État et de la guerre [1]. Parallèlement, les NPI accroissent leurs achats à mesure que leurs exportations industrielles vers les pays riches progressent [2]. Parvenus à un seuil critique d'industrialisation, autour de 25 % à 30 % de la valeur de leur PIB, ils doivent s'équiper en hâte, sous peine de voir disparaître les parts de marché conquises dans le textile, la chimie, la métallurgie ou la construction navale grâce à une main-d'œuvre bon marché. De plus, la pression démographique contraint nombre de ces pays à parier sur une modernisation à marche forcée, afin de sauvergarder un équilibre social fragile avant que la demande nationale vienne équilibrer les exportations. L'Iran — surnommé « le nouveau Japon » — se transforme ainsi en chantier permanent, des raffineries d'Abadan aux terrassements du métro de Téhéran.

A la fin des années soixante-dix, la contribution des NPI aux échanges internationaux reste toutefois bien modeste : avec 1 % chacun, les « quatre dragons » d'Asie n'inquiètent que les futurologues en mal de prévisions catastrophistes. La concurrence entre les multinationales passionne davantage les Occidentaux. Le choc pétrolier a précipité le choix d'une nouvelle stratégie, marquée par le recentrage sur l'OCDE et

1. En 1975-1976, l'Arabie Saoudite achète des missiles et un équipement antiaérien français, puis des chasseurs F16 américains pour une somme totale de 3,4 milliards de dollars.

2. La liste des NPI est variable suivant les observateurs. On citera : le Mexique, l'Iran, le Brésil, la Turquie, la Grèce, le Portugal, la Thaïlande, l'Argentine et les « quatre dragons » — Taiwan, la Corée du Sud, Hong Kong et Singapour.

l'internationalisation. Contrairement à une idée souvent répandue, les multinationales occidentales délaissent les pays neufs, autant pour leurs investissements que pour y implanter des filiales [1]. Seuls des paradis fiscaux comme les Bahamas ou Panama offrent des avantages tels que le risque politique devient raisonnable. Partout ailleurs, le poids des investissements directs reste inférieur à 10 % des investissements nationaux. De leur côté, les 960 multinationales du Tiers Monde, telles la coréenne Samsung ou Indian Oil, choisissent deux fois sur trois des implantations dans l'OCDE. La qualité de la main-d'œuvre, les facilités de recherche et de commercialisation expliquent cette concentration qui s'opère plutôt par le biais des filiales que par l'association avec des partenaires inconnus, voire leur rachat, pratique fréquente des années soixante. Les filiales permettent de gagner du temps sur la concurrence — par transfert de technologie — et de l'argent, puisque l'entreprise connaît le maximum de paramètres socio-économiques avant de décider du lieu. On verra ainsi Renault préférer une installation en Belgique à un site français pour y assembler ses nouveaux modèles. La division internationale du travail alimente la prospérité commerciale.

La crise pétrolière a enfin précipité le rythme des négociations entamées en septembre 1973 à Tokyo. Comme le précise la déclaration liminaire signée par les représentants d'une centaine de pays, l'objectif de réduction tarifaire s'accompagne désormais d'une volonté d'harmonisation et d'homogénéisation des protections entre les différents partenaires. Malgré les réticences des Américains, prompts à brandir les textes des lois Mills et Burke-Hartke [2], le travail des sept commissions aboutit à un pré-accord, dès le sommet de Londres de 1977 : l'enveloppe des concessions tarifaires atteint 111 milliards de dollars, soit 20 % du commerce mondial. Le 12 avril 1979, les douze accords signés à Genève entéri-

1. En 1979, 72 % des filiales de multinationales étaient localisées dans les pays développés, soit 70 000 sociétés.

2. La loi Mills, 1970, prévoyait un système de quotas automatiques au-dessus d'un pourcentage d'importations. La loi Burke-Hartke proposait des quotas industriels généralisés sur la base des années soixante.

nent une réduction du même ordre que celle obtenue lors du *Kennedy Round*[1]. De plus, malgré la nouvelle tension sur les prix du pétrole, les signataires adoptent des codes de concurrence loyale, afin de réduire les multiples discriminations entravant les échanges. Les principes fondateurs du GATT sont respectés, en dépit de l'évolution défavorable de la conjoncture.

Mais cette conception libérale négligeait de fait les contraintes des politiques nationales face à la concurence de nouveaux pays ou des multinationales. Dans un contexte d'instabilité monétaire, le recours à des mesures protectionnistes flattait l'amour-propre national et laissait un temps supplémentaire d'adaptation aux entrepreneurs. L'accord international textile de décembre 1973 fit référence, autant pour son efficacité que pour la progressivité régulière des taux — 6 % par an. On vit ainsi le Japon accepter, en 1977, de limiter « volontairement » ses exportations de téléviseurs couleur vers la CEE et les États-Unis, ce qui eut pour effet de laisser le champ libre aux produits sud-coréens, accompagnés d'un relèvement des prix par défaut de concurrence. En Europe, les Britanniques, les Français et les Allemands multiplièrent ce type d'accords, en y ajoutant des mesures d'autolimitation des ventes, afin de combattre les pratiques de dumping. Avec le vote du *Trade Act*, en janvier 1975, s'ouvre une guerre de trois ans, couronnée par le plan Solomon de février 1978 bloquant pratiquement les importations d'acier aux États-Unis. Stratégie aussitôt copiée par la CEE qui raffine le mécanisme en allant jusqu'à détecter les

1. **Montant des réductions et taux de protection**

(en %)

	Japon	*États-Unis*	*CEE*	*matières premières*	*semi-finis*	*produits manufacturés*
Montant des réductions	49	30	27	52	30	33
Taux de protection	2,6	4,4	4,8	0,4	4,1	5,9

Source : GATT, 1979

importations facturées à des prix inférieurs à leurs prix de vente dans les pays producteurs.

Ainsi se déploie un jeu subtil où la menace protectionniste, le chantage aux accords bilatéraux et les dispositions non tarifaires combinent leurs effets [1]. Les espoirs déçus du commerce Est-Ouest donnent la mesure de l'affrontement. Avec la signature des accords d'Helsinki, le 1er août 1975, les conditions optimales semblaient réunies : les 150 produits occidentaux sous embargo — fabrications de haute technologie civile ou militaire — devaient être libérés, la clause de la nation la plus favorisée — principe fondateur du GATT — serait appliquée aux pays de l'Est, enfin la CEE était habilitée à négocier des accords commerciaux multilatéraux avec le Comecon. En pratique, les partenaires s'ingénièrent à multiplier les dispositions restrictives. Les Européens imposèrent, dès 1975, des quotas sur les fournitures de produits textiles et sidérurgiques, puis laissèrent le choix *(sic)* aux démocraties populaires entre des contingentements ou une limitation volontaire des exportations. Quant aux pays de l'Est, ils entendaient payer les importations de technologie et de biens occidentaux en revendant leurs produits à l'Ouest ou en empruntant auprès des banques européennes et américaines. Les deux parties s'estimant flouées, la crise était prévisible.

L'endettement accumulé par les pays de l'Est en fournit le détonateur. En 1979, leur dette totale vis-à-vis de l'Ouest se montait à 75 milliards de dollars, ce qui mettait la Pologne en virtuelle cessation de paiements et handicapait l'Union soviétique, la Tchécoslovaquie, la Hongrie et la RDA. La réduction des importations et la contraction des investissements s'imposaient, avec pour conséquence une réorientation des échanges au profit du Comecon. Une fois encore, les

1. **Évolution du taux de protection non tarifaire**

	France	*RFA*	*Royaume-Uni*	*États-Unis*	*Japon*
1974	0	0	0,2 %	5,6 %	0
1980	16,2 %	18,3 %	17,4 %	21 %	4,3 %

pays socialistes payaient leur dépendance industrielle et financière au prix fort : ils n'assuraient plus que 9 % du commerce mondial contre 11 % dix ans auparavant et se voyaient concurrencés par les pays neufs qui offraient des coûts de main-d'œuvre inférieurs et disposaient d'une technologie identique.

Ce repliement eut pour effet secondaire de distendre les liens déjà ténus entre les pays de l'Est et le Tiers Monde. Malgré les engagements pris à la conférence des non-alignés à Alger, les conditions des prêts furent réexaminées, le nombre d'entreprises mixtes créées diminua de moitié et, surtout, le montant de l'assistance financière demeura désespérément bas — équivalant à 0,13 % du PNB est-européen ou à 4,5 % de l'aide totale reçue par le Tiers Monde en 1978-1979. Ainsi, lors des deux conférences de la CNUCED à Nairobi en 1976 et à Manille en 1980, les pays de l'Est subirent-ils à la fois les critiques adressées aux pays industriels et celles propres aux méthodes socialistes. L'époque des projets grandioses livrés clef en main s'achève sur une note amère. Les pays pauvres constatent l'inefficacité économique des conceptions socialistes pour leur développement et se demandent s'il est raisonnable de laisser fonctionner des usines mastodontes aussi improductives, tels les complexes sidérurgiques de Bokharo en Inde ou de El Hadjar en Algérie. De leur côté, les Européens de l'Est trouvent déjà excessif le nombre des contrats bilatéraux signés avec le Sud ; l'âpreté de la concurrence n'incite pas à la générosité.

Le contentieux Est-Sud constituait toutefois un aspect secondaire du débat engagé, depuis 1973, sur la réorganisation du commerce mondial [1]. Au travers des multiples rapports produits par les organismes internationaux [2], on retrouve une ambition commune : concilier les avantages de la division internationale du travail avec une répartition équitable des richesses et le respect des choix nationaux. Trois

1. Sur les dimensions diplomatiques du dialogue Nord-Sud, cf. *infra*.

2. Notamment ceux de Jan Tinbergen, *Reshaping the International Order*, Club de Rome, 1977 ; Willy Brandt, *North-South : A Program for Survival*, 1976 ; H. W. Singer et J. A. Ansari, *Rich and Poor Countries*, 1978.

niveaux d'industrialisation — domestique, exportatrice, multinationale — devaient assurer la fluidité du système, sous le contrôle de l'ONU. Lors de la Conférence sur la coopération économique internationale, tenue à Paris entre décembre 1975 et juin 1977, ces projets furent soumis à un feu croisé de critiques — des pays riches comme pauvres — ce qui fit d'un désaccord poli le seul résultat tangible de la réunion. Japonais, Allemands et experts de la Banque mondiale tenaient pour une utopie le principe de développement de tous les pays du Tiers Monde et craignaient une paupérisation de la planète, à commencer par celle de l'Occident. Ils suggéraient de découper le monde en zones commerciales homogènes, permettant d'instaurer à la fois une coopération et un protectionnisme sélectifs. Projet généreux qui supposait — autre utopie — une démocratisation politique et sociale du Tiers Monde, à moins que ce ne fût une façon élégante de se défausser d'une charge et de compter sur le jeu du marché pour une harmonisation inéluctable et imparfaite.

Pour leur part, les experts du Tiers Monde se retrouvaient pour critiquer l'intervention des instances internationales. Les conservateurs, à l'exemple de l'Indien J. N. Bhagwati, prônaient un ajustement rapide des économies du Tiers Monde par les mécanismes du marché, même au prix d'une crise mondiale temporaire. Seules devaient être préservées les nations du Quart Monde, dont le développement serait assuré par les États-Unis et les pays exportateurs de pétrole à faible population. En revanche, les conservateurs restaient muets sur les conséquences politiques et sociales de mesures monétaires et commerciales orthodoxes. Les néomarxistes, comme S. Amin ou A. Tiano, s'inquiétaient plutôt de la capacité de résistance des grands États industriels et du mode de production privé. L'action de l'ONU ou de la Banque mondiale risquerait de prolonger l'existence d'un modèle voué à la disparition, en raison de son incompatibilité structurelle avec les sociétés du Tiers Monde. La dimension anthropologique du propos masque difficilement la faiblesse de l'argumentation : la coalition des « petits riches » — France, Italie ou Brésil — contre l'empire des Grands est restée dans les limbes et le pouvoir des multinationales ne s'est nullement effrité.

En fait, la conférence de Paris a confirmé que les intérêts divergeaient trop pour que la justice fût à l'ordre du jour. Il restait à définir les conditions d'une efficacité économique réelle, à l'aube des années quatre-vingt [1].

L'ère du flottement monétaire

Domaine réservé des experts du FMI et des banques centrales depuis la signature des accords de Bretton-Woods (1944), le fonctionnement du système monétaire international fait la une des journaux au moment où il n'existe plus ni système ni ordre. Au-delà des querelles théoriques sur la nature des taux de change — fixes ou flottants —, il faut corriger d'urgence les déséquilibres dans les balances des paiements créés par la ponction pétrolière et se mettre d'accord sur une unité de compte qui permette de les évaluer puis de les solder. Le monde se découvre des besoins financiers énormes, alors qu'il doute du dollar et qu'il ignore si la monnaie américaine en circulation suffira à régler les nouvelles factures. Aussitôt s'exaspèrent les rivalités nationales, devant la complexité des politiques à élaborer et la menace d'un krach mondial.

Depuis l'été 1974, l'OCDE subit les effets de deux crises. La facture énergétique et le degré d'indépendance variable des pays entraînent une divergence brutale des changes entre les monnaies, suivie de variations brusques alimentées autant par les rumeurs que par les indicateurs économiques [2]. Ainsi se distinguent trois groupes de monnaies : le deutsche-mark et le franc suisse se réévaluent en moyenne de 6 % par an, la lire et la livre plongent dans une proportion voisine, tandis que le franc, le dollar et le yen fluctuent autour de leur

1. Parmi les acquis des conférences, on retiendra le FIDA (Fonds international du développement agricole), doté d'un milliard de dollars en 1976 ; le programme de l'ONU pour le développement industriel (ONUDI), lancé en 1979 avec 2,4 milliards de dollars, et le moratoire de 1978 sur les dettes des PMA (Pays les Moins Avancés).

2. Pour dix monnaies de l'OCDE, en prenant pour point de départ l'indice 100 en 1970, on observe ces variations : 1970-1973 : fourchette 90-110 ; hiver 1974 : 80-120 ; hiver 1975 : 75-140 ; printemps 1976 (après les accords de la Jamaïque) : 60-160.

parité initiale dans un « couloir » de 15 % d'amplitude[1]. Dans cette première phase de la crise monétaire, l'éclatement du bloc européen constitue le fait majeur. A partir d'octobre 1977 et pendant douze mois, l'effondrement du dollar accapare l'attention : il perd 23,4 % par rapport au yen, 19 % par rapport au mark, 12 % par rapport au franc, 5,6 % par rapport à la livre et même 3,3 % par rapport à la lire. A la fin de 1978, deux nouvelles puissances émergent dans un paysage monétaire dévasté : l'Allemagne fédérale et le Japon.

A ce mouvement de yo-yo des parités correspond une crise des paiements extérieurs qui se développe également en deux temps, mais suivant une chronologie décalée. De 1972 à 1974, le poids du déficit américain, puis celui des pays industriels, à l'exception de la RFA, entraînent une forte demande de capitaux. Des chiffres records sont atteints : 4 milliards de dollars au Japon, 6 en France, 8 en Italie et 8,7 en Grande-Bretagne. Pour l'ensemble de l'OCDE, le déficit se monte à 35 milliards de dollars. De 1975 à 1977, celui-ci semble se pérenniser, mais les différences de croissance et d'inflation créent de profondes disparités en matière de paiements extérieurs. En 1976, le solde japonais redevient positif et, avec 3,7 milliards de dollars, se situe d'emblée à la hauteur de l'excédent allemand. Leurs partenaires, en revanche, accusent un déficit annuel supérieur à 20 milliards de dollars. Outre la crise de confiance qui menace l'Occident, il faut trouver des moyens de paiement, quitte à en inventer de nouveaux, comme dix ans plus tôt.

En dépit des liens entre les deux crises, les gouvernements traitent les problèmes « en pièces détachées », parce qu'ils sont

1. **Chiffre du change en francs courants**

	dollar	*mark*	*franc suisse*	*lire**	*livre*
1972	4,8	1,5	1,2	8,3	12,7
1975	4,5	1,8	1,5	6,7	10
1977	4,9	2,1	1,9	5,6	8,5

(* pour 1 000)

pressés d'obtenir des résultats. Aussi, cette exigence conjoncturelle les incite à régler d'abord la question des paiements, d'autant qu'ils enregistrent plusieurs bonnes nouvelles inattendues. Divine surprise en effet, l'accumulation des factures — énergétique, alimentaire ou industrielle — a tellement accru la valeur en dollars des produits échangés que le lancinant problème de la pléthore de dollars se trouve résolu, par l'absurde. Le monde est noyé sous les dollars, heureusement, car ni l'or — depuis la suspension de la convertibilité — ni les DTS ou une autre monnaie — par insuffisance de volume —, ne pouvaient remplacer la monnaie américaine. L'habileté des banquiers fournit une seconde satisfaction. A la différence des années trente, les banques prêtèrent vite, abondamment et suivant des modalités originales. Elles organisèrent d'abord le transfert des balances dollar vers le Proche-Orient, puis convainquirent les émirs de placer 55 milliards de dollars d'excédents à Londres et à New York, en leur vantant, notamment, les avantages des eurodevises. Ce marché pouvait en effet réconcilier emprunteurs et créanciers : les premiers souhaitaient des crédits à moyen ou à long terme, les seconds une rentabilité, une sécurité et un volume d'échanges à la mesure de leur trésor de guerre. Les banques proposèrent donc des crédits en eurodevises renouvelables, ce qui revenait à faire glisser la durée des prêts vers une moyenne de trois à cinq ans. La ruée des sociétés européennes, des pays du Tiers Monde et même du FMI sur ce produit rassura tout le monde : le savoir-faire des financiers avait anéanti la menace de krach [1].

Du coup, la communauté internationale prêta peu d'atten-

1. **Estimation du montant des eurodevises**

(en milliards de dollars)

	émissions annuelles	*répartition globale*		
		court terme	*moyen terme*	*long terme*
1973	4,1	105	28	20
1978	15,1	280	82	54

tion aux dangers du système, voire à ses accrocs. La faillite de la banque allemande Herstatt, en 1974, fut attribuée à une mauvaise gestion. De même, l'arrivée massive des banques américaines — à nouveau autorisées à prêter aux étrangers depuis janvier 1974 — apparut plus salutaire que facteur de multiplication désordonnée des crédits, sans qu'il soit tenu compte des ratios bancaires de couverture. Enfin, le fonctionnement des eurodevises avait beau échapper en partie au contrôle des gouvernements, nul ne s'en inquiétait tant que les pays riches et surtout pauvres trouvaient à se financer. Ce fut seulement en 1978, avec le regain de tension sur les prix pétroliers, que l'on découvrit les 270 milliards de dollars d'endettement des pays en développement et les 60 milliards des pays de l'Est. Un tiers au moins de cette dette était libellé en eurodevises. Incapables d'enrayer brutalement le mécanisme, les banques se cantonnèrent à des mesures préventives ou d'information sur les débiteurs douteux, en attendant que le FMI ou la BRI établissent un code de conduite. Jusqu'en 1980, la confiance dans la solidarité interbancaire ou entre banques et gouvernements allait suffire pour écarter les menaces.

Ayant ainsi exorcisé le principal fantôme des années 1930-1960, les cinq Grands [1] pouvaient se consacrer à des sujets plus conflictuels, le règlement de la question des changes et le choix d'un ou de plusieurs étalons monétaires. Sous le prétexte de trouver un compromis, on vit resurgir des rivalités transatlantiques, transpacifiques ou Nord-Sud. Les États-Unis considéraient en effet que le choc pétrolier renforçait leur position vis-à-vis de l'OCDE — handicapée par sa dépendance énergétique — et des pays producteurs — obligés de recycler leurs dollars par Wall Street, par les banques ou les sociétés américaines. Le provisoire seyait parfaitement à l'équipe Ford, qui avait adopté une politique d'aisance monétaire, en laissant la masse monétaire augmenter de 9 à 12 % l'an — deux fois plus vite que dans la décennie précédente. Les Européens, préoccupés par les conséquen-

1. États-Unis, Grande-Bretagne, France, RFA, Canada, dit aussi Groupe des Cinq ou Comité intérimaire, par référence au Comité des Vingt.

ces d'une récession, estimaient venu le temps d'un rééquilibrage des pouvoirs monétaires de part et d'autre de l'Atlantique. Mais ils étaient incapables de s'entendre sur l'instrument de références, sur la viabilité du « serpent » lancé en avril 1972 [1] et sur les responsabilités de chacun. Quant au Comité des Vingt, censé représenter la communauté du FMI, son projet de réforme du système monétaire international, paru en 1974, était déjà enterré.

Les Américains, conscients de cette balkanisation des positions, adoptèrent une tactique simple fondée sur le retournement d'alliances au coup par coup, afin d'atteindre leurs deux objectifs stratégiques : la prééminence maintenue de l'étalon dollar et le flottement des changes. Tout au long de l'année 1974, ils attaquent les Français, partisans d'un retour à un étalon de change-or. Ils bénéficient du soutien des Allemands et des Japonais, hostiles à toute réévaluation des réserves d'or au prix du marché qui impliquait une dévaluation vertigineuse de leurs réserves en dollars. En 1975, les États-Unis obtiennent gain de cause, lorsque le FMI décide d'éliminer toute référence à l'or, dans ses statuts comme dans ses transactions. Maigre consolation pour les Français, ils sont autorisés à réévaluer leurs réserves d'or au prix du marché, ce qui accroît leurs possibilités d'emprunt. Une fois entamée la position française, les Américains jouèrent cette fois de la solidarité européenne contre le Tiers Monde et de la cohésion du Groupe des Cinq contre les « nouveaux riches » de la crise. Entre la conférence du 1er juillet 1974 et les accords de Kingston, signés à la Jamaïque les 6 et 7 janvier 1976, les Américains parviennent à marginaliser les DTS, donc à sauver le dollar.

Ils écartent d'abord le projet tiers-mondiste de lier les émissions de DTS et l'aide au développement, en s'assurant un droit de veto — consenti également aux Européens. Ils acceptent en revanche l'augmentation des quotes-parts des pays membres et le rééquilibrage au profit de l'OPEP, ce qui laisse au FMI une fonction de prêteur en dernier recours, utile en cas de nouvelle tension monétaire ou pétrolière. Concession

1. La livre a quitté le serpent le 23 juin 1972, la lire le 12 février 1973, le franc le 19 janvier 1974 avant d'y revenir le 10 juillet 1975.

intéressée, car les dollars représentent un tiers du « panier monétaire » définissant les DTS. Ceux-ci pouvaient en théorie fluctuer au rythme des quinze autres monnaies de référence ; en réalité, le poids du dollar allait se révéler déterminant. Dernière entrave au rôle des DTS, les émissions furent strictement contrôlées par les Américains, soutenus par les Japonais et les Allemands lors de la conférence de Kingston. Ce barrage fut efficace puisque les émissions furent interrompues de 1972 à 1978, date à laquelle les Américains et les responsables du FMI — croyant à la fin de la crise — décidèrent de lancer 12 milliards de DTS sur trois ans.

L'élimination des rivaux du dollar renforçait, par ricochet, la position américaine sur les changes flottants. Selon les mêmes modalités tactiques, l'administration Ford contraignit la France à accepter le compromis de Rambouillet, en novembre 1975. A l'issue de ce premier sommet des pays industrialisés, les Américains gardaient la liberté de modifier librement leur parité, bien qu'ils eussent souscrit une déclaration de principe en faveur des changes fixes quelques heures auparavant. La conférence de Kingston, puis la réunion du FMI du 30 avril 1976 entérinèrent la victoire américaine. Il y avait désormais deux ensembles monétaires : celui des Grands, sous domination américaine, et celui des sans-grade, réglementé par le FMI. Maigre compensation de leur alliance obligée, l'Europe et le Japon reçurent une partie du produit de la vente aux enchères du stock d'or détenu par le FMI.

Les accords de la Jamaïque devaient marquer le point de départ d'une nouvelle période de « stabilité dans l'instabilité ». En effet, ces changements étaient lourds de rivalités futures. Les Européens prirent au pied de la lettre les dispositions de 1976 et commencèrent de stocker des DTS ou de les échanger entre eux, échappant ainsi à la surveillance des États-Unis ou du FMI. De même, les gouverneurs des banques centrales s'accordèrent avec les ministres des Finances pour organiser des interventions massives sur les marchés de changes, afin d'enrayer la chute libre du dollar, fin 1977. La passivité américaine devant ces turbulences ne s'expliquait même plus par l'égoïsme ou la pusillanimité. Pour la seconde fois de la décennie, les alliés de l'Amérique avaient le sentiment que celle-ci reniait sa parole. Les accords de janvier 1975 — confirmés lors du sommet de Rambouillet — avaient prévu une intervention conjointe des quatre grandes puissances monétaires [1], il fallut attendre le 1er novembre 1978 pour que le président Carter honore cet engagement [2]. Mais les motivations de la Maison-Blanche restaient si floues que les analystes hésitaient entre une conversion de bonne foi aux vertus de la collaboration et la prise de conscience des conséquences inflationnistes domestiques des taux de change flottants. En tout état de cause, l'hypothèse d'une coresponsabilité monétaire était renvoyée aux calendes grecques.

Les réponses au défi énergétique

En un hiver, la première marchandise mondiale était devenue une matière rare, au prix aussi imprévisible qu'*a priori* excessif. Pourtant, les dirigeants occidentaux ont toujours refusé la fuite devant le pétrole. Une telle révolution était hors de leurs moyens financiers, étrangère à leurs conceptions du progrès et à l'entendement de leurs concitoyens. De fait, le quintuplement de la facture énergétique a été étalé sur quatre ans et demi et amorti par les effets de l'inflation. Aucun automobiliste n'a manqué d'essence pour partir en week-end et la température des appartements en hiver est restée constante. Seule concession au discours de crise, consommateurs et patrons acceptaient de « chasser le gaspillage » énergétique, en y découvrant de tels gisements de productivité qu'ils étaient aussitôt rassurés. De leur côté, obnubilés par le maintien d'un taux de croissance fort, les gouvernements ont privilégié la sécurité des approvisionnements. Et, jusqu'en 1978, ils se sont satisfaits de deux axiomes : il y aura toujours du pétrole, puisque nous avons de l'argent, et ce même argent nous donnera le temps d'acquérir notre indépendance éner-

1. États-Unis, Allemagne, Suisse et Japon.

2. En échange d'un doublement des crédits *swaps* et de la mise en place d'un fonds d'intervention de 30 milliards de dollars, les Américains haussèrent leur taux d'escompte au niveau record pour l'époque de 9,5 %.

gétique. Ces aveuglements présomptueux, que seul le second choc pétrolier dissiperait, eurent pour conséquence de renchérir le coût global du redéploiement et d'encourager les stratégies individuelles.

En janvier 1974, la définition de la nouvelle donne énergétique est limpide : le charbon, aujourd'hui, l'uranium, demain, et le soleil ou le vent, en l'an 2000, doivent équilibrer la demande en pétrole. Seconde sécurité, la réduction des achats à l'OPEP inciterait à la mise en exploitation de nouveaux champs, par exemple en mer du Nord ou en Alaska. Malheureusement, les deux objectifs sont concurrents, car on imagine mal des sociétés forant en eau profonde sans escompter une certaine stabilité du marché. En outre, ils sont en contradiction avec le principe de limitation de la consommation énergétique. Demander à EDF de vanter les mérites de la sobriété tout en lui faisant construire des centrales nucléaires à tour de bras relevait d'une gymnastique intellectuelle trop subtile. Comment convaincre, de même, les entrepreneurs et les particuliers d'abandonner le pétrole, dans un marché où la concurrence conduit les distributeurs à proposer des rabais sur le fuel et l'essence ? Enfin, les gouvernements européens considèrent souvent le pétrole comme une vache à lait fiscale, ce qui accroît la confusion sur leurs intentions véritables.

Aussi les résultats bruts du redéploiement sont-ils contrastés. Entre 1974 et 1979, la production mondiale de pétrole a progressé de 12 %, mais la demande réelle de 5 % seulement. Pourtant, l'or noir assure encore la moitié de l'énergie consommée dans l'OCDE. La tendance des années soixante — celle du « tout-pétrole » — est cassée. Les prévisions de consommation sont révisées de manière aussi précipitée qu'inexacte [1]. Les experts ont en effet les plus grandes peines à départager le résultat des mesures visant à limiter l'utilisation du pétrole de celles imputables à une meilleure efficacité énergétique. L'Europe a ainsi économisé 60 millions de tep, avant que les voitures sobres et les usines capa-

1. En 1973, les prévisions pour l'OCDE étaient de 6,5 milliards de tep pour 1979 et 13,5 en l'an 2000. En 1977, on rectifia à 4,3 et 8,9 milliards. Jamais la barre des 4 milliards n'a été atteinte.

bles de recycler leur énergie soient entrées en service. En revanche, la reconversion des cimentiers au charbon est demeurée limitée, en dépit des subventions et des campagnes promotionnelles. Au total, les économies restent exposées à des coups d'accordéon imprévus et coûteux, tels la reprise de la consommation en 1975 ou le ralentissement de la demande dans le Tiers Monde dès 1976.

Le dosage des solutions nationales prend une importance primordiale, ce qui n'exclut nullement des décisions en apparence contradictoires. En témoigne la double politique américaine d'ouverture internationale et d'indépendance. La première, appuyée par le *lobby* pétrolier et les États producteurs comme le Texas ou consommateurs telle la Californie, repose sur une hausse des importations. Les uns veulent maintenir le rythme de la croissance, les autres rentabiliser leurs puits, d'autres préserver leur industrie chimique. Objectif atteint puisqu'en 1977 les importations représentent la moitié du pétrole consommé. Mais, simultanément, les trois présidents Nixon, Ford et Carter stimulent la production intérieure de pétrole et lancent, malgré les réticences du Congrès, un programme de rééquilibrage énergétique fondé sur l'intervention fédérale et l'apparition d'énergies de substitution. De fait, la part des hydrocarbures dans la production tombe à 56 %, au profit du charbon et du nucléaire, du moins jusqu'à l'incident survenu à la centrale de Three Miles Island le 28 mars 1979 [1]. L'indépendance n'est certes pas assurée, mais les conséquences d'un nouvel embargo se trouvent limitées.

Allemands et Japonais ont le même souci du désengagement pétrolier, mais leurs priorités vont vite différer. Les *Länder* étaient tous d'accord pour construire des centrales nucléaires, à condition que les sites se trouvent chez leurs voisins. Du coup, l'alternative nucléaire était abandonnée dès 1976 et le « *Weg vom oel* » reposa exclusivement sur le retour au charbon. Au plan économique, le choix était discutable, car le charbon américain ou sud-africain était meilleur marché et les subventions massives à la production nationale contraires aux principes communautaires. Cela ne préoccu-

1. Sur les risques technologiques et l'écologie, cf. *infra* p. 217 et ss.

pait guère les Allemands, satisfaits de pouvoir utiliser leur forte consommation de charbon au profit d'une diversification vers le gaz naturel de Norvège, des Pays-Bas et d'URSS. Le gouvernement s'offrait, seul en Europe, le luxe de ne pas limiter la vitesse des automobiles et de rester peu soucieux d'économies. Un tel nationalisme énergétique était impensable au Japon et dans la majeure partie de la zone pacifique où le degré de dépendance pétrolière atteignait 90 % en 1973. Malgré le consensus national sur le nucléaire civil — autour des groupes Westinghouse-Mitsubishi et Hitachi-Toshiba-Fuji, aucune énergie de substitution ne pouvait concurrencer les hydrocarbures et alimenter la demande industrielle. Aussi, pour assurer la sécurité de leurs approvisionnements, les Japonais utilisèrent leur puissance financière en prenant des participations dans des mines de charbon australiennes ou des usines de gaz liquéfié à Brunei. A la veille du second choc pétrolier, les résultats restaient cependant modestes, car les entreprises avaient à peine entamé leur repli de secteurs fortement consommateurs d'énergie. La course à la compétitivité ne saurait dissimuler la fragilité d'une croissance très dépendante.

En définitive, c'est la stratégie française qui présente la plus grande cohérence, tant par la collaboration État-entreprises que par la panoplie des mesures envisagées et la primauté d'une source d'énergie. Confronté depuis un siècle au problème de la dépendance énergétique, le pays semble peu désorienté, comme si la crise justifiait les options gouvernementales antérieures [1]. Le choix du nucléaire repose sur un coût présenté comme raisonnable, sur le principe d'une sécurité assurée par une énergie « propre » dont la technologie est maîtrisée depuis la fin des années soixante et sur le mirage — toujours séduisant — d'une France indépendante grâce à ses 100 000 tonnes d'uranium récupérables. Il reste encore à convaincre les partis politiques et surtout l'opinion publique, réticente sur le principe, méfiante quant à la localisation des centrales et peu consciente de la longueur des délais

1. Voir les discours de Pierre Messmer, en mars 1974, et d'André Giraud, en avril 1979, définissant, de manière similaire, les priorités de la politique énergétique nationale.

— sept ans — entre la décision de construire et le couplage au réseau [1].

Du coup, les autres volets de la politique énergétique, en offrant l'occasion d'effets d'annonce répétés, paraissaient indispensables. Dès octobre 1974, le gouvernement réglemente la température du chauffage, les vitesses des automobiles, l'isolation thermique des bâtiments, accorde des primes à l'investissement économe en énergie et passe des contrats de recherche avec les constructeurs automobiles. La création d'un organisme *ad hoc*, l'Agence pour les économies d'énergie, et l'insistance mise par les pouvoirs publics à légiférer — en 1974, 1977 et 1979, — illustrent autant l'ampleur donnée à la politique énergétique que sa relative inefficacité initiale. En revanche, lorsque survient le second choc pétrolier, la France qui ouvre cinq réacteurs par an et investit 10 milliards de francs pour sa production domestique paraît le pays européen le mieux armé.

De la croissance à la stagflation

Même le choc pétrolier n'avait pas réussi à entamer cette certitude économique : le monde continuait de tourner suivant les principes de la révolution keynésienne. L'Occident était certes à l'âge de l'inflation, mais celle-ci s'accompagnait de la croissance et ses mécanismes étaient si connus qu'il suffisait de relire le célébrissime article de Peter Wiles — datant d'un quart de siècle [2] — pour expliquer l'inflation à tout moment. En outre, la parenté avec le phénomène de la guerre de Corée semblait patente : la hausse brutale du cours des matières premières, dans un climat de crise internationale, se répercuterait sur les prix de gros et de détail.

Mois après mois, pourtant, les résultats économiques allaient décevoir l'attente des experts. Ceux-ci avaient beau multiplier les palmarès, ils se révélaient incapables de les inter-

1. En juin 1977, 37 % de la population se déclare favorable au nucléaire contre 43 % en novembre 1978 et 54 % un an après.

2. P. Wiles, « The Age of Inflation », *The Economist*, août 1951.

préter [1]. Allemands, Suisses et Autrichiens rivalisaient dans la lutte contre l'inflation, mais, tandis que ces derniers enregistraient un regain de croissance, les autres voyaient leur activité s'essouffler. Quant aux performances françaises, elles résultent de politiques contradictoires, les plans d'assainissement financier et de sauvegarde de l'emploi étant associés ou se succédant, entre deux trains de relance. De même, les résultats américains apparaissent globalement satisfaisants, alors qu'on a changé de priorité environ tous les deux ans. En fait, cette inconstance se comprend, si l'on imagine la perplexité de responsables qui voient tomber en panne les deux moteurs principaux de la croissance — la consommation individuelle et l'investissement des entreprises —, au même moment et pour la première fois depuis une génération.

Aussi leur comportement doit-il s'apprécier en rappelant que ces hommes veulent à tout prix éviter le retour d'une crise comparable à celle qu'ont vécue leurs parents et que l'immobilisme leur semble le pire des abandons. D'où les tentatives immédiates que nous avons décrites, dans l'espoir d'alléger les effets de la crise par la vitesse de réaction, un peu comme une voiture accélérant pour être moins secouée sur une portion de route en tôle ondulée. Le risque est évidemment que cette combustion supplémentaire fasse déraper le véhicule (par excès de déficits) ou provoque une reprise insuffisante pour échapper aux cahots. L'analyse de la seconde moitié de la décennie montre que peu de pays ont compris qu'ils s'expo-

---

1. **Tableau comparatif des performances économiques**

(1970-1979 ; hors Japon)

classement	*stabilité des prix*	*croissance PNB réel*	*emploi*
1	RFA	Autriche	États-Unis
2	Suisse	France	Suède
3	Autriche	États-Unis	Italie
4	États-Unis	Italie	France
5	France	RFA	Autriche
6	Suède	Royaume-Uni	Royaume-Uni
7	Royaume-Uni	Suède	RFA
8	Italie	Suisse	Suisse

saient de la sorte à cumuler les inconvénients de l'inflation et de la stagnation.

Dans un premier temps, la récession de 1975 casse l'élan des coûts et les mesures anti-inflationnistes prises par la suite stabilisent la situation à un niveau certes élevé, mais qui n'avait aucun rapport avec une inflation galopante, voire éclatante. C'est bien en 1974 que se situe l'apogée d'un dérèglement inauguré à la fin des années soixante. Pour autant, ce choc ne suffit pas à vacciner les Occidentaux contre les tentations inflationnistes : en 1979-1980, les signes de la surchauffe réapparaissent, comme si la récession n'avait pas laissé de traces. Enfin, les rythmes et les intensités de hausse varient de plus en plus, ce qui fait des différentiels d'inflation un paramètre clé de la performance économique. D'une façon schématique, on distinguera ainsi trois groupes de pays : ceux à forte inflation — supérieure à 15 % l'an — comme l'Italie ou la Grande-Bretagne, ceux à inflation moyenne — autour de 10 % — comme le Japon, les États-Unis ou la France, et les pays à faible inflation — moins de 8 % — comme l'Allemagne ou la Suisse [1]. Dans un environnement international dominé par le laxisme des politiques monétaires depuis 1971, de tels écarts laissaient présager des ajustements douloureux.

Il n'en fut rien, à l'exception du Japon, et il n'est même pas sûr que ces derniers auraient été envisageables avant la fin de la décennie soixante-dix. On oublie en effet que la stag-

1. Ci-dessous, les performances de chaque groupe (en pourcentage) avec un représentant type :

	Inflation			*Hausse du coût unitaire du travail*			*Productivité du travail*		
	GB	*Suède*	*RFA*	*GB*	*Suède*	*RFA*	*GB*	*Suède*	*RFA*
1974	16,0	10,0	7,0	23,5	11,0	9,5	0,5	1	4
1975	24,0	10,0	6,0	31,0	18,5	6,0	– 1,5	– 1,5	1,5
1976	16,5	10,5	4,5	10,0	17,0	2,0	3,0	0,5	6,0
1977	15,5	11,5	3,5	10,0	15,5	4,0	0,5	– 3,0	3,0
1978	8,5	10,0	3,0	10,5	8,5	3,5	3,5	1,5	2,5
1979	13,5	8,0	4,0	15,5	6,0	3,0	0,5	2,5	3,5

Source : OCDE, mars 1981

flation est adaptée à l'État-providence, si bien que les économistes de Stanford n'ont pu, par exemple, identifier une catégorie sociale victime spécifique de l'inflation. La couverture sociale permet aux travailleurs d'échapper au dilemme tragique des années trente — mourir de faim ou accepter n'importe quel emploi. Du coup, les ressources inemployées ne contribuent plus à faire baisser les salaires et les prix : à l'inflation classique par la demande s'ajoute une inflation par les coûts. Or, les experts se trouvent désarmés devant la combinaison des deux phénomènes. Les keynésiens qui, comme J. K. Galbraith, préconisent un encadrement permanent des salaires ignorent l'impossibilité de son fonctionnement efficace dans des sociétés libérales. Quant aux monétaristes qui, tel M. Friedman, pensent régler l'inflation par les coûts avec une évolution parallèle de la masse monétaire et de l'activité à plein-emploi, ils oublient que les salariés occidentaux n'accepteraient en aucun cas un retour pur et simple à l'économie de « laisser faire » de l'âge victorien. Aussi hésitants que leurs conseillers, les gouvernants se sont, durant de longs mois, efforcés de gérer les manifestations de la crise inflationniste, renforçant de la sorte le pessimisme des citoyens et donnant le sentiment d'agir à contretemps.

Ainsi les autorités n'ont-elles pas pris la mesure des chocs exogènes — hausse des prix alimentaires, des matières premières et du pétrole —, alors que les premiers signes remontaient à 1973. Elles ont « ignoré » une hausse moyenne de 10 % pour les produits manufacturés et de 65 % pour les produits primaires. De même ont-elles commencé de réagir au fait accompli pétrolier vers le printemps 1974 ; dans l'intervalle, les autorités américaines, comme d'autres, avaient démantelé leur système de contrôle des salaires et des prix, favorisant une inflation de rattrapage. Cette inertie des pouvoirs publics s'explique autant par les résultats brillants obtenus en 1971-1972, avec une forte inflation déjà, que par fidélité à des principes de politique économique qui contribuaient malheureusement à amplifier la contraction de la demande. Ainsi, les banques centrales s'ajustèrent avec retard et imparfaitement à la demande de liquidités supplémentaires générée par l'inflation ; puis, elles agirent sur le volume et le coût du crédit. En voulant soigner l'inflation passée et prévenir l'inflation future, les banques fabriquaient de l'inflation à tour de bras — avec un argent hors de prix — et alimentaient la chute de la demande réelle. Parallèlement, aux États-Unis et en Europe du Nord, le principe de la progressivité de l'impôt sans indexation sur l'inflation pénalisait d'abord les cadres et les professions libérales, premiers consommateurs des années soixante-dix. Le frein fiscal, si utile en cas de surchauffe de la demande, participait cette fois à la pérennisation de la stagflation.

Sur le fond, la médiocre performance des gouvernements met en évidence deux traits originaux des sociétés occidentales contemporaines. Celles-ci sont surtout sensibles à l'accélération de l'inflation plus qu'à une inflation élevée mais constante. Le souvenir mythifié des inflations galopantes du siècle incite les autorités à préférer la récession au risque d'une dérive des prix. En second lieu, le choc brutal de la stagflation crée un dilemme de politique économique. Chacun dispose d'une panoplie efficace contre l'inflation ou le chômage, mais personne ne trouve le réglage idéal lorsque les deux sont associés. La responsabilité n'en incombe ni aux erreurs de prévision des experts, ni à la longueur des délais entre le diagnostic et l'application de la médication. On y verra plutôt l'effet de la tendance persistante des prix et des salaires à augmenter, avant même qu'existent les conditions de la demande globale propre à satisfaire l'attente des électeurs en matière d'emploi ou de croissance.

Ces comportements se retrouvent dans les solutions nationales imaginées pour répondre à la crise. Jusqu'en 1976, le dogme de la croissance reste présent dans toutes les têtes, aussi la stratégie adoptée est-elle des plus classiques : éradiquer la poussée inflationniste et pratiquer une politique active de la main-d'œuvre pour se replacer au plus tôt dans la course au progrès. Qu'il s'agisse du plan de « refroidissement » lancé en septembre 1974 par le Français J.-P. Fourcade, des mesures d'austérité décidées par le gouvernement Miki ou du programme en dix points, « Whip Inflation Now », présenté le 9 octobre 1974 par Gerald Ford, la thérapeutique anti-inflationniste est identique : renchérissement et raréfaction du crédit, tour de vis fiscal, plafonnement des dépenses publiques et contrôle de l'accroissement du stock de monnaie. Seules diffèrent la chronologie et l'intensité des mesures. Ce qui n'est pas accessoire, on s'en doute, et permet de vérifier à nouveau le clivage entre pays « vertueux » et pays « consciencieux » — en règle avec la règle. Les premiers réagissent dans le premier semestre 1974, quelle que soit la couleur politique des gouvernements, et utilisent le climat d'inquiétude internationale autant que les liens traditionnels des politiques contractuelles pour imposer des décisions draconiennes [1]. Les seconds, exposés à des tensions sociales plus exacerbées et à des échéances politiques rapprochées, calquent leur attitude sur l'évolution générale de la conjoncture, acceptant le risque du retard contre l'avantage théorique d'un réglage plus affiné des politiques [2].

Pendant l'hiver 1974-1975, les Occidentaux ont pu croire la partie gagnée. La plupart des indicateurs financiers étaient revenus à leurs niveaux antérieurs au choc pétrolier et certains — telles la croissance des salaires réels ou celle de la masse monétaire — avaient atteint leur étiage depuis le début de la décennie. Certes, les rémunérations françaises et anglaises demeuraient trop élevées, de même que les déficits publics japonais et américain, mais l'urgence du moment commandait d'enrayer la montée du chômage et de préserver les acquis de l'État-providence. En ce sens, les mesures de relance et d'aide prises entre janvier 1975 et jusqu'à novembre 1977 pour certains pays constituent la dernière grande victoire des keynésiens et des *policy makers*.

Aux États-Unis, Gerald Ford présente un plan de relance de la consommation d'un montant de 22,8 milliards de dollars, complété en janvier 1976 par une baisse des impôts équivalente et par une extension de l'indemnisation chômage de 10 à 34 milliards de dollars. Cette politique est amplifiée par Jimmy Carter qui se donne pour objectif la mise en place d'un État-providence proche du modèle européen et héritier direct de la Grande Société projetée par Lyndon Johnson.

1. Il s'agit du Japon, de la RFA, des Pays-Bas, de la Suisse et de la Suède.

2. Il s'agit de la France, des États-Unis, de l'Italie, du Royaume-Uni, de la Belgique et de l'Autriche.

En août 1977, quatre mesures majeures concrétisent cette volonté : une allocation est versée à toute famille en dessous du seuil de pauvreté, des ressources minimales accordées aux personnes âgées et aux handicapés, l'État fédéral prend en charge le paiement partiel des indemnités de chômage et jusqu'à sa totalité dans les États où le chômage dépasse 6 % des actifs, enfin le taux des pensions de retraite est relevé. Au total, le montant des dépenses fédérales dépasse 200 milliards en 1977 avant d'atteindre 300 milliards fin 1979. En novembre 1977, le vote de la loi Humphrey-Hawkins, le *Full Employment and Balance Growth Act*, couronnait cette politique en traçant une ligne de conduite interventionniste pour l'État fédéral autour des deux priorités : un taux de croissance supérieur à 4 % par an et un taux de chômage inférieur à 6 %.

Tous les pays d'Europe occidentale ont également adopté une orientation expansionniste, entrecoupée de pauses dues aux résurgences inflationnistes. Les politiques de concertation sociale — quelle que soit leur appellation [1] — tiennent un rôle prépondérant dans la mesure où elles canalisent les attentes contradictoires des salariés, des employeurs et des pouvoirs publics. Leurs résultats en terme d'emploi et de rémunération comptent plus que leur efficacité économique. Les Autrichiens, par exemple, se satisfont d'une sorte de corporatisme qui sauvegarde le plein-emploi, et acceptent de placer 25 % de la richesse nationale sous « autocontrôle volontaire », soit aux mains de l'État et des organisations syndicales. De leur côté, Français et Allemands s'attachent d'abord à la qualité de l'indemnisation sociale pour les travailleurs privés d'emploi, sans se préoccuper de son coût sur les finances publiques ou régionales. De ce point de vue, c'est la Suède qui offre l'exemple le plus achevé de cette stratégie. Sa référence doctrinale demeure le modèle Rehn-Meidner, élaboré au début des années cinquante [2]. Partant du principe

1. Cogestion allemande, contrat social britannique, concertation autrichienne, politique contractuelle française et belge.

2. Du nom des deux économistes du syndicat LO. Étude détaillée de cette politique dans A. Martin, « The Dynamics of Change in a Keynesian Political Economy : The Swedish Case and Its Implications », *in* C. Crouch (éd.), *State and Economy in Contemporary Capitalism*, Londres, 1979.

que ni une politique salariale ni une action monétaire ou fiscale ne garantissent le maintien du plein-emploi, les Suédois choisissent de contenir simplement la poussée des prix, le temps que les mesures d'ajustement du marché du travail à la demande produisent leurs effets. De fait, après un choc plus rapide et plus intense qu'ailleurs, le chômage retombe à son étiage, grâce à l'extension du travail à temps partiel et aux incitations à la mobilité géographique et professionnelle. Mais la compétitivité des produits suédois s'en trouve si affectée que la reprise mondiale de 1977 effleure à peine le pays.

Aux premiers jours de 1978, une majorité d'Occidentaux — 52 % selon le magazine *Time* — croit à un nouvel élan du capitalisme. Même si les scores des années 1969-1973 sont rangés au rayon des souvenirs merveilleux, la croissance reste honorable et les responsables économiques comptent sur elle pour enrayer la montée du chômage et calmer les revendications catégorielles. Quant aux chiffres de l'inflation, ils laissent une relative marge de manœuvre aux entreprises et aux partenaires sociaux. Les Britanniques eux-mêmes, souvent daubés par leurs partenaires pour leur médiocre compétitivité et leur propension à la grève, réussissent à aligner leur taux de croissance sur celui de la RFA et de la France, tout en passant sous la barre des 10 % d'inflation et en supportant les effets commerciaux de l'intégration au Marché Commun. D'une façon générale, les autorités sont convaincues que leur politique de stimulation de l'offre, notamment par le biais de l'instrument budgétaire, a permis de sauvegarder à la fois la croissance de l'heure — par le maintien de la consommation — et celle des années quatre-vingt — par les facilités accordées aux investisseurs.

Trompeuse certitude ! En six mois — à partir de novembre 1978, la conviction d'une récession durable va remplacer dans les esprits les espoirs d'un boom. L'Occident se croyait soumis à un « choc coréen » et il se retrouve devant le fantôme de 1931. Car, encore une fois, le moteur de la récession est une crise de l'argent, combinée à un deuxième choc pétrolier imprévisible et aux effets inverses du précédent. Les nations développées se sont crues immunisées contre le virus de 1929 à partir du moment où les deux responsables majeurs de la Grande Crise étaient hors jeu. Le système bancaire international avait en effet montré sa fiabilité, puisque l'insolvabilité de la Turquie, du Zaïre, du Nicaragua ou de la Corée du Nord avait été surmontée et que de gros emprunteurs comme Taiwan, la Corée du Sud ou le Brésil avaient accepté les mesures d'autodiscipline imaginées par le FMI. Surtout, l'Amérique ne faisait plus défaut. Mieux, elle était redevenue le grand marché de la planète. Les mesures nationales de relance avaient déclenché une vague d'importations telle que le déficit commercial cumulé atteignit 50 milliards de dollars en vingt mois. Mais chacun paraissait y trouver son compte : les exportateurs de pétrole assuraient la moitié de la consommation américaine, les Européens finançaient le déficit fédéral à hauteur de 100 milliards de dollars et profitaient d'un dollar à 4 francs pour investir 40 milliards dans les entreprises du Nouveau Monde ; quant aux produits américains, la chute de la monnaie les rendait en théorie plus compétitifs par rapport à leurs concurrents occidentaux.

C'est en voulant recueillir les fruits de leur sagesse que les pays industriels se sont précipités dans la récession. Il semblait alors judicieux d'anticiper la reprise mondiale. De nouveaux prêts sont consentis aux pays neufs non pétroliers, au titre des efforts méritoires accomplis pour ramener le déficit de leurs paiements courants en dessous du niveau de 1973. A l'été 1977, le taux d'intérêt de l'eurodollar à six mois est revenu à son niveau d'avant-crise et les banquiers disposent d'un trésor de guerre de 55 milliards de pétrodollars à placer. La plus belle sortie de crise de l'histoire du capitalisme se mitonne et les mesures de relance se multiplient, même chez les nations les plus soucieuses d'éviter une poussée inflationniste. En septembre 1978, le Premier ministre japonais Fukuda présente le quatrième « programme de stimulation » de la décennie — d'un montant de 2 500 milliards de yens, qui organise la transition entre les activités traditionnelles et les industries de l'intelligence. Quant aux Allemands, ils accélèrent la réalisation de leur plan quadriennal d'investissement, estimé à 16 milliards de marks pour 1977-1980, afin de consolider leur place de premier exportateur mondial ravie aux Américains. La formule célèbre du chancelier Schmidt résume bien cet optimisme retrouvé : « Les bénéfices d'aujourd'hui sont les investissements de demain et les investissements de demain sont les emplois d'après-demain. »

Beau programme qui faisait hélas peu de cas des quatre imprudences commises par les Occidentaux. Trop contents de disposer d'un filet de sécurité financier, ceux-ci ont commencé par ignorer les effets pervers de la solidarité internationale. L'ouverture des économies et le nombre des secteurs en concurrence entraînèrent une dispersion des effets de relance. Les pays les plus hermétiques à la concurrence concentrant les entreprises les plus compétitives, l'Allemagne, le Japon et les États-Unis tirèrent profit des reprises, au détriment de leurs voisins qui fabriquèrent de l'inflation avec la demande générée immanquablement par tous ces projets grandioses. Du coup, la manipulation des taux de change et d'intérêt ne garantissait plus un régime de croisière à une économie d'endettement planétaire. Or, deuxième erreur, aucun banquier ni gouvernement ne tira le signal d'alarme. Au contraire, chaque pays fut tenté de pratiquer le surajustement monétaire, autrement dit de pousser à ses limites les principes interventionnistes appris lors du désastre des années trente et perfectionnés dans les années soixante. La rivalité commerciale ramenait la guerre monétaire.

De leur côté, les entreprises ne prirent pas garde à la crise d'argent qui se nouait. Jusqu'en 1978, elles s'étaient accommodées de la hausse des coûts de production en augmentant leurs prix et en s'endettant. Elles avaient acheté une paix sociale à bon compte avec la hausse des salaires nominaux et le financement des indemnités de chômage. Mais, après quatre ans de ce régime, leur endettement faisait peser des frais financiers de plus en plus lourds sur leurs profits, ce qui accélérait le relèvement des taux d'intérêt et réduisait les capacités d'investissement. Les chefs d'entreprise se trouvaient contraints à la prudence, au risque de la sclérose, au moment où le train de la reprise s'ébranlait. Keynes avait une nouvelle fois raison, mais personne ne s'intéressait plus à ces histoires de « trappe de liquidité » où les gens, inquiets d'une possible récession, garderaient jalousement leur argent, indifférents à la variation des taux d'intérêt. Or, c'était précisément ce que choisissaient des patrons, incapables de savoir s'il fallait s'arc-bouter sur les freins anti-inflationnistes ou tabler sur une croissance renouvelée. Cette valse-hésitation sur un air de *stop and go* déjà fatal aux Britanniques dans les années 1955-1970 eut des conséquences récessionnistes nettes dès l'automne 1978. L'Occident était mûr pour une crise majeure, il ne manquait plus que le détonateur.

La paralysie des pays socialistes

Le 28 novembre 1978, Leonid Brejnev prend la parole devant le Comité central du Parti communiste d'Union soviétique pour dresser un bilan catastrophique des performances nationales : « Les pertes et les gaspillages sont une plaie pour l'économie ; l'incurie, l'irresponsabilité et la négligence influent sur l'état d'esprit et les dispositions au travail des Soviétiques, le processus d'éparpillement des crédits d'investissements sur de multiples chantiers se généralise et les constructions inachevées se multiplient. » Qui est responsable ? « Le Gosplan et les maîtres d'œuvre. » Que faut-il faire ? « Renforcer la responsabilité personnelle des cadres dirigeants et de ceux qui ne facilitent pas l'exécution des décisions. »

Leonid Brejnev signe ce jour-là le constat de décès de la mystique productiviste, affirmée depuis la Révolution d'octobre. Contrairement aux attentes des dirigeants de l'Est, la décennie soixante-dix a mis en évidence l'incapacité de leurs économies à réaliser leurs objectifs, comme à profiter de la crise occidentale. En Union soviétique, la croissance a été à la fois inférieure aux prévisions du Plan et soumise à des pressions inflationnistes internes et externes de plus en plus fortes. Ainsi le salaire moyen des ouvriers a-t-il augmenté de 3,1 % par an au lieu des 2,4 % prévus. De plus, ce surplus de revenus ne s'est pas investi dans une épargne désormais perçue comme surabondante et inutile, mais dans l'achat de biens au marché noir. Du coup, les autorités sont obligées de baisser certains prix pour écouler des stocks accumulés du fait de la concurrence des produits du marché noir, souvent de meilleure qualité : les ventes officielles de tissus synthétiques, de vêtements et de chaussures baissent de 15 à 20 % par an entre 1976 et 1979.

Ces phénomènes de grippage du système se retrouvent dans l'ensemble des pays socialistes. En Tchécoslovaquie, les déficits permanents du commerce extérieur dissipent l'illusion du miracle industriel : les exportations nationales de biens mécaniques et électriques représentent 1,4 % du total mondial, soit moitié moins qu'en 1965. Pour avoir négligé la modernisation de ses appareils, la Tchécoslovaquie a perdu son avance sur les autres pays du CAEM et se trouve incapable de compenser le coût croissant de ses importations par la qualité de ses produits. Au moins dispose-t-elle de spécialisations industrielles qui lui permettent, comme à sa voisine est-allemande, de livrer à l'URSS la moitié de ses exportations de biens d'équipements. Les autres pays du CAEM n'ont pas cette chance. En Bulgarie et en Roumanie, aucun des objectifs du plan quinquennal n'est atteint. L'indiscipline des travailleurs, la mauvaise gestion des entreprises et la qualité déplorable des produits sont autant de leitmotive annuels. Le 5 juillet 1978, devant les membres du Comité central, Nicolae Ceausescu en tire une conclusion radicale, lorsqu'il dénonce « le mécanisme suranné du pays, qu'il faut détruire ». En attendant, Bulgares, Roumains ou Polonais doivent improviser des programmes d'« autosuffisance » ou d'« autogestion », destinés à enrayer la paralysie économique.

A cela s'ajoute la menace de la faillite financière qui sanctionnerait l'échec des plans de 1971-1975. Les pays socialistes avaient voulu « acheter occidental » pour gagner du temps dans la bataille commerciale. Retournant à leur avantage l'immobilisme de la guerre froide, ils excipaient de leur prudence financière, de leur solvabilité, de l'efficacité des plans dans les choix de politique économique. Vingt-cinq ans plus tard, les regrets du plan Marshall se trouvaient effacés. Ce qui tombait à pic pour des nations disposant de pétrodollars à recycler, à des taux en baisse depuis 1975, et soucieuses de relancer leurs propres exportations. Les pays de l'Est reçoivent ainsi 20 % des crédits à l'exportation accordés par les membres de l'OCDE pour 1975-1977, auxquels s'ajoutent des lignes de crédit particulier ouvertes par les fournisseurs privés et des montages financiers inventifs [1]. En 1975, la dette extérieure des pays de l'Est atteint 30 milliards de dollars, soit un quadru-

1. Ainsi la ligne de crédit gratuit consentie par la RFA à la RDA au titre du commerce interallemand, ou le paiement des retraites des Polonais « employés » par le IIIe Reich.

plement depuis le premier choc pétrolier. Pourtant, personne ne s'en soucie jusqu'en 1977. Du côté occidental, les informations sont éparses et les hypothèses systématiquement optimistes : le tourisme, les ventes d'or, les réserves en devises constituent autant de cavernes d'Ali Baba qui rassurent les investisseurs [1]. A l'Est, le mystère entourant la dette est à la fois conforme aux canons du léninisme et nécessité dans les négociations avec l'Ouest.

Régis par le principe simpliste de la compensation — argent occidental contre produits socialistes, ces accords n'impliquaient aucun changement de fond dans la stratégie économique des pays est-européens. Leurs entreprises exportatrices, privées d'autonomie, ne font aucun marketing, ne donnent pas d'information et se gardent d'ouvrir leurs capitaux à l'étranger. Au lieu de tabler sur l'insertion dans la compétition internationale, les pays socialistes ont compté sur l'expansion de leurs capacités de production. En refusant la logique de l'adaptation à la demande mondiale, ils se sont mis en situation de subir les effets de la récession occidentale. Dès 1978, la CEE impose des contingentements et des accords d'autolimitation aux pays exportateurs de produits sidérurgiques et textiles, ce qui touche 20 à 30 % des ventes de l'Est. Seule l'Union soviétique parvient, grâce à ses livraisons d'hydrocarbures, à limiter les conséquences de ce regain protectionniste [2]. Tous les autres pays — la Pologne et la Roumanie surtout, la Bulgarie et la Hongrie dans une moindre mesure — s'engagent dans le cercle vicieux du sous-développement : chute des importations, de la production nationale, poussée de l'inflation et creusement du déficit de la balance des paiements.

Revenus à la réalité, banquiers et hommes politiques s'aperçoivent que les pays de l'Est sont exsangues. Au plus mauvais

1. Il faut attendre 1984 avant que le BRI publie un bilan global des financements réalisés par l'Ouest. Jusque-là, seule la CIA fournit un tableau global de la dette socialiste.

2. La structure de son commerce traduit cette dégradation : en 1970, les exportations de matières premières atteignaient 34 % du total et 46 % en 1978, contre 56 % et 49 % pour les exportations de produits manufacturés.

moment pour eux, puisque les taux d'intérêt passent de 6 à 10 % en un an, sous l'impulsion de la nouvelle politique monétaire américaine. En 1979, la dette polonaise atteint 19 milliards de dollars et le pays doit consacrer 54 % de ses recettes en devises à des remboursements dus pour les trois quarts aux banques privées. Et la situation de la Hongrie et de la Roumanie n'est guère plus enviable. Comme à l'habitude en pareil cas, les égoïsmes professionnels triomphent. Les gouvernements français et allemand négocient en secret le rééchelonnement de la dette polonaise, tandis que les banquiers privés, réticents pour accorder un nouveau prêt de 550 millions de dollars, découvrent avec effarement un taux d'endettement voisin des « mauvais élèves » d'Afrique. Ce que le gouvernement Gierek nie farouchement, au nom de la respectabilité internationale. A l'heure du second choc pétrolier, tous les ingrédients d'un scénario catastrophe sont réunis.

Vers une balkanisation économique

L'instabilité, que semblent découvrir les pays socialistes, est une donnée de base des pays du Tiers Monde. La plupart ont subi les contrecoups du choc dans l'indifférence générale, sauf le temps d'un désastre. En septembre 1978, les Européens s'intéressent aux problèmes du Népal lors des inondations qui font dix mille noyés et vingt millions de sans-abri dans la vallée du Gange. Aussitôt, Bruxelles décide l'envoi d'une aide alimentaire et sanitaire d'urgence. Mais les sacs resteront fermés, car les eurocrates ont « oublié » que le riz se cuit et qu'il faut savoir lire la notice des médicaments. Quand une population coupe la forêt cinq fois plus vite qu'elle ne repousse pour des enfants deux fois plus nombreux qu'en 1955 et aux quatre cinquièmes analphabètes, l'aide sert plus à déculpabiliser l'Occident qu'à sauver les gens.

Cette contradiction entre la dépense et l'efficacité nourrit la réflexion des pays producteurs de pétrole peuplés et des nations sous-traitantes. Celles-ci prennent conscience qu'ils sont en train de rattraper les Occidentaux sur certaines lignes de produits (la Corée du Sud vend plus de produits industriels à l'Arabie Saoudite que la France) et que le rôle régulateur des États-Unis s'est altéré. Pour le Mexique, le Brésil, l'Iran, l'Algérie, la Chine et les « quatre dragons » d'Asie (Hong Kong, Taiwan, Singapour et Corée du Sud), l'heure est à l'offensive. De fait, les premiers résultats sont très encourageants : leur part dans les échanges internationaux progresse de 6,5 % par an entre 1975 et 1980 ; mieux, ils détiennent les trois quarts des brevets d'origine nationale déposés dans le Tiers Monde. Certes, avec 150 000 brevets, ils sont encore quantité négligeable, mais l'élan est donné. Deux signes ne trompent pas : dans les industries de précision — composants électroniques pour les avions et les voitures, les salaires augmentent trois fois plus vite que dans les activités traditionnelles et la pénurie de techniciens, d'ingénieurs s'étend jusqu'au secteur textile, preuve d'une aspiration des personnels qualifiés par les secteurs de pointe.

Les dispositions adoptées par la Chine et la Corée du Sud illustrent ce que l'on baptisera vite le glissement du centre de gravité de l'économie mondiale vers le Pacifique et les pays neufs. En Chine, la décennie de la Révolution culturelle se clôt par la victoire des industrialistes, qui reprennent les thèmes des « quatre modernisations » proposées par Zhou-Enlai en 1975. Les Chinois reconnaissent ainsi officieusement l'échec du modèle autocentré : les capitaux dont ils ont besoin viennent d'Occident et les techniques modernes, destinées à créer des emplois vers l'an 2000, sont importées du Japon, de RFA ou des États-Unis. Le Code sur les entreprises mixtes à capitaux chinois et étrangers de 1979 consacre l'acceptation d'une ouverture économique forcée. Les provinces perdues — Hong Kong et Taiwan — cessent d'être les citadelles assiégées d'un capitalisme corrupteur. Les dollars arrivent en effet en contrepartie de l'aménagement de quatre zones quasi franches, sur le modèle coréen, installées autour de Shanghai. Les pays riches y implantent des entreprises textiles, de construction mécanique et d'électroménager sur des terrains cédés à un prix dérisoire et en utilisant une main-d'œuvre payée trois fois moins cher qu'à Hong Kong. Comme le Mexique aux portes des États-Unis, la Chine se voudrait une base *off-shore* dans la conquête des marchés de l'Asie du Sud-Est.

La conversion (partielle) chinoise donne sa cohérence à une nébuleuse pacifique qui se sera paradoxalement constituée d'une succession d'échecs. Celui de la « sphère de coprospérité japonaise » en 1945 est le plus instructif : le principe économique reste valable — Yasuhiro Nakasone l'évoquera encore à mots feutrés le 23 mars 1984 en rencontrant Zhao Ziyang — mais la collaboration, même inégale, doit remplacer la colonisation. Le retrait britannique de cette partie du monde convainc la « ceinture blanche » du Pacifique [1] qu'il faut trouver des marchés en Asie, pour pallier l'effondrement des échanges avec Londres. En trente ans, les Australiens ont ainsi vu leur commerce passer de 40 à 5 %. Le départ des Américains, après leur premier échec militaire, constitue une chance économique. Il ne nuit en rien aux liens commerciaux tissés avec les voisins du Vietnam. Mieux, l'Amérique n'a avec eux ni les contentieux, ni les relations complexes qu'elle entretient depuis un siècle avec les Européens ; et les Californiens jouent du mythe de la nouvelle frontière afin d'accélérer le rééquilibrage du pays à leur profit. Enfin, les échecs des politiques économiques chinoises et le lent effondrement du Vietnam communiste ont réduit les alternatives. Le triangle magique du Pacifique est simple : alphabétisation, travail intensif et productif, investissement immobilier et industriel [2]. Ce pari, nul ne doute en 1979-1980 qu'à l'exemple coréen il soit tenu. Avec un taux de croissance industrielle de 15 % pour les années 1973-1980, un taux de chômage de 4 % malgré un demi-million de nouveaux travailleurs chaque année et des exportations supérieures à 10 milliards de dollars (1977), les Coréens semblent faire la démonstration que démocratisation économique et politique ne vont pas nécessairement de pair. Ce qui arrange beaucoup de monde en Asie.

Pourtant, on voit mal comment ces modèles pourraient servir de matrice à une nouvelle organisation des rapports mondiaux. Outre les incertitudes d'une stabilité politique trop

1. Côtes canadiennes, américaines, latino-américaines, australiennes, néo-zélandaises.

2. Le taux d'alphabétisation est supérieur à 95 % pour les « quatre dragons » et le Japon, compris entre 85 % et 95 % dans la « ceinture blanche » et de 40 % à 80 % ailleurs. La semaine de travail oscille entre 46 et 53 heures pour un salaire moyen de 800 francs par mois (ouvriers d'Asie), 3 700 francs (Japon), 4 600 francs (Australie).

forcée pour être acceptée, le frein financier reste considérable car la croissance est nourrie des achats occidentaux. De plus, malgré la vigilance des pouvoirs publics, le montant des emprunts atteint des sommets : les dix pays en voie d'industrialisation rapide [1] totalisent les trois quarts de l'endettement global du Tiers Monde en 1980-1981. Or, sur ce montant, les deux tiers sont libellés en crédit à court terme aux mains des banques privées. Dans une période de hausse et d'instabilité des taux d'intérêt, les pays neufs sont écartelés entre le versement d'intérêts qui augmentent de 20 % par an depuis 1976 et le ralentissement de la croissance. De plus, les pays industriels répugnent à abandonner leurs secteurs menacés, dans une période de croissance ralentie et de chômage élevé. Personne ne s'oppose à ce que les nations jeunes atteignent un régime de croissance équilibrée, mais les Occidentaux le veulent le plus tard possible et écartent tout ajustement douloureux à brève échéance.

En outre, nombre de conditions ayant permis la réussite des États-Unis, de l'Europe ou du Japon sont absentes. En particulier, des taux d'alphabétisation, de scolarisation et d'appareillages techniques homogènes, la sauvegarde prolongée de l'indépendance nationale pendant le décollage industriel et la fabrication de produits non substituables. On demande à ces pays de fabriquer moins cher des objets conçus ailleurs. Au lieu de l'harmonisation imaginée en 1975, la décennie soixante-dix s'achève sur la mise en place de marqueteries commerciales trop hétérogènes pour que s'y déploient des processus de regroupement régional.

Au printemps 1979, l'idée d'un plan Marshall à l'échelle de la planète fait long feu. Personne ne veut dépenser au moins cinquante milliards de dollars par an dans l'espoir hypothétique d'éviter une guerre commerciale prolongée. Au contraire, le contentieux nippo-américain resurgit et prend une valeur emblématique. La banque Morgan Stanley annonce en 1981 que les Japonais grignotent 15 % du marché des produits *high tech* chaque année et la Citicorp enfonce le clou en affirmant que cette invasion fait perdre un point de croissance par an.

1. Algérie, Argentine, Brésil, Corée du Sud, Égypte, Indonésie, Iran, Mexique, Philippines, Venezuela.

A quoi les Japonais rétorquent que le montant de leurs achats en produits américains est le double de celui des marchandises japonaises par les Américains. Leur marché est donc l'un des plus ouverts du monde et leur excédent commercial reflète la supériorité de leurs produits. Entre ceux qui réclament plus d'achats et ceux qui estiment avoir accompli leur devoir, on imagine le résultat de ce dialogue de sourds : le retour des contingentements et des protections tarifaires. Et, comme il est tentant dans ces moments difficiles de flatter l'égoïsme des opinions, le Japon puis les nations jeunes servent de boucs émissaires.

3

La fin des illusions

1979-1983

Malgré les vicissitudes d'un quinquennat de crise, les problèmes à régler pouvaient encore se résumer en une phrase : la croissance ne se réinstallerait pas durablement, tant que l'inflation sous toutes ses formes et latitudes ne serait pas maîtrisée. Chacun gardait un silence prudent sur la longueur des étapes entre l'annonce politique, la baisse de l'inflation, la reprise et la baisse du chômage. Quatre ans plus tard, la Banque mondiale affirme que les années 1980-1982 auront marqué le ralentissement le plus long jamais enregistré depuis les années trente et que rien ne laisse présager une amélioration. La croissance zéro constitue déjà une ambition trop haute pour l'Amérique latine, l'Afrique et le Proche-Orient. Ailleurs, le soupçon a gagné les esprits. Comment expliquer, par exemple, que les flots de prêts publics et privés n'aient pas amorcé la pompe ? Entre la pusillanimité des dirigeants, l'aplomb des experts quels que soient les résultats et l'égoïsme des citoyens, les responsabilités sont nombreuses.

Le monde découvre en fait une crise composite dont les paramètres cumulent leurs effets. L'invasion de l'Afghanistan, la révolution iranienne puis la guerre avec l'Irak et le coup d'État polonais de 1981 annoncent le retour d'une phase de guerre froide, ou, pour le moins, « fraîche », selon l'expression popularisée par Zbigniew Brzezinski. Or ces périodes avaient eu, en 1951 et en 1960, l'immense avantage économique de relancer le prix des matières premières, l'industrie lourde et les investissements publics. Du mécanisme « coréen » ne subsiste cette fois que l'inflation et un désordre monétaire accru. De même le chômage se développe-t-il parce que les entreprises n'utilisent plus leurs capacités de production à la fois par manque de demande et parce qu'il ne sert à rien de vendre avec une marge trop réduite. On croyait ces deux facteurs de chômage exclusifs l'un de l'autre et voilà qu'ils combinent leurs effets, jusque dans les économies fermées.

A mesure que s'envolent les espoirs des années 1975-1977, resurgit le thème éternel du déclin des puissances [1]. La stabilité des sociétés occidentales devient un signe de vieillissement, l'influence des groupes d'intérêt une marque de sclérose et le recours à des hommes politiques d'expérience pour diriger la manœuvre symbolise la revanche des gérontes sur les quadragénaires triomphants des années soixante. A l'Est, la réforme de juillet 1979, en renforçant le contrôle des technocrates de l'équipe Brejnev, conforte un immobilisme caractérisé par le fétichisme de la technologie et les effets d'annonce modernisateurs. Aussi, dès 1980, le déclin de la puissance soviétique est ouvertement évoqué par les intellectuels, comme l'académicien Trapeznikov, l'un des pères de la réforme de 1965 : « Être ou ne pas être, voilà l'enjeu de la décennie. »

La rechute

A l'été 1979, l'économiste Peter Jay résume en quelques formules chocs le nouvel état d'esprit qui prévaut depuis six mois. Si les pays riches veulent échapper au cauchemar de la récession et du chômage, ils doivent « se débarrasser de l'OPEP » et résoudre en même temps les problèmes financiers, énergétiques et d'ordre international. Pour « exorciser la crise », il faut des nations d'autant plus vigilantes et disposées à coopérer qu'elles sont riches [2]. L'heure est à l'affrontement, au moment où les pays industriels voient revenir le balancier dans la position d'équilibre qu'ils connaissent depuis la guerre. De leur côté, les pays du Tiers Monde

1. Les deux ouvrages pionniers sur le sujet sont ceux de Mancur Olson, *The Rise and Decline of Nations*, Yale UP, 1982, et Michael Beenstock, *The World Economy in Transition*, Allen & Unwin, 1983. Les autres livres en sont de pâles succédanés.

2. Peter Jay, « Nightmares Again », *The Economist*, 7 juillet 1979.

et les États pétroliers s'inquiètent de voir fondre leurs excédents (pour les seconds) ou se creuser leur dette (pour les premiers). Il n'est plus question de dialogue, comme en 1975, ni même de compensation sur le modèle des années 1971-1973. Cette fois, la guerre économique est engagée.

Le second choc pétrolier apparaît, dans les chiffres, tout aussi spectaculaire que le premier. Le déficit extérieur de l'OCDE replonge vers les 30 milliards de dollars, soit un triplement en douze mois avec une chute plus importante encore qu'en 1974 ; les pays sous-développés non pétroliers enregistrent un déficit de 55 milliards — pays du Comecon inclus ; enfin, l'OPEP encaisse un excédent de 105 milliards de dollars, le double de son résultat de 1978. La ponction pétrolière représente 3 % du PNB américain et 3,8 % du français et l'impact sur la hausse des prix approche les 5 % entre janvier 1979 et la réunion de Bali, les 15 et 16 décembre 1980. Les équilibres budgétaires et monétaires reconstruits à grand-peine pendant quatre ans ne sont plus qu'un souvenir.

La hausse n'a pourtant aucune justification économique ou technique et ne résulte pas d'une volonté politique précise comme en 1973. Elle provient d'un mouvement de panique cumulatif engendré par la chute des exportations iraniennes pendant deux mois (en fait, une quasi-interruption), suivie d'une reprise à hauteur de 100 millions de tonnes contre 250 auparavant. Les pays consommateurs ont beau disposer de stocks de sécurité et ceux du Golfe augmenter leurs livraisons au-delà de la diminution iranienne, la peur de la pénurie s'installe. A Rotterdam et à New York, les marchés spots s'affolent et le baril d'*Arabian light* bondit de 12,7 à 14,5 dollars durant le premier trimestre 1979. Profitant de l'aubaine, les pays fournisseurs négocient en ordre dispersé des hausses avec leurs clients privilégiés. Le vœu des pays riches est ainsi paradoxalement exaucé : l'OPEP n'exerce plus d'influence directive sur les prix, mais cela n'a aucun effet déflationniste. La loi du marché est impuissante face à l'inquiétude des opinions et à l'égoïsme des gouvernements. Les cargaisons se négocient entre 14 et 21 dollars, certains pays comme le Japon n'hésitant pas à proposer jusqu'à 37 dollars le baril.

On est en fait dans un schéma proche du climat de panique

qui avait suivi les événements de Suez en 1956. Les fluctuations du pétrole marquent l'intensité de la crise diplomatique ouverte depuis six mois. D'un côté, un super-Grand tente de brouiller le jeu dans une région où il vient d'essuyer une double perte d'influence (en Afghanistan et en Iran) : les banquiers américains gèlent ainsi les avoirs iraniens. De l'autre, les puissances régionales se disputent le *leadership*, au besoin en utilisant l'Occident comme repoussoir. Les Iraniens décident de ne plus accepter les dollars en paiement de leurs livraisons de pétrole, mesure évidemment inapplicable mais qui réveille le Tiers Monde. Quant aux Saoudiens, ils tentent de jouer les messieurs-bons-offices et ils proposent, lors de la réunion du 17 décembre à Caracas, de fixer un prix-plancher à 24 dollars le baril, en s'engageant à compenser d'éventuelles ruptures d'approvisionnement. Stratégie subtile, les monarchies du Golfe acquérant un statut diplomatique et levant le soupçon de la compromission avec l'Occident grâce à la soupape des prix [1]. Le pétrole constitue le ciment d'une cohésion arabe plus interétatique que nationaliste ; mieux, ses revenus permettent de satisfaire à la fois les tenants d'un modernisme technicien et ceux qui y voient une manne céleste.

En regard, la politique suivie par les pays riches semble curieuse. Certains imagineront même un complot visant à l'éclatement de l'OPEP par des hausses en cascade, afin d'écarter tout risque de retour à la situation de 1973. Nul doute que les Occidentaux en rêvent, mais leurs objectifs sont plus prosaïques et surtout leur lucidité est bien faible. Au sommet des sept Grands, fin juin 1979 à Tokyo, on ressort la panoplie anti-choc énergétique — limitation des importations, déclaration de principe contre la spéculation. On rivalise de proclamations martiales, en oubliant de mentionner que le prix réel du pétrole est à son plus bas niveau depuis 1950 en Grande-Bretagne. Fasciné par la menace d'une hausse répétée de 5 % à 8 % des fournitures énergétiques, les Grands sont incapables de profiter des effets de la stagflation pour alourdir massivement la fiscalité pétrolière et doubler leurs stocks stratégiques. Ils restent politiquement englués dans les raisonnements du premier choc : *1)* Laissons les pétroliers

1. La Libye porte son prix à 30 dollars et l'Iran à 28 dollars.

(compagnies, États) se débrouiller entre eux, sans leur faire payer le prix politique de leur position de trust ou de cartel. *2)* Refusons toute concession à long terme et acceptons les hausses comme des purges. Il n'y a donc rien d'étonnant si la situation continue de se dégrader jusqu'à la réunion de Bali, en décembre 1980, où le prix plafond est officiellement fixé à 41 dollars.

A ce moment, l'attention des pays riches est focalisée sur la hausse continue du dollar depuis six semaines. Le jour de l'élection de Ronald Reagan, le dollar est à 4 francs ou 1,8 mark. Pendant que les Irakiens, les Iraniens et les Saoudiens s'invectivent dans l'océan Indien, la monnaie américaine frôle les 5 francs et les 2 marks. Les pays industriels réagissent en fait avec un an de retard à une décision prise le 5 octobre 1979 par Paul Volcker, le président de la Fed : désormais, les taux d'intérêt évolueraient en fonction de l'offre et de la demande et la progression de la masse monétaire serait strictement contrôlée. Les Américains renonçaient ainsi à l'une des innovations majeures des politiques anticrises depuis la Grande Crise, à savoir les opérations d'*open market* menées par les banques centrales pour lisser les fluctuations des taux de l'argent. Décision capitale, car elle supposait l'abandon du principe de « prêteur en dernier recours », dont on a souligné à maintes reprises l'importance.

Encore fallait-il que l'opinion internationale prît au sérieux cette annonce. Or, pendant un an, les signes sont confus : le déficit commercial atteint 25 milliards de dollars, mais la balance des paiements est excédentaire, le dollar ne représente plus que 70 % des réserves officielles mais les États-Unis reçoivent trois fois plus de capitaux qu'ils n'en exportent. Il y a surtout les mystères de la masse monétaire. Paul Volcker songeait à freiner le gonflement des billets, monnaies et liquidités (M1) qui avaient progressé de 8 à 15 % dans les sept pays industrialisés depuis 1976. Mais il n'expliquait pas comment il entendait limiter la vitesse de circulation de cette monnaie, alors que le boom des cartes de crédit était lancé. Volcker était accusé de fermer le robinet d'un tonneau des Danaïdes. Puisqu'on ne savait pas prédire le coût monétaire exact de chaque point de croissance, autant faire courir le bruit que la masse monétaire n'avait aucune importance.

A l'automne 1980, les argentiers prennent brutalement conscience que leurs concitoyens se sont comportés en gestionnaires avisés, en plaçant leurs économies sur des comptes rémunérés. Du coup, la masse monétaire au sens large (M3) a augmenté de 25 à 300 % plus vite que M1. La peur de l'inflation a ainsi créé les conditions d'un nouveau *dollar gap*, bien différent de celui d'après-guerre : la masse des dollars est gigantesque, mais elle ne suffit pas pour payer les épargnants, faire tourner le commerce et restructurer les secteurs en crise. L'argent est devenu cher en soi, indépendamment de l'évolution des prix. On verra même, à partir de 1983, une chose inouïe : les courbes de l'inflation et des taux diverger presque symétriquement. Au choc-dollar s'ajoute une guerre des taux d'autant plus âpre que les anciens banquiers du monde en ont pris l'initiative.

La première alerte — d'octobre 1979 à février 1980 — a laissé des souvenirs cuisants à quelques banquiers et industriels engagés dans les opérations à court terme. La communauté internationale y a vu un réaménagement de la dette publique, puisque, traditionnellement, les firmes américaines font moins appel à l'emprunt que leurs concurrentes. Celles-ci se félicitaient d'un relèvement du dollar qui pénaliserait les exportations venues de Washington. Ces calculs furent aussitôt démentis par la rechute des taux d'intérêt réels de mars à novembre [1]. Paul Volcker passait pour un oiseau de mauvais augure et ses décisions étaient contrecarrées par Jimmy Carter en pleine campagne électorale. La victoire de Ronald Reagan met fin à cet équilibre paralysant et les anticipations des agents économiques se modifient instantané-

1. Le taux d'intérêt réel est calculé par la différence entre le taux nominal et l'inflation. Il évolue ainsi :

	États-Unis	*Japon*	*Royaume-Uni*	*RFA*
1979	−0,5 %	4,0 %	−0,25 %	2,75 %
1980	−1,5 %	3,0 %	−1,0 %	4,0 %
1981	4,5 %	2,75 %	2,0 %	5,0 %
1982	6,0 %	4,75 %	3,5 %	3,0 %
1983	7,0 %	4,75 %	6,0 %	3,0 %

ment et dans le même sens. L'année 1981 soldera les comptes d'un septennat de crise. Le prix de l'insouciance américaine et britannique entraînera un drainage tel des liquidités qu'il devient urgent de se prémunir. Les Allemands réagissent les premiers et appliquent la vieille recette des Britanniques dans les années vingt : coller au taux du concurrent et proposer des délais de paiement à la carte, donc rentables pour l'emprunteur. Les Japonais suivent dès le printemps 1981, tandis que la France a la tête ailleurs et que l'Angleterre retrouve des taux positifs. Les aspirateurs à dollars sont en marche.

Pendant que l'Occident se met en ordre de bataille, les pays du Tiers Monde sont engagés dans un bras de fer diplomatique. Ils entendent faire de l'Assemblée générale des Nations unies l'instance de discussion et de décision des choix économiques planétaires. De la sorte, le Nouvel Ordre mondial se déciderait à la majorité simple et son contrôle échapperait aux organes spécialisés, type FMI, Banque mondiale ou GATT. Les événements de 1979 incitent les nations industrielles à refuser tout aménagement et, sous la pression des pays pétroliers et des Européens, on décide de se rabattre sur la proposition Mac Namara - Willy Brandt de 1977 d'une conférence des chefs d'États du Sud et du Nord, pour décembre 1981 à Cancun[1]. Le calendrier et les modalités sont peu judicieux. Le sort des pays sous-développés est laissé en suspens alors qu'ils sont les principales victimes du second choc pétrolier et que leurs besoins d'argent représentent le double de ce que les banques sont disposées à financer. Quant aux dirigeants, ils se gardèrent bien de présenter des solutions alternatives et se contentèrent de vœux pieux et généreux. Ainsi le président Mitterrand reprit-il pour l'essentiel les thèmes abordés par son prédécesseur six ans plus tôt, tandis que les discours interventionnistes du président mexicain Lopez-Portillo et du chancelier autrichien Kreisky rencontrèrent l'indifférence polie des deux camps. En pratique, on se sépara sur l'acte de décès de la coopération multilatérale.

1. Elle réunit douze pays en développement (quatre par continent), la Chine, la RFA, les États-Unis, la France, l'Autriche, la Suède, le Canada, le Royaume-Uni et la Yougoslavie.

Or, la faillite ravage déjà les peuples du Tiers Monde. En Angola, quatre bananes coûtent 30 dollars, quand il y en a sur les marchés. Le départ des 300 000 colons portugais et l'application d'un modèle marxiste ont délabré une économie autosuffisante jusqu'en 1974 : 2 % de la surface cultivée sont mis en valeur et les voies de communication sont coupées. Pour près d'une trentaine de pays, la banqueroute, l'abandon forcé des ressources intérieures, les déplacements de populations chassées par les guerres civiles, les coups d'État et la faim cumulent leurs effets. Et les barrières dressées en hâte ne sont pas d'un grand secours : les 3 300 km de barbelés posés par les Indiens le long de la frontière du Bangladesh n'empêchent ni l'immigration vers Calcutta, ni les affrontements armés pour se nourrir ou travailler — en 1983, on comptabilise plus de 7 000 morts.

Les pays pauvres paient la facture de trois erreurs majeures. Ils ont emprunté massivement à court terme pour faire leurs fins de mois, sans que personne songe à inclure ces prêts à quinze jours dans le montant de la dette globale. En 1980-1981, on découvre ainsi que le Mexique, le Brésil ou le Nigeria ont de 3 à 7 milliards de dollars de dettes « surgies de nulle part ». Personne ne se bouscule pour convertir ces découverts en dette à moyen terme. Du coup, le coût réel des emprunts se trouve alourdi, au moment où les revenus des exportations croissent moins vite que les taux. Les pays neufs s'en plaindront amèrement auprès des riches et stigmatiseront leur égoïsme. Malheureusement, il n'existe aucune loi d'airain économique qui harmoniserait les mouvements des deux courbes. Plus grave, lorsque cette divergence s'était produite en 1976-1977 au profit cette fois des emprunteurs, aucun d'eux ne s'était manifesté. Ni n'en avait retenu les leçons. Enfin, les banquiers ont tenu compte d'une décennie d'inflation pour imposer des remboursements d'intérêt très élevés les trois premières années. Et les pays neufs ont accepté en tablant sur la prolongation d'une inflation qui allégerait d'autant leur fardeau. Ils devaient rembourser des sommes deux fois et demie plus élevées (en dollars constants) que leurs prédécesseurs des années soixante.

Certes, ils ne pouvaient prévoir ni la baisse de leurs exportations, ni le ralentissement de l'inflation. Mais cette justification charitable excuse un peu vite des gouvernements qui ont fait preuve de légèreté et surestimé leur poids géopolitique. Demander à la Citibank de financer le développement pétrolier du pays plutôt qu'à Exxon ou Occidental Petroleum relève de l'aberration. On y verra certes une application du credo nationaliste mexicain, mais cela conduit à confier le pays à des hommes qui ont une connaissance lointaine des problèmes quotidiens. A la différence des multinationales, les banques n'ont ni immobilisation, ni contrainte sociale sur place. Elles doivent en revanche justifier leurs placements devant leurs actionnaires et une opinion qui privilégie le taux du crédit pour acheter sa maison ou sa voiture. Aussi le projet d'indexer les taux des emprunts sur les revenus encaissés par les pays sous-développés est-il abandonné, après deux esquisses en 1977 et 1980. Il reste alors à imposer des remèdes de cheval — comme la purge déflationniste concoctée par le ministre des Finances brésilien Antonio Delfim Netto en 1980-1981, en espérant que les gens accepteront d'être privés d'un quart de leurs revenus réels et que la raréfaction du crédit ne les asphyxiera pas tout de suite.

L'instabilité endémique

La rechute de 1979-1980 entama peu la présomption des experts et des hommes politiques. Ceux qui avaient décrété qu'il « fallait » 5 % de croissance annuelle en 1971, puis 3 % en 1978 pour préserver l'équilibre planétaire pronostiquèrent une récession insurmontable tant que les taux d'intérêt réels resteraient à leur niveau. Quand la reprise pointa son nez en 1983, les mêmes affirmèrent que l'« argent cher » n'a rien à voir avec la performance économique [1]. Pour faire bon poids, on ressortit les cycles économiques, du moins ceux qui étaient taillés sur mesure. En fait, le second choc pétrolier a précipité un réajustement chaotique dans son déroulement, hors de prix pour la plupart des pays et aux résultats contrastés.

1. Voir la recension que dresse *The Economist* le 24 septembre 1983, p. 58 *sq.*

Le retournement des marchés énergétiques et de matières premières surprend, avant d'inquiéter par la confusion qu'il crée. Depuis une décennie, ces marchés sont l'enjeu de négociations et d'accords obtenus à l'arraché où s'additionnent les rancœurs des pays industriels contre les cartels, l'inquiétude des pays non producteurs de l'Est et du Sud, enfin les affrontements politiques provoqués par la volonté de contrôler ces produits stratégiques en temps de crise. Aussi, la décision de l'OPEP, en mars 1983, de réduire le prix du baril de 5 dollars apparaît comme un compromis aux motivations obscures. Certains avancent, sans preuve décisive, l'hypothèse d'un complot orchestré par les sociétés pétrolières américaines avec le soutien de leur gouvernement, des pays industrialisés non pétroliers et de l'Arabie Saoudite. Le maintien d'un cartel affaibli et sous domination d'un pays politiquement sûr viserait à organiser un atterrissage en douceur autour de 27/28 dollars le baril. On voit mal cependant les pays industriels non pétroliers conduire une baisse concertée qui ruinerait les efforts de diversification énergétique et qui pénaliserait l'action de leurs propres compagnies pétrolières. Le retournement de 1983 correspond plutôt à la mise en œuvre d'une stratégie diplomatique prenant en compte les données économiques nouvelles.

D'un côté, l'Occident passe d'une attitude conciliatrice sans gain notable à la meilleure gestion possible de différends reconnus. Ce qui implique maintien du cartel, puisqu'on doit composer avec lui, et pressions financières sur ses acteurs les plus faibles. De l'autre, l'OPEP ne peut plus garantir le soutien du prix minimal face à la concurrence de la Grande-Bretagne, de la Norvège ou du Mexique. En acceptant le compromis de 1983, l'OPEP entraîne un relèvement de 1,5 dollar du différentiel de prix au détriment de ses rivaux. Le cartel tente de se sauver en contraignant les pays non membres à aligner leurs prix. Les faiblesses de cette stratégie sautent aux yeux : si le marché se détend, la spirale de la baisse est enclenchée ; compte tenu de la baisse des revenus pétroliers qu'implique ce choix, rien ne prouve que les producteurs pourront la supporter. La sanction est d'ailleurs immédiate, puisque, à la fin de l'année, un tiers du commerce du brut s'effectue sur la base des prix du marché libre, tandis que la demande plonge [1]. Le rôle de protecteur de l'Arabie Saoudite devient vide de sens et les entorses de ses concurrents — Iran, Libye, Venezuela — se multiplient.

La paralysie de l'OPEP, que les Américains appellent « retour au réalisme économique », a des effets ravageurs sur les autres cartels. La dislocation de celui de l'étain, régi par des accords quinquennaux depuis 1956 et jusqu'en 1982, est exemplaire. Les stocks de précaution et les contingentements ne suffisent plus. Après deux ans de soubresauts, le marché de l'étain subit un krach général à Londres, le 24 octobre 1985. Faute de pouvoir régler les achats de soutien, dont le montant s'élève à un milliard de livres, le cartel doit abandonner la partie. Les prix tombent de 8 500 à 3 600 livres la tonne, 300 mines sont fermées en Malaisie et 585 en Thaïlande. Le responsable ? Le Brésil, qui a doublé ses exportations depuis 1982 afin de profiter des effets du cartel et de satisfaire ses besoins de financement, sans se soucier du remplacement de l'étain par l'aluminium et les plastiques.

La liste des cartels disloqués est impressionnante : cuivre, phosphate, soja, cacao, café. Encore une fois, la différence avec les années trente est flagrante. L'instabilité se nourrit de la course aux solutions individuelles, du côté des producteurs comme des consommateurs. Les pays industriels voulaient empêcher les cartels d'imposer des hausses de prix réels, les pays jeunes de pousser leur offensive. Les deux se trouvèrent financièrement floués. Ces affrontements coïncident en effet avec le creux de la déstabilisation des marchés monétaires inaugurée en 1979-1980. Dans un marché mondial de changes flottants (les pays socialistes étant contraints de se financer ou d'acheter en devises occidentales), se sont constituées des zones géographiques en fonction du degré de variation des parités et des liens privilégiés avec une monnaie. Le cloisonnement strict des années trente a disparu, mais à sa place les liens croisés se sont multipliés [2]. On y verra

1. La consommation tombe de 49,9 millions de barils-jour en 1980 à 47,6 en 1981, 45,5 en 1982 et 44,7 en 1983.

2. Ainsi l'Amérique centrale et latine est-elle dans une zone dollar et de changes fixés par l'État ; la CEE dans une zone flottante avec rattachement à un panier de monnaies et prédominance du mark ; l'Afrique

aussi bien le renforcement des filets anticrises que l'illustration de la thrombose financière de la planète. Les mouvements de yo-yo du prix de l'or et des crédits vers l'Est en offrent l'exemple.

Au début des années quatre-vingt, le métal jaune représente encore 70 % des réserves officielles de change. La « vieille relique » tient bon parce qu'elle constitue un point de repère psychologique et politique, en même temps qu'une contrepartie aux besoins de capitaux. C'est ce succès qui va précipiter sa marginalisation. Début novembre 1978, l'once d'or atteint 244 dollars, retombe autour de 225 les mois suivants mais dans un marché très actif ; la double rupture pétrolière et monétaire de la fin d'année propulse l'or à 500 puis 600 dollars (décembre-janvier), et enfin 698 au premier semestre. Ce boom permet de faire tourner la planche à eurodevises ou à DTS et concourt donc à l'explosion des liquidités sur les marchés des capitaux interbancaires [1]. L'or n'est plus un gage de stabilité mais un levier de crédit que l'on « range » une fois l'opération réussie (1984). Les banquiers se sont découvert un nouveau métier : l'intermédiation en devises. Ils financent par des emprunts à court terme des activités à long et moyen terme : ils prêtent par exemple 6,8 milliards de dollars à l'Est en 1980 puis 4,8 en 1981 dans l'espoir que la Pologne ou la Hongrie deviennent acheteurs de biens durables — solvables — vers 1986-1988. Le risque d'une crise de liquidités est évidemment énorme, car les montants en jeu sont considérables par rapport aux fonds propres et les variations de taux d'un pays à l'autre obligent à modifier les portefeuilles pour optimiser les combinaisons temps-change-taux. L'éventualité du non-remboursement est donc intégrée dès les premiers contrats, en 1978-1979. D'où la volatilité extrême des capitaux voyageurs ; au moindre signe de ralentissement

---

du Nord partagée entre zone de rattachement et change fixé, celle du Centre entre zone franc, DTS, et changes fixés ; celle du Sud entre changes flottants, fixés, multiples et DTS.

1. Les tirages du FMI en DTS passent de 2,7 à 4,2 milliards (1981/82-1983/84) ; les crédits globaux de 3 à 11,5 milliards (1973/74-1983/84). Quant aux créances brutes, elles atteignent 1 750 milliards (1983) puis 2 100 en 1986-1987.

en Hongrie — pourtant l'un des clients fiables à l'Est — les Allemands rapatrient leurs capitaux, donnant le signal d'une débandade de 4,5 milliards de francs entre mars et décembre 1982 pour l'ensemble des démocraties populaires.

Pourtant, la résistance de l'économie mondiale à la première décennie de crise est largement due à ce mécanisme de duplication du crédit. Les pays sous-développés ont ainsi enregistré dix soldes excédentaires dans leurs mouvements de capitaux. A ceux qui, reprenant l'argumentation de Jacques Rueff après la faillite du *Gold Exchange Standard*, dénoncent le laxisme ambiant, on fera observer que cette marche au bord du gouffre a permis une première historique : une décennie de croissance en temps de crise, une croissance internationalisée et à un taux supérieur à l'intérêt de la dette. A 480 milliards de dollars, la note est salée, mais il est abusif de taxer les banquiers d'irresponsabilité.

Il suffit en effet d'examiner l'évolution du commerce international à cette époque pour comprendre que le crédit a permis d'éviter une rupture en chaîne, ressort déterminant dans la mondialisation de la crise de 1929. La guerre des prix, déclenchée dans la foulée des soubresauts monétaires, oblige les entrepreneurs à réduire leurs marges et/ou leurs salaires et à augmenter leur productivité. Cela demande du temps et se complique avec la flottaison des devises. Aussi la tentation protectionniste resurgit en 1981, lorsque la valeur du commerce mondial enregistre sa première baisse de 1 %. Un des amortisseurs classiques de crise menace de céder. Le leitmotiv du chacun-pour-soi revient d'autant plus vite que les gouvernements utilisent l'argument protectionniste pour flatter les mauvais instincts des opinions. Le complexe obsidional et le fantasme du bouc émissaire accaparent les esprits et les discours : « chance supplémentaire », la réussite du Japon fournit un dénominateur commun.

Américains et Européens réussissent ainsi à justifier leurs difficultés commerciales par l'évolution erratique du yen qui fait des montagnes russes depuis 1977 — 46 % de hausse suivie par 36 % de baisse et à nouveau plus 20 % puis moins 18 % par périodes de quinze à dix-huit mois. Aucun de ces mouvements ne s'explique par l'évolution des prix et des termes de l'échange nippons. Donc, il y a manipulation de la parité, suggèrent les partenaires du Japon, ce que prouverait la croissance de ses exportations — moins de 1 % par an avec un yen fort, 10 % avec une monnaie sous-évaluée (1980 et 1982). On ne mentionne pas que celles-ci auraient en toute hypothèse progressé de 6 à 7 %, grâce à leur qualité et à leurs prix. L'appréciation du yen correspond à une norme idéale de croissance et de change, tandis que les monnaies européennes enregistrent des variations chaotiques depuis 1969-1970 et que le dollar se comporte tantôt en monnaie de référence, tantôt en monnaie sous-évaluée, mais jamais en monnaie saine.

Ce n'est donc pas le comportement — normal — du Japon qu'il convient d'expliquer, mais la rétraction de ses concurrents. En multipliant les mesures protectionnistes, ceux-ci cherchent à se rassurer et à repousser les effets de la crise. Ils ont le sentiment que les mesures douanières sauvegardent leurs marchés clés. Déjà, l'agriculture, le textile, l'acier, l'aéronautique, l'automobile, les télécommunications sont protégés, autrement dit toutes les activités issues de quatre-vingts ans de révolution industrielle et 40 % du commerce mondial. Si l'on y ajoute les barrières édifiées par l'Est et les pays du Tiers Monde, on dépasse le seuil des 50 %. Le second choc pétrolier a inspiré des techniques protectionnistes raffinées, adaptées à la crainte d'un désordre prolongé. Les quotas parent au plus pressé — sur l'acier depuis 1978 aux États-Unis, sur les magnétoscopes en France en 1982, les accords de limitation volontaire et de commercialisation ordonnée gèrent le moyen terme, les contraintes de production locale visent à organiser le long terme. Une règle commune : préserver le marché national, quitte à perdre des parts à l'exportation. De ce protectionnisme sélectif, on attend deux effets favorables sur la croissance : alléger la pression sur la demande par le biais de salaires faibles et dégager des profits plus élevés sur des biens exportables.

Le principe est en théorie séduisant parce qu'il permet de satisfaire le besoin d'ordre planétaire — fût-il nouveau — et de sauvegarder les grandes lignes du modèle keynésien. Les premiers indiquent toujours la voie à suivre et les nouveaux venus — dragons d'Asie et grands pays d'Amérique latine — sont priés de s'aligner. Mais cela ne résout nullement les différends entre pays de même catégorie : Allemagne et Japon contre États-Unis, États-Unis contre CEE, France et Grande-Bretagne contre Japon et Allemagne, Japon contre Australie et Nouvelle-Zélande, Suisse et pays scandinaves contre CEE, Chine contre Asie du Sud-Est, Brésil contre Amérique latine... Au contraire, le réflexe protectionniste a des effets de billard redoutables. Ainsi, les quotas automobiles choisis en 1981 par les Américains contraignent les Allemands, les Belges et les Hollandais à signer des accords de limitation volontaire avec les Japonais pour éviter un déferlement ; du coup, ceux-ci diffèrent leurs investissements et l'usine projetée par Nissan en Grande-Bretagne avec 5 000 employés est remise à des jours meilleurs. La baisse de 10 % en valeur du commerce mondial entre 1980 et 1983 donne plus que la mesure de la récession ; elle pointe la recomposition géographique à l'œuvre jusqu'à la fin du siècle.

Les quatre rançons de la récession

Depuis la fin des reconstructions, l'urgence était un concept absent des réflexions économiques. En 1974 encore, chacun utilisa qui sa monnaie, qui l'épargne de ses citoyens, qui le protectionnisme pour se donner de l'air. Même la sortie de crise devait être progressive, l'essentiel étant qu'on aperçût le « bout du tunnel ». Les profits, l'emploi et les investissements finiraient par se redresser. La décennie quatre-vingt s'ouvre sur un réveil brutal : les pays développés découvrent leurs 35 millions de chômeurs — pour la plupart jeunes et sans avenir, ils remarquent le cordon *Bickford* les enchaînant à une quinzaine de pays dont la faillite ferait exploser le système financier et voient que même une croissance de 3 % sur dix ans ne les sauverait pas du désastre, pour peu que l'inflation et les taux d'intérêt se maintiennent à leurs niveaux de 1980. Pour comble, l'aide éventuelle des pays neufs, de l'OPEP et des nations socialistes se révèle être un mirage né dans l'affolement de 1973. Face à cette tempête menaçante, les pays se mettent à la cape.

Et leurs entreprises les premières. Jusqu'en 1980-1981, elles semblaient avoir adopté l'adage « faiblesse passée est riche de promesse à venir ». Or, depuis une décennie, l'investissement croît moins vite (4 % contre 6 % l'an) et la demande est globalement satisfaite par les capacités de production existantes. Les jours meilleurs devraient arriver. Malheureusement, ces signaux sont imprécis, surtout en période de hausse des taux. Le niveau d'endettement par rapport aux fonds et au chiffre d'affaires constitue une donnée majeure pour mesurer la solidité d'une firme. Manque de chance, une compagnie sur dix est en mesure d'en fournir l'historique depuis 1965. Le « pifomètre » est l'instrument le plus utilisé par des dirigeants qui ont annoncé une hausse continue des profits, sans préciser que ceux-ci augmentaient moins que les prix et les salaires. Ils ont encouragé une surestimation de la rentabilité en calculant à partir du capital investi et en servant des dividendes élevés pour conforter leurs discours. Ayant été entendus par les salariés, ils ont dû également consentir des hausses substantielles de salaire. Aussi, à partir de 1981, les taux de profit et d'intérêt réel sur les placements à long terme tendent à se rejoindre (sauf en France). Compte tenu du risque industriel, il devient plus opportun de se placer sur le marché financier. En outre, les sociétés se sont endettées, essentiellement à court terme, depuis 1977-1978 : la charge moyenne de la dette dans les pays industrialisés tourne autour de 35 % contre 20 % cinq ans plus tôt et la moitié de cette dette est exigible à court terme, contre 25 % en 1960.

Dans de telles conditions, le choix est rapidement fait. Le coût des emprunts bancaires est trop élevé et trop soumis à fluctuation. L'assainissement financier passe par une cure d'amaigrissement des investissements comme des salaires. Les sociétés vont se refinancer en Bourse, mais la rentabilité réelle des placements à Wall Street, Londres et Paris est inférieure à celle de 1960-1965. La reprise boursière de 1981-1983 ne trompe que les gogos : il s'agit d'un rattrapage partiel des pertes de la décennie soixante-dix. Les investisseurs restent l'arme au pied et l'asphyxie des entreprises se prolonge.

Cet étranglement monétaire touche également nombre de particuliers et d'États. Toutefois, entre le moment où la paie commence réellement à diminuer — fin 1979/automne 1980 — et celui où l'on consent à y adapter son train de vie, il y a une marge. Ainsi, entre 1979 et 1981, les salaires réels du club des dix plus riches baissent de 3,2 % chaque année ; ce qui n'empêche nullement la consommation d'augmenter de 5,8 % par an en volume. Les gens ont certes puisé dans leurs bas de laine, bouclé leurs fins de mois en travaillant au noir et profité du sursaut boursier pour vendre leurs actions. Mais la plupart ont dû emprunter. Le processus est quasiment indolore, jusqu'à ce que le resserrement des politiques monétaires entraîne la hausse des taux et que les dettes à court et à long terme voient leurs échéances coïncider. Le débiteur, privé de marges de manœuvre, se trouve proprement en cessation de paiement. On retrouve ici le mécanisme superbement analysé par l'économiste Irving Fisher en 1933 et auquel le docteur Schacht n'avait d'autre réponse à donner que l'intimidation des créanciers, le refus de payer et, pour finir, l'autarcie.

Aussi, l'épisode mexicain d'août 1982 est plus qu'un accident de parcours. Il constitue une sorte de pendant financier au coup de force commercial de l'été 1971 : le bluff de l'endettement facile est découvert. Menacés de faillite, les intermédiaires bancaires ont sollicité l'intervention des États ou des organismes internationaux. Ils ont, en fait, demandé à ce qu'on revienne en partie à la situation des années 1910-1929, où l'on prêtait « en face à face » et où la Grande-Bretagne et les États-Unis étaient les assureurs financiers du monde. Espoir vain, à la fois en raison des modifications techniques, du gonflement des liquidités et surtout du basculement américain dans le camp des débiteurs [1]. Il faut donc innover, alors que la récession inciterait plutôt à l'immobilisme.

La globalisation des problèmes et des solutions représente le vrai piège de la dette. L'insolvabilité du Mexique, de l'Indo-

---

1. **Évolution de l'endettement mondial**

A. En pourcentage

	Afrique	*Asie*	*Europe de l'Est*	*Moyen-Orient*	*Amérique latine et centrale*	*Autres*
1971-1972	11	24	10	14	36	5
1981-1982	12	21	14	5	41	7
1989-1990	10	19	13	14	38	6

nésie, de l'Égypte ou de la Pologne est structurelle ; celle du Brésil ou de l'URSS résulte d'une crise de liquidités, qui obère provisoirement les possibilités de développement. De même, imaginer un moratoire généralisé pour l'Afrique ou l'Amérique latine revient à ignorer les intérêts divergents des débiteurs et à oublier un principe clé de l'économie de marché — le remboursement, même partiel, des dettes permet de maintenir la confiance entre partenaires, donc les échanges futurs. Entre la crise mexicaine et le lancement, à l'automne 1985, du plan Baker, tous les établissements financiers s'essaient aux solutions sur mesure. Deux principes les guident : gagner du temps — donc rééchelonner — et demander au FMI d'approvisionner le marché en liquidités, le temps que les provisions pour créances douteuses soient digérées, les bilans assainis et qu'un marché des dettes se soit mis en place.

Ce pragmatisme forcé a obtenu des résultats satisfaisants. Le FMI a augmenté ses quotas monétaires de moitié, les grands débiteurs, comme le Nigeria et le Venezuela, se sont imposé de ramener leurs importations au niveau où elles se

---

B. Par zone*

	Afrique noire	*Afrique Nord*	*Dragons Asie*	*Autres Asie*	*Europe Est*
1971-1972	3,5	2,5	10	5	13
1981-1982	35	24	24	24	75

	Amérique latine	*Amérique Nord*	*Europe Nord*	*Europe Sud*	*Australie N-Zélande*
1971-1972	31	–	–	8	2
1981-1982	130	150	55	72	31

C. Par créditeur (OPEP exclue)

	OCDE					
	aide publique	*prêts banques*	*crédits exports*	*organ. intern.*	*autres pays*	*total**
1971-1972	28	23	28	13	8	75
1981-1982	10	45	19	13	13	620

(* en milliards de dollars courants, OPEP exclue)

Sources : OCDE, FMI, BIRD.

trouvaient avant le second choc pétrolier, les autres combinèrent dévaluation monétaire pour exporter davantage et austérité domestique. Le plan Baker avait donc paradoxalement rempli sa mission avant d'entrer en service, puisque l'heure était à la négociation et que personne ne voulait de règlement global. A l'inverse, le « Club de Paris », regroupant créanciers publics ou privés et débiteurs, multiplia les accords sur les taux et la réduction des montants, allant jusqu'à institutionnaliser la pratique en juin 1988 sous l'impulsion de la France. Les décideurs financiers et politiques avaient certes étalé leur savoir-faire, ils n'en avaient pas pour autant résolu les interrogations à long terme.

Deux études de la Banque mondiale et de la Morgan Guaranty Trust soulignent le lien étroit entre croissance et désendettement. Le moindre point de croissance en moins, et la vingtaine de pays les plus endettés crèvent le plafond des 1 000 milliards de dettes, soit entre 170 et 200 % de la valeur de leurs exportations. La conclusion est facile à deviner : plutôt que d'échanger leurs « bons » capitaux contre de « mauvaises » dettes, les prêteurs fermeraient le robinet financier, quitte à éponger les dettes des plus pauvres. Ce scénario s'esquissa dès 1983 avant de recevoir sa consécration lors du sommet de Toronto (1988) et de l'adoption du plan Brady (mars 1989). Dans un premier temps, les pays pauvres furent privés de nouvelles liquidités, tandis qu'ils réglaient en partie leurs arriérés, soit une facture d'une vingtaine de milliards de dollars par an. Ensuite, on testa la solidité du règlement à la carte en allégeant d'abord la dette des pays d'Afrique à faibles revenus, puis en négociant les cas épineux du Mexique, des Philippines et du Costa Rica. Jusqu'à présent, ce système de coupe-circuit a atténué le risque d'une explosion généralisée. Encore faudra-t-il que les banques centrales et les organismes internationaux continuent d'accepter de garantir les risques de banquiers inquiets de perdre leur chemise et de voir leurs profits fondre.

Ces évolutions imprévues achèvent de discréditer des politiques économiques déjà critiquées pour leur faible efficacité durant la décennie précédente. Ces thérapies ne sont certes pas identiques, mais, quels que soient leur composition, leurs objectifs et leurs résultats, elles présentent toutes la particularité d'avoir déçu les espérances de leurs instigateurs et d'avoir rendu plus indéchiffrable l'avenir économique du monde. A l'origine, on trouve une ambition claire — sortir de la crise — et une réponse simple : rétablir une croissance forte sans inflation pour résorber le chômage et retrouver la prospérité. Ce raisonnement repose sur un constat de bon sens et sur les enseignements d'un tiers de siècle.

Les responsables politiques décident d'abord de se débarrasser de la dictature de l'équilibre budgétaire, règle d'or des financiers entre 1970 et 1979. En cas de récession, le déficit se creuse mécaniquement par la réduction des rentrées publiques et l'augmentation des dépenses sociales. Le dogme de l'équilibre devient socialement insupportable et irréaliste économiquement. En toute hypothèse, on ne risque rien à faire le contraire. D'autant que la relance par le déficit a permis, à trois reprises au moins, le redémarrage de l'activité. Ses dividendes financeront les découverts, ce que François Mitterrand explique à Valéry Giscard d'Estaing le 5 mai 1981 : « Chaque point de croissance peut créer une disponibilité de 30 milliards de francs. » L'inconvénient de ce raisonnement est qu'il oublie complètement l'impossibilité de financer à la fois le déficit et les investissements. Avec un déficit de l'ordre de 2 à 3 % du PNB, on pompe la moitié de l'épargne disponible. Cela revient à tabler sur une sortie de crise rapide et à remettre à plus tard une éventuelle médecine de cheval. On mesure ici la prépondérance des choix politiques sur les risques économiques : on classe dans la rubrique « structurel » deux tiers du déficit et on prie pour que la reprise efface le reste, baptisé « conjoncturel ».

Cette volonté de rupture est patente dans tous les pays développés, indépendamment des modalités choisies. Les Allemands, par exemple, décident d'abandonner les programmes fiscaux favorisant l'investissement à long terme et de privilégier, dès 1978-1979, une relance par la demande intérieure, accompagnée par un déficit budgétaire voisin de 4 % du PIB. Pourtant, la locomotive s'essouffle, sans que les engagements de limitation des dépenses publiques puissent être tenus — 5,5 % annoncés, 7,7 % réalisés en 1981. Sitôt arrivé au pouvoir, Helmut Kohl lance l'« opération 1982 », signe du retour à une politique déflationniste orthodoxe, caractérisée par un tour de vis fiscal et un plafonnement des dépenses publiques à un niveau toutefois suffisamment élevé pour que les allocations familiales et les indemnités de chômage soient préservées. La réaction hostile des communes montre assez la déception d'élus consternés de se retrouver cinq ans en arrière. Sentiment qui est porté à son paroxysme avec l'expérience française de 1981-1983. On y retrouve en effet l'espoir qu'une relance par la demande intérieure, combinée à la reprise allemande et américaine, autorise un surcroît de dépenses publiques, essentiellement sous forme de prestations sociales. Bien que la relance soit modérée, elle déclenche des effets boomerang inattendus et insupportables pour l'économie nationale. Le déficit du budget atteint 3,5 % du PNB, l'espoir de la reconquête du marché intérieur s'évanouit devant un déficit commercial proche de 100 milliards de francs en 1982. En entérinant le passage à la rigueur, le sommet de Washington, en juin 1982, provoque le désenchantement des consommateurs et des électeurs — les deux courbes enregistrant leur plus fort décrochage depuis 1973.

Dans les pays anglo-saxons, l'heure est aussi à la désillusion. Le président Reagan propose des mesures de dégrèvement fiscal sur les entreprises et les particuliers, telles que le taux d'imposition devrait baisser de 20 à 25 % en trois ans. Il annonce aussi un désengagement de l'État, notamment par la réduction des dépenses sociales et la réforme de la législation bancaire destinée à attirer des capitaux qui relanceraient la machine économique sans creuser le déficit. En pratique, le désengagement de l'État s'est heurté à l'hostilité du Congrès, à l'incompressibilité de nombreuses dépenses sociales ou industrielles et à l'augmentation sensible du budget militaire en raison du regain de tension internationale. Au total, les recettes diminuent de 21 à 19 % du PNB entre 1980 et 1983, alors que les dépenses augmentent de 22 à 24 %. Ajouté aux effets d'une politique monétaire restrictive, cela entraîne un déficit record de 6,1 % du PNB pour l'année fiscale 1983. Dans ces conditions, l'optimisme du président apparaît déraisonnable et, en tablant sur une croissance de 3,5 % par an jusqu'à la fin de la décennie, les experts annoncent le déclin d'une Amérique surendettée et menacée de perdre son *leadership* industriel, car la part du secteur manufacturier dans le PNB a baissé de huit points depuis la fin de la guerre.

La Grande-Bretagne ne semble guère mieux lotie, puisque le montant du déficit se maintient autour de 9 milliards de livres, soit 3,3 % du PIB. Mme Thatcher n'a pas réussi à faire baisser les dépenses publiques et les prélèvements obligatoires de manière significative. Elle a donc dû se rabattre, comme ses prédécesseurs, sur la rente pétrolière (5 % des recettes budgétaires) et, fait nouveau, sur la vente des actifs publics pour financer son déficit et faire passer ses mesures de réduction fiscale. Grâce à ce stratagème et à un contrôle strict de l'augmentation de la masse monétaire, le Royaume-Uni devait retrouver ses deux atouts historiques : une monnaie forte et une compétitivité sur des produits de pointe. Ce raisonnement en chambre, nouvel avatar du splendide isolement, fut immédiatement démenti par une récession violente : le PIB chutait de 6 % entre 1979 et 1981, la production industrielle de 12 % entre 1979 et 1983, le nombre des chômeurs frôlant la barre des trois millions fin 1983, malgré la manipulation régulière des modes de calcul par le gouvernement dans l'espoir d'obtenir des chiffres moins catastrophiques. Comme aux États-Unis, le débat sur la désindustrialisation est à l'ordre du jour.

Compte tenu de la vulnérabilité de leurs économies, on imagine aisément le désarroi que les faux pas des politiques économiques créent dans les pays en développement. Les inquiétudes coréenne et philippine sont exemplaires, d'autant qu'elles s'appliquent à partir de situations inverses entre le boom coréen et la dérive des Philippines depuis 1975. Dès le choc pétrolier, la Corée du Sud enregistre une inflation record (35 % pour 1980), le premier recul de son PNB (3 %) et un endettement extravagant (8 % du PNB pour la dette intérieure et 45 % du PNB pour la dette extérieure entre 1979 et 1983). Le modèle coréen, présenté comme une des sorties du sous-développement, est menacé d'effondrement. La relance de la croissance et la maîtrise des déficits sont les deux piliers de la nouvelle politique inaugurée en 1981. Encore une fois, on table sur un miracle à l'exportation, en oubliant que les efforts demandés aux ouvriers se paieraient à court terme par une hausse substantielle des salaires. La sanction ne tarde pas et, lorsque éclate la crise mexicaine, la Corée du Sud doit adopter en urgence une politique d'austérité et attendre une hypothétique reprise de ses clients industrialisés. Le pays payait chèrement quatre erreurs imputables à sa « boulimie industrialisatrice » : surestimation de la demande mondiale, sous-estimation de la concurrence entre groupes coréens qui ont investi dans les mêmes secteurs et des firmes occidentales, surévaluation de sa capacité à rivaliser dans les produits stratégiques comme l'automobile. La surchauffe menaçait de faire exploser le moteur.

Confrontés à un problème initial identique, les dirigeants philippins ont adopté d'emblée une politique de fuite en avant bien que leur économie fût plus vulnérable que la coréenne. Les dépenses en capital de l'État bondissent de 45 % en 1981, l'endettement est multiplié par 2,5 entre 1978 et 1983, atteignant jusqu'à 8,5 % du PNB sans empêcher la chute de la croissance. Les Philippines vivaient déjà au-dessus de leurs moyens ; en investissant à tout-va, comme si cela devait nécessairement être bénéfique, elles se retrouvent, en 1983, acculées à un moratoire forcé. Pour espérer se maintenir au pouvoir, le dictateur Ferdinand Marcos n'avait plus qu'à espérer la mansuétude de ses créanciers, en dissimulant au passage l'inflation réelle, la crise bancaire et les fuites de capitaux de l'ordre d'un milliard de dollars par an — fuites qu'il alimentait d'ailleurs consciencieusement. Le refus de voir la réalité en face et l'illusion technologique — comme la construction de la centrale nucléaire de Betaan — conduisent au chaos.

Il n'est pas question de rupture dans les pays socialistes. L'heure est à l'aggiornamento des politiques économiques, officiellement pour ajuster les réformes de 1965 et de 1973 à la situation du moment. En pratique, la situation est plus complexe, ce que signale l'intitulé du décret du 12 juillet 1979 annonçant la réforme : « Sur l'amélioration de la planification et le renforcement de l'action du mécanisme économique sur l'élévation de l'efficacité de la production et de la qualité du travail. » Autrement dit, la politique économique menée depuis une décennie en URSS a conduit à une impasse. Il faut « réformer la réforme », et c'est en ce sens que l'on peut parler de rupture dans les choix du bloc de l'Est. L'esprit général des mesures de 1965 visait à rendre une certaine autonomie aux chefs d'entreprise et aux régions ; celui de 1973 à perfectionner les techniques de planification, donc à en étendre l'intensité et/ou le champ. L'enjeu de 1979 est simple : un compromis est-il imaginable entre ces deux attitudes et est-il adapté à la crise interne et externe des économies socialistes ?

La réponse soviétique reprend un thème classique — la normalisation — et y ajoute deux nouveautés — un similifordisme et une incitation salariale. La multiplication des normes satisfait à la fois l'idéologie technocratique, le fétichisme scientifique et la volonté de réduire les dépenses par une meilleure gestion des entreprises. Chacun semble trouver normal de calculer 200 000 normes d'utilisation des machines, de l'énergie, de la main-d'œuvre et de financement. Le secret de cet optimisme ? La révolution cybernétique de la planification qui, selon l'économiste Fedorenko, devait irriguer depuis le sommet l'activité productrice. Mais il n'y avait pas d'ordinateurs domestiques (il fallut attendre 1986), peu de photocopieuses, donc aucune liaison horizontale ; aussi la réforme informatique engendra une gigantesque pagaille, au point qu'on dut fixer deux prix, le prix de gros habituel et un prix normatif théorique. En 1982, il fallut procéder à une révision générale des bilans économiques, sans que la gestion des entreprises ou la productivité aient progressé d'un pouce.

Du moins, comptait-on sur la réforme managériale, la NOT, qui reprenait les techniques du fordisme au service d'une rationalité sociale et non plus capitaliste. A partir de 1979, on célèbre une « nouvelle culture d'entreprise », on multiplie les expériences pilotes, tandis que les responsables du personnel font appel aux sociologues et aux psychologues pour raviver la motivation de leurs employés. Mais comment réussir, lorsque la pénurie structurelle impose l'alternance entre chômage technique et travail intensif pour remplir les objectifs du plan ? Ou quand la stimulation par le salaire se heurte au besoin de main-d'œuvre peu qualifiée en période de coup de feu ? L'expérience tentée au combinat chimique de Chtchekino, près de Toula, tourne court parce qu'on ne peut procéder à des licenciements massifs pour améliorer la productivité et que le ministère réduit d'autorité le fonds des salaires et les projets d'investissements. Même l'organisation de brigades en autonomie comptable, proposée par Zlobine dans la réforme de 1979, débouche sur un échec pratique. La brigade a beau passer contrat avec la direction pour l'exécution d'une tâche, cette responsabilisation n'a aucun effet si les pénuries d'approvisionnement technique allongent les délais et la rentabilité. On est loin de la production de séries continues pour une consommation de masse.

Cette incapacité réformatrice est dévoilée à la mort de Leonid Brejnev, soit à un moment (novembre 1982) où les pays du monde entier s'inquiètent d'une récession déjà profonde et qu'ils imaginent durable [1]. Aussi personne ne se bouscule pour aider l'Union. Avec un endettement de 9 milliards de dollars, une croissance de la productivité tombée à 2,6 % et des investissements à 2 %, l'URSS paie le prix d'un isolement illusoire et de la passivité de sa politique économique. Plus inquiétant, les premières décisions de Iouri Andropov témoignent d'un conservatisme musclé plus que d'une intention novatrice. Les policiers chassent les tire-au-flanc dans les cinémas, les ivrognes et les hooligans (marginaux); les chefs d'entreprise pratiquent les retenues sur salaire, réduisent les congés et multiplient les heures supplémentaires le soir ou le week-end. Quant aux projets de réforme, ils sont discutés de manière confidentielle, tel le fameux rapport de Novossibirsk présenté par Tatiana Zaslavskaïa en 1983. Pourtant, ses recommandations sont fort prudentes puisque deux des trois scénarios envisagés tablent sur une « réforme dans la stabilité » et que la réforme « radicale » se borne à la suppression de tous les ministères spécialisés, l'audace consistant à se rapprocher du modèle hongrois. Il s'agit au mieux d'une critique sévère du mode d'organisation mis en place sous Staline, au pire d'un faux départ.

En célébrant les mérites du modèle hongrois, les réformateurs soviétiques songent plus au programme qu'aux résultats. Après une première tentative ratée entre novembre 1972 et octobre 1977, les autorités hongroises tentent une nouvelle

1. En 1982-1983, les achats soviétiques à l'Ouest baissent de 2,7 % par an et ses exportations (hors énergie) vers l'Ouest de 12 %.

relance en 1980, autant pour se rapprocher des conditions du marché mondial que pour alléger une dépendance envers l'URSS jugée contraignante — pétrole oblige — et des liens trop envahissants avec un Comecon en crise. De fait, les ministères de branche industrielle sont regroupés, la planification devient « glissante » et décentralisée, le droit au licenciement est réaffirmé et les salaires sont fixés par l'entreprise en fonction de ses seuls résultats. Mieux, l'économie parallèle reçoit sa consécration le 1er janvier 1981 avec la mise en gérance de petits commerces par l'État, puis, un an plus tard, par l'autorisation de créer une gamme d'entreprises privées, depuis la coopérative artisanale de quinze personnes jusqu'à l'hôtellerie. Enfin, la réforme des prix doit transformer la Hongrie en pays atelier, grâce à une réduction des coûts de production, des gains de productivité et l'alignement sur les prix mondiaux pour les deux tiers des marchandises. Cette fois, le coût social des réformes a été mis entre parenthèses, bien que l'inflation atteigne 10 % en 1979-1982, que le revenu réel par tête ait baissé de 2,4 % et que la question des licenciements n'ait pas été tranchée.

Dès décembre 1981, le retrait des dépôts étrangers à court terme donne une indication. Mais les dirigeants hongrois ont l'intuition géniale de mettre en scène leur volonté de rupture et de prendre la communauté internationale à témoin. Après un forcing diplomatique, ils obtiennent en mai 1982 leur entrée au FMI et à la Banque mondiale. La Hongrie peut tabler sur 2 milliards de crédits en trois ans, ce qui est bien utile avec une croissance descendue autour de 1 % l'an et une dette extérieure supérieure à 7 milliards de dollars. Encore plus fort, la Hongrie arrive à se faire reconnaître comme pays sous-développé, six mois plus tard. Grâce à la Banque mondiale, elle participe aux projets d'aide au Tiers Monde, tout en recevant de l'autre main les prêts d'aide au développement. Que refuserait-on à un pays qui se veut le bon élève économique venu de l'Est et qui espère jouer les intermédiaires entre les deux blocs ?

Mais les réalités économiques sont têtues et la Hongrie doit mettre ses réformes sous le boisseau et recourir à une cure d'austérité. La monnaie est dévaluée à deux reprises et perd 18 % de sa valeur, les importations sont réduites ou différées de façon à rétablir l'équilibre de la balance des paiements, puis à dégager l'excédent de 600 millions de dollars demandé par le FMI. En fait, les Hongrois feront un demi-effort et accepteront de reprendre leurs réformes au plus vite (on attendra avril 1984). Cette bonne volonté suffit aux Occidentaux, comme le soulignèrent François Mitterrand en juillet 1982, lors de sa première visite dans un pays de l'Est, puis Pierre Mauroy, un an plus tard. Derrière cette évolution incertaine se profile un tel bouleversement de l'économie que la légitimité même du socialisme serait mise en cause.

Ces erreurs et ces mécomptes n'expliquent pas à eux seuls la remise en cause des politiques économiques et le sentiment d'échec qui prévaut au moins jusqu'à l'été 1983 et qui, dans la plupart des pays, ne se dissipera jamais. Il y a d'abord la prise de conscience du décalage grandissant entre le discours et la pratique des pouvoirs publics, entre l'affichage d'objectifs clairs et les palinodies sur des résultats confus. Ce sont, pour une bonne part, les mêmes gens qui acclament Ronald Reagan le 20 janvier 1981 et le conspuent six mois plus tard, le 19 septembre, lors du plus grand rassemblement syndical des vingt dernières années. Eux qui saluaient le retour fastueux de l'Amérique au premier plan, la libération des otages de Téhéran et la restauration de l'exceptionnalisme américain ne comprennent pas pourquoi la baisse des impôts met les gens au chômage et leur rend la vie quotidienne plus difficile. Le raisonnement est économiquement faux, mais il est dévastateur parce qu'il donne prise au doute. On n'attend plus de vues à long terme, mais des réalisations concrètes et un comportement général qui ne s'éloigne pas trop de la ligne de plus grande pente. Ainsi le véritable débat, celui de la modernisation, est-il escamoté au profit de considérations sur la gestion et la durée.

Or, les contemporains ont pris conscience des bouleversements qu'impliquent le progrès technique, l'interdépendance des économies et la communication planétaire. Ils n'en saisissent pas les modalités, mais pressentent que l'organisation verticale, hiérarchique, des pouvoirs devra s'accommoder de rapports horizontaux, en réseaux. Comme ils ne reçoivent aucun signal clair des hommes politiques, qu'ils ne comprennent pas le discours des experts, ils inventent des comportements échappant aux pratiques institutionnelles. Le début des années quatre-vingt marque le triomphe du « parallèle », qu'il s'agisse du travail, de la vie en société — l'exclusion des pauvres et des chômeurs l'illustre, de la relation à la vie politique. Pour se rassurer, dans ce travail de deuil des années d'opulence, il leur reste le mythe d'un âge d'or dont les ruines sont encore nettement visibles. Le choix entre conservation, restauration et rupture devient l'enjeu de cette fin de siècle.

Réflexions sur une décennie de crise [1]

Le retour de la violence. Tel pourrait être le sous-titre de cette décennie. On y loge sans peine les définitions contrastées de la « crise », depuis le choc décisif jusqu'à la métamorphose d'un système économique complexe, en train d'évoluer vers un nouvel ordre. Autre avantage, souligné dans un registre différent par Émile Durkheim et René Girard, la violence exige un code, aiguise les particularismes et les représentations. Elle s'exerce aussi bien dans le réel — protectionnisme, exclusion des pauvres, scandales boursiers — que dans l'ordre symbolique — bouc émissaire, excitation du nationalisme, mise en scène des conférences internationales. Ceux qui

1. Si les historiens ont peu écrit sur cette période, les économistes ont été prolixes. Nous avons retenu ici exclusivement les synthèses en français et en avons indiqué le degré de facilité :

* « Vive la crise ! », *Libération*, numéro hors série, février 1984 ; « Dix ans de crise », *Le Monde*, Dossiers et documents, décembre 1983 ; « Les sept crises 1973-1983 », *L'Expansion*, coll. « Pluriel », n° 8430, 1984.

** André Grjebine, *Théories de la crise et Politiques économiques*, Paris, Éditions du Seuil, 1986 ; Henri Bourguinat, *L'Économie mondiale à découvert*, Paris, Économica, 1985 ; Vivien Lévy-Garboua et Bruno Weymuller, *La Dette, le Boom, la Crise*, Paris, Économica, 1985 ; « La crise... toujours », *Critiques de l'économie politique*, n° 26/27, janvier-juin 1984.

*** Jean-Paul Fitoussi, « Développements récents de la théorie macro-économique : un bilan critique », *Revue d'économie politique*, n° 6, novembre-décembre 1984 ; Edmond Malinvaud, *Essais sur la théorie du chômage*, Paris, Calmann-Lévy, 1983.

mènent la guerre économique imposent le respect à leurs contemporains, comme s'ils défendaient l'honneur du pays plutôt que leurs intérêts. A l'inverse, ceux qui dévaluent, qui s'avouent incapables de réduire le chômage ou l'inflation à court terme, sont suspects de concourir au déclin, voire à la décadence des civilisations. L'historien trouve dans cette exacerbation une occasion privilégiée de réexaminer les principes qui régissent le jeu de la destruction/construction, depuis la deuxième révolution industrielle.

La stabilité du système économique constitue le principe de base, indépendamment des chocs politiques qu'il peut recevoir. L'économiste Joseph Schumpeter et l'historien Fernand Braudel s'en sont faits les apôtres, grâce à la taxinomie des cycles longs proposée par Kondratieff : « Le Kondratieff actuel prend son point de départ vers 1945 : sa phase ascendante a duré près de trente ans, ce qui semble normal, et s'est terminée vers le milieu des années soixante-dix [1]. » Ce retournement s'accompagnerait d'une remise en cause de l'économie-monde anglo-saxonne et d'un changement de forme de l'économie mondiale, avant l'établissement d'un nouveau centre. Autrement dit, le succès même du capitalisme le conduit à une ruine — passagère (?) —, le temps que l'innovation relance la « vieille aventure » qu'est le capitalisme. Le retour à l'équilibre serait ainsi précédé d'une surréaction salutaire où disparaîtraient des secteurs non rentables et des entreprises trop petites pour s'adapter. A suivre Schumpeter, la décennie soixante-dix marquerait la fin du cycle automobile-pétrole inauguré en 1945. Ralentissement de la croissance d'une demande plus fragile car elle porte plus sur le renouvellement que l'équipement, réduction des gains de productivité et des crédits de recherche, tous les clignotants sont allumés dès 1969-1972. Dans ce raisonnement, la violence devient la manifestation conjoncturelle d'une crise psychosomatique, qui s'exprimerait par un absentéisme soutenu, un rejet de la chaîne automobile et, plus largement, du taylorisme.

L'analyse est intéressante, mais elle aboutit à une tautolo-

1. Fernand Braudel in *Deux Siècles de révolution industrielle*, *L'Expansion*, coll. « Pluriel », 1983, p. 365-366.

gie : l'histoire du capitalisme est faite de hauts et de bas. Personne ne peut réfuter cette proposition historiquement, ni la vérifier théoriquement [1]. Plus grave, la majorité des statistiques disponibles pour la décennie contredisent le tracé en « V » des cycles classiques. La production enregistre trois sommets — 1973, 1976, fin 1983 — et deux creux — 1975, 1982 —, ce qui donne une allure asymétrique et chaotique à la courbe. Il en va de même pour l'évolution des prix qui s'envolent à deux reprises — 1974 et 1980-1981 —, alors qu'en bonne logique classique ils auraient dû s'effondrer. Une étude géographique ou sectorielle confirme le caractère atypique de la décennie. Ainsi la productivité de l'automobile a-t-elle progressé au Japon, en France, en Italie et aux États-Unis ; la demande américaine devait tomber à 1 % l'an, contre une croissance de 1,3 % de 1967 à 1977. En fait, on égale le record des années soixante avec une progression de 1,4 % entre 1973 et l'été 1984. La multiplication des enquêtes accentue naturellement cette disparité des performances.

Et pourtant, le système capitaliste ne s'effondre pas. Ce qui conduit à proposer une autre explication que celle d'un équilibre constitutif, dans laquelle la violence tiendrait une place essentielle. Les médiateurs traditionnels disparaissent avec la crise : il n'y a plus de chef — les États-Unis ayant notamment abandonné leur rôle de prêteur en dernier recours, ni de devin — les experts s'étant régulièrement trompés sur les résultats à venir, ni de guérisseur — les États se montrant incapables de tirer leurs économies de la récession par la relance. La parole ne permet plus de régler les différends internes ou externes. Chacun parle à son gré et dans sa langue. La crise signe l'entrée du monde dans l'ère de l'incommunicabilité économique, au moment où l'information et l'informatique modifient les conditions du travail, ce qui n'est pas un mince paradoxe.

La paralysie progressive des négociations internationales en fournit un exemple saisissant, surtout si l'on pense que

1. Malgré la publication, en 1938, des deux tomes de *Business Cycles*, Schumpeter convient dès 1948 que son concept d'innovation n'a nullement besoin de s'appuyer sur une théorie du cycle des affaires, aux fondements hypothétiques.

les échanges gagnent pendant toute la décennie, à l'exception de 1981-1982. Lorsque s'ouvre le Tokyo Round en 1973, le climat est à la détente et l'on ne se contente pas de baisser les droits de douane, mais on affirme la spécificité des échanges du Sud. On est encore dans la phase du duel oratoire ritualisé qu'avaient inauguré le Kennedy Round et les négociations marathons de la CEE. Peu de gens observent qu'à cette date est signé le premier accord multifibre limitant les entrées des produits textiles dans les pays industriels. Au contraire, cet accord apparaîtra d'abord comme un progrès puisque chacun a formulé ses griefs et qu'on s'est entendu. En fait, dix ans plus tard, ce sont tous les textiles, sauf la soie et le jute, qui relèvent de l'accord multifibre. L'interdit a remplacé la médiation. La violence se généralise par les normes — techniques, sanitaires, juridiques ou historiques, les marchés réservés et les quotas [1].

Les affrontements de l'automne 1982 le confirment. En octobre, les Douze signent un accord d'autolimitation de leurs exportations d'acier vers les États-Unis, en contrepartie de quoi ceux-ci abandonnent leur boycott des nouilles italiennes, des alcools français et des fromages hollandais. Solution inepte qui n'empêche en rien l'effondrement de la sidérurgie américaine. Mais le choix d'opposer la symbolique alimentaire au signe de l'industrialisation réussie prouve que le champ du combat s'est élargi et que le retour du nationalisme menace d'asphyxier le principal amortisseur de crise : un commerce international libre. De fait, un mois plus tard, à Genève, la conférence du GATT se termine sur un constat

1. En 1977, le premier accord d'autolimitation vise les importations de téléviseurs couleur japonais en Amérique. Accord étendu aux « quatre dragons » dès 1979 et repris par la CEE ou ses pays membres pour d'autres produits : en 1981, tous les pays industriels sauf le Royaume-Uni et l'Irlande ont limité les importations de voitures japonaises. Quant aux trésors d'imagination en matière de normes, on signalera que les vélos étrangers doivent déjà avoir couru au Japon avant de pouvoir y entrer, que ces mêmes ressortissants ont proposé de faire bouillir l'eau des bouteilles de Perrier par mesure d'hygiène et que les brasseurs allemands ont réussi jusqu'en 1989 à imposer des normes datant du Moyen Age. Résultat : en 1984, 11,5 % des échanges interindustriels sont victimes de ce protectionnisme, et 20 % des échanges du Sud vers le Nord.

d'échec. Pire, les barrières douanières se relèvent pour la première fois depuis le début des grandes tables rondes commerciales.

Second principe : la pause est inhérente au fonctionnement des économies et l'art du dirigeant consiste à la gérer au mieux. Appliqué à notre décennie, il signifie que la stagnation est une caractéristique des économies mixtes engendrées par le *Welfare State* et que l'essoufflement des économies socialistes est une péripétie dans un avenir envisagé à très long terme — en 1982-1984, les planificateurs soviétiques et chinois réfléchissent déjà à l'horizon des années 2010-2020. Dans cette perspective, le déclin et *a fortiori* la décadence n'existent pas. La pause est un moment d'hésitation, de réflexion où toutes les stratégies sont envisageables. La violence a disparu de cet univers, puisque, comme le note Paul Samuelson, les sociétés humaines n'acceptent plus que le chômage ou la baisse de l'activité fassent baisser les prix et les salaires.

Cette conception sociobiologique a l'immense mérite d'aboutir à une visualisation rassurante de la crise. Tout aussi tautologique que la première explication : les économies contemporaines ont vieilli, donc elles réagissent plus lentement aux crises. L'important reste de qualifier ce vieillissement et, sur ce point, le vocabulaire recèle des trésors : Charles Kindleberger inventera ainsi l'expression de « ménopause économique », subtil moyen de suggérer que le capitalisme n'aura plus d'enfants — donc plus de concurrents —, mais qu'il connaîtra la sagesse. Derrière ces métaphores, on devine la mauvaise conscience d'économistes et d'hommes politiques préoccupés d'écarter les deux souvenirs traumatisants du siècle : le libéralisme façon Calvin Coolidge des années vingt et le fascisme.

C'est pourquoi ils ont privilégié la lutte contre l'inflation au détriment de la reprise de l'activité. L'expérience des années vingt a montré jusqu'où les inégalités inflationnistes pouvaient conduire les peuples. Le surnom donné aux responsables de la politique économique chilienne après le coup d'État du général Pinochet pousse la référence jusqu'à la caricature. Les « Chicago Boys » rassurent par leur formation dans une université où ont enseigné Milton Friedman et Robert Lucas — intronisés gourous du monétarisme et du libéralisme, leur séjour américain laisse à penser qu'ils bénéficieront de la bienveillance du protecteur et de son argent, mais ils cristalliseront aussi les mécontentements en raison de leur surnom.

Ces réactions contradictoires et observables dans la majorité des pays permet de comprendre pourquoi les hommes politiques ont voulu échapper à la pause. Les économistes cherchaient le « meilleur réglage » ; eux ont compris que ce réglage hypothétique n'empêcherait nullement l'explosion du moteur. La pause est en effet interprétée comme une menace que le clientélisme coutumier ou l'intervention de la puissance publique ne suffiraient pas à conjurer. Autour de 1980, l'inquiétude engendre la violence par effet de contagion — les sidérurgistes manifestent et font grève en rapport presque exact à la dégradation de leur branche, ou d'environnement — voir les affrontements chez Talbot à Poissy en 1982. Il y a donc urgence à proposer des solutions à des individus pour qui la préservation du statut social et des responsabilités personnelles est au moins aussi importante que le maintien du revenu.

Or, jusqu'en 1982-1983, ces solutions font long feu, à moins qu'elles n'apparaissent (à tort ou à raison) comme porteuses d'une violence curative. Margaret Thatcher gagne les élections de 1983 parce que la victoire des Malouines a occulté le chiffre désastreux du chômage et de la production industrielle. Du succès militaire, les circonscriptions favorisées du Sud déduisent que le Premier ministre s'imposera contre les groupes de pression, au besoin par la force. De cet aveuglement, les citoyens d'un Nord dévasté tirent la conclusion qu'il faut individuellement échapper aux mille chômeurs quotidiens de plus. Le processus du bouc émissaire est ainsi doublement à l'œuvre : fainéants du Nord, des banlieues, de l'ancien empire contre petits-bourgeois occupés à repeindre leurs maisons, à tondre leur pelouse et à regarder trois heures par jour la télévision. A Brixton, dix-huit mois seront nécessaires pour effacer les traces des émeutes de 1981, comme si la cicatrice sociale suppurait toujours.

4

La transition du siècle

La datation est l'exercice favori des commentateurs et des acteurs de la vie politique et économique. Elle stimule les progressistes, désireux de tourner la page et d'établir le compte de pertes et profits d'une décennie ou d'un siècle. Elle provoque la nostalgie des conservateurs qui découvrent de multiples charmes à une période qu'ils ont souvent critiquée et qui concluent que rien n'est décidément prévisible. De ce point de vue, l'année 1989 a constitué une aubaine : l'écroulement du mur de Berlin, suivi par la liquidation de l'ordre international issu de la Seconde Guerre mondiale, offrait un terminus idéal au XXe siècle. La réconciliation des peuples faisait pendant au déchaînement de 1914 ; la révolution « démocratique » roumaine entérinait la chute de l'ordre artificiel du temps de guerre froide ; les économies occidentales remises d'aplomb ne manqueraient pas de tirer les autres nations vers la prospérité. Dans un bel élan, le philosophe américain Francis Fukuyama concluait même à la « fin de l'histoire » en raison de la congruence des systèmes idéologiques mondiaux.

Dix-huit mois plus tard, ces prévisions optimistes se sont évanouies dans les sables de la guerre du Golfe. Les économies occidentales ont retrouvé leurs soucis habituels — chômage, croissance ralentie, endettement ; l'Europe de l'Est navigue à vue pour éviter l'effondrement ; quant aux pays du Tiers Monde, ils n'ont guère l'impression d'avoir changé de siècle. Chacun a beau convenir que la force ne règle aucun conflit, le million de soldats concentré le long des frontières du Koweït et les opérations armées menées en Europe de l'Est laissent à penser qu'une ère de « vraie guerre » pourrait succéder à l'ère de la menace et de la dissuasion. Aussi, en place d'un bilan, avons-nous choisi d'esquisser les lignes de force et de partage du monde contemporain depuis la sortie de crise *stricto sensu* jusqu'à la fin de la décennie actuelle.

La digestion de la crise

Il faut attendre 1988 pour que les observateurs conviennent qu'une reprise a bien eu lieu et que les performances du quinquennat 1983-1988 aux États-Unis et en Europe du Nord se rapprochent des scores des années soixante, considérés comme inatteignables deux ans plus tôt. Les vingt-quatre pays membres de l'OCDE enregistrent une croissance substantielle de leur PNB. Même l'Europe méditerranéenne se félicite de résultats assez médiocres, mais suffisants pour échapper à la grisaille du second choc pétrolier [1]. La prudence des experts se comprend, après tant d'années où ils ont été démentis par les faits. Cette fois, pourtant, leur hypothèse idéale semble se vérifier : le train de l'économie mondiale, tiré par les deux locomotives de la reprise américaine et du commerce international, s'ébranle à vitesse raisonnable. Dans le wagon de première classe, Allemands et Japonais retrouvent leurs aises ; dans ceux de seconde, Européens, Canadiens et Australiens — abonnés depuis soixante ans — doivent laisser un peu de place aux pays ateliers d'Asie ; certains wagons de troisième classe sortent enfin de leur immobilité prolongée. Ainsi, le Ghana, qui avait réussi l'exploit de se retrouver sans aucune ressource après vingt-cinq ans de dirigisme socialiste tatillon et dix ans de guerre civile larvée, est contraint de passer sous les fourches du FMI en 1983. Deux ans plus tard, la croissance reprend, approche les 5 % annuels ; l'inflation passe de trois à deux chiffres ; les marchés sont approvisionnés. En une décennie, la situation des deux voisins, le Ghana et la Côte-d'Ivoire, s'est inversée : le premier rembourse désormais 200 millions de dollars de dettes par an, le second est déficitaire pour 150 millions.

1. Voir le tableau page suivante pour les principales données.

Principaux éléments économiques (1983-1990)

1. Tableau comparé des croissances des pays développés (PNB)

	1960-1966	*1983-1989*
États-Unis	4,4 %	4,0 %
Royaume-Uni	3,3 %	3,5 %
Norvège	4,3 %	4,5 %
Australie	5,7 %	3,7 %
Canada	4,4 %	3,6 %
RFA	4,7 %	2,6 %
Japon	9,6 %	4,5 %
OCDE	4,6 %	3,5 %
France	5,2 %	2,0 %
Espagne	6,0 %	3,1 %
Italie	5,1 %	2,5 %
Portugal	5,2 %	2,7 %

2. Croissance comparée du PIB : pays du Tiers Monde

	1978-1983	*1987-1989*
(Pays ateliers)		
Corée du Sud	7,5 %	9,1 %
Thaïlande	5,0 %	10,0 %
Malaisie	4,8 %	6,8 %
Chili	2,8 %	6,0 %
Colombie	2,6 %	4,0 %
Brésil	5,0 %	3,1 %

3. Inflation (variation d'une année sur l'autre)

	1981-1982	*1984-1985*	*1989-1990*
États-Unis	8,3 %	3,3 %	4,5 %
Japon	4,5 %	2,0 %	1,9 %
RFA	5,7 %	2,4 %	2,8 %
Australie	11,0 %	8,5 %	6,5 %
Royaume-Uni	10,2 %	5,5 %	4,5 %
France	11,7 %	4,8 %	3,4 %
Italie	15,0 %	9,0 %	6,5 %

	1981-1982	*1989-1990*
Corée du Sud	8,5 %	6,0 %
Thaïlande	6,2 %	5,2 %
Malaisie	5,0 %	4,0 %
Chili	25,0 %	19,0 %
Colombie	26,0 %	23,0 %
Brésil	145,0 %	780,0 %

Source : OCDE

Le schéma de la reprise est ultraclassique et donne en partie raison à ceux qui prônaient une « autre politique » quatre ou cinq ans auparavant. Grâce à la première baisse du prix de l'énergie, au ralentissement de la hausse des salaires, à la réduction de la fiscalité sur les entreprises, l'inflation est d'abord maîtrisée. Puis, le maintien de ces facteurs favorables provoque un retournement des anticipations. Celui-ci est perceptible en automne 1982 aux États-Unis qui alignent leur comportement sur celui du Japon et de la RFA. La France — brutalement — et l'Angleterre — après trois ans d'efforts — rejoignent le peloton au printemps 1983, les autres pays industriels s'ajustant à l'automne. Cette désinflation arrive au moment où les entreprises ne peuvent plus retarder des investissements jusque-là différés pour cause de profits insuffisants, d'argent cher et d'endettement, sous peine de perdre trop de marchés. De leur côté, les particuliers saisissent la première occasion pour se rééquiper en biens durables. Or, les États-Unis comme l'Europe en importent une proportion croissante. L'effet d'entraînement se diffuse en Asie du Sud-Est, en Inde, en Amérique latine. Le commerce des nations riches contribue ainsi pour moitié à la croissance des années 1984-1986.

La prudence reste pourtant de rigueur et, en 1986, on parle plus volontiers de rebond que de sortie de crise. Hormis dans les trois pays leaders, la production industrielle se traîne encore à des niveaux médiocres qui rappellent ceux de 1977-1980. Dans la longue durée, la performance serait tout à fait honorable, mais elle ne permet plus désormais de créer des emplois suffisants pour résorber les poches de chômage. Prédomine le sentiment d'un demi-échec dont la réalité serait dissimulée par des coups de chance ou des mesures « cosmétiques » (saupoudrage judicieux pour colmater les déficits les plus voyants). L'effondrement des cours du pétrole qui reviennent à leur valeur réelle de 1974, suivi par ceux des matières premières qui retrouvent le niveau réel de 1933, constitue une aubaine pour les nations industrielles. On se soucie peu de la tragédie que cela représente pour les pays du Tiers Monde qui tirent de ce commerce les quatre cinquièmes de leurs revenus extérieurs. L'expérience des années 1977-1982 sert à justifier un raisonnement cynique : ces pays sont au bord de la banqueroute et mieux vaut leur donner des conseils que de les financer à fonds perdus. Les dispositions compensatoires comme le Stabex européen et les aides du FMI suffiront à assurer l'ordinaire. En donnant aux pauvres 10 % de ce que ceux-ci ont perdu, les riches s'estiment quittes. L'échec de la réunion dite de mi-parcours sur les nouveaux accords commerciaux montre le terrain gagné par les égoïsmes nationaux à la fin de 1988.

C'est à ce moment pourtant que l'opinion se retourne et que se popularise l'idée d'une nouvelle « décennie glorieuse ». Pour cela, il fallait plus que battre des records d'investissements, faire tourner les usines à plein régime ou contenir l'inflation. Le vrai test de la sortie de crise réside dans la modernisation réussie des circuits financiers et la capacité des marchés à surmonter un choc majeur. Autrement dit, le krach de 1987 fut une épreuve nécessaire. A l'inverse de 1931, la résolution des problèmes monétaires, même de manière incomplète, assure le retour durable de la confiance.

La modernisation a, en fait, commencé à la fin des années soixante-dix, dans un contexte d'inflation, de hausse des taux et de fiscalité forte. Le rentier ne voulant plus être tondu, ni le patron vivre aux crochets de ses banquiers, ceux-ci ont proposé des placements plus liquides (d'une souplesse proche du compte chèque) et mieux rémunérés. Les clients s'y sont habitués et n'ont pas observé que les conditions de départ changeaient avec la désinflation et la baisse des taux nominaux depuis 1980. Quant aux banquiers — surtout privés chez les Anglo-Saxons et publics en RFA et en France, ils ont rivalisé dans l'invention de nouveaux produits ou dans le perfectionnement des anciens, l'informatisation des circuits financiers leur étant d'un précieux secours [1]. Cette concurrence est évidemment internationale, ce qui suppose la fin de privilèges corporatistes — ceux des agents de change, par

1. A titre d'exemple, nous mentionnons les principales modifications intervenues en France : création des SICAV de trésorerie et des Fonds communs de placement en 1981, du second marché boursier (1983), de billets de trésorerie (1985), de bons du Trésor négociables et du MATIF (1986). Le tout drainant, fin 1986, l'équivalent des trois quarts du budget national.

exemple — ou géographiques, telles les limitations inter-étatiques existant en Amérique depuis la loi McFadden.

Les différences entre établissements commercial et d'investissement s'estompent. Un nouvel âge bancaire s'esquisse. On a parlé à ce propos de déréglementation, comme si les fonctionnaires des Finances avaient été dépouillés de leur pouvoir et des kilos de textes jetés à la poubelle. Au contraire, les experts sont encore plus indispensables, en raison du risque lié aux circonstances et à la sophistication des produits nouveaux. La célèbre affaire Milken donne la mesure des changements à l'œuvre et des chocs qu'ils créent dans l'opinion. Financier hors pair, Mike Milken a exploré toutes les possibilités offertes par la titrisation — soit le remplacement d'actifs quasi invendables par des titres négociables sans problème sur les marchés secondaires. Moyennant quoi, l'entreprise peut refinancer sa croissance en échappant au joug du crédit bancaire et des taux. Certes, les risques sont plus nombreux et plus coûteux. On peut perdre d'abord une partie de son capital si les taux d'intérêt se modifient, puis tout si la société fait défaut. En revanche, la commission perçue par le financier est substantielle.

Ce type d'opération nécessite une compétence et un doigté peu communs, car on est aux limites du comportement spéculatif. Il faut en effet que les revenus du jour et de la veille équilibrent toutes les dettes contractées auparavant. La moindre hausse des taux d'intérêt risque d'être fatale, sauf si on a su l'anticiper ou diversifier ses risques. Jusqu'en 1985, cela reste l'affaire de spécialistes et la titrisation est bien le coup de génie qui propulse les pays industriels vers le boom, grâce à l'oxygène financier dont profitent les grandes sociétés, comme Nabisco ou Daimler, et celles des secteurs porteurs, telles Apple ou Métrologie. Du coup, les gens commencent à bâtir des châteaux en Espagne : les épargnants prennent la Bourse pour la Sécurité sociale et exigent des rentabilités annuelles délirantes et garanties ; les directeurs de caisse d'épargne ou de banque généraliste acceptent, de peur de perdre leurs clients et en espérant toucher des deux côtés (commission et plus-value) avant même de connaître le sens du mot titrisation ; enfin, les « faisans » prolifèrent — depuis l'escroc gagne-petit qui propage les rumeurs jusqu'au truand de haute volée style Ivan Boesky qui met à profit des informations confidentielles pour anticiper les ordres de Bourse.

Ce serait cependant une erreur grave que d'imaginer un marché boursier livré aux *raiders*. La fluidité des nouveaux instruments financiers n'a pas entamé la confiance des investisseurs, notamment parce que les filets de sécurité installés après la crise des années trente donnent satisfaction, tels les organismes fédéraux d'assurance de dépôts aux États-Unis. On atteint ainsi le chiffre record de 5 000 milliards de dollars pour la capitalisation des grandes Bourses, courant 1986. En outre, les phénomènes de contagion sont presque inexistants et, en tout cas, bien inférieurs à ceux observés en 1974 lors de la faillite de la banque allemande Herstatt et de la Franklin National Bank. Banquiers et pouvoirs publics agissent comme des prêteurs en dernier recours locaux. La menace d'une faillite en chaîne est ainsi écartée.

La sphère financière se trouve dans une situation d'incertitude satisfaisante. Grâce à la libéralisation des mouvements de capitaux, aux nouveaux produits et à l'électronisation, les marchés financiers s'ajustent plus vite que les marchés d'actifs réels. Des bulles spéculatives vont donc apparaître, grossir et éclater, sans que l'on puisse savoir avec précision quand, ni qui sera la victime du risque. Si celle-ci ne peut y faire face, elle perdra son capital — hypothèse beaucoup plus envisageable pour des petits porteurs ou des amateurs de gros coups que des banques protégées par leurs assurances et par la puissance publique. La maxime américaine s'applique une nouvelle fois : « *Too big to fail.* » Débarrassé de ses parasites et des inconscients qui pensaient avoir trouvé la poule aux œufs d'or, le marché reprendra son expansion, en attendant la prochaine crise.

Le krach d'octobre 1987 vérifie clairement ce schéma. La communauté financière s'inquiète devant les frictions américano-japonaises (mars-avril), puis germano-américaines (septembre). La guerre des taux n'a pas lieu, mais sa perspective suffit à modifier les anticipations. Comme le sommet de Venise, en juin, s'était achevé sur des déclarations floues, les investisseurs n'ont que des mauvaises informations à ressasser. Il suffit d'une supplémentaire — le déficit record du commerce américain en août (15,7 milliards de dollars), pour que tout bascule. Peu importe que les nouvelles soient partielles, voire gonflées par la rumeur ; même fausse, l'information joue un rôle décisif, lorsque le marché est inquiet.

Le 19 octobre, les boursiers passent à l'action. La veille, James Baker, le secrétaire au Trésor de Reagan, a menacé de laisser filer le dollar ; le matin, les navires de guerre américains ont détruit deux plates-formes pétrolières iraniennes en représailles contre l'attaque d'un pétrolier koweïtien battant pavillon américain. La guerre menace? On vend sans réfléchir [1]. La violence connaît son « heure de gloire ». Le *Dow Jones* abandonne 508 points en une séance, le record du « jeudi noir » de 1929 est battu : une semaine plus tard, Hong Kong fait encore pire avec une chute d'un tiers. 2000 milliards de dollars seraient partis en fumée, à cause de ces fameux ordinateurs qui auraient réagi simultanément aux ordres de vente ou bien qui auraient été engorgés et donc incapables de proposer une cotation claire. Les explications divergent, mais le progrès électronique est le premier bouc émissaire. Suivi évidemment par le monde de la finance, transformé en croupiers plus ou moins véreux d'une « économie-casino ». On veut du sang et du fait divers. Le suicide de ce paisible fonctionnaire de Miami tombe à pic pour les médias : après avoir tué son fondé de pouvoir coupable, selon lui, d'avoir dilapidé la moitié du million de dollars gagné en Bourse, il retourne l'arme contre lui. Ivan Boesky et ses comparses sont arrêtés ; Mike Milken — convaincu lui aussi du délit d'initié, de manipulations de cours — tombe quelques mois plus tard. La saison est propice à l'éclosion des « affaires ».

En pratique, cependant, les victimes du krach sont rares et présentent presque toutes la particularité d'avoir emprunté des raccourcis pour faire fortune. Le brave Arthur Kane de

1. Entre le 15 et le 19 octobre, les actions en portefeuille perdent 23 %, les mêmes à trois mois sur le marché à terme perdent 31 %, les options d'achat à trois mois perdent 91 %. En un mois, Paris chute de 38 %, Francfort de 33 %. New York de 27 % et Tokyo de 21 % par rapport à leur plus haut de l'année. François Camé et Frédéric Filloux proposent une intéressante version dramatisée dans *Le Jour le plus bas*, Paris, J.-C. Lattès, 1988.

Miami, avec ses 30 000 dollars de salaire annuel, avait pris des risques insensés sans rapport avec le jeu boursier. Quant aux entreprises qui avaient confié des centaines de millions à des spécialistes du MATIF ou des Bourses asiatiques, elles avaient sciemment escompté que l'effet de levier de ces opérations leur fournirait des capitaux en abondance et à bon compte. Au 31 décembre, un esprit malicieux s'interrogerait sur ce pseudo-krach, alors que Wall Street a gagné 1 % sur l'année, Londres et Tokyo 10 %. Il y a d'ailleurs fort à parier que l'appellation ne passera pas le cap de l'an 2000 et qu'on parlera d'une correction technique et financière. Nous ajouterons qu'elle fut salutaire, peut-être tardive, que son ampleur est restée mesurée (un trimestre ; on est loin de 1929) et surtout que cette résistance même vérifiait la cohérence de la nouvelle structure financière de la planète. A partir de 1988, les acteurs économiques ont enfin compris que l'instabilité est source de progrès, que la multiplication des garanties et des assurances ralentit la vitesse des flux financiers, clé de la croissance, et que l'intérêt des emprunteurs comme des prêteurs est de combiner une dose d'incertitude avec deux doses de solidarité.

La revanche des riches

Le test d'octobre 1987 confirma les ruptures intervenues depuis le début de la décennie. Il n'était plus temps de différer les assainissements économiques par des jongleries financières. Celles-ci avaient permis d'éviter une nouvelle récession sans supprimer pour autant les pièges budgétaires ou commerciaux. Les entreprises et les gouvernements admirent donc que les échafaudages stratégiques à long terme étaient nécessaires pour contrecarrer les chocs monétaires et les déséquilibres internationaux. Encore leur fallait-il comprendre la nature de cette économie plastique qui avait succédé à un ordre mondial géré par les puissances atlantiques. Or, sur ce point, les avis divergeaient en fonction des données et des concepts utilisés. Le débat entre restauration, rénovation, conservation et disparition de l'ordre économique mondial, inauguré avec le second choc pétrolier, se prolongeait sans issue clairement perceptible.

La bataille des chiffres s'engage dès l'été 1983, avec le rebond de l'économie américaine ; elle s'amplifie entre le krach de 1987 et l'embellie de 1988 ; elle culmine pendant l'« année du Golfe » (août 1990-septembre 1991). Les uns pointent des évolutions mensuelles pour identifier les tendances d'une reprise ou d'un ralentissement, les yeux fixés sur les chiffres de l'inflation, de la dette et des échanges. Mais ils n'expliquent pas pourquoi l'accroissement de la dette privée américaine ne produit pas les mêmes effets en 1980, 1984 et 1986. Les autres raisonnent par comparaisons annuelles ou cycliques, en tentant de fixer des seuils qui délimiteraient la prospérité du marasme. Ainsi, les analystes américains, en multipliant les sondages sur les intentions d'achat des consommateurs, ont tracé la ligne rouge des 44 % d'optimistes qui marquerait la frontière entre la reprise (au-dessus) et la récession (en dessous). Résultat probant pour 1981-1984 et 1989-1991 ; dans l'intervalle, pas de corrélation... Naturellement, les chiffres sont différents suivant les instituts et la marge d'erreur appréciable.

A cette incertitude scientifique s'ajoute la perplexité des décideurs devant l'évolution des économies et les choix contradictoires que sa gestion semble exiger. La reprise américaine est largement due à l'augmentation de l'activité et des emplois dans le secteur tertiaire ; il en va de même, dans une moindre mesure, en Grande-Bretagne et dans les pays scandinaves. Faut-il alors favoriser le dualisme économique à l'œuvre, préserver un tissu industriel complet ou accélérer la spécialisation vers des technologies avancées ? Autrement dit, convient-il d'accepter un déclin industriel partiel dans l'espoir de conjurer un déclassement ? De même, les déséquilibres commerciaux ont pris des proportions si considérables qu'on ne parle plus de les supprimer mais de les réduire. Et, le volume des échanges restant une des clés de la reprise, un taux de couverture des importations par les exportations de 120-130 % (Japon et Allemagne) ou de 80-90 % (États-Unis et France) inquiète moins qu'une éventuelle poussée protectionniste.

Cette situation aurait paru intenable dix ans auparavant. Les firmes y puisent désormais des justifications à leur politique de compétitivité tous azimuts (salaires, technologies, marges), au risque d'être broyées par cette course, telles la sidérurgie américaine et l'électronique européenne. Quant aux hommes politiques, ils règlent les problèmes au cas par cas, de manière bilatérale ou par des accords repoussant au lendemain les choix stratégiques, comme celui signé à l'été 1991 entre le Japon et la CEE sur les échanges automobiles. Enfin, peu de gens se hasardent dorénavant à prédire les effets des politiques budgétaires, généralement expansives, combinées à des politiques monétaires, toutes restrictives. Cela donne aussi bien la croissance américaine de 1983-1984 que la langueur française de la même période ; le boom allemand, l'embellie italienne et la rechute britannique de 1988-1990. Les ruptures ont bien lieu, mais aucun schéma n'en rend compte.

Dans ces conditions, l'optimisme manifesté par les décideurs à partir de 1985 peut surprendre. Certains avanceront l'hypothèse d'une maturité simultanée des pays développés à laquelle correspondrait une maturation des esprits. Encore une fois, l'explication est élégante mais trop rassurante pour être crédible. En étudiant le comportement des patrons et des hommes d'État pendant ce quinquennat florissant (1985-1990), on relève trois priorités, dictées par l'urgence. Le doute fondamental sur la stabilité du monde industriel à l'horizon 2000 n'est certes pas levé, mais le moment est à l'action, ce qui justifie la confiance retrouvée.

Première priorité : juger de la capacité des équipes et des individus face au changement, à l'imprévisibilité née d'une concurrence accrue. Significatif est, à cet égard, ce nouveau jeu-test imposé à leurs salariés par nombre des cent premières entreprises mondiales dont IBM : la « marelle électronique ». Des équipes composées de cadres d'un même service doivent trouver leur chemin sur les carreaux d'un grand damier, après s'être concertées pour définir une conduite mais en ayant interdiction de se consulter par la suite. Chaque erreur est sanctionnée par la perte d'un équipier. Le temps est limité et les paramètres varient, à l'instar de l'environnement économique international. Bilan de l'expérience : un responsable sur six serait peu ou mal préparé à affronter les brusques à-coups de la conjoncture. D'où la deuxième priorité : le renforcement de la cohésion des groupes et l'évaluation du nombre de ceux que l'on abandonnera ou qui s'excluront — évaluation, aussi, des modalités de leur prise en charge. Sur ce point, on en est resté au stade des intentions et des effets d'annonce. Les pouvoirs publics ont les plus grandes difficultés à vider les poches de marginalisation créées par le chômage ou la sous-qualification. Quant aux entreprises, elles consacrent plus volontiers leurs bénéfices à se désendetter qu'à embaucher. La troisième priorité prend alors une importance capitale : tenir un discours suffisamment volontariste et médiatique sur la compétitivité et le social pour mobiliser la nation et conforter les exécutifs. *Leadership* et communication deviennent des mots vedettes. Compétitivité, efficacité sociale, discours politique : c'est en fonction de ces trois objectifs que l'on peut dresser un bilan des puissances économiques à la fin de la décennie quatre-vingt. Et tenter de répondre à la question née de l'après-crise : assiste-t-on à la mise en place d'une nouvelle hiérarchie mondiale ? Dans ce cas, convient-il de parler de déclins nationaux, et pour qui ?

La réponse passe d'abord par le jugement que l'on porte sur la performance des États-Unis [1]. En 1984, en plein boom reaganien, un professeur de sciences politiques, James MacGregor Burns, se rendit célèbre avec son « apologue du garagiste » : l'ampleur des changements à effectuer sur la machine économique américaine nécessitait le remplacement de la batterie (soit de l'équipe présidentielle) ; mais cette opération ne garantirait pas un voyage au long cours tant le véhicule était rouillé. Il fallait un certain cran pour proférer un tel jugement alors que le pays retrouvait des taux de croissance inconnus depuis trente ans et que la consommation gagnait trois à quatre points chaque année. Pourtant, une majorité d'Américains pensait déjà, comme MacGregor Burns, que les grandes sociétés avaient pris cinq à sept ans de retard sur leurs concurrents japonais ou européens et que la force de communication reaganienne masquait bien des problèmes. Sept ans

1. Sur ce sujet, voir deux analyses contradictoires : l'une, optimiste, dans « Le mythe du déclin de l'industrie américaine », *Politique internationale*, n° 23, 1991 ; l'autre, pessimiste, par Lester Thurow, « Building a World Class Economy », *Societies*, novembre-décembre 1984.

plus tard, l'apologue du garagiste reste de circonstance et la guerre du Golfe en a dramatisé les enjeux. George Bush, malgré sa victoire, n'est pas parvenu à concilier le mythe et l'efficacité présidentiels : le jour où les soldats paradaient dans « Victory Canyon » à Manhattan, Alan Greenspan, le gouverneur de la Fed, stigmatisait une politique économique fédérale « aberrante » depuis une décennie.

En rapportant le bilan des États-Unis aux objectifs prioritaires que nous avons identifiés, on saisit mieux la force des contradictions. Les patrons américains et les républicains ont appliqué une stratégie cohérente fondée sur la restructuration « par le haut » pour affronter la concurrence étrangère et la charge d'une dette approchant les 3 000 milliards de dollars. Sur deux points essentiels, ils ont rempli leur contrat : le chômage est tombé à son plancher historique (5,6 % de 1986 à 1991 pour un volume incompressible estimé à 4,5 %, soit le meilleur niveau depuis la présidence Eisenhower) et l'Amérique a saisi toutes les occasions d'affirmer sa puissance. Lorsque, en août 1988, Ronald Reagan fait passer un *trade bill* incluant des rétorsions douanières multiples contre les industriels japonais et européens, il n'a pas jeté aux orties son habit libéral. Il teste la crédibilité de son pays en tant que plaque tournante du commerce mondial : le déficit compte moins que l'arrivée des dollars et des ordres de Bourse à Wall Street. C'est là que se négocie le rachat le plus cher de l'histoire du capitalisme — celui du conglomérat RJR-Nabisco — pour 145 milliards de francs. On observera toutefois que le mastodonte est aussitôt dépecé et revendu « par appartements », ce qui nous ramène à l'apologue de MacGregor Burns : le capitalisme américain reste le plus imposant, mais nombre de ses composantes sont rouillées. Bureaucratisation des équipes dirigeantes, ralentissement des investissements industriels et manque de moyens financiers — puisque les profits sont en grande partie dévorés par les dividendes.

On bute ici sur un dilemme réactualisé par la guerre du Golfe : l'Amérique se donne l'illusion quantitative de l'hégémonie, tandis que ses entreprises, ses banques et sa puissance publique vivent avec l'argent du monde entier ; mais, grâce à sa force militaire, elle peut seule imposer sa paix et celle des pays riches à l'autre bout de la planète. Et le faire savoir. Ce qui n'était le cas ni pour la Grande-Bretagne d'avant 1914 ni pour les États-Unis de l'entre-deux-guerres, dont l'économie était dominante mais les moyens de pression militaires limités. La « taille critique » des États-Unis leur permet de profiter d'un double circuit de pompage : l'un, orthodoxe, dépend de la fluctuation des taux d'intérêt et des opportunités d'investissement ; l'autre, paradoxal, repose sur la valeur estimée du *leadership* américain. Celui-ci est naturellement hors de prix en cas de crise majeure comme celle de 1991 : 65 milliards de dollars payés à 60 % par les monarchies pétrolières et à 20 % par l'Allemagne et le Japon. Mais il s'exerce d'une manière discrète et quasi permanente *via* les achats d'armes (7 milliards de commande au Moyen-Orient depuis la fin de la guerre) et de communication. Or, l'entretien de cette domination suppose des efforts financiers — l'avion « furtif », le bombardier F117, est subventionné à 90 % — et commerciaux — pour tenir le marché, les industriels bradent le F15 à moitié prix d'un Mirage 2000.

Dans ces conditions, il est difficile d'arriver à un équilibre, d'autant que les présidents américains sont enclins à utiliser l'alibi de leur rôle mondial pour expliquer certains résultats décevants. La communication sert de palliatif aux déconvenues de la politique économique. L'équipe Reagan en fit la démonstration pour évacuer la contrainte budgétaire. Entre 1982 et 1984, elle avança tous les prétextes : l'estimation des déficits changeait tous les six mois, on accusait Jimmy Carter d'avoir manipulé les chiffres et les dépenses sociales d'être un gouffre à dollars. Le directeur du Budget, David Stockmann, finit même par lâcher le morceau dans un article retentissant, où il disséquait les mesures en « trompe-l'œil » destinées à égarer l'opinion. Tour de passe-passe ou pas, il était impossible de lire clairement la volonté officielle et les États-Unis y avaient gagné trois ans de répit. Avec le vote de la loi Gramm-Rudman, le 11 décembre 1985, une deuxième étape est franchie : le retour à l'équilibre budgétaire est programmé pour 1991 et la vertu financière érigée en dogme. En pratique, le trou reste compris entre 130 et 220 milliards, mais les déclarations d'intention ont produit leurs effets : le *credit crunch* (l'étranglement de l'activité par manque de crédit), qui avait annihilé les acquis du premier New Deal, est évité. Mieux, la faillite des caisses d'épargne (400 milliards de dollars) ne trouble pas la communauté financière, dès lors que les pouvoirs publics se sont manifestés. En s'appliquant à eux-mêmes le dicton « *Too big to fail* » et en monopolisant le discours sur leur santé financière, les États-Unis ont contraint leurs partenaires à les sponsoriser en tant que représentant type de l'économie de marché. Leur déclin a peut-être commencé, mais on en reparlera quand d'autres lieux de parole et de pouvoir financier rivaliseront avec Washington.

La guerre du Golfe a fourni une confirmation de la santé éclatante du colosse aux pieds économiques d'argile. Fort de sa victoire militaire et médiatique, George Bush peut dessiner les contours d'un nouvel ordre mondial diplomatique et économique, auquel il ne cesse de faire référence depuis mars 1991 [1]. Celui-ci passe d'abord par une redéfinition des missions et des moyens stratégiques : en retenant deux théâtres d'opération, le Pacifique et l'Atlantique-Méditerranée, les États-Unis feront en cinq ans 250 milliards de dollars d'économie (soit le double du montant de leur déficit actuel), tout en conservant le premier budget de défense mondial, équivalant à 3,6 % de leur PNB. Leur supériorité militaire contribue ainsi au règlement d'un problème financier majeur. Parallèlement, l'activisme diplomatique de la Maison-Blanche conforte sa stratégie de communication. Lancé en juin 1990, le projet « entreprise pour les Amériques », qui vise à créer une zone continentale de libre-échange, bénéficie ainsi des succès obtenus au Proche-Orient et en Afrique. George Bush réussit à surmonter les réticences des Mexicains qui tablent sur un décollage tant de fois repoussé, sans s'inquiéter d'un éventuel impérialisme américain comme à l'époque de l'« Alliance pour le progrès » de John Kennedy. Enfin, les États-Unis reprennent la tactique de division qui leur avait été profitable entre 1971 et 1976. Ils utilisent les Japonais et les Britanniques pour bloquer le programme d'aide à l'URSS envisagé par l'Allemagne et la France, lors du sommet de

1. Selon *U.S. News and World Report*, George Bush a utilisé quarante-deux fois l'expression d'août 1990 à juin 1991.

Londres en juillet 1991. Pendant ce temps, ils appuient les critiques françaises contre les pratiques commerciales japonaises et se servent de la Grande-Bretagne dans les négociations avec la CEE.

Il est alors tentant de conclure au ralliement des nations sur le modèle américain. C'est oublier que la guerre n'a pas changé la donne économique. La croissance outre-Atlantique n'enregistrera pas l'habituel coup de fouet des après-guerres, parce que les conditions de l'offre ne se sont pas modifiées et qu'on ne voit pas comment la reconstruction du Koweït (sans parler des hypothétiques réparations payées par l'Irak) dynamiserait l'activité américaine au-delà de 1992. La pérennité du *leadership* repose sur sa capacité de conviction vis-à-vis du reste du monde. Les circonstances resteront certes favorables jusqu'au milieu des années quatre-vingt-dix, mais un ordre mondial fondé sur une pacification est inimaginable sans que l'économie y soit associée. Or, rien ne laisse présager un armistice dans ce domaine. Le ralliement risque d'être de courte durée, sauf si l'Europe et le Japon l'acceptent.

La cacophonie européenne contraste avec la cohésion américaine. Depuis le premier sommet, réuni à Paris en octobre 1972, le Vieux Continent poursuit le projet d'une union économique complète, préalable à une domination politique retrouvée. Après la « relance » du sommet de Stuttgart en juin 1983, l'optimisme est de rigueur, comme si l'échéance du marché unique en 1992 allait marquer la naissance d'une nouvelle Europe grâce à l'intégration des marchés. L'examen rétrospectif de la décennie et des difficultés à harmoniser les politiques des Douze incite cependant à nuancer cet espoir. La Communauté se réduit encore à une réunion de nations qui ont chacune peu ou prou montré leur capacité à surmonter la crise. Elle n'a pas trouvé une identité transnationale qui lui permettrait de tenir un rang à la mesure du défi américain.

L'europessimisme se fonde sur quatre diagnostics. La CEE a consacré des sommes considérables à la préparation de son avenir technologique, mais celles-ci restent inférieures aux dépenses de ses concurrents, avec des résultats incertains [1]. Les premiers fabricants de composants électroniques, Philips et Siemens, viennent au-delà du dixième rang mondial pour le chiffre d'affaires, illustration d'un recul général dans les secteurs de pointe qui ramène les parts de marché européennes à 24 % en 1988-1989 contre 33 % en 1970. La Communauté consomme moins d'équipements électroniques que prévu, et surtout son retard sur les États-Unis et le Japon a crû d'un tiers pendant la décennie quatre-vingt. Ces mécomptes s'expliquent par la médiocre rentabilité du capital investi. Le rapport Albert et Ball de 1983 souligne le poids des salaires et de la rigidité du marché de l'emploi dans ces résultats. Dégager 1,5 à 2 % de profit net devient un exploit, alors que les sociétés japonaises gagnent 2,5 à 3 % et les américaines 4,5 à 5 %.

De plus, les parts de marché sont davantage conquises à l'extérieur de la CEE : depuis 1979, le commerce intracommunautaire stagne en pourcentage du PNB des principaux États. Ceux-ci ont fait le plein des avantages offerts par la libération des échanges et, en particulier pour les services, se tournent vers l'Amérique ou l'Asie. Enfin, l'Europe reste la zone riche où le poids des déficits handicape le plus l'investissement, compte tenu des dépenses publiques dans ce domaine et des politiques monétaires restrictives en place. Les Douze ne peuvent ni se permettre le laxisme dominateur des États-Unis, ni l'indifférence japonaise forte d'une épargne surabondante.

L'Europe industrielle unie n'existe donc toujours pas. Une chose est de concevoir des plans d'urgence pour des branches anciennes (sidérurgie, textile, chantiers navals), une autre de supprimer les entraves administratives et commerciales pour qu'un marché de 310 millions de consommateurs fonc-

1. **Dépenses de recherche**
1983-1989
(en % du PIB annuel)

RFA	*France*	*GB*	*Italie*	*Total CEE*	*États-Unis*	*Japon*
2,5	1,9	1,7	1,2	1,7	2	2,5

tionne. Environ 20 % du PNB des Douze échappent au processus de libération des échanges, soit qu'ils relèvent du domaine réservé des États ou qu'il demeure encore impossible d'effectuer des prestations de service transfrontières. Absence de concertation et médiocre intégration verticale sont les rançons d'une unification dont les grandes lignes datent de vingt ans [1]. De plus, l'élargissement de la CEE aux pays du Sud n'a pas produit les gains habituels liés aux économies d'échelle et à la rationalisation des productions entre pays à développement comparable. Le décalage est tel que chacun table sur ses propres spécialisations, instaure en cachette des barrières protectionnistes, adopte avec une lenteur calculée les mécanismes communautaires comme la TVA, mais réclame une part croissante des fonds structurels. Le budget semble à ces pays la contrepartie naturelle des efforts de concurrence que l'adhésion impliquait. D'où l'augmentation régulière, à partir de 1981, des crédits accordés aux fonds agricole, social et régional qui absorbent 15 % des dépenses. L'Europe a, dans la meilleure hypothèse, gagné un demi-point de croissance annuelle avec l'entrée du Sud. Il faudrait tripler ce résultat pour que les avantages de l'élargissement compensent l'hétérogénéité grandissante de l'ensemble. On en reste loin, si bien que l'Europe manque d'argent.

On en imagine les conséquences sur des marchés du travail étanches les uns aux autres, où les pressions démographiques et salariales sont inégales. Or, les gains dans la productivité du travail progressent lentement et à peu près au même rythme en Allemagne et en France. Si cette dernière veut éviter une poussée mécanique du chômage, sa croissance doit être au minimum supérieure d'un point à celle de la RFA pour 1985-1990 et de trois quarts de point pour 1990-1995. L'Europe du Sud, l'Irlande ont la même contrainte ; elles sont favorables à une relance, ce qui crée une coupure supplémentaire dans la Communauté. Une observation identique vaut

1. Les résultats du sommet de Maastricht (décembre 1991) seront examinés dans une édition ultérieure. Dès juillet 1991, Allemands, Danois et Britanniques ont fait connaître leur intention de préserver le schéma actuel.

pour l'union monétaire, les pays de la zone mark, la France et la Grande-Bretagne ayant des vues divergentes. La conclusion s'impose d'elle-même : puisqu'on ne peut concilier politiques nationales autonomes et disciplines européennes, un abandon de liberté est nécessaire. Allemands et Britanniques n'y sont guère disposés et multiplient les atermoiements. Ainsi, Karl-Otto Poehl, le gouverneur de la Bundesbank, déclare son opposition à l'union monétaire parce qu'il ne croit pas à l'efficacité d'une coopération dans ce domaine, qu'il doute du maintien de changes monétaires réels stables entre un pays surpuissant, le sien, et des voisins en déficit commercial chronique. On retrouve ici la logique des priorités : la RFA a défendu avec succès sa compétitivité, elle connaît la paix sociale et son discours économique sert de référence. A quoi bon s'encombrer des soucis européens, dès lors que l'Allemagne fédérale a reconquis sa légitimité et sa force?

Dans ces conditions, les marges de manœuvre de la Communauté sont étroites. Force est de reconnaître qu'elle en a tiré le meilleur profit, après l'échec — somme toute salutaire — du Conseil européen d'Athènes, le 6 décembre 1983. Ce jour-là, les Douze enterrent plusieurs illusions. Celle de la solidarité est la plus dure à supporter : la RFA refuse de tenir le rôle de locomotive, alors que sa consommation privée vient d'augmenter après trois ans de stagnation. En maintenant un argent cher, elle empêche ses partenaires de relancer, à un moment où les capacités de l'industrie européenne sont utilisées à 75 %, soit une chute de dix points depuis le choc de 1973. A cela s'ajoutent les déboires institutionnels. La Commission, le Conseil et l'Assemblée rivalisent depuis quatre ans pour affirmer leur prééminence; du coup, les chefs de gouvernement privilégient les relations bilatérales. Le fameux « couple franco-allemand » n'est ainsi que l'habillage diplomatique d'une volonté hégémonique partagée. Malgré le *modus vivendi* adopté le 30 juin 1982 entre les trois institutions, le sommet d'Athènes montre que les problèmes financiers sont loin d'être résolus. Enfin, la démocratisation de l'Europe, sur les rails depuis l'élection des députés au suffrage universel, reste balbutiante puisque les parlementaires sont privés de pouvoir réel, réduits à bloquer ou à augmenter les dépenses budgétaires, en règle générale contre l'avis du Conseil, comme en 1984.

C'est donc une redéfinition du contenu de l'idée européenne que l'échec d'Athènes précipite. D'un côté, on reporte à la décennie quatre-vingt-dix les choix cruciaux sur la nature de la Communauté, sur son degré d'intégration et sur la capacité des différents États à s'adapter. De l'autre, sous l'impulsion de la France, sont conclus des accords cadres prévoyant la coopération des sociétés afin d'obtenir des résultats rapides et de contrer la concurrence [1]. Le choix de secteurs à haute technologie correspond à un espoir de rentabilisation, moyen de désamorcer une partie des critiques à l'encontre des eurocrates de Bruxelles. En outre, il préfigure, voire précipite, les recompositions prévisibles qu'entraînera le marché unique avec l'effacement des monopoles de télécommunication, précédant la redistribution de l'offre. Les entreprises ont d'ailleurs répondu par une vague d'OPA et d'associations : Daimler-Benz, premier européen avec un chiffre d'affaires de 290 milliards de francs, rachète son rival MBB puis prend pied chez Cap Gemini-Sogeti, leader du service informatique en Europe.

Il reste une inconnue de taille : l'Europe économique procédera-t-elle d'une démarche régulière et cohérente ou doit-on s'attendre à de nouveaux à-coups, les Douze s'alignant avec retard, donc en position de faiblesse, sur les comportements américano-japonais ? A l'examen des années 1988-1991, on proposera un scénario où la coordination l'emporterait sur la contestation. L'Europe des capitaux s'esquisse en effet, tandis que la stabilité sans excessive rigidité des changes nominaux permet à chaque gouvernement de gérer ses propres contraintes. Paris, Rome, puis Madrid et, avant 1993, Londres abandonneront leur égoïsme monétaire parce qu'ils n'ont plus les moyens d'affronter un choc dollar ou pétrolier. Certes, l'Europe n'est pas débarrassée du risque de régionalisation industrielle : « par le bas », si la défense prolongée des stratégies nationales ralentit les res-

1. Le programme électronique et communication *Esprit*, lancé le 28 février 1984, est prolongé par *Eureka*, en avril 1985, puis par le programme *Jessi* en 1988.

tructurations ; « par le haut », si les modalités du marché unique en font une auberge espagnole où se serviraient Américains et Japonais. Pourtant, même dans ce cas, l'Europe n'aurait pas perdu la partie, car elle restera jusqu'à l'an 2000 le plus grand marché solvable du monde et ses consommateurs exerceront un effet directeur essentiel dans un système libéral. Ce n'est pas un hasard si les Japonais y ont investi 45 milliards de dollars, plus que chez leurs voisins. La Communauté se retrouverait de la sorte dans une position qui rappellerait celle de la Belle Époque. Elle tirerait sa richesse de sa propre consommation, sans dépendre de manière décisive des exportations hors de sa zone. En fait d'axe pacifique, on assisterait alors à un recentrage atlantique.

L'élan européen pas plus que la reprise américaine n'auraient été possibles sans le Japon. Celui-ci tient désormais en majeure partie le rôle dévolu dans l'immédiat après-guerre aux États-Unis. Ses investissements procurent un financement, une technologie et des talents de management indispensables pour combler les lacunes nationales. Les usines tournevis qui donnent des cauchemars à certains industriels contribuent au redressement des balances commerciales du pays d'accueil grâce à la réexportation ou à la substitution de cette production aux importations. Elles embauchent sur place (50 000 Européens travaillent pour des sociétés japonaises en 1980, 165 000 en 1990) et utilisent des matériaux locaux. Leur présence revitalise des secteurs en crise — voir les accords Nissan-Alfa-Roméo, Honda-British Leyland, Mitsubishi-Volvo — et stimule la concurrence. Les gouvernements comme les milieux d'affaires ne se sont d'ailleurs pas mépris sur les avantages de la solution japonaise. Dès 1975, la CEE accordait 600 millions de dollars en aides diverses aux 441 entreprises venues de Tokyo. En quinze ans, les 150 milliards de dollars investis par le Japon ont servi d'aiguillon et de stabilisateur à la croissance des riches.

Cette présence résulte d'un constat dressé après le second choc pétrolier et de conditions favorables depuis 1983. En 1979, les Japonais prennent à nouveau conscience de leur vulnérabilité : ils importent 90 % de leur énergie, vivent sur un territoire exigu et isolé, subissent encore le contrecoup de leur attitude pendant la Seconde Guerre mondiale auprès de leurs clients et n'ont que peu de chances de créer une zone asiatique suffisamment prospère pour absorber leurs exportations. Un an plus tard, le MITI définit les moyens de surmonter ces handicaps, dans un rapport intitulé « Vision de la décennie ». Il faut s'assurer une avance technique dans les secteurs d'avenir, conquérir des parts de marché dans les pays solvables et sélectionner des gouvernements qui favorisent l'implantation de sociétés de distribution puis d'usines.

Or, les possibilités sont limitées. Le Japon reste en partie privé d'espace, d'aéronautique et d'armement depuis 1945 ; il a plusieurs années de retard dans les communications et dans l'architecture informatique où ses entreprises utilisent les logiciels — autrement dit l'intelligence — américains. Restent l'électronique grand public et l'automobile qui présentent l'avantage d'une fabrication en grande série (objectif de compétitivité) et de frapper les opinions (objectif de communication). Quant aux pays d'accueil, leur nombre est également réduit. En Europe, la RFA préfère les accords d'association, la Belgique et les Pays-Bas sont intéressés par des firmes de taille moyenne, seules les îles Britanniques réclament des investissements massifs. L'équipe Reagan accorde des autorisations plutôt pour des activités traditionnelles, du type sidérurgie. La plupart des pays ont en outre édicté des règles draconiennes sur le pourcentage des pièces fabriquées sur place, sur le respect des législations sociales et des règles administratives.

La stratégie se déploiera en deux étapes. Il importe d'abord de contrôler le marché domestique, transformé en pompe à finances pour la recherche et les investissements extérieurs. Mais le Japon ne peut s'offrir le luxe d'être ouvertement protectionniste en raison de sa taille. Il utilise l'argument de sa « spécificité culturelle » afin d'expliquer la préférence nationale des consommateurs et la complexité de circuits de distribution qui renchérissent le prix des produits importés. Ce genre de grosse ficelle est unanimement répandu, le talent des Japonais est de l'avoir systématisé. Pour preuve de sa bonne volonté, le MITI précise que le Japonais moyen dépense deux fois plus que son homologue américain pour se procurer des biens importés. On oublie d'ajouter que cela inclut le pétrole comme les cravates. Malgré les récriminations périodiques de ses concurrents, tout aussi fondées que sans effets, l'objectif est brillamment atteint : de 1981 à 1990, la demande intérieure assure les trois quarts, puis les quatre cinquièmes de la croissance. Et ce boom a profité à 80 % aux firmes japonaises.

Cet élan leur permet de passer à l'étape de long terme. Celle-ci repose sur la conquête des marchés anglo-saxons qui offrent des opportunités et les meilleures garanties politiques et culturelles. Ronald Reagan et Margaret Thatcher ont appliqué au Japon leurs principes libéraux. Les banques japonaises ont transformé Londres en tête de pont pour leurs implantations et Wall Street en supermarché. En effet, hormis de rares proclamations nippophobes, les Japonais n'y ont pas rencontré de rejet comme en France, en Allemagne ou en Suisse. Mitsubishi et Sony ont ainsi pu profiter au maximum de la décrépitude des industries automobiles et électroniques anglo-saxonnes à la fin des années soixante-dix. C'est là le premier « secret » de la réussite japonaise, auquel s'ajoute une remarquable adaptation aux fluctuations monétaires. Jusqu'en 1983-1985, le renchérissement du dollar favorise les exportations nippones et l'accoutumance à des produits bon marché, fiables, accompagnés d'un service commercial efficace. La réévaluation du yen entre 1985 et 1989 n'entraîne aucun reflux, les industriels baissant leurs prix en yens et conservant les positions acquises. Seulement, la parité du yen transforme les bénéfices en tas d'or qui permet à Sony de racheter CBS et aux entreprises cotées de financer leurs implantations. Le tout assurant la prospérité des pays anglo-saxons, puis des autres nations industrielles.

L'exceptionnalisme ou l'esprit machiavélique des Japonais sont des leurres inventés pour échapper aux bilans lucides. Il est commode d'exalter le sérieux, la ponctualité, la qualification du travailleur asiatique et de l'opposer à l'absentéisme, à l'esprit revendicatif, à l'abrutissement de la main-d'œuvre occidentale. Les uns s'en servent comme aiguillon, les autres comme repoussoir. Cette idéologisation du modèle japonais est l'ultime legs de la crise, parce qu'il faut bien expliquer les retards dans le redémarrage, les insuffisances persistantes et les redressements inespérés. Elle s'estompera à mesure que deux constatations s'imposeront : 1) Le Japon n'a nullement fait main basse sur l'industrie et la finance mondiales. Les trois Grands (États-Unis, CEE, Japon) se partagent à peu près équitablement l'ensemble des marchés d'avenir, élément capital pour la pérennité d'une économie. 2) Le Japon a certes rejoint ses deux concurrents, mais il serait bien en peine de dépenser son argent, d'investir ou de commercer ailleurs. La réciprocité des avantages est inévitable, même si elle s'opère avec réticence. Le Japon n'a tout simplement pas les moyens de devenir une puissance hégémonique. Il lui manque une armée, un langage universel et son argent est placé entre des mains étrangères. Il n'y a en revanche rien que de très normal à ce qu'il négocie au mieux ses avantages actuels.

Le coût de la démocratie

Entre l'écroulement du mur de Berlin au milieu de l'allégresse des peuples et la consternation des hommes d'État devant l'invasion du Koweït, il y a neuf mois. Le temps de se dégriser après un trimestre d'ivresse démocratique et de retrouver des problèmes que chacun imaginait consignés sur les livres d'histoire du XIXe siècle. Des citoyens à peine affranchis de régimes totalitaires réclament une modification de frontières, un meilleur niveau de vie et considèrent qu'il existe une relation automatique entre démocratisation et prospérité. C'est non seulement une vue de l'esprit, mais l'expérience des années 1986-1991 montre que l'installation de la démocratie est un processus lent, difficile, voire douloureux. Il s'accompagne de tentations autoritaires, prend des chemins de traverse populistes et aboutit parfois à des impasses. Ainsi, l'éviction de Manuel Noriega, présentée par les Américains comme une mesure de salubrité, a-t-elle abouti à la mise en place d'un gouvernement élu dont les qualités morales et la probité semblent loin d'être exemplaires, sans que le niveau de vie des Panaméens ait progressé d'un dollar.

Il ne suffit pas de dissiper l'illusion de la démocratie panacée. L'évolution des pays socialistes conduit à s'interroger sur l'efficacité du fonctionnement démocratique dans des situations de délabrement maximal. Au printemps 1990, Stanislas Chataline, conseiller du président Gorbatchev, et Boris Eltsine proposent de soumettre les projets de réformes économiques à référendum. Nul doute que le résultat eût été désastreux, compte tenu du délabrement des conditions de vie. Les électeurs n'auraient pas condamné la réforme, mais la piètre performance du leader. Mikhaïl Gorbatchev tire argument de ce risque politique pour s'approprier les pleins pouvoirs économiques en septembre, repoussant du coup la vraie démocratisation qu'eût représenté un passage à l'économie de marché sous contrôle parlementaire. On peut penser qu'un raisonnement similaire a été appliqué à l'Irak et au Koweït par les Américains et leurs alliés.

Les événements intervenus depuis le déclenchement de la crise du Golfe auront permis de décanter les enjeux. D'un côté, le choix entre deux risques économiques — celui de la table rase et celui de la transformation mesurée pour éviter l'implosion ; de l'autre, l'éternelle course de vitesse entre démocratisation politique et économique. Un premier constat s'impose : la démocratie n'est pas nécessairement un bon professeur d'économie. Ainsi, la victoire des candidats de Solidarité aux élections du 4 juin 1989 a été interprétée comme l'acte de décès du communisme politique en Europe occidentale et la première étape vers la formation d'un marché capitaliste. En pratique, le plan d'austérité élaboré par Tadeusz Mazowiecki ne peut s'appliquer que grâce à la bienveillance de Solidarité, échangeant la paix sociale contre un monopole politique. Les « privatisations » et la baisse autoritaire de 40 % du niveau de vie apparaissent donc comme un minimum pour échapper à la faillite et non comme la transformation en profondeur d'une économie encore étatisée à 85 %. C'est pourtant trop pour les Polonais qui plébiscitent Walesa et un inconnu, Stanislas Tyminski, lors de l'élection présidentielle des 25 novembre et 9 décembre 1990. La légitimité historique et le charisme de Lech Walesa rassurent les citoyens quant à leur statut de « premier de la classe » en politique ; la réussite de Tyminski au Canada donne corps au rêve capitaliste, même si les zones d'ombre dans le parcours du candidat intriguent. Pris entre deux, Mazowiecki doit passer la main à Walesa, promu garant d'une liberté politique que les

Polonais imaginent d'autant plus grande que la contrainte économique s'annonce forte. Un an plus tard, la découverte du chômage pour un million de personnes relance le débat sur l'efficacité de la démocratisation : la marginalisation d'un nombre croissant d'individus incite à ralentir le processus des réformes, de peur de briser le consensus créé autour du président. L'expression « soupe Kuron », accolant la soupe populaire et le nom du ministre du Travail, ancien dirigeant de Solidarité, en dit long sur les attentes déçues des gens.

La prise de conscience de ce décalage représente un risque majeur, car il incite les dirigeants à anticiper les progrès économiques et à proposer des calendriers aussi spectaculaires qu'irréalistes. Le fameux « plan des 500 jours » mis au point par les conseillers de Mikhaïl Gorbatchev — Stanislas Chataline et Nikolaï Petrakov — est un bon exemple de ces pseudo-thérapies de choc. Chacun sait que le plan est inapplicable vu le délabrement de l'appareil productif soviétique : dans un pays où l'on crée chaque mois moins de richesses et où l'inflation oscille entre 9 % (chiffre officiel pour 1990) et 132 % (chiffre officieux avancé par les instituts allemands de conjoncture), la tentation du sauve-qui-peut est inévitable. Les effets d'annonce ont alors deux conséquences redoutables. Menacer les citoyens d'une purge, c'est prendre le risque d'un éclatement social, doublé d'une dislocation nationale, pour peu que l'État ne dispose pas du minimum d'autorité et de confiance. La contre-*perestroïka* et ses suites durant l'été 1991 en offrent un cas d'école. D'un autre côté, décréter l'économie de marché dans un pays sans hommes ni culture pour l'appliquer, sous prétexte de démocratisation, relève du vœu pieux. En Pologne, cela conduit le gouvernement de Jan Bielecki à recourir au chantage démocratique pour faire échec à la censure des ex-communistes et pour imposer l'austérité à une population qui voit grimper le chômage à 10 % de la population active.

Les stratégies intermédiaires, adoptées par Mikhaïl Gorbatchev ou Jan Bielecki, reposent sur le pari que les à-coups inévitables seront maîtrisables et que les pays industriels soutiendront un compromis qui exclut à la fois un plan Marshall et une table rase. Or le lien implicite entre démocratisation et « sang neuf » est rien moins qu'évident pour l'opinion sensible d'abord aux difficultés quotidiennes. Les conditions d'un cercle vicieux se trouvent réunies : 1) La contrainte économique pousse à la gesticulation politique, qu'il s'agisse de « radicalisation » des réformes ou de raidissement, jusqu'à la caricature offerte par les comploteurs du 19 août 1991. 2) Le vote en faveur des démocrates implique, pour l'électeur, l'implosion du système économique, tant s'est propagée l'idée d'une homothétie entre les victoires démocratiques et les avancées économiques. Or, ni les élections polonaises du 4 juin 1989, ni les élections russes du 12 juin 1991 n'aboutissent à un tel bouleversement. Une transition au calendrier hypothétique est seule programmée. 3) La frustration se nourrit alors des hésitations des dirigeants, des résistances diverses et de la déception des foules. Ainsi, la situation des anciens pays socialistes n'est-elle pas sans rappeler la phrase de Thomas Jefferson, popularisée par un film à grand spectacle : « Si les gens ne veulent pas de la démocratie, nous la leur enfournerons de force dans la gorge. »

2

Les sociétés du dernier quart de siècle

Le désarroi semble dorénavant le sentiment le mieux partagé des sociétés. Les mythologies révolutionnaires se sont effondrées, les radicaux sont devenus des repentis comme s'il existait une réversibilité de l'histoire, les démocrates semblent en panne d'imagination. Seul constat clair : dans un monde où liberté, prospérité et paix progressent, le devenir et la recomposition des sociétés apparaissent souvent indéchiffrables, du fait de l'affleurement simultané des trois lames de fond à l'œuvre depuis la fin de la Seconde Guerre mondiale.

Les sociétés achèvent de s'insérer dans la mondialisation des échanges, des informations et des représentations. L'humanité est saisie par le vertige des chiffres, par l'accumulation des corps, par la vitesse des images, et se gave de sondages sans éprouver de nausée particulière devant cette comptabilité incessante. Pour autant, elle reste incapable de définir les formes qui correspondent à ces échelles nouvelles : entre des sociétés morcelées et des individus autonomes, l'écart n'a jamais été aussi grand. La hiérarchie classique — agriculteurs, ouvriers, agents de service — n'a plus grand sens, de même que la protection autrefois massive et rassurante des institutions militaire, scolaire, religieuse ou républicaine. La « classe ouvrière européenne » reste ainsi à inventer. Certes, un tel processus d'érosion puis de décomposition s'est déjà produit, à l'époque des Grandes Découvertes par exemple. Mais ce qui se passe depuis vingt ans affecte à la fois les modes et les contenus culturels, au sens large (le niveau de vie est-il une norme, une valeur ou rien de tout cela ?) comme d'un point de vue particulier (la ville, l'entreprise, la région, l'école ont-elles de fait vocation à réunir ou à marginaliser ?).

Ce déséquilibre est d'autant plus mal supporté qu'il coïncide avec une poussée spectaculaire de la démocratie et de la démocratisation des modes de vie. De l'Espagne à l'Argentine, en passant par le Nicaragua et les pays de l'Est, les sociétés civiles se sont affirmées contre un État dictatorial ou totalitaire. Dans le même temps, le parc des appareils d'enregistrement et de reproduction du son a enregistré un boom planétaire : doublement des équipements en Occident, triplement dans les pays les moins avancés et quadruplement chez les pays d'industrialisation récente (depuis 1975). La rupture est là, mais les mentalités sont en retard. A la guerre civile européenne de 1914, aux risques d'apocalypse entretenus par la guerre froide qui offraient des adversaires ou des antimodèles clairement identifiables, a succédé l'épreuve lancinante et douloureuse de la confrontation permanente avec des individus que l'on ne peut plus éliminer : le riche, le pauvre, l'étranger, le voisin, l'ennemi « héréditaire » — qu'il soit de l'intérieur ou venu d'ailleurs. La démocratie en voie d'accomplissement fait exploser les sociétés ; elle incite les citoyens à se replier sur leur univers privé. D'où le succès d'une culture muséographique et touristique, adaptée à l'uniformisation des pratiques autant qu'à des niveaux de culture hétérogènes.

Enfin, les sociétés ont pris conscience des enjeux du formidable boom démographique en cours depuis 1940. Le problème n'est plus de supputer l'état démographique de la planète en 2030 ou en 2050, mais de répondre aux urgences quotidiennes. Or celles-ci concernent aussi bien les pays développés que les jeunes nations. Jamais la France, l'Italie, l'Irlande n'avaient vu leur population s'accroître de 30 % en un demi-siècle. Ces sociétés de parentèles et de clientèles pour lesquelles l'espace des communes ou des districts était taillé sur mesure se heurtent à des problèmes de cohabitation, en même temps qu'elles peinent à redéfinir des rapports sociaux équilibrés. Quant au reste du monde, où la part des jeunes de moins de vingt ans oscille entre 40 et 55 % de la population, les réseaux de sociabilité sont si engorgés que les canalisations ont crevé en de multiples endroits : Mexico, Manille ou Dakar ne sont plus des villes mais les cimetières de sociétés atomisées.

Ces mouvements concordants dessinent une histoire dominée par les traumatismes multiples et des recompositions inachevées. Pour tout dire, une histoire plutôt sombre, en regard des embellies économiques. Les années 1973-1990 voient ainsi la mise au jour ou l'exaspération de conflits qui font parfois douter de la capacité des sociétés à représenter quelque chose pour elles-mêmes. Contrairement à l'espace économique, les sociétés ne se sont pas « ouvertes », ce qui supposerait une réflexion consciente sur leur avenir et sur les moyens d'un fonctionnement rationnel. A l'Est et au Sud, les habitants ne se sentent plus membres de leurs sociétés parce qu'ils ont cessé d'adhérer majoritairement à l'imaginaire social véhiculé par des idéologies. Les Occidentaux ne disposent plus, pour leur part, des règles, principes et motivations qui leur permettraient à la fois d'assurer la bonne marche générale et l'épanouissement individuel. Les sociétés sont devenues névrotiques et orphelines.

1

Les années soixante-dix ou la confiance ébranlée

Le jugement économique spontané des individus n'est pas nécessairement dénué de lucidité. A l'automne 1977, une majorité d'Occidentaux pensait encore que la croissance du pouvoir d'achat serait comparable à celle des deux décennies précédentes. Or, les résultats des années 1973-1977 leur donnaient raison : pour la première fois, une crise majeure n'avait aucun effet sur le revenu de la plupart des citoyens. Au contraire, plus d'un sur deux revient de vacances — record historique atteint en 1974, l'année du choc pétrolier. Et les préoccupations du moment portent plutôt sur la comparaison des styles de loisirs ou sur les raisons de la suprématie du modèle consumériste européano-américain. Peu de contestation morale — les écologistes occupent à peine un strapontin —, plus de contestation dure, moins de contestation idéologique, l'heure est à la confiance. Confiance dans l'efficacité de la protection assurée par les États, les syndicats, les *lobbies*. Persuadés de maîtriser le monde extérieur et de contrôler leur vie intérieure, les Occidentaux se soucient d'en chercher les preuves dans les images désormais planétaires que ce monde leur renvoie, sans s'inquiéter de la fragilité de cette situation et des frustrations qu'elle suscite.

Les derniers dividendes de la prospérité

La crise, quelle crise ? Le constat est identique, quelle que soit la mesure du niveau de vie choisie : les Européens se sont enrichis, les Américains ont préservé leur position, les Japonais ont comblé la majeure partie de leur retard, les pays à revenu intermédiaire d'Asie et d'Amérique latine ont enregistré leur meilleure performance depuis la guerre et les chiffres officiels de l'équipement en biens durables des ménages soviétiques approchent les standards occidentaux — à l'exception de l'automobile. Seuls les pays non pétroliers de l'Afrique subsaharienne et quelques démocraties populaires semblent s'être appauvris au cours de cette décennie. De singuliers records sont même battus. En 1980, le panier de la ménagère française est le mieux garni du monde avec 6 000 dollars dépensés en une année. Et si l'on prend en compte l'ensemble des biens et services produits par habitant, le bond en avant reste aussi spectaculaire, bien que la hiérarchie des pays change (voir tableaux) : entre 1974 et 1980, Suédois et Américains ont accru leur richesse des deux tiers.

Sur cette lancée, on voit mal comment les modèles de consommation auraient été altérés. Le double mouvement entamé depuis le milieu des années cinquante se poursuit. D'un côté, la structure des consommations européennes et japonaise s'aligne sur celle des États-Unis à l'époque de la « prospérité vietnamienne », caractérisée par l'équilibre approximatif des dépenses alimentaires, de logement et de transports. Comme celle-ci a faiblement évolué dans l'intervalle, le standard américain se répand d'autant plus vite que sa commercialisation bénéficie d'économies d'échelle appréciables. La courbe de diffusion des produits, qui affectait un « S » marqué aux temps héroïques de l'automobile ou du réfrigérateur, prend l'allure d'une droite lorsque, en huit ans, deux Européens sur trois achètent une télévision couleur. D'un autre côté, la consommation des pays neufs qui avait décollé à la fin des années soixante s'accroît tout en devenant nettement hybride. Les signes apparents de la réussite occidentale sont « pourchassés » : en Grèce, le nombre d'automobiles pour cent habitants passe de 8 à 92 entre 1965 et 1980 ; en Afrique francophone, le taux de motorisation est identique à celui du Japon de 1950. Parallèlement, le poids des dépenses alimentaires et d'habillement — dont le montant dévore toujours plus de la moitié des revenus du ménage — témoigne de la résistance des besoins traditionnels. Signe de distinction et d'exclusion volontaire, l'adoption des standards américains rend flagrantes et peu supportables les inégalités sociales, apparues avec l'éclatement du modèle tribalo-paysan.

Pour autant, l'impression d'uniformité croissante ne doit pas laisser croire à la disparition d'une culture du quotidien, propre à chaque pays, voire à certaines régions. Les spécificités alimentaires en sont une manifestation exemplaire. En Europe, l'ouverture des frontières et l'internationalisation des industries agro-alimentaires n'a pas gommé la frontière des modes de cuisson entre le Nord qui utilise le beurre ou la margarine, le Sud l'huile d'olive et la France partagée entre les deux [1]. De même, l'apport de blé — consécutif à la révolution technique des années soixante — a certes quasiment éliminé les céréales secondaires (millet, seigle et sarrasin) de la consommation européenne et réduit leur part dans les pays pauvres. Mais cela n'a pas modifié en profondeur les habitudes alimentaires : Allemands et Italiens produisent autant de blé, mais les premiers en consomment deux fois moins ; constat identique de l'autre côté du Mur, où les Allemands de l'Est ingurgitent à peine 100 kg de farine par habitant, soit un bon tiers de moins que les Polonais ou les Hongrois, une misère à côté des 165 kg annuels des Bulgares. Quant aux pratiques culinaires, les effets de mode, folklorique ou gastronomique, et la résistance des cultures sociales ont empêché l'uniformisation. Le goût pour la viande de cheval dans les familles ouvrières du Nord de la France et de Belgique en est l'illustration, comme le renouveau des élevages volaillers de Bresse, de Loué ou du Gers et la surconsommation de poisson et de mouton dans les grandes villes et/ou par les cadres.

Dans l'histoire de cette banalisation imparfaite des modes de vie, l'enrichissement des citoyens constitue le facteur décisif. En temps de crise, il n'y a pourtant pas de paradoxe : la résistance à la baisse des salaires, la féminisation des emplois, le recours au bas de laine et la générosité de l'État-protecteur expliquent cette aisance. Pour préserver leur niveau de vie, les familles de l'hémisphère Nord ont limité leur nombre d'enfants et, en pratique, elles l'ont amélioré grâce à l'augmentation du taux d'activité féminine. Plus qu'un retour aux

1. Voir l'étude de V. Scardigli, *L'Europe des modes de vie*, Paris, 1987.

Évolution du pouvoir d'achat des ménages

(en %)

	1974	*1975*	*1976*	*1977*	*1978*	*1979*	*1980*
France	3,2	4,7	2,9	3,4	5,3	1,6	0,2
RFA	1,2	4,2	1,6	2,5	3,5	3,8	1,7
Royaume-Uni	– 1,5	0,0	– 0,6	– 1,5	8,1	6,6	1,0
Italie	1,3	1,0	1,2	2,7	4,5	3,1	1,0
États-Unis	– 0,8	2,2	3,7	3,9	4,7	2,5	0,3
Japon	2,9	1,9	3,6	2,0	4,0	3,6	1,6
URSS	1,2	2,4	2,2	– 0,5	1,8	2,0	– 1,5
Inde	1,1	– 2,1	– 0,8	1,8	2,1	2,5	1,3
Nigeria	1,0	3,0	1,1	1,2	1,0	2,2	– 1,4

Comparaison des PIB par habitant

(en dollars courants)

	1974	*1980*
Suède	7 350	12 200
États-Unis	6 600	11 050
RFA	6 200	10 100
Danemark	6 050	10 000
Pays-Bas	5 100	8 800
France	5 100	9 150
Belgique	5 450	8 600
Japon	4 150	8 700
Royaume-Uni	3 400	6 950
Espagne	2 100	4 180
Corée du Sud	1 300	2 020
Philippines	395	460

Sources : « Comptes nationaux des pays de l'OCDE », annuel, et « Rapports de la BIRD », annuel.

seuils de l'entre-deux-guerres, il s'agit d'une explosion : en 1973, un ménage européen sur trois déclarait deux revenus ; en 1980, on en compte presque un sur deux. Et la menace du chômage n'exerce encore aucun effet dissuasif. D'une manière générale, la sensibilisation à la crise s'opère en douceur, les couples ajustant leurs dépenses avec un retard de six à dix mois, à l'exception notable des Allemands qui se serrent la ceinture au moindre à-coup. Le premier réflexe consiste à puiser dans une épargne liquide de précaution avant de procéder à des arbitrages qui privilégient notamment les dépenses de santé, les téléviseurs et les desserts lactés. Entre le 1er avril 1978 — où le FMI officialise l'anarchie monétaire décidée à Kingston deux ans plus tôt — et la finale de la Coupe du monde de football en Argentine trois mois plus tard, les ventes de téléviseurs couleur ont fait un bond de 22 % dans les pays de l'OCDE.

Cet appétit pour de nouveaux produits est aiguisé par les revenus confortables fournis par les prestations sociales. En 1973, elles représentaient le quart des ressources d'un ménage occidental, en 1980, le tiers. Ce changement d'échelle marque l'élargissement et la consolidation des régimes de protection sociale, depuis les prestations vieillesse jusqu'aux allocations chômage. Or, ces revenus ne sont pas affectés à l'épargne ou à une consommation particulière, ils sont noyés dans la masse des ressources disponibles. Ainsi se noue insidieusement la crise de l'État-providence, au moment où le contrat social trouve sa pleine justification. La baisse de l'activité économique est ralentie par l'utilisation de la cagnotte sociale, sans que l'on s'inquiète de la réduction des recettes de la sécurité sociale et du gonflement de ses dépenses requis précisément par la crise. Les entreprises se voient confrontées à un dilemme insolite dans une société de consommation : retarder le lancement de produits nouveaux au risque de perdre leurs clients ou accepter le pari de la course à la consommation avec des charges alourdies. Les fluctuations du marché de l'automobile traduisent ces hésitations, entre les années noires — 1974 et 1979 — et les embellies de 1975-1976.

La stabilité des comportements ne doit pas cependant laisser croire à une crise indolore. Les victimes — voire les boucs émissaires — sont promptement identifiés. On y retrouve des « habitués » — paysans et immigrés —, mais aussi de nouvelles recrues, cadres ou agents de maîtrise. Ils ont en commun d'avoir subi une diminution de leurs revenus, d'être plus exposés au chômage en raison d'une qualification insuffisante, jeunes ou proches de la retraite et surendettés. Ils peinent à se reconnaître part d'une société d'égaux où se négocie l'équilibre des avantages et des responsabilités, tant la comparaison avec le voisin — d'atelier, de bureau, de palier ou de campagne — marque les esprits. Au moment où le nettoyage des derniers bidonvilles occidentaux sonne le glas officiel du paupérisme, leur exclusion est curieusement admise par tous, comme un inéluctable envers du *Welfare State*. Pourtant, 25 millions de citoyens américains vivent encore au-dessous du seuil minimal de revenus, de même que 3,5 millions de *burakumin* japonais ignorés financièrement et moralement par leurs compatriotes.

Passés au travers des mailles du filet social, ils sont d'autant plus vite négligés que ce filet se révèle par ailleurs efficace et facteur de cohésion. L'effet conjugué des transferts sociaux et d'une pression fiscale sélective a ainsi ramené l'écart de revenu entre un cadre et un ouvrier européens au même niveau qu'en 1955. Le fossé creusé dans la décennie soixante est comblé. Il n'y a donc rien de surprenant à ce que les achats marquant une différenciation sociale enregistrent un boom d'un choc pétrolier à l'autre. La consommation des produits de beauté, du prêt-à-porter féminin ou de séjours hôteliers tient une place analogue à celle du tourne-disque de 1960 : signe rassurant qui conforte le besoin de comparaison et l'affirmation individuelle.

Ces sentiments mélangés de progrès, de frustration et d'ignorance réciproque se retrouvent à traits plus nets au Sud comme à l'Est. Au Brésil et en Union soviétique, on remarque ainsi d'intéressantes concordances. La progression des salaires moyens ne fait guère diminuer le nombre des citoyens pauvres ; en revanche, la diffusion du salaire minimum, des pensions ou allocations donne un coup de fouet à la consommation [1]. Le paradoxe des années soixante-dix se résume à un constat trivial : l'homogénéisation lente des sociétés — vantée par tous les régimes — entraîne d'abord l'écla-

1. En URSS, le salaire moyen (allocations comprises) progresse de 40 % pour les salariés et de 50 % pour les kolkhoziens entre 1970 et 1979 ; en 1980, 40 % des habitants vivent autour du seuil de pauvreté, soit le tiers du salaire moyen. Au Brésil, le salaire minimum n'a pas évolué de 1970 à 1982, alors que le salaire moyen a augmenté de 60 % ; mais ils ne sont plus que 34 % à le percevoir, contre 55 % en 1970.

tement de la cohésion sociale, ciment idéologique des régimes forts.

S'y ajoutent, au Sud, trois paramètres propres au sous-développement : la faible durée de l'embellie économique — au mieux, de 1974 à 1978 —, sa nature financièrement perverse puisqu'elle repose sur un surcroît d'endettement extérieur et la violence que suscite cette prospérité relative chez ceux qui en sont privés. Dans le Brésil des militaires, le revenu moyen des plus favorisés représente 190 fois celui des déshérités, ce qui revient à opposer 500 000 riches à 15 millions de pauvres ou bien le Nordeste à São Paulo [1]. Pourtant, la télévision, l'automobile et le réfrigérateur — achetés, volés ou obtenus au marché noir — font une entrée spectaculaire dans l'univers quotidien : entre Rio et Nova-Iguaçu, au cœur d'un bidonville de 30 kilomètres de long, une famille sur dix est désormais équipée de ces biens durables contre une sur cent cinquante en 1970. Certes, la corruption des intermédiaires et la pratique généralisée du pillage ont pour conséquence une inflation galopante sur les produits occidentaux. Ce qui achève de convaincre population et dirigeants de la nécessité de les fabriquer sous licence. Les projets pharaoniques d'infrastructures lourdes sont ainsi différés pour satisfaire les exigences consuméristes des Brésiliens, notamment après les grèves de 1978.

Dans la Russie de Brejnev, les tensions sont moins voyantes mais aussi fortes. En raison du système de prix administrés, ce qui est donné d'une main est repris de l'autre à l'avantage d'objectifs primaires définis le plus souvent sous Staline. Les subventions d'État rendent bon marché le pain, le sucre, les œufs, les loyers, la viande, tandis que les impôts sur le chiffre d'affaires des entreprises laissent les réfrigérateurs ou le mobilier hors de portée : une télévision couleur représente l'équivalent de cinq ans et demi de loyer. Ici, la surveillance institutionnalisée empêche le pillage mais laisse florissante l'économie parallèle (régionale ou professionnelle). Compromis improvisé qui a inspiré le néologisme *soglasovanie*, et permet un gonflement régulier et important des

1. En 1978-1979, 40 % des familles du Nordeste perçoivent le salaire minimum contre 5 % à São Paulo.

réserves monétaires, supérieur d'un tiers à celui de la consommation : le sentiment de pénurie s'accroît ainsi au même rythme que la performance de l'économie planifiée. Les citoyens soviétiques, comme leurs voisins est-européens, apprennent à organiser leur emploi du temps en fonction des produits, selon une subtile hiérarchie [1]. Mais, à la veille de l'invasion de l'Afghanistan, Leonid Brejnev peut écarter la menace d'une pénurie grave, sans risque d'être démenti par les faits. Le « mal de vivre » soviétique ne traduit pas l'état d'une société exsangue, mais déçue dans ses idéaux égalitaires et ses attentes de bien-être. En 1980, la diminution de l'espérance de vie — de deux ans pour les hommes et d'un an pour les femmes — et la hausse de la mortalité infantile sont des signaux d'alarme soigneusement camouflés. Le stress n'existe pas officiellement dans l'univers communiste.

Mondialisation de la société et revanche de l'individu

La fin des années soixante-dix est encore moins que ses devancières une période unifiée. A la mise en valeur de l'individu répondent des phénomènes de masse où celui-ci semble absent, dans les stades comme dans les lieux de culte. De plus, les valeurs de l'individualisme se développent dans une société qui, en se mondialisant, réduit les possibilités de choix ou de différenciation. Tout s'embrouille avec une remarquable cohérence : plus l'information se fait « en direct », plus les interprétations multiples tombent comme autant de paravents qui dissimulent la vérité. Conclusion logique d'une jeunesse déboussolée : « *No future.* »

Les rapports entre musiciens, industriels et consommateurs illustrent l'ampleur des problèmes. Jusqu'à la fin des années soixante, le style des chanteurs était supposé refléter leur per-

1. Les produits alimentaires de base, l'essence sont disponibles normalement (sauf en Pologne à partir de 1977) ; la viande, les fruits ou les cigarettes sont épisodiquement manquants ; les fromages, les vins, les vêtements pour enfants, le linge domestique sont « rares » et nécessitent une attente de plusieurs heures à quelques jours ; enfin, les produits électroniques, les lavabos ou les collants sont introuvables.

sonnalité. La relation d'identification entre Elvis Presley ou Cliff Richard et leurs fans était directe. Déjà, les Beatles et les Rolling Stones avaient imposé l'idée d'un style du groupe dans son ensemble, même s'il existait un leader. Avec les modes psychédélique, disco, puis *punk*, l'essentiel devient la production d'un disque qui satisfasse la demande d'une clientème conditionnée par les médias et les fabricants. A la limite, ils n'ont plus besoin de chanteurs, ce qu'entreprend de démontrer le groupe Kraftwerk en utilisant exclusivement des appareils électroniques. En retour, les musiciens, pour prouver qu'ils sont des artistes, font de la « sincérité » un credo professionnel. La récupération des valeurs romantiques du siècle précédent, mélangées à la contre-culture des années soixante, sert de talisman contre la corruption marchande : dans la lignée du Velvet Underground et des Doors, Nina Hagen et les Communards annoncent la décadence des sociétés occidentales. Mais il est probable que le plus grand nombre préfère danser sur une musique « anonyme », dépourvue de message culturel, simple prétexte au loisir : entre 1975 et 1979, la vente des morceaux disco est sept fois supérieure aux autres publications rassemblées [1].

Le schéma typique de cette fin de décennie est celui de l'échange : grâce aux satellites et aux moyens techniques HF (haute fidélité), la télévision retransmet en direct la chute de Saïgon (1975) ou le coup d'État manqué du colonel Tejero aux Cortes (1980), et 50 à 65 % des citoyens de chaque pays de la planète estiment qu'elle dit la vérité ; l'Est expédie à l'Ouest ses dissidents, en contrepartie de quoi il reçoit des transfusions d'argent et de marchandises ; enfin, en Californie, les apôtres de la révolution sexuelle prêchent l'échangisme comme thérapie aux maux de la société (1976). Mais l'échange n'implique pas l'absorption systématique des valeurs de l'autre. Les communautés font leur « marché » chez les voisins et adaptent leurs choix en fonction de leur mémoire collective. L'opacité de la vie privée persiste, ce dont témoignent les Japonais qui exportent leurs produits mais pas leurs modes de vie, aux codes trop subtils. *A contrario*, la « nouvelle cui-

1. Cité par *Melody Maker*, juin 1979. Voir aussi les articles de David Buxton sur le *star-system*, dans *Telos*, n° 57, hiver 1983, p. 87-106.

sine », consacrée par Gault Millau en 1974, concrétise la synthèse de trois exigences. L'usage du poisson, des légumes et fruits frais permet d'adapter la nourriture aux goûts d'une clientèle plus jeune qui transforme le restaurant en lieu d'échange à la place de la salle à manger, absorbée par le *living*. Les emprunts aux techniques — la vapeur — et aux produits — la mangue, l'avocat, le kiwi — des pays exotiques sont conformes aux canons de l'esthétisme et de la séduction. Enfin, en se distinguant du « taylorisme alimentaire » du *fast food* et de l'image jaunie des restaurants pour noces et banquets, ces lieux illustrent la nouvelle répartition du temps et de l'espace de travail qui s'esquisse.

On aura remarqué que les exemples utilisés ici relèvent d'un fonds commun. De fait, le divertissement est la grande affaire du dernier quart de siècle. On y retrouve des préoccupations industrielles — allant de l'audiovisuel aux transports —, financières — les investissements dépassant de loin ceux des secteurs traditionnels —, sociales — comment distraire le plus grand nombre en temps de crise ? — et idéologiques — la vieille scie de l'impérialisme culturel américain (ou occidental) retrouvant une seconde jeunesse. Le boom télévisuel compte pour beaucoup. La télévision était chargée de montrer, elle se trouve investie du pouvoir de créer, d'arracher le spectateur au réel. Mieux, cette évasion s'opère en couleurs, la France s'équipant en 1977 et l'ensemble de l'Europe en 1979, elle se diversifie grâce aux débuts du câble et peut se renouveler à volonté dans le secret des maisons avec la commercialisation des magnétoscopes [1].

La télévision, média dominant depuis le début des années soixante-dix, impose désormais son modèle. Ce dernier est largement imprégné de culture occidentale : à partir de 1975, 80 % des programmes de télévision mondiaux sont élaborés des deux côtés de l'Atlantique. Les dessins animés japonais ou les *soap opera* brésiliens qui avaient tenté, dix ans plus tôt, de s'affranchir des personnages et des schémas occi-

1. On compte 5 millions de magnétoscopes vendus dans le monde en 1980, contre 210 000 en 1976 et 14 millions en 1982. Pour le câble, seuls le Canada (57 %), la Belgique (30 %) et les États-Unis (25 %) ont un taux d'équipement des ménages significatif en 1980-1982.

dentaux se sont alignés. Quant aux chaînes de télévision internationales lancées par le Liban, la Jordanie ou les Émirats arabes unis, elles s'adressent exclusivement aux expatriés du Nord. Cette domination entraîne à la fois l'alignement des autres médias sur le style télévisuel et la généralisation de la communication *via* l'écran. En 1975, par exemple, cinq cents banques mettent au point le système *Swift* d'échanges d'informations par télématique. L'enjeu financier est considérable puisqu'on estime que, tous systèmes confondus, l'information a représenté, dans la décennie soixante-dix, l'équivalent de 40 % du PNB américain et de 55 % de sa masse salariale.

Une telle puissance — la série américaine *Kojak* est diffusée dans cent vingt pays — suscite naturellement une critique violente contre le média et son principal fournisseur, les États-Unis. Le spectacle audiovisuel assurerait la promotion exclusive du capitalisme — particulièrement celui d'outre-Atlantique. De fait, depuis l'ouverture de Disneyworld à Orlando en 1971, le « modèle Disney » est devenu l'étalon international du divertissement. Là, en dix ans, cent millions de visiteurs, adultes et enfants confondus (la moyenne d'âge est de vingt-huit ans), acceptent de jouer le jeu d'une société en réduction qui reproduit, en les figeant, les structures sociales et les hiérarchies planétaires : les Noirs jouent du jazz ou sont confinés dans la jungle, les Indiens et les Asiatiques sont des automates et les Européens des perroquets. Quant aux visiteurs de Disneyland en Californie, ils ont droit à un hymne à la liberté d'entreprise, sur fond de fresque sponsorisée par Gulf Oil. Le monde des loisirs rejoint la réalité comptable. Disney a investi 2 milliards de dollars pour créer deux villes de tourisme et de congrès, pourvues de 25 000 chambres d'hôtel.

Comme Hollywood une génération plus tôt, le modèle Disney contribue à homogénéiser les cultures : le Japon, en 1977, puis la France, adoptent le *Disney Channel* hebdomadaire. Mais le contenu est différent : le dessin animé s'accompagne de vidéo clips pour la promotion des disques, les héros ne se transforment plus en simples poupées mais en acteurs de jeux à rebondissement où l'enfant est impliqué. S'agit-il de le former ou de le manipuler ? A l'appui de la première hypothèse, on avancera la découverte précoce du cinéma grâce à des films conçus suivant la recette Disney, telle *La Guerre des étoiles* de Georges Lucas et ses multiples épisodes, ou les personnages de Steven Spielberg : E.T., c'est Mickey à l'ère de l'électronique. De même, la fiction du royaume enchanté permet de se familiariser avec le mécanisme de l'intermédiation télévisuelle. Tout est représentation, même le match de football qui est « commenté ». A l'inverse, ce système consensuel gomme l'importance relative des faits et des personnages. La société est pyramidale, dominée par un ancêtre illustre — historique (Lincoln en Amérique) ou imaginaire (le « Grand Schtroumpf » de la Lorraine post-sidérurgique exporté avec succès aux États-Unis en 1981-1982). Chacun est mobilisé pour un spectacle contraignant, envahissant, qui transforme le spectateur en partenaire dont on mesure sans arrêt la disponibilité, l'attention au présent. Dans ce processus d'infantilisation, le désir disparaît, interdit par le temps trop court du dessin animé ou du reportage, contraire à la logique télévisuelle où l'on compte en minutes, en argent, en interviewant [1].

Cela n'empêche nullement que se multiplient les tentatives pour affirmer une identité nationale ou individuelle. On retrouve ici un état d'esprit voisin de celui des années trente : les modes d'expression sont des îlots de résistance. C'est ainsi en Europe que sont organisés les festivals de cinéma indien, japonais ou égyptien. Satyajit Ray, Mrinal Sen ou Akiro Kurosawa y trouvent des spectateurs, des producteurs. Le débat traditionnel entre diffusion locale du film et sous-développement culturel des citoyens est réglé. Ceux-ci s'alphabétisent par la télévision. Tandis que le film, le livre ou le tableau retrouvent leur caractère élitiste, accompagné d'une fonction « diplomatique » — conserver un patrimoine — et sociale. La conquête de soi passe aussi par ces thèmes ultra-classiques que sont l'avenir de la terre, la crise de la classe ouvrière, le sort des minorités ethniques ou la place des femmes [2].

1. Cf. la série de Jean-Luc Godard, *Sur et sous la communication*, été 1976.

2. A titre indicatif, on signalera les films suivants tournés dans la décennie 1974-1984. Sur l'écologie et la condition paysanne : *Alamo Bay* de

On n'aurait garde d'oublier que cette rupture opérée par la communication de masse se retrouve dans l'évolution des sports ou des loisirs. Au Mexique se déroulent, en 1968 et en 1970, les derniers jeux Olympiques puis la dernière Coupe du monde de football dans l'esprit qui avait présidé à la renaissance du sport, trois générations auparavant. Les horaires des matches sont établis en fonction des conditions climatiques, des temps de récupération. Et lorsque le sauteur en longueur Bob Beamon établit un record de légende, c'est dans l'obscurité et l'indifférence des caméras. En revanche, à Munich, en 1972 et en 1974, le sport devient affaire mondiale et le champion semble cristalliser les attentes de 3 milliards d'individus. La cérémonie d'ouverture des jeux Olympiques, la finale de la Coupe du monde et le Grand prix automobile de Monaco sont les trois événements les plus médiatisés, retransmis dans 105 puis 125 pays au début des années quatre-vingt, loin devant le record historique de l'alunissage de 1969.

Le spectacle sportif permet de satisfaire les fantasmes et les pulsions chassés de l'espace policé des lieux contemporains. On peut laisser libre cours à son chauvinisme en sifflant l'adversaire, savourer la revanche des sans-grade sur les nantis (la province contre la capitale, les régions pauvres contre les riches, les immigrés contre les citoyens de souche), adopter des pratiques qui passeraient pour grotesques partout ailleurs (le lancer de confettis blancs après le mondial argentin de 1978) et enfin canaliser une violence qui se ritualise dans l'insulte. Contrairement en effet à une idée reçue, la multiplication des clubs de supporters et l'apparition, en 1976, des « kops » — tribunes où le public des supporters les plus bruyants se tient debout derrière le but — n'ont pas transformé les bagarres épisodiques en affrontements méthodiques dans et hors du stade. La violence sportive est pro-

---

Louis Malle, *Jaguar* de Lino Brocka. Sur la condition ouvrière : *Blue Collar* de Paul Schraeder, *Moonlightning* de Jerzy Skolimovski, *Maria's Lover* d'Andreï Konchalovski. Sur les femmes : *La Femme qui pleure* de Jacques Doillon, *Le Déclin de l'empire américain* de Denys Arcand, *Trois Femmes* de Robert Altman et *A touch of Zen* de King Hu (Hong Kong).

portionnellement aux pratiquants plus intense dans les années soixante et les incidents les plus graves se déroulent là où le sport n'est pas organisé : plus de cent morts au Pérou et au Népal en 1977-1978. Mais cette identification d'une partie des spectateurs aux voyous, aux chômeurs, aux fanatiques contribue aussi à renforcer l'importance de la compétition-spectacle. Le public du stade et les joueurs deviennent le microcosme d'une société de compétition.

C'est dans ces conditions que peut se produire l'identification à la vedette par le biais de la télévision ou dans la volonté mimétique de pratiquer *le* sport de Platini ou de Borg. Nous retrouvons les recettes du « modèle Disney » : les raquettes sont techniquement identiques mais portent des noms différents des deux côtés de l'Atlantique ; le champion est transformé en homme-sandwich publicitaire et crédité du pouvoir de transmettre un peu de son talent par ses chaussures ; l'aventure de la vedette est gage de démocratisation de la société puisqu'elle concrétise une ascension sociale ; enfin, dominer son corps dans l'effort et trouver du plaisir dans le sport est également un moyen d'évacuer le désir [1].

Le sport participe ainsi de la réhabilitation du corps, au même titre que le boom des produits de toilette, de la chirurgie esthétique et des salles de bain. Ces préoccupations narcissiques sont évidemment le fait de populations prospères, encore que les maigres statistiques disponibles sur les dernières cohortes d'arrivants aux États-Unis et en Grande-Bretagne indiquent une surconsommation de ces ménages, comme s'ils cherchaient à s'aligner sur un standard physique. De ce point de vue, les vacances constituent la justification d'un effort annuel personnel et, dans un autre lieu et un autre état d'esprit, le moyen de vérifier son appartenance au groupe par la convivialité et/ou la séduction. Or, ce qui était jadis une courte parenthèse occupe une place grandissante depuis la préparation jusqu'aux séjours. Les Français partent

1. 55 % des Européens du Nord, 42 % des Français, 35 % des Américains déclarent pratiquer hebdomadairement un sport en 1980-1981. Parmi les plus fortes progressions de la décennie, le tennis dont le nombre des pratiquants a été multiplié par sept, les sports de mer (quintuplement).

trente-cinq jours par an pour des périodes de quatre jours ou plus, ce qui les situe dans la moyenne européenne aux côtés des Allemands et des Belges. Même les Japonais, stakhanovistes célèbres, bousculent leurs habitudes : en 1982-1983 ils s'octroient deux fois plus de congés qu'en 1975-1976, soit six jours sur les douze possibles.

Les rituels de vacances reflètent les équilibres fragiles entre curiosité de la découverte extérieure et souci de soi. 5 % seulement des Américains partent à l'étranger, mais toutes les grandes métropoles se sont constituées des « arrière-pays » destinés aux loisirs des week-ends, accélérant de ce fait la rurbanisation entamée six ou sept ans plus tôt. Un mois par an — deux fois plus souvent que leurs parents — les New-Yorkais quittent la ville pour les Castkills, les Californiens pour Venice vers une des sept millions de résidences secondaires construites dans la décennie. A l'inverse, les Européens sont attirés par les espaces lointains, quitte à s'y retrouver entre eux — Benidorm sur la Costa Brava colonisée par les Britanniques — ou à en prendre prétexte afin de tisser des relations sociales et individuelles débarrassées des codes coutumiers, grâce à l'éloignement et au « Club » [1]. Ce qui était autrefois banal, la rencontre et la découverte de l'autre, est devenu exceptionnel au point qu'il nécessite la médiation du voyage et son inclusion rassurante dans un schéma commercial.

Pour autant, l'exploration du (des) corps, des contrées lointaines, ne résout pas les angoisses de chacun. Elle les sublime un temps, au risque de les rendre encore plus insupportables après et de justifier, dans l'esprit de beaucoup, le recours aux paradis artificiels. De fait, la décennie soixante-dix est celle de l'irruption massive de la drogue dans toutes les sociétés, combinée avec la persistance de l'alcoolisme et le rajeunissement des victimes. Les statistiques ne donnent certes qu'un ordre de grandeur approximatif, mais le changement d'échelle est net : en 1968-1970, aucun pays ne consomme plus de quinze litres d'alcool pur par habitant et par

1. Les Hollandais et les Belges sont les plus migrateurs (un sur deux entre 1975 et 1985), suivis par les autres Européens du Nord (un sur trois), les Français et les Italiens (un sur cinq) et les Méditerranéens (moins d'un sur dix).

an — la moyenne des quinze premiers se situant autour de dix litres —, en 1978-1980, le Français avale dix-huit litres et le Suédois ultrasurveillé par des lois draconiennes et par les sociétés de tempérance, en ingurgite huit, soit une progression de 25 %. Quant au chiffre d'affaires mondial de la consommation de drogue, il est estimé à 250 milliards de dollars en 1978-1980, soit un septuplement en une décennie.

Les modes de découverte et d'accoutumance sont connus depuis longtemps et il serait illusoire de penser que la crise ou des difficultés particulières d'une génération expliquent le boom de la consommation. Le stress des deux guerres mondiales a déclenché une demande d'opium, de cocaïne, et d'alcool titrant plus de 45°, telle que les prix ont baissé et que s'est propagé un effet de mode jusqu'au début de la décennie suivante. Mais, à chaque occasion, une cassure nette s'est produite, suivie d'une régression durable. Rien de tel au tournant des années quatre-vingt, où l'on observe un nouvel élan. En 1985-1987, le Français absorbe ses vingt litres et l'Européen frôle les treize litres. Quant à la consommation de drogue, qu'on évalue en fonction du nombre de décès par overdose ou du chiffre d'affaires avancé par le Narcotic Bureau américain, le triplement apparaît à peu près certain, sans écart notable entre les pays laxistes — Espagne ou Suisse — et les pays répressifs, telle la Suède où la moindre infraction est passible d'un minimum de dix ans de prison. On avancera, avec prudence, l'hypothèse suivante : l'alcool et la drogue sont le refuge des individus qui n'admettent pas la société d'échange et refusent, par choix ou incapacité, l'ambition de la performance. Il en résulte une étonnante symétrie entre des sociétés dopées par les médications pour la croissance, la forme ou contre la sénescence et des toxicomanes en quête d'un pseudo-réconfort : dans le premier cas, il s'agit de repousser la menace de l'échec, dans le second d'en nier provisoirement la réalité.

Mais alors, si les médicaments et l'action sociale parent à la plupart des dérives, si la télévision est le réceptacle des fausses confidences et annihile le besoin de parler, si la société de consommation produit du rêve, à quoi servent donc les

Églises ? La question, crûment posée après Vatican II [1], reçoit une réponse inchangée jusqu'à la fin des années soixante-dix. Que l'on considère le nombre de religieux, la pratique, les croyances, le déclin est général : brutal aux États-Unis (moins 40 % en quinze ans), rapide en Europe (moins 25 %), lent en Afrique noire et en Asie du Sud-Est (moins 10 %). L'Amérique latine et l'Islam asiatique gagnent 15 % de pratiquants, mais le clergé reste stationnaire. A cette époque, on y voit la perte annoncée du sens religieux dans des sociétés rationnelles et une illustration supplémentaire de la crise d'autorité qui secoue l'ensemble des institutions. Pourtant, la poussée des nouveaux mouvements coïncidant avec l'élection, en 1978, du pape Jean-Paul II et avec le rôle tenu la même année par l'ayatollah Khomeiny dans la révolution iranienne incite à réexaminer l'hypothèse de la disparition de la religion. Les incertitudes économiques et sociales favorisent la réapparition d'un besoin religieux, que celui-ci rassure l'individu ou qu'il soit le point de départ d'une reconquête en lieu et place d'un monde moderne jugé dans une impasse [2].

Encore fallait-il accepter les règles des sociétés contemporaines, notamment la mondialisation et la médiatisation. Jean-Paul II l'exprime sans détour dans sa première encyclique *Redemptor Hominis*, publiée le 4 mars 1979. Désormais, la sollicitude de l'Église catholique s'étendra au monde entier

1. Cf. notamment S. Acquaviva, *L'Éclipse du sacré dans la civilisation industrielle*, 1967, et H. Cox, *La Cité séculière*, Tournai, 1968.

2. **Tableau estimatif des pratiquants dans le monde**

(en millions ; moyenne 1977-1980)

catholiques	570		
protestants	321	chrétiens	976
orthodoxes	85		
juifs	15		
musulmans	550		
shintoïstes/taoïstes	85		
confucianistes	170		
bouddhistes	260		
hindouistes	480		
Total	2536	humanité	4500

Source : ONU.

et s'attachera à restaurer la dignité de l'homme. En clair, prosélytisme et promotion de l'individu contre l'individualisme sécularisateur sont à l'ordre du jour. Le pape le confirme dès ses premiers voyages aux destinations soigneusement choisies pour mêler terres de mission, vieux bastions et efficacité médiatique [1]. Car une telle stratégie suppose un soutien financier. Les catholiques adoptent ainsi les recettes des sectes, des télévangélistes américains ou des protestants anglo-saxons qui, dès 1971, considéraient qu'un manque de moyens entacherait la crédibilité de leurs Églises. De fait, celles-ci sont devenues des machines à récolter des fonds : aux États-Unis, premier contributeur mondial, elles reçoivent entre 16 et 18 milliards de dollars par an, soit quatre fois plus que les fonds rassemblés pour les hôpitaux et deux fois plus que les activités caritatives. Cette prise en compte des contingences s'inscrit dans un mouvement plus large d'ouverture au monde moderne et de recherche d'une communauté émotionnelle, reposant sur une adhésion libre et renouvelée à chaque cérémonie.

Telles sont les raisons du succès du renouveau charismatique, initié notamment par les dominicains, et les télévangélistes comme Billy Graham ou le père Guido Carcich, recordmen de la récolte et du détournement des dons. Ces groupes prennent leur essor dans la seconde moitié de la décennie. Ainsi, en 1976, le père Regimbald organise une retraite spirituelle pour deux mille hommes d'affaires et politiques, dans un grand hôtel de Montréal. Son objectif est de canaliser la revendication protestataire de croyants plus cultivés que la moyenne, d'un niveau de vie supérieur et qui vivent mal la contradiction entre la crise sociale et leur foi dans le progrès humain. Le principe de ces rencontres médiatiques séduit un nombre croissant de fidèles — on passe de six cent mille à trois millions en dix ans.

Cette force d'entraînement du discours et de la mise en scène religieux se retrouve partout, que ce soit au Pendjab, en Chine du Sud ou, bien sûr, en terres d'islam. L'effacement du modèle nasséro-baasiste laisse la religion seule investie des valeurs nationalistes. Or, celles-ci semblent menacées

1. Dans l'année 1979, le pape visite les Antilles, le Mexique, l'Irlande, les États-Unis et la Pologne.

par la contagion de la crise sociale et des objets venus d'Occident. En janvier 1977, à Qom (Iran), l'ayatollah Sharietmadari, partisan avéré du shah jusque-là, appelle les habitants à l'émeute pour rejeter les films occidentaux remplis de sexe et de violence, condamner les Iraniennes qui s'exhibent dans des tenues impudiques et bannir l'usage de l'alcool et de la drogue. Pas un mot sur la réforme agraire ou sur le régime policier et plus de deux mille morts. Les mêmes reproches se renouvellent régulièrement et s'étendent à la majeure partie des pays musulmans [1]. L'Europe et les États-Unis n'y échappent pas non plus : Wallace Muhammad, leader de la Communauté mondiale de l'islam en Occident (les anciens *Black Muslims*), se prononce en 1978 contre toute entorse aux principes de l'islam sous prétexte d'implantation en milieu occidental. Dans les temps difficiles, le marché du salut devient fort encombré.

Les premiers craquements

La génération de l'après-guerre avait été entraînée sur le tapis roulant de la prospérité. Les tensions sociales et les bouleversements de la vie quotidienne la projetaient encore davantage vers le futur, puisque la croissance était censée résoudre les inégalités du moment. L'avenir se chargerait de faire le tri entre les contraintes et les acquis. Un rapide tour d'horizon effectué en 1976 ou en 1978 montre la sérénité des nations. Les Britanniques, enfin guéris de quinze ans d'introspection maladive sur leurs maux, croient à nouveau en leur destin grâce au pétrole de la mer du Nord et à l'arrivée de Margaret Thatcher au pouvoir. Ils se soucient peu de leur croissance ralentie, dès lors que les sondages confirment la supériorité du mode de vie britannique sur l'américain stressé ou le continental primaire. Ces derniers oublient leurs divisions politiques et découvrent les plaisirs d'un consensus

1. En août, un attentat contre un cinéma d'Abadan diffusant un film occidental fait 377 morts ; des violences identiques se déroulent à Assiout (Égypte) en 1980, à Hama (Syrie) en 1982 où les canons de Hafez el-Assad tuent 20000 personnes et rasent le centre ville, en Algérie, au Maroc et en Tunisie de 1984 à 1989.

pragmatique fondé sur l'efficacité économique. L'immobilisme social est affecté au registre des vertus traditionnelles et personne ne songe que le « tapis roulant » puisse tomber en panne. De leur côté, les pays de l'Est se targuent d'avoir instauré un modèle de consommation plus juste que celui des Occidentaux et avancent des résultats en progression spectaculaire. Les revenus indirects et les services totalement, ou partiellement gratuits — enseignement, santé, culture — fourniraient 30 % des revenus réels et l'on songe à faire entériner ces avantages sociaux par les Constitutions. Même l'Amérique en crise politique voit dans la décennie à venir l'occasion de restaurer ses valeurs fondatrices.

Ce processus est donc moins lié à la démocratisation qu'à une volonté tenace d'effacer les signes du passé ou de les mettre à distance, en les transformant au besoin en objet d'étude. La fin du premier quinquennat de crise va révéler les dangers de cette vision optimiste. L'effritement du mode de vie méditerranéen en est le premier signe [1]. Dans les années de forte croissance, les peuples du Midi avaient préservé leurs structures sociales, tout en alignant leur consommation de biens durables sur les régions industrielles et urbaines. Les femmes restaient inférieures dans le travail, la sexualité ou pour hériter, les dialectes survivaient, la journée de travail était toujours scandée par une longue pause vouée au repas et à la sieste, les rites culinaires demeuraient aussi ostentatoires que conviviaux. Parallèlement, la consommation automobile et télévisuelle — reflet de la réussite — faisait un bond en avant [2]. Il se produisait à

1. Nous y incluons le Sud, l'Ouest et le Centre de la France, l'Italie sauf le Nord, la péninsule Ibérique, la Grèce, les pays du Maghreb, l'Égypte, le Liban.

2. **Croissance en volume de la consommation des ménages en biens durables**

(moyenne annuelle lissée sur deux ans, en %)

	1971-1972	*1973-1974*	*1975-1976*	*1977-1978*
Europe du Sud	7	4,75	8,5	7,5
Maghreb	9	12	13	8
Méditerranée orientale	6	8	5	4

Sources : Euroconsum et OCDE.

la fois une homogénéisation des comportements par grands ensembles régionaux et un exhaussement qui profitait autant à l'ouvrier qu'à l'employé, au fonctionnaire qu'au cadre.

Entre 1978 et 1982, le pouvoir d'achat des Européens du Sud s'est accru de 1,5 % par an, celui des Maghrébins de 2 % et celui des Orientaux a régressé de 2 %. Dans les trois cas, le repli varie entre un tiers et 200 % comparé aux années d'abondance. Aussitôt, les citoyens tentent d'adapter leurs budgets à basse pression et arbitrent en faveur des produits primaires, le pain, l'huile d'olive, les pâtes, les fromages d'origine et les fruits. Mais ceux qui ont participé à l'envol économique et qui y ont gagné une position sociale s'efforcent de préserver une consommation originale. Ainsi se crée un modèle hybride où, en fait d'homogénéisation, on observe un déplacement des points d'hétérogénéité, tandis que se craquelle la solidarité des pauvres et des riches, du fils d'immigré qui a réussi et des cousins chômeurs. Palerme reste embouteillée par les voitures où s'entasse la famille, mais celles-ci, achetées à crédit pour les trois quarts, exposent les conducteurs surendettés au moindre à-coup. La menace récurrente de la pauvreté incite à la défiance vis-à-vis de l'État, des compatriotes ou des étrangers [1]. A mesure que les effets de la crise s'accentuent, le registre des inquiétudes s'étend : au chômage s'ajoutent la criminalité, la dégradation de l'environnement, la menace du sous-développement. Une société de contournement s'organise, acceptant les technologies et les produits nouveaux sans être capable de s'en servir au mieux et s'efforçant d'en détourner l'usage. Entre 1980 et 1984, on compte 450 émetteurs libres de télévision en Italie animés par des groupes d'intérêts locaux, des minorités linguistiques ou religieuses. De l'autre côté de la Méditerranée, trois millions d'antennes paraboliques captent les programmes de la télévision française, qui promeuvent une image différente de la femme, du temps libre et de la discipline sociale.

La dislocation du modèle méditerranéen constitue le fait le plus repérable de la « panne de consommation » qui affecte la planète autour du deuxième choc pétrolier. En Occident,

1. En 1980-1984, moins d'un Européen du Sud sur dix exprime sa confiance à l'égard des autres peuples de la CEE.

les achats de biens durables s'effondrent à leur tour. Ils avaient résisté vaillamment au premier choc, grâce à l'effet de parc (le renouvellement cyclique des approvisionnements) et à une hausse de leurs prix inférieure à l'inflation ou à celle des autres objets et services. L'automobile, la chaîne hi-fi, les appareils de photo et les machines à laver la vaisselle ont certes porté la demande, mais en pompant les ressources réduites des ménages. Après trois ans d'embellie aux États-Unis et en Europe du Nord, quatre ans et demi en Europe du Sud et six ans en France, l'ensemble des marchés est provisoirement saturé. Les consommateurs retrouvent alors deux réflexes propres aux temps de crise : ils font jouer la concurrence dans tous les domaines — depuis les crédits « gratuits » jusqu'à la baguette à un franc — et ils modifient le contenu du panier de la ménagère.

Le congélateur permet de se passer des commerçants du quartier et de réaliser des économies alimentaires de l'ordre de 20 à 25 %. Adapté aux horaires de travail des couples et aux rythmes décalés de chaque membre de la famille, le congélateur est toujours disponible. Il fait office de ménagère comme l'aspirateur des années vingt avait remplacé la domestique. L'uniformisation et l'aseptisation des goûts comptent moins que la victoire remportée sur les préjugés. D'une façon générale, le taux d'équipement des ménages dépend moins de leurs revenus que du niveau d'éducation, de la cohésion des populations et de l'écart réduit entre les riches et les pauvres. En six ans (1976-1982), un Japonais sur deux dispose d'un lave-vaisselle contre à peine un Français sur cinq, pourtant le plus à l'aise en pouvoir d'achat. A cela s'ajoute le poids de l'endettement contracté dans les belles années, ce qui déclenche à la fois la peur de ne pouvoir honorer les remboursements — donc une reconstitution d'épargne en catastrophe sans se soucier de savoir si celle-ci est rognée par l'inflation — et la hantise du déclassement social — donc des achats « sur un coup de tête » qui désorganisent autant les réseaux commerciaux que bancaires.

Une typologie sommaire établie d'après ces observations conduit à distinguer deux modes de consommation et trois ensembles régionaux. Les Occidentaux ont achevé leurs révolutions alimentaire et vestimentaire ; les dépenses sont incompressibles et insensibles aux effets de revenus. En revanche, la crise n'empêche pas les Européens d'aligner leur consommation médicale et hygiénique sur celle des Américains, tandis que ces derniers augmentent de moitié leur budget « loisir ». Japonais, Britanniques et Allemands, moins touchés par les contrecoups économiques, en profitent pour rattraper une partie de leur « retard » sur leurs voisins. Paradoxalement, la crise aura contribué au recul des habitudes culturelles indigènes, comme en témoigne le ralentissement de la consommation britannique de thé et de bière au profit de sodas, de l'eau minérale et du vin. Américains, Belges et Français privilégient les achats domestiques (produits de beauté, de santé et de luxe) ainsi que les services. Enfin, les Italiens et les Hollandais, principaux bénéficiaires du début de la décennie, se serrent brutalement la ceinture, d'où un effondrement des ventes d'automobiles et de meubles. Les structures de consommation de ces deux pays étant sensiblement différentes, l'angoisse des années quatre-vingt est vraisemblablement plus forte que le désir de profiter d'une prospérité encore peu entamée.

Les données disponibles pour les pays socialistes ne permettent pas ce type d'analyse. En revanche, certaines tendances lourdes sont repérables : en dix ans, aucun problème structurel n'a été résolu ; plus grave, en Bulgarie, en Pologne, en Roumanie, la situation s'est détériorée ; en RDA et en Tchécoslovaquie, elle commence à se dégrader en 1979-1980 ; seules la Hongrie et l'URSS s'approchent des standards de l'Europe du Sud, jusqu'en 1984-1986 [1]. Le seul moyen de conserver l'illusion de la performance est d'inverser les priorités morales de la consommation, ce que n'hési-

1. **Rations alimentaires quotidiennes**

(en calories/hb)

	Pologne	*Hongrie*	*Tchécoslovaquie*
1979	3 480	3 480	3 400
1983	2 700	3 200	3 100

Sources : annuaires nationaux.

tent pas à faire des esprits avertis : « Il faudra employer des procédés appropriés en vue de surmonter graduellement la perception traditionnelle selon laquelle la nourriture est avant tout une matière à plaisir. Au contraire, nous aurons à souligner l'importance de l'autodiscipline et du *self-control* dans l'absorption des repas [1]. » L'esthétique du rationnement est née. Être maigre offre la chance *(sic)* d'éviter l'obésité, l'excès de cholestérol et le diabète propres aux pays occidentaux. Les Roumains perfectionnent le système en inventant l'alimentation « scientifique » composée de plats préparés par les services d'État. Avec 20 kg de fruits, 1 kg de beurre et 110 œufs par habitant et par an, les cuisiniers devaient avoir du génie.

Dans l'ensemble, les consommateurs de l'Est privilégient les biens durables dont les délais d'obtention sont certes considérables mais qui sont disponibles à des prix relativement stables. Le parc de réfrigérateurs, de téléviseurs et de machines à laver augmente de 60 % entre 1975 et 1984. En revanche, le nombre de logements disponibles diminue à partir de 1980 et la quantité comme la qualité des services baisse : le nombre de lits d'hôpitaux, de médecins, de dentistes et de médicaments par habitant est, en 1983-1984, inférieur à celui de 1972-1973 pour tous les pays, sauf la Hongrie et la Tchécoslovaquie. Les pénuries ont des effets cumulatifs : l'indispensable travail du couple empêche la garde des malades et l'exiguïté des appartements autant que le manque de médicaments incitent à expédier le malade à l'hôpital où il se retrouve entre les mains de médecins mal formés et payés un tiers de moins qu'un ouvrier. Le système de santé qui avait assuré la conquête d'un minimum vital dans les années d'après guerre se trouve paralysé, alors que son coût a triplé en vingt ans.

Du moins l'insatisfaction quotidienne est-elle dissimulée, tandis qu'elle éclate dans la plupart des pays du Tiers Monde, au point d'être à l'origine d'une remise en cause radicale du dogme du développement. Jusqu'en 1973-1975, ces nations revendiquaient un nouvel ordre économique, célébraient les vertus de l'autosuffisance et se faisaient fort d'amener la génération de l'an 2000 à l'ère de la consommation de masse. En

1. J. Kutil, I. Rubik, F. Zaglava, « Notes prospectives sur le développement du secteur alimentaire », *Politicka Ekonomie*, n° 9, 1982, p. 1006.

pratique, les années 1976-1982 allaient marquer le fiasco des slogans et l'enracinement des difficultés pour une population toujours plus nombreuse. Ainsi, la pénurie de grains contraint l'Inde à importer 5 millions de tonnes de céréales pendant trois ans, après l'échec de la nationalisation du commerce des grains. De même, le système chinois de recyclage autoritaire des ressources disponibles en direction de l'administration et des industries lourdes entretient un rationnement permanent : en 1980, la Chine produit 2,5 millions de téléviseurs et 13 millions de bicyclettes pour un milliard d'habitants. D'une manière générale, le Tiers Monde se heurte à trois obstacles majeurs : une monétarisation insuffisante, des sacrifices trop lourds à supporter pour des laissés-pour-compte habituels, et la difficulté d'enraciner culturellement les progrès économiques.

L'exemple mexicain est édifiant. Il est difficile d'imaginer un pays réunissant plus de conditions favorables pendant une longue décennie (1970-1982). La manne pétrolière bondit de 250 millions à 10,5 milliards de dollars, le PIB par tête augmente de 50 % et, malgré une démographie galopante, le taux de chômage (entre 6 et 8,5 %) reste l'un des plus bas d'Amérique latine. A Monterrey et à Chihuahua, les fabricants d'automobiles et de téléviseurs américains installent leurs usines, drainant une main-d'œuvre rurale ravie de tripler ses revenus avec un salaire mensuel de 75 dollars. Au bout du compte, un tiers de la population a un niveau de vie équivalant au minimum vital, un dixième se situe encore au-dessous et la malnutrition touche un Mexicain sur deux. Autrefois, ces déshérités retournaient à la campagne ou se retiraient du marché du travail pour vivre de « petits boulots » plus ou moins clandestins. Ces soupapes de sécurité sont désormais bloquées. L'agriculture est dans un tel état que 40 millions de citoyens souffrent de carences alimentaires et d'un déficit calorique supérieur à celui des pays de l'Est. Quant aux emplois de substitution, ils sont contrôlés par des bandes qui imposent un *numerus clausus* et rackettent les titulaires. Les faubourgs de Mexico sont devenus une gigantesque tumeur [1]

1. Chaque année, 750 000 personnes s'installent dans les faubourgs de Mexico, alors que l'ensemble de l'économie mexicaine crée au plus 150 000 emplois.

où la scolarisation touche un enfant sur huit, où 15 % des adultes ont une formation quelconque, où les prix augmentent couramment de 10 % par mois à partir de 1978, ce qui laisse deux solutions en parties complémentaires : la distribution de vivres et le blocage des prix par les autorités, le pillage organisé.

Les années 1975-1980 creusent les écarts entre pays sous-développés aussi bien en termes absolus qu'en fonction des métiers. Un conducteur d'autobus du Bangladesh, un tisseur soudanais ou les vendeurs à la sauvette du Lesotho doivent travailler trois heures et demie pour acheter un kilo de riz. Leurs homologues des Émirats arabes unis ou des DOM-TOM y consacreront quinze minutes, et un menuisier suédois, cinq. L'inégalité des pouvoirs d'achat accélère les mouvements migratoires et réduit d'autant les possibilités d'ouverture de certains marchés nationaux. Jusqu'en 1973-1974, les boulangers d'Afrique se payaient le pain qu'ils fabriquaient en une heure, sept ans plus tard, la majorité n'y parvient plus faute de clients solvables ou même de clientèle. Du coup, les progrès considérables de la consommation de biens durables en l'espace d'une génération ne produisent pas leur effet d'entraînement. Pourtant, le temps de travail nécessaire à l'achat d'une voiture de petite cylindrée a baissé de 80 % en Afrique et d'un tiers en Europe. En pratique, ceux qui ont un emploi stable achètent plutôt des produits importés qu'ils n'épargnent dans une monnaie rongée par l'inflation, ou ils investissent en Occident. Les deux éventualités ont pour conséquence similaire d'aiguiser les rancœurs sociales contre les voisins et morales contre les riches du Nord.

On pourrait imaginer qu'un projet collectif soit mis en œuvre pour contrecarrer la peur des exclusions. Les Néo-Zélandais et les Suédois y avaient bien eu recours pendant la Grande Dépression et les conservateurs britanniques avaient inventé le *Welfare* sous les bombes allemandes. Or il ne se produit rien de tel, comme si ces expériences étaient à la fois exceptionnelles et bonnes à ranger au musée. Là où la nostalgie — autre expression du narcissisme — peut s'étaler sans honte, ni masque. Au lieu de servir comme critère d'appréciation des changements, le passé est sollicité pour rassurer, à titre individuel, sur le présent. En ne l'ayant ni compris, ni assumé, les syndicats occidentaux vont se trouver quasiment mis hors jeu en l'espace d'une décennie. Ils semblaient pourtant avoir su gérer les premières années de crise. Leur représentativité institutionnelle est ainsi confortée par le vote de la loi du 18 mars 1976 sur la cogestion des grandes entreprises allemandes — soit 480 sociétés de plus de 2 000 salariés. Chez Bayer, Hoechst et même Ford, le « directeur du travail » qui gère le personnel doit avoir la confiance des représentants syndicaux. De plus, leur utilité extrarevendicative devrait être précieuse : prestataires de services, ils contribuent au maintien de la consommation sociale. Enfin, les syndicats se voient associés au processus de décision ou, du moins, consultés. Ainsi, le 24 mars 1978, Edmond Maire est reçu à l'Élysée — après huit mois de contacts officieux avec le gouvernement —, pour discuter du maintien du pouvoir d'achat et de la généralisation de la pratique des cinq semaines de congés payés [1].

Une telle participation suppose l'accord des partenaires — gouvernement et patronat — ainsi que celui des affiliés. Au moment où le premier semble acquis, le second s'effrite. Tandis qu'une partie de la base récuse les choix des états-majors, la majorité se reconnaît moins dans les revendications inévitablement homogènes et marquées par la composition traditionnelle des troupes — ouvrier qualifié, marié. Or, la crise économique appelle une bonne part de réponses individuelles. Entre plus d'argent et moins de travail, les mères de famille ne choisissent pas comme les mineurs ou les sidérurgistes. Et les salariés venus du monde rural ne réagissent pas comme les travailleurs reconvertis devant le changement technique. D'un coup, le vocabulaire, l'image et les pratiques des syndicalistes paraissent désuets.

L'exemple espagnol en offre une illustration presque caricaturale. Jusqu'à la mort de Franco, on fonctionnait suivant le principe fasciste d'enrégimentement vertical avec cotisation obligatoire et contrôle gouvernemental. Avec le retour de la démocratie, le décret du 28 avril 1977 légalise les syndi-

1. L'exemple des syndicats britanniques, associés aux gouvernements Wilson et Callaghan de 1974 à 1978 par l'intermédiaire du contrat social, est le plus probant.

cats. Une série de dispositions juridiques et de mesures sur le temps de travail et les salaires permettent de combler une partie du retard sur les voisins communautaires. En quelques mois, les deux principaux syndicats — les CCOO et l'UGT —, forts de leurs 4 millions d'adhérents, deviennent des partenaires reconnus par le gouvernement Suarez. Mais les ouvriers des chantiers navals, du textile et de la sidérurgie ne comprennent pas pourquoi un chômeur sur trois seulement est indemnisé, ni que les syndicats perdent systématiquement la course des salaires et des prix de deux à trois points par an, ni que les paysans montés du Sud et les femmes acceptent de respecter les horaires de travail. Du coup, certains profitent de la suppression de la retenue automatique sur salaire pour oublier de régler leurs cotisations, se mobilisent moins pour écouter les discours de Marcelino Camacho, empreints de rhétorique marxiste et antifranquiste, et se précipitent au cinéma et au théâtre pour se moquer de leurs frustrations d'après guerre [1]. La sanction chiffrée ne se fait guère attendre : 37 000 grèves et 65 % de syndiqués en 1977, moitié moins de grèves en 1982-1983 et un syndiqué sur quatre [2].

1. Parmi les plus gros succès, *La vieja memoria* de Jaime Camino (1978), *En el corazon del bosque* de Manuel Aragon (1979) ou le livre de Jesus F. Santos. *Extramuros*, qui reçut en 1979 le prix du meilleur ouvrage.

2. **Évolution estimée des syndiqués**

(en millions d'adhésions corrigées par les cartes payées)

France	*CGT*	*CFDT*	*FO*	*CGC*	*FEN*
1973-1974	1,75	0,95	0,9	0,3	0,45
1981-1982	1,1	0,8	0,8	0,25	0,35

Autres pays	*Espagne**	*États-Unis**	*Royaume-Uni*	*Italie*	*RFA*
1973-1974	4	23	9,5	8	7
1981-1982	0,9	14	11,5	7,5	7,8

(* 1977)
(** AFL-CIO)

Ce recul quantitatif et ce décalage de mentalité entraînent un changement d'attitude du patronat et des autorités. Les stratégies du management recoupent nombre d'aspirations individuelles : salaires, promotions, horaires ne sont-ils pas flexibles ? Et la filialisation des entreprises est souvent la première étape d'un démantèlement syndical. La montée du chômage, le développement de la sous-traitance et du travail à temps partiel placent les syndicats en porte à faux : ils ne bénéficient plus de cette sorte d'immunité, conquise dans les conflits sociaux et pérennisée après 1960. Chez Austin Rover en 1977-1978, 8 % du temps de travail était consacré aux négociations, conflits et autres formes de relations avec les syndicats. En 1979, les dirigeants de la firme échangent, malgré l'avis des délégués, la paix sociale contre un accord de productivité « personnalisé » : en cinq ans, la perte de travail est devenue négligeable, l'entreprise a perdu la moitié de ses effectifs — soit 40 000 personnes — et les rescapés ont gagné 5 % de pouvoir d'achat par an. Moins associés à la répartition des profits, rendus coresponsables des sacrifices demandés aux salariés, les syndicats sont pris entre le repli sur leurs bastions (fonction publique, industries lourdes) et l'épreuve de force.

Ces hésitations incitent les gouvernements à reconquérir une partie de leur emprise sur le terrain social, *via* la négociation ou le déplacement du conflit sur le terrain juridique. Les succès de Margaret Thatcher sont plus qu'une victoire de la ténacité, ils marquent une inversion des rapports de force juridiques. Jusque-là, les syndicats avaient obtenu pour leurs mandants des droits positifs, au besoin constitutionnalisés ; on les attaque désormais à travers les instruments qui leur ont permis d'asseoir leur pouvoir (cotisation automatique, embauche préférentielle des syndiqués, grèves de soutien). Au nom du respect des droits individuels, des libertés et de la démocratie, les pouvoirs publics [1] se réinstallent dans la place centrale qu'ils occu-

1. Le mouvement est rapide en Angleterre (*Employment Bill* de 1980), aux États-Unis (licenciement des 12 000 contrôleurs aériens en grève en 1981), en Italie (manifestation le 14 octobre 1980 de 40 000 ouvriers de Fiat pour la « liberté du travail »).

paient dans les années trente. Ainsi isolés, les syndicats en sont parfois réduits, telle l'AFL-CIO en 1983, à lancer une campagne d'image et à investir dans un réseau de télévision par câble, comme s'il était indispensable de s'adapter à ce type de communication pour faire oublier l'image paternaliste d'un George Meany.

2
Le temps de l'imprévisible

Il est des coïncidences historiques troublantes. Le 26 avril 1986, l'explosion de la centrale nucléaire de Tchernobyl contamine plus de 6 500 personnes, contraint 135 000 Ukrainiens à un exode durable, voire définitif, et laisse s'échapper un nuage radioactif dont on retrouvera la trace jusqu'au fond de la haute Provence. Le 25 juin de la même année, 2 000 chercheurs réunis à Paris alertent l'opinion sur les risques que présente le sida pour l'avenir de l'humanité : aux 100 000 malades recensés s'ajouteraient 7 à 10 millions d'individus infectés par le virus, donc capables de le transmettre et, sauf découverte exceptionnelle, menacés de mort. D'un coup, une maladie et un accident inconcevables jusqu'à la fin des années soixante-dix hantent les esprits. Aucun symptôme propre au sida ou annonciateur de la catastrophe nucléaire n'avait été décelé ; leur déclenchement semblait tenir de la sorcellerie puisqu'on ne dispose d'aucune explication globale. Ce double mystère précipite de multiples angoisses : le virus serait-il né en Afrique et celle-ci, devenue le conservatoire de toutes les maladies, serait-elle condamnée ? Faut-il fermer les centrales nucléaires ? La pollution industrielle détruira-t-elle l'équilibre de la planète ?

Ces peurs ne sont pas réductibles à une inquiétude millénariste rémanente. Le sida et Tchernobyl fascinent parce qu'ils offrent deux métaphores idéales d'une société inquiète sur son avenir depuis la fin des années soixante. Ils tuent, sans distinction d'âge, de sexe, de profession, et touchent à l'imaginaire des peuples. Au nord, la mort des jeunes apparaît comme une insulte à la logique du progrès, de l'allongement des plaisirs et de la vie. Il semble insupportable que des accidents inexpliqués abaissent le niveau de richesse et de survie de la communauté. Dans le Tiers Monde, le sida est caché comme s'il était une marque d'infamie, le stigmate d'une sauvagerie essentielle. Et la remise en cause du nucléaire repousse, par une curieuse généralisation, la perspective d'un développement en continuité, sous les auspices des pays riches. Tout le monde croit retrouver le sens d'une époque (et sa condamnation en l'occurrence) dans les liens évidents entre le sida et le sexe, le sang, la drogue comme entre l'accident nucléaire et le système industriel, la boulimie énergétique.

De là provient cette lancinante inquiétude qui se transforme en revendication sécuritaire. La baisse de la natalité, le vieillissement démographique, l'intégration impossible des étrangers, la disparition d'une nature idéale sous les coups de l'homme, la communication défectueuse entre l'artiste et le monde, voilà autant d'échecs imprévus. Au moment où la démocratisation des États et des mœurs semble gagner contre la violence, celle-ci se réintroduit dans nos univers, plus épisodique mais répugnante, plus lointaine mais traumatisante, plus rusée donc plus menaçante.

Inquiétudes démographiques occidentales

La génération de l'après-guerre s'apprête à savourer le temps d'une vie privée véritablement *individuelle*. Les maisons se sont agrandies et, à l'abri de ces murs qui donnent — pour la première fois — sens au mot « intimité », les couples occidentaux peuvent se laisser aller à un relatif optimisme. Dix ans plus tard, tout cela a été remplacé par un solide pessimisme, nourri par trois interrogations. Comment vivre sur une terre sans enfants ? Les peuples du Tiers Monde menacent-ils d'engloutir par leur déferlement la civilisation occidentale ? Enfin : le vieillissement est-il l'avant-garde de la décadence ? A la conférence internationale sur la population de Bucarest, en 1974, aucune de ces questions n'est à l'ordre du jour. Les délégués des pays riches estiment qu'ils ne rencontrent chez eux aucun problème démographique majeur. Certes, leur taux d'accroissement oscille autour de 5 %, soit quatre fois moins que la moyenne mondiale ; à ce rythme pourtant, leur population serait encore multipliée par douze en cinq siècles. Une telle progression prudente leur semble d'autant plus recommandable que les prévisions ont toujours sous-estimé l'accroissement démographique occidental et que la seule augmentation du nombre des femmes d'âge fécondable suffit à assurer un taux de croissance honorable [1]. Quant aux représentants des pays pauvres, ils jugent déplacée la demande réitérée d'une planification des naissances. Au moment où un nouvel ordre économique paraît s'esquisser, le front commun des pays socialistes et du Tiers Monde défend la force du nombre et l'abondance des ressources végétales et minérales. Chinois, Indonésiens et Brésiliens affirment ainsi pouvoir procéder simultanément aux investissements démographiques et économiques nécessaires, avec pour ambition de modifier l'équilibre des poids politiques à l'horizon de l'an 2000.

Cette sérénité ne résiste pas aux conséquences du choc pétrolier. L'homogénéisation des modèles démographiques — lente et en voie d'achèvement au Nord, esquissée en Asie et dans les pays socialistes sous l'effet de politiques volontaristes — se heurte à des comportements indigènes dont la crise réactive la vigueur. Le cocktail des angoisses familiales, des slogans natalistes, les peurs — de l'immigré comme de la contraception ou de la stérilisation — se révèle détonant. Les variations erratiques des rythmes et des politiques démographiques ont des effets déstabilisants, même si les chiffres ont une faible amplitude. Les individus se comptent désormais par rapport à un niveau idéal ou supposé tel (celui des naissances, des femmes actives, des vieux), et l'avenir de leurs nations leur semble déterminé par le moment où ces grands équilibres se modifient.

On interprétera ainsi la baisse spectaculaire des naissances en Occident entre 1975 et 1978, suivie d'une reprise en Suède, d'un effondrement en Italie ou au Japon et d'une sta-

1. Le Japon conserve en 1974 un taux de croissance de 1,1 %, bien que la limitation des naissances y ait été la plus stricte.

bilisation en France ou aux États-Unis [1]. S'il est aisé d'identifier au moins quatre facteurs, leur pondération est complexe car ils jouent parfois de façon contradictoire. Les taux d'activité féminine et de chômage modifient à la fois le désir d'enfant et le jugement porté sur la baisse de la fécondité, mais il est difficile de concilier l'avenir des peuples, la volonté d'émancipation féminine et les exigences de la productivité. De même, les avis divergent sur l'efficacité de l'immigration comme palliatif du problème démographique, tant les souvenirs sinistres des années trente et euphoriques des années soixante pèsent dans l'inconscient collectif.

D'une manière schématique, on distinguera trois comportements typiques. Les Européens du Nord — Hollandais, Belges, Flamands, Scandinaves ou Britanniques — estiment que leur situation démographique est satisfaisante parce qu'elle leur permet de maintenir leur confort matériel, que les enfants ne sont pas l'élément déterminant de la réussite du mariage et que les politiques natalistes sont à proscrire au nom du respect des libertés individuelles. Les Européens du Sud — Italiens, Portugais, Espagnols, Grecs — sont satisfaits des évolutions sociales enregistrées au cours de la décennie soixante-dix, mais inquiets de leurs conséquences. Le changement de statut des femmes, le desserrement des contraintes morales et religieuses — le divorce n'est légalisé en Italie qu'en 1971, l'arrêt des politiques natalistes toujours suspec-

1. **Évolution de la natalité**

(en ‰)

	1970	*1975*	*1980*	*1985*	*1989*
Canada	17,4	16,8	15,5	15	14,5
États-Unis	18,2	17,3	15,8	15,8	15,9
RFA	13,4	12,2	10,1	9,6	11,2
France	16,7	15,8	14,9	13,7	13,8
Australie	20,6	18,6	15,3	15,4	14,8
Espagne	19,6	18,1	15,1	13	11
Italie	16,8	14,9	11,2	10,3	9,9
Royaume-Uni	16,2	15,1	13,4	13,2	13,8
Suède	13,7	12,2	11,7	11,6	13,3
Japon	18,8	17	13,5	12,5	10,9

Source : World Population Data.

tées d'une filiation inavouée avec les années trente apparaissent comme autant de progrès. Encore faudrait-il que la crise économique ne précipite pas le retour de vieux réflexes : les femmes à la maison pour faire baisser le chômage, les jeunes à l'étranger et surtout pas d'immigrés du Tiers Monde, voire des régions les plus pauvres. Ainsi coexistent la méfiance devant les nouveaux rapports homme-femme et le rejet du modèle de la famille nombreuse, associé au souvenir de la misère.

L'attitude des Français, des Wallons, des Américains et des Japonais est plus difficile à cerner. Les enfants sont considérés comme un élément important de la réussite du mariage et de l'épanouissement de la femme. Des naissances nombreuses permettent en outre de conjurer la menace d'une stagnation démographique, associée à l'idée de déclin international. Mais les bébés n'ont pas toujours la même « valeur » : ceux des immigrés ou des pauvres semblent plus souvent une charge qu'une chance pour la communauté. Et les naissances multiples, un handicap à la réalisation de la femme et du couple par le travail et l'indépendance financière. Ces sentiments contradictoires sont propices à l'éclosion d'archétypes d'autant plus précieux qu'ils semblent enfin régler le dilemme rituel maternité/aliénation, sociale ou sexuelle [1]. Encore faut-il décider du rôle tenu par la puissance publique, car ni son champ d'intervention, ni sa légitimité ne sont clairement établis. En France, elle est tentée d'imposer sa présence, au nom d'un héritage historique (où la part tenue par le régime de Vichy est aussi importante qu'admise) et au prétexte qu'elle offre à chacun les moyens d'exercer un choix effectif. Au Japon, pour des motifs également historiques et moraux, l'État interdit la pilule et encourage tacitement l'avortement, comme si l'eugénisme traditionnel permettait d'affirmer une identité culturelle. Le droit de la cité fait parfois bon marché du droit à la vie privée.

Indépendamment de ces différences de perception, la

1. Voir l'évolution de la maquette, des sujets et des histoires de la presse du cœur. Cf. F. Cavé, *L'Espoir et la Consolation*, Paris, 1981. Voir également le personnage de Jeanne, la femme de ménage héroïne de *Rude Journée pour la reine* de René Allio (1973).

« question du nombre » est revenue à l'ordre du jour, avec ce que cela implique de tensions sociales ou ethniques, de solutions réversibles et d'enjeux débordant le cadre statistique. Entre 1973 et 1990, celles-ci se cristallisent, en Occident, autour de trois débats. Le plus intense est celui qui oppose partisans et adversaires de l'avortement, après la décision de la Cour suprême des États-Unis, le 22 janvier 1973, de dépénaliser l'interruption volontaire de grossesse [1]. Loin de constituer l'aboutissement de la bataille menée par les féministes, cet arrêt — comme la loi Veil de novembre 1974 en France — déclenche une polémique mondiale, entretenue par des mesures d'apparence contradictoire [2]. On y retrouve les termes de la controverse qui passionne théologiens, philosophes et juristes depuis le Moyen Age quant à savoir le moment où le fœtus devient une personne : s'il n'existe pas de degrés dans l'essence d'un être et si le fœtus est donc un être humain, ses intérêts ne peuvent être défendus que par le truchement de la mère, au risque tout aussi évident de limiter la liberté de celle-ci, principe irrecevable en démocratie.

Plus intéressant est d'observer l'évolution des mentalités quant à l'intérêt — particulier et national — de l'avortement. Jusqu'à la fin des années soixante-dix, la volonté majoritaire est d'inclure l'acte dans les attributions d'un État-providence aux contours élargis. A l'origine, un constat simple : l'avortement est une réalité historique mais, pratiqué dans l'illégalité, il tue nombre de mères, appartenant surtout aux minorités ethniques, indigentes, illettrées ou psychologiquement faibles [3]. La bataille de la légalisation est menée au nom de l'égalité, mais aussi d'une prospérité à sauvegarder. Dans une période de difficultés économiques, les enfants du

1. La femme est libre d'avorter dans les trois premiers mois de la grossesse, les États appliqueront leur propre règle pour les trois mois suivants et l'interdiront après six mois, sauf danger de mort pour la mère.

2. Ainsi le remboursement généralisé de l'IVG en Europe du Nord depuis 1982 et le refus de commercialiser la pilule abortive RU 486 mise au point depuis 1988.

3. En 1973, une Américaine noire a neuf fois plus de risques de mourir des suites d'un avortement illégal qu'une Blanche. Le risque double encore si elle est au chômage.

hasard ou de la misère risqueraient de fragiliser le modèle familial mis au point après guerre. Tout en refusant de banaliser l'avortement, il s'agit en quelque sorte d'humaniser un échec grave. Ainsi semble s'imposer, au-delà d'inévitables décalages chronologiques [1], le concept de la « liberté ordonnée », fondé sur une défense de la vie privée en tant que principe constitutif d'une société démocratique.

En fait, cette évolution est aussitôt contrecarrée par la coalition de la puissance publique et de certaines Églises. La réaction était prévisible pour l'Église catholique comme pour le lobby évangélique américain. Les uns fidèles à la bulle *Effraenatam* de Sixte Quint, les autres au nom de la défense de l'idéal américain par les principes bibliques, militent pour un Occident chrétien ou juif peuplé, en jouant autant sur la peur de la submersion démographique que sur les capacités caritatives plus importantes d'un monde industriel dense. Ces discours ne sont pas nouveaux, mais ils coïncident cette fois avec une dénatalité persistante et de sérieux trous financiers dans la couverture sociale. L'intérêt de l'État devient alors de protéger la « vie potentielle » et de réserver ses subsides à l'enfantement plutôt qu'à l'avortement. Tel est le sens de l'augmentation sélective des allocations familiales, en France, en Belgique puis, à partir de 1982-1983, en Allemagne et aux Pays-Bas. Certaines mesures sont franchement dissuasives, comme l'interdiction du remboursement des avortements sur fonds fédéraux, décidée par le Congrès en 1980, ou le refus de l'État du Missouri d'accorder des aides sociales aux femmes sollicitant une interruption de grossesse. On ne peut pourtant en conclure au retour du balancier moral. Il s'agit plutôt d'une tentative de compromis entre l'État et ses citoyens divisés, comme le confirme l'arrêt de la Cour suprême de juillet 1989 : le droit à l'avortement n'est pas remis en cause, mais les moyens de sa mise en œuvre glissent désormais vers le domaine privé.

1. On distinguera les pays « leaders » où une législation est adoptée avant 1975 (France, États-Unis, Grande-Bretagne, Autriche, Australie, pays scandinaves), les pays « en conflit » où la législation est débattue entre 1975 et 1990 (Belgique, Japon, Italie, Pays-Bas, Suisse) et les pays « réfractaires » (Allemagne, Espagne, Irlande).

Un tel compromis reste à inventer entre les immigrés et les sociétés industrielles. Ce que l'on pourrait appeler le nouvel âge du métissage, succédant à l'ère de l'expansion coloniale, soulève deux questions certes triviales mais non résolues à ce jour : que faire des immigrés et comment les assimiler ? Les vingt dernières années ont en effet vu une mondialisation accrue du marché du travail, parallèle à celle des capitaux et de l'industrie. L'immigration correspond ainsi à une double nécessité, économique pour les pays riches, économique et culturelle pour des hommes fascinés par la réussite occidentale. Cet échange repose sur la prospérité et sur la force des modèles nationaux. Or, la première paraît s'éloigner dès 1973 et la seconde s'érode régulièrement depuis les années quatre-vingt. En Californie, par exemple, l'idéologie du *melting pot* n'est qu'un souvenir, alors que les *chicanos* revendiquent, parfois violemment, leur spécificité ethnique et culturelle. L'hypothèse d'un retour en arrière — par l'éviction des travailleurs étrangers — est chimérique : la fragmentation du marché du travail réserve les emplois discrédités mais indispensables aux immigrés, leur mobilité et la précarité de leur statut permettent aux entreprises de fonctionner à flux tendu et leur poids démographique autant que la logique de l'État-providence conduit à leur incorporation partielle dans les institutions sociales. Enfin, les traités signés depuis l'après-guerre — qu'ils soient internationaux comme ceux de Rome et d'Helsinki ou bilatéraux — rendent presque impossible la mise en œuvre de lois d'exception type « années trente ».

Pour autant, la question des minorités est constamment évoquée comme la première des menaces pesant sur la cohésion du tissu social. Par une sorte de ruse de l'histoire, les pays « homogènes », tels la Grande-Bretagne, les Pays-Bas ou la Suisse, deviennent multiraciaux, tandis que les nations « creusets », comme les États-Unis ou la France, n'ont plus l'énergie pour faire cohabiter ces mosaïques de populations. A l'origine, un constat et une crainte qui portent le même nom : la peur du nombre. Celle-ci sourd dans la seconde moitié des années soixante-dix, lorsque les Occidentaux prennent conscience du *boom* migratoire entamé en 1955-1960 et de l'impossibilité de le juguler d'un coup et durablement. Entre 1960 et 1974, le nombre d'immigrants installés dans les pays industriels est passé de 3,3 à 10 millions ; en 1980, ils sont estimés à 15 millions, alors que l'immigration est officiellement interrompue ou contrôlée dans tous les pays d'Occident [1]. L'Amérique latine, l'Asie, l'Afrique sont devenues des zones d'émigration nette. La misère seule ne les chasse plus ; pour beaucoup, l'Occident représente l'indispensable détour de la liberté et de la connaissance. De fait, la population étrangère continue d'augmenter — elle a dépassé les 20 millions en 1989 — en raison des entrées clandestines (au moins 5 millions pour la décennie 1980) et des regroupements familiaux accélérés par l'annonce même des restrictions.

Or, l'installation cristallise désormais les problèmes les plus délicats. D'ordre géographique d'abord, puisque les immigrés s'implantent dans les grandes villes — 14 % de la population à Londres et à Amsterdam contre 3 % à Aberdeen ou à Malines — et dans des régions aux spécialisations marquées, tels les Grands Lacs, la Lorraine ou le Yorkshire. Cette sédentarisation massive a pour effet démographique de modifier la répartition entre les lieux de naissance : en 1970, deux immigrés sur trois étaient nés à l'étranger ; vingt ans plus tard, le pourcentage des naissances « indigènes » est inversé. La deuxième génération, partagée entre deux cultures, deux traditions, ne sait comment s'insérer dans des communautés saisies par le vertige du métissage. Vient alors le temps de l'ingratitude, voire du rejet. La découverte de la ville et de l'entreprise avait été vécue comme un progrès par les arrivants : meilleures conditions de logement, services scolaires et de santé plus efficaces, sortie de l'espace confiné du village. Leurs enfants parlent, eux, d'habitations délabrées, d'impasse éducative, de chômage et de ghetto. La télévision, les magasins, instruments privilégiés d'acculturation, sont

1. En 1974-1975, l'immigration est officiellement interrompue en France, en RFA, en Suisse. Elle est limitée dans les pays anglo-saxons à partir de 1978 avec un point culminant en 1981, lors du vote du *British Nationality Act*. Ces restrictions s'accompagnent dans certains pays (France, RFA) de plans de retour dans les pays d'origine. Cf. les mesures de 1977, 1980, 1983 et 1987 en France.

désormais autant regardés que critiqués parce qu'ils nourrissent des rêves irréalisables de consommation et de réussite. La crainte de l'aliénation et de l'échec rejette les jeunes immigrés vers une identité « d'origine » aux contenus flous.

A une hypothétique intégration dans le respect des différences correspond la force du ressentiment et des pratiques discriminatoires. Nouvelles « classes dangereuses », les immigrés sont repoussés par les ouvriers, méprisés par les classes moyennes et ignorés par la bourgeoisie. Leurs handicaps confortent les stéréotypes et la ségrégation de fait : ils comptent deux fois plus de chômeurs ? C'est qu'ils n'aiment pas travailler ; trois enfants sur quatre sont en situation d'échec scolaire ? Ils sont incultes. Ainsi s'installe une xénophobie ordinaire dans la rue, au collège, au travail ou à domicile. En témoignent les conflits répétés que suscitent le maintien des pratiques culinaires des sociétés d'origine : l'odeur des épices paraît irrespirable à certains et les habitudes d'égorgement rituel des animaux, abandonnées sauf au moment des fêtes, sont regardées comme des survivances barbares.

Pourtant, aussi paradoxal que cela semble, cette xénophobie durable marque une étape d'intégration après l'hostilité déclarée des Occidentaux au début des années soixante-dix. L'Anglais Enoch Powell peut alors prédire des « rivières de sang » et obtenir le soutien de 93 % des citoyens en dénonçant la colonisation de l'île. Et les événements de Nottingham, de Brighton, de Munich et surtout de Marseille ne sont pas loin de lui donner raison [1].

Après s'être voilé la face devant l'immigration clandestine des années soixante, les Occidentaux récidivent, au moment où les tensions internationales précipitent le choc entre des cultures déracinées et d'autres désorientées. A cet égard, les accrocs du modèle suédois sont exemplaires de ce retournement, voire de la perversion de sociétés où les contraintes d'intégration sécrètent la xénophobie comme le suicide. Au

1. En août 1973, l'assassinat d'un chauffeur d'autobus par un Algérien déséquilibré entraîne des expéditions punitives à Marseille, Toulon, Ivry-sur-Seine, Cagnes-sur-Mer, Maubeuge, Metz, Le Perreux. En décembre, l'attentat meurtrier contre le consulat algérien à Marseille incite le gouvernement algérien à suspendre toute émigration vers la France.

pays de la transparence généralisée, l'immigré, même s'il vient à 50 % de Finlande, est suspecté de vouloir mettre en miettes la famille ou la morale. En 1976, le migrant reçoit ainsi le droit de vote aux élections communales, départementales et religieuses, en même temps que les sociaux-démocrates sont battus après quarante-quatre ans de règne, parce qu'ils ont « intégré des têtes noires ». Et les conservateurs s'empressent d'annoncer des mesures restrictives et la préférence accordée à l'embauche des femmes suédoises. La société « permissive » se détraque pour la première fois et, avec elle, l'idéal de nations consensuelles.

Pour autant, les urgences économiques des années 1978-1983 font de la main-d'œuvre immigrée une pièce essentielle de l'ajustement industriel ou commercial. Du coup, le refus horrifié de l'étranger devient impossible, d'autant que la transparence des sociétés démocratiques révèle des problèmes qui sortent du strict cadre économique. Aux États-Unis, l'ampleur de l'immigration d'origine hispanique — 6 millions par décennie — modifie l'équilibre linguistique et religieux : dans l'affrontement entre centralisation catholique et protestantisme local se dessine la nouvelle ligne de partage entre démocratie et religion. Et cette fois les immigrés sont acteurs. En Europe, le contentieux laïco-religieux est du même registre. Cette reconnaissance, le plus souvent forcée, implique une recherche difficile de la tolérance. Certains gouvernements et chefs d'entreprise s'y sont efforcés par la gestion ethnique des populations, nouvelle mouture de l'inépuisable stratégie des quotas : combien faut-il d'Asiatiques par quartier, sachant que ceux-ci ont la mobilité sociale la plus rapide mais qu'ils sont également les meilleurs pour se constituer en ghetto ? On se doute que les réponses varient tellement que le compromis est inexistant. Mais chacun est sommé de réagir, au besoin en refusant la question par la violence : les batailles rangées hebdomadaires entre *skinheads* et Turcs ou Asiatiques, les émeutes de 1983 aux Minguettes, de 1985 à Brixton, expriment à leur manière le refus d'une irrémédiable désintégration sociale. Derrière ces angoisses, on voit se profiler l'image de sociétés émiettées, fluides et menacées. Mais pas encore désorganisées.

Il reste une troisième inquiétude insidieuse qui se greffe en partie sur les deux précédents problèmes : la place des vieux. Entre le XVIIIe siècle qui l'invente et les deux premiers tiers du XXe siècle, le vieillard a un statut simple : il est faible, sans ressources, même si ce peu paraît déjà trop à beaucoup. Seule la politique offre aux gérontes une occasion de s'illustrer. Le vieillard, voilà l'ennemi de l'État-providence qui se met en place et dont une des ambitions est pourtant d'assurer une retraite à chacun ! Le rajeunissement, ce privilège des peuples sur les individus selon Alfred Sauvy, doit être l'objectif du législateur et du patron : politique nataliste, immigration soutenue et prospérité vont de pair. Une génération plus tard, la vieillesse est plus que jamais un sujet d'actualité, mais les enjeux sont différents. L'âge n'est plus un critère de classement du corps social, ni le prétexte pour exalter la solidarité des classes d'âge en égrenant leur litanie, comme le faisaient les anciens de 1914. La norme culturelle suggère qu'un sexagénaire occidental est vieux ; la réalité économique, médicale et intellectuelle démontre le contraire. Il devient délicat d'écarter des personnes dites âgées, qui le sont de moins en moins. Au contraire, le vieillissement des populations contribue à la prospérité des nations riches : les dépenses de santé, de loisirs et les placements financiers des caisses de retraite drainent des milliards de dollars. Les vieux sont désormais si nombreux qu'ils intéressent tout le monde [1]. Leur prolifération est devenue une force compensant l'indifférence, le dénuement, la solitude qui les touchent souvent individuellement. Le « continent gris » s'organise et c'est alors que surgissent les tensions.

Jusqu'à la fin des années soixante-dix, les vieux relèvent en effet plus de la fiction sociologique que de la réalité. A preuve, la fortune de l'expression « troisième âge » : forgée en 1956, celle-ci est popularisée vingt ans après, à la fois cache-misère flatteur d'une identité honteuse et marque de

1. Les sommes placées par les *pensions funds* américains dans l'industrie et le commerce sont, en 1985-1988, neuf fois supérieures à la totalité des avoirs des banques. Les caisses de retraite japonaises sont les premiers investisseurs du monde. Quant à la capitalisation des caisses allemandes, elle se monte à mille milliards de francs. Cf. Louis Bériot, *Le Grand Défi*, Paris, O. Orban, 1991.

respect dû aux anciens. Au moment où les premiers travailleurs des États-providence songent à la retraite, la principale préoccupation est d'éviter l'exclusion des personnes âgées en les intégrant à la société marchande et en favorisant leur auto-organisation. Les clubs, les universités, voire les syndicats ou groupes de pression — en Suède, en Grande-Bretagne et aux États-Unis — fleurissent : entre 1972 et 1977, le programme canadien « Nouveaux horizons » mobilise un million de participants dans 4 000 projets ; en France, 12 000 clubs et 25 universités du troisième âge sont ouverts entre 1970 et 1980. Le succès est immédiat : les lustres académiques et les clubs de bridge satisfont une population socialement homogène, tandis que les plus jeunes confortent leur bonne conscience. Le leitmotiv de la vieillesse sage est décliné sous toutes ses formes économiques, sous l'impulsion des caisses de retraite. Les « gens du temps libre » sont invités à voyager toute l'année, à habiter dans des résidences sûres et médicalisées, à suivre des régimes et à s'habiller « jeune ». Eux qui tuaient le temps en attendant que ce dernier ait leur peau se trouvent sommés de l'employer pleinement.

Mais les années quatre-vingt vont révéler les effets pervers ou contradictoires de cette entreprise. D'un côté, l'accroissement des ressources, grâce aux systèmes redistributifs, permet l'épanouissement de ce marché, au moins jusqu'en 1983-1984, date à laquelle le pouvoir d'achat des vieux commence à s'éroder. De l'autre, le monde du troisième âge se révèle d'autant moins homogène qu'il est mieux connu : les femmes enterrent les hommes, les couples survivent aux célibataires et aux veufs, les travailleurs indépendants aux employés, les paysans aux ouvriers et les citadins aux ruraux. La tentation est grande alors de sélectionner ceux qui tiennent encore leur place dans la cité et le font savoir, en manifestant et en votant. En témoignent la surprenante manifestation de Lyon, en octobre 1977, où le président de la République se trouve en tête d'un cortège de 10 000 personnes réclamant la reconnaissance des droits des vieux, et l'influence des *Grey Panthers* américaines qui revendiquent 6 millions d'adhérents. En revanche, ceux qui sont dépendants ou moins insérés se retrouvent relégués dans les hospices ou les hôpitaux psychiatriques, sans que la collectivité se montre très soucieuse de la dignité de l'individu : on estime, en 1985, à 45 % la proportion des personnes âgées hébergées de manière abusive dans l'un ou l'autre lieu en Europe.

Les sociétés industrialisées ont cru que l'artifice rhétorique du « troisième âge » leur permettrait d'échapper au dilemme auquel elles sont confrontées : la vieillesse n'est plus uniquement la dernière phase de la vie, elle est aussi une étape, au même titre que la jeunesse. Les problèmes sont d'ordre comparable : le logement, la santé, les ressources, les loisirs, le confort. Mais les solutions ne peuvent ressortir du même registre, sous peine de consolider une ségrégation qu'il s'agit précisément d'éviter. Cela suppose la prise en compte des revendications des sexagénaires et l'acceptation des octogénaires ; on mesure l'ampleur de la charge, lorsqu'on sait qu'aux États-Unis le montant des dépenses induites par la maladie d'Alzheimer est supérieur à celles de tous les cancers. L'enjeu est fondamentalement d'ordre éthique, mais les urgences financières l'ont, depuis les années quatre-vingt, relégué à l'arrière-plan. Il s'agit en effet de répartir au mieux l'effort contributif supplémentaire dû au vieillissement, sans que la solidarité entre générations se rompe. Autrement dit, que la guerre des âges succède à la guerre des sexes. Trois moyens ont été retenus : le relèvement de l'âge moyen du départ à la retraite, l'abaissement des prestations et le recours accru à l'épargne individuelle pour financer les pensions. Leur pondération dépend des choix historiques et politiques nationaux [1], mais, à l'horizon 1995-2015, cela aboutit à la remise en cause du contrat social propre aux Trente Glorieuses.

Plusieurs scénarios sont alors plausibles. Le vieillissement de la population conduit à une précarité généralisée, l'eutha-

1. La Grande-Bretagne depuis 1986 et la Belgique depuis 1987 ont privilégié la réduction des pensions, la limitation des soins prolongés aux vieillards hospitalisés et une révision du calcul des pensions.

L'Allemagne, l'Italie et le Danemark ont mis à l'étude (1985-1988) des systèmes « à la carte ».

La France (1986-1990) a choisi de maintenir le système existant en relevant le taux des cotisations sociales et en instaurant la CSG (Contribution sociale généralisée).

nasie sociale (multiplication des préretraites) et médicale (redéfinition du rôle des services de gériatrie) devenant la règle. Ou bien, la génération du *baby-boom* saura transformer cette étape de l'existence, comme elle a su le faire pour sa jeunesse et sa famille — cela suppose que la femme profite comme l'homme des années de vie gagnées, au lieu d'être médicalisée en permanence —, ou , enfin, les nations industrielles deviendront des « sociétés sans âge », libérées de la contrainte du vieillissement et profitant d'une concurrence presque parfaite. Encore une fois, leur avenir dépend de la fluidité qu'elles créeront.

L'asphyxie démographique du Tiers Monde

A la conférence internationale de Bucarest, le constat est sans appel : la démographie des pays jeunes fera leur force, constitue déjà un élément de leur stratégie de développement et sera contrôlée. Ainsi se trouvait tranchée une controverse née à la fin des années soixante, lorsqu'on avait pris la mesure du *boom* démographique intervenu depuis 1945 : les uns, affolés par les 3 milliards d'individus vivant dans les zones les moins développées, n'imaginaient pas qu'ont pût en nourrir 4,5 milliards en 1995 ; les autres rétorquaient qu'en une génération les Mexicains avaient vu leur espérance de vie progresser autant que celle des Suédois entre 1800 et 1914 ! En 1974, le ton se veut optimiste et résolu. Les grands espaces, les richesses naturelles accéléreront la « transition démographique » du Sud, caractérisée par le triangle magique — faible mortalité, faible natalité et longue durée de vie.

Dix ans plus tard, cette belle confiance, mâtinée d'un zeste d'indépendantisme — sur le mode : méfions-nous de pratiques démographiques importées du Nord —, s'est évanouie. A Arusha, en Tanzanie, puis à Mexico, les représentants du Tiers Monde plaident pour une régulation accrue des naissances et une aide des pays riches pour le développement des services sociaux et de santé. Car, dans l'intervalle, les Far West africains et les eldorados pétroliers se sont révélés incapables d'accueillir la masse des nouveaux arrivants. Le temps des grandes conquêtes est terminé, mais pas celui des exodes, dus aux conflits religieux, ethniques, économiques ou à l'échec des politiques démographiques : de 1975 à 1990, 4 millions de Javanais ont été déplacés vers Bornéo ou Sumatra aux fins de désengorger Java (740 habitants au km^2) et de pallier le fiasco du planning familial. Poussés par la misère, l'urbanisation et une natalité encore exubérante, les peuples du Tiers Monde se sont remis en mouvement. Confrontés à des citoyens persuadés que leurs nations sont devenues des sortes de huis clos, les dirigeants des pays neufs sont condamnés à trouver des solutions d'urgence efficaces, sous peine de se heurter, comme en 1990, à ces Javanais du pays Aceh, épuisés par 2 500 kilomètres de marche forcée, mais qui osent encore se révolter.

La situation démographique présente du Tiers Monde se caractérise par une baisse spectaculaire de la mortalité, combinée à de multiples déséquilibres locaux. Jusqu'en 1972-1976, les tendances observées depuis la Seconde Guerre mondiale se prolongent : l'espérance de vie progresse de trois mois par an en Afrique et de six mois en Asie, grâce à la chute persistante de la mortalité infantile, tombée aux alentours de 90-100 ‰. L'installation d'équipements hospitaliers, l'éradication des grands fléaux et l'immunisation des mères et des enfants de moins de quatre ans expliquent ces gains réguliers. Mais cette embellie de trente ans accuse les différences nationales et régionales : la mortalité infantile du Bangladesh est le triple de celle de la Thaïlande, et celle du Nordeste brésilien le quadruple de la région côtière du Nord.

Deux régimes démographiques se distinguent de plus en plus nettement. Dans un cas, en Afrique tropicale et dans quelques pays d'Asie, 550 millions d'individus connaissent des taux de natalité et de mortalité très élevés, avec une espérance de vie à la naissance inférieure à quarante ans. A l'inverse, dans les pays les plus peuplés — Chine, Brésil, Thaïlande, Inde, Mexique — et dans ceux où l'espace fait défaut — Corée du Sud, Singapour —, la courbe de la natalité s'infléchit, suivant, à dix ans d'écart, celle de la mortalité. La pilule, le planning familial, l'avortement, les encouragements financiers et les contraintes politiques ne suffisent pas à expliquer cette situation. Pas plus d'ailleurs que les performances économiques : la Thaïlande fait partie du club des nouveaux « dragons » qui rivalise avec l'Occident, l'Indonésie se débat dans les difficultés ; et pourtant, leur fécondité recule au même rythme.

L'influence du modèle occidental apparaît encore une fois décisive dans les ajustements des années soixante-dix. L'objectif de la croissance zéro (soit une population stationnaire et une pyramide des âges stabilisée) s'impose comme condition première à l'éradication de la pauvreté, de l'analphabétisme et à la fin de l'infantilisation de la femme. Ainsi, tout en affirmant officiellement que leur population n'est pas trop nombreuse, les pays d'Asie et d'Amérique latine entament une révolution culturelle. Celle-ci passe par la scolarisation, surtout des jeunes filles : en un sens, on échange leur promotion sociale contre les naissances. De fait, en 1978, une Brésilienne ayant reçu un enseignement secondaire a trois enfants en moyenne, mais sa consœur analphabète sept. S'y ajoute un effort de médicalisation qui absorbe jusqu'à 15 % des revenus nationaux. L'explosion démographique des années soixante avait en effet laissé subsister des poches de malnutrition, de maladies parasitaires et respiratoires, véritables conservatoires des handicaps passés. En 1976, on recense encore 500 millions de cas de diarrhée parmi les enfants de moins de cinq ans, entraînant 5 millions de décès.

A la fin de la décennie soixante-dix, ces plaies semblaient condamnées à disparaître autour de l'an 2000. Le taux d'alphabétisation des pays exportateurs de pétrole n'avait-il pas doublé en onze ans et l'Égypte ne se targuait-elle pas de compter une femme ministre, comme la France ? La détérioration des niveaux de vie provoquée par le second choc pétrolier et la récession qui l'accompagne vont figer le processus, voire, dans certains pays, aboutir à son inversion. Dans les faubourgs d'Amérique latine, la mortalité des enfants et, fait nouveau, des adultes retrouve les niveaux des années 1955-1960. Pourtant, c'est là, à Mexico ou à Caracas, que sont offertes les meilleures perspectives de carrière. Alors s'agrègent, au rythme de 500 000 personnes par an à Mexico, des ruraux instruits mais sans emploi, des ouvriers laissés-pour-compte de la crise industrielle. Vivant au gré d'emplois précaires, sortis de l'analphabétisme pour retomber dans l'illettrisme, ils adoptent des comportements natalistes qui prennent de vitesse des gouvernements réduits à constater qu'ils n'ont plus les moyens de gérer une telle fécondité : 60 % de la croissance des zones urbaines est désormais imputable à l'excès des naissances sur les décès.

Tous les éléments d'une crise majeure sont réunis : l'engorgement des villes mobilise et épuise les ressources de logement, de transports, d'hygiène et de sécurité ; les campagnes pâtissent à leur tour de ce déséquilibre : en Inde et en Irak, les paysannes en couches meurent dans des proportions inconnues depuis quarante ans ; enfin, la natalité refuge culturel contre la dictature de l'Occident est exaltée au nom de la tradition religieuse — en Syrie ou en Arabie Saoudite — ou des rivalités ethniques comme au Nigeria. La force du nombre est mobilisée contre la démocratie et les élites locales, au moment où celles-ci vantent le principe de la transition démographique.

Les habitants du Tiers Monde ne sont pas longs à en tirer les conséquences. Les diplômés craignent que Malthus n'ait raison chez eux et que la pression démographique ne soit pas le moteur du progrès ; les autres rêvent d'une solidarité « institutionnelle » qui remplacerait celle, disparue, du village, de la famille élargie, des occupations agricoles. Si l'on tient compte du lot habituel de guerres régionales, les années quatre-vingt présentent l'étonnant paradoxe d'avoir déclenché des migrations individuelles comparables en ampleur aux grandes vagues du XIXe siècle. Migrations économiques, qui drainent les pauvres vers les riches et les ultra-pauvres vers les moins pauvres. Migrations politiques qui donnent la force de vivre aux 110 000 *boat people* venus chaque année du Vietnam ou aux 250 000 Tamouls ayant fui le Sri Lanka depuis 1983. Migrations « historiques » enfin, avatar de l'inépuisable question des nationalités. En Asie centrale, où la population a augmenté de 23 % en dix ans, 100 000 Ouzbeks et Tadjiks se sont croisés entre 1986 et 1990 ; dans le Caucase, les chiffres dépassent 500 000 personnes pour la même période. Au besoin, ces voyageurs de l'espoir multiplient les étapes : entre 1975 et 1985, 600 000 Noirs et

220 000 Blancs sont partis d'Angola ou du Mozambique vers la Rhodésie et le Malawi, puis en Afrique du Sud.

Ces départs massifs correspondent à la logique économique et culturelle du temps, marquée par l'ouverture des frontières et la communication planétaire. Mais ils suscitent des réactions de rejet d'autant plus fortes que les difficultés économiques sont grandes et les programmes sociaux sommaires. Entre 1982 et 1985, 350 000 Ghanéens et Camerounais sont reconduits aux frontières du Nigeria qui compte alors 6 millions de chômeurs pour une population active de 35 millions. Et c'est dès 1985 que la plupart des États du Golfe cessent de renouveler nombre de documents de séjour pour les immigrés, en particulier palestiniens. L'invasion irakienne au Koweït a donné une ampleur exceptionnelle à ce reflux, puisque, en trois mois, 800 000 travailleurs ont regagné leurs pays d'origine ou ont été parqués dans des camps de transit. Quant aux Occidentaux, ils proclament leur volonté de faire le tri entre les « bons » et les « mauvais » immigrés, ce qui permet par exemple aux Japonais d'expulser 25 000 clandestins en 1989, de refouler 3 000 *boat people* et, depuis juin 1990, de punir de trois ans de prison ferme les employeurs de main-d'œuvre clandestine. L'ancien Premier ministre Nakasone a résumé d'une phrase la philosophie des pays riches : « L'échec économique des États-Unis est largement dû à ses illettrés noirs ou hispaniques. » Au nom de deux principes absurdes — la culpabilité collective des peuples et l'homogénéité ethnique des nations, le Nord comme le Sud croient se débarrasser du problème démographique, alors qu'ils attisent les frustrations et les rancœurs.

La crise des modèles privés

Avec un siècle de retard, la prospérité semble rendre hommage aux talents de visionnaire de Proudhon. La « religion de la famille » s'est installée dans l'univers occidental, à mesure que celui-ci se désacralisait. Là se mêlent des valeurs indiscutées et des pratiques homogènes, ritualisées. Dépossédée de la socialisation des enfants par l'école, concurrencée par l'entreprise dans l'exaltation de la fidélité, la famille est néanmoins devenue le symbole de l'épanouissement : on y vit plus au large, on échappe en partie au regard des grands-parents ou de la collectivité, le contrôle du mari sur sa femme et des parents sur les enfants se desserre. Liens essentiels, les rapports de famille sont souvent les seules pratiques communes à une nation. Ce n'est pas un hasard si les salariés japonais et leurs dirigeants s'adressent la parole en employant les termes d'*oyakata* (parent) et de *kokata* (enfant). Et les mêmes se retrouvent chaque matin pour le *chorekai*, sorte d'assemblée qui s'inspire de la prière, de la réunion de travail et du cercle de famille.

Il serait alors tentant d'imaginer que ce consensus favorise l'expression des différences de tous ordres — sociales, sexuelles ou raciales —, comme si chaque individu pouvait élever un autel privé et participer en même temps du sentiment national. Famille et individualisme iraient de pair, la première constituant le havre de paix de l'autre. En fait, une décennie de crise économique allait briser cette harmonie. Lorsque disparaît le masque flatteur de la prospérité, ce qui était diversité et profusion devient inquiétude et sentiment de pénurie. Avec la peur surgissent les contradictions et les revirements qui brisent les perspectives ouvertes à la fin des années soixante. En mars 1972, les sénateurs américains avaient été brocardés pour avoir accordé dix ans de réflexion aux États avant la ratification définitive de l'amendement constitutionnel proclamant l'égalité de la femme avec l'homme. En 1982, il manque trois voix pour que l'amendement soit adopté, sans que ce vote passe pour un déni de justice. Pire, plus d'un Américain sur deux estime que les revendications féministes ont contribué à la dégradation de la société. Les femmes rêvaient de pouvoir, elles découvrent qu'on leur mesure le respect et qu'on leur dénie l'égalité.

On ne s'étonnera pas alors de voir les héroïnes du cinéaste espagnol Pedro Almodovar « au bord de la crise de nerfs », à force des malentendus engendrés par une entrée dans la « modernité » toujours repoussée par les uns et opérée de manière subreptice par les autres. C'est l'histoire de ces malentendus qu'il s'agit de retracer à grands traits et dont l'exemple français fournit une illustration remarquable. La France des années quatre-vingt, avec ses supermarchés, ses autoroutes, ses premiers *fast-food* et sans ses paysans se trouve plus près de l'Allemagne, du Royaume-Uni ou des États-Unis qu'à toute autre époque de son histoire contemporaine. Elle cultive d'autant plus la nostalgie d'un pays de cocagne, dont la frontière se situerait « avant guerre », celle d'Algérie, de 1939 ou la Grande. De cet affrontement émerge une symétrie des comportements (ou une schizophrénie) qui s'applique à la maison, aux vêtements, aux loisirs ou à la table.

La famille est le lieu privilégié de ces contradictions pour des raisons morales, institutionnelles et économiques. Entre 1973 et 1985, plusieurs modifications simultanées sont intervenues. On se marie moins et plus tard, vers vingt-six ans ; il n'existe plus de motivation matérielle à avoir des enfants ; enfin, l'homme a perdu sa position dominante traditionnelle pour un statut instable et ambigu. Plus rien ne va de soi et l'héritage des générations précédentes compte peu. Après guerre, le « règne de l'enfant » avait en quelque sorte lesté le bateau familial. Les experts médicaux, les hebdomadaires et les médias avaient multiplié les normes : depuis le nombre et le contenu des biberons jusqu'aux filières de la réussite scolaire, les modèles d'identification étaient peu nombreux et précis. Désormais, l'enfant est porté à marche forcée vers l'âge adulte, au risque d'être abandonné à lui-même s'il ne suit pas le rythme. De la crèche à l'école maternelle, du système scolaire au travail saisonnier, du foyer familial au concubinage s'organise une course de vitesse solitaire où l'important est de ne pas être « en retard ».

On imagine les effets dévastateurs qui peuvent surgir de cette situation. Aux États-Unis, le pourcentage d'enfants vivant au-dessous du seuil de pauvreté a quadruplé entre 1960 et 1980. A cette date, on compte plus d'enfants pauvres que d'adultes, contre un rapport inverse de un à deux vingt ans plus tôt. Les Suédois ont même un médiateur pour l'enfance chargé, depuis 1973, de sensibiliser les parents à la condition des enfants et d'apporter un soutien moral et matériel aux adolescents en détresse. Pourtant, en Europe de l'Ouest, le suicide des jeunes de quinze à vingt-quatre ans est devenu la première (au Nord) ou la seconde cause de mortalité. Tout se passe comme si les citoyens étaient partagés entre le désir de sauvegarder cette liberté du corps, du couple ou du temps conquise dans la décennie soixante-dix et la peur que suscite ce goût du chacun-pour-soi sans limites apparentes, même au sein de l'intimité des familles.

En pratique, la famille des années quatre-vingt hésite entre le retour moral et la frénésie hédoniste. D'un côté, le cocon domestique est grignoté par les enfants, subit les chocs d'une société de consommation et de communication, au besoin doit être retissé en cas de séparation. Mais une écrasante majorité convient que la satisfaction personnelle passe par la fondation puis l'épanouissement d'une famille et qu'il n'y a pas de contradiction insurmontable entre exigence amoureuse et bonheur du couple. Les sondages illustrent ces états d'âme. Ainsi les Occidentaux tombent-ils tous d'accord pour estimer que le nombre idéal d'enfants par ménage est voisin de trois, mais ils en conçoivent à peine deux. Or, ce ne sont ni le nombre des crèches — les Allemands disposent de milliers de places vacantes, ni le taux d'activité féminine — les Hollandaises travaillent peu et font encore moins d'enfants, qui fournissent des explications. Quant à l'idée que des sociétés déchristianisées voudraient donner à un petit nombre d'enfants une sorte de paradis terrestre, elle est contredite par les contraintes qu'imposent les parents et la société dès le plus jeune âge et par l'obligation faite aux adolescents de conquérir leur propre autonomie face aux exigences du temps.

On comprend mieux ainsi l'alternance entre resserrement et « décohabitation », même si ce phénomène semble la négation du principe familial. Comment imaginer en effet une famille qui ne vivrait plus sous le même toit ? Pourtant, le départ des enfants, suivant celui des grands-parents, le boom du divorce et les « couples à mi-temps » ont faiblement entamé les habitudes de pensée. Ainsi, 72 % des Européens de moins de vingt-cinq ans affirment, en 1982, que la fidélité est une valeur primordiale, 64 % condamnent l'adultère, mais 70 % d'entre eux avouent avoir eu des rapports sexuels extra-conjugaux. On mesure ici la difficulté de combiner une sexualité que l'on veut la plus libre, avec un idéal religieux ou une référence sociale. Il serait tout aussi excessif d'expliquer le doublement du nombre de « ménages solitaires » par le mal de vivre et le confinement de la vie privée à une sorte de parenthèse entre le travail, les transports et les loisirs. Vivre seul relève, de manière moins marginale qu'on le penserait, d'une démarche hédoniste où l'espoir d'échapper à une routine sentimentale est déterminant pour une Américaine sur quatre et une Européenne sur six.

Ce travail difficile de redéfinition de la place de la famille dans la société aboutit à une précarité institutionnalisée. Un ménage d'Europe du Nord sur deux a déjà une vie commune avant de passer devant le maire. En règle générale, la première ou la deuxième grossesse décident les conjoints. Le souci de l'enfant importe plus que la pression des parents, tentés de jouer sur deux registres antagonistes : répugnance morale provisoire, espoir secret que l'expérience *(sic)* se terminera par un mariage et réduira les risques de séparation future (leur propre hantise), enfin aide matérielle pour respecter le rang et la cohésion de la famille. Dans les pays où l'évolution semblait bloquée par le poids des pratiques religieuses et des liens familiaux, le rattrapage prend des allures de raz de marée : 15 % de concubins parmi les moins de trente ans en Belgique et en Italie, 10 % au Japon et en Espagne en 1979 ; le double en 1985 ; le triple prévu pour 1995.

La famille cesse d'être ainsi le modèle exclusif où les adultes trouveraient la satisfaction de leurs élans sensuels et sentimentaux. Mais il n'existe pas de formule de remplacement. D'où les comportements contradictoires des parents : d'un côté, ils vénèrent leurs enfants comme si leur descendance donnait un sens à leur vie, de l'autre ils poursuivent la satisfaction de leur intérêt propre — leur corps, leur santé, leurs revenus, leurs vacances — sans idéal particulier. Selon la judicieuse formule de Gérard Mendel, l'individu est désormais « sans appartenance » ; il ne borne plus son existence au couple famille-travail et s'intègre sans s'y abolir à des groupes multiples. L'extension de ce processus à partir des années quatre-vingt provoque des tensions vives, en particulier dans les zones où s'entassent les exclus.

Aucun pays n'échappe en effet au vandalisme. Au

Royaume-Uni, où le qualificatif de *decent* semblait s'appliquer de lui-même à la population, le coût du remplacement des équipements vandalisés se monte à 850 millions de francs par an entre 1979 et 1983. Aux États-Unis, on a dépassé les 5 milliards de francs annuels en 1980. A la fois jeu et tactique, le vandalisme est une façon d'exprimer sa propre difficulté d'insertion et de communication. La « bande » devient la famille et le respect des règles du groupe remplace l'impossible affirmation de l'autonomie de chacun. C'est pourquoi les cibles du vandalisme ont un lien évident avec les nouveaux comportements familiaux : l'école, la cabine téléphonique, la voiture, les hypermarchés sont des lieux d'échange d'où se sentent rejetés ceux qui ne peuvent ou ne savent les utiliser.

Les sociétés industrielles doivent ainsi trouver un nouvel équilibre entre une sociabilité émiettée et une convivialité hypothétique. Or, s'accommoder de son sort n'est pas chose aisée dans un monde où les frustrations suscitent des rancœurs profondes. En témoigne l'évolution du sentiment féminin à l'égard du couple, des enfants et du travail. La vie de famille paraît épuisante à la moitié des Américaines (1982), leurs maris sont ennuyeux et soucieux de leur position sociale (1983) et elles s'estiment exploitées par leurs employeurs ainsi que confinées dans des tâches « fermées », sans relations avec leurs concitoyens (1985). On y verra certes une raison à la progression spectaculaire du divorce et du foyer monoparental. Pourtant, la course au remariage rapide mobilise toujours les énergies : en 1985, une Européenne divorcée sur trois se remarie, preuve que la famille — même en crise — demeure un archétype, faute de mieux. De même, si les députés japonais votent en 1986 la loi sur l'égalité des chances en matière d'emploi, cela n'a guère d'incidence sur le sort des Japonaises qui sont à la fois les dernières embauchées, les plus mal payées et les premières licenciées. Et, lorsque le Premier ministre affirme que 40 % de la main-d'œuvre est féminine en 1989, il oublie soigneusement de préciser que la moitié est secrétaire ou serveuse de thé.

Ces incohérences domestiques constituent l'un des signes de la crise des modèles privés, ouverte à la fin des années soixante-dix. Jusque-là, chaque peuple se satisfaisait d'un mélange plus ou moins harmonieux entre le stock national d'images d'Épinal et des références communes transnationales — suédoise, américaine ou latine. Brusquement, la chimie n'opère plus. La consommation et la communication de masse ont brisé la dynamique des « sociétés de bien-être ». A leur place se dessine la carte d'État où cohabiteraient toutes les options possibles dans l'éventail des choix de consommation, des croyances et des modes de vie. Les codes s'affinent en même temps qu'ils se brouillent. La jupe, le costume ou le jean sont des signes communs ; seuls comptent désormais la marque — visible par tous — l'utilisation des accessoires — cravates, foulard ou bijoux — et le détournement de l'usage traditionnel — le caleçon transformé en pantalon, les tennis « de soirée » ou la chemise polo « conviviale » des présentateurs. Ainsi s'exprime dans la vie publique la personnalité que chacun revendique.

Les Suédois, ces habitants des « cités heureuses » pour la génération d'après guerre, sont les premiers à être critiqués. En prônant la transparence totale, ils ont entraîné la chute du « mur domestique ». Permissivité ne rime plus avec eldorado sexuel et fin des tabous, mais est ressentie comme un abandon de l'individu, une faiblesse qui le conduirait tout droit dans les bras de l'ogre public. Or celui-ci, qui se charge des destinées du berceau à la tombe, ne peut plus en assumer la charge financière tout en étant contraint d'accroître son emprise pour maintenir la cohésion de la société. De 1979 à 1985, la Suède collectionne les records antinomiques : le plus haut niveau de vie du monde développé et les impôts les plus lourds, la durée du travail la plus courte et une économie souterraine florissante, les seuls présalaires pour tous les étudiants et un taux d'expatriation des cadres aussi élevé que celui de la Grande-Bretagne [1]. La Suède des années trente avait compris le rôle de la demande et bâti un système approprié pour partager 4 % de croissance annuelle. Avec

1. Pouvoir d'achat par habitant (1980-1985) : 14 000 dollars ; montant des impôts : 53 % du PIB ; durée moyenne du travail (1980-1985) : 1 555 heures par an, soit 10 % de moins qu'en France et 30 % de moins qu'au Japon ; l'économie souterraine représente environ 15 % du PIB.

une baisse de 1 % par an entre 1976 et 1982, le pays devient le modèle d'une société à forte contrainte pour peu de résultats. L'image d'un pays libéral et consensuel se brouille à mesure que tombent des statistiques inquiétantes sur le suicide, l'alcoolisme et le chômage. Une fois les secrets de la vie des couples découverts et donc brisés, s'installe la communication impossible filmée par Ingmar Bergman dans *Scènes de la vie conjugale*. Ce que *Le Nouvel Observateur* résume d'un titre lapidaire en 1980 : « Suède, le bonheur perdu ? »

En fait, c'est moins le principe de la solidarité qui est remis en cause que son coût et ses effets sur la consommation. L'assistance envers les membres les plus faibles de la société reste une sorte de devoir national : signaux routiers sonores pour les aveugles, sous-titrage systématique des émissions de télévision et hospices à profusion. Si l'on additionne le prix de ces aménagements et le poids de la fiscalité, le Suédois, nanti d'un pouvoir d'achat exceptionnel au départ, doit arbitrer entre consommations durables et satisfactions immédiates. Il s'agit d'échanger un peu de « providence » contre plus d'initiative. A considérer les chiffres, l'américanisation des consommateurs suédois reste mesurée. Ils s'endettent certes pour acheter leur maison, leur voiture, leur bateau et pour passer leurs vingt jours de vacances annuelles à l'étranger. Mais leur attitude est vraisemblablement mieux explicable par la persistance d'une inflation supérieure à 5 % que par une vague consumériste.

Ce genre de crise de confiance, accompagné d'un regain d'admiration pour ceux qui proposent de « simplifier » ou de « rénover » le modèle, caractérise les années de la présidence Reagan. Pour les huit millions d'immigrants entrés en dix ans, les États-Unis paraissent toujours en avance sur leur temps, au point que chaque adolescent pourvu ou non d'un diplôme rêve d'avoir la liberté de ton, de vie et d'allure des New-Yorkais. Mais une fois adoptés les signes extérieurs d'américanisation, ceux-ci perdent de leur force identitaire. Les Hollandais ou les Colombiens regardent *Dallas* sans doublage parce qu'ils ont intégré l'universalité des thèmes, et le repas au McDonald devient vite une habitude, car il est meilleur marché et plus nourrissant que la cuisine traditionnelle.

Ils ne sont pas pour autant intégrés et la crise se charge de le leur rappeler. Il n'y a pas de clôture, mais l'exclusion sociale y prolifère d'autant plus que les citoyens doivent prendre en charge la moitié de leurs dépenses de santé. En janvier 1983, 15 % d'Américains vivent avec l'équivalent de 5 000 francs par mois pour une famille de quatre personnes, soit le plus mauvais chiffre enregistré depuis la mise en œuvre de la Grande Société de Johnson. Dans les villes industrielles du Nord-Est, les municipalités et les organisations caritatives doivent nourrir et loger 2 à 4 % de leurs habitants.

Du coup, refaire sa vie — professionnelle ou privée — semble plus difficile : 10 % des ménages continuent de déménager chaque année, mais un tiers de ces migrants ne trouve pas d'emploi stable et un quart repart vers d'autres paradis dans les trois ans. Ces voyages ont de plus en plus pour origine (ou pour conséquence) des problèmes domestiques. La famille nombreuse des années cinquante a disparu au profit des foyers d'une personne ou d'un couple adulte-enfant [1]. Cette solitude touche les oubliés habituels *(sic)* de la prospérité — femmes, Noirs, Hispaniques —, auxquels s'ajoutent les retraités nés dans l'entre-deux-guerres. Il est hors de question pour ces vingt millions d'individus que resurgisse la menace des privations. A la fin de son premier mandat, Ronald Reagan consacre 75 milliards de dollars aux dépenses de santé, soit dix fois plus que Richard Nixon. La manne fédérale ne suffit pourtant pas à résoudre le tissu social d'un pays où s'évitent les générations, les races et les sexes.

Sur ce point, le retournement des années quatre-vingt est spectaculaire. En 1979, deux Américains sur trois reconnaissent la spécificité homosexuelle, le droit à leur femme de travailler et de programmer ses maternités. En trente mois, les peurs individuelles et collectives envahissent le pays : le centre médical d'Atlanta a découvert un virus mortel, transmissible sexuellement et touchant en majorité les homosexuels masculins. L'opinion fait alors le raisonnement sui-

1. On compte 4 % de familles de six personnes, 20 % de foyer monoparental et autant de couples adulte-enfant.

vant, aussi absurde que solidement ancré : il existe un germe qui choisit ses victimes en fonction de leurs comportements, la liberté sexuelle doit être prohibée et, par extension, l'abstinence est recommandée pour le tabac, l'alcool ou la nourriture. Cette volte-face traduit d'abord l'assimilation de nouvelles données. Entre 1970 et 1982, le pourcentage des adultes de moins de trente-cinq ans contaminés par une MST (maladie sexuellement transmissible dont fait partie le sida) est passé de 26 % à 32 % [1] ; à la même date, le nombre des non-fumeurs égale celui des fumeurs et cent dix millions d'Américains pratiquent un sport hebdomadaire, soit un doublement en une génération.

En combinant ces chiffres et son inquiétude, la société retombe sur une de ses interrogations lancinantes : la liberté risque-t-elle de tuer la morale ? Et, dans ce cas, le président ou la Cour suprême peuvent-ils agir en ultime recours ? La non-discrimination et le respect de la vie privée, slogans des années soixante-dix, sont retournés contre leurs partisans. Le Connecticut refuse tout congé de maternité puisque ce serait privilégier les femmes ; les cassettes vidéos sont censurées au gré de l'interprétation des juges et la commercialisation de certaines suspendue au nom du respect de la morale de chaque minorité (Cour suprême, juillet 1985). Ce que l'on appelle le « retour de la morale » repose sur la panique qu'engendre le sentiment de solitude et l'effacement du traditionnel *self help* [2].

On aurait tort d'imaginer que les doutes des Occidentaux sont une affaire intérieure. Au contraire, avec l'aiguillon de la crise économique, ils alimentent les critiques de gens déçus,

1. Dans le même laps de temps, la proportion de personnes ayant eu plus d'un partenaire par an passe de 6 % (1970) à 11 % (1979) et 17 % (1983). Cela permet de nuancer les effets de la « révolution sexuelle » annoncée en 1970.

2. Dans des registres différents, *Voyage au bout de l'enfer* et *L'Année du Dragon* de Michael Cimino, *The Killing of a Chinese Bookie* de John Cassavetes, *Manhattan* de Woody Allen expriment l'obsession d'un univers disparu, incompréhensible pour le jeune ou l'étranger, où l'Amérique offrait la chance d'un éternel départ. Le « retour de la morale » masque ici une inquiétude identitaire. Cf. le retour du syndrome antijaponais.

frustrés et avides de recueillir les miettes d'une société de consommation, même inquiète de son avenir. L'exemple africain est le plus simple à analyser : la consommation privée par habitant y baisse de 15 % entre 1979 et 1985, au moment où les produits courants venus du Nord s'imposent. L'homme de la rue boit du Seven Up et découvre *via* la télévision (80 % des programmes sont occidentaux et l'écoute de ces chaînes toujours supérieure aux locales) les bienfaits de Nivea ou de Nestlé pour des enfants qu'il n'arrive pas à nourrir convenablement. Or, il sait que les importations de ces produits ont triplé en une décennie. Le mythe des accapareurs n'est pas long à resurgir, accompagné du leitmotiv de l'injustice et de la corruption occidentales. On atteint parfois des sommets, comme en 1984 lorsque le colonel Kadhafi organise un autodafé « culturel » avec livres, cassettes et instruments de musique « pour détruire les symboles de l'Occident ». Les téléspectateurs libyens peuvent constater que la plupart des participants portent un jean et fument des Marlboro.

Ces contradictions précipitent le désordre familial, dont les victimes sont les femmes et les enfants. Les premières, principales bénéficiaires des politiques d'acculturation et d'émancipation des années 1960-1975 [1], sont priées de rentrer à la maison. Le code de la famille algérien, voté en juin 1984, refait de la femme une mineure, ce qui permet de légaliser la polygamie et de confier la garde des enfants et du logement au mari en cas de divorce. Quant aux enfants, ils sont redevenus une source prioritaire d'argent pour leurs parents. En 1976, on recensait officiellement 56 millions d'enfants au travail dans les pays du Tiers Monde ; ils sont 70 millions en 1985. Mais ces chiffres devraient être multipliés par cinq pour tenir compte du travail des moins de dix ans et des activités clandestines (voir tableau). Qu'ils tombent malades, se blessent, soient handicapés ou au chômage, leurs parents n'ont aucune indemnité à attendre. L'oisiveté — dont fait partie l'école — est perçue comme le premier danger, ce qui empêche de voir le principal : le cercle vicieux de l'anal-

1. En 1960, 18 % des femmes sont alphabétisées, 42 % en 1977 (sommet atteint par le continent) et 37 % en 1987.

phabétisme, du sous-emploi et de la déchéance physique[1]. Avec des budgets d'éducation qui ont baissé de moitié en une décennie et ceux de santé qui ont chuté de 25 %, on voit mal comment recoller les morceaux de ces familles où les enfants sont dans la rue, les femmes au foyer, les grands-parents au village et les pères à la recherche d'un hypothétique eldorado à des milliers de kilomètres.

Bien qu'elle ait été la plus tardive, la disparition de la référence communiste fut probablement la plus radicale. Elle s'ordonne autour d'une question simple, chuchotée jusqu'à la mort de Leonid Brejnev (novembre 1982), puis ouvertement posée : à quoi sert-il d'avoir des droits sur le papier, si la réalité en bride l'usage ? L'égalité entre les sexes, le droit au travail et à la formation, la contraception et l'avortement libres ont été des principes admis bien avant que le féminisme occidental pousse ses premières revendications. Pourtant, vingt semaines de congé maternité, des crèches à volonté et l'assurance de voir un élève sur trois entrer à l'Université n'ont pas incité les Allemandes de l'Est à faire des enfants. Car, pour les trois quarts d'entre elles, le travail — heures supplémentaires incluses — est à la fois indispensable à l'équilibre économique du ménage et n'apporte pas de revenus suf-

1. **Évaluation des enfants au travail***

(selon le BIT et l'ONU)

	Amérique latine et centrale	*Amérique du Nord*	*CEE*	*Afrique*	*Asie*
Enfants au travail**	100	1	3	85	130
Prostitution et trafic d'enfants**	7	0,5	0,3	5	14
Taux de maladies infantiles chroniques***	60	35	27	70	75

(* il s'agit d'enfants originaires des PVD)
(** moyenne 1985-1989, en millions)
(*** en %)

fisants pour que les styles de vie soient modifiés. En 1980-1983, la RDA peut se flatter d'un produit national par tête voisin du britannique ; son standard de pouvoir d'achat reste au niveau de celui des Anglais en 1965. En pratique, à Iéna, les appartements d'une superficie moyenne de 47 à 54 m^2 abritent un peu plus de quatre personnes, soit la situation de la Grèce ou de l'Irlande au milieu des années soixante.

Les conditions de l'implosion du modèle communiste sont réunies. Le droit au travail n'est plus un sésame de l'émancipation individuelle mais un asservissement, lorsque la pénurie est généralisée. A mesure que l'économie se dégrade, la fuite devant le réel s'intensifie : les informations économiques deviennent secrets d'État, l'alcoolisme et le hooliganisme servent d'explication officielle, l'inflation officieuse et le marché noir s'imposent comme les régulateurs *(sic)* d'une demande aussi anarchique que frustrée depuis des décennies. En un sens, les dirigeants communistes ont réalisé malgré eux le rêve marxiste d'une économie sans argent, à cela près qu'il se concrétise par le retour du rationnement et la pauvreté pour cent millions d'Européens de l'Est dont quarante millions de Soviétiques [1].

Le passage contraint à une quasi-économie de guerre signe cet échec. Il se produit à partir de 1980 dans les démocraties populaires et de 1985 en Union soviétique. Le 4 juin 1980, la Bulgarie est le premier pays à classer « confidentiel » toute information sur les pertes économiques et les raisons de ces pertes. Elle est suivie par la Roumanie et la Pologne, puis par la Hongrie et la Tchécoslovaquie. L'objectif commun vise à préserver le consensus social par le secret et l'apparence d'un effort général. Ainsi pense-t-on faire accepter le rationnement des denrées de base — viande, beurre, huile, sucre — par l'abolition officielle du favoritisme et des passe-droits pour le logement, la santé et les biens de consommation durables. Mais le mécanisme trouve immédiatement ses limites puisque les produits, même rationnés, ne sont disponibles ni en quantité, ni en choix : le délai d'obtention d'un appartement pour un jeune couple polonais (prioritaire) est de vingt ans

1. A titre d'exemple, le revenu minimum est fixé à 78 roubles par mois, soit 30 francs au cours réel. Or, le kilo de viande coûte 25 roubles au marché libre, la douzaine d'œufs 18 roubles et la bouteille de vodka 23.

au début des années quatre-vingt, de vingt-trois ans à la fin. Il faut de plus, une fois l'objet trouvé, pouvoir le payer. Or, la hausse des prix est telle [1] que nombre de consommateurs revendent leurs tickets de rationnement, sans rien acheter. Situation aggravée par l'obsession du secret officiel qui conduit à surclasser systématiquement en produit de luxe tout ce qui risquerait de faire déraper brutalement l'indice gouvernemental des prix : les réchauds à gaz en Pologne, le linge de maison en Pologne, en Bulgarie et en Hongrie, les sous-vêtements en RDA et en URSS sont ainsi baptisés.

Cette détérioration des moyens d'existence a entraîné deux réactions contradictoires au sein des familles. La première repose sur les solidarités ancestrales — du village, de la région, de la confession religieuse. La famille s'élargit aux voisins, aux relations de travail. Dans la Pologne du général Jaruzelski, le manœuvre a droit à une ration de viande supérieure à celle de l'« intellectuel », moyennant quoi ce dernier se transforme en répétiteur puisqu'on compte un manuel scolaire pour sept élèves. Simultanément, l'égoïsme et les tensions sociales renaissent, ce que confirment la prospérité du marché noir et la corruption généralisée. En multipliant les magasins à devises pour récupérer les coupures étrangères détenues par la population, les autorités entérinent de fait des pratiques qu'elles dénoncent. Du coup, la mise en place de circuits parallèles semi-privés alimente l'économie souterraine au lieu de la réduire : l'organisation Locum permet aux Polonais qui règlent le prix de leur appartement en devises de réduire des trois quarts le temps d'attente, pour peu qu'ils

1. **Évolution annuelle du coût de la vie dans les démocraties populaires**

(en %)

1975-1976	4,5	1983-1984	35
1977-1978	7	1985-1986	51
1979-1980	11,5	1987-1988	47
1981-1982	28	1989-1990	38

(les moyennes sont lissées sur deux ans, compte tenu de la divergence des sources disponibles : ministère du Plan, Documentation française, *L'Expansion* et *Financial Times* — publications annuelles dans tous les cas) n'oublient pas une commission équivalant à 15 % du montant global.

Les deux alternatives n'incitent guère les jeunes générations à fonder une famille, faute de pouvoir la loger et la nourrir. Le Goskomstat estime que la naissance du premier enfant réduit d'un quart le revenu d'un couple ; au troisième, on frôle les 50 %. Effondrement démographique dans les villes et trop-plein dans les campagnes et les régions les plus attardées cumulent leurs effets déstabilisants. Les pays socialistes sont plus menacés par ce maelström de populations que par une hypothétique famine qui mobilise les médias européens et les responsables communautaires. Ironie cruelle du destin, la question du « rideau de fer » se pose désormais à l'intérieur des républiques soviétiques ou entre les démocraties populaires qui, comme la Pologne, refusent d'héberger les 300 000 Roumains entrés en dix-huit mois.

Le progrès destructeur ?

Mieux vaut mourir tard des conséquences de la pollution que précocement de la faim. Telle est la réponse générale des riches aux inquiétudes des populations du Sud ou aux états d'âme des rapporteurs du Club de Rome. Cette assurance repose sur l'étonnante capacité d'adaptation des industriels du Nord après le choc pétrolier : leur prospérité était fondée sur la répétition et la standardisation, ils y ajoutent la recherche du meilleur avec la révolution technique de l'infiniment petit — électron, puce et biologie moléculaire. L'Espagnol Cerda qui, en 1867, imaginait une ère de communication généralisée à l'horizon du troisième millénaire aurait des raisons d'être satisfait : les réseaux informatiques apportent le confort plutôt que *Big Brother*. Sans contenu industriel, l'idée de progrès semblerait vide.

Mais les crises économiques ont aussi la propriété de raviver les craintes d'un monde « trop » industriel. Déjà, en 1935, dans sa conférence de Vienne sur « La crise de l'humanité européenne », Edmund Husserl exhortait l'individu à libérer son esprit des chaînes matérielles. Dans la seconde moitié des années soixante-dix, plusieurs événements vont montrer que le progrès n'est pas un but unanimement recherché mais l'enjeu des guerres économiques mondiales. Découverte des pluies acides en 1974, catastrophe chimique de Seveso et premières limitations sur les manipulations génétiques en 1976, marée noire sur les côtes bretonnes après l'échouage du pétrolier *Amoco Cadiz* en 1978, incident survenu à la centrale nucléaire de Three Mile Island en 1979, à chaque occasion apparaît ce que l'homme industriel voulait cacher au fond des océans ou derrière le béton des centrales nucléaires.

Critique du progrès et puissance industrielle vont ainsi de pair. Sans Concorde, la dégradation de la couche d'ozone serait irréelle et il faut un film comme *Le Grand Bleu*, tourné avec des moyens techniques exceptionnels et succès commercial, pour que les riverains de la Méditerranée prennent conscience de la poubelle sous-marine qu'ils ont devant eux. Les sociétés industrielles gargantuesques sont à la fois bêtes (elles méprisent les traditions), méchantes (elles abîment la nature) et imparfaites parce qu'elles produisent du neuf comme de la camelote. Les villes, les quartiers, les paysages deviennent vulnérables et atteignent à une sorte de valeur absolue. Pins parasols contre marinas. Mais, sans la puissance du progrès, le débat n'existe même pas. Aussi les associations écologistes d'un côté, les comités d'éthique ou de liberté informatique de l'autre ne sont que les appellations commodes plaquées sur une interrogation devenue obsessionnelle dans la décennie 1980 : entre vivre plus et vivre mieux, quel est l'ordre logique ?

La modification des frontières scientifiques fournit l'occasion du premier débat avec le lancement, en 1979, des deux sondes américaines *Voyager I* et *II* et le premier essai en vol d'*Ariane*. Grâce aux *Voyagers*, les limites de notre univers sont repoussées de 5 milliards de km, soit un bond comparable à celui des Grandes Découvertes pour la connaissance. De même, la mise au point d'un lanceur européen confirme le passage de l'aéronautique spectacle à l'utilisation rationnelle de l'espace. Mais on ne saurait oublier que ces succès interviennent l'année même où l'OTAN décide d'implanter des euromissiles : techniquement, *Voyager* illustre l'avance américaine ; diplomatiquement, elle viole l'esprit des accords

ABM ; politiquement, elle ouvre la voie à la nucléarisation de l'espace, par une confusion savamment entretenue entre science et défense. En revanche, les expériences réalisées dans le domaine de la microgravité ouvrent la voie à la métallurgie spatiale, donc à l'installation de plates-formes orbitales « rentables ». Compte tenu de la lenteur d'exploitation des informations fournies, le conflit entre exploitation pacifique et militaire de l'espace se trouve ainsi pérennisé jusqu'au troisième millénaire.

Des interrogations voisines se focalisent, de manière plus concrète, sur deux domaines emblématiques du progrès : la biologie et l'informatique. Vingt ans après sa découverte, l'ADN — support de l'information génétique — devient un enjeu industriel. Entre 1971 et 1978 sont définis les principes des manipulations génétiques, sortes de jeux de construction qui combinent molécules, enzymes et bactéries. Ainsi débutent *in vitro* le clonage et la reproduction à grande échelle, avec des visées thérapeutiques et économiques évidentes. Universitaires et patrons s'associent [1] pour donner naissance à la biotechnologie. En produisant des enzymes et des fermentations bactériennes, l'industrie pharmaceutique met au point la synthèse de l'insuline humaine dès 1978, puis la commercialise en 1982. Au même moment, de nouveaux vaccins contre l'hépatite B et la grippe font leur apparition. Du côté de l'industrie agro-alimentaire, on réussit à fabriquer des protéines artificielles et à concevoir des races de bovins et de porcins en fonction des goûts préalables des consommateurs. Au total, le nombre des découvertes fondamentales et de leurs applications entre 1975 et 1982 a été équivalent à tous les progrès enregistrés depuis la guerre.

Prolonger la vie, soigner efficacement et nourrir plus de gens semblent des acquis indiscutables. Voire. Dès 1974, Paul Berg, pionnier de la biotechnologie, avait mis ses concitoyens en garde contre les implications humaines de tels changements. Sur ses recommandations, le National Institute of

1. Stanford, Berkeley et l'Institut Pasteur d'un côté, Genetech (San Francisco, 1976), Biogen (Genève, groupe Hoffman-La Roche, 1978) et Transgène (Strasbourg, Elf-BSN-Paribas, 1980) de l'autre en sont les fers de lance.

Health réglemente puis limite les recherches sur des bactéries ou des virus résistant aux médicaments (1976-1977), avant de suspendre la plupart des expérimentations sur le clonage humain (1980). Derrière ces prudences, on devine le conflit entre les règles toujours plus contraignantes de mise sur le marché des médicaments et le strict intérêt du malade ou le coût des recherches. Ainsi le « le droit à la vie » est-il entendu dans trois sens différents : demande d'une adaptation du droit aux nouvelles techniques, primauté de la morale sur la science, défense du libre arbitre contre les éventuels excès du lobby médical, tel Ivan Illich dans *Némésis médicale*. En pratique, la création d'instances nationales et la réunion de conférences internationales [1] satisfont l'opinion, mais ne résolvent guère les problèmes.

Le second volet de la révolution technologique est constitué des applications multiples de l'électronique et de l'informatique. En 1973, 80 % des ordinateurs en service en France sont concentrés dans 300 entreprises seulement. La communication se fait par le biais de cartes perforées et le temps de réponse varie de un à trois jours. L'utilisation du silicone change le destin de l'informatique en permettant miniaturisation et accroissement des puissances. La « décennie glorieuse » de l'informatique s'ouvre en 1975 avec la commercialisation du premier micro-ordinateur Apple. Les barrières techniques et commerciales se lèvent en même temps : le langage informatique s'apprend en quelques jours et, grâce à la mise en service du premier « système expert » à Stanford en 1977, l'intelligence artificielle gagne sa place dans l'entreprise. L'ordinateur ne sert plus simplement de base de données et de machine automatique rapide, il sait utiliser ses connaissances afin de détecter erreurs et contradictions. C'est le début de l'ordinateur « à tout faire ». Désormais, l'heure est à la concurrence, voire à l'affrontement, suivant un schéma qui rappelle à Marvin Minsky, dans *La*

1. Parmi les premières, citons la Commission Waller en Australie, les deux Comités d'éthique suédois et français, la Commission Benda en Allemagne — toutes instances créées entre 1983 et 1986. Parmi les secondes, on rappellera que, depuis 1984, le sommet annuel des sept pays industrialisés tient une conférence sur la bioéthique et ses enjeux.

Société de l'esprit, les conflits du cerveau. En 1977, la société Commodore est le seul rival direct d'Apple ; deux ans plus tard, Atari, Texas Instrument, Thomson et IBM se sont lancés dans la fabrication ; en 1981, on compte deux cents constructeurs.

Le boom de l'informatique réactive des comportements propres aux révolutions techniques du siècle précédent ou des années vingt : course à la puissance — des entreprises comme des ordinateurs [1], décuplement des investissements immatériels — recherche, formation, marketing [2] — et changement violent des manières d'être avec, par exemple, la disparition partielle du signe monétaire à cause de l'électronisation des banques ou les effets de la robotisation dans les entreprises de mécanique ou de métallurgie [3]. Une nouvelle fois, le progrès entraîne une modification du monde du travail. D'un côté, les transferts d'activité s'accélèrent : en France, la robotisation aboutit à la suppression directe de 21 500 emplois en 1979 et de 95 000 en 1984, chiffres à tripler pour avoir une idée d'ensemble des « destructions du progrès ». De l'autre, naissent des activités d'environnement — au nom significatif, mais classées faute de mieux dans un secteur « quaternaire » attrape-tout. Chacun a conscience que la communication, l'assistance et la distribution sont impossibles à mécaniser et à standardiser. Mais le robot est-il vraiment capable d'éliminer la vision laborieuse et pénitentiaire du travail en usine ? Et à quel prix ?

C'est en ces termes qu'est posée la question de la fin éventuelle du taylorisme, à l'occasion de la crise économique. Les années 1974-1978 voient en effet une chute brutale des gains

1. En 1984, le numéro un mondial, Commodore, a trois millions de micro-ordinateurs opérationnels ; leur puissance est passée de 64 à 128 puis 512 KO en six ans.

2. En 1982, ils représentent 40 % des investissements matériels, mais ils augmentent quatre fois plus vite. Dans les secteurs de pointe, les dépenses de recherche atteignent la moitié de la formation globale de capital.

3. Entre 1979 et 1985, le parc de robots installés en France passe de 12 000 à 54 300. Le rapport pour 10 000 travailleurs, insignifiant en 1979, est, en 1985, de : 8 pour la Suède ; 6 pour le Japon ; 1,6 pour les États-Unis ; 1,1 pour la RFA ; 0,9 en Italie et en France ; 0,3 en Angleterre.

de productivité en Europe et aux États-Unis : ils progressaient de 4,5 % par an depuis 1968, les voilà ramenés à 2 %. La performance suffit certes à déconsidérer les nouveaux zélotes d'une stagnation cyclique, serpent de mer déjà brandi par Alvin Hansen quarante ans plus tôt. Mais le décalage entre concepteurs et exécutants est devenu tel que le taylorisme provoque à la fois désintérêt, refus et sentiment d'étouffement devant la lourdeur du système. Les principes hiérarchiques propres au taylorisme sont mis en cause parce qu'ils impliquent une mise à distance des subordonnés perçue comme insupportable, lorsque la machine vide le travail de tout sens. Ainsi, en 1974, les employés des banques françaises font-ils grève contre l'informatisation de leur profession.

Cette contestation accélère la redéfinition des projets d'entreprise, en même temps que se modifient les comportements. L'ère de la résignation au travail à la chaîne s'achève avec l'apparition des entreprises dites du « troisième type » dont le schéma, tracé en 1982 par Peters et Waterman dans leur livre *In search of Excellence*, se rapproche étrangement des principes définis par Andrew Ure en 1835. Le but est de faire du travail une sorte de « matière flexible » sensible aux modifications extérieures par le biais de la participation et de la motivation des salariés. L'univers public du travail est ainsi contaminé par les valeurs de la vie privée. En témoigne la mise en œuvre de nouvelles procédures : le système « zéro défaut », la création de cercles de qualité. L'attention portée aux relations personnelles vise à contrecarrer les effets de la bureaucratisation. Au Japon d'abord — suivant les principes de la théorie Z du professeur Ouchi, puis en Californie et enfin en Europe, on note une décentralisation des décisions et le développement d'une communication permanente par réunion des différents acteurs, qu'il s'agisse des cercles ouvriers ou du « maillage » entre dirigeants d'un même groupe. Les pratiques et le discours stéréotypés du commandement commencent à se modifier.

La hausse de la productivité à partir de 1982-1983 sanctionne cette mobilisation. Mais celle-ci n'est pas dépourvue d'ambiguïtés. Elle est d'abord lente et reste l'apanage des grandes entreprises. Surtout, elle repose sur un désir d'épanouissement personnel dans le travail qu'on peut interpréter de manière contradictoire. Pour ceux que *Newsweek* appelle les « cols rayés » — cadres supérieurs et chefs d'entreprise —, les frontières entre vie privée et publique ont été abolies : leur sociabilité s'organise autour du bureau. Le succès professionnel guide les fréquentations comme les loisirs. Et la hiérarchie taylorienne y gagne une seconde vie : montre-moi ce que tu gagnes et ton pouvoir sera étalonné. Inutile de dissimuler sa réussite, le *look* supplante le chic parce qu'il a le charme de l'éphémère et la séduction de la démocratie.

A ce comportement on opposera la réflexion du héros de *Moonlighting*, filmé par Jerzy Skolimowski : « Manipuler des gens, même bêtes, est une tâche difficile. » Jeremy Irons perd sa course contre le temps parce que ses camarades refusent non l'effort mais l'ordre qu'il leur impose. Sous leur pseudo-bêtise se cache ce que Jean Rousselet a joliment appelé l'« allergie au travail ». Pour nombre de jeunes qualifiés ou non, l'épanouissement professionnel passe par l'indépendance et surtout par la reconnaissance des autres. On se rêve infirmière ou journaliste. Quitte à assumer les risques du travail intérimaire ou à courir les emplois au noir. Les chiffres sont impressionnants : dans la France de 1980, 3 500 entreprises de travail temporaire occupent 264 000 personnes et au moins 1,2 million de travailleurs au noir réalisent un chiffre d'affaires équivalant à celui de toute l'industrie automobile. Le mouvement est d'ampleur comparable dans l'ensemble des pays industrialisés, à l'exception de l'Australie, et dans les pays socialistes [1]. Certes, les entrepreneurs y voient leur intérêt, notamment dans des secteurs exposés à la concurrence des pays neufs ou en crise. Mais, historiquement, cela n'a rien de bien original ; dès qu'il le peut, le patronat cherche à desserrer les contraintes, que celles-ci soient de main-d'œuvre, financières ou syndicales. Les niveaux atteints suggèrent donc une rupture culturelle : la vie laborieuse a cessé d'imposer

1. En Italie, le travail au noir toucherait 6 millions d'individus et représenterait 22 % du PNB ; en Suède, 3 millions pour 15 % du PNB ; en Grande-Bretagne, 2,5 millions pour 10 % du PNB. En Union soviétique, *l'économie-ombre* occuperait 20 millions d'individus et représenterait 15 milliards de roubles, soit le tiers du chiffre d'affaires des services payants.

sa domination à l'existence. Il n'est plus nécessaire d'avoir un avenir professionnel pour légitimer des aspirations. Surtout si on éprouve le sentiment de vivre dans un monde industriel laid et faux, parce qu'il ne comblerait pas l'idéal humain.

Le progrès inquiète par sa violence et par les recompositions qu'il déclenche. Au siècle précédent, l'usine s'installait dans un vieux moulin, utilisait l'eau ou le bois de chacun, respectait — quitte à la surveiller — la sociabilité populaire articulée autour du quartier et du café. L'évolution des techniques de communication et d'information a fait disparaître ces articulations subtiles entre lieux du progrès et lieux de la vie privée : la ville, la nature et l'avenir de l'espèce humaine semblent menacés de destruction.

La crainte de la dislocation urbaine est perceptible dès le milieu des années soixante-dix, lorsque les limites de l'architecture internationale deviennent évidentes. La standardisation des matériaux, la banalisation des formes ont dessiné un paysage uniforme : « boîte de verre » style *World Trade Center*, supermarché, station-service, pavillon préfabriqué et cité sociale. A mesure que ces villes froides s'étendent, absorbant les villages de la périphérie, se précise un mouvement d'opposition à l'encontre d'une société bureaucratique qui serait indifférente aux objectifs de modernité et de liberté qu'elle s'assigne. Deux événements précipitent le changement d'état d'esprit : le premier dynamitage d'immeubles modernes à Saint Louis, le 15 juillet 1975, et la publication du livre de Robert Venturi *De l'Ambiguïté en architecture*, en 1976. Dès lors se met à l'œuvre une logique combinatoire bizarre entre la dislocation de fait des villes, la redécouverte du style des années vingt et le postmodernisme, fondé sur le refus de l'ascétisme d'un Le Corbusier, des constructions « fonctionnelles », et sur l'utilisation de nouvelles technologies. A New York, Philip Johnson construit le gratte-ciel de l'ATT, Ricardo Bofill rénove Barcelone, et Helmut Jahn, Chicago. L'heure est toujours au gigantisme, mais celui-ci doit désormais faire image ou, mieux, s'insérer dans l'explosion culturelle du moment. En témoigne le projet de construction d'une cité des médias sur les anciens docks de l'Hudson avec six gratte-ciel, copies de l'*Empire State Building*.

Y sont célébrées la photographie (et non la peinture), la vidéo (et non le cinéma) comme symbole de la ville nouvelle.

Cette réconciliation du progrès et du patrimoine ne résout par pour autant la demande de logements ou de bureaux. En pratique, les projets types de quartiers et d'immeubles continuent d'envahir la périphérie des villes et d'imposer leur monotonie. La seule marge d'initiative des architectes demeure l'aménagement des espaces verts et souvent, comme à Moscou, Lyon ou Florence, cela se réduit à un espace anonyme. La destruction de la « barre kilométrique » de Rome ou du « bloc des 4.000 » de La Courneuve constituent des exceptions qui n'empêchent guère la désagrégation du tissu urbain. Dans ses interstices commencent à prospérer indifférence — au voisin comme à la défiguration des paysages — et violence. En filmant, dans *Warriors*, les héros de cette nouvelle jungle urbaine, Walter Hill dissipe les derniers rêves des promoteurs de la « ville radieuse », un demi-siècle plus tôt. Autrefois, on « montait » à la ville pour y apprendre à lire et à écrire, pour y trouver un travail et échapper à l'atmosphère étouffante des campagnes. Désormais, l'envahissement des villes — par les voitures, les banlieusards, les étrangers — fédère les peurs des sociétés, qu'elles soient riches ou pauvres. La cité est devenue un lieu d'exclusion où l'on réhabilite au lieu de rénover, où le *marketing urbain* a remplacé l'essence de la ville [1].

Ces contraintes sont également au cœur des débats sur l'environnement. En 1970, on parlait de « pollution » ; depuis 1978-1980, on évoque les atteintes au « cadre de vie ». Le glissement du général au particulier n'est pas dû seulement à un effet d'anthropocentrisme. L'environnement exprime la montée des inquiétudes locales et planétaires. Autrefois, la pollution agissait à petit feu, dans une indifférence quasi

1. Ainsi, les réhabilitations de Jaffa en Israël et du quartier Kreuzberg à Berlin ou du centre de Londres. Ces opérations fournissent les thèmes d'inspiration de la musique punk : « Anarchy in the U.K. », *The Sex Pistols* (1977), ou « City of Dead » *Clash* (1980). La campagne « Stop the City » (1985) est lancée simultanément à Londres et à Berlin. Dans le même temps, dix millions d'Américains quittent les métropoles pour s'installer dans les petites villes (1985-1990).

générale, sauf en de rares occasions spectaculaires : l'explosion de l'usine chimique de Fliborough, dans la banlieue de Londres, qui, en juin 1974, fait 28 morts, 89 blessés et détruit 2000 maisons ; la fuite dans l'atmosphère de deux kilos de dioxine, contaminant la région de Milan en juillet 1976. Mais le sort des 337 enfants touchés cesse d'intéresser l'opinion moins d'un an plus tard. Et, si la société japonaise Chisso est, en 1979, reconnue responsable de la pollution de Minamata survenue vingt-six ans plus tôt, l'entreprise Montedison échappe à toute condamnation dans l'affaire des « boues rouges » qui polluent les côtes italiennes et françaises. Le bilan des conférences de Stockholm (1972) et de Bucarest (1974) est édifiant : le programme pour l'environnement est passé à la trappe sitôt adopté et le principe de faire payer les pollueurs revient, en pratique, à leur donner le droit de polluer à bon marché.

Il faut attendre le second choc pétrolier pour que la « crise écologique » soit perçue. Celui-ci marque l'apogée d'une décennie de pénurie — eau, énergie et nourriture réunies — et coïncide avec plusieurs accidents techniques. Le catastrophisme marginal et sympathique d'un René Dumont ou d'un Jacques-Yves Cousteau devient alors dénonciation morale. Comme à chaque grande crise industrielle [1], l'apocalypse de la nature menace. Et le choc est à la mesure du progrès des machines : en 1929, Georges Duhamel dénonçait la poubelle américaine ; à Nairobi, en 1982, c'est le « monde-poubelle » qui est stigmatisé. L'homme ne semble plus en mesure de régler la note de ses appétits : le taux de nitrates et de nitrites dans les aliments européens dépasse les deux tiers de la dose tolérée par l'organisme. La terre prend sa revanche. L'exploitation du pétrole et la bio-agriculture puisent au tréfonds du sous-sol ; en se vidant de ses entrailles pour remplir les dépotoirs urbains, la terre semble être la proie du « microbe humain [2] ».

Prédateur redoutable de l'écosystème, l'homme se rend

1. Cf. G.P. Marsh, *The Earth Modified by Human Action*, New York, 1885, et G. Lombroso, *La Rançon du machinisme*, Paris, 1931.

2. Expression inventée par James Lovelock dans *Gaïa, a New Look at Life on Earth*, Oxford, 1989.

compte tardivement qu'il n'est pas un élément indispensable de l'équilibre terrestre et qu'il risque d'être balayé par sa propre pollution. Il n'arrive pas pour autant à résoudre le dilemme entre la laideur d'un monde industriel vivant et la beauté d'une nature morte. Ainsi, depuis 1974, les pays scandinaves, l'Écosse, les États-Unis recensent les dégâts des pluies acides : pour la seule Californie, on atteint le chiffre vertigineux de deux milliards de dollars en quinze ans. Or, aucune société ni administration publique ne disposent des ressources nécessaires pour faire procéder à la dépollution sur le site. On se contente donc d'augmenter la hauteur des cheminées d'usine — certaines dépassent 300 m de haut — ou bien de ramasser des centaines de tonnes de truites mortes, avant de repeupler les lacs avec des espèces plus coriaces.

L'invention du « risque technologique majeur » montre combien la dégradation de la nature est banalisée à défaut d'être acceptée. C'est devenu un problème d'assurances. Seuls les centaines de kilomètres carrés vitrifiés par l'incendie de la centrale nucléaire de Tchernobyl sont capables de mettre l'humanité en face de ses responsabilités. Elle ne peut invoquer ni le mauvais sort, ni les contraintes économiques : l'homme est responsable de l'accident, comme il l'est de la technique nucléaire. Les 32 morts de Tchernobyl comptent plus que les 2000 de Bhopal, en 1984, parce qu'ils transforment un accident technique en séisme culturel. Avec Tchernobyl se brouillent quatre images clés du progrès au XXe siècle : la « fée électricité » (ironie de l'histoire, l'événement se produit au pays de l'édification du communisme par « l'électricité plus les soviets »...), l'énergie échappant à la pollution (avec 3000 km^{2} contaminés et 2 millions d'hectares agricoles irradiés fortement, on fait passer les marées noires pour des taches), les certitudes des puissances publiques (lorsque, en 1979, le physicien Dollejal évoqua dans la revue *Kommounist* le risque d'accident nucléaire, il lui fut reproché d'avoir attiré l'attention sur un fait « hautement improbable », réflexion qu'on aurait évidemment entendue en France ou au Japon), enfin l'atome « pacifique » indispensable contrepoint de la technique généreuse en regard du souvenir d'Hiroshima.

Mais aucune mesure pratique d'envergure n'est venue

concrétiser cette prise de conscience. On a écrit une pièce de théâtre à Moscou, mais, en 1990, toutes les centrales nucléaires du modèle de Tchernobyl continuent de fonctionner, sauf celle de Metsamor en Arménie. De multiples rapports et conférences ont dressé l'inventaire de la crise écologique [1], mais les participants semblent tabler sur un hypothétique sursaut moral plutôt que sur une démarche rationnelle et à long terme. La terre a certes accédé en 1989 au statut envié de « personnalité de l'année » ; cela n'implique nullement un consensus international sur la nature.

La réponse aux problèmes de l'environnement reste en effet l'affaire des pays riches. Les industriels prennent désormais leurs précautions afin d'éviter une condamnation comme celle d'Union Carbide, contraint de verser 4,5 milliards de dollars au gouvernement indien après Bhopal. Et cette indemnité est un pourboire en comparaison des 50 milliards de dollars payés aux salariés contaminés des usines d'amiante américaines. Le coût de l'amende écologique augmente en fonction du développement et atteint, après Tchernobyl, des sommes faramineuses. Mais s'ouvre en même temps un substantiel marché pour les techniques d'assainissement, les solutions de remplacement et la publicité « verte ». Déjà en 1981, la RFA et la Nouvelle-Zélande mettent au point des normes antipollution ; les Hollandais chiffrent à 40 milliards de francs par an pendant quinze ans le montant du ravalement des côtes et des champs. A nouveau, les apparences sont sauves : le progrès vole au secours de la nature et l'on imagine presque des ingénieurs rapetassant le trou de la couche d'ozone.

Observons néanmoins que la « bataille » de la propreté atmosphérique est menée au rythme des recherches industrielles. Lorsque les gouvernements s'engagent à réduire puis à supprimer les émissions de CFC, les entreprises ont étudié de nouveaux conditionnements depuis cinq ans. Mais, en 1990, aucun organisme n'est en mesure d'évaluer la capacité de nuisance de deux produits chimiques sur trois lancés sur

1. Parmi ceux-ci, le rapport Brundtland (1987) qui reprend les thèmes du rapport Brandt (1981) ; les accords de Montréal (1988) sur les émissions de CFC et ceux de La Haye (1989) sur la protection de l'environnement.

le marché. Quant à une éventuelle agence internationale sur le modèle de l'Agence internationale pour l'énergie, son projet est dans les limbes. Signe révélateur : George Bush a fait voter un *Clean Air Act* qui devrait coûter chaque année 25 milliards de dollars aux contribuables américains. Il n'a demandé leur avis à aucun de ses voisins et a décidé d'en suspendre unilatéralement la mise en œuvre depuis le début de la guerre du Golfe. De même, en 1989, se sont tenues cinq grand-messes sur l'environnement où soixante-dix ministres et trente-cinq chefs d'État on multiplié appels et mises en garde. Avec un seul résultat tangible, sur les CFC. Imaginer l'industrie sans danger ni pollution relève encore pour la majorité des Occidentaux de l'aberration économique.

Les pays pauvres ont, eux, des soucis d'industrialisation et d'alimentation prioritaires. Depuis 1950, 25 millions d'hectares de forêt ont été abattus par les Chinois pour satisfaire les besoins domestiques des paysans, alimenter les hauts fourneaux et mettre en culture des céréales. Une même urgence conduit à négliger le traitement des eaux usées ou les dégâts occasionnés par le chauffage urbain au charbon. Résultat, la pollution atmosphérique de Pékin est, en 1983, vingt fois supérieure à celle de Paris, sans le moindre embouteillage. En outre, la loi du silence fonctionne à merveille. Quatre ans s'écoulent après la mort de Leonid Brejnev, avant que filtrent les premières informations sur la mafia du coton et la mise en coupe réglée de l'Ouzbékistan par le gendre du premier secrétaire, sous couvert d'irriguer le désert et d'aménager le littoral de la mer d'Aral. Et il faut attendre les rencontres internationales d'août 1988 pour prendre la mesure de la catastrophe, après l'éviction du lobby brejnévien [1].

Comment escompter que des populations tenues dans l'ignorance par le pouvoir, sous-informées par la presse et réduites à constater les dégâts de l'industrialisation puissent prendre la tête d'une croisade pour l'environnement ? Au

1. Le niveau de la mer d'Aral baisse d'un mètre par an, la moitié de son ancienne superficie est désertifiée, il faut nourrir les pêcheurs réduits à l'inactivité par la pollution avec des hélicoptères. Le report *sine die*, en août 1986, du projet de détournement des fleuves sibériens vers la mer d'Aral marque l'abandon des grands travaux inaugurés sous Staline.

contraire, ce type de démarche se heurte à une objection redoutable : ces dépenses ralentissent la marche du plus grand nombre vers une consommation à l'occidentale. Que cette critique soit prononcée par des citadins, fils ou petits-fils de paysans, laisse pantois. Là où le fardeau génétique imputable à la pollution est le plus élevé — à Mexico, à Moscou, à Zabrze [1] —, les 2 à 3 % du produit national consacrés à en limiter les effets sont jugés considérables par des citoyens et des gouvernements confrontés à la pénurie généralisée. La mauvaise conscience ne vise plus, cette fois, l'industrie mais les systèmes : au local, il est reproché d'enlaidir sans enrichir ; à l'occidental, d'exporter sa propre laideur industrielle et urbaine (pluies acides vers l'Est, déchets toxiques en Afrique...) en « achetant » l'espace des mondes pauvres.

1. Ville minière de Silésie qui reçoit 3 500 tonnes de poussières au kilomètre carré chaque année. Le soleil y est voilé en permanence, la lune rousse à cause des vapeurs de soufre.

3

Les ruptures sociales

S'il fallait identifier les tendances longues du dernier quart de siècle qui s'ouvre avec le choc pétrolier de la guerre du Kippour, on les inscrirait sans doute dans l'ordre social. Les décennies soixante-dix et quatre-vingt marquent en effet la fin de deux illusions portées par le progrès économique : celle d'une homogénéisation des conditions de vie et d'une intégration de toutes les couches sociales à la même prospérité, *via* la couverture d'un État-providence généralisé, celle d'un plein-emploi assuré à tous. Exclusion et marginalisation sont les deux mots clés qui rendent compte, au Nord comme au Sud, à l'Est comme à l'Ouest, de l'état de sociétés éclatées dans lesquelles la pauvreté, phénomène scandaleux autant qu'apparent, redevient insurmontable et le chômage et le sous-emploi une donnée permanente. Ces ruptures sont d'autant plus dramatiques qu'elles se produisent dans un monde d'où les solidarités traditionnelles, familiales et villageoises, ont disparu : nous assistons à l'avènement d'une civilisation sans paysans, à l'éradication des sociétés rurales, à la mise sous perfusion d'une agriculture dans l'impasse.

A ces trois phénomènes — accroissement des inégalités sociales, chômage, crises agricoles — correspond une même carence politique qui débouche sur une faillite de l'efficacité des modèles sociaux. Qu'il s'agisse des pays communistes dont les pauvres et les marginaux ont été brutalement découverts à la faveur de l'effondrement des régimes, des États du Sud, notamment africains, incapables d'émerger du marasme, ou des nations riches qui paraissent résignées à accepter leurs ghettos, le temps du volontarisme semble révolu, au profit d'un pragmatisme sans illusion lyrique.

Impasse sociale et pauvreté

La crise des années soixante-dix n'a pas freiné le développement de la protection sociale dans les pays industrialisés. Aux États-Unis, et surtout au Japon, c'est même durant cette période que se met en place l'essentiel du système de sécurité sociale. En France et au Royaume-Uni, l'augmentation des transferts sociaux a permis de stabiliser la demande globale — dans ce premier pays, par exemple, les revenus tirés des prestations sociales représentaient 34,5 % du revenu disponible des ménages en 1982 contre 22,5 % en 1970. Cet effet de cliquet entraînant une hausse relative de la part des dépenses sociales dans le PIB s'est prolongé jusqu'au début des années quatre-vingt, date à laquelle les politiques de rigueur ont remis en cause les progrès des prestations. La RFA a pris les mesures les plus énergiques, dont, en novembre 1989, l'élévation de l'âge de la retraite qui doit passer de 63 ans à 65 ans en 2006. Elle est le seul État qui ait réussi à faire diminuer à la fois le poids des dépenses de santé dans le PIB et la part de ces dépenses couvertes par des fonds publics — celle-ci a de même été réduite aux États-Unis, mais avec, en contrepartie, une véritable explosion des dépenses privées.

La réduction des dépenses sociales apparaît de plus en plus comme un choix politique visant à renoncer à l'interventionnisme étatique. Pourtant, la crise des politiques sociales relève d'abord de la difficulté à en maîtriser les budgets. Dès 1982, le déficit social atteint 30 milliards de francs en France et 20 milliards en Italie. Dans les autres pays, il est intégré au déficit public qu'il contribue à creuser. Le cercle vicieux qui conduit à l'impasse sociale s'explique, d'un côté, par l'abaissement des recettes (dû à l'accroissement du chômage et au ralentissement des progrès salariaux) et, de l'autre côté, par la hausse des dépenses (allocations chômage et de préretraite se conjuguant avec l'augmentation tendancielle des dépenses de santé). Les mesures prises pour faire face à ces difficultés ne représentent jamais que des palliatifs : dans la plupart des cas, contraints de redresser en même temps leur situation budgétaire, les États ont misé sur une limitation de la revalorisation des prestations pour éviter de grever encore les charges financières des entreprises par une augmentation des cotisations. Les allocations familiales ont été les premières touchées : gelées dès 1971 en Espagne et dès 1976 au Japon, elles sont bloquées en France en 1982 et réduites en RFA et aux Pays-Bas en 1983. Par ailleurs, l'effort pour maîtriser les dépenses de santé a conduit la RFA, le Royaume-Uni et la France à augmenter le ticket modérateur, tandis que les Japonais supprimaient la gratuité des soins médicaux pour les personnes de plus de soixante-dix ans.

Mais ce sont les difficultés de l'assurance vieillesse qui traduisent le mieux la faillite prévisible à terme des politiques sociales et qui focalisent les débats autour de l'avenir de l'État-providence. Partout, les gouvernements prévoient un relèvement important du taux de prélèvement social et révisent les procédures d'ajustement à l'évolution du coût de la vie. La volonté d'encourager l'assurance et la retraite de capitalisation, par opposition à la retraite de répartition, participe de ce même souci de ménager le futur niveau de vie des cotisants. En raison de leur vieillissement démographique précoce, le Japon et la RFA (où les pensions de vieillesse avaient augmenté sensiblement plus vite que les salaires dans les années soixante-dix) se trouvent ici en première ligne. Dans ce dernier pays, les réajustements des retraites ont été bloqués entre 1979 et 1981, tandis qu'au Japon l'extension des droits a compensé les efforts pour freiner les revalorisations.

Pour autant, on n'a pas assisté à un démantèlement de l'État-providence dans les pays industrialisés à économie de marché, du fait de l'attachement des opinions aux systèmes de protection sociale. En témoignent les résistances opposées par les communes allemandes à la politique de réduction des dépenses publiques du chancelier Helmut Kohl ou les réticences des Parlements américain et japonais à avaliser les coupes budgétaires décidées par les gouvernements. L'accroissement des prélèvements obligatoires, bien que stabilisé en RFA et au Royaume-Uni, s'est d'ailleurs poursuivi sur toute la période[1]. Quant aux dépenses de santé, que leur financement soit public ou privé, leur hausse inéluctable ne semble pas pouvoir être freinée[2].

En dépit de ce constat optimiste et malgré une réduction sensible des inégalités de salaires, et surtout de revenus (en France, par exemple, l'indice du pouvoir d'achat est passé de 100 à 107 pour les cadres et de 100 à 139 pour les smicards entre 1970 et 1980), la pauvreté a fait sa réapparition médiatique dans tous les pays riches. Au début des années soixante-dix, on l'avait crue éradiquée au moment de la disparition des derniers bidonvilles. Le terme resurgit dans les années quatre-vingt, sous la forme de la « nouvelle pauvreté ». Ces nouveaux pauvres sont ainsi dénommés parce que inconnus jusque-là des services sociaux. Chômeurs de plus de cinquante ans en fin de droits, agriculteurs incapables de faire face à leurs charges financières, ménages urbains surendettés forment les rangs de ces nouveaux exclus. L'évaluation du nombre des pauvres reste aléatoire et dépend de la définition du seuil de pauvreté : en France, par exemple, à la fin des années soixante-dix, les estimations varient de onze à vingt millions de personnes et l'étude menée par Stoetzel en 1976 aboutissait à classer 53 % de la population parmi

1. **Évolution des prélèvements obligatoires**

(cotisations fiscales et sociales en % du PIB)

	France	*RFA*	*Italie*	*Royaume-Uni*	*États-Unis*	*Japon*
1970	35,1	32,9	26,1	37,0	31,3	19,7
1980	41,7	38,0	30,2	35,3	31,6	25,5
1988	44,3	37,4	37,1	37,7	33,6	30,2

2. **Dépenses totales de soins médicaux**

(en % du PIB)

	France	*RFA*	*Italie*	*Royaume-Uni*	*États-Unis*	*Japon*
1970	6,1	5,6	5,5	4,5	7,6	4,6
1987	8,5	8,0	7,2	6,1	11,1	6,9

les pauvres ! Aux États-Unis, le seuil, établi en 1964, équivaut au minimum alimentaire décrété par le ministère de l'Agriculture multiplié par trois et corrigé en fonction de variables familiales. La controverse porte sur l'exclusion des contributions en nature du type bons alimentaires. Selon ces calculs, l'Amérique de 1982 compterait plus de 34 millions de pauvres. Il est vrai que, depuis l'ambitieux programme de « Grande Société » proclamé par le président Lyndon B. Johnson dans les années soixante, les transferts sociaux se sont singulièrement réduits (depuis 1969, les revenus d'assistance n'ont augmenté que de 28 % alors que l'inflation atteignait 185 %) : les coupes budgétaires pratiquées par Ronald Reagan à partir de 1981 portent essentiellement sur les dépenses d'assistance et, au sein de la classe politique, seul Jesse Jackson se rebiffe en affirmant, en 1986, que plus d'un Américain sur cinq vit au-dessous du seuil de pauvreté.

A l'évidence, la situation du « Quart Monde » des pays industrialisés n'a pourtant rien de comparable avec celle des masses du Tiers Monde qui manquent souvent du simple minimum vital. Plus qu'une fatalité, cette misère apparaît aujourd'hui comme le produit d'une corruption généralisée. Au Pakistan, par exemple, les gains illégitimes réalisés dans l'exercice de fonctions publiques sont estimés à 4 % du PNB en 1990. A cela s'ajoutent des choix politiques où les exigences de sécurité et de prestige l'emportent systématiquement sur les objectifs sociaux. Le second rapport du Programme des Nations unies pour le développement humain (PNUD), publié en mai 1991, établit ainsi qu'en moyenne les dépenses militaires des pays en développement absorbent 5,5 % de leur PNB : en Angola, en Ouganda, au Zaïre, au Tchad, au Pakistan, au Pérou ou en Syrie, les sommes consacrées aux armements sont au moins deux fois plus élevées que celles affectées à la santé et à l'éducation. A la fin des années quatre-vingt, on estime qu'au Sud un milliard de personnes vivent dans la pauvreté la plus absolue, un autre milliard ne savent ni lire ni écrire, tandis que 180 millions d'enfants souffrent de malnutrition.

La crise des années soixante-dix avait introduit, au sein du Tiers Monde, des disparités notables conduisant à la distinction de quatre groupes de pays en fonction de leur « niveau de pauvreté » : ceux, d'Afrique noire et des Antilles, qui connaissaient une véritable régression (dans la zone saharienne ou à Haïti, par exemple, la quasi-totalité du revenu va à la consommation sans couvrir pour autant les besoins de la population mais en empêchant le dégagement d'un surplus en faveur de l'investissement) ; ceux d'Amérique latine et du Maghreb-Machrek en voie d'industrialisation mais restant très dépendants de l'exportation des produits primaires ; ceux qui, telles l'Inde ou la Chine, pouvaient compter sur leur marché intérieur pour assurer un développement néo-autarcique ; ceux, enfin, qui fondaient leur croissance sur les exportations (producteurs de pétrole et États d'Asie du Sud-Est dotés de seules ressources humaines). Les années quatre-vingt, elles, ont creusé ces différences tout en élargissant globalement le fossé avec le Nord : en 1980, le revenu moyen par tête des cinq pays les plus riches était cent treize fois supérieur à celui des cinq pays les plus pauvres — Bhoutan, Éthiopie, Bangladesh, Tchad, Népal ; en 1988, il était supérieur de cent vingt-deux fois.

Si la notion de pauvreté réapparaît dans les pays occidentaux et recouvre inégalement les réalités du Tiers Monde, c'est sa découverte au sein des États socialistes qui est la plus frappante. Au vrai, la *glasnost* gorbatchévienne et l'effondrement des régimes communistes en Europe centrale et orientale ont seuls permis cette « révélation ». On n'ignorait certes pas que la Roumanie, dont le revenu par habitant est le plus bas du Comecon, avait réintroduit le rationnement des principales denrées alimentaires en octobre 1981, ni que la Hongrie détenait le triste record mondial du taux de suicide. Mais, depuis 1986, les bouleversements politiques ont jeté une lumière crue sur ce que l'on ne peut même plus appeler de simples « insuffisances » du système. Dans la société soviétique, le nivellement des salaires, défavorable aux médecins, enseignants et ingénieurs, n'empêche pas de fortes disparités de revenus et de niveaux de vie entre les riches et les pauvres : l'inégalité des chances en matière d'accès aux soins médicaux et à l'éducation reflète ces privilèges de caractère informel qui ne se mesurent pas en termes de salaires. Surtout, à la fin des années quatre-vingt, un Soviétique sur sept (un sur deux dans les républiques d'Asie centrale) vivrait au-dessous du « minimum vital » officiel — voire un sur trois selon le seuil de niveau de vie (120 roubles) établi par le Soviet suprême.

L'existence de ces poches de pauvreté dans un pays voué à l'édification d'une société sans classes est en soi destructrice du modèle socialiste. Mais la déconstruction provoquée par la *perestroïka* va plus loin : au-delà des fléaux et des dysfonctionnements déjà dénoncés sous Brejnev et dont l'éradication annoncée tenait lieu de programme à Iouri Andropov et Constantin Tchernenko, soit la corruption et l'alcoolisme, sont apparues des marginalités jadis caractérisées comme des produits du capitalisme décadent. La toxicomanie est désormais reconnue officiellement et l'on recensait 131 000 drogués en février 1988. De même, la prostitution professionnelle ou occasionnelle, les mafias ouzbek ou arménienne n'appartiennent plus au domaine du non-dit. L'alcoolisme demeure cependant le révélateur majeur du malvivre soviétique : après les sévères mesures prises en mai 1985 pour réduire la production et punir l'ivrognerie, on a assisté à une progression spectaculaire des empoisonnements dus à la consommation d'eau de Cologne et du « samogon », cette production privée clandestine impossible à chiffrer, responsable de l'augmentation d'un milliard de kilos des ventes de sucre en 1986...

Marginalité et pauvreté sont à ce point liées que l'on peut douter de la cohérence de certaines sociétés au début des années quatre-vingt-dix. Dans le quartier new-yorkais de Brooklyn, dans les zones déshéritées de certaines banlieues parisienne, lyonnaise et turinoise, dans les villes de Mexico ou Bogota, la violence urbaine apparaît comme le produit de ce qui n'est plus le dangereux « paupérisme » des classes laborieuses de la révolution industrielle, mais un dénuement paradoxal où la sous-alimentation n'exclut pas la possession d'une télévision, voire d'un magnétoscope. Là, vivent des « parasites sociaux » au sens propre, coupés de l'accès à la consommation, mais surtout au savoir et à la culture, durablement éjectés du monde du travail et, en définitive, inaptes à la compréhension de la démocratie.

On estime qu'au début des années quatre-vingt-dix la France compte de quatre à six millions d'illettrés. Que cette question préoccupe les pouvoirs publics depuis seulement quelques années est significatif, non d'une scandaleuse négligence, mais d'une résignation coupable à l'existence de ghettos au sein d'un pays riche et démocratique. Car l'illettrisme est la résultante de plusieurs facteurs : moins que l'échec de l'apprentissage scolaire, il révèle une désocialisation précoce (on « désapprend » à lire et à écrire par absence de pratique) ; il met en cause le rôle de la famille et des médias plus que celui de l'école ; il dénonce le relâchement extrême du tissu social, l'isolement des individus, la destruction des solidarités. L'illettré incarne l'archétype de l'exclu : incapable de demander les aides et les prestations qui lui sont dues (bien que la réapparition en nombre des écrivains publics pallie depuis quelque peu la difficulté), incapable surtout d'accéder à la connaissance du jeu politique et donc au statut de citoyen à part entière.

Un scénario-catastrophe qui prolongerait en les amplifiant les fractures sociales actuelles aboutirait sans doute à un modèle proche de celui du *Meilleur des mondes* d'Aldous Huxley. Au bas de l'échelle, les pauvres, ceux du Nord et du Sud, vivant de charité publique et privée. Au sommet, les détenteurs des ressources monétaires et surtout culturelles, gérant une société théoriquement libérale et démocratique. A l'évidence, cette configuration est pourtant peu probable tant les mécanismes de régulation sociale conservent une force insoupçonnée. Plus vraisemblablement, on peut imaginer une société mondiale fondée sur le primat de la communication, où les individus privilégiés acquerraient une autonomie nouvelle en termes de réseaux sociaux et d'activité professionnelle, tandis que les défavorisés resteraient tributaires d'appartenances « tribales » et d'institutions publiques aptes à gérer leur insertion sociale [1].

Chômage et sous-emploi : une nouvelle constante

La situation de plein-emploi, voire de « suremploi », atteinte durant vingt ans (de 1955 à 1975) dans les pays déve-

1. Cf. Thierry Gaudin (éd.), *2100, récit du prochain siècle*, Paris, Payot, 1990, p. 371 *sq.*

loppés, était-elle l'exception qui confirme la règle ? En d'autres termes, doit-on aujourd'hui se résigner à admettre comme « normal » un taux de chômage officiel avoisinant 10 % de la population active ? Ces questions restent posées alors que la reprise économique mondiale de 1984 a montré qu'un redémarrage de la croissance, combiné à une réduction de l'augmentation annuelle de la population d'âge actif, ne suffisait pas à relancer de manière significative le mouvement de création d'emplois. Le chômage a été la manifestation la plus visible et la plus douloureuse de la « crise », celle à laquelle les électeurs étaient les plus sensibles. Il semble désormais être devenu l'héritage le plus durable de cette période de transition, avec ses corollaires, qui dénotent l'aspect structurel du phénomène : le sous-emploi, le travail précaire, l'économie parallèle.

Dans les pays de l'OCDE, le nombre de chômeurs a brusquement doublé entre 1973 et 1975, passant de 8 à 15 millions. La reprise de 1976 à 1979 n'a pas empêché une poursuite de cette dégradation et la récession de 1980-1983 a de nouveau provoqué un doublement du chômage : on arrive à 30 millions en 1982 et à 35 millions en 1983. Ces chiffres bruts masquent des différences nationales notables [1], car le chômage est d'abord un révélateur de la capacité des économies à répondre à la crise. Surtout, ils ne rendent pas compte des changements de nature intervenus dans sa composition.

D'un point de vue conjoncturel, il faut d'abord noter que les années d'expansion n'avaient pas empêché le développe-

1. **Taux de chômage en pourcentage de la population active**

	1973	*1979*	*1983*	*1987*	*1990*
États-Unis	4,8	5,8	9,5	6,1	5,3
Royaume-Uni	3,3	5,6	13,2	10,6	6,1
France	2,6	5,9	8,1	10,6	9,3
RFA	0,8	3,2	7,5	6,4	6,1
Japon*	1,3	2,1	2,6	2,8	2,2

(* la définition du chômage étant plus restrictive et le travail temporaire généralisé, il convient de multiplier le chiffre officiel *par deux* pour avoir un ordre de grandeur vraisemblable)

ment d'un chômage rampant, preuve que le plein-emploi n'était déjà plus exclusivement lié à la croissance. De fait, à la différence des années trente, si le ralentissement de l'activité économique a induit par deux fois un quasi-doublement des chiffres, les reprises modérées ne suffisent plus à faire reculer le chômage. Dans les pays européens, en raison des rigidités des structures de l'emploi, le phénomène est nettement plus sensible qu'aux États-Unis, où la mobilité de la main-d'œuvre et la souplesse du marché du travail amplifient les variations. Ceux-ci ont d'ailleurs réussi à maintenir un rythme annuel de création d'emplois remarquable (2 % en moyenne entre 1974 et 1988), à l'instar du Japon qui bénéficie en outre de l'élasticité du taux d'activité féminine et d'une prise en compte aléatoire du chômage des salariés des petites entreprises de sous-traitance dans les statistiques.

A l'origine du chômage des années 1970-1980, il y a deux variables incompressibles, la croissance de la population d'âge actif et celle du travail féminin. La population d'âge actif évolue en fonction de la pyramide des âges et de l'immigration. Le *baby-boom* explique pour une large part la progression des générations d'âge actif : celle-ci reste très forte entre 1974 et 1988 en France, au Japon et surtout aux États-Unis, elle se stabilise à partir de la fin des années quatre-vingt au Royaume-Uni et en Italie tandis que la RFA connaît une décroissance de ses ressources potentielles en main-d'œuvre. Quant au solde migratoire, il reste, on l'a vu, largement positif sur la période même s'il connaît quelques renversements spectaculaires, comme au Royaume-Uni et en RFA. En 1975-1976 et, dans une moindre mesure, en 1982-1983, ce dernier pays n'a pas hésité à procéder à des expulsions massives d'immigrés. Mais le constat est clair : au plus fort de la récession, les pays riches attirent encore des travailleurs. Les déséquilibres des flux et des stocks de main-d'œuvre cumulent leurs effets. Reste la participation croissante des femmes au marché du travail. Cette tendance n'est que partiellement compensée par la réduction de la période d'activité professionnelle due à l'allongement de la durée des études et à l'abaissement de l'âge de la retraite. En France, par exemple, les femmes représentaient à peine 32 % des salariés en 1954, plus de 40 % en 1982 et 42 % en 1990. Surtout, le modèle d'activité féminine se rapproche de celui des hommes : les carrières continues tendent à se substituer à des parcours professionnels hachés par les interruptions liées à la naissance et à l'éducation des enfants, bien que le taux d'activité décroisse encore après trente ans.

Corollaire de ces évolutions, le renforcement des inégalités devant le chômage est le trait marquant des quinze dernières années. Dans les pays européens (à l'exception notable du Royaume-Uni), les femmes sont plus souvent victimes du chômage que les hommes. En France, en Italie et en Espagne, les écarts sont considérables — du simple au double — tandis qu'aux États-Unis et au Japon on ne note pas de différence. Les jeunes de moins de vingt-cinq ans sont aussi particulièrement touchés : 23,8 % d'entre eux en France et 33,5 % en Italie, contre 7 % en RFA pour 1987. Les différences nationales observées sont essentiellement imputables à l'efficacité du système de formation. En ce domaine, la supériorité de l'Allemagne, où les jeunes bénéficient de dispositifs de formation en alternance largement pris en charge par les entreprises, est indéniable. Dans les autres pays développés, en revanche, l'essentiel de la flexibilité du facteur travail porte sur les jeunes. Ceux-ci sont plus mobiles que leurs aînés, se rémunèrent et se licencient à peu de frais, s'emploient volontiers à temps partiel. Face à une offre de main-d'œuvre dont les patrons redoutent que son augmentation ne déclenche un raz de marée social, la compression des salaires et des embauches chez les jeunes est une réaction quasi automatique, mais à courte vue. Les pays qui s'en sortent le mieux (Japon, Suisse, Autriche) paient bien des travailleurs qualifiés.

A l'autre extrémité de la vie active, les salariés âgés de plus de cinquante ans ont vu leur position sur le marché du travail se dégrader rapidement : en France, seul le dispositif des préretraites, déplaçant la frontière entre chômage et inactivité, a permis de stabiliser leur chômage — d'autant que, depuis 1984, ils peuvent se voir dispenser de chercher un emploi. Mais ce statut exceptionnel ne doit pas faire illusion. Pour la première fois dans l'histoire du monde industriel, une génération est directement mise en cause. Or, c'est à elle que l'on doit la première vague de prospérité. Les conditions d'un rejet général sont réunies : l'étranger qui vient « voler » le travail et la protection sociale, le jeune qui profite de ses diplômes et qui ignore les solidarités du temps des privations, la femme qui cumule deux « privilèges », les enfants et le travail.

Enfin, le niveau de qualification demeure l'élément le plus discriminant en matière de chômage. Aux États-Unis, un travailleur diplômé d'une grande université passe six mois de sa vie professionnelle à la recherche d'un emploi ; un lauréat d'un établissement anonyme, deux ans ; un enfant qui a quitté l'école, sept ans. Depuis 1975-1977, ces clivages se sont creusés à mesure que la fonction publique perdait sa fonction intégratrice. Jusqu'en 1980-1982, ce sont les entreprises de moins de cent salariés qui ont créé la moitié des postes ; la reprise a confirmé cette tendance, si bien que l'essentiel des emplois créés en Europe et aux États-Unis l'ont été dans des établissements de moins de vingt salariés. L'instinct de conservation qui avait conduit les grandes sociétés à alléger leurs effectifs incite au contraire les petites à embaucher car elles ont attendu plus que de raison pendant les périodes de récession.

Au-delà de ces inégalités, l'allongement de la durée moyenne du chômage et la précarisation des emplois illustrent les mutations profondes engendrées par la « crise » dans le marché du travail. Ainsi, l'augmentation massive du chômage de longue durée n'est plus aujourd'hui révélatrice de handicaps personnels — ennuis de santé, contraintes familiales incompatibles avec une réinsertion. En France, à la fin des années quatre-vingt, l'ancienneté moyenne est supérieure à seize mois et les chômeurs de plus d'un an constituent plus de 40 % du total, comme en Italie, contre 30 % aux Pays-Bas et en RFA. Or, plus l'inactivité se prolonge, moins les chances de retrouver un emploi sont grandes. On trouve là une dichotomie de plus en plus marquée entre un chômage de courte durée, dû à la mobilité ou à une première insertion dans la vie professionnelle, soit six à neuf mois, et un chômage d'exclusion qui se double en général d'une paupérisation.

On travaille plus difficilement mais aussi différemment. L'extension des « formes particulières d'emploi » — temps partiel, contrats à durée déterminée, intérim, stages — témoigne autant de l'inadéquation des formations ou des difficultés d'ajustement entre offres et demandes d'emploi que d'une flexibilité accrue. Ce recul des formes institutionnelles de l'emploi peut s'interpréter comme le recours à une soupape de sûreté pour les employeurs qui contournent ainsi les rigidités législatives ; pour autant, il ne freine pas le développement de l'économie souterraine qui a, en quelque sorte, gagné ses lettres de noblesse dans la crise et qu'il est déraisonnable de considérer comme un kyste [1]. On y verra également une diversification salutaire. A la fin des années quatre-vingt, le travail temporaire au sens large concerne 6 à 10 % des actifs occupés dans les pays de la CEE et 18 millions de personnes sur 120 aux États-Unis contre 8 en 1980. Même au Japon, où près du quart des salariés ont une ancienneté supérieure à vingt ans, la part des bénéficiaires d'« emplois à vie » tend à diminuer. Le rôle moteur des services dans la création d'emplois explique aussi la progression du travail à temps partiel : au Royaume-Uni, par exemple, celui-ci entre pour 60 % dans le total des créations d'emploi entre 1983 et 1987. La restauration rapide, le gardiennage, l'ingénierie financière et les métiers de la communication : tel est l'inventaire hétéroclite des professions en tête des embauches. On observera qu'elles incluent toutes une forte personnification dans les rapports avec la clientèle, ce qui rejoint les conclusions sur les nouvelles formes de consommation.

En définitive, on a le sentiment que la crise a rendu caduc le modèle traditionnel alliant la sécurité, le temps plein et le déroulement progressif d'une carrière, au profit de statuts plus différenciés. Les entreprises ont accompagné le mouvement en compensant la faible croissance de la productivité dans les services par une réduction des coûts fixes [2]. L'objectif reste de trouver une solution à ce qui semble insupportable dans une société développée : le conflit entre salariés et chômeurs, version professionnelle du clivage entre intégrés

1. Cf. Alain Minc, « Le chômage et l'économie souterraine », *Le Débat*, juin 1980.

2. Taux 1974/1988 américain : 0,7 % ; japonais : 3,3 % ; français et allemand : 2,1 %.

et marginaux. Les salariés refusent en effet une réduction de leurs traitements en contrepartie d'embauches, quitte à financer le coût exponentiel de l'assistance. Les chômeurs sont, eux, prêts à accepter un emploi moins payé pour échapper à leur exclusion sociale. Cette opposition menace les principes de solidarité et d'égalité constitutifs des sociétés d'après guerre. Les statuts différenciés offrent une chance d'éviter la pulvérisation sociale et de rétablir les éléments d'une coopération entre citoyens. Celle-ci repose sur l'introduction d'un salaire variable lié aux résultats de l'entreprise, sur un partage du travail pour que l'emploi de longue durée se maintienne et sur la participation des salariés aux décisions à long terme de l'entreprise.

Force est de constater qu'à l'exception du Japon, de la RFA et de quelques expériences tentées dans de grandes sociétés, la majorité des pays industriels a écarté cette stratégie d'absorption des chocs sans licenciements massifs. Se vérifie une fois encore l'hétérogénéité des cultures d'entreprise, bien que la similitude des comportements allemands et japonais exclue l'opposition classique entre Occident et Asie. Dans un cas, les employés se sentent investis d'un devoir moral de fidélité, contrepartie d'un engagement tacite des entrepreneurs. Cela n'interdit nullement les revendications, mais celles-ci se déroulent suivant un processus ritualisé : réunions salariales annuelles à date fixe, échelonnement des rémunérations le plus large possible, priorité des contraintes de personnel aux dépens des revenus. Le salarié allemand coûte ainsi 12 à 18 % plus cher que son voisin européen, mais cette prime au consensus est modeste en regard des résultats obtenus. Les autres nations fonctionnent suivant un droit explicite qui intègre le conflit comme modalité naturelle et qui incite les patrons à régler leurs besoins de main-d'œuvre de manière quantitative. Cette obsession du nombre est devenue un réflexe, si bien qu'au moindre ralentissement de la croissance, en 1987 comme en 1981, un tiers des entrepreneurs américains se déclarent prêts à licencier. Ces coups d'accordéon favorisent le chômage structurel (on réembauche en général moins de personnes qu'on n'en a licenciées) et les tensions salariales, puisque l'argent apparaît comme la protection principale contre la mise à pied. La précarisation du marché de l'emploi est alors vécue comme une fatalité, au lieu de représenter une mutation salutaire.

Les soucis occidentaux sont pourtant peu de chose à côté des drames vécus par les habitants du Tiers Monde et des pays socialistes. Longtemps, le chômage a été absent des statistiques et des discours officiels. Il n'existait pas officiellement à l'Est et les chiffres fournis dans le Tiers Monde comptabilisent vaguement les seuls centres urbains, négligeant les zones rurales qui maintenaient des solidarités familiales élargies, voire des communautés de travail au sein desquelles l'idée de chômage n'avait pas de sens, bien que le sous-emploi fût général. En 1979, le Mexique affichait ainsi un taux de chômage de 8 %, alors qu'une enquête officielle concluait qu'un tiers de la population active de Mexico était sous-employée et que les terres autour de Guadalajara occupaient trente fois trop de main-d'œuvre. En quinze ans, la maladie honteuse va se transformer en cancer social, rongeant les finances des États, les revenus des familles et exaspérant les ressentiments contre « l'étranger ».

Fuyant la misère rurale dans l'espoir illusoire d'un travail salarié, des millions d'individus viennent s'entasser à la périphérie des villes. Affectés à des travaux aussi épisodiques que rebutants, ils changent d'emploi en permanence sans acquérir de qualification. Les rares spécialistes trouvent peu de places correspondant à leur formation et nombre d'entre eux s'exilent vers les pays riches. Enfin, les entreprises d'État font coexister des salariés en surnombre avec des postes inoccupés, entretenant des goulets d'étranglement permanents dans la production. Au total, si l'on considère les trois paramètres décisifs dans le fonctionnement des marchés du travail, aucun ne donne satisfaction : la mobilité de la main-d'œuvre est certes très élevée (le taux soviétique égale celui des États-Unis), mais parce que les emplois offerts sont peu gratifiants et les salaires médiocres ; les coûts de main-d'œuvre sont hors de proportion avec la productivité — notamment dans les industries extractives ; enfin, l'engorgement du marché du travail interdit toute flexibilité, les tentatives de motivation par formation d'équipes au sein du Comecon s'étant soldées, on l'a vu, par un fiasco.

Le dilemme est désormais aussi simple qu'angoissant : laisser la situation en l'état aboutit à un pourrissement puis à une explosion sociale, la transformer implique une montée du chômage et donc des mécontentements. L'évolution de l'Algérie en offre l'illustration. Au début des années soixante-dix, le chômage urbain se situait autour de 15 % et le sous-emploi rural était estimé à 20 % de la population active. Vingt ans plus tard, on atteint des taux de 30 à 40 % selon les villes, avec un sous-emploi rural du même ordre. Le fléau touche notamment les jeunes qui dominent la pyramide des âges : en 1990, 80 % des moins de vingt-cinq ans sont sans travail. Cette mise hors circuit des forces vives ne laisse pas d'inquiéter : réduits au désœuvrement, aux petits boulots du « secteur informel » de l'économie, voire à la délinquance organisée, les jeunes constituent un terrain favorable à l'emprise des fanatismes religieux et/ou ethniques. Surtout si les réformes économiques se bornent à ajouter un doigt de libéralisme dans un cocktail d'austérité et de planification. Ce n'est pas un hasard si l'islamisme radical recrute ses cadres dans une jeunesse issue des couches moyennes, récemment urbanisées, en attente d'ascension sociale et pour qui le rêve occidental demeure inaccessible faute d'emplois et d'objets de consommation[1]. Les émeutes d'octobre 1988 et les affrontements de 1991 donnent la mesure de cette impasse : la grève paraît inutile, puisqu'elle ne modifierait en rien une situation désespérante. Reste la violence...

Face à ce traumatisme, les nations ont réagi en ordre dispersé, au point d'apparaître tétanisées par l'ampleur du phénomène. Il est néanmoins possible d'identifier trois types d'attitude. Certains pays ont parié sur les effets purgatifs d'une forte augmentation du chômage pour l'ensemble de leur économie. Choix dicté par la conjoncture et le délabrement des structures productives, il se révèle d'un maniement politique délicat et ses résultats négatifs excèdent durablement les avantages escomptés. Tel est le cas de l'Argentine, de la Malaisie, de la Tchécoslovaquie et de l'ancienne RDA, pays où le taux de chômage a doublé ou triplé en quelques années. L'exemple est-allemand est presque caricatural, puisque le

1. Voir Gilles Kepel et Yann Richard (éd.), *Intellectuels et Militants de l'islam contemporain*, Paris, Éd. du Seuil, 1990.

nombre des sans-emploi a franchi la barre du million en juillet 1991, alors qu'une estimation officieuse faisait état de 110 000 chômeurs en janvier 1990. Ce boom s'explique par les sureffectifs des secteurs traditionnels — chimie et métallurgie — et par un niveau de qualification médiocre. Les entreprises ouest-allemandes ont réembauché en un an 500 000 jeunes, dans les seuls secteurs de pointe et à des salaires inférieurs de 15 % à ceux de leurs anciens voisins. A l'horizon 1995, ce sont huit millions d'*Ossies*, surnom péjoratif donné aux ex-Allemands de l'Est dont on redoute le parasitisme, qu'il faudra intégrer dans l'économie allemande. Dans l'intervalle, les fermetures d'usines et les ventes d'entreprises publiques contribueront à exacerber les tensions régionales et leur cortège de préjugés.

Pour une majorité de pays, il est devenu impossible de concilier l'accélération de l'offre de main-d'œuvre due à la pression démographique avec la hausse des coûts salariaux, revendiquée pour contrecarrer les effets de l'inflation sur le pouvoir d'achat. Engagés dans une stratégie d'industrialisation intensive, gouvernements et patrons choisissent la course à la croissance en incitant les femmes à se retirer du marché de l'emploi et les migrants à retourner dans les campagnes. En théorie, cette politique duale, fondée sur le dynamisme de quelques secteurs exportateurs requérant peu d'hommes, devrait permettre d'encaisser les recettes nécessaires à la survie des activités improductives à main-d'œuvre pléthorique. Le bilan de l'Égypte, de l'Équateur, du Gabon, de l'Algérie, de la Roumanie ou de la Yougoslavie présente pourtant des signes de déséquilibre accru, au point que les contrastes régionaux (Slovénie et Croatie industrialisées contre régions du Sud agricoles) et villes/campagnes (Le Caire et la zone portuaire contre les bassins ruraux du Nil) mettent en péril l'unité politique ou sociale. Les nouveaux citadins refusent une reconversion agraire qui les éloignerait d'un eldorado de la consommation, même si celui-ci est inaccessible. A peine installés sur des plantations de bananes ou de café, les deux tiers au moins des Équatoriens regagnent la capitale, Quito, et s'y emploient au noir. Plutôt que de s'endetter pour mettre en valeur des exploitations de trois hectares avec lesquelles ils nourrissent à peine leur famille, les jeunes travaillent au coup par coup dans l'industrie pétrolière ou agro-alimentaire afin d'acheter une automobile ou une télévision à crédit. Le cercle vicieux du chômage et de la sous-productivité est ainsi solidement fermé. Il étend ses dégâts, au rythme des coupes budgétaires (ce qui incite les femmes à revenir chercher un travail, car les budgets sociaux sont les plus touchés) et de la réduction des investissements. Avec la chute du prix des matières premières s'y ajoute le poids d'un endettement paralysant qui réduit encore les possibilités d'embauche, notamment dans les secteurs subventionnés. Que l'Égypte, l'Algérie ou le Gabon soient réduits à compter sur la mansuétude de leurs bailleurs de fonds en dit long sur l'échec des politiques de gestion en souplesse de l'emploi.

Certaines nations se sont efforcées de limiter les risques de déstabilisation du chômage, en recourant à des mesures coercitives et en freinant les activités exportatrices, voire en tentant l'autarcie. Confrontés à des problèmes démographiques majeurs — comme en Inde, en URSS et en Chine — ou à la perspective d'un épuisement des ressources — au Pérou, au Rwanda ou en Tanzanie, les dirigeants parient sur la complémentarité agriculture-industrie-services. La première doit assurer l'autosuffisance alimentaire, le dualisme industriel (PME employeuses de bras dans les bourgs, sociétés exportatrices et compagnies étrangères dans les villes) autoriserait une croissance contrôlée sans que se forment des poches de chômage, enfin les services canaliseraient les travailleurs urbains nouvellement installés. Les inconvénients de cette politique et les résultats observés depuis quinze ans rendent pour le moins dubitatif. La catastrophe démo-sociale a été différée mais non écartée. Jusqu'en 1978, les autorités chinoises ont interdit l'émigration urbaine, ce qui leur a permis de créer 140 millions d'emplois ruraux, au prix d'un effondrement de la productivité agricole mais sans famine. Le système des passeports intérieurs soviétiques et la création d'équipes rurales ont eu des effets filtrants identiques. La libéralisation des mouvements migratoires montre la fragilité des hypothèses initiales : la main-d'œuvre se dirige vers les grandes villes et délaisse les activités spécialisées, du type cultures maraîchères ou pisciculture. Les autorités chinoises se félicitaient, en 1986, que les emplois non agricoles occupent un paysan sur cinq. Il en aurait fallu le double pour satisfaire l'attente des gens, ce que les émeutes de novembre-décembre 1988 se chargent de rappeler.

Combiner une gestion volontariste de la main d'œuvre avec la modernisation économique se révèle délicat. Surtout lorsque l'absence de concurrence politique aggrave les déséquilibres géographiques et la corruption : en déversant une manne financière sur leurs régions d'origine, les clans Brejnev, Gandhi et Deng ont servi de régulateurs improvisés. Autour des années 1984-1988, un double circuit s'est mis en place pour la main-d'œuvre, amenuisant un peu plus les chances d'un retour à la normale. D'un côté, il y a les secteurs où l'amélioration de la productivité supprime plus d'emplois que l'industrie ou le tertiaire ne peuvent en créer. La solution reste alors le retour à la campagne ou le maintien sur place, avec le mécontentement qui en découle : 40 millions d'Indiens y ont été contraints entre 1980 et 1984. L'économie parallèle (officielle ou non) draine une main-d'œuvre croissante parce qu'elle profite à la fois du système et de ses failles. L'emploi au noir permet au travailleur d'échapper à la pauvreté absolue (l'autre marginalisation) et à l'entrepreneur sous-équipé de profiter au maximum de coûts du travail insignifiants. Les performances techniques et la qualité des produits s'en ressentent, mais cette médiocrité compte moins que l'allégement de la contrainte sociale. Toute la question est de savoir si les deux circuits de main-d'œuvre assurent le développement ou entretiennent un archaïsme généralisé avec quelques « bulles » modernes. Analysant la décennie quatre-vingt, on choisirait plutôt la deuxième proposition, d'autant que le chômage est devenu un enjeu politique entre conservateurs et progressistes. Les premiers tirent argument de la délinquance qu'il provoquerait pour bloquer les réformes, comme en 1983 et 1989 en Chine. Les seconds veulent prouver que la modernisation n'engendre pas de chômage massif, même si l'on doit licencier 20 % des mineurs du Donetz ou 125 000 employés des chemins de fer soviétiques. Les uns et les autres ont intérêt à ignorer les critiques adressées par les experts qui, comme Nikolaï Chmeliov, assurent que l'absence de transparence du marché de l'emploi aboutira à une catastrophe sociale avant l'an 2000.

Le chômage n'est pas un phénomène propre au XXe siècle et son ampleur, dans les années soixante-dix/quatre-vingt-dix, reste moindre que celle des années trente. Il n'en constitue pas moins l'une des fractures les plus graves de cette fin de siècle parce qu'il est précisément comptabilisé. Le chômeur est identifié par l'État, désigné par ses voisins et ses proches, repéré lorsqu'il vient pointer ou qu'il reçoit des allocations. Il est à la fois parqué, comme si cette mise à l'écart rassurait la communauté, et montré brutalement pour apaiser la colère d'une divinité économique aussi redoutable qu'impossible à satisfaire. Le chômeur est surtout seul : il n'existe pas de *lobby*, ni de force de contestation — hormis les émeutes de la faim et du désespoir, et personne n'a jamais repéré de « vote des chômeurs ». C'est en raison de ce déficit démocratique que l'on est tenté de croire à une aggravation du problème à l'horizon 2000-2010, à mesure que les formes de socialisation coûteront trop cher et que la prise de parole impossible conduira les chômeurs vers le national-corporatisme.

La fin des paysans ?

Principale activité économique humaine jusqu'au premier tiers du XXe siècle, l'agriculture semble aujourd'hui incapable de trouver des structures stables adaptées à l'innovation technologique, à la croissance économique et aux changements sociaux. Elle parvient certes à nourrir la planète, mais est victime en permanence de phénomènes de pénurie ou de surabondance : le facteur naturel n'a pas été éliminé, les structures traditionnelles résistent aux transformations — parfois dévastatrices — de l'agriculture moderne, celle qui précisément assure l'essentiel de l'approvisionnement mondial. A cela s'ajoute un traumatisme majeur, patent dans les sociétés industrielles et prévisible à l'horizon 2000 partout : la disparition du paysan. S'efface ainsi l'assise « naturelle » des sociétés, l'une des figures majeures de notre histoire [1].

1. Cf. Dominique Bourg, « Les nouveaux agriculteurs », *Esprit*, novembre 1990, et Marcel Gauchet, « Pleurer les paysans ? », *Le Débat*, mai-août 1990.

Or, le paysan meurt d'avoir trop bien réussi son intégration dans le monde moderne. Du calcul des rations alimentaires pour le bétail au choix des semences et aux techniques d'irrigation, la gestion a envahi le monde rural. Du coup, l'apprentissage héréditaire, la perception spontanée des qualités du sol paraissent comme des traces d'une éducation inadaptée. Il n'y a plus d'enfants ni de vieux, mais des entrepreneurs. La raison a remplacé les automatismes et à juste titre, si l'on s'en tient aux gains de productivité et de production.

Tel est le premier paradoxe de la crise agricole : un formidable élan des productions qui ne permet pourtant pas de résoudre les problèmes nationaux. Sur ce point, l'exemple du Tiers Monde et des pays de l'Est est le plus édifiant. Globalement, la production alimentaire n'a pu suivre la croissance de la population, si bien que les importations alimentaires, particulièrement de céréales, n'ont cessé d'augmenter : 57 millions de tonnes par an dans les années soixante-dix, 65 millions pour les années quatre-vingt.

En Inde, par exemple, la révolution verte se limite aux régions bien irriguées et ne touche pas les plateaux du Dekkan. Aussi la production de grains alimentaires stagne entre 1970 et 1976, puis entre 1984 et 1988. Le pays a beau fournir des quantités croissantes de blé (11 millions de tonnes en 1970, 27 en 1979, 37 en 1985), il est toujours contraint d'importer et de pratiquer une politique de stockage systématique pour pallier la menace de la disette. Le coût de ces approvisionnements conduit à réserver certaines cultures à l'exportation, comme le riz ou le thé. Ce faisant, l'Inde et ses voisins pakistanais ou thaïlandais s'exposent au double risque de la chute des cours (à partir de 1983) et de la transformation des habitudes alimentaires. Que survienne une calamité naturelle ou le renchérissement du prix des engrais après le second choc pétrolier, et nombre de paysans quittent leurs terres parce que leur exploitation exige un surcroît d'argent et de connaissances qu'ils n'ont pas. Ainsi, la révolution du riz à tige courte reste l'apanage de cultivateurs alphabétisés et aidés par l'État, donc capables de tenir une comptabilité.

Le paysan voit son univers dévoré par la ville et pollué par l'industrie, au moment où il a un urgent besoin de leur argent, de leurs techniciens, de leurs modes de pensée. Ainsi, les paysans du lac Taï, le grenier à riz de la Chine, ont-ils dû patienter trente ans avant que soient reconnus les ravages d'une urbanisation anarchique faisant chaque année disparaître 2 % de bonnes terres. L'argument administratif était pourtant imparable : ce sont les paysans qui viennent grossir les villes ; à preuve, la banlieue de Suzhou entièrement gagnée sur des rizières. De même, c'est seulement en 1981 que les autorités politiques reconnaîtront la pollution des eaux par le mercure et le chlore, sans que les usines soient fermées ; il faut dire que les cultivateurs refusent de réduire leur consommation d'engrais et de pesticide. En 1983, on récolte trois fois par an le riz et l'orge, mais leur qualité nutritive est médiocre et leur prix de vente permet d'atteindre un revenu de moitié inférieur à celui de l'ouvrier des villes.

Le mariage forcé avec la société industrielle nourrit des rancœurs grandissantes, à mesure que la pauvreté, le sous-emploi s'étendent dans la décennie soixante-dix. Impossible désormais de vanter l'« enthousiasme des masses paysannes », même en promettant une décollectivisation partielle, comme Hu Yaobang et Wan Li en juin 1981. Le paysan se moque bien de disposer d'une part de sa récolte, dès lors que celle-ci le maintient en dehors des standards de consommation. Et surtout ses enfants, qui deviennent les signes de son exclusion sociale. Ainsi, en Pologne, un enfant de paysan sur quatre-vingts accède à l'université contre un sur trois chez les employés. Or, on compte trois enfants par famille rurale. La génération à qui l'on avait promis les terres et le progrès se trouve réduite à remâcher en silence ses déceptions. Pis, leur culture est mise en marge, figée dans un archaïsme de pacotille : Agnezska, l'héroïne de *L'Homme de marbre* et de *L'Homme de fer* d'Andrzej Wajda, ne reçoit aucune aide paysanne dans sa quête de la vérité ; tout au plus rencontre-t-elle des trafiquants et des responsables corrompus, qui permettent à Wajda de s'appesantir sur l'hypocrisie des provinciaux, sans qu'on sache clairement si celle-ci est due au régime ou à la réutilisation d'un vieux cliché antipaysan.

Les sociétés rurales se replient sur la terre à mesure que la crise se prolonge. Elles en demandent d'abord la propriété ou, au moins, la possibilité d'en exploiter une partie à compte personnel. Le réflexe d'autosubsistance des temps difficiles resurgit. Les autorités chinoises ont ainsi salué comme un exploit du communisme le fait qu'en 1978-1982, 20 % de la récolte étaient commercialisés. Or, la hausse des revenus passe au contraire par l'ouverture commerciale, la concurrence et la rapidité d'adaptation. Tel est le second paradoxe de la crise rurale, responsable des plus graves échecs. Et d'abord de celui de l'Afrique, à la seule exception de l'Afrique du Sud [1]. La monoculture — de l'arachide au Sénégal, du café en Côte-d'Ivoire — aussi bien que le financement des achats alimentaires par les revenus du pétrole (en Algérie ou au Nigeria) ont négligé la chronologie si particulière des campagnes. Celles-ci ont refusé un progrès dont les retombées leur paraissaient hypothétiques et, en tout cas, à trop long terme.

Au contraire, persuadé qu'il est la victime des grands propriétaires, d'un État indifférent et des accapareurs des villes, le paysan saisit la moindre crise d'approvisionnement pour manifester sa défiance politique et sociale. Dans les émeutes de la faim en Kabylie (1983-1984), au Brésil (1979), on verra d'abord une revendication identitaire : « ceux qui mangent froid » — surnom donné aux ouvriers agricoles brésiliens — ne supportent plus d'être des citoyens de second rang, confinés dans une irrémédiable infériorité. L'idée d'acheter des équipements neufs pour produire plus, de diversifier les cultures ne les intéresse plus ; ils veulent, eux aussi, accomplir le pèlerinage de Rome ou La Mecque, s'acheter des vêtements ou une télévision.

Ce sentiment d'infériorité touche également les agriculteurs des pays riches, mais les origines en sont différentes. La modernisation technique et la transformation du paysage ou des structures rurales sont quasiment achevées : l'Angleterre céréalière du Sud-Est a perdu ses arbres, ses paysans, partis vivre au bourg voisin, et rien ne la distingue de la Brie ou de la Beauce. De même, les haies du Devon ont été nettoyées autant pour faciliter le remembrement que pour dégager le

1. L'excédent agricole sud-africain représente 2 % du PNB et la progression de la production agricole est, depuis 1974, constamment supérieure (sauf en 1978-1979) à celle de la démographie, pourtant supérieure à la croissance moyenne du continent.

paysage aux touristes. Prospère ou dépérissante, l'agriculture en Occident relève désormais de l'artifice : l'insémination, l'élevage en batterie « hors sol », l'hybridation ont contraint les paysans à devenir polyvalents, bien avant l'ouvrier ou l'employé. Cela impliquait l'abandon des repères familiaux ou professionnels. Il faut décider vite, seul et savoir s'adapter à la demande — soit un renversement, puisqu'on passe d'un marché de vendeurs à un marché d'acheteurs.

Jusqu'au début des années quatre-vingt, la politique agricole commune et les aides gouvernementales avaient non seulement masqué cette dernière évidence, mais entretenu l'espérance des agriculteurs, promus chevaliers de la modernisation et de l'exportation. En 1974, les 640 000 tonnes de lait écrémé stockées par la CEE relevaient de mesures transitoires ; six ans plus tard, c'est toute l'agriculture européenne qui est excédentaire, et pour une décennie au moins : 1 340 000 tonnes de lait écrémé, 450 000 de beurre, 300 000 de viande. Le paysan a rempli son contrat et, pour récompense, il obtient de perdre « seulement » 10 % de son pouvoir d'achat et des primes au départ, à une moindre production, à l'arrachage des vignes et à la mise en friches. Il en déduit qu'il est une nouvelle fois perdant, alors que les citadins envient ce « perpétuel assisté » et que les pouvoirs publics sont à cours de fonds.

Le rétrécissement des marchés et les difficultés financières des paysans fournissent l'occasion d'une remise à plat où la question cruciale est enfin posée : pourquoi le monde rural et la liberté font-ils si mauvais ménage ? En économie, le libre-échange n'existe pas, ni les conditions d'une réelle concurrence. Les États-Unis et la CEE ont consacré 300 milliards de dollars entre 1976 et 1986 à protéger leurs agriculteurs, sans que ceux-ci échappent à la crise. Quant au jeu démocratique, les paysans semblent hésiter entre le chantage politique (pour profiter de leur sur-représentation électorale) et le recours aux extrêmes, entre la révolte et la négociation, entre l'exclusion silencieuse et l'agrégation à des sociétés dont ils ne façonnent plus les valeurs.

3

L'évolution des États

Le fait politique majeur du dernier quart de siècle réside dans l'ébranlement, voire dans l'effondrement, des régimes communistes. Sans doute, les avertissements n'avaient pas manqué (1956, 1968, 1980), et les signes avant-coureurs d'une crise profonde s'étaient multipliés : retards technologiques et industriels, échec de la collectivisation rurale, permanence d'une contestation intellectuelle et nationale. Mais, au prix d'un durcissement idéologique et d'une répression accrue, le système semblait devoir durer, accepté par une population dépolitisée et résignée, reconnu et intégré par la communauté internationale.

La résistance de la population polonaise à l'instauration de l'état de siège a sans doute ouvert une première brèche. Mais le vent du changement venu de Moscou à la faveur de la *perestroïka* a emporté l'édifice. Ce qui devait être initialement une sortie contrôlée du modèle marxiste-léniniste, reconnu inviable, a pris la forme en 1989 d'une éradication totale du communisme en Europe centrale. Le régime soviétique n'a pas davantage résisté. La faillite économique et l'action des forces centrifuges rendaient sa survie de plus en plus improbable. Le coup de grâce lui a été assené par le putsch conservateur d'août 1991, dont l'échec a hâté la débâcle du parti unique. Vivement contesté de l'intérieur, le communisme ne se maintient, pour l'essentiel en Asie, que par un curieux assemblage de vigilance répressive et d'économie de marché triomphante.

Pour être en voie de généralisation, au moins en Europe, la démocratie libérale n'en a pas moins été confrontée, durant les deux dernières décennies, à des évolutions inquiétantes. La place et le rôle de l'État, son aptitude à gérer les retombées de la crise économique ont été sérieusement mis en cause, même dans les pays de tradition social-démocrate. Cette crise de l'État-providence est aggravée par la régression des compétences étatiques en raison du rôle croissant des organismes supranationaux et des pouvoirs locaux. Un tel retrait n'est pas forcément le plus approprié dès lors que la protection de l'environnement, la maîtrise des flux migratoires, la lutte contre les diverses formes d'exclusion appellent une capacité d'arbitrage renforcée. Il n'est pas étranger non plus à la crise de la vie politique dans laquelle interfèrent le déclin des partis, la banalisation du discours et l'indifférence croissante des citoyens à l'égard d'équipes et de slogans interchangeables. Entrée dans l'ère de la communication spectacle et de l'argent roi, la démocratie occidentale risque de sombrer dans la démagogie populiste, teintée ici ou là de fureur nationaliste et de passion xénophobe.

1
Les États-Unis et le Japon

Les États-Unis

Entamée dès avant la démission de Richard Nixon [1], le 8 août 1974, la crise de l'exécutif américain se poursuit durant la brève présidence de son successeur. Représentant du Michigan depuis 1948, leader de la minorité républicaine depuis 1965, Gerald Ford passe pour intègre et doté d'un solide bon sens, mais il manque d'audace et d'imagination. Bien accueilli par l'opinion, qui apprécie dans cette relève le signe d'une moralisation politique, il voit son crédit s'effondrer quand il annonce, un mois après son accession au pouvoir, son « pardon » au président déchu pour toutes les illégalités commises pendant son mandat. Cette décision vise assurément à mettre fin au climat de haine qui empoisonne la vie publique et ternit l'image du pays, mais elle accrédite la thèse d'un marchandage peu reluisant. De fait, les élections législatives de novembre sont désastreuses pour le Parti républicain. Par la suite, la gestion hésitante de Gerald Ford, auquel fait défaut la légitimité du suffrage universel [2], ne contribue pas à redresser son image. L'appréhension trop tardive de la crise économique, qui se heurte du reste au refus

1. Cf. *supra*, t. III, p. 390-392.

2. Gerald Ford avait été désigné en octobre 1973 à la vice-présidence par Richard Nixon, après l'élimination de Spiro Agnew, accusé de diverses malversations également non poursuivies. Ford choisit, lui, Nelson Rockefeller comme vice-président.

déterminé du Congrès d'envisager toute réduction du déficit budgétaire, les reculs enregistrés en Asie et en Afrique dans le contexte d'une quasi-faillite de la détente Est-Ouest sont autant de handicaps pour l'élection présidentielle de 1976.

En fait, les Américains sont mal remis d'une crise de conscience politique ouverte depuis le milieu des années soixante, et dont le Vietnam et Watergate ont été les syndromes les plus aigus. Crise de confiance dans les institutions, dans les partis, dans l'*Establishment* de Washington, et même, à des degrés divers, dans la grande entreprise et dans le syndicalisme. C'est cette mauvaise conscience que va habilement exploiter le candidat démocrate Jimmy Carter, dont la carrière modeste et atypique peut à elle seule séduire l'électorat [1]. S'y ajoute un discours puisé dans le vieux fonds populiste de la nation américaine, où l'invitation à la modestie et à la purification individuelle va de pair avec la promesse d'une administration honnête au service de l'intérêt général. Sur un ton moins prédicant, Gerald Ford ne dit rien de très différent, mais la supériorité de son adversaire réside dans l'assemblage d'une image délibérément antipoliticienne et du recours aux méthodes les plus sophistiquées du marketing politique. Sans être gêné par le candidat indépendant, l'ancien démocrate Eugene McCarthy, le tandem Carter-Mondale l'emporte sur le président sortant, mais avec une faible avance (51 % des voix) et dans une assez large indifférence de l'électorat (47 % d'abstentions). Rapidement constituée, l'équipe Carter réunit, autour d'un solide noyau de Georgiens, des membres de l'ancienne administration démocrate (Michael Blumenthal, Cyrus Vance), des intellectuels (Ray Marshall, Zbigniew Brzezinski), tandis que l'ancien collaborateur de Martin Luther King, Andrew Young, est nommé représen-

1. Officier de marine reconverti dans la plantation des oléagineux, Jimmy Carter est entré au Sénat de Georgie en 1962 et devient gouverneur de cet État en 1970. Cette carrière strictement locale ne doit pas masquer une extension de ses relations politiques à toute la classe dirigeante du *Sun Belt* et à l'*Establishment* du Nord-Est, par le biais notamment de la fameuse Trilatérale présidée par David Rockefeller.

tant à l'ONU [1]. Le renouvellement partiel du Congrès renforce légèrement la majorité démocrate.

La présidence Carter est habituellement jugée avec sévérité, et elle n'a pas laissé de bons souvenirs. Non que l'homme ait été intellectuellement inférieur à sa tâche. Doté d'une solide culture scientifique élargie à divers domaines par de nombreuses lectures, il a eu l'intuition de quelques grands problèmes du siècle finissant : les droits de l'homme, les renouvellements énergétiques et industriels, la défense de l'environnement. Il y a quelque injustice à taxer de toutes les faiblesses une administration qui a grandement contribué à l'intégration des minorités et qui, à partir de 1979, a su opérer en matière financière et militaire une reprise en main dont les résultats seront abusivement portés au crédit de son successeur. Mais il a manqué au président l'unité de vues, le sens de la synthèse et surtout la fermeté de décision qu'exigeait sa fonction, pour ne rien dire d'une pratique gouvernementale déroutante, associant sa nombreuse parentèle aux délibérations les plus graves. Il a de surcroît pâti de la réduction des pouvoirs présidentiels face à un Congrès revigoré, dont la majorité démocrate masque mal l'orientation conservatrice. De ce fait, la politique intérieure lègue un bilan des plus modestes. La réforme administrative n'a été qu'amorcée ; la réforme d'un système fiscal qualifié durant la campagne électorale de « déshonneur national », renvoyée *sine die*. Un plan d'économies et de diversification de l'énergie, présenté en 1977, s'est heurté à la coalition de divers lobbies bien représentés au Sénat et à la mauvaise volonté d'une opinion peu soucieuse d'être dérangée dans ses habitudes. Le salut aurait pu venir de la politique extérieure, surtout après les accords de Camp David (septembre 1978) qui ont semblé assurer la réélection. Mais l'interminable crise engendrée par la prise des otages américains à Téhéran a porté un coup très rude à l'image présidentielle qui s'était redressée durant l'été 1979.

1. Cette équipe fera l'objet de divers remaniements. Andrew Young sera contraint de démissionner en août 1979 pour avoir passé outre aux instructions du département d'État. Cyrus Vance démissionne en avril 1980 après l'échec de l'expédition militaire tentée pour délivrer les otages de Téhéran.

L'année suivante, pourtant, la convention démocrate le désigne pour un nouveau mandat, au terme d'un long duel avec Edward Kennedy. Mais ses chances sont hypothéquées par la candidature de John Anderson, un indépendant ancré dans la tradition progressiste et qui peut éloigner du président sortant quelques millions de voix libérales. Surtout, le choix de Ronald Reagan comme candidat républicain va se révéler autrement plus dangereux que celui de Gerald Ford quatre ans plus tôt. L'âge avancé de l'ancien gouverneur de Californie n'est pas un handicap face à un président épuisé physiquement et moralement, et dont le nom même finit par être associé à l'humiliation nationale, à l'inflation et au chômage.

Le 4 novembre 1980, Reagan est élu avec seulement 51 % des suffrages, mais dispose de 489 des 538 grands électeurs. Parallèlement, les républicains remportent la majorité absolue au Sénat et progressent de 34 sièges à la Chambre des représentants. On s'accorde à reconnaître que, quelle que soit l'ardeur du candidat républicain à défendre le « nouveau départ » de l'Amérique, le scrutin présidentiel signifie plus la défaite de Carter que la victoire de Reagan. Sans doute ce dernier a su opérer une habile synthèse des divers courants conservateurs qui lui ont apporté son concours [1]. Mais son élection n'implique pas, au moins dans l'immédiat, un ralliement massif aux thèmes de la révolution conservatrice, comme en témoignent le taux toujours élevé d'abstentions et la bonne tenue des démocrates aux élections législatives. La tournure plébiscitaire de l'élection présidentielle de 1984 est plus évidente. Porté par les indéniables résultats de son administration dans la lutte contre l'inflation et par la reprise économique décelable depuis 1983, fort aussi de la fermeté payante de sa politique avec l'Est, Reagan aborde ce scrutin

1. Le *revival* conservateur est patent depuis le début des années soixante-dix. Il juxtapose une droite évangélique, ancrée dans la « majorité morale » et le puritanisme intransigeant, et une nouvelle droite intellectuelle, bien implantée dans les universités et le monde des médias, adepte de la déréglementation et du darwinisme social. Une fois président, Reagan donnera des gages à l'un et l'autre courant, mais saura se garder de toute application systématique de leur programme.

Les élections américaines de 1974 à 1988

Présidentielles (% des suffrages exprimés)	*Congrès (sièges)*	*Chambre*	*Sénat*
	1974		
	Dém.	291	61
	Rép.	144	37
1976	*1976*		
CARTER - 51 %	Dém.	292	61
297 mandats sur 538	Rép.	143	38
FORD - 48 %	*1978*		
McCARTHY - 1 %	Dém.	277	58
	Rép.	158	41
1980	*1980*		
REAGAN - 51 %	Dém.	243	46
489 mandats sur 538	Rép.	192	53
CARTER - 41 %	*1982*		
ANDERSON - 7 %	Dém.	267	45
	Rép.	168	55
1984	*1984*		
REAGAN - 59 %	Dém.	253	47
525 mandats sur 538	Rép.	182	53
MONDALE - 41 %	*1986*		
	Dém.	260	55
	Rép.	175	45
1988	*1988*		
BUSH - 54 %	Dém.	262	55
426 mandats sur 538	Rép.	173	45
DUKAKIS - 46 %			

en leader incontesté du Parti républicain. Son adversaire, Walter Mondale, n'a pu s'imposer au parti démocrate qu'au terme d'épuisantes primaires contre Gary Hart et Jesse Jackson [1]. Son intégrité et sa compétence ne sont pas contes-

1. Ancien collaborateur de McGovern, sénateur du Colorado, Gary Hart représente assez bien l'*Establishment* libéral, tout en conservant une image réformiste assez floue. Ses ambitions présidentielles ont été brutalement interrompues en 1987, à la suite d'une exploitation par la

tées, et il a su innover en choisissant une femme, Geraldine Ferraro, pour compléter son *ticket*. Mais rien ne peut faire oublier qu'il a été le vice-président de Jimmy Carter. Victime de certains ratés de la machine démocrate, il pèche également par défaut de communication à une époque où l'argent et les spots télévisés sont devenus les armes maîtresses de toute élection importante. Ronald Reagan l'emporte donc triomphalement avec 59 % des suffrages et quelque 525 des 538 grands électeurs, son adversaire ne gagnant que le seul État du Minnesota, qu'il représente au Sénat, et le district de Columbia.

Le bilan de la quasi-décennie Reagan a été jugé favorablement par 68 % des Américains [1], chiffre record que n'avaient atteint ni Eisenhower ni Kennedy au plus fort de leur popularité. Sans doute n'en a-t-il pas toujours été ainsi. En 1981 et 1982, alors que le pays s'enfonçait davantage dans le chômage et la récession, puis de nouveau en 1987, lors du scandale de l'*Irangate* [2] et du krach financier d'octobre, la cote présidentielle était tombée au plus bas. Mais, considérée globalement, et par une opinion qui n'entend pas entrer dans le détail, cette présidence se résume à deux mots magiques : la paix et la prospérité. Sans doute faut-il quelque complaisance pour les admettre sans bénéfice d'inventaire. Car les succès obtenus dans le cadre des relations Est-Ouest

---

presse d'une infidélité conjugale. D'une plus forte stature politique, orateur remarquable, le pasteur Jackson s'est imposé comme l'une des grandes figures du Parti démocrate, mais semble voué à l'opposition en raison de positions très radicales en matières sociale et internationale.

1. Sondage réalisé en janvier 1989 par le *New York Times* et la chaîne CBS.

2. Ce scandale, révélé fin 1986 par un journal libanais, conjugue un trafic d'armes américaines avec l'Iran, pays dénoncé comme premier responsable du terrorisme international et avec lequel l'embargo a été décrété, et une fourniture tout aussi illégale de matériel militaire aux maquis antisandinistes du Nicaragua. L'enquête met en cause divers membres du Conseil national de sécurité mais s'arrête prudemment au seuil du Bureau ovale de la Maison-Blanche. L'affaire prouve surtout l'inanité de la législation des années 1973-1974 sur le rééquilibrage des pouvoirs et, par là, l'emprise que continue d'exercer l'exécutif sur la politique étrangère.

ne peuvent masquer les déboires et les incohérences au Proche-Orient et en Amérique centrale. De même, le retour à la croissance et la fin de l'inflation ne peuvent laisser ignorer l'ampleur des déficits accumulés, l'endettement généralisé et le dynamisme très entamé de l'économie américaine. En outre, cette popularité est plus celle de Reagan que celle du reaganisme. Si l'on identifie ce dernier à une politique de désengagement systématique de l'État fédéral et, à l'extérieur, au refus de tout compromis avec « l'Empire du mal », il est clair qu'une bonne partie du reaganisme a été abandonnée en cours de route, notamment lors du second mandat. Combinée à la diminution de la pression fiscale, l'amputation des crédits à caractère social est demeurée bien en deçà de ce que souhaitaient nombre de ses partisans. La remontée progressive des démocrates au Congrès a montré les limites à ne pas franchir. Et, dans le domaine extérieur, la détermination anticommuniste initiale a dû composer avec le réalisme que commandent les intérêts bien compris des États-Unis et les acquis incontournables de la détente.

La présidence Reagan a d'abord été la prestation d'un homme. La faible ardeur au travail, le dilettantisme comme méthode de gouvernement, la propension aux bourdes et aux à-peu-près ont été maintes fois relevés, de même qu'ont été révélées d'étonnantes pratiques et influences. De l'avis général, les normes éthiques de l'administration se sont détériorées si l'on en juge par le nombre d'enquêtes ouvertes et le rang des coupables. Mais l'indulgence a prévalu, dont n'avaient bénéficié ni Richard Nixon ni Jimmy Carter. Ronald Reagan le doit sans doute à un sens inné de la communication, à un art consommé d'ériger en « message » personnel ce qui n'est qu'un retour aux valeurs des pères fondateurs : religion, famille, libre entreprise, patrie. Ce langage simple est celui que l'opinion, débarrassée de tout esprit de croisade, souhaite entendre. En aimant Reagan, l'Amérique s'aime elle-même et s'émerveille des vertus de son propre système. Fondé ou illusoire, ce discours est le plus apte à dessiner le portrait d'une Amérique optimiste et respectée, à lui faire oublier les turbulences des années soixante et les humiliations des années soixante-dix.

Cette bonne conscience un peu béate ne doit pas masquer

les aspects négatifs d'une décennie que la décevante campagne présidentielle de 1988 n'a pas permis d'aborder sérieusement. Les années Reagan sont aussi, ou surtout, celles du déficit budgétaire aggravé, de la crise agricole et du déclin de pans entiers de l'industrie américaine, du creusement des inégalités sociales, de l'extension de la violence, de la drogue et du sida. Vainqueur d'un adversaire par trop dénué d'envergure, George Bush incarne mieux que son prédécesseur les vertus de l'*Establishment*. Mais il ne jouit pas de sa popularité, et ses relations avec un Congrès où l'opposition démocrate a été renforcée promettent d'être difficiles.

Le Japon

Le fonctionnement et les orientations politiques du Japon n'ont guère varié depuis la fin des années soixante [1]. La gestion de la croissance économique demeurant plus que jamais la priorité gouvernementale, les performances réalisées dans ce domaine valent au Parti libéral-démocrate, au pouvoir depuis 1955, la confiance durable d'un électorat peu épris de bouleversement et, somme toute, assez indifférent aux péripéties de la vie politique. Après des débuts prometteurs en 1976, la tentative du Nouveau Club libéral d'infléchir la politique gouvernementale dans un sens plus novateur semble avoir fait long feu. L'isolement du Parti communiste, les rivalités de tendances qui déchirent le Parti socialiste, l'impuissance des formations centristes à dégager des thèmes originaux et mobilisateurs contribuent à assurer l'hégémonie du Parti conservateur. Le véritable pluralisme ne réside donc pas dans un multipartisme figé par défaut d'alternance, mais dans l'équilibre subtil, et sans cesse renégocié, des quatre ou cinq grands clans qui se partagent le parti dominant,

1. Sur les mécanismes de la vie politique, cf. *supra*, t. III, p. 148-151. Une légère modification de la Constitution introduit depuis 1983 une dose de proportionnelle dans l'élection de la Chambre des conseillers. Un rééquilibrage a d'autre part été introduit entre circonscriptions rurales et urbaines pour l'élection des députés. Le nombre de ces derniers est passé de 491 à 512.

représentatifs des milieux d'affaires et des bureaucraties publiques.

Élections à la Chambre des représentants

	1972	*1976*	*1979*	*1980*	*1983*	*1986*	*1990*
Parti libéral-démocrate	271	249	248	284	250	300	275
Nouveau Club libéral	–	17	4	12	8	6	
Parti socialiste	118	123	107	107	112	85	136
Parti social-démocrate	19	29	35	32	38	26	
Parti communiste	38	17	39	29	26	26	
Komeito	29	55	57	33	58	56	

Depuis le ministère Sato (1964-1972), l'époque des cabinets de longue durée est apparemment close. Placé sous le signé du changement et des adaptations à la crise pétrolière, le gouvernement Tanaka a eu le mérite d'amortir au mieux les retombées de la récession, tout en amorçant le rapprochement avec la Chine qui conduira au traité de paix du 12 août 1978. Mais, compromis dans le scandale de la société Lockheed, Tanaka doit démissionner en décembre 1974, ce qui ne l'empêche pas, même condamné sept ans plus tard, de conserver son siège de député et une influence durable dans les tractations politiques. Par la suite, les ministères Miki, Fukuda, Ohira et Suzuki — 1974-1982 — connaissent une existence assez brève. A deux reprises, en 1979 et 1983, le PLD perd la majorité absolue et doit recourir pour gouverner à l'appoint des non-inscrits. Mais il prend sa revanche en 1980, en exploitant de façon émotionnelle la mort brutale du Premier ministre Ohira, et en 1986 grâce à une amélioration de son image dans l'opinion. Cette performance est largement l'œuvre de Yasuhiro Nakasone, issu d'une fraction minoritaire du PLD, et dont les orientations « nationalistes » ont été diversement appréciées. Mais, patronné par Tanaka, fort des succès économiques et de l'audience internationale accrue du Japon, Nakasone se maintient au-delà de la règle non écrite qui limite à quatre ans la durée d'un Premier ministre.

La crise intervient peu après sa démission, en octobre 1987, après qu'un projet de réforme fiscale eut fait chuter la popularité de son gouvernement et donné lieu à un recul de son parti aux élections locales d'avril. Après d'âpres tractations, le choix se porte sur Noburu Takeshita, personnalité assez effacée mais dont la faction a été la grande gagnante des élections de 1986. La crise n'est ouverte ni par la crise boursière de 1987, aisément surmontée, ni par la mort de l'empereur Hiro Hito, début 1989, qui ne suscite guère d'intérêt et moins encore d'émotion. Elle est déclenchée par l'affaire Recruit, un scandale politico-financier qui choque l'opinion par le nombre des politiciens compromis, la vigueur de leurs dénégations et l'importance des sommes en cause. Takeshita étant contraint à la démission le 25 avril 1989 — sa cote de popularité étant tombée à... 3,4 % —, la succession se révèle laborieuse, tout l'appareil du PLD étant compromis, depuis le secrétaire général du parti jusqu'au ministre de la Justice chargé de l'enquête. Gravement discrédité, le Parti libéral-démocrate enregistre une sévère défaite aux élections sénatoriales du 23 juillet, perdant pour la première fois la majorité à la Chambre des conseillers depuis 1955. Mais celle-ci est reconquise, avec une étonnante faculté d'adaptation, aux élections législatives de février 1990. Pour être prometteuse, la progression du Parti socialiste, qui avec Mme Takako Doi pour présidente a su gommer ses divisions et améliorer son image, s'est révélée insuffisante pour arracher le monopole du pouvoir à son adversaire conservateur.

2

L'Europe occidentale

Évolution générale

S'interroger sur les mutations politiques récentes de l'Europe occidentale oblige à confronter les retombées de la crise économique survenue en 1973 à celles de années trente. La crise de 1929 avait entraîné une poussée des extrémismes, de gauche et plus encore de droite, et, partant, une contraction de l'espace démocratique au profit des fascismes [1]. Rien de tel, ou peu s'en faut, ne s'est reproduit. La démocratie libérale a retrouvé ses droits en Europe méridionale (Portugal, Grèce, Espagne) au seuil même de la crise économique, et tend à redevenir le modèle conquérant en Europe centrale. Dans le premier cas, et peut-être à terme dans le second, la construction européenne a pour effet et pour mérite de consolider les assises démocratique du Vieux Continent. Les menées terroristes observables dans un certain nombre de pays doivent — dans l'ensemble — peu à la crise. Elles expriment localement un nationalisme de type séparatiste (Pays basque, Corse) ou irrédentiste (Irlande du Nord), ou bien s'inscrivent dans la continuité de la contestation gauchiste de la fin des années soixante en Italie, en Allemagne fédérale et, plus tardivement, en France. Mais, si l'ETA et l'IRA peuvent se prévaloir d'un indéniable enracinement populaire, le terrorisme révolutionnaire n'est jamais parvenu à donner

1. Cf. *supra*, t. I, p. 185-189.

quelque audience à sa dénonciation de l'État « fasciste-impérialiste [1] », pour quasiment disparaître au terme d'une décennie.

Hors de toute tentation terroriste, la combativité révolutionnaire s'est bien émoussée si on la compare aux années trente. Le déclin du gauchisme n'a pas profité au courant communiste qui, après une période de flux et de reflux selon les pays, amorce une régression à peu près générale dans les années quatre-vingt, jusqu'à douter de son identité et de son avenir. Le ralliement à l'eurocommunisme [2], officiellement adopté lors du sommet Berlinguer-Carillo-Marchais tenu à Madrid en mars 1977, avait bien consacré un rejet explicite du modèle soviétique de socialisme réel et affirmé l'attachement aux valeurs, et aux institutions, de la démocratie libérale. Ralliement ambigu, car fondé sur des préoccupations différentes. La démarche italienne couronnait une longue tradition d'autonomie et épaulait la stratégie interne de compromis historique [3]. En Espagne, l'eurocommunisme était un moyen, pour un parti tout récemment légalisé, d'affirmer sa légitimité et de s'intégrer dans la transition démocratique, alors qu'en France son adoption visait surtout à contenir l'attraction du Parti socialiste sur les intellectuels et les couches salariées. Un moment inquiète en raison des risques de propagation dans l'Europe de l'Est, l'Union soviétique s'accommode assez bien de cette nouvelle hérésie dès lors que la critique n'excède pas certaines limites, dans le domaine de la politique étrangère notamment. Du reste, l'eurocommunisme s'essouffle alors que les chances du compromis historique s'amenuisent en Italie, et que le PCF

1. Cette cible commune ne doit pas masquer une divergence de stratégies. Le terrorisme italien, à travers les Brigades rouges, mène une guerre de classes et entend fomenter la révolution à partir d'une dérive « fasciste » de l'État. En Allemagne, la Fraction Armée Rouge, comme en France Action directe, se définit comme un maillon de la lutte du Tiers Monde contre l'impérialisme américain et ses appuis.

2. On a souligné le caractère erroné de cette dénomination dans la mesure où l'eurocommunisme ne rallie pas tous les PC européens (Portugal, Parti communiste grec « de l'extérieur » et qu'à l'inverse il a reçu le soutien de partis non européens (Japon, Australie...).

3. Cf. *infra*, p. 295-296.

s'en démarque en affirmant le bilan « globalement positif » des pays de l'Est [1].

Dès lors, la perte d'audience des partis communistes est à peu près générale, marquée, entre autres, par un recul électoral qui va de l'érosion lente (Italie) à la déroute accélérée (France et dans une moindre mesure Espagne), ce reflux n'étant pas incompatible avec quelques môles de résistance comme au Portugal et en Grèce [2]. Plus qu'à la disparition ou à l'insuffisance de tel ou tel dirigeant, l'explication d'un tel déclin combine des facteurs très divers, parmi lesquels la dégradation de l'image du communisme international est le plus généralement retenue, et que vient confirmer, en 1989, l'ampleur de la répression en Chine et l'écroulement des systèmes est-européens. Si la séduction du marxisme auprès des intellectuels a régressé jusqu'à un étiage à peu près total, on a relevé aussi le décalage, assurément inégal, entre un discours encore empreint d'ouvriérisme (au moment où la restructuration économique marginalise les secteurs industriels les plus réceptifs) et l'ampleur des mutations socioculturelles en cours. En tout état de cause, la réaction s'opère en ordre dispersé. Alors qu'en Italie la parade est recherchée dans un renouvellement profond, jusqu'à l'abandon de toute référence au communisme [3], le Parti communiste français s'enferme dans une mentalité de forteresse assiégée et s'en tient au « complot » pour expliquer chacun de ses reculs et désamorcer toute critique interne.

Ce reflux des perspectives révolutionnaires revient à privilégier les solutions réalistes. Les grands bénéficiaires en sont le socialisme démocratique et le conservatisme libéral. Déjà bien ancrée dans l'Europe du Nord, cette bipolarisation de

1. XXIIIe Congrès, tenu à Saint-Ouen en mai 1979. Entre-temps, la rupture de l'union de la gauche est intervenue en 1977. Cf. *infra*, p. 317-319.

2. Cette meilleure tenue du communisme dans l'Europe méridionale, confirmée par le progrès du Parti communiste espagnol lors des élections de 1989, traduit un déplacement vers les pays économiquement les moins développés.

3. Cette orientation ultraréformiste, conduite par le secrétaire général Achille Occhetto, ne fait pas l'unanimité mais est entérinée par le Congrès de Bologne de mars 1990. La nouvelle appellation du parti reste à déterminer.

l'espace politique s'est affirmée en France et dans l'Europe méridionale grâce à la progression de partis socialistes qui ont su attirer une frange suffisante de la classe moyenne pour s'ériger en force crédible de gouvernement.

En Europe du Nord, la crise de la social-démocratie favorise le courant conservateur. Crise inséparable d'une certaine usure de l'État-providence qui, à l'épreuve de la récession, se révèle dispendieux et faiblement efficace. Étendue aux nationalisations et à un pouvoir syndical particulièrement actif dans le secteur public, la critique débouche inévitablement sur celle d'une bureaucratie proliférante et paralysante à laquelle le *Welfare State* a fini par s'identifier. Comme il est normal s'agissant des partis les plus anciennement installés au pouvoir, la social-démocratie scandinave est la première atteinte. Elle est évincée du pouvoir en Suède en 1976, après quarante-quatre années de règne [1], alors qu'au Danemark, sa prépondérance est entamée dès 1973 avec la percée du Parti du progrès qui concentre les réactions hostiles d'un électorat devenu allergique à une fiscalité boulimique, et qu'en Norvège les socialistes deviennent minoritaires aux élections de 1981. Mais, si la coalition des partis « bourgeois », parvenue plus ou moins durablement au pouvoir, ne remet pas en cause l'essentiel des acquis de la législation sociale, il n'en va pas de même en Grande-Bretagne où les incohérences de la gestion travailliste ont facilité le retour en force du Parti conservateur. Sous l'égide de Margaret Thatcher, adepte du monétarisme et d'un retour aux sources individualistes de l'organisation et de la morale sociales, le consensus traditionnel réalisé autour du *Welfare State* a été rompu au profit d'une politique systématique de désengagement de l'État des rouages économiques et sociaux. Les relèves opérées en 1982 en République fédérale allemande et en 1983 en Autriche s'expliquent surtout par l'usure des sociaux-démocrates au terme d'une longue décennie de pouvoir, et s'inscrivent davantage dans le jeu normal de l'alternance.

La France et l'Europe méridionale présentent une évolu-

1. Le Parti social-démocrate suédois revient au pouvoir en 1982 avec Olof Palme comme Premier ministre (assassiné le 28 février 1986), mais connaît de nouveaux reculs aux élections de 1985 et 1988.

tion globalement inverse. En répudiant les majorités conservatrices peu ou prou associées aux méfaits de la crise économique, l'électorat a offert leur chance à des partis socialistes rénovés, voire ressuscités. Victoire socialiste en France et en Grèce en 1981, en Espagne en 1982, progression socialiste en Italie et au Portugal durant toute la décennie : au terme d'une longue cure d'opposition, ou d'interdiction, le socialisme s'érige non seulement en force d'alternance mais en force de changement (« Changer la vie », « Por el cambio ») drainant une partie des électeurs communistes et centristes, ainsi qu'une fraction non négligeable des intellectuels et de la jeunesse. Une telle promotion ne va pas sans illusions ni désillusions, comme en témoignent les votes sanctions en France (1986) et en Grèce (1989). Elle ne va pas non plus sans quelques rectifications doctrinales ou programmatiques imposées par la conquête ou par l'exercice du pouvoir. L'abandon des références marxistes ou ouvrières, le choix délibéré d'une voie réformiste traduisent une ample inflexion social-démocrate. Vivement encouragée par les dirigeants de l'Internationale socialiste comme Willy Brandt et Olof Palme, celle-ci est aujourd'hui un fait acquis, même si elle est inégalement explicite de parti à parti. Comme telle, la social-démocratie offre assez de séduction pour avoir été reconduite en Espagne en 1989, à un moindre titre en France en 1988. Elle est redevenue une force conquérante en Grande-Bretagne et en République fédérale, et semble créditée d'un grand succès dans les anciennes démocraties populaires.

Entre le conservatisme néolibéral et un socialisme assagi, les différences se sont amenuisées. Les sociétés politiques européennes ont incontestablement gagné en consensus à l'image des sociétés civiles qu'une communauté de valeurs éloigne des clivages classiques. Mais certaines catégories sociales ne trouvent pas forcément leur compte dans une gestion de type centriste, où la variété des étiquettes masque mal la similitude des recettes. Compte tenu des problèmes non résolus, ou mal résolus, un certain discrédit frappe les formations politiques classiques, entretenu par la substitution des rivalités de personnes aux débats d'idées — rançon d'une médiatisation croissante de la vie publique —, pour ne rien dire de la collusion croissante du pouvoir et de l'argent. De ces carences, l'extrême droite peut bénéficier d'un regain d'audience, qu'illustrent la percée du Front national en France et les progrès électoraux du Parti républicain en Allemagne et de son homologue « libéral » en Autriche. La comparaison avec les années trente n'est guère probante en raison du caractère géographiquement limité de cette renaissance et de ses maigres analogies avec le fascisme d'avant-guerre. Même le néofascisme italien, tel qu'il s'exprime à travers l'audience assez constante du MSI, exprime plus la nostalgie d'un certain ordre social et moral révolu qu'un ralliement explicite au fascisme. En l'absence de toute théorisation, la poussée d'extrême droite relève davantage d'un populisme conservateur, amalgamant les peurs et frustrations cumulées par le chômage et l'insécurité, même s'il n'exclut ni la violence verbale ni la dérive antisémite.

De façon plus rassurante, mais tout aussi problématique, la dévalorisation du politique a favorisé l'émergence puis l'épanouissement du courant écologique. Courant composite, qui juxtapose la conversion d'un militantisme révolutionnaire issu de 1968 et le réflexe conservateur d'associations de défense de l'environnement ou de consommateurs. Courant ambigu, aussi, qui s'alimente de la façon la plus archaïque à l'angoisse qui saisit l'Occident à l'occasion de chaque grande crise [1], mais qui affirme aussi son caractère résolument moderne et prospectif, voire quelque outrecuidance à dicter sa solution à l'ensemble des problèmes posés à la société industrielle. Courant contradictoire, enfin, qui oscille entre le goût de la marginalité — depuis l'innocente mode *rétro* jusqu'à la revendication plus idéologique d'un mode de vie *alternatif* — et une aspiration légitime à la gestion des affaires publiques. Quelle que soit son hétérogénéité, le mouvement écologique a acquis en quinze ans audience et crédibilité. La première réside dans une percée électorale, particulièrement vigoureuse en Allemagne fédérale où les *Grünen* sont entrés au Bundestag en 1983 après avoir pénétré les municipalités et les *Länder*, plus lente en France où la progression

1. La conjonction de l'écologie et du pacifisme antinucléaire durant la crise des euromissiles, au début des années quatre-vingt, est à cet égard symptomatique.

n'est devenue manifeste qu'à l'occasion des élections municipales de 1989, à l'instar de l'Italie où une douzaine de députés *verdi* ont fait leur entrée à la Chambre en 1987. Les élections européennes de juin 1989 ont assez largement confirmé cette poussée, dans des proportions parfois surprenantes comme en Grande-Bretagne. Mais, dès avant, les préoccupations écologiques se sont intégrées dans le discours des organisations politiques classique et dans l'action gouvernementale. D'où le risque d'une banalisation, sinon d'une récupération, qui place le courant dans une alternative difficile entre la persistance d'une culture d'opposition et le compromis gestionnaire.

La Grande-Bretagne

En 1970, le retour imprévu des conservateurs n'avait guère réussi à la Grande-Bretagne. Hormis l'entrée du pays dans la Communauté européenne, le cabinet Heath n'a pas su remédier à l'aggravation des difficultés économiques et financières liée au contrecoup de la crise mondiale, sans maîtriser davantage les tensions sociales et irlandaises. La grève générale des mineurs, habilement exploitée par les travaillistes, a obligé le Premier ministre à des élections anticipées.

A la question implicitement posée du pouvoir syndical, le corps électoral apporte, le 28 février 1974, une réponse mitigée : recul (inégal) des deux grands partis, poussée libérale des partis nationalistes régionaux. Détenteurs du plus grand nombre de sièges aux Communes, les travaillistes reviennent au pouvoir avec un cabinet de minorité présidé par Harold Wilson et représentatif de toutes les tendances du Labour [1]. D'emblée, le conflit des mineurs est réglé et la législation antisyndicale du gouvernement précédent abolie. Sur quoi, de nouvelles élections sont provoquées afin de donner une assise parlementaire plus large au cabinet. Mais le scrutin du 10 octobre ne se révèle guère plus favorable aux travaillistes.

1. La droite du parti est représentée par Roy Jenkins (Intérieur), le centre par James Callaghan (Affaires étrangères) et Denis Healey (Échiquier), la gauche par Michael Foot (Emploi) et Barbara Castle (Sécurité sociale).

Avec cinq voix de majorité absolue, le gouvernement doit en fait compter avec le soutien des partis nationalistes écossais et gallois, et sur les bonnes dispositions du Parti libéral. Un accord de soutien est conclu début 1977 avec son nouveau dirigeant, David Steel, le gouvernement s'engageant en échange à faire adopter une réforme électorale instaurant la représentation proportionnelle demandée de longue date par les libéraux. Mais la coalition des deux grands partis a raison d'un tel projet, présenté il est vrai sans conviction. L'alliance lib-lab a vécu.

Entre-temps, le 16 mars 1976, Harold Wilson a remis sa démission pour des raisons généralement jugées peu convaincantes [1]. Préféré à Michael Foot, chef de file de la gauche, la succession échoit à James Callaghan qui prend la tête d'un cabinet légèrement remanié. Issu d'un milieu très modeste, venu au travaillisme par le syndicalisme des fonctionnaires, Callaghan va se révéler un bon tacticien doté d'un solide bon sens. Mais, confronté aux mêmes difficultés que ses prédécesseurs, il va échouer sur les mêmes écueils. Sans doute l'ancrage européen a été confirmé par le référendum du 5 juin 1975, mais le gouvernement maintient l'exigence d'une renégociation du traité qui lui est pour l'instant refusée. Sur le terrain économique et financier, la politique déflationniste a fini par casser quelque peu le rythme de l'inflation, tandis que l'exploitation intensive des hydrocarbures de la mer du Nord apporte au budget une manne précieuse. Mais le gonflement du secteur nationalisé, sous la pression constante des syndicats et de la gauche travailliste, s'opère à fonds perdus et sans allégement notable du chômage. S'agissant des relations sociales, le gouvernement entend concilier contradictoirement le renforcement des droits syndicaux et une politique d'encadrement des salaires dans le contexte fortement inflationniste du moment. Pour ce faire, la légalité du

1. Il s'agit officiellement de l'âge ouvrant droit à une retraite méritée et du désir de promouvoir au gouvernement une équipe plus jeune. On peut plus légitimement prendre en compte le souci de ne pas affronter des lendemains difficiles compte tenu de la crise économique profonde que traverse le pays et de la poussée de la gauche travailliste aux élections d'octobre.

closed shop et des piquets de grève a été rétablie. Un *Employment Protection Act* procure aux salariés une meilleure garantie en matière de sécurité d'emploi et d'indemnisation en cas de chômage. Plus révolutionnaire, un projet de cogestion, annoncé en 1978, revient à définir une nouvelle conception de l'entreprise, celle-ci cessant d'être une propriété pour n'être plus qu'un instrument de travail sur lequel les salariés exercent un pouvoir identique à celui des détenteurs du capital. Pour la politique des revenus, les dirigeants syndicaux se prêteraient assez bien à une certaine discipline salariale, mais ils se trouvent fréquemment débordés par les syndicats locaux et les travailleurs non syndiqués, alors même que le patronat consent des hausses de salaires très supérieures aux normes gouvernementales. La dégradation du climat social est illustrée par une prolifération de grèves sauvages en 1974-1975 et surtout durant l'hiver 1978-1979, qui plongent le pays dans la quasi-paralysie en raison du blocage dont souffrent les hôpitaux, les transports, la fonction publique. L'exaspération des usagers, complaisamment orchestrée par la presse à grand tirage, ne peut manquer de trouver une concrétisation électorale prochaine.

C'est pourtant de la tentative de dévolution que va venir la chute du gouvernement Callaghan. Il s'agit de prendre acte de la poussée nationaliste enregistrée aux élections de 1974 par la reconnaissance d'une large autonomie à l'Écosse et au pays de Galles [1]. Un premier projet global ayant été rejeté en février 1977, le gouvernement présente en octobre deux *bills* distincts dotant l'une et l'autre province d'une Assemblée détenant des pouvoirs législatifs étendus en Écosse, purement administratifs au pays de Galles. Adoptés grâce au soutien des libéraux, ces textes doivent être entérinés par un référendum supposant, outre une majorité positive, un seuil minimum de 40 % d'inscrits favorables au *oui*. Le résultat va se révéler négatif et lourd de conséquences. Le 1er mars 1979, la dévolution est rejetée au pays de Galles par un *non* massif (80 %) ; en Écosse, le *oui* l'emporte légèrement (51,5 %), mais avec seulement 33 % des inscrits. Il s'agit

1. Le Scottish National Party a obtenu 11 sièges aux élections du 10 octobre 1974, et le Plaid Cymru gallois 3 sièges.

d'une défaite majeure pour le gouvernement qui, privé désormais du soutien des nationalistes, est renversé le 28 mars par un vote de défiance unissant les conservateurs, les libéraux, ainsi que la plupart des nationalistes écossais et les unionistes de l'Ulster.

Centrée comme en 1974, mais avec plus d'insistance, sur le pouvoir syndical, et élargie aux méfaits d'un travaillisme qui a dégénéré en étatisme tentaculaire et liberticide, la propagande conservatrice tire aisément parti d'un climat social très altéré par les grèves. Aux élections du 3 mai 1979, le parti *tory* réalise un bond de plus de cinq points au détriment des libéraux (qui perdent un million de voix) et des travaillistes qui, avec à peine 37 % des suffrages, enregistrent leur plus mauvais résultat depuis 1931. Ces élections dessinent par ailleurs une géographie appelée à se confirmer lors des scrutins suivants, le Sud-Est prospère votant massivement conservateur, le Nord-Ouest en déclin demeurant fidèle au travaillisme même s'il est clair qu'une fraction de la classe ouvrière aisée a changé de camp, dans les Midlands par exemple. Le recul des partis libéral et nationaliste rétablit pleinement le bipartisme un moment menacé, mais les conservateurs disposent d'une solide avance d'une quarantaine de sièges qui les met à l'abri des reculs que provoquent habituellement les élections partielles.

Première femme appelée à diriger un gouvernement, du moins en Europe, Margaret Thatcher est issue de cette petite classe moyenne tout à la fois éprise d'ascension sociale et respectueuse de l'ordre établi. Passée par Oxford, député, puis ministre de l'Éducation entre 1970 et 1974, elle est devenue chef du Parti conservateur en 1975, après la mise à l'écart d'Edward Heath et une victoire surprise contre son rival William Whitelaw. Elle s'est dès lors appliquée à rompre avec le torysme modéré et gestionnaire de ses prédécesseurs, et à imprimer au parti une orientation beaucoup plus radicale. Le thatchérisme se veut en effet une idéologie opérant en rupture avec le consensus minimal en vigueur dans la classe politique anglaise depuis le début des années cinquante. Ce consensus reposait sur la reconnaissance explicite d'un mode de régulation de l'économie et de la société dans lequel l'État, les syndicats et les entreprises privées équilibreraient leurs intérêts et leurs interventions. Puisant ses références dans les travaux de Milton Friedman et dans ceux, moins connus, du penseur autrichien Friedrich von Hayek (*Le Chemin de la servitude*), le néoconservatisme thatchérien procède d'une condamnation sans appel des méfaits conjugués de l'État-providence et du totalitarisme syndical. Il prône à l'inverse la restauration des valeurs oubliées, celles-là mêmes qui avaient guidé en son temps le capitalisme britannique triomphant : le goût de l'initiative et du risque économiques, le profit comme rétribution normale de la réussite individuelle, l'inégalité comme facteur de la stimulation sociale. Sur un registre plus personnel, qui tient sans doute à l'environnement méthodiste dans lequel elle a grandi, Margaret Thatcher ajoute un moralisme puritain aux accents volontiers messianistes. Convaincue de la justesse de ses choix, sûre de travailler pour le bon droit et la grandeur de son pays, indifférente aux oscillations des indices de sa popularité, le nouveau Premier ministre s'est rapidement acquis une réputation d'intransigeance qui indispose à peu près tout le monde mais force l'admiration de tous.

Les premières réalisations du cabinet Thatcher confirment la vigueur de ce credo néolibéral, à la surprise de ceux qui, jusque dans les milieux de la City, n'avaient voulu y voir qu'une démarche électoraliste. Après quelques mois d'un face à face prudent avec les syndicats, un *Employment Bill* est déposé fin 1979, qui limite l'usage des piquets de grève et du *closed shop*, instaure le vote secret dans les élections syndicales et lors du recours à la grève [1]. Un allégement substantiel des impôts sur les revenus élevés va de pair avec une diminution des dépenses publiques à caractère social et industriel. Cette déflation brutale produit des effets redoutables sur le niveau de vie moyen et plus encore sur l'emploi. Les émeutes en chaîne qui éclatent au cours de l'été 1981 dans

1. Ce projet est adopté en juillet 1980, mais il ouvre une brèche au sein du cabinet entre ceux qui, tel James Prior, le ministre de l'Emploi, souhaitent en négocier l'application, et ceux qui ne cachent pas souhaiter l'épreuve de force avec les syndicats en misant sur le soutien de l'opinion publique.

Élections à la Chambre des communes

	Travaillistes	*Conservateurs*	*Libéraux*	*Alliance*
3 mai 1979				
voix (%)	37	44		—
sièges	268	339	11	
9 juin 1983				
voix (%)	27,6	42,4	—	24,6
sièges	209	397	—	23
11 juin 1987				
voix (%)	30,8	42,2	—	22,6
sièges	229	376	—	22

une vingtaine de villes du Royaume-Uni peuvent revêtir ici ou là un caractère racial, mais celui-ci ne peut laisser ignorer que le paroxysme de la violence urbaine est atteint là où le chômage, et notamment celui des jeunes, est le plus élevé. Peu convaincue de cette corrélation, et sourde aux avertissements de ses ministres qui préconisent un assouplissement du monétarisme, Margaret Thatcher remanie son gouvernement le 14 septembre 1981. Par évictions et déplacements, les modérés (*wet*) sont écartés ou marginalisés, la quasi-totalité des portefeuilles clés étant désormais détenus par les champions de la droite dure (*dry*)[1].

Cette dérive droitière peut provoquer l'irritation de quelques leaders, tel Edward Heath, elle n'entame pas la cohésion du Parti conservateur. Il n'en va pas de même à gauche, où la « dérive gauchiste » du Parti travailliste va perturber un temps le paysage politique britannique. A la succession de James Callaghan, l'ancien chancelier de l'Échiquier Denis Healey, chef de file du courant modéré, a été battu par Michael Foot, un intellectuel de gauche fervent admirateur de Bevan. Encore Foot doit-il compter avec une puissante extrême gauche, conduite par Anthony Benn, qui impose une réforme des structures du parti favorable aux organisations

1. Ainsi, James Prior, chef de file des modérés, passe du secrétariat à l'Emploi au poste, redoutable et peu gratifiant, de secrétaire à l'Irlande du Nord.

de base et au détriment du groupe parlementaire. A l'heure où un rapport officieux fait état d'une infiltration trotskiste dans certains syndicats ou certaines sections, les thèmes du retrait inconditionnel de la CEE et de l'OTAN et ceux du désarmement nucléaire unilatéral sont de plus en plus fréquemment agités. C'en est trop pour trois personnalités travaillistes en vue, Shirley Williams, David Owen et William Rodgers, qui donnent leur démission et rejoignent l'ancien ministre Roy Jenkins, européen convaincu, pour fonder le Social Democratic Party (SDP) le 26 mars 1981. Le ralliement d'une vingtaine de députés du Labour, des élections partielles et des sondages prometteurs viennent couronner cette entrée fracassante d'une nouvelle composante politique, qui peut se révéler redoutable d'emblée pour le Parti travailliste, à terme pour le Parti conservateur. En septembre de la même année, le Parti libéral, dirigé par David Steel, approuve une alliance électorale avec le SDP, bien accueillie par l'opinion comme en témoigne l'élection partielle de Croydon un mois plus tard. Un succès qui en dit long sur la désaffection dont souffrent les deux grands partis, mais qui peut aussi se révéler éphémère compte tenu d'une implantation locale à peu près inexistante et de sérieuses divisions tant au sein du SDP qu'avec le Parti libéral sur des questions aussi capitales que la croissance économique et l'armement nucléaire [1].

Malgré l'impopularité du Premier ministre, le gouvernement peut se prévaloir de quelques succès. Le ralentissement de l'inflation est net en 1982, la balance commerciale a retrouvé un solde positif et des gains de productivité sont enregistrés dans l'industrie. Les premières privatisations, habilement choisies, rencontrent un écho favorable dans l'épargne populaire. Après avoir mis ses partenaires à rude épreuve, Margaret Thatcher a obtenu gain de cause, le 30 mai 1980, dans sa revendication d'un allégement de la contribution bri-

1. Le SDP et le Parti libéral partagent de solides convictions européennes, une volonté de relance économique et l'exigence du scrutin proportionnel. Pour le reste, les divisions l'emportent. En pleine affaire des euromissiles, le SDP approuve l'implantation de fusées sur le sol britannique alors que le Parti libéral la condamne et plaide pour une Europe dénucléarisée.

tannique au budget de la CEE [1]. Les pompes traditionnelles et fastueuses qui ont entouré le mariage du prince Charles, l'année suivante, semblent avoir réconcilié l'Angleterre avec elle-même et ranimé une certaine fierté britannique. Ce regain de nationalisme reçoit une nouvelle impulsion quand la junte militaire argentine procède en avril 1982 à l'invasion des îles Malouines (Falkland). Si l'on ne peut nier la part de responsabilité des gouvernements britanniques successifs dans le pourrissement d'un problème qui aurait dû trouver de longue date une solution négociée, il est clair que le geste argentin, commandé par des considérations de politique intérieure, contrevient assez aux usages internationaux pour autoriser une riposte déterminée. L'Angleterre s'offre donc le luxe d'un conflit militaire armé à 15 000 kilomètres de ses côtes. Efficacement conduites, les opérations militaires s'achèvent le 13 juin par une capitulation pure et simple de l'Argentine.

La ferveur patriotique qui a entouré cette expédition se concrétise par une forte poussée conservatrice aux élections locales du 5 mai 1983. Profitant de l'avantage, Margaret Thatcher procède à des élections anticipées. Sur le thème *Britain strong and free*, le Parti conservateur a de meilleures chances que son adversaire travailliste qui se lance dans une campagne maladroite assimilant les fermetures d'usines aux ravages du *Blitz* hitlérien sur l'Angleterre. Grâce à l'« effet Malouines », les *tories* remportent leur plus forte représentation parlementaire depuis 1945, tandis que les travaillistes perdent plus de 9 % des voix et 59 sièges. L'Alliance SDP-libéraux, avec près d'un électeur sur quatre, peut se prévaloir d'un succès d'estime mais doit se contenter de 23 sièges en raison de l'impitoyable mode de scrutin. Dans les semaines qui suivent, d'importantes relèves sont opérées : remaniement gouvernemental dans le sens d'une présidentialisation accrue, éloignement de Michael Foot de la direction du *Labour*, démission de Roy Jenkins de celle du SDP, remplacé par David Owen.

La nouvelle législature confirme les orientations de la pré-

1. Il s'agissait de rectifier l'anomalie par laquelle la Grande-Bretagne finançait un cinquième des ressources communautaires pour n'en récupérer qu'un dixième, le PNB britannique ne représentant que 16,5 % du PNB communautaire.

cédente, avec plus de systématisme. Ainsi, les dénationalisations, qui n'avaient été menées jusqu'ici qu'avec prudence et parcimonie, sont conduites à un rythme plus rapide, touchant les domaines de l'énergie, des transports et des communications, aboutissant au transfert d'un quart environ du secteur public vers le secteur privé. Le succès de ces privatisations auprès de l'épargne populaire n'est pas niable, de même que le retour à la rentabilité, dans l'automobile ou la sidérurgie, de nombreux « canards boiteux » trop longtemps ruineux pour la collectivité. Mais, sur le front social, l'interminable grève des mineurs (mars 1984-mars 1985), la renaissance de la violence urbaine et raciale (septembre 1985), une série de grèves tournantes dans l'enseignement primaire et secondaire en disent long sur l'ampleur du drame qui ravage un pays où le nombre des chômeurs a plus que doublé en sept ans [1]. Mais le gouvernement peut se targuer d'une baisse spectaculaire du taux d'inflation et d'un rythme plus qu'honorable de la croissance économique. Aussi est-ce moins dans le domaine des relations sociales que Mme Thatcher doit craindre les retombées de sa politique que dans ses méthodes de gouvernement. Celles-ci font apparaître une précipitation, un autoritarisme et une partialité qui peuvent à terme se révéler coûteux, comme ne cessent de le dénoncer, avec Edward Heath et même Harold Macmillan, les modérés de son parti. Ainsi, l'affaire Westland [2], en 1986, traduit une subordination des intérêts industriels aux considérations financières et un américanisme de principe qui, prolongé par un soutien actif aux États-Unis lors du raid aérien d'avril sur la Libye, finit par indisposer une majorité de l'opinion.

En fait, Margaret Thatcher doit sa longévité politique [3] aux insuffisances persistantes des forces adverses : l'absence

1. Le chômage est passé de 1 220 000 en mai 1979 à 3 200 000 début 1986, soit 13,3 % de la population active.

2. Du nom d'une firme britannique d'hélicoptères vendue à une entreprise américaine, alors que le ministre de la Défense, Michael Heseltine, aurait souhaité une participation européenne. En conflit avec le Premier ministre, M. Heseltine démissionne en janvier 1986.

3. On a relevé qu'en janvier 1988 Margaret Thatcher a battu le record de longévité détenu par Asquith (1908-1916).

de leader incontesté parmi les conservateurs modérés, l'image trop floue et divisée de l'Alliance, la démarche incertaine du Parti travailliste. C'est ce que confirment les élections anticipées du 11 juin 1987 qui donnent une nouvelle victoire au Parti conservateur. Victoire plus courte qu'en 1983, et qui tourne même en Écosse à une véritable déroute. Mais il est clair que, malgré le recentrage opéré depuis quelques années et une excellente campagne personnelle, le nouveau dirigeant travailliste, Neil Kinnock, n'a pas réussi à rallier une fraction suffisante de la classe moyenne sans laquelle un retour au pouvoir est impossible. L'image travailliste reste trop associée dans l'opinion à celle des syndicats, même si le pouvoir syndical est bien affaibli [1]. Les positions du Labour en matière de défense prêtent aisément à la critique, au point d'en faire le principal argument électoral des conservateurs. L'alliance n'a pas davantage convaincu, et son nouvel échec a ouvert une crise entre adversaires et partisans de la fusion du SDP et du Parti libéral [2]. Ayant formé un nouveau cabinet encore plus personnalisé que le précédent et mis à l'écart le président du Parti conservateur Norman Tebbit, Margaret Thatcher semblait devoir aborder avec optimisme une nouvelle législature axée sur la poursuite des privatisations, la réhabilitation urbaine, la réforme du Service national de Santé, etc. Dans un climat de moindre croissance et d'inflation renaissante, le recul enregistré par les conservateurs lors du scrutin européen du 18 juin 1989 aurait dû l'inciter à la prudence. Mais le Premier ministre maintient ses positions intransigeantes en matière européenne et fait adopter, en avril 1990, un nouvel impôt (*poll tax*) dont l'injustice flagrante suscite une vague de protestations dans le pays. La démission de Sir Geoffrey Howe, qui avait appartenu à tous les cabinets depuis 1979, ouvre une crise qui confirme l'isolement croissant de Mme Thatcher. Celle-ci se retire le 29 no-

1. La Grande-Bretagne n'échappe pas à la désyndicalisation qui affecte les sociétés occidentales. La perte se situe aux alentours de trois millions depuis 1979.

2. Souhaitée par le Parti libéral, cette fusion est effective depuis mars 1988. Mais une minorité du Parti social-démocrate, conduite par David Owen, a préféré s'isoler dans un SDP « maintenu ».

vembre, non sans avoir désigné le candidat à sa succession, le chancelier de l'Échiquier John Major. L'abolition de l'impopulaire *poll tax* et un discours plus européen traduisent un évident souci de rupture avec le thatchérisme, mais, en dépit de l'unité nationale réalisée par la guerre du Golfe, la position électorale du Parti conservateur demeure fragile.

Les données fondamentales de la question d'Irlande du Nord n'ont guère varié depuis l'intervention de l'armée britannique et la suspension du régime d'autonomie [1]. La situation économique, déjà préoccupante, s'est aggravée depuis la crise de 1973, atteignant la plupart des branches industrielles et suscitant un chômage considérable [2]. La guérilla ponctuée d'actions terroristes que conduit l'IRA provisoire, relayée depuis 1975 par l'Armée nationale de libération irlandaise (ANLP), plus radicale encore, ne s'est pas démentie, tant en Ulster [3], que sur le sol anglais. Aux sanglants épisodes de Birmingham et de Londres [4], l'IRA ajoute les attentats perpétrés contre les représentants de l'*establishment* : députés, ambassadeurs, jusqu'à Lord Mountbatten, assassiné le 27 août 1979. A cette violence à la fois aveugle et méthodique répondent celle des extrémistes protestants et les outrances de la répression britannique. Toujours présente en Ulster, l'armée a vu ses effectifs diminués, passant de 21 000 à 12 000 hommes entre 1972 et 1982, en raison de l'« ulstérisation » de certaines opérations, mais sans se départir de cette partialité qui en fait pour tant de catholiques une armée d'occupation. Régulièrement dénoncées, les pratiques carcérales et les diverses formes de torture n'ont guère été modifiées. Contre elles, les grèves de l'hygiène ou de la faim ont

1. Cf. *supra*, t. III, p. 396-397.

2. Le Royaume-Uni compte 12,7 % de chômeurs en 1984, mais ce pourcentage s'élève en Ulster à 21,6. Dans certaines villes à majorité catholique comme Londonderry ou Dungannon, une personne sur trois est sans emploi.

3. Selon les sources officielles, 43 000 attentats ont été recensés en quinze ans, faisant 2 300 morts et 24 000 blessés. La collusion de l'IRA avec la Libye khadafiste ne fait guère de doute.

4. 21 morts le 21 janvier 1974 à Birmingham, 11 et 9 morts les 20 juillet 1982 et 17 décembre 1983 à Londres.

été sans prise [1]. Dans un climat de violence quotidienne, la tentative d'un tiers parti pacifiste et interconfessionnel, celui du Mouvement des femmes pour la paix, n'a obtenu qu'un succès éphémère [2]. De même, le voyage de la reine Elisabeth lors du jubilé de 1977, celui du pape Jean-Paul II en 1979 n'ont apporté qu'un répit très relatif.

Politiquement, la situation demeure bloquée. Après William Whitelaw et Merlyn Rees, le secrétaire d'État à l'Irlande du Nord James Prior s'est évertué à dégager un nouveau compromis institutionnel. Adopté en avril 1982, le plan Prior prévoit l'élection d'une Assemblée représentative de 78 membres vers laquelle pourrait être opérée une dévolution progressive des pouvoirs. Mais, aux élections du 20 octobre, ce sont les forces les plus hostiles à la réconciliation qui l'emportent : les unionistes protestants et le Sinn Fein, façade légale de l'IRA. En quelques mois, la nouvelle Assemblée est paralysée par le boycott de plusieurs de ses composantes. Prior est lui-même relevé de ses fonctions, remplacé par le diplomate Douglas Hurd auquel on ne demande pas de faire preuve d'imagination. Ayant échappé, le 12 octobre 1984, à un attentat de l'IRA perpétré à Brighton pendant le congrès de son parti, Margaret Thatcher ne met aucun empressement à modifier le *statu quo* en Ulster. Considérant que la violence est désormais maintenue à un niveau « acceptable », elle entend accroître la coopération avec la République d'Irlande en matière d'extradition et de lutte contre le terrorisme. Mais les autorités entendent aller plus loin dans l'exploration d'une voie politique. Tel est le sens de l'accord Fitzgerald-Thatcher du 15 novembre 1985 qui, entérinant la dimension irlandaise du conflit ulstérien, institue une conférence intergouvernementale et un secrétariat permanent. Mais cette approche suppose l'amorce d'un *modus vivendi* entre communautés que

1. Le nom de Bobby Sands demeure associé à une grève de la faim qui dura 66 jours jusqu'à sa mort le 5 mai 1981.

2. Fondé par Mairead Corrigan, Betty Williams et Ciaran McKeown, ce Mouvement connaît un réel succès de ralliements en 1976, couronné par un prix Nobel de la paix. Mais, dénué de véritable programme, dénoncé par l'IRA comme par une large fraction des unionistes, il s'affaiblit et disparaît dans les années suivantes.

les plus fanatiques des deux bords s'acharnent à rejeter. L'entente viendra peut-être des partis modérés comme l'Official Unionist Party et le Social Democratic and Labour Party, encore que les élections générales de 1987 augurent mal en ce sens. L'antagonisme entre la majorité protestante et la minorité catholique, avec son cycle infernal de violence et de contre-violence, semble plus aigu que jamais.

De l'Allemagne fédérale à l'Allemagne unie

La démission de Willy Brandt, dix-huit mois seulement après son triomphe électoral de 1972, s'explique moins par les retombées de l'affaire Guillaume [1], où sa bonne foi a été prise en défaut, que par une gestion gouvernementale de plus en plus chaotique et une perte de crédibilité attestée par divers sondages et élections locales. Contesté sur sa gauche (syndicats, Jeunesses socialistes) en raison de la politique économique jugée trop libérale de ses ministres des Finances, contesté sur sa droite (patronat, Parti libéral) pour ses projets de réformes sociales et fiscales, il a laissé volontairement le champ libre à Helmut Schmidt le 8 mai 1974. Avec ce dernier, l'accent est désormais moins mis sur les réformes que sur la résorption des tensions inflationnistes et des difficultés économiques nées du choc pétrolier. Les mesures de stabilisation et de relance sont prises avec une célérité et une habileté qui ne tardent pas à porter leurs fruits malgré la progression du chômage. Mais cette priorité indispose l'aile gauche du SPD, et ses turbulents *jusos* (« Jeunesses socialistes »). Péniblement négociée, la loi du 18 mars 1976 sur l'extension de la cogestion se ressent de ces tensions, compte tenu du caractère fictif de la parité établie entre le travail et le capital. Deux mois plus tard, un projet de réforme sur la formation professionnelle échoue devant l'hostilité des *Länder* et des industriels.

Au terme d'une campagne peu active et en l'absence d'enjeu majeur, les élections du 3 octobre 1976 sont une déception pour l'ensemble des partis : pour la coalition SPD-FDP, en recul de près de cinq points, et pour la CDU-

1. Cf. *supra*, t. III, p. 402.

CSU qui progresse sans atteindre la majorité absolue [1]. La personnalité trop incertaine du nouveau candidat conservateur, le ministre-président de Rhénanie-Palatinat Helmut Kohl, ainsi que la reprise très marquée de la production au premier semestre 1976, ont assuré une courte victoire à la majorité sortante et la reconduction du gouvernement Schmidt.

La gestion a pu en être jugée terne, mais elle se révèle efficace. En particulier, les accusations de faiblesse qui avaient frappé son prédécesseur dans la répression de la violence gauchiste ne sont plus de mise. Car l'arrestation en 1972 des deux dirigeants de la Rote Armee Fraktion, Andreas Baader et Ulrike Meinhof, n'a pas mis fin à la froide détermination de divers groupes armés issus de l'opposition extraparlementaire des années 1967-1968. Si, pour l'essentiel, ce gauchisme s'est évanoui dans d'innocentes élucubrations révolutionnaires, une minorité défend encore le choix de la confrontation violente avec l'État « oppresseur et fasciste ». Après les bases américaines et les grands magasins, les terroristes s'en prennent désormais aux hommes-symboles d'une société à détruire : hommes politiques, magistrats, hommes d'affaires de haut rang. Après l'assassinat du président de la cour d'appel de Berlin en novembre 1974, c'est l'enlèvement du leader de la CDU berlinoise, Peter Lorenz, en février 1975. Le paroxysme de la terreur est atteint en 1977 avec les meurtres de Siegfried Bubak (procureur général), Jürgen Ponto (président de la Dresdner Bank) et Hans-Martin Schleyer (président du patronat), sans compter le détournement d'un appareil de la Lufthansa vers Mogadiscio qui se solde par la mort de trois terroristes. Face à ce déferlement de violence, le gouvernement Schmidt a l'habileté de se placer à l'unisson de l'opinion publique, sans céder aux surenchères répressions de l'opposition et de la grande presse. Sans doute peut-on apprécier diversement les appels quotidiens à la délation, l'application inutilement tatillonne de la loi sur les interdictions professionnelles, certains raffinements en matière car-

1. La poussée des deux formations chrétiennes, tant au niveau fédéral qu'au niveau régional, est néanmoins suffisante pour assurer leur majorité absolue au Bundesrat. D'où l'élection du démocrate-chrétien Karl Carstens à la présidence fédérale comme successeur du libéral Walter Scheel.

cérale. Mais en refusant, du moins après l'affaire Lorenz, toute tractation avec les terroristes, en dotant le pays d'un appareil institutionnel et policier adapté, la République de Bonn a fait preuve de cette détermination efficace qui avait tant manqué à sa devancière de Weimar. Le suicide, à vrai dire bien suspect, des trois principaux fondateurs du groupe Baader-Meinhof, le 18 octobre 1977, amorce le déclin de la vague terroriste qui s'apaise, sans totalement disparaître, dans les années suivantes.

La popularité exceptionnelle dont jouit le chancelier Schmidt ne se vérifie que partiellement lors des élections du 5 octobre 1980. Sans doute la coalition gouvernementale est-elle largement reconduite, passant de 50,5 à 53,5 % des suffrages exprimés. Mais ce succès est pour une part redevable à la contre-performance du candidat conservateur à la chancellerie, le Bavarois Franz-Josef Strauss : sa personnalité même et l'outrance de ses propos ont éloigné de lui une partie de l'électorat chrétien [1]. Surtout, la progression gouvernementale profite bien davantage au Parti libéral qu'au Parti socialiste en quasi-stagnation. Il est clair que les libéraux vont peser davantage sur la politique du gouvernement, au risque d'une détérioration rapide des relations entre les deux partis. Car, au moment où l'aile gauche vient d'accroître son influence au sein du SPD, le FDP s'est grossi d'un électorat rebuté par la candidature Strauss, mais peu désireux de prolonger la coalition sortante. La nomination du comte Lambsdorff, libéral conservateur, au poste de l'économie est une concession socialiste au nouveau rapport de forces, mais lourde de conséquences. Ouverte dès 1981, la crise de la coalition s'aggrave l'année suivante avec les propositions parfaitement divergentes des deux partis en matière financière et fiscale [2]. Les maigres scores du Parti libéral lors de divers

1. Le président de la CDU, Helmut Kohl, avait avancé la candidature du ministre-président de Basse-Saxe, Ernst Albrecht, moins abrupt que le leader bavarois. L'ayant emporté d'une courte tête, F.-J. Strauss joue son va-tout dans une stratégie de confrontation qui le conduit à dénoncer le SPD comme une organisation satellite de Moscou. Même en Bavière, la CSU enregistre un recul.

2. Dans un contexte de crise économique aggravée par le second choc pétrolier, le SPD demande la création d'un impôt spécial sur les hauts

scrutins régionaux, où il est désormais surpassé par les écologistes, accréditent le risque d'une marginalisation qui ne peut, selon certains, être évitée que par un renversement des alliances. La démission des quatre ministres libéraux, le 17 septembre 1982, ouvre la crise. Helmut Schmidt plaide pour des élections anticipées, mais conservateurs et libéraux préfèrent recourir au vote d'une « motion de défiance constructive » [1]. Adoptée le 1er octobre par 256 voix contre 235, celle-ci a pour effet de substituer au précédent un gouvernement de coalition CDU-CSU-FDP présidé par Helmut Kohl.

Ainsi s'achève, sur des tractations peu glorieuses, la longue période des gouvernements à direction social-démocrate ouverte en 1969. L'usure du pouvoir, une certaine inaptitude au renouvellement du personnel dirigeant, un état chronique de divisions intestines ne sauraient faire oublier l'ampleur des résultats obtenus : le succès de l'*Ostpolitik* et l'ancrage de la République fédérale dans la détente Est-Ouest, la saine gestion économique et financière, le rajeunissement de la société allemande, la lutte victorieuse contre le terrorisme. Rien n'assure, au départ, que la nouvelle équipe puisse faire beaucoup mieux. Crédité d'une certaine habileté manœuvrière, le nouveau chancelier, qui a fait ses armes dans le *Land* de Rhénanie-Palatinat, connaît des débuts hésitants. Avec Hans-Dietrich Genscher aux Affaires étrangères, l'ouverture à l'Est semble devoir être maintenue, malgré le refroidissement lié à la crise des euromissiles, de même que la solidité des liens franco-allemands. Mais l'infléchissement conservateur est clairement annoncé par certaines nominations et déclarations ministérielles, celles en particulier du nouveau ministre de l'Intérieur, Friedrich Zimmermann.

Une fois adopté le budget litigieux, et par le biais d'une dissolution assez artificiellement provoquée, les élections anticipées du 6 mars 1983 apportent la caution de l'électorat aux

---

revenus pour lutter contre le chômage, alors que le FDP confère la priorité à la résorption de l'énorme endettement fédéral qui atteint 300 milliards de DM. Le conflit va se focaliser sur le projet de budget de l'année 1983.

1. L'article 67 de la Loi fondamentale n'autorise le Bundestag à renverser le chancelier que s'il lui a été désigné un successeur à la majorité absolue.

changements récemment survenus et restituent à la République fédérale sa légendaire stabilité gouvernementale. La progression de la CDU-CSU frappe moins que la débâcle du SPD qui, avec un recul de plus de cinq points, est ramené vingt ans en arrière. Face au chancelier Kohl, qui a pu se prévaloir d'un net redressement économique et qui a habilement escamoté le problème des euromissiles, il est clair que le candidat socialiste Hans-Jochen Vogel, maire de Munich puis de Berlin-Ouest, s'est révélé peu convaincant. Le SPD souffre d'une crise durable de personnalités, de programme et de perspectives, ce que confirme quatre ans plus tard l'échec tout aussi net de Johannes Rau, ministre-président de Rhénanie-Westphalie. En 1983 comme en 1987, la principale nouveauté réside dans la poussée des *Grünen* (Verts), formation écologique qui s'est imposée puis renforcée au Bundestag après divers succès locaux, notamment à Brême et en Hesse. Née au plus fort de la protestation pacifiste contre l'implantation des euromissiles, cette organisation entend remettre en cause le système des partis traditionnels et les modes de fonctionnement socio-économiques en vigueur. Son pouvoir d'attraction est indéniable sur la jeunesse et les milieux intellectuels épris de modes de vie « alternatifs », mais elle n'est à l'abri ni des divisions internes [1], ni d'une certaine banalisation de son discours, ni même de certaines compromissions financières si ardemment dénoncées chez les autres.

Malgré le recul enregistré en 1987, le gouvernement Kohl peut faire valoir une gestion honorable. Sans doute, le chômage demeure élevé et les inégalités se sont accrues en raison d'une réduction des prestations sociales, encore que plus modérée qu'aux États-Unis ou en Grande-Bretagne. Mais l'insolente santé de l'économie et de la monnaie allemandes, la reconversion réussie des secteurs industriels anciens, une meilleure prise en compte des problèmes d'environnement, une politique extérieure sachant combiner souplesse et fermeté, l'accueil des réfugiés d'Allemagne de l'Est, sont autant de succès auxquels l'électorat est demeuré sensible. Taxé sou-

1. Il faut en effet distinguer une tendance « fondamentaliste » hostile à tout accord, même local, avec le SPD, et une tendance plus pragmatique favorable à une telle approche.

Répartition des sièges au Bundestag

	19 nov. 1972	*3 oct. 1976*	*5 oct. 1980*	*6 mars 1983*	*25 janv. 1987*	*2 déc. 1990*
CDU-CSU	225	243	226	244	223	319
SPD	230	214	218	193	186	239
FDP	41	39	53	34	46	79
Grünen	—	—	—	27	42	8
PDS (ex-SED)	—	—	—	—	—	17

Le Bundestag passe de 497 sièges en 1987 à 662 en 1990.

vent d'irrésolution et de dilettantisme, Helmut Kohl surmonte assez bien les mini-crises qui agitent périodiquement le monde politique de Bonn (affaires d'espionnage, scandales financiers), grâce à une excellente maîtrise de son parti et en l'absence d'adversaire qui puisse lui être opposé. La remontée électorale du SPD demeure en effet problématique, même si l'effacement de Willy Brandt et de Helmut Schmidt semble ouvrir la voie à une génération de dirigeants prometteurs. Le taux inhabituellement élevé d'abstentions aux élections de 1987 n'en traduit pas moins une certaine désaffection à l'égard du système politique et de ses représentants, alors que la poussée de l'extrême droite [1] inquiète l'opinion démocratique, et particulièrement la coalition majoritaire au détriment de laquelle elle semble s'opérer.

Mais la conduite à marche forcée de la réunification allemande [2], facilitée il est vrai par la bonne volonté américaine et soviétique, est un indéniable succès pour le chancelier Kohl qui, de ce fait, aborde en excellente posture les élections « nationales » du 2 décembre 1990, premières élections libres de l'Allemagne unifiée depuis 1932. La promesse quelque peu démagogique d'une réunification sans aggravation fiscale et,

1. Il s'agit du Parti républicain animé par Franz Schönhuber, qui, après une percée dans quelques scrutins locaux, atteint plus de 7 % des suffrages aux élections européennes de juin 1989.

2. Sur les étapes de cette réunification, cf. *infra*, p. 400.

à l'Est, une volonté de rupture totale avec le socialisme expliquent pour l'essentiel la victoire conservatrice. Mais la réunification se révèle plus ardue que prévu, et les tensions sociales qui s'accumulent peuvent à terme menacer la coalition au pouvoir.

L'Italie

Les années 1968-1972 avaient été marquées par l'explosion de la jeunesse universitaire et par une exceptionnelle mobilisation ouvrière [1]. L'une et l'autre s'étaient développées en réaction contre un système politique incapable de gérer, voire d'assimiler, l'ampleur des renouvellements sociaux et culturels du pays. Mais, si la combativité ouvrière s'était révélée payante en raison de grèves très dures et d'un encadrement syndical unifié, la révolte étudiante n'avait nullement remis en cause l'équilibre des forces politiques. Les élections de 1972, marquées par la disparition de l'extrême gauche et par une poussée de l'extrême droite, avaient été ressenties comme un coup d'arrêt à la contestation, les grands partis n'observant que des oscillations minimes. Cette absence de débouchés parlementaires va orienter les contestataires dans diverses directions : le ralliement aux partis traditionnels (le PCI notamment), le gauchisme groupusculaire (*Lotta Continua, Il Manifesto...*), et une minorité vers le terrorisme.

Dans le déferlement de terrorisme qui ravage l'Italie des années soixante-dix, le signal a été indéniablement donné par l'extrême droite [2], selon une « stratégie de la tension » visant à provoquer un basculement de l'électorat en faveur de la droite autoritaire avec la complicité de certains éléments réactionnaires de l'appareil d'État (services secrets, armée,

1. Cf. *supra*, t. III, p. 404-405.

2. Attentats de la Banque de l'Agriculture à Milan (1969), de la place de la Loggia à Brescia et du train *Italicus* (1974). Le sommet de l'horreur est atteint avec l'attentat de la gare de Bologne le 2 août 1980, qui fait 54 morts et 180 blessés. A côté du MSI, jugé trop légaliste, on assiste à la prolifération de groupuscules fascistes (Front national, Ordre-nouveau, Jeune Italie), voire anarcho-fascistes ou nazi-maoïstes...

police). Parallèlement s'affirme le terrorisme « rouge » qui procède d'objectifs subversifs comparables au service d'une finalité évidemment inverse. La logique de ce terrorisme de gauche est de provoquer une réaction antifasciste et révolutionnaire à une fascisation jugée inéluctable de l'État bourgeois. Dans le double contexte de la scolarisation de masse et de la crise économique, il recrute surtout dans une jeunesse intellectuelle en rupture avec les valeurs traditionnelles d'autorité et fragilisée par les risques d'une insertion sociale problématique. Mais, à la différence des Autonomes qui déclenchent de spectaculaires opérations de « réappropriation sociale » (Toni Negri) sur les lieux de travail et d'habitation, les organisations terroristes entendent frapper au cœur de l'État. Organisation bureaucratique, fondée sur le cloisonnement de ses « colonnes », une discipline et un ascétisme intransigeants, les Brigades rouges, relayées par d'autres organisations comme les GAP [1], recourent presque quotidiennement à des exactions allant du sabotage à l'assassinat [2]. L'enlèvement, le 16 mars 1978, puis l'assassinat du leader démocrate-chrétien Aldo Moro, éventuel président de la République et favorable à une intégration progressive des communistes à l'action gouvernementale, marque à la fois l'apogée et l'amorce d'un déclin de cette folie meurtrière.

Face à cette vague de violence, à laquelle il convient d'ajouter l'industrie florissante des enlèvements contre rançon, la population conserve son sang-froid mais n'accorde guère de crédit à des gouvernements impuissants et instables. On ne compte pas moins de sept formations gouvernementales entre 1972 et 1976, la longévité moyenne étant de huit mois [3]. Le Parti socialiste, élément essentiel de la majorité de centre gauche, en est largement responsable en prenant l'initiative de la plupart des crises. Mais la Démocratie-chrétienne ne sort pas grandie de ses palinodies relatives à la loi sur le

1. Groupe d'action des partisans, inspiré des Tupamaros uruguayens.

2. Les attaques par les Brigades rouges et groupes similaires s'établissent à 750 en 1976, 1 300 en 1977 et 3 000 en 1978.

3. Colombo en 1970-1972, Andreotti en 1972-1973, deux gouvernements Rumor en 1973-1974, deux gouvernements Moro en 1974-1976, nouveau gouvernement Andreotti après les élections de 1976.

divorce[1], et moins encore de divers scandales financiers[2]. Une véritable alternative au *non governo* d'un centre gauche agonisant peut venir du Parti communiste. Très marqué par le récent coup d'État chilien, son secrétaire général, Enrico Berlinguer, a lancé en octobre 1973 la proposition du « compromis historique », alliance gouvernementale avec la Démocratie-chrétienne, jugée préférable à une aléatoire coalition des forces de gauche. Envisagée avec inquiétude par le Parti socialiste qui y voit un risque de marginalisation, cette formule semble progresser dans l'opinion comme en témoignent les élections régionales de 1975 et générales de 1976. Ces dernières voient en effet une vigoureuse progression du PCI (+ 7,3 % des voix) et une stabilité de la DC qui ont pour résultat de renforcer la bipolarité de la représentation politique. S'il est dénoncé par la hiérarchie catholique, le compromis historique séduit divers hommes politiques de la Démocratie-chrétienne, tels Aldo Moro ou le secrétaire général Zaccagnini, et même un certain patronat, à l'heure où la gravité du terrorisme et de la crise économique conseille le rapprochement avec la classe ouvrière.

La formation, en juillet 1976, du gouvernement démocrate-chrétien homogène présidé par Giulio Andreotti, grâce à l'abstention du Parti communiste, semble ouvrir une nouvelle phase de la vie politique italienne, celle d'une grande coalition étendue à l'ensemble des partis de l'« arc constitutionnel » qui n'exclut que les néofascistes du MSI. Cette alliance se précise l'année suivante avec la signature d'un accord de programme intégrant les communistes dans la majorité parlementaire. Cette formule d'union nationale se révèle utile pour remédier à la crise économique, plus décevante dans le domaine social compte tenu de la contradic-

1. Il s'agit de la loi Fortuna-Baslini de 1970, introduisant le divorce dans la législation italienne, mais soumise au référendum à l'initiative de ses opposants, néofascistes et droite catholique. L'abrogation est repoussée, le 12 mai 1974, par 59 % de non.

2. L'un des plus notables est le scandale de la Lockheed qui oblige le président de la République Leone à donner sa démission. Il est remplacé en juin 1978 par le socialiste Sandro Pertini, populaire en raison de son franc-parler et de sa rigueur morale.

tion des intérêts en jeu. De fait, le compromis historique n'ira pas plus loin, c'est-à-dire jusqu'à l'entrée de ministres communistes au gouvernement. La droite de la Démocratie-chrétienne, conduite par Amintore Fanfani, y demeure viscéralement hostile, de même que le PSI qui, avec une direction partiellement renouvelée autour de son secrétaire général Bettino Craxi, tente une stratégie d'autonomie à l'égard des deux grands partis [1]. Surtout, le Parti communiste doit constater le comportement souvent cavalier de la DC à l'encontre de ses propositions et, plus grave, l'inanité d'une démarche délibérément révisionniste qui entame son crédit auprès de la classe ouvrière et de la jeunesse. D'où le raidissement opéré fin 1978, quand le PCI subordonne son soutien à toute politique d'austérité à sa participation au gouvernement et à diverses compensations sociales. Ayant essuyé un refus, et confronté à une menace de grève générale qu'il ne contrôlerait pas, il retire son soutien, en 1979, au gouvernement Andreotti, ce qui a pour effet de provoquer de nouvelles élections.

Le scrutin du 3 juin 1979 est sans surprise. Le PCI perd quatre points, un recul qui profite à l'extrême gauche et au nouveau Parti radical de tendance libertaire et moderniste. Le second gouvernement Cossiga, à partir de 1980, réintègre le Parti socialiste, ce qui semble ouvrir la voie à une nouvelle expérience de centre gauche. Les données politiques sont pourtant plus renouvelées qu'il y paraît. Après un bref ministère Forlani, marqué surtout par les révélations du scandale de la « Loge P2 » [2], c'est Giovanni Spadolini qui dirige le gouvernement de juin 1981 à novembre 1982. Pour la première fois depuis 1946, la présidence du Conseil échappe à la Démocratie-chrétienne pour revenir à un membre du petit Parti républicain qui a, par le passé, donné quelques grands commis de l'État. L'opinion veut voir là l'amorce d'un déblo-

1. Ce qui le conduit à adopter des positions en flèche, à la limite de l'irresponsabilité en matière de lutte contre le terrorisme. Lors de l'enlèvement d'Aldo Moro, il est le seul parti à prôner la négociation avec les Brigades rouges.

2. Le scandale éclate en mai 1981 quand est rendue publique l'appartenance de ministres et de hauts fonctionnaires civils et militaires à une société secrète visant à déstabiliser le pays et les institutions.

Répartition des sièges à la Chambre des députés

	7 mai 1972	*20 juin 1976*	*3 juin 1979*	*26 juin 1983*	*14 juin 1987*
PCI	179	228	201	198	177
Extr. gauche	—	6	6	7	8
Radicaux	—	4	18	11	13
PSI	61	57	62	73	94
PSDI	29	15	20	23	17
PRI	14	14	16	29	21
DC	267	262	262	225	234
PLI	21	5	9	16	11
MSI	56	35	30	42	35
Verts	—	—	—	—	13

cage des institutions et d'une moralisation de la vie politique. De fait, c'est sous ce gouvernement que la lutte contre le terrorisme marque des points sensibles. Entre l'assassinat d'Aldo Moro et l'échec de l'enlèvement du général américain Dozier, en janvier 1982, les Brigades rouges sont passées du sommet à la faillite de leur stratégie. Une plus grande efficacité des forces de police y entre pour beaucoup [1], mais aussi les divisions de plus en plus paralysantes entre « politiques » et « militaires » au sein de l'organisation, la démoralisation née de la confession des « repentis », la dérive de certains réseaux vers la criminalité mafieuse.

Parallèlement s'opèrent un certain nombre de reclassements politiques. Après avoir tiré un trait sur le compromis historique, Enrico Berlinguer avance l'« alternative de remplacement », au contenu imprécis mais qui semble lorgner vers le Parti socialiste et les partis laïques. Se situant désormais dans une opposition très ferme, le PCI apporte son soutien aux

1. La nomination en 1978 du général Dalla Chiesa comme coordonnateur de la lutte antiterroriste et la loi sur les repentis, accordant des remises de peine aux terroristes arrêtés et acceptant de collaborer avec la police, ont été les principaux moyens de cette reprise en main.

luttes ouvrières et prend la tête du mouvement de protestation contre l'installation de missiles américains en Italie, mouvement du reste moins ample qu'en Grande-Bretagne et en Allemagne fédérale. Mais ni son détachement croissant à l'égard de l'Union soviétique, ni l'abandon du dogme du centralisme démocratique ne suffisent à l'arrimer au Parti socialiste qui, fort de sa poussée aux élections locales des années 1980-1981, entend affermir son audience électorale en toute indépendance et faire progresser son image de parti gestionnaire moderne. Ériger le PSI (flanqué de ses satellites laïques) en troisième force de la politique italienne, capable de négocier d'égal à égal avec la DC comme avec le PCI, est à cette heure le grand dessein de Bettino Craxi. Mais, si le déclin communiste, tel qu'il est amorcé depuis 1979, entre dans ses vues, celles-ci sont quelque peu contrariées par l'*aggiornamento* de la Démocratie-chrétienne. Sous l'impulsion de son nouveau secrétaire général Ciriaco De Mita, un rajeunissement de ses cadres a été entrepris visant à substituer un vaste parti libéral-démocrate à une formation gangrenée par la corruption et le clientélisme.

Les élections de 1983 récompensent diversement ces efforts : légère érosion du PCI, recul brutal de la DC, progrès des formations laïques en constituent les principaux enseignements. Traumatisée par sa défaite, la Démocratie-chrétienne doit consentir à s'effacer et laisser la présidence du Conseil à Bettino Craxi. Mais, dans le gouvernement formé en août, les socialistes n'occupent que des postes secondaires et l'orientation générale relève du centrisme plus que de la gauche, privilégiant notamment une politique des revenus que les socialistes avaient longtemps refusée. Telle quelle, et ponctuée de crises inévitables, la formule Craxi va durer près de trois ans, longévité exceptionnelle dans l'histoire de la République. Avec le style quelque peu autoritaire et expéditif de son chef, elle accrédite dans l'opinion l'image d'un gouvernement qui gouverne. De fait, des résultats substantiels sont obtenus dans la lutte contre l'inflation [1]. Un nou-

1. En juin 1985, un référendum sur l'abandon de l'échelle mobile des salaires, adoptée dix ans auparavant, est un succès gouvernemental et un grave échec pour le Parti communiste qui en avait été l'instigateur.

veau Concordat, signé le 18 février 1984, entérine les progrès de la laïcisation de la société italienne. Mais les divergences apparues entre les cinq partis de la coalition, sur le nucléaire civil notamment, conduisent Craxi à présenter sa démission le 3 mars 1987. La crise aboutit à la dissolution de la Chambre et aux élections du 14 juin. Celles-ci enregistrent un nouveau et net recul du Parti communiste qui rend perplexe sur l'avenir d'un parti qui a donné tant de preuves de ses qualités gestionnaires comme de sa souplesse d'adaptation aux réalités nationales [1]. La coalition sortante du *pentapartito* est globalement reconduite et même renforcée, mais, au terme de tractations confuses, c'est la Démocratie-chrétienne qui reprend la direction du gouvernement avec Giovanni Goria, puis Ciriaco De Mita et Giulio Andreotti. Ces jeux politiques préjugent mal de l'aptitude gouvernementale à maîtriser les problèmes de l'heure : réforme constitutionnelle [2], lutte contre le banditisme mafieux, évasion et fraude fiscales, réforme administrative, immigration, chômage... La démocratie italienne est sortie victorieuse des « années de plomb » de la décennie soixante-dix. Mais le déphasage entre la vitalité économique et culturelle du pays et l'ampleur des problèmes non résolus par une classe politique peu portée par le sens de l'État n'a guère été entamé.

La restauration démocratique en Europe méridionale

L'effondrement des dictatures portugaise, grecque et espagnole, en 1974-1975, n'a d'autre dénominateur commun que l'ampleur des mutations socioculturelles, qui rendaient plus

1. La mort d'Enrico Berlinguer, le 11 juin 1984, a été un coup très dur pour le parti, qui n'a pas trouvé en ses successeurs, Allessandro Natta et Achille Occhetto, des dirigeants à sa mesure. Il n'est pas sûr que la récente décision d'un changement de sigle entérinant l'évolution réformiste suffise à enrayer son déclin.

2. Il s'agit notamment de mettre fin à la pratique du vote secret des députés, qui favorise l'indiscipline individuelle et, partant, l'instabilité gouvernementale.

anachronique le carcan autoritaire et répressif. L'incapacité des dirigeants portugais à maîtriser la décolonisation africaine, celle des militaires grecs à gérer la crise chypriote ont servi de détonateur, tandis qu'en Espagne la transition démocratique, plus étalée dans le temps, doit beaucoup à la bonne volonté du nouveau souverain à se démarquer de l'héritage institutionnel du franquisme. Pleinement réalisé dans ces trois pays, et apparemment irréversible en raison de son ancrage européen, le retour à la démocratie tarde à se concrétiser en Turquie, moins par fidélité au kémalisme que par incapacité du système politique à s'adapter aux mutations du pays réel.

La péninsule Ibérique

Au Portugal, la dictature salazariste instaurée au début des années trente [1] ne s'est guère modifiée au cours du temps : pouvoir personnel dénué de totalitarisme, corporatisme de façade, censure vigilante et répression sans faiblesse. Les rares tentatives de rébellion militaire, au lendemain de la Seconde Guerre mondiale et de nouveau en 1962, ont été aisément surmontées, tout comme la crise ouverte par l'élection présidentielle de 1958 marquée par la candidature du général Delgado [2] contre le candidat officiel, l'amiral Tomas. Dans ce cadre figé, deux faits nouveaux interviennent, qui peuvent à terme menacer le régime. Consécutif à l'effort d'industrialisation et à l'ouverture sur l'extérieur, le renouvellement des structures sociales illustre le décalage croissant entre l'immobilisme institutionnel et le changement irrésistible des mentalités. En second lieu, l'engagement croissant de l'État portugais dans une « pacification » africaine qui absorbe jusqu'à 40 % du budget accélère l'émigration des jeunes et accroît le malaise politique jusque dans le corps des officiers. Le retrait politique de Salazar, en septembre 1968, n'introduit pas de rupture majeure [3]. La succession échoit à Marcello Caetano, ancien théoricien de l'État corporatiste,

1. Cf. *supra*, t. I, p. 289.
2. Assassiné en Espagne en 1966 par la PIDE, la police politique du régime.
3. Terrassé par la maladie en 1968, Salazar meurt le 17 juillet 1970.

considéré de longue date comme le dauphin. Une tentative de libéralisation politique est alors entreprise avec la modernisation du parti officiel, l'introduction d'un pluripartisme limité et la promotion gouvernementale de jeunes technocrates libéraux. Mais les illusions se dissipent rapidement. La réélection sans adversaire de l'amiral Amerigo Tomas, en 1972, marque la fin de ce modeste intermède libéral.

L'alternative ne peut venir que de l'armée, mais selon des modalités nullement prévues et à peine préparées. La crise militaire qui éclate en 1974 juxtapose en effet, sans lien apparent, un conflit professionnel entre capitaines de carrière et ceux sortis du rang, et l'opposition d'un certain nombre d'officiers à la prolongation de la guerre coloniale en Afrique. Parmi ces derniers, le général Antonio Spinola, ancien commandant en chef en Guinée-Bissau, qui, pour avoir exprimé dans un livre (*Le Portugal et son Avenir*) des thèses contestataires, s'est vu destitué de ses fonctions, ainsi que son supérieur le général Costa Gomes, chef d'état-major, coupable d'avoir autorisé cette publication. Ainsi est né le Mouvement des forces armées (MFA) qui, peu après la mutinerie manquée d'un régiment de cavalerie, s'empare du pouvoir à Lisbonne, sans coup férir, le 25 avril 1974. Dans l'allégresse générale de cette « Révolution des œillets », le régime vermoulu de Caetano s'effondre sans résistance. Présidée par le général Spinola, une junte militaire décrète d'emblée la libération des prisonniers politiques, la levée de la censure et la légalisation des partis. Ainsi se forment ou se reforment le Parti communiste dirigé par Alvaro Cunhal, le Parti socialiste de Mario Soares [1], le Parti populaire démocrate de Sa Carneiro [2] et le Centre démocratique et social d'Amaro da Costa, pour ne rien dire d'une floraison de groupuscules gau-

1. Vétéran du stalinisme, Cunhal a subi de longues années l'horreur des geôles salazaristes, alors que Mario Soares a passé une partie de sa vie en exil. L'appui du SPD allemand va se révéler décisif, tant pour la fondation du Parti socialiste en 1973 que dans son orientation ultérieure, légaliste et modérée.

2. Sa Carneiro fait partie de ces techniciens libéraux un moment utilisés par Caetano. Son parti deviendra en 1976 le Parti social-démocrate qui, malgré son nom, se situe assez nettement à droite.

chistes, de comités professionnels ou de quartiers qui exercent une pression quotidienne sur le pouvoir militaire.

La formation en juillet d'un nouveau gouvernement présidé par le colonel (puis général) Vasco Gonçalves, poussé en avant par le Parti communiste, illustre cette poussée à gauche qui indispose le général Spinola devenu entre-temps président de la République. Démissionnaire le 30 septembre, et remplacé par le général Costa Gomes, Spinola inspire plus ou moins directement une tentative de coup d'État conservateur qui échoue le 11 mars 1975, obligeant le général déchu à se réfugier en Espagne puis au Brésil. Il en découle un raidissement immédiat, marqué par la formation d'un Conseil de la révolution exclusivement militaire, doté de la plénitude des pouvoirs. Sans doute, une Assemblée constituante est élue le 25 avril, date anniversaire de la prise du pouvoir, qui donne une large majorité aux partis centristes [1] mais qui n'a aucune prise sur le maximalisme révolutionnaire du MFA. Car, si la décolonisation africaine réalise un consensus assez général, il n'en va de même ni du syndicat unique, ni des nationalisations et de la réforme agraire ouvertement inspirés par le Parti communiste et ses organisations. Quand, fin juillet, les généraux Vasco Gonçalves, Costa Gomes et Otelo de Carvalho forment un triumvirat doté des pleins pouvoirs, les pays membres de l'OTAN font savoir leur inquiétude.

Le reflux pourtant est proche, car le conflit est devenu ouvert au sein du MFA entre les tenants d'un modèle « soviétique », à la fois révolutionnaire et autarcique, et ceux du pluralisme politique qui plaident aussi pour la valorisation internationale du Portugal, tant vers l'Europe que vers le Tiers Monde. Face au général Gonçalves, homme lige du Parti communiste, le commandant Melo Antunes exprime ce second courant qui rallie, sur la base d'un « document » rédigé par lui en août 1975, une partie du Conseil de la révolution. Au terme de semaines confuses, la loi et l'ordre triomphent à Lisbonne le 25 novembre quand le remplacement du général de Carvalho donne lieu à un coup d'État manqué d'une

1. Le Parti socialiste obtient 38 % des suffrages, le Parti populaire démocrate 26 %, le Parti communiste 13 % et le Centre démocratique et social 7 %.

unité de parachutistes. La vague d'arrestations qui s'ensuit, vivement encouragée par les partis conservateurs, revêt néanmoins une ampleur limitée grâce à l'entremise d'officiers de haut rang, tel le général Eanes, qui n'entendent pas rompre avec l'esprit initial de la révolution. Le coup porté au MFA n'en est pas moins fatal. Reconnaissant la primauté du pouvoir civil, celui-ci cesse pratiquement d'exister en décembre.

Une Constitution de type semi-présidentiel est promulguée le 2 avril 1976, suivie d'élections parlementaires qui placent à nouveau en tête le Parti socialiste, et par des élections présidentielles qui plébiscitent le général Eanes. Pour être politiquement clarifiée, la situation n'en demeure pas moins instable. Faute de majorité et en raison de la stratégie d'alliance complexe des partis, le pays est condamné à des scrutins à répétition, dans un climat de lassitude croissante. Le Parti socialiste domine la période 1975-1979, le Parti social-démocrate les années 1979-1983, le Parti socialiste retrouvant en 1983 la première place pour la céder deux ans plus tard à son partenaire-rival de centre droit. A la présidence de la République, dont les pouvoirs ont été amoindris par une révision constitutionnelle, le général Eanes a cédé la place, après deux mandats, à Mario Soares qui est parvenu à s'imposer en février 1986 en rassemblant *in extremis* l'ensemble des voix de gauche, même celles du Parti communiste qui ne l'avait guère ménagé jusque-là. Par-delà ces affrontements et cette alternance, c'est bien la même politique qui prévaut, celle de la normalisation libérale par l'intégration européenne (réalisée en 1985 au terme d'une négociation de huit ans), la privatisation des entreprises nationalisées, la mise en veilleuse de la réforme agraire, l'austérité financière. Détenteur, depuis les élections du 19 juillet 1987, d'une solide majorité, le Parti social-démocrate entend rompre définitivement, quel qu'en soit le prix à payer, avec les utopies de la Révolution des œillets.

Un moment menacée au lendemain de la Seconde Guerre mondiale, la dictature franquiste a été sauvée par la guerre froide. Ni le revirement diplomatique amorcé en 1942 en direction des Alliés, ni les minces concessions « libérales » de 1945 n'auraient sans doute suffi à assurer la survie du régime si les États-Unis ne lui avaient reconnu le mérite de contribuer à la stabilité politique de l'Europe occidentale. D'où la signature des accords hispano-américains de 1953 qui, moyennant la remise de quelques bases militaires, ouvraient de généreux crédits à une économie exsangue. Compte tenu de l'amateurisme des cabinets successifs, composés par le général Franco par dosage de factions et clientélisme personnel, la gestion s'en révéla longtemps désastreuse. Ce n'est qu'au cours des années soixante que l'emprise croissante de ministres technocrates souvent formés par l'Opus Dei [1] oriente le pays vers la modernisation industrielle et la croissance économique. L'Espagne connaît alors des changements rapides, que commandent l'exode rural et l'étoffement de la classe moyenne, l'afflux touristique et l'émigration. Sans que le franquisme ne cède en rien de ses penchants autoritaires et répressifs [2], la société espagnole se libère de ses carcans et aspire à une vie politique normale. Paradoxalement, la tardive modernisation du pays, entreprise pour consolider les assises du régime, a eu pour effet d'engendrer les conditions socioculturelles de la mutation démocratique de l'après-franquisme.

Celui-ci avait été dûment préparé par le Caudillo. Désigné à sa succession fin 1969, le prince Juan Carlos, petit-fils d'Alphonse XIII, avait reçu l'éducation toute militaire et catholique censée maintenir l'héritage intact, de même qu'avait été adopté un dispositif institutionnel minutieux. Quand, au terme d'une longue agonie, Franco meurt le 20 novembre 1975, il apparaît pourtant assez vite que le jeune souverain se révèle moins docile que prévu. Son habileté va consister à maintenir l'armée dans l'obéissance tout en démantelant par étapes l'édifice franquiste, appelant pour ce faire des dirigeants grandis dans le sérail mais acquis aux vertus de la démocratisation. Ainsi en est-il d'Arias Navarro et

1. Fondé en 1928, l'Opus Dei est une organisation laïque particulièrement implantée dans l'administration et l'Université. Lopez Bravo, ministre de l'Industrie, et Lopez Rodo, ministre du Plan, en furent les plus efficaces émanations au gouvernement et les protégés de l'amiral Carrero Blanco, devenu l'éminence grise du général Franco.

2. Notamment lors des mouvements sociaux de 1962-1963 dans les Asturies et le Pays basque, et lors des troubles étudiants de 1967-1969.

de ses principaux ministres, Manuel Fraga et le comte de Motrico, puis, à partir de juillet 1976, d'Adolfo Suarez, principal maître d'œuvre de la transition démocratique. Les amnisties successives de prisonniers politiques et la légalisation progressive des partis annoncent les deux actes majeurs du gouvernement Suarez : le référendum constituant du 15 décembre 1976 qui rend aux Espagnols la libre détermination de leurs institutions, et la légalisation du Parti communiste du 10 avril 1977. La rupture avec le franquisme est alors consommée, sans manifestations autres que dérisoires des nostalgiques de l'ancien régime. Les Cortès constituants élus le 15 juin présentent sans doute l'anomalie d'attribuer, grâce à un mode de scrutin « sur mesure », la quasi-majorité des sièges à la formation gouvernementale centriste qui n'a obtenu que le tiers des voix. Mais la Constitution adoptée par référendum le 6 décembre 1978 est largement plébiscitée. Plus ou moins inspirée des modèles allemand et français, celle-ci rétablit des institutions pleinement représentatives dans le cadre d'une monarchie parlementaire, tout en ouvrant la voie à l'aménagement des revendications autonomistes. Parallèlement, la liberté syndicale est restaurée. Par le pacte de la Moncloa, forces politiques et syndicats (UGT socialiste et Commissions ouvrières de tendance communiste) s'accordent sur une gestion aussi consensuelle que possible de la crise économique.

Alors même que sa formation a affronté avec succès les élections législatives du 1er mars 1979, Adolfo Suarez ne peut empêcher un certain désenchantement. Le Premier ministre n'a pas réussi à juguler le terrorisme basque (« guerre des vacances » de l'été 1978), ni à asseoir sur des bases saines les multiples autonomismes assez artificiellement suscités pour affaiblir la spécificité basque et catalane. Il n'est pas davantage parvenu à unifier son parti en un vaste regroupement libéral, concurrencé sur sa gauche par le Parti socialiste de Felipe Gonzales, sur sa droite par l'Alliance populaire de Manuel Fraga Iribarne. C'est dans ces partis, bien plus que dans l'Union du centre, que se reconnaissent la classe moyenne et les intellectuels d'une part, la frange conservatrice de l'électorat d'autre part. L'armée, ou une fraction d'entre elle, admet mal d'être ramenée à un rôle purement technique, s'inquiète de la dilution du centralisme castillan dans la multiplication des régimes d'autonomie et, plus prosaïquement, des réductions d'effectifs dans le corps pléthorique des officiers. C'est ainsi qu'il faut entendre le putsch déclenché le 23 février 1981 par le lieutenant-colonel Tejero, peu après la démission d'Adolfo Suarez. Les complicités dans la haute hiérarchie militaire ne peuvent être réduites que par le loyalisme constitutionnel du roi et son obstination à imposer la suprématie du pouvoir civil.

Le gouvernement présidé par Leopoldo Calvo Sotelo frappe par son immobilisme et son indécision, alors que s'aggrave la crise économique. Affaibli par les divisions et les scissions, dont celle d'Adolfo Suarez qui crée sa propre formation, le Parti centriste au pouvoir manifeste une usure évidente. Nul doute que les élections de 1982 vont traduire cette aspiration au *cambio* de plus en plus partagée. De fait, le remodelage politique est considérable, marqué par le double effondrement des centristes et du Parti communiste. Le premier était attendu, encore que dans des proportions moindres. Le second surprend davantage compte tenu des positions eurocommunistes adoptées par le PCE et son leader Santiago Carillo. A droite, l'Alliance populaire est devenue la première formation d'opposition, tandis que le Parti socialiste, avec 46 % des voix, accède à la direction du gouvernement. Délesté de ses références marxistes, le parti s'est donné une nouvelle direction qui, avec Felipe Gonzales et Alfonso Guerra, a opté pour une orientation résolument social-démocrate. Son programme réside moins dans des transformations économiques et sociales que dans une « révolution morale » qui consoliderait la démocratie par une participation constructive de l'ensemble de la société à la modernisation du pays.

Ce programme n'a été que partiellement tenu. Le gouvernement Gonzales peut placer à son actif la modernisation et la croissance économiques, un ancrage européen particulièrement réussi, l'essor d'une vie culturelle intense. Le problème du maintien de l'Espagne dans l'OTAN a été réglé par le référendum du 12 mars 1986, au prix il est vrai d'une manipulation électorale assez peu glorieuse [1]. Dans la foulée, la

1. Initialement hostile à toute forme d'adhésion de l'Espagne à l'OTAN, le Parti socialiste opère, après plusieurs années d'atermoiements,

Répartition des sièges au Congrès des députés

(effectif : 350)

	15 juin 1977	*1er mars 1979*	*28 oct. 1982*	*22 juin 1986*	*29 oct. 1989*
Parti communiste (puis Gauche unie)	20	23	4	7	17
Parti socialiste	124	121	202	184	175
Centristes	165	168	14	19	14
Autonomistes catalans	13	11	12	18	18
Autonomistes basques	8	11	8	6	9
Alliance populaire (puis Parti populaire)	16	9	106	105	107

majorité socialiste a été reconduite, à peine diminuée, lors des élections de juin. Mais la restructuration industrielle a été conduite avec un réalisme qui, compte tenu de son coût social, a valu au gouvernement de durs conflits avec le monde ouvrier et une détérioration de ses relations avec les syndicats, même avec l'UGT socialisante. Le taux de chômage le plus élevé d'Europe (près de 20 % de la population active), les déséquilibres régionaux, tout un ensemble de problèmes de société, notamment dans la jeunesse, demeurent sans solution. Malgré le lourd tribut payé à la répression et l'amélioration de la coordination franco-espagnole, l'Organisation séparatiste basque n'a pas désarmé, portant en 1987 les coups les plus meurtriers de son histoire [1]. Pour Felipe Gonzales l'état de grâce est assurément terminé, mais, faute de perspectives d'alternance crédible au centre comme à droite, l'opinion lui demeure, au vu des élections européennes et législatives de 1989, majoritairement attachée.

---

un revirement spectaculaire. Une campagne dynamique, et très personnalisée, permet d'arracher près de 53 % de *oui* à une opinion rétive.

1. Attentats de Barcelone en juin et de Saragosse en décembre, qui font respectivement 21 et 11 morts.

La Grèce et la Turquie

Après la guerre civile qui l'avait déchirée de 1946 à 1949, la Grèce n'avait guère connu que des gouvernements ancrés à droite qui, derrière la façade d'une monarchie constitutionnelle, maintenaient la population en coupe réglée. Ce n'est qu'au milieu des années cinquante, et plus encore au début des années soixante, que le décollage économique et des mutations sociales rapides ouvrent les conditions d'une relève démocratique. En 1963 et 1964, la victoire de la Coalition du centre permet au leader centriste Georges Papandréou d'amorcer une libéralisation. Pour être timide, celle-ci n'en est pas moins inquiétante pour l'oligarchie conservatrice menacée dans ses privilèges, comme pour l'armée traversée de tendances dictatoriales. L'extrême droite grecque trouve un soutien dans le jeu tortueux du Palais [1], un autre dans les services spéciaux américains qu'indispose la résistance du Premier ministre aux pressions des États-Unis dans le règlement de la question chypriote [2]. La chute du gouvernement libéral est alors décidée. Dans une première phase, dite parlementaire, le roi refuse de signer les décrets gouvernementaux, ce qui oblige Papandréou à la démission (juillet 1965), puis il tente de détacher un nombre suffisant de députés centristes pour recomposer une majorité de droite. Ces tractations ayant échoué, intervient la phase militaire en connivence avec la CIA. Devançant les élections, dont les résultats passent pour aléatoires, une junte dirigée par quelques officiers — Patakos, Papadopoulos — s'empare du pouvoir au nom du roi le 21 avril 1967. Les outrances de la première vague de répression [3] conduisent le roi Constantin à tenter un rétablissement de la situation antérieure grâce au concours d'unités de la marine. Mais son échec le contraint à

1. C'est en mars 1964 que Constantin succède à son père Paul Ier. Plus doué pour le sport que pour la politique, le jeune roi subit l'influence de sa mère, la reine Frederika, dont les sympathies nazies et les orientations réactionnaires sont notoires.

2. Sur Chypre, cf. *infra*, p. 311-313.

3. Le « coup de filet » du 21 avril a opéré plus de 6000 arrestations.

l'exil. La dictature des colonels s'exercera donc dans le cadre d'une régence, puis, à partir de 1973, dans celui d'une République.

Les essais des militaires à donner à leur régime une façade de légalité et de respectabilité — Constitution de 1968, libéralisations de 1971 et 1973 — ne sauraient masquer sa nature fondamentalement dictatoriale et policière. En l'absence de toute idéologie autre qu'un anticommunisme borné, en l'absence de tout programme et de tout parti, le régime ne survit que par la répression. Son assise sociale se réduit à la frange la plus fruste de la paysannerie et à l'oligarchie possédante. Ses protestations d'honnêteté sont quotidiennement démenties par la concussion que les dirigeants entretiennent avec une faune d'affairistes de tous calibres. Longue à s'organiser en raison des milliers d'arrestations et de déportations [1], la résistance intérieure s'intensifie à partir de 1972 (manifestation du 20 novembre) et 1973 (occupation de l'École polytechnique du 14 au 17 novembre). Pour intensifier la répression, et peut-être pour plaire aux États-Unis inquiets d'une dérive pro-arabe durant la guerre d'Octobre, la fraction la plus dure de la junte impose le général Ghizikis à la succession du colonel-président Papadopoulos. Mais l'aventure chypriote de l'été 1974 va avoir raison du régime. Incapables de faire face au débarquement des troupes turques à Chypre, les militaires remettent le pouvoir à Constantin Caramanlis. Conservateur mais populaire en raison de ses anciens démêlés avec le Palais et de sa ferme opposition aux colonels, le nouveau chef de gouvernement s'emploie à restaurer la démocratie par le retour à la Constitution de 1952 et aux libertés individuelles. La légalisation des partis politiques va de pair avec la levée de la censure, une épuration assez modérée et la condamnation des principaux responsables de la dictature. Après des élections législatives qui donnent une forte majorité à son parti, la Nouvelle Démocratie, Caramanlis fait opter le pays pour la République et adopter, en juin 1975, une Constitution inspirée du modèle français. Ayant négocié l'adhésion de la Grèce à la CEE (traité du 28 mai 1979), qui doit avoir entre autres

1. En particulier dans les bagnes de Yaros et de l'île de Léros.

mérites celui de consolider la démocratie, et préparé son retour dans l'OTAN [1], il juge avoir réalisé l'essentiel de son programme et abandonne, en 1980, la direction du gouvernement pour la présidence de la République.

Un an plus tard, aux élections du 18 octobre 1981, la victoire revient au PASOK [2], formation plus populiste que socialiste, qui s'est affirmée grâce à des prises de position parfois démagogiques (telle l'hostilité de principe à une adhésion à la CEE) et des promesses inconsidérées. Son chef, Andréas Papandréou, bon orateur et tacticien hors pair, parvient à reconduire sa majorité en 1985 après une habile mais peu reluisante manœuvre politique [3]. Ses méthodes autoritaires, la mise en place d'un véritable « État-Pasok », le clientélisme à grande échelle et quelques sombres affaires de corruption finissent par déconsidérer la démocratie grecque tant à l'intérieur qu'à l'étranger. Les élections du 18 juin 1989 sont l'occasion d'un vote sanction, mais insuffisant pour donner la majorité absolue au parti libéral de la Nouvelle Démocratie dirigé par Constantin Mitsotakis. Un gouvernement transitoire, soutenu par le Parti communiste, procède à la nécessaire *catharsis*, mais les nouvelles élections du 5 novembre, marquées par le maintien des deux grands partis et un recul communiste, ne dégagent pas davantage de majorité claire.

Avec un rythme décennal de coups d'État (1960, 1971, 1980), la Turquie connaît une vie politique troublée dans laquelle la démocratie pluraliste a du mal à s'affirmer. Ces oscillations sont la rançon d'une modernisation inachevée et de la tradition autoritaire léguée par le kémalisme. Mais si en 1971 l'armée s'est contentée d'une surveillance sur les gou-

1. En 1974, pour plaire à une opinion très antiaméricaine, Caramanlis avait opéré le retrait de la Grèce de l'OTAN, tout en la maintenant, à l'instar du précédent gaullien, dans l'Alliance atlantique. L'ouverture vers la CEE détermine un retour logique dans l'OTAN, effectif en octobre 1980, complété par un accord sur les bases américaines en 1983.

2. Mouvement socialiste panhellénique, fondé peu après la chute du régime militaire.

3. Veto à la reconduction du mandat de Constantin Caramanlis, suivi d'une révision constitutionnelle amoindrissant les pouvoirs présidentiels.

vernements civils, laissant aux cabinets Ecevit et Demirel le soin de gérer la crise économique, la déliquescence du régime parlementaire a facilité la prise du pouvoir par une junte militaire, présidée par le général Evren, le 12 septembre 1980. Lasse des atermoiements politiques, et plus encore du déchaînement des terrorismes de gauche et de droite, la population accueille le coup d'État avec un certain soulagement. La satisfaction des nations occidentales est plus nette encore en raison de l'importance que revêt la Turquie depuis la révolution islamique en Iran. Les garanties constitutionnelles étant suspendues, l'armée se livre à une gigantesque répression qui, pour frapper bien plus à gauche qu'à droite, vient rapidement à bout du terrorisme, au prix d'un lourd tribut [1]. Si on y adjoint une gestion économique ultralibérale, il est clair que l'armée s'est éloignée des principes réformistes du kémalisme pour superviser une réorganisation complète de la société et de l'État. Ce projet est du reste contrarié en 1983, à la suite d'élections qui ont donné une nette avance au Parti de la mère patrie de Torgat Özal au détriment des formations patronnées par la junte. Depuis cette date, la normalisation démocratique progresse lentement, accélérée par le référendum du 6 septembre 1987 qui a restitué leurs droits politiques aux dirigeants des grandes formations. Parallèlement, la Turquie tente de mettre à profit la guerre du Golfe et la dislocation de l'Union soviétique pour s'affirmer comme puissance régionale.

Avivée par le problème de la délimitation du plateau continental de la mer Égée, supposé riche en hydrocarbures, la dégradation des relations gréco-turques est centrée sur la question chypriote. Le statut de 1960, nettement favorable à la minorité turque de l'île [2], se heurtait à la mauvaise volonté du chef de l'État, Mgr Makarios, à l'appliquer. Son

1. Entre 1980 et 1982, on a compté près de 30 000 procès politiques, plus de 25 000 condamnations, plusieurs centaines d'exécutions et de multiples cas de torture.

2. Bien que ne représentant que 18 % de la population chrypriote, cette communauté disposait de 30 % des sièges au Parlement et de 30 à 40 % des effectifs dans l'administration, la police et la garde nationale.

but théorique était l'*Enosis*, c'est-à-dire le rattachement de Chypre à la Grèce, auquel il ne croyait guère et qu'il ne souhaitait pas, mais dont il menaçait habilement la communauté adverse. Après les affrontements intercommunautaires de 1963-1964, qui conduisent à une intervention des forces de l'ONU, le problème se complique avec l'arrivée des colonels à Athènes en 1967. Partisans fanatiques de l'*Enosis*, ceux-ci se heurtent à la Turquie bien sûr, mais aussi à Makarios qui entend la négocier à son profit, et même aux États-Unis qui souhaitent une solution de partage [1]. Les événements se précipitent au cours de l'été 1974. Le 15 juillet, un coup d'État de la garde nationale chypriote, encadrée par des officiers grecs, renverse Makarios à Nicosie avec la complicité plus que probable de Washington. Il est remplacé par Nicolaos Sampson, un chef de bande désigné par les colonels d'Athènes. Mais ceux-ci sont incapables de gérer la crise, et notamment de faire face au débarquement des forces turques dans le Nord de l'île. Le cessez-le-feu intervient le 22 juillet. Le 24, le régime militaire grec s'effondre. Des négociations s'engagent à Genève, d'emblée hypothéquées par l'extension de la couverture militaire turque (37 % du territoire), condamnée par l'ONU mais en fait tolérée par les États-Unis depuis le retrait de l'OTAN opéré par Constantin Caramanlis. Le retour au pouvoir à Nicosie de Mgr Makarios conduit le leader de la communauté turque, Rauf Denktash, à proclamer unilatéralement, en novembre 1975, la création d'un État chypriote turc théoriquement fédéré à un futur... État fédéral. Ni la mort de l'ethnarque en 1977, ni les efforts déployés par Kurt Waldheim et Perez de Cuellar pour rapprocher les points de vue lors de multiples rencontres bilatérales sous l'égide des Nations unies ne parviennent à débloquer la situation. En novembre 1983, Denktash proclame l'indépendance totale d'une République turque du nord de Chypre (RTNC), dont la reconnaissance internationale se limite à la seule Turquie. La revendication de l'*Enosis* est assurément en perte

1. Cette solution offrait le double avantage de mettre fin à un conflit opposant deux pays membres de l'OTAN et de déconsidérer Makarios, devenu l'une des figures de proue du non-alignement, et comme tel ostensiblement soutenu par l'Union soviétique.

de vitesse dans la communauté grecque, mais l'impasse demeure totale entre la conception unitaire du président chypriote Vassiliou et l'exigence minimale d'un fédéralisme bizonal défendu par Rauf Denktash.

La France

Le septennat de Valéry Giscard d'Estaing

Le décès de Georges Pompidou, le 2 avril 1974, ouvre une succession très disputée à droite où s'annoncent les candidatures de Jacques Chaban-Delmas, de Valéry Giscard d'Estaing et de Jean Royer, ainsi que celles, avancées puis retirées, de Pierre Messmer et d'Edgar Faure. L'unité prévaut à gauche avec François Mitterrand comme candidat unique, si l'on excepte quelques candidatures marginales. Au départ le mieux placé, Chaban-Delmas doit constater assez vite qu'il n'a pas l'électorat de sa politique, et pâtit de diverses attaques personnelles venues de son propre camp. Giscard d'Estaing bénéficie à l'inverse du ralliement des centristes d'opposition et d'une dissidence néogaulliste menée par Jacques Chirac. Une campagne bien conduite sur le thème du « changement sans risque », un duel télévisé apparemment décisif avec son adversaire du second tour assurent une courte victoire au candidat de droite, consécration attendue d'une carrière et d'une ambition programmées de longue date.

L'intention du nouveau président est de gouverner au centre, conformément à l'aspiration présumée des Français. De fait, le nouveau gouvernement présidé par Jacques Chirac est à dominante libérale-centriste, composé à l'image de la nouvelle majorité présidentielle plus que de la majorité parlementaire [1]. D'autres innovations résident dans le rajeunissement et la féminisation de l'équipe gouvernementale, ainsi que dans la créa-

1. Pour s'en tenir aux seuls ministres, le gouvernement ne compte que cinq UDR, mais quatre réformateurs, trois républicains-indépendants et quatre sans étiquette. Ainsi, l'UDR ne dispose que de moins du tiers des portefeuilles alors qu'elle représente les deux tiers de la majorité à l'Assemblée nationale.

tion de nouvelles sphères d'activité ministérielle [1]. Alors que s'affirme un nouveau style présidentiel, tout empreint de décontraction kennedyenne, un nombre appréciable de réformes sont adoptées, qui privilégient dans l'ensemble un ajustement du droit à l'évolution des mœurs et un effort de la collectivité en faveur des plus démunis, conformément à l'objectif fixé d'une « société libérale avancée » [2]. Ce style et ces réformes suffisent-ils à promouvoir une « ère nouvelle de la politique française », ainsi qu'il l'a été annoncé le 27 mai 1974, et à fonder une nouvelle pratique politique ? Procédant d'un orléanisme rénové et d'un discours technocratique humanisé, le *giscardisme* [3] a voulu donner du pouvoir présidentiel une image plus simple et ouverte que ses prédécesseurs, et conduire les adaptations sans lesquelles la société française oscille invariablement entre le blocage et l'explosion. A cette double option, il s'est assigné un remodelage de l'espace politique qui, par marginalisation des extrêmes, verrait s'opposer une droite libérale et une gauche social-démocrate également modernisées. Les contraintes de la crise économique, la résistance des appareils et le refus des forces politiques d'accéder aux vertus de la « décrispation » en ont décidé autrement. Mais, pour donner consistance au projet, il aurait fallu autre chose que d'assez médiocres gadgets ou fantasmes personnels abusivement érigés en mythes nationaux. La dérive présiden-

1. La promotion ministérielle de Simone Veil (Santé) est bien accueillie par l'opinion. Parmi les nouveaux portefeuilles, on relève l'éphémère ministère des Réformes (Jean-Jacques Servan-Schreiber), les secrétariats d'État à la Condition féminine (Françoise Giroud), à la Condition pénitentiaire.

2. Parmi les réformes les plus significatives, on relèvera l'abaissement de la majorité civile et électorale à dix-huit ans, l'assouplissement des procédures de divorce, la liberté de la contraception et la libéralisation de l'interruption volontaire de grossesse, une humanisation des conditions pénitentiaires, une réforme des structures de l'audiovisuel public, une amélioration du sort des personnes âgées, handicapées ou privées d'emploi. La réforme constitutionnelle du 29 octobre 1974, élargissant les conditions de saisine du Conseil constitutionnel, est d'une portée considérable pour l'équilibre des pouvoirs pour le rôle de cette institution.

3. Cf. « Le giscardisme », *Pouvoirs*, n° 9, mai 1979, et « Voyage en Giscardie », *Esprit*, mars 1981.

tielle vers un style plus solennel et plus distant entre également dans l'échec de cette tentative de renouvellement.

En tout état de cause, l'euphorie réformatrice est de courte durée. De refroidissement en relance, les plans économiques et financiers du gouvernement révèlent l'ampleur de la crise plus qu'ils n'y remédient. Malgré ses affirmations répétées de loyauté et d'allégeance, Jacques Chirac redoute une tutelle présidentielle qui reviendrait à amoindrir ses fonctions et à marginaliser son mouvement. Dans un contexte de chômage croissant, le choc des élections cantonales de mars 1976 est suffisamment rude pour que Valéry Giscard d'Estaing confie au Premier ministre une tâche de coordination de la majorité, mais ce dernier se voit refuser les élections législatives anticipées qui, selon lui, pourraient prendre la gauche de vitesse [1]. Une suspicion de dérive vers l'atlantisme, un débat biseauté sur la taxation des plus-values aggravent le malentendu et entretiennent la grogne des gaullo-pompidoliens qui n'ont jamais accepté en fait d'être dépossédés de l'État. Devançant sans doute la décision présidentielle de se séparer de lui, Jacques Chirac remet sa démission le 25 août, invoquant « l'absence des moyens nécessaires pour assumer ses fonctions ». Ce qui aurait pu être une séparation à l'amiable est devenu rupture avec promesse d'affrontement. Pour l'heure, c'est Raymond Barre, universitaire devenu vice-président de la commission de la CEE puis ministre du Commerce extérieur, qui lui succède, avec pour priorité la lutte contre l'inflation et la défense du franc.

Parallèlement s'opère un certain renouvellement du paysage politique. Celui-ci affecte moins la bipolarisation, dont les scrutins successifs montrent la permanence, que l'équilibre interne et, dans une moindre mesure, la nature des composantes au sein des blocs. A gauche, le Parti communiste s'essaie à un certain *aggiornamento* qui culmine en 1976 avec l'abandon du dogme de la dictature du prolétariat, un ralliement nuancé à la force de frappe, une adhésion assez large aux positions de l'eurocommunisme, le soutien apporté

1. Les élections cantonales des 7 et 14 mars sont un net succès pour la gauche qui recueille 52 % des suffrages exprimés, devenant ainsi majoritaire dans le pays.

à certains dissidents soviétiques. L'interrogation demeure sur le degré de sincérité d'une telle évolution. Peut-être ne s'agit-il que d'enrayer une crise de crédibilité, avec ce qu'elle peut signifier d'érosion électorale, à l'heure où le marxisme ne régente plus les milieux intellectuels français [1]. Ou de retenir les catégories salariées qui semblent irrésistiblement attirées par le Parti socialiste. Depuis sa gestation difficile des années 1969-1971, ce dernier s'affirme en effet comme la première force politique nationale, grossie en octobre 1974 d'une masse militante venue du PSU (Michel Rocard), du syndicalisme et de la gauche chrétienne. Ayant ancré son parti dans la stratégie de l'union de la gauche, mais qu'il entend bien faire fonctionner à son profit, François Mitterrand assure comme premier secrétaire la cohésion d'une formation disparate où la diversité des courants [2] masque plus ou moins la rivalité des ambitions. Parti attrape-tout, qui engrange des suffrages venus des horizons politiques et sociaux les plus divers, et parti fourre-tout, dans lequel l'utopie révolutionnaire voisine avec le carriérisme à peine déguisé, le PS n'en constitue

1. La parution en 1974 de *L'Archipel du Goulag* d'Alexandre Soljenitsyne a joué un grand rôle dans cette régression du « modèle » soviétique, alors qu'au même moment une meilleure connaissance des réalités chinoises opère une démythification en profondeur du maoïsme. Dans les années suivantes, la tragédie des *boat people* accélère cette évolution qui semble trouver sa consécration dans les « retrouvailles » Sartre-Aron sur le perron de l'Élysée. Les courants des « nouveaux philosophes » et de la « nouvelle droite » tentent de combler le vide théorique par des voies différentes, mais également antimarxistes.

2. On distingue le courant Mitterrand, agrégé autour des fidèles de l'ancienne Convention des institutions républicaines ; le courant Mauroy, héritier d'un certain guesdisme par son attachement aux traditions du mouvement ouvrier et son souci d'implantation dans le tissu social ; le courant Rocard, autogestionnaire et décentralisateur ; le courant du CERES, animé par Jean-Pierre Chevènement, qui combine une idéologie marxisante et certaines références gaullistes. Au congrès de Metz, en avril 1979, la répartition numérique des courants s'établit comme suit : Mitterrand 40 % (47 % avec l'appoint du sous-courant Defferre), Rocard 21 %, Mauroy 17 %, CERES 15 %. Dans la perspective des présidentielles de 1981, et d'une éventuelle primaire entre F. Mitterrand et M. Rocard, une majorité s'est formée par alliance Mitterrand-CERES contre la minorité Rocard-Mauroy.

pas moins une incontestable réussite de la Ve République et un excellent instrument de conquête du pouvoir.

A droite, l'événement est venu de Jacques Chirac qui, sur les conseils de deux anciens collaborateurs de Georges Pompidou, Pierre Juillet et Marie-France Garaud, s'est emparé « à la hussarde » de la présidence de l'UDR en décembre 1974, négligeant le mécontentement affiché de quelques barons du gaullisme. Après le discours d'Égletons du 3 octobre 1976, qui appelle à un « vaste rassemblement populaire » [1], les assises extraordinaires de l'UDR donnent naissance, début décembre, à un nouveau parti, le Rassemblement pour la République (RPR) dont le succès d'adhésions est réel. Pour faire contrepoids à ce qui apparaît bien comme une entreprise de *leadership* sur la majorité, Valéry Giscard d'Estaing inspire par la suite un regroupement des forces qui le soutiennent. Reprenant le titre d'un essai assez mince dans lequel le président avait esquissé ses conceptions [2], l'Union pour la démocratie française (UDF) naît au début de 1978, à la veille des élections législatives. Tout à la fois parti du président et structure d'accueil pour les électeurs hésitants, cette confédération de partis conservateurs et centristes [3] n'est jamais parvenue à se départir d'une image floue et divisée.

Au sein des deux blocs, l'harmonie ne règne guère. Les élections municipales des 13 et 20 mars 1977 survenant au plus mauvais moment pour le gouvernement, l'opposition de gauche a confirmé sa position majoritaire, mais en des termes plus favorables au Parti socialiste qu'au Parti communiste [4]. Dix jours plus tard, le PCF réclame une réactualisation du

1. Le mimétisme est évident avec le discours prononcé le 7 avril 1947 à Strasbourg par le général de Gaulle, annonçant la formation du RPF : « Il est temps que se forme et s'organise le Rassemblement... »

2. *Démocratie française*, Fayard, 1976.

3. L'UDF se compose pour l'essentiel du Centre des démocrates sociaux (CDS) formé en 1976 par fusion du Centre démocrate de Jean Lecanuet et du Centre démocratie et progrès de Jacques Duhamel ; du Parti républicain (PR) fondé en 1977 à partir des républicains-indépendants ; et du Parti radical « valoisien » animé à l'époque par Jean-Jacques Servan-Schreiber. La présidence de l'UDF revient à Jean Lecanuet.

4. Sur les 55 villes de plus de 30 000 habitants enlevées par la gauche à la majorité, 39 reviennent à des listes conduites par le PS, 16 par le PC.

programme commun et la mise en place d'un calendrier de son application. L'initiative n'est pas en soi anormale dans la mesure où ce texte, rédigé en 1972, l'avait été dans une période de forte expansion qui n'était plus d'actualité. Mais l'insistance que met le Parti communiste à en chiffrer le coût élevé et à surenchérir sur l'ampleur des nationalisations à effectuer[1] apparaît vite comme relevant d'une stratégie délibérée de rupture. Après d'interminables discussions durant l'été 1977, les sommets Mitterrand-Marchais-Fabre des 14 et 23 septembre ne peuvent que constater un total désaccord, assorti d'une suspension *sine die* des pourparlers. D'emblée, le Parti communiste livre son interprétation de la rupture, à laquelle la masse militante va devoir donner un large écho malgré le trouble de certains : la dérive droitière de François Mitterrand et du Parti socialiste. Que ces derniers aient eu, dans la perspective des élections futures, une lecture minimale du programme commun est évident. Mais l'accusation fait bon marché de l'ancrage dans l'union de la gauche qui a été depuis 1965 l'option constante, et même statutaire, du premier secrétaire et de son parti. Plus sérieusement, deux explications peuvent être avancées. La première réside dans la hantise du Parti communiste d'être électoralement réduit à une force d'appoint, sans capacité de peser sur les décisions d'un éventuel gouvernement de gauche. La seconde s'inscrit dans la perception d'une crise grave et durable du système capitaliste qui justifierait une stratégie de retrait et de non-compromission[2]. Pour l'heure, le Parti communiste en appelle à l'« union à la base », formule dont il est fait traditionnellement usage quand la désunion s'est installée au sommet. Par la suite, l'appréciation du bilan « globalement positif » du socialisme soviétique, l'approbation de l'invasion de l'Afghanistan, une distanciation manifeste à l'égard de

1. Le PS et le MRG entendent s'en tenir à la nationalisation des neuf groupes industriels inscrits dans le programme commun, le PC exigeant la nationalisation des groupes et de leurs filiales, soit de plusieurs centaines d'entreprises.

2. Sur l'ensemble de la question, cf. G. Lavau, *A quoi sert le Parti communiste français ?*, Paris, Fayard, 1981, et J.-J. Becker, *Le Parti communiste veut-il prendre le pouvoir ?*, Paris, Éd. du Seuil, 1981.

l'eurocommunisme isolent davantage le PCF dans des positions gauchisantes non dépourvues de sectarisme et d'agressivité.

Sans atteindre le stade de la rupture, les relations au sein de la majorité ne sont guère meilleures. A Paris, les élections municipales ont vu l'affrontement des listes du candidat de l'Élysée, le ministre Michel d'Ornano, avec celles de Jacques Chirac. Largement vainqueur, ce dernier va ériger la capitale en un fief inexpugnable. Sans doute les deux formations de la droite parviennent-elles, en vue des élections législatives de mars 1978, à la désignation d'un certain nombre de candidatures uniques et à un accord de désistement mutuel. Dans la perspective d'une nouvelle confrontation droite-gauche, Valéry Giscard d'Estaing indique à Verdun-sur-le-Doubs, le 27 janvier, quel doit être « le bon choix pour la France », et l'impossibilité où il serait placé, en cas de victoire de la gauche, d'empêcher l'application du programme commun. En fait, en dramatisant à l'excès, la majorité momentanément ressoudée s'est surtout fait peur à elle-même. Car la rupture de la dynamique unitaire provoque, à gauche, une perte de suffrage au premier tour et des transferts plus difficiles au second [1]. Ces élections n'en sont pas moins une incontestable victoire pour le président de la République qui a réussi à écarter le spectre d'un gouvernement de gauche et à rééquilibrer la droite au profit de la formation qui le soutient [2]. L'avantage numérique demeure pourtant

1. La poussée du Parti socialiste, allié au MRG, n'en est pas moins substantielle, supérieure à quatre points par rapport à 1973. Elle épouse aussi une nouvelle géographie électorale qui fait apparaître une érosion dans les régions de vieille implantation socialiste (Midi surtout) et de nets progrès sur les « terres de mission » traditionnellement conservatrices de l'Ouest et de l'Est.

2. Les élections européennes du 10 juin 1979 prolongent en quelque sorte cet avantage présidentiel. Conduite par Simone Veil, personnalité politique dont la popularité demeure constante, la liste de l'UDF (27,5 % des voix) creuse l'écart avec le RPR (16,2 %). Ce dernier a sans doute été victime de positions très critiques à l'égard de la construction européenne et des retombées négatives de l'« appel de Cochin » (6 décembre 1978) dans lequel Jacques Chirac avait assimilé au « Parti de l'étranger » l'inspiration de la politique européenne du président de la République.

au RPR. Ce n'est pas le moindre paradoxe de ces élections qui devaient être gagnées par la gauche et qui l'ont été par la droite, et qui, après avoir vu au premier tour l'affirmation des « blocs centraux » (PS et UDF), se sont soldées par une revanche des « blocs extrêmes » (PC et RPR).

Reste à mesurer la portée de ce succès. L'ouverture à gauche, ou au centre gauche, éternel serpent de mer du septennat, ayant échoué, c'est sur une base parlementaire inchangée que Raymond Barre est reconduit comme Premier ministre. Libéré de l'hypothèque électorale, ce dernier rompt avec la gestion relativement indolore de la crise qui avait prévalu jusqu'ici, pour une politique draconienne de vérité des prix et de redéploiement industriel. Les priorités sont désormais de réduire la dépendance énergétique de la France à l'heure du second choc pétrolier, et d'accroître les possibilités concurrentielles des entreprises. Privés du soutien de l'État, des pans entiers de l'industrie s'effondrent, de l'empire Boussac à Manufrance, dans les charbonnages, la sidérurgie, la construction navale. Malgré la mise en place de divers dispositifs, la situation de l'emploi, qui s'était améliorée en 1976, se dégrade à nouveau [1]. Régions sinistrées par la crise, chômage des jeunes et des femmes, pouvoir d'achat stagnant des classes moyennes créent dans le pays un malaise propice à l'explosion de mécontentements de toutes sortes. En butte à la guérilla parlementaire que lui livre le RPR [2], livré aux plus rudes records d'impopularité, Raymond Barre fait front pour justifier la logique de sa démarche. Mais il ne peut empêcher l'éclosion et l'exploitation de diverses affaires ou maladresses qui ternissent l'image gouvernementale et présidentielle. Entre le projet « sécurité et liberté » du garde

1. Le nombre des chômeurs atteint 1,4 million en janvier 1981, 1,6 en mai.

2. La tactique du RPR et de son chef est alors de harceler le gouvernement en utilisant toutes les ressources de la procédure parlementaire à l'exclusion du vote d'une motion de censure dont l'adoption, avec les voix de gauche, entraînerait une probable dissolution. Pour faire face à cette fronde, le gouvernement Barre doit recourir à la procédure de l'article 49 al. 3 de la Constitution qui considère une loi comme adoptée dès lors qu'aucune motion de censure n'a été votée par la majorité des députés.

des Sceaux Peyrefitte, qui inquiète jusque dans les rangs de la majorité, et le refus obstiné d'accéder à la demande unanime d'une communication libre, le pouvoir semble s'être figé dans une arrogance dédaigneuse. En choisissant pour slogan « changer la vie », le Parti socialiste s'affirme comme celui de l'alternance tranquille, capable de rallier enfin à lui cette fraction centriste de l'électorat qui lui avait échappé en 1974 et 1978.

Malgré l'adoption en 1976 d'une loi visant à rendre plus contraignantes les conditions de parrainage [1], le nombre des candidatures demeure élevé en vue des élections présidentielles de 1981. La prestation des « petits candidats », au nombre de six, est du reste suivie avec sympathie par l'opinion tant celle-ci est saturée des déclarations pour le moins répétitives des principaux leaders politiques. Au terme d'une campagne diversement conduite [2], les résultats du premier tour provoquent une double surprise : le score assez médiocre du président sortant et la baisse substantielle des suffrages communistes. La tactique giscardienne attendue pour le second tour, visant à présenter François Mitterrand comme l'otage du PCF, est dès lors devenue inopérante. Dans l'un et l'autre camp, les désistements s'opèrent logiquement, encore qu'avec une détermination et une sincérité variables [3]. Après

1. Le nombre des élus s'engageant à parrainer une candidature est passé de 100 à 500, représentatifs de 30 départements et non plus de 10.

2. Campagne rassurante de François Mitterrand (« La force tranquille ») ; campagne hautement médiatique et spectaculaire de Jacques Chirac ; campagne plus terne et plus floue de Valéry Giscard d'Estaing, mal à l'aise dans son rôle de « candidat-citoyen » et qui ne parvient pas à retrouver les élans populistes qui l'avaient porté en 1974. Quant à Georges Marchais, tout en s'affirmant avec véhémence comme le « seul candidat anti-Giscard », il multiplie les déclarations (exigence de ministres communistes, promesse d'une vague de grèves en cas de victoire de la gauche) propres surtout à faire échouer le candidat socialiste.

3. François Mitterrand reçoit le ralliement de Huguette Bouchardeau, d'Arlette Laguiller et de Michel Crépeau. Le 28 avril, le Comité central du PCF appelle à voter pour le candidat socialiste, non sans distribuer, semble-t-il, quelques consignes à usage interne d'abstention « révolutionnaire ». A droite, Michel Debré reste fidèle à son camp tandis que Marie-France Garaud choisit le vote blanc. Jacques Chirac apporte au président sortant un soutien réticent.

un débat télévisé qui, à la différence de 1974, semble bien s'être achevé sur un match nul, François Mitterrand remporte le 10 mai une nette victoire dans laquelle interviennent une meilleure mobilisation des abstentionnistes, la discipline de l'électorat de gauche et un ralliement notable de suffrages qui s'étaient portés au premier tour sur divers candidats modérés [1].

Dans l'euphorie du moment, qui combine les manifestations de la liesse populaire et les gestes hautement symboliques du nouveau président, la formation d'un gouvernement dirigé par Pierre Mauroy, à peu près uniquement composé de socialistes, n'a d'autre finalité que de préparer les élections législatives consécutives à la dissolution de l'Assemblée nationale, dissolution conforme aux engagements pris durant la campagne électorale. Diverses mesures à caractère social sont adoptées ou annoncées, dont l'effet électoral, pour n'être pas négligeable, compte assez peu au regard de la dynamique majoritaire propre au système français. Malgré un abstentionnisme élevé, les législatives de juin confirment et amplifient les présidentielles de mai, assurant au Parti socialiste le score le plus élevé de son histoire [2] et une confortable majorité absolue de 285 sièges sur 491. La « vague rose » est indéniable, accrue par l'effet multiplicateur du scrutin uninominal. La seule erreur du parti majoritaire est de l'avoir identifiée à une conversion de la France au socialisme.

Les septennats de François Mitterrand

L'année 1981 restera dans l'histoire française comme celle de l'alternance politique dans la continuité constitutionnelle. La rupture est en effet considérable avec une longue et double tradition qui soumettait l'alternance à un changement obligé de régime politique, ou qui à l'inverse la paralysait dans le cadre d'un régime donné. L'alternance allait ainsi de

1. On estime généralement que Valéry Giscard d'Estaing n'a retrouvé au second tour que trois sur quatre des électeurs de Jacques Chirac, le reste s'étant abstenu ou s'étant porté sur François Mitterrand.

2. Plus de 37 % des suffrages exprimés au premier tour, et de 49 % au second.

pair avec l'instabilité constitutionnelle ou finissait par se résoudre en inflexion mineure [1]. Le mérite de la Constitution de 1958, pourtant taillée à la mesure d'un homme, est d'avoir renversé cette absence de perspectives par l'instauration du fait majoritaire, pour peu évidemment que les principaux acteurs de la vie politique se soient ralliés à ses règles. C'est ce qu'a compris François Mitterrand qui, après avoir longtemps bataillé contre les institutions et la pratique institutionnelle de la Ve République, s'est installé dans sa fonction, et apparemment sans état d'âme, à la même enseigne que ses prédécesseurs, celle d'un monarque républicain. Il est symptomatique à cet égard qu'il n'ait été donné aucune suite aux projets de suppression ou de révision des dispositions les plus décriées de la Constitution [2]. Celle-ci, qui avait déjà géré sans drame majeur la succession du général de Gaulle puis la fin de la domination gaulliste sur l'exécutif, a révélé tout à la fois sa capacité d'adaptation aux mutations politiques et sa faculté de stabilisation des institutions. Un autre exemple en sera administré en 1986.

Après la formation d'un second ministère Mauroy, tout aussi représentatif que le précédent des divers courants socialistes mais élargi cette fois au Parti communiste [3], la majorité se met au travail. Non sans précipitation et quelque jactance. L'impatience et la bonne volonté des nouveaux élus, largement issus du milieu enseignant, se doublent chez beaucoup d'une inexpérience et d'une ignorance totale des réalités

1. Ainsi en avait-il été des alternances opérées en 1902, 1906, 1924, 1932 et même 1936 sous la IIIe République, et en 1956 sous la IVe.

2. Article 16 sur les pleins pouvoirs, article 38 sur les ordonnances, article 49 paragraphe 3 sur la mise en jeu de la responsabilité gouvernementale.

3. Malgré les inquiétudes plus ou moins discrètement exprimées par Ronald Reagan et Helmut Schmidt, le président de la République s'est tenu à honorer le contrat d'union de la gauche qui, même rompu en 1977, l'avait porté au pouvoir. Sans doute a-t-il pensé aussi obtenir un certain calme social, ce qui sera partiellement vérifié. Échaudé par le score médiocre de son secrétaire général, le PCF n'avait d'autre issue que d'accepter cette offre. Ce sont donc quatre ministres et secrétaires d'État qui entrent le 23 juin dans le gouvernement, parmi lesquels Charles Fiterman, ministre d'État et des Transports.

LES PRINCIPALES RÉFORMES
DES GOUVERNEMENTS SOCIALISTES
1981 - 1986

Domaine économique. *Loi du 13 février 1982 :* nationalisation de cinq groupes industriels (CGE, PUK, Rhône-Poulenc, Saint-Gobain, Thomson-Brandt), de deux compagnies financières (Paribas et Suez) et de quarante-deux banques. — *Loi du 3 octobre 1983 :* création des CODEVI. — *Plan du 8 février 1984* : création de quatorze « pôles de conversion ».

Domaine fiscal. *Loi de Finances 1982 :* création de l'impôt sur la fortune.

Domaine social. *Ordonnance du 27 janvier 1982 :* réduction de la semaine légale de travail à 39 heures. — *Ordonnance du 27 mars 1982 :* cinquième semaine de congés payés. — *Ordonnances et lois de février à décembre 1982* (lois Auroux) : extension des droits économiques et sociaux des salariés dans l'entreprise. — *Ordonnances du 26 mars 1982 :* abaissement de la retraite à soixante ans, réglementation des cumuls d'emplois, création du « chèque-vacance », amélioration de la formation professionnelle. — *Ordonnances des 16 janvier et 16 décembre 1982 :* contrats de solidarité entre l'État, les collectivités publiques et les entreprises. — *Loi du 22 juin 1982* (loi Quillot) : renforcement de la protection des locataires. — *Loi du 21 décembre 1982 :* remboursement partiel de l'IVG par la Sécurité sociale. — *Loi du 21 décembre 1984 :* instauration d'un congé parental à partir du troisième enfant. — *Décret du 26 septembre 1984 :* création des Travaux d'utilité collective (TUC). — *Loi du 28 février 1986 :* adaptation du temps de travail.

économiques. Sur les marches du pouvoir, le vieux cri de guerre du Cartel des gauches, « A nous les places, toutes et tout de suite », semble avoir retrouvé toute sa vigueur. Cabinets ministériels pléthoriques et largement ouverts aux militants, disgrâces et promotions dans la haute fonction publique, le corps diplomatique et la communication relèvent de l'assouvissement normal de frustrations trop longtemps contenues, mais font la part belle aux camaraderies de parti plus qu'aux critères de compétence. Les déclarations intempestives ou contradictoires de divers ministres, pudiquement désignées par le premier d'entre eux comme une façon de gouverner « autrement », donnent l'impression d'une cacopho-

Domaine judiciaire. *Loi du 4 août 1981 :* suppression de la Cour de sûreté de l'État et des tribunaux militaires. — *Loi du 1er octobre 1981 :* abolition de la peine de mort. — *Loi du 2 octobre 1981 :* abrogation de la loi anticasseurs. — *Loi du 31 mars 1983 :* abrogation de la loi « sécurité et liberté ». — *Loi du 8 juillet 1983 :* protection des victimes d'infractions.

Domaine administratif. *Lois des 2 août 1981, 2 mars 1982, 7 janvier et 22 juillet 1983 :* extension de la décentralisation communale, départementale et régionale ; statut d'autonomie de la Corse. — *Loi du 20 décembre 1982 :* élargissement des conditions d'accès à l'ENA. — *Loi du 26 juillet 1984 :* organisation de la fonction publique territoriale.

Domaine de la communication. *Loi du 1er août 1981 :* rétablissement du prix de vente unique du livre. — *Loi du 10 novembre 1981 :* législation des radios libres. — *Loi du 30 juillet 1982 :* réforme de l'audiovisuel public et création d'une Haute Autorité. — *Loi du 23 novembre 1984 :* réglementation de la concentration en matière de presse. — *Loi du 29 novembre 1985 :* création des chaînes de télévision privées.

Domaine scolaire et universitaire. *Loi du 22 décembre 1983 :* réforme des structures de l'enseignement supérieur. — *Loi du 25 mai 1984* (loi Savary) : réglementation de l'enseignement privé.

Domaine électoral. *Loi du 20 novembre 1982 :* réforme du régime électoral des communes. — *Loi du 18 décembre 1982 :* réforme de l'organisation administrative et électorale de Paris, Lyon et Marseille. *Loi du 27 juin 1985 :* adoption du scrutin proportionnel pour l'élection des députés et du suffrage direct pour l'élection des conseillers régionaux.

nie et d'un certain désordre gouvernemental, que le temps finira par atténuer.

Il est de tradition que le début des septennats coïncide avec quelques grandes réformes. Ainsi en avait-il été en 1958-1959 et en 1974-1975. Mais, par son ampleur, la vague réformatrice des deux premières années du gouvernement Mauroy dépasse tous les précédents, même ceux de 1936 et de la Libération. Il n'est guère de secteur de la vie économique, sociale et culturelle, de l'espace administratif et judiciaire, qui n'ait été touché dans le cadre d'une émulation qui veut que chaque ministre attache son nom à une réforme d'envergure. Le jugement d'ensemble relève pour une part de l'appréciation personnelle. Il est clair que certaines mesures réparaient un long retard ou répondaient aux vœux de larges secteurs de l'opinion. D'autres ont souffert d'une préparation insuffisante ou se sont révélées d'un coût disproportionné à leur utilité réelle. En tout état de cause, le gouvernement sera jugé, comme ses prédécesseurs, sur les résultats de sa politique économique et sociale, et particulièrement sur sa capacité à résoudre le lancinant problème de l'emploi. Or, à vouloir faire supporter aux entreprises l'essentiel des charges du progrès social, l'effet est d'augmenter le chômage, tandis que la relance de la consommation alimente l'inflation et creuse le déficit extérieur. Précédé ou accompagné par l'explosion de divers mécontentements catégoriels, le désenchantement de l'opinion se traduit à l'occasion des élections cantonales de mars 1982 et plus vigoureusement lors des municipales de mars 1983. Très politisées, ces consultations locales apparaissent comme le « négatif » de celles de 1976 et 1977. Bien qu'échaudés par le désastre de 1981, les partis de droite qui avaient dû un temps s'effacer devant une résurgence clubiste [1] retrouvent une nouvelle vigueur que peut compromettre néanmoins l'âpre rivalité qui se dessine entre leurs chefs. Un nouveau ministère Mauroy, laborieusement constitué, adopte d'emblée le langage qui n'est plus celui de la rigueur mais de l'austérité. Ce tournant, illustré par l'adoption du plan Delors, suscite de vifs affrontements au sein du Parti socialiste lors du congrès de Bourg-en-Bresse (fin octobre 1983), qui ne retrouve pas les accents triomphalistes de celui de Valence deux ans plus tôt, et annonce une dégradation des relations avec le Parti communiste.

Entre une gauche qui a déçu et une droite divisée, un vide relatif s'est créé qui profite à l'extrême droite. Réduite depuis

1. Cette multiplication des clubs politiques dès l'été 1981 n'est pas sans renvoyer au précédent des années soixante (cf. t. III, p. 406), à une différence près : c'est la carence des partis de gauche qui avait alors suscité la poussée clubiste, alors que, vingt ans plus tard, les clubs de droite ne visent pas à créer de nouvelles formations politiques, étant généralement affiliés à un parti. Ainsi, les clubs Perspectives et réalités adhèrent à l'UDF, le club de l'Horloge, le club 89 sont au RPR, etc. Plus de 400 clubs politiques ont été recensés entre 1981 et 1983, équitablement répartis entre la province et la région parisienne.

la fin de la guerre d'Algérie à la léthargie de quelques groupes rivaux [1], celle-ci opère un retour en force à la faveur d'une élection partielle à Dreux et bien davantage lors des élections européennes du 17 juin 1984. Avec près de 11 % des suffrages, la liste du Front national conduite par Jean-Marie Le Pen fait pratiquement jeu égal avec celle du Parti communiste qui enregistre à cette occasion un nouveau recul. Qu'une poussée de l'extrême droite coïncide avec la présence d'un gouvernement de gauche n'est pas en soi anormal. Divers précédents tendraient même à banaliser cette coïncidence [2]. Ce qui peut surprendre, c'est l'ampleur d'une telle percée ainsi que sa durée dans la mesure où, traditionnellement, le retour de la droite signifiait à bref délai le reflux de l'extrême droite. La force du Front national ne réside pas dans la nouveauté de ses thèmes politiques, amalgame des multiples facettes de l'extrémisme de droite : ordre moral, culte du chef, chauvinisme et xénophobie teintée d'antisémitisme, plus encore d'antimaghrébisme. Elle réside dans l'exploitation démagogique mais habile des peurs et rancœurs accumulées depuis des années dans le triple contexte du chômage, de l'immigration et de l'insécurité grandissants. Répudiant l'activisme des ligues d'antan, ce national-populisme s'inscrit dans une démarche légaliste, respectueuse des institutions. A l'inverse du poujadisme, il ne professe aucun corporatisme. Il en découle une audience sociologiquement élargie qui, de la bourgeoisie intégriste à des milieux populaires longtemps fidèles au vote communiste, n'exclut aucune catégorie sociale, à l'inverse d'une géographie qui tend à privilégier son implantation autour des centres urbains à forte densité d'immigrés et sur le pourtour méditerranéen où revivent les réflexes de l'électorat pied-noir.

Ce printemps de l'extrême droite est aussi celui de la droite tout entière. Sur le thème toujours brûlant de l'école, les passions se sont rallumées en 1983 entre partisans et adversaires des subventions publiques à l'enseignement privé. Présenté le 16 mars 1984, le projet du ministre Alain Savary, en ne procédant qu'à quelques aménagements des dispositions

1. Le Front national, créé en 1972, et le Parti des forces nouvelles.
2. Ceux de 1924, 1932, 1936 et 1954-1956.

existantes, n'a rien de liberticide. Mais le sectarisme des tenants de la laïcité rejoint dans la surenchère celui des chevau-légers de l'enseignement catholique. Dans l'escalade à laquelle se livrent le CNAL et l'APEL [1], cette dernière détient l'avantage en raison de plus puissants soutiens dans l'opinion. La gigantesque manifestation parisienne du 24 juin 1984 peut être à ce titre considérée comme un plein succès, quel que soit l'effort de récupération déployé par l'ensemble des forces de droite. Sur le thème de la défense des libertés, qui fut si souvent le sien, la gauche se trouve ainsi prise à contre-pied. Véritable tournant du septennat, la crise scolaire oblige le président de la République à reprendre l'initiative : retrait du projet Savary et dépôt devant le Parlement d'un projet de référendum portant révision de l'article 11 de la Constitution [2]. Initiative habile, qui permet de désamorcer la fausse querelle de la légitimité présidentielle entretenue depuis quelque temps par l'opposition [3], mais vexatoire pour le Premier ministre et le ministre de l'Éducation nationale qui s'estiment désavoués. D'où la démission le 17 juillet d'Alain Savary et de Pierre Mauroy, ce dernier étant remplacé par Laurent Fabius qui entend travailler désormais « à la modernisation du pays et au rassemblement des Français ». Outre diverses mutations dans une équipe gouvernementale resserrée [4], le fait marquant réside dans le retrait volontaire des ministres communistes. Déjà aigries par l'affaire polonaise et le débat sur les euromissiles, les relations entre socialistes et communistes se sont encore détériorées sur le thème

1. Respectivement Comité national d'action laïque et Association des parents d'élèves de l'enseignement libre.

2. Il ne s'agit donc pas d'un référendum sur l'école, mais de rendre possible un référendum sur des sujets non prévus par la Constitution, sur telle ou telle liberté par exemple.

3. Celle-ci résoudra le problème par un blocage de la procédure référendaire grâce à un vote hostile du Sénat.

4. Les principales mutations concernent les Affaires étrangères, l'Intérieur et l'Éducation nationale, qui passent respectivement de Claude Cheysson à Roland Dumas, de Gaston Defferre à Pierre Joxe et d'Alain Savary à Jean-Pierre Chevènement. Succédant à Jacques Delors au ministère des Finances, Pierre Bérégovoy se signalera par une gestion très orthodoxe des finances publiques et plutôt libérale de l'économie.

de la modernisation industrielle et les suppressions d'emplois qui en découlent. Quelques mois suffiront au PCF pour passer de la participation critique à l'opposition ouverte, sans que ce raidissement soit électoralement payant et sans qu'il fasse l'unanimité dans ses rangs, comme en témoigne le plaidoyer de Pierre Juquin en faveur d'une rénovation interne.

La jeunesse et les qualités intellectuelles du nouveau Premier ministre, son langage sobre et clair, une image cultivée de modernisme et d'efficacité créent dans l'opinion un sentiment favorable auquel l'opposition ne peut rester indifférente [1]. De fait, le travail gouvernemental est devenu plus cohérent, soucieux de saine gestion plus que de transformation sociale et d'innovation à tout prix. Pourtant, malgré un recours intensif aux moyens fournis par la communication audiovisuelle, l'« effet Fabius » est de courte durée. Ni les développements du problème néocalédonien, ni l'exploitation de l'affaire du *Rainbow Warrior* [2] ne pénalisent gravement le gouvernement, mais bien davantage le décalage global entre les promesses inconsidérées d'un parti et un bilan trop mitigé pour n'avoir multiplié les déceptions jusque dans les catégories sociales les mieux disposées à son égard. C'est pour limiter les dégâts prévisibles aux élections législatives de 1986 que le pouvoir fait adopter une modification du mode de scrutin rétablissant la représentation proportionnelle en vigueur sous la IVe République, au risque parfaitement assumé, sinon calculé, de donner une assise parlementaire au Front national. Cette précaution n'entame pas la sérénité de l'opposition qui s'est davantage divisée sur le problème de la « cohabitation » éventuelle entre une majorité de droite et un président de la République de gauche. A l'hostilité de principe de Raymond Barre s'oppose le rallie-

1. Ses formations doivent opérer un certain rajeunissement de leurs dirigeants qui profite essentiellement à Jacques Toubon et Alain Juppé au RPR, à François Léotard à l'UDF.

2. Du nom d'un navire écologique international coulé par les services secrets français dans un port de Nouvelle-Zélande. Il en découle une crise confuse de responsabilités introuvables qui s'achève par la démission du ministre de la Défense, Charles Hernu, le 20 septembre 1985.

ment de Jacques Chirac [1], qui est parvenu à convaincre son propre parti mais aussi une large fraction de l'UDF de la possibilité de « gouverner ensemble », selon les termes d'un accord passé le 10 avril 1985. La cause est donc entendue quand, au soir du 16 mars 1986, le corps électoral semble avoir ratifié d'avance la cohabitation en donnant une courte majorité à la coalition RPR-UDF (grossie des divers droite) sans infliger pour autant un camouflet au Parti socialiste. Prenant acte du nouveau rapport de forces, François Mitterrand désigne Jacques Chirac comme Premier Ministre, sans tergiversation, mais avec le ferme dessein de peser sur la formation du gouvernement. C'est ainsi que sont récusés certains noms, que d'autres sont choisis d'un commun accord pour les ministères particulièrement sensibles de la Défense et des Affaires étrangères. Ayant solidement verrouillé les postes clés par des fidèles de son parti [2], Jacques Chirac peut lâcher du lest pour les portefeuilles techniques qui sont généreusement distribués aux diverses composantes de l'UDF.

Le fait majoritaire étant rompu, les règles de la cohabitation restent à définir. De part et d'autre, il est entendu de s'en tenir au texte de la Constitution. Le président de la République peut refuser sa signature à certaines nominations et aux ordonnances dont le contenu ne lui agrée pas. Mais il ne peut rien contre le pouvoir réglementaire du gouvernement ni contre l'adoption des textes de lois. Dès lors, si une cogestion minimale est observée en matière de défense et de relations extérieures, nulle disposition ne peut empêcher la nouvelle majorité d'appliquer son programme, même si celui-ci prend pour l'essentiel l'exact contre-pied des réformes entreprises durant cinq années de gestion socialiste. Sont ainsi

1. C'est dans la perspective des élections présidentielles de 1988 qu'il faut entendre la logique contradictoire de Raymond Barre et de J. Chirac, l'un et l'autre candidats présumés. Raymond Barre invoque le respect des institutions de la Vᵉ République pour se tenir à l'écart d'une expérience qu'il juge d'avance peu concluante. Jacques Chirac, conseillé en ce sens par Édouard Balladur, estime que deux années d'une gestion gouvernementale performante constituent le meilleur tremplin à son élection à la présidence.

2. Charles Pasqua à l'Intérieur, Albin Chalandon à la Justice, Édouard Balladur aux Finances, Bernard Pons aux DOM-TOM.

supprimés l'impôt sur les grandes fortunes et l'autorisation administrative de licenciement, privatisées un grand nombre de banques et d'entreprises. Le scrutin uninominal est rétabli, assorti d'un redécoupage des circonscriptions dont la neutralité politique n'est pas toujours la qualité maîtresse. En matière de logement, de droit du travail, d'immigration, de communication audiovisuelle, de nouveaux textes sont adoptés, parfois adoucis par le Conseil constitutionnel, mais selon une inspiration invariablement contraire aux dispositions antérieures. Encore faut-il l'ampleur de diverses manifestations étudiantes ou populaires pour que soient retirés des projets sur l'Université et le droit de la nationalité. Car il entre sans doute trop de hâte et de schématisme dans ce réformisme « libéral » dont l'opinion perçoit assez tôt certaines implications électoralistes ou l'esprit de revanche. L'indéniable réussite des privatisations, au reste suspendues après le krach boursier d'octobre 1987, ne peut occulter la modestie des résultats dans la gestion économique et la situation de l'emploi, les meilleurs d'entre eux se situant dans la continuité de la politique suivie depuis 1983. Habile à refuser sa signature ou à faire savoir sa réprobation, intransigeant sur la primauté qui lui revient sur le plan des relations extérieures, le président de la République gère avec un art consommé cette situation difficile de cohabitation forcée qui prend à plusieurs reprises le visage de la confrontation.

Ces divergences s'expriment de la façon la plus nette dans le traitement du dossier de la Nouvelle-Calédonie. Ouverte à l'automne 1984, la crise y couvait en fait depuis une dizaine d'années en raison de la crise économique, des lenteurs apportées à la solution du problème foncier et de la radicalisation des tensions politiques. Issu du Front indépendantiste, un Front de libération nationale kanak socialiste (FLNKS) s'est formé en 1982, avec pour leaders Jean-Marie Tjibaou et Éloi Machoro [1] : il revendique l'indépendance du territoire au nom de la primauté d'établissement de la population mélanésienne. Il est vrai que le contexte régional favorise un tel radicalisme, qu'il s'agisse de la fascination qu'exerce sur la

1. Représentant de la tendance activiste du FLNKS, Éloi Machoro a été tué le 12 janvier 1985 par les forces françaises au cours d'un ratissage.

mince élite canaque l'accession à la souveraineté internationale des autres archipels mélanésiens (Vanuatu, Fidji, Nouvelle-Guinée) ou des encouragements prodigués par les puissances riveraines comme l'Australie et la Nouvelle-Zélande. L'accession de la gauche au pouvoir est apparue comme un autre facteur favorable, François Mitterrand ayant à plusieurs reprises dénoncé la situation coloniale sévissant dans l'île et manifesté sa sympathie pour la cause canaque. Encore faut-il admettre que, si les structures économiques et sociales relèvent bien de la tradition coloniale la plus classique, celles de la population ne le sont pas, aucune colonie n'ayant jusqu'à présent offert le cas de figure d'une minorité indigène et d'une majorité étrangère [1]. Et, quelle que soit la majorité au pouvoir, la France ne peut négliger l'enjeu que représente la Nouvelle-Calédonie dans le Pacifique Sud (glacis protecteur des sites d'expérimentation atomique de Polynésie, relais dans un océan devenu l'une des régions vitales de l'économie mondiale), ni abandonner un territoire fragile et peu peuplé, dénué d'élites suffisantes, aux convoitises étrangères.

D'où la nécessaire prudence qui dicte la démarche initiale du secrétaire d'État aux DOM-TOM Georges Lemoine, qui négocie avec les diverses composantes politiques un nouveau statut d'autonomie avec la perspective d'un référendum d'autodétermination porté au-delà de l'élection présidentielle de 1988. Les événements insurrectionnels de la fin 1984, consécutifs aux élections territoriales du 18 novembre qui ont vu la victoire des loyalistes du RPCR [2], vont ruiner cette tentative de compromis. Avec Edgard Pisani, nommé haut-commissaire peu après, le gouvernement opte pour une formule d'indépendance-association [3] préparée par les élections

1. En 1984, la population néo-calédonienne se décompose comme suit : 62 000 autochtones mélanésiens, 54 000 « caldoches » de souche européenne, 12 000 Wallisiens, 6 000 Tahitiens, 5 000 Indonsésiens, 2 500 Vietnamiens. Au total, 150 000 habitants sur un territoire de 19 000 km² dont seulement 5 000 km² d'espace agricole utile.

2. Rassemblement pour la Calédonie dans la République, formation proche du RPR, dirigée par le député Jacques Lafleur.

3. Prévue au titre XII, art. 86 de la Constitution dans le cadre de la Communauté tombée en désuétude au début des années soixante.

Répartition des sièges à l'Assemblée nationale

<table>
<tr><th></th><th>4-11 mars 1973</th><th>12-19 mars 1978</th><th>14-21 juin 1981</th><th>16 mars 1986</th><th>5-12 juin 1988</th></tr>
<tr><td>PCF</td><td>73</td><td>86</td><td>44</td><td>35</td><td>27</td></tr>
<tr><td>PS</td><td>91</td><td>104</td><td rowspan="2">285</td><td rowspan="2">215</td><td rowspan="2">276</td></tr>
<tr><td>MRG</td><td>11</td><td>10</td></tr>
<tr><td>UDF</td><td>(108) [1]</td><td>137</td><td>65</td><td>129</td><td>130</td></tr>
<tr><td>RPR</td><td>(184) [2]</td><td>153</td><td>85</td><td>148</td><td>128</td></tr>
<tr><td>FN</td><td>—</td><td>—</td><td>—</td><td>35</td><td>1</td></tr>
</table>

1. 31 Centre démocrate, 23 réformateurs, 54 républicains-indépendants.
2. UDR.

Les élections présidentielles de 1974 à 1988

(en pourcentage des suffrages exprimés)

5 et 19 juin 1974		*26 avril et 10 mai 1981*		*24 avril et 8 mai 1988*	
1er tour		*1er tour*		*1er tour*	
F. Mitterrand	43,3	V. Giscard d'Estaing	28,3	F. Mitterrand	34,1
V. Giscard d'Estaing	32,6	F. Mitterrand	25,8	J. Chirac	19,9
J. Chaban-Delmas	15,1	J. Chirac	18	R. Barre	16,5
J. Royer	3,2	G. Marchais	15,3	J.-M. Le Pen	14,4
A. Laguiller	2,3	B. Lalonde	3,9	A. Lajoinie	6,7
R. Dumont	1,3	A. Laguiller	2,3	A. Waechter	3,8
J.-M. Le Pen	0,7	M. Crépeau	2,2	P. Juquin	2,1
etc.		M. Debré	1,6	A. Laguiller	2
		M.-F. Garaud	1,3	P. Broussel	0,4
		H. Bouchardeau	1,1		
2e tour		*2e tour*		*2e tour*	
V. Giscard d'Estaing	50,8	F. Mitterrand	51,8	F. Mitterrand	54
F. Mitterrand	49,2	V. Giscard d'Estaing	48,2	J. Chirac	46

du 29 septembre 1985 sur la base d'un découpage territorial favorable au FLNKS. Élections ambiguës, car, si elles démontrent bien l'emprise de cette formation sur la grande majorité des Mélanésiens, elles prouvent aussi que deux Calédoniens sur trois demeurent attachés au maintien de la Nouvelle-Calédonie dans la République. Le pari de l'indépendance-association est du reste balayé par le changement de majorité intervenu en métropole en mars 1986. Avec le gouvernement Chirac et le nouveau ministre Bernard Pons prévaut une politique strictement inverse, dictée ou peu s'en faut par les instances dirigeantes du RPCR : militarisation accrue du maintien de l'ordre dans la brousse, attribution massive des crédits budgétaires à la communauté caldoche, redécoupage territorial favorable aux loyalistes. Le référendum d'autodétermination peut être considéré comme un succès par le gouvernement dans la mesure où le mot d'ordre d'abstention donné par le FLNKS n'a été que partiellement suivi par la population mélanésienne [1]. Mais le climat demeure tendu dans l'île et le refus des indépendantistes hypothèque la mise en place des nouvelles institutions.

Il n'est pas sûr que la question néocalédonienne, même dans ses tout derniers développements [2], ait considérablement pesé sur l'échéance présidentielle de 1988, devenue depuis deux ans la grande affaire de la vie politique française. L'intérêt de cette élection réside moins dans le « suspense » plus ou moins savamment entretenu par les uns et les autres, et notamment par le président sortant, dans l'échelonnement des candidatures, mais plutôt dans ses aspect novateurs. Celle-ci ne met en cause en effet ni les institutions qui ont fonctionné à la satisfaction de tous, ni un choix de société aussi nettement tranché qu'en 1974 et 1981. Dans une atonie idéologique qui confine à la dépolitisation, la valorisation personnelle des candidats, leur aptitude à gérer sainement les

1. Le taux de participation a approché 60 % et les électeurs ont voté à plus de 98 % le maintien du territoire dans la République.

2. Il s'agit de la prise en otages de gendarmes français dans l'île d'Ouvéa et de l'opération militaire qui, le 25 mai, permet leur libération au prix d'une vingtaine de morts.

acquis sociaux sont au centre de l'enjeu. Nul doute que François Mitterrand se soit forgé l'image la plus conforme aux vœux de l'électorat, tout en jouant habilement des divisions et des rancœurs accumulées à droite. Son succès est celui de cette France moyenne, nullement socialiste dans son ensemble, mais peu soucieuse d'affronter les risques de la libéralisation et de la déréglementation intégrales prônées par son adversaire du second tour. Pour avoir bien compris cette désuétude du clivage gauche-droite, le président réélu tente, avec la formation d'un gouvernement présidé par Michel Rocard et à la faveur d'élections législatives anticipées, une ouverture vers le centre et un large appel aux représentants de la société civile.

La première tentative se solde par un échec, la seconde ne donnera que des résultats mitigés. Après un brillant départ, qu'illustre notamment la signature des accords de Matignon [1], le gouvernement s'est trouvé confronté à une succession de conflits sociaux dont la nature catégorielle traduit une certaine prolétarisation de l'État et un déficit de démocratie dans le secteur public. La réponse souvent négative et le style purement gestionnaire du gouvernement ont apparemment moins déçu l'opinion que la dégradation accélérée de la vie politique. L'absence de majorité nette à l'Assemblée nationale n'est pas en soi un obstacle à l'action gouvernementale, le Premier ministre jouant avec habileté des majorités de rechange et des possibilités accordées par la Constitution. La déception vient plutôt du déclin des formations politiques, engluées dans les rivalités claniques et les querelles de chefs, ainsi que de diverses implications dans des scandales financiers. Un tel délabrement de la morale

1. Signés le 26 juin 1988 par les délégations du RPCR et du FNLKS, conduites par Jacques Lafleur et Jean-Marie Tjibaou, ces accords prévoient de confier à l'État l'administration du territoire pendant un an et d'organiser un référendum national sur les futures institutions de la Nouvelle-Calédonie. Au terme d'une campagne très terne, le référendum du 6 novembre donne au *oui* une large majorité, mais avec un taux d'abstention supérieur à 63 %. L'assassinat de Jean-Marie Tjibaou et de Yeiwéné Yeiwéné par des extrémistes canaques, le 4 mai 1989, sans compromettre théoriquement l'application des accords de Matignon, renforce les incertitudes sur l'avenir politique de l'archipel.

publique ne favorise en rien la remontée du Parti communiste, marginalisé dans un rôle de secte protestataire, mais bien davantage l'abstentionnisme électoral et les formations atypiques (Verts, Front national). De façon paradoxale, le « décennat » de François Mitterrand a eu un effet stabilisateur d'institutions si longtemps combattues, et déstabilisateur d'une configuration politique longtemps dominée par la bipolarité.

3

L'URSS et la fin des démocraties populaires

Quelle que soit l'ampleur des critiques et des désillusions, le communisme brejnévien semblait durablement installé et présenter tous les caractères de l'irréversibilité. Ses tares étaient connues, mais le système assurait sans excès de violence un minimum de cohésion sociale. On énumérait ses dysfonctionnements, mais on considérait la dissidence comme trop marginale pour modifier l'ordre des choses. L'ébranlement n'est pas davantage venu des tentatives de réformes, celles d'un Andropov ou du Gorbatchev des premières années, mais d'une révolution du discours politique et du refus de la force comme moyen de résorption des crises. En quelques années, l'implosion du communisme est stupéfiante, d'une rapidité et d'une ampleur que nul ne se serait hasardé à imaginer. A peu près totalement évacué de ce qui fut les démocraties populaires, il ne survit qu'à l'état comateux en URSS où la gestation d'un nouvel ordre politique et économique va de pair avec la dislocation de l'État multinational.

L'Union soviétique

Progressivement mis en place après la chute de Khrouchtchev, le système Brejnev semble avoir atteint, avec les remaniements opérés en 1973, un degré inégalable de stabilité [1]. Comme il est de tradition en URSS, ce système combine un

1. Sur les débuts de l'ère Brejnev, cf. *supra*, t. III, p. 420-425.

rituel et une réalité. Du rituel relèvent le Congrès désormais quinquennal du parti [1] et la réunion, deux fois l'an, d'un bref plénum du Comité central qui, avec un nombre accru de participants (cinq cents environ), s'en tient à des délibérations purement formelles. Plus que jamais, la réalité du pouvoir appartient au Bureau politique dont la composition se révèle étonnamment stable durant les années soixante-dix. Les disgrâces y sont rares, les plus remarquables étant celles de Chelepine (1975) et de Podgorny (1977) [2], celles de Polianski et de Mazourov, deux spécialistes de l'agriculture, s'expliquant plus normalement par les échecs persistants de ce secteur. Dès lors, la longévité de l'équipe dirigeante est telle qu'en 1980 six membres du Politburo, soit près de la moitié, s'y trouvaient déjà en 1964. Le recrutement de cette instance obéit moins qu'autrefois au compagnonnage personnel du secrétaire général ou au rapport de forces entre épigones. Il relève plutôt d'une juxtaposition d'appareils, d'une collégialité de bureaucraties associées dans une politique globale, dont la définition et la mise en œuvre découlent d'une confrontation d'intérêts. Depuis 1973, Souslov incarne l'orthodoxie doctrinale, Gromyko représente la diplomatie, Andropov le KGB et le maréchal Gretchko la défense. La promotion de ce dernier constitue une victoire pour le lobby militaro-industriel qui pousse au renforcement constant des moyens militaires du pays. A tel point que son remplacement en 1976 par le général Ustinov, technicien venu de l'industrie d'armement, a pu apparaître comme le signe d'une reprise en main de l'armée par le pouvoir civil.

1. XXIVe Congrès en 1971, XXVe en 1976, XXVIe en 1981. Ce dernier est assurément le plus stérile de la période. Il n'enregistre pas la moindre innovation dans la ligne du parti, ni le moindre changement au Bureau politique.

2. L'éviction de Chelepine, dont la carrière avait été fulgurante, s'explique moins par les retombées d'un séjour tumultueux à Londres que par l'ombrage qu'il pouvait porter à Brejnev. Celle de Podgorny — officiellement pour raison de santé —, par la volonté de Brejnev d'assumer la totalité des questions internationales, et peut-être par un certain patriotisme ukrainien de l'intéressé. En revanche, la retraite d'Alexis Kossyguine, en octobre 1980, est bien due à la maladie. Il est remplacé par un fidèle du secrétaire général, Nikolaï Tikhonov.

Premier secrétaire depuis 1964, secrétaire *général* depuis 1966, président du Présidium du Soviet suprême (c'est-à-dire chef de l'État) et du Conseil suprême de défense depuis 1977, Leonid Brejnev assume une direction sans cesse plus personnalisée. A cet égard, le XXVe Congrès a renoué avec la rhétorique la plus flagorneuse de l'époque stalinienne. Ce « dirigeant à la manière de Lénine » reçoit le titre de *vojd*, se fait nommer maréchal, se fait remettre toutes les décorations possibles, ainsi qu'un prix Lénine de littérature assorti d'un tirage massif de ses œuvres censées être « lues, relues et étudiées profondément ». Concession empressée au développement des médias, le public ne peut rien ignorer de son acharnement au travail, ni de ses efforts déployés pour la cause du socialisme et de la paix. Mais ce culte de la personnalité ne signifie pas le retour au pouvoir personnel. Sans doute Brejnev multiplie-t-il les actes d'un népotisme [1] d'autant plus répréhensible qu'il dégénère à la fin de sa vie en divers scandales de moins en moins ignorés. Sans doute assure-t-il la promotion au sommet de l'État et du parti de ce groupe d'amis dit de Dniepropetrovsk, tels Constantin Tchernenko ou Nikolaï Chtchelokov, ministre de l'Intérieur pendant seize ans. Mais ces outrances ne sont tolérées que dans la mesure où elles ne remettent pas en cause le contrat passé entre les membres de la haute direction. Le culte de Brejnev doit rester conciliable avec l'exercice collégial du pouvoir. Le secrétaire général tire son autorité moins de son pouvoir d'initiative et de décision que de sa capacité à arbitrer entre des intérêts plus ou moins concurrents.

Compte tenu des effets de l'âge, puis de la maladie, on peut se demander si cette capacité d'arbitrage a été correctement assurée. Car la véritable perversion du système réside moins dans la personnalisation du pouvoir et les diverses marques de favoritisme que dans l'immobilisme de la gestion intérieure du pays. Celui-ci s'explique diversement. Il découle, en toute logique, du vieillissement d'une direction devenue septuagé-

1. Son fils Iouri est vice-ministre du Commerce extérieur ; son gendre, le général Tchourbanov, est vice-ministre des Affaires étrangères ; son beau-frère, le général Tsvigounov, est vice-président du KGB.

naire au seuil des années quatre-vingt. Cette gérontocratie, particulièrement accusée au Bureau politique [1], a gagné l'ensemble de la sphère dirigeante : secrétariat, Comité central, gouvernement, Présidium [2]. Elle ne prédispose pas, on s'en doute, à l'innovation et à l'imagination, pas plus qu'une bureaucratie hypertrophiée, assurée de la stabilité de l'emploi par le pacte tacite qui la lie au pouvoir depuis la chute de Khrouchtchev, et surtout soucieuse de conforter ses privilèges et ses prébendes. Cet immobilisme découle aussi de la logique d'un système qui prétend intégrer à tout prix divers groupes de pression dans une même instance. Moyennant un équilibre de façade, la direction collective est en fait contrainte de reculer toute décision qui pourrait donner lieu à affrontement ou entamer les prérogatives des citadelles les plus puissamment ancrées au Bureau politique. Le seul consensus véritablement opératoire de l'ère Brejnev réside dans l'accroissement constant des moyens militaires au service d'un expansionnisme afro-asiatique. Pour le reste, on s'en tient aux doléances rituelles sur le marasme persistant de l'agriculture, sur les retards pris en matière de logement ou de distribution, sur les méfaits de l'absentéisme et de l'alcoolisme, sans qu'il soit rien changé aux priorités économiques ni aux pratiques sociales en vigueur.

Dans ce contexte apparemment figé, il est apparu que les renouvellements de la société soviétique étaient suffisants pour envisager la rédaction d'une nouvelle Constitution. Créée sous Khrouchtchev et supprimée à sa chute, la commission constitutionnelle a pu renaître au début des années soixante-dix, naturellement présidée par Brejnev. Annoncé

1. La moyenne d'âge y était de 57 ans en 1966. Elle atteint 76 ans en 1976, après le XXVe Congrès, et 70 ans en 1981. Le dernier Politburo brejnévien (avril 1981) ne compte que deux membres âgés de moins de 60 ans, Grigori Romanov (entré en 1976) et Mikhaïl Gorbatchev (entré en 1980). La longévité de certains dirigeants confine à l'inamovibilité absolue, tel Nikolaï Baïbakov, président du Gosplan, ou Boris Ponomarev, directeur du département international du Comité central, l'un et l'autre à leur poste durant une trentaine d'années.

2. Cf. H. Carrère d'Encausse, *Le Pouvoir confisqué*, Flammarion, 1980, tableaux, p. 174.

à diverses reprises, le nouveau texte constitutionnel est publié en mai 1977 et adopté en octobre au terme d'une « vaste mobilisation sociale » qui permit en principe à chacun de présenter critiques et suggestions.

Moins irréaliste que celle de 1936, la nouvelle Constitution se veut plus proche de la pratique réelle du pouvoir. Alors que sa devancière mentionnait à peine le parti, elle assigne à celui-ci, dès son article 6, la place prééminente qui revient à « la force qui dirige et oriente la société ». Elle atténue le fédéralisme théorique antérieur pour mieux affirmer l'intégration des nationalités dans la communauté soviétique. Elle énumère longuement (art. 39 à 69) les libertés collectives et individuelles, mais elle en subordonne l'expression à la condition de ne pas porter préjudice aux intérêts de la société et de l'État, à la morale socialiste et à la construction du communisme. Sage précaution, car un tel verrouillage interdit désormais d'évoquer la Constitution comme il était d'usage précédemment pour les opposants. C'est dire qu'après l'atténuation observée durant les belles années de la détente (1972-1975), la vigueur de la répression ne se dément pas. L'année 1978 est à cet égard particulièrement riche, qui voit se dérouler le procès du physicien Orlov, fondateur du Groupe de surveillance des accords d'Helsinki, d'Anatole Chtcharansky et d'Alexandre Guinzbourg [1], qui voit aussi la déchéance de citoyenneté du général Grigorenko, trop attentif au sort des Tatars, et de l'écrivain Alexandre Zinoviev. Deux ans plus tard, l'académicien Andreï Sakharov, prix Nobel de la paix, est assigné à résidence à Gorki, sort relativement bénin comparé aux déportations ou internements qui frappent des intellectuels moins connus, tels les poètes Galanokov (mort en captivité) et Boukovski, les historiens Iakir et Pavel Litvinov, le romancier Martchenko ou le biologiste Jaurès Medvedev. Plus sensible qu'autrefois aux répercussions internationales de telles méthodes [2], le pouvoir recourt volontiers à des exils forcés, avec ou sans monnaie d'échange.

1. Condamnés respectivement à sept, treize et huit années de détention.
2. La parution en 1974 de *L'Archipel du Goulag* de Soljenitsyne a considérablement contribué à la détérioration de l'image internationale de l'URSS.

Sont ainsi expulsés Alexandre Soljenitsyne et Leonid Plioutch en 1976, tandis que Boukovski est « échangé » contre le communiste chilien Corvalan et Guinzbourg contre des espions soviétiques.

Le mouvement des dissidents n'inquiète les dirigeants que dans la mesure où il altère l'image internationale de l'Union soviétique et peut conduire à une détérioration des relations Est-Ouest, notamment pendant la présidence Carter. Mais il ne met en danger ni l'équilibre social, ni *a fortiori* le pouvoir, tant son audience est restreinte dans le pays et son image rendue négative par une propagande habile qui assimile toute contestation intérieure à une subversion antinationale. Il en va de même des tentatives rapidement avortées de syndicalisme libre observées dans quelques centres ouvriers entre 1975 et 1977. Plus menaçantes, au moins à terme, la persistance, voire la renaissance, des nationalismes prouvent l'échec d'une politique de russification qui, pour épouser des voies moins violentes que sous Staline, demeure l'instrument privilégié d'édification de la communauté soviétique, alors que l'élément russe est appelé à devenir de plus en plus minoritaire [1]. Traditionnelle dans les pays Baltes et en Géorgie (où sont apparues des manifestations de terrorisme), la résistance gagne les républiques musulmanes sous la forme d'une islamisation renforcée des modes de vie ou par refus de se plier aux transferts de main-d'œuvre exigés par Moscou. Compte tenu de la pression démographique de ces populations et d'une éventuelle contagion des événements d'Iran, les dirigeants soviétiques sont tenus à une certaine circonspection. Dans un domaine voisin, les manifestations variées d'un antisémitisme persistant marginalisent la population juive et accroissent le nombre des candidats à l'émigration, contraints à d'humiliantes démarches, de plus en plus infructueuses depuis le milieu des années soixante-dix.

Les dernières années de l'ère Brejnev confinent au naufrage. Dans le domaine économique, le laisser-aller est général. En 1979, la croissance industrielle est tombée à 2 %, celle

1. Sur l'ensemble de la question, cf. H. Carrère d'Encausse, *L'Empire éclaté*, Paris, Flammarion, 1978.

de l'investissement à 1 %. L'agriculture enregistre ses scores les plus bas [1]. L'endettement externe atteint une vingtaine de milliards de dollars. Politiquement, le XXVIe Congrès, tenu en février 1981, est un non-événement qui ne suscite pas la moindre modification dans la gérontocratie dirigeante. Divers scandales éclatent, dont certains éclaboussent la propre famille du secrétaire général [2]. Fait nouveau, ils sont portés à la connaissance de l'opinion intérieure et internationale, ce qui signifie clairement que Brejnev n'est plus intouchable. L'artisan de cette divulgation n'est autre que Iouri Andropov qui, se forgeant à bon compte une réputation d'intégrité, sert en fait son ambition à la succession. Exploitant l'avantage, il succède à Souslov, mort en janvier 1982, comme responsable du secteur idéologique, et s'attache à affaiblir les fidèles de Brejnev. Quand ce dernier meurt, le 10 novembre 1982, le titre de secrétaire général échoit sans problème au grand maître du KGB, avec le soutien probable d'Ustinov et de Gromyko, ainsi que des jeunes du Politburo Romanov et Gorbatchev, contre Constantin Tchernenko soutenu par le reste de la vieille garde brejnévienne.

A l'instar de celle de Brejnev et de son rival Tchernenko, la carrière d'Andropov a été celle d'un *apparatchik* modèle, parvenu aux responsabilités à la faveur des purges d'avant guerre, et qui semble avoir facilement surmonté les ruptures consécutives à la mort de Staline et à la disgrâce de Khrouchtchev. Demeuré durant quinze années à la tête du KGB, il s'est attaché à en améliorer le recrutement et en affiner les méthodes, élevant cette institution au rang d'un grand corps de l'État à part entière, instrument de l'ordre mais respectueux de légalité. Dès avant la mort de Brejnev, il a patronné une vigoureuse campagne contre la corruption, qu'il étend, une fois parvenu au pouvoir, à l'absentéisme et au parasitisme. Pour le reste, il est difficile de juger une direction réduite à

1. En 1978, la production céréalière avait atteint 230 millions de tonnes ; elle tombe à 180 millions en 1979, ce qui oblige à importer une trentaine de millions de tonnes. En 1981, les chiffres sont si mauvais qu'on préfère ne pas les publier, mais 46 millions de tonnes sont importées.

2. En particulier, l'affaire du « Cirque de Moscou » rejaillit sur la fille de Brejnev et révèle toutes sortes de trafics illicites.

quelques mois, même si elle a pu apparaître comme empreinte d'un certain modernisme réformateur. Dès août 1983, quelques mois après s'être fait attribuer les fonctions de chef de l'État, Andropov cesse pratiquement de se montrer en public, pour s'éteindre le 11 février 1984.

Tout aussi préparée que la précédente, cette nouvelle succession apparaît comme la revanche des hiérarques du brejnévisme. Il est probable pourtant que, compte tenu de la faible estime dans laquelle est tenu le dauphin de Brejnev par un certain nombre de ses pairs, la désignation de Constantin Tchernenko ait donné lieu à des débats tendus. En tout état de cause, les membres les plus jeunes du Bureau politique, Romanov et Gorbatchev, se sont inclinés faute de soutiens suffisants pour s'imposer, mais avec une promotion immédiate pour le second, placé en position de successeur virtuel. Cumulant comme il est devenu de règle le secrétariat général et la direction de l'État, le règne de Tchernenko s'inscrit dans le prolongement de celui d'Andropov : renforcement de la discipline sociale, répression aggravée des dissidents et intransigeance dans les relations Est-Ouest. Mais ce règne est plus bref encore : à peine plus d'un an. Quand Tchernenko meurt, le 9 mars 1985, les jeux sont à peu près faits, Gorbatchev n'ayant cessé de consolider sa position politique tout en se faisant connaître à l'étranger [1]. Quant à ses rivaux, Grigori Romanov et Victor Grichine, le premier est affaibli par ses frasques à Leningrad, le second perpétue trop cette gérontocratie brejnévienne avec laquelle il faut bien rompre. C'est donc avec les apparences de l'unanimité, et peut-être avec le soutien décisif de Gromyko, qui pense ainsi perpétuer son rôle aux Affaires étrangères, que Mikhaïl Gorbatchev est désigné le 11 mars 1985 comme secrétaire général.

Ainsi accède au pouvoir, au terme d'une ascension rapide et brillante [2], un homme qui, en raison de son âge

1. Voyages au Canada en 1982, en Italie et surtout en Grande-Bretagne en 1984.

2. Après des études de droit, *a priori* peu valorisantes, Gorbatchev a fait ses débuts politiques dans sa ville natale de Stavropol, puis dans sa région. Poussé en avant par Fedor Koulakov, une figure importante du postkhrouchtchévisme, puis par Souslov et Andropov, il est entré au

(cinquante-quatre ans), n'a détenu aucune responsabilité durant l'ère stalinienne, et qui, par sa culture et son éducation, tranche favorablement avec les rustres mal dégrossis qui l'ont précédé. Conscient du retard économique et technologique de l'URSS, mais n'entendant remettre en cause ni l'idéologie officielle ni le système du parti unique, il affirme assez vite un réformisme ordonné autour des formules de « restructuration » (*perestroïka*) et de « transparence » (*glasnost*). Apparue en juin 1985, initialement prioritaire, la première opère en rupture avec le dogmatisme et la stagnation de l'époque précédente pour s'attacher à la modernisation de la gestion économique ainsi qu'à la libération des énergies individuelles dans les domaines les plus divers. La seconde désigne une information libérée, appelée à rendre compte sans complaisance des catastrophes nationales jusqu'alors systématiquement passées sous silence [1], et de tout un ensemble de sujets tabous ou traités de façon lénifiante : la criminalité, la toxicomanie, le malaise des jeunes, les difficultés de la vie quotidienne...

Comme toujours en pareil cas, la relève des hommes se révèle plus aisée que la concrétisation des idées. Sont ainsi éliminés Grigori Romanov, seul rival important du secrétaire général, le Premier ministre Tikhonov remplacé par Nikolaï Rijkov, divers gérontes comme Baïbakov (Gosplan), Grichine (direction du parti à Moscou), Ponomarev (département international du parti), le grand amiral Gortchkov, le général Iepichev de la direction politique de l'armée. Dès le 2 juillet 1985, Andreï Gromyko quitte le ministère des Affaires étrangères, auquel il avait fini par s'identifier, pour une retraite dorée à la tête du présidium du Soviet suprême. Son successeur, le Géorgien Chevardnadze voit sa promotion quelque peu tempérée par l'épuration qui frappe ses protégés locaux pour cause de corruption, ainsi que par le choix du très

---

Comité central en 1972, au secrétariat en 1978 et au Bureau politique en 1980. Cf. sur le sujet M. Tatu, *Gorbatchev*, Paris, Le Centurion, 1987.

1. Un premier exemple en est administré au lendemain de la catastrophe nucléaire de Tchernobyl (25 avril 1986) qui, après quelques jours de flottement, donne lieu à une qualité d'information, tant en URSS qu'à l'étranger, jugée dans l'ensemble exceptionnelle.

influent Dobrynine comme successeur de Ponomarev. De même, les amis d'Andropov, dont on aurait pu attendre un meilleur traitement, ne sont guère ménagés. Pourtant, l'ampleur des remaniements et le rajeunissement des cadres consécutifs au XXVIIIe Congrès du parti (février-mars 1986) n'ont rien d'exceptionnel. Et tous les nouveaux promus ne sont pas des inconditionnels du gorbatchévisme. Ainsi en est-il d'Egor Ligatchev conforté dans sa position de numéro deux, avec la haute main sur l'appareil idéologique, qui se pose en garant de l'orthodoxie et apparaît comme un pôle de résistance conservatrice face aux initiatives du secrétaire général. Pour avoir osé le critiquer, le chef de l'organisation du parti à Moscou, Boris Eltsine, fervent partisan des réformes, a été évincé de ses fonctions en novembre 1987. C'est là le point culminant d'une crise amorcée sans doute durant les « vacances d'été » exceptionnellement longues de Gorbatchev et dont les prises de position très attentistes, lors du soixante-dixième anniversaire de la Révolution d'octobre, portent la marque. La médiocrité des résultats économiques enregistrés en 1987 n'est sans doute pas étrangère à cette contre-offensive des conservateurs. Le plénum du 30 septembre 1988 rétablit et même renforce la situation du secrétaire général avec l'élimination de six vétérans du Bureau politique (dont Gromyko) et la promotion de Vadim Medvedev au secteur clé de l'idéologie, Egor Ligatchev étant rétrogradé à celui, peu glorieux, de l'agriculture. En cumulant, comme ses prédécesseurs, le secrétariat général et la direction de l'État, et en privilégiant ostensiblement cette seconde fonction, Gorbatchev a sans doute affermi son autorité. Mais il doit toujours compter avec la résistance d'un appareil pléthorique, sourdement hostile à toute réforme qui entamerait ses privilèges, et avec l'armée qu'inquiètent la réduction des dépenses militaires et les convulsions de l'Empire soviétique, tant à l'intérieur que hors de ses frontières.

Car une autre difficulté, prévisible sans doute, mais d'une brutalité inattendue, est venue de l'exacerbation des tensions nationales. Depuis les émeutes d'Alma-Ata, en décembre 1986, les manifestations n'ont pratiquement pas cessé. Les deux foyers les plus virulents sont les pays Baltes, où les tendances séparatistes se sont affirmées début 1990, notamment en Lituanie, et la Transcaucasie où l'antagonisme entre Arméniens et Azéris a dégénéré à plusieurs reprises en affrontements très violents [1]. De nouveaux foyers de revendication se sont ouverts en Ouzbékistan, au Kazakhstan, en Moldavie, et même en Ukraine ou en Biélorussie. A l'inverse, un nationalisme russe, confinant parfois au chauvinisme, est en pleine renaissance. Face à cette explosion, le pouvoir soviétique paraît débordé, même si les solutions de force (semiblocus de la Lituanie, interventions de l'Armée rouge) ont permis de parer au plus pressé. Un projet de « fédération rénovée » est en chantier, mais il est peu probable qu'il recueille l'unanimité.

Dans la voie étroite qui est la sienne, le gorbatchévisme laisse pour l'heure un bilan inégal. Celui de la *perestroïka*, entendue en termes strictement économiques, est des plus médiocres. Après les campagnes faciles visant à resserrer la discipline et accroître la productivité du travail, il a bien fallu en venir aux réformes de structures. Mais la loi sur la liberté du travail individuel, adoptée en novembre 1986, s'est révélée décevante. La réforme des entreprises et des kolkhozes piétine. La première viserait à conférer l'autonomie de gestion à une majorité de firmes, ainsi dégagées de la tutelle des ministères centraux ; la seconde à introduire un système de location des terres qui restituerait au paysan initiative et profit. Mais l'une et l'autre sont subordonnées à une vaste refonte du système des prix qui est repoussée d'année en année, ainsi qu'à un allégement des commandes de l'État et à une flexibilité de l'emploi dont on craint les retombées sociales et politiques. La prudence du pouvoir, la mauvaise volonté des bureaucrates (voire le sabotage délibéré) et le relâchement de

1. Les tensions se sont d'abord manifestées dans la région du Haut-Karabakh, incluse depuis 1923 dans la République d'Arzerbaïdjan, mais peuplée aux trois quarts d'Arméniens, où des affrontements ont eu lieu en février et novembre 1988. Le terrible tremblement de terre qui ravage l'Arménie le 6 décembre (55 000 morts) est l'occasion d'une reprise en main assez brutale et seule l'intervention de l'Armée rouge en Azerbaïdjan, en janvier 1990, ramène un ordre relatif. Une manifestation nationaliste à Tbilissi (Géorgie) est d'autre part violemment réprimée le 9 avril 1989.

la main-d'œuvre se conjuguent ainsi dans la dégradation des résultats économiques et dans les difficultés persistantes de la vie quotidienne.

Les changements sont plus tangibles au regard de la *glasnost*. Une authentique liberté d'expression s'est développée dans la rue et dans les médias, donnant lieu à des débats ouverts, peu amènes pour le secrétaire général qui s'y risque parfois, non sans courage. Des œuvres longtemps interdites sont désormais largement diffusées, tandis que les arts, le théâtre et le cinéma rivalisent d'audace. Les crimes de Staline, la terreur et les erreurs du passé sont abordés avec franchise, malgré la résistance des conservateurs qui redoutent la remise en cause de l'infaillibilité du parti. Le stakhanovisme, qui faisait encore il y a peu l'objet de références officielles, est aujourd'hui reconnu comme une supercherie. A l'inverse, la réhabilitation des victimes des grands procès d'avant guerre (Boukharine, Zinoviev, Kamenev, Radek...) est acquise depuis 1988, en attendant celle de Trotski, dont le rôle est réévalué. La fin de l'exil forcé d'Andreï Sakharov (décembre 1986), l'élargissement de nombreux dissidents, l'allégement des attributions du KGB et de la milice sont autant d'indices d'une libéralisation de grande envergure. Une authentique vie politique est en train de naître, facilitée par la révision, fin 1988, de la Constitution de 1977 [1], et par le déplacement des centres de délibération et de décision des instances du parti vers celles de l'État. Les élections des 26 mars et 9 avril 1969 ont vu, grâce à la multiplicité des candidatures, la victoire de nombreux candidats réformateurs ou nationalistes, alors que les candidats officiels du parti ont été battus, notamment à Moscou et à Leningrad. L'abrogation, en mars 1990, de l'article 6 de la Constitution, qui officialisait le rôle dirigeant du parti, accentue non seulement la séparation des pouvoirs, mais ouvre la voie à un multipartisme dont les contours commencent à se dessiner au Soviet suprême et dans les soviets des principales Républiques.

1. Cette révision renforce les prérogatives du chef de l'État et modifie l'élection du Soviet suprême (Soviet de l'Union et Soviet des nationalités), désormais désigné par un Congrès des députés du peuple de 2250 membres élus pour cinq ans au suffrage universel direct.

Malgré le renforcement récent de ses pouvoirs constitutionnels et de son influence sur le parti [1], la marge de manœuvre de Mikhaïl Gorbatchev demeure étroite. Sa popularité intérieure est très inférieure à celle dont il jouit à l'étranger. Son incapacité à définir clairement les termes d'une réforme économique comme ceux d'une nouvelle relation entre le centre et la périphérie lui aliène de nombreuses sympathies, qui se portent sur Boris Eltsine, élu fin mai 1990 à la présidence du Parlement de Russie. Celui-ci incarne une populisme théoriquement démocratique, fortement teinté de chauvinisme russe. Alors que se confirment la dérive économique et l'exaspération des tensions nationales et sociales, Mikhaïl Gorbatchev tente depuis l'automne une reprise en main du pays qui ressemble fort à un coup d'arrêt. La réhabilitation du parti, du KGB et de l'armée, le renvoi à plus tard de la réforme économique (à l'exception de substantiels relèvements de prix) vont de pair avec une vigoureuse répression des séparatismes (Lituanie et Lettonie en janvier, Arménie en avril 1991). C'est pour protester contre ce regain d'autoritarisme qu'Edouard Chevardnadze a démissionné le 20 décembre 1990. Mais la « dictature qui arrive » sera-t-elle celle de Mikhaïl Gorbatchev, celle de Boris Eltsine ou celle d'un maréchal soviétique ? Ou bien les forces libérées depuis cinq ans parviendront-elles à imposer un nouvel ordre démocratique dans le cadre d'une fédération renouvelée ? L'avenir de l'Union soviétique demeure totalement imprévisible [2].

La fin des démocraties populaires

Les années 1973-1974 n'introduisent pas dans l'histoire des démocraties populaires européennes une césure comparable à celle des pays occidentaux. Sans doute, les retombées de

1. Le 15 mars 1990, Gorbatchev a été élu président de l'URSS, et il a obtenu en septembre l'autorisation de légiférer par décret pendant dix-huit mois en matière économique. En juillet, le XXVIIIe Congrès du PCUS a vu la déroute du camp conservateur conduit par Egor Ligatchev.

2. Le putsch « conservateur » des 18-21 août 1991, et la rapide dislocation — tant des structures de l'Union que du communisme soviétique — qui s'ensuit feront l'objet d'une analyse complète dans une édition ultérieure.

la crise économique y sont perceptibles, mais de façon plus insidieuse en raison d'une gestion centralisée qui masque pour un temps les tensions inflationnistes, et en raison d'une politique d'emprunts internationaux qui maintient tout au long des années soixante-dix un niveau élevé d'activité. Sur le plan politique, les modes de fonctionnement ne se modifient guère : rôle dirigeant du parti, alignement sur les positions soviétiques, censure et répression vigilante des activités contestataires. Cette stabilité se vérifie dans la longévité des équipes au pouvoir, confinant dans certains cas, comme en Union soviétique, à une véritable gérontocratie régnante : Jivkov au pouvoir en Bulgarie depuis 1954, Kadar en Hongrie depuis 1956, Ceausescu en Roumanie depuis 1965, Husak en Tchécoslovaquie depuis 1969. Gierek et Honecker, qui dirigent la Pologne et la RDA respectivement depuis 1970 et 1971, font figure de nouveaux venus dans ce cercle très fermé. Il est vrai qu'une certaine diversité peut s'exercer, tolérée par Moscou tant qu'elle ne remet en cause ni le rôle du parti ni l'intégration économique et militaire façonnée par le tuteur soviétique. C'est ainsi que la Hongrie [1] et la Pologne pratiquent un communisme relativement libéral auquel ne souscrivent pas les autres pays, plus attachés au monolithisme et à la discipline socialistes. Une césure qui aura l'occasion de se vérifier et de s'élargir à la fin de la décennie suivante.

Le fait le plus marquant de la fin de l'ère Brejnev réside sans doute dans la montée de divers mouvements de contestation, originaux par l'élargissement de leur assise sociale et la pluralité de leurs initiatives. L'exemple des dissidents soviétiques entre certainement dans cette éclosion, ainsi que les échos de l'eurocommunisme occidental et les possibilités ouvertes par les accords d'Helsinki (1975) qui leur offrent les bases d'un droit international de revendication. Ainsi naît en Pologne le KOR [2],

1. La révocation en 1975 du président du Conseil hongrois Jenö Fock, rebelle à l'intégration de son pays dans le bloc de l'Est, montre les limites de cette indépendance.

2. Comité d'aide aux travailleurs victimes de la répression, fondé en septembre 1976 à la suite des grèves déclenchées en juin dans quelques centres industriels (Radom, Ursus) après l'annonce d'une augmentation des prix alimentaires.

fondé par un groupe d'intellectuels (Adam Michnik, Jacek Kuron), très actif dans l'assistance aux prisonniers politiques, inspirateur d'une presse et d'une culture parallèles plus ou moins tolérées par le pouvoir. D'une importance comparable, la Charte 77, fondée à Prague le 1er janvier 1977, est moins une organisation qu'une plate-forme vers laquelle peuvent converger tous les courants de l'opposition tchécoslovaque. Les dirigeants y répondent de manière policière [1], de même que ceux d'Allemagne de l'Est et de Roumanie qui recourent aux expulsions et à l'emprisonnement. Au début des années quatre-vingt, en pleine bataille des euromissiles, un mouvement pacifiste se développe en marge des thèses officielles, particulièrement imposant en Allemagne de l'Est, où il bénéficie de la protection de l'Église luthérienne, d'une moindre audience en Hongrie (mouvement Dialogus) et en Tchécoslovaquie.

Alors que l'essoufflement de la croissance devient manifeste et que la charge d'un endettement considérable se superpose aux déficiences chroniques des économies, les premiers craquements de l'édifice socialiste se font sentir en Pologne. Comme déjà à trois reprises — 1956, 1970, 1976 —, c'est l'annonce d'une hausse des prix alimentaires qui déclenche, en juillet 1980, divers mouvements revendicatifs dans les usines. Rapidement, le conflit se focalise à Gdansk où, pour protester contre le licenciement d'un responsable syndical, les ouvriers des chantiers navals se mettent en grève, puis créent le 16 août un comité formulant, entre autres exigences, la reconnaissance de syndicats libres, indépendants du parti. Au terme d'une négociation serrée, mais dans un climat de liberté reconquise, un accord est signé à Gdansk le 31 août entre le vice-Premier ministre Jagielski et le leader du mouvement de grève Lech Walesa dont le nom est désormais associé au syndicat indépendant *Solidarnosc* (solidarité) qui connaît d'emblée un succès d'adhésion foudroyant. Une concession d'une telle ampleur, qui contrevient au dogme léniniste jusqu'alors intangible de la soumission du syndicat au parti, a d'importantes répercussions dans la hiérarchie dirigeante.

1. Mort du philosophe Jan Patocka en mars 1977, procès des porte-parole de la Charte en octobre 1979.

Edward Gierek, payant de son poste la fuite en avant de l'économie polonaise dans un cycle infernal d'investissements sans rentabilité et d'emprunts sans solvabilité, est remplacé par Stanislas Kania à la tête du parti, tandis que le général Jaruzelski accède à la direction du gouvernement en février 1981. L'inquiétude de l'URSS se fait plus pressante au fil des rencontres soviéto-polonaises, d'autant que la contestation gagne à l'intérieur du POUP, le parti communiste polonais. Homme de bonne volonté mais sans grande envergure, placé dans une position « centriste » difficile à tenir, Kania concède d'importants renouvellements lors du Congrès extraordinaire tenu en juillet 1981 [1], mais ne peut empêcher ni la radicalisation des revendications de Solidarité (élections libres, refonte complète de la vie économique) à l'heure où le syndicat compte près de dix millions d'adhérents, ni la militarisation du gouvernement et la mise en place d'un état-major de crise présidé par le général Jaruzelski.

Des inquiétudes, l'Union soviétique passe aux avertissements à peine voilés, puis à l'injonction. L'effet est suffisant pour que Kania soit mis en minorité le 18 octobre, remplacé par Jaruzelski, déjà chef du gouvernement et ministre de la Défense. Conscients du danger qui plane sur leur pays, les dirigeants de Solidarité annoncent peu après la cessation immédiate de toute action de grève et amorcent, sous l'égide du primat de Pologne Mgr Glemp, une négociation en vue de former un Conseil d'entente nationale. Mais il est trop tard. A l'heure où l'agence Tass accuse, contre toute vraisemblance, Solidarité de préparer le renversement du pouvoir, l'état de guerre est instauré le 13 décembre, solution de rechange à une invasion soviétique dont il existe déjà deux précédents [2]. Techniquement, l'opération est une réussite. En quelques heures l'appareil de Solidarité est détruit ; en

1. Pour la première fois dans un pays de l'Est, le Comité central, le Bureau politique et le secrétaire général sont élus par un vote direct et secret du Congrès.

2. Le plan d'une intervention des forces du Pacte de Varsovie était prêt depuis décembre 1980. La pression occidentale, et accessoirement pontificale, expliquent en partie le ralliement du Kremlin à une solution purement polonaise préparée durant l'année 1981 par l'état-major de crise.

quelques jours la résistance ouvrière est brisée, notamment dans les centre miniers de haute Silésie. Si Lech Walesa « bénéficie » d'une mise en résidence surveillée, les arrestations se comptent par milliers, réparties dans une cinquantaine de centres de détention où sévissent des conditions très dures. A l'interdiction des déplacements et des communications téléphoniques s'ajoute une sévère épuration du parti, de l'administration, de l'enseignement et de la presse.

Dans un pays occupé par sa propre armée, Solidarité parvient pourtant à reconstituer une direction clandestine et à animer, dans les années suivantes, une presse et une culture de résistance avec l'appui du clergé catholique, qui ne se reconnaît pas toujours dans le rôle d'intercesseur entre la société et le pouvoir que s'assigne Mgr Glemp. Si la répression des manifestations de rue demeure vigoureuse, les 1er mai 1982 et 1985 en particulier, le soutien officiel apporté par le pape Jean-Paul II au syndicat dissous, le prix Nobel de la paix décerné à Lech Walesa (octobre 1983) obligent les dirigeants polonais à une certaine circonspection. Après avoir été assoupli, puis suspendu, l'état de guerre est levé le 22 juillet 1983, et diverses amnisties sont prononcées. Il apparaît en fait que l'épreuve de force tourne au match nul, le grand perdant étant l'économie polonaise tombée à un niveau catastrophique. Solidarité conserve sans doute un prestige intact, ou peu s'en faut, mais les initiatives souvent habiles du pouvoir ont fini par user sa capacité de mobilisation et la qualité de ses relais sociaux ou culturels. Le pouvoir, pour sa part, maîtrise l'ordre public et est parvenu à restaurer partiellement le crédit international de la Pologne [1], mais sans réussir à rallier la population. L'idée d'une reprise du dialogue progresse dès lors de part et d'autre.

Pour la seconde fois dans leur histoire, l'initiative réformatrice venue de l'Union soviétique va obliger les démocraties populaires à un ensemble de réajustements. Celle de Nikita Khrouchtchev s'était soldée par le semi-échec d'une déstalinisation limitée. Celle de Mikhaïl Gorbatchev a d'abord

1. Levée des sanctions économiques américaines, visites du pape en Pologne de 1983 et 1987, voyage de Jaruzelski à Paris en décembre 1985.

frappé par la diversité de ses prolongements est-européens. L'intégration forcée n'étant plus de mise à l'heure où Moscou doit composer avec la turbulence de ses propres nationalités, la cohésion de la communauté socialiste ne pouvait être assurée que par une évolution consentie, inspirée des grandes lignes du réformisme gorbatchévien : réhabilitation des organismes d'État et des Parlements nationaux, reconnaissance d'un certain pluralisme, libération de l'information et de la culture, décentralisation économique et ouverture accrue sur l'Occident. Jusqu'aux événements de l'automne 1989, la diffusion de cet « effet Gorbatchev » avait donné des résultats contradictoires, voire paradoxaux. Les pays réputés les plus inféodés à l'URSS (Bulgarie, Tchécoslovaquie, RDA) continuaient de s'en démarquer ostensiblement, alors que les pays qui avaient su le mieux affirmer leur autonomie (Hongrie, Pologne) s'y ralliaient avec empressement, la Roumanie demeurant une sorte de cas atypique.

Forte de ses performances réelles ou supposées, la République démocratique allemande laissait entendre que le premier de la classe n'a de leçon à recevoir de personne. Non seulement la *perestroïka* n'avait pas cours à Berlin-Est, mais l'emprise croissante de la police politique (la *Stasi*), l'interdiction de la plupart des publications soviétiques, le soutien affiché au régime roumain et plus tard à la répression chinoise traduisaient la profonde allergie de l'équipe Honecker à l'endroit du gorbatchévisme. L'orientation n'était guère différente en Tchécoslovaquie où, accueilli avec chaleur par la population lors de son voyage d'avril 1987, Gorbatchev n'était pas parvenu à promouvoir une relève substantielle. Le remplacement de Gustav Husak par Milos Jakes à la tête du parti n'avait pas renforcé le camp des réformateurs, et les manifestations populaires en faveur de la démocratie avaient été brutalement réprimées en octobre 1988 et janvier 1989. Quant à la Bulgarie, sa soviétophilie traditionnelle n'avait guère été au-delà d'un ajustement du vocabulaire officiel et d'un certain renouvellement de ses cadres dirigeants.

Le changement est plus considérable en Hongrie, habituée de longue date à une gestion assez libérale mais où, en raison de la crise économique, le kadarisme avait fini par se figer dans l'immobilisme. Une première relève intervient en mai

1988, quand Karoly Grosz succède à Janos Kadar au poste de secrétaire général du parti [1] ; une seconde en juin 1989 quand est instaurée une direction collégiale incluant le chef de file des réformateurs, Imre Pozsgay, comme Premier ministre. La réhabilitation des insurgés de 1956 (dont Imre Nagy), la reconnaissance des courants d'opposition, la promesse d'élections libres en 1990, l'ouverture de la frontière avec l'Autriche [2] sont autant de signes d'une mutation considérable. L'évolution n'est pas moins étonnante en Pologne, que ne peuvent expliquer seuls les encouragements soviétiques ou occidentaux à la détente intérieure. La dictature militaire n'est parvenue en effet ni à remettre en marche une économie exsangue, ni à faire taire l'opposition qui a su faire preuve de son influence lors du référendum de novembre 1987 [3]. Les préoccupations du pouvoir rejoignent dans une certaine mesure celles des dirigeants de Solidarité, inquiets de la dérive nihiliste d'une partie de l'opinion, en particulier de la jeunesse. Les grèves qui éclatent en 1988 conduisent le général Jaruzelski à faire entamer par le gouvernement des négociations avec le syndicat dissous. Celles-ci aboutissent à une Table ronde qui convient d'élections partiellement libres. Celles-ci ont lieu les 4 et 18 juin 1989 et sont une éclatante victoire pour les candidats de Solidarité [4]. Dans les semaines qui suivent, la pression des pays occidentaux est sans doute décisive pour amener l'opposition à ne pas empêcher l'élection du général Jaruzelski à la présidence de la République. De laborieuses tractations se déroulent pour que soit

1. Cette succession entraîne une élimination de la vieille garde kadariste des instances dirigeantes. Janos Kadar meurt le 6 juillet 1989.

2. Cette décision est prise le 10 septembre 1989 et a pour effet immédiat un exode massif d'Allemands de l'Est vers la République fédérale.

3. Les résultats de ce référendum, qui porte sur la poursuite des réformes économiques, sont un camouflet pour le pouvoir en raison de la faible participation (Solidarité avait appelé au boycott) et de la minorité de *oui* obtenue aux deux questions posées.

4. Les accords du 5 avril 1989 prévoient l'élection d'une Assemblée nationale comprenant la Diète, où le POUP et ses alliés se réservent 65 % des sièges, et un Sénat dont l'élection sera totalement libre. Aux élections de juin, Solidarité obtient 99 des 100 sièges au Sénat et la totalité des sièges réservés à l'opposition à la Diète.

formé, sous la direction de Tadeusz Mazowiecki, intellectuel catholique membre de la direction de Solidarité, un gouvernement de coalition intégrant l'ensemble des forces politiques représentées à la Diète [1]. Mais le consensus national ainsi forgé semble plus artificiel qu'en Hongrie, compte tenu des rancœurs et méfiances accumulées dans les deux camps, et des divergences qui ne vont pas tarder à se faire jour dans les rangs de Solidarité.

A l'inverse des autres pays socialistes, aucun signe de changement ne se manifeste en Roumanie en dépit des sollicitations explicites venues de Moscou. Alors que le pays s'enfonce dans la crise économique et la pénurie généralisée, la dictature du clan Ceausescu [2] n'a cessé de se renforcer depuis dix ans, empruntant les voies les plus totalitaires de l'encadrement idéologique, du culte de la personnalité et de la terreur policière. Après les émeutes de l'été 1975 et la grève des mineurs de la vallée de Jiu en 1977, la contestation s'est développée autour d'intellectuels dissidents, dans des comités de défense ou des syndicats libres inspirés des exemples tchèques et polonais, ainsi que dans la minorité hongroise de Transylvanie en proie à une politique d'assimilation forcée. Toutes tentatives impitoyablement réprimées, comme le seront les manifestations ouvrières survenues dans la région de Brasov à l'automne 1987. Terrorisée par la toute-puissance de la police politique (la *Securitate*), insensible depuis longtemps à l'exaltation grandiloquente de la nation roumaine, la population ne semble plus placer d'espoir que dans une mobilisation extérieure contre le pouvoir ubuesque du « Génie des Carpathes ».

A partir de l'été 1989, et plus encore de l'automne, l'histoire s'emballe. Ce qui aurait pu être une évolution contrôlée vers un socialisme rénové a cédé la place à un renversement

1. Formé en septembre 1989, le gouvernement comprend 13 membres de Solidarité, 4 communistes du POUP (dont les ministres de l'Intérieur et de la Défense), 4 paysans et 3 démocrates.

2. Outre Nicolae Ceausescu, proclamé *Conducator*, qui domine toute la hiérarchie du parti et de l'État, il faut compter avec sa femme Elena, présidente de la commission des cadres du parti et maîtresse du secteur culturel, et son fils Nicu, responsable des Jeunesses communistes.

complet du système communiste en Europe centrale et orientale. Nouveau printemps des peuples ou complot orchestré par Moscou ? Révolution ou manipulation ? Il reste beaucoup à apprendre sur le détail et l'imbrication des événements. Mais sans doute la vérité se situe-t-elle entre ces deux pôles. Que le Kremlin ait élaboré un ou plusieurs scénarios de modernisation de son empire européen, à commencer par la relève de dirigeants rétifs ou discrédités, ne fait guère de doutes. Que ce plan ait le plus souvent « dérapé » sous la pression populaire, pour aboutir à des situations totalement imprévues, relève de la simple observation des faits.

Toujours obéissante aux directives du grand frère, la Bulgarie offre le meilleur exemple d'une relève bien programmée quand Todor Jivkov doit céder la place, le 10 novembre 1989, au ministre des Affaires étrangères Petar Mladenov qui engage le pays dans une restructuration à la soviétique ne remettant pas en cause le communisme. Les « révolutions » tchécoslovaque et roumaine, présentées un temps comme exemplaires d'une irrésistible mobilisation populaire, relèvent partiellement de la manipulation. A Prague, la brutale répression de la manifestation du 17 novembre semble bien avoir été négociée avec le KGB pour faire tomber les éléments conservateurs du parti. Mais ni Karel Urbanek, ni Ladislav Adamec, les hommes du renouvellement gorbatchévien, ne peuvent enrayer l'aspiration démocratique qui triomphe avec le retour d'Alexandre Dubcek et la désignation de l'opposant Vaclav Havel à la présidence de la République. L'opacité qui pèse sur les événements roumains est plus considérable. La mise en scène du charnier de Timisoara fait douter assez vite de la spontanéité d'une insurrection dont l'élan populaire n'est pas niable. Le rôle exact de Moscou dans le revirement de l'armée, comme dans la genèse du Front de salut national et le procès-exécution du couple Ceausescu, reste à préciser. Il en est de même en RDA, où le soutien rétif et ambigu dispensé par Gorbatchev à Erich Honecker lors des manifestations célébrant le quarantième anniversaire du pays doit se combiner avec le refus explicite de toute intervention militaire soviétique en cas de menace grave pour le régime. Mais, là encore, l'ampleur de l'exode vers la RFA et des manifestations populaires dans les principales villes rendent assez vite caduques les solutions de rechange qu'incarnent successivement Egon Krenz et Hans Modrow. La première brèche dans le mur de Berlin, à la date hautement symbolique du 9 novembre [1], traduit le renversement irrésistible de l'ordre ancien et ouvre la voie à l'unité interallemande.

Issue de ces bouleversements, une nouvelle configuration politique s'est mise en place, mais mouvante et incertaine au plan intérieur comme sur le plan international.

Après avoir renoncé à leur rôle dirigeant et ouvert la voie au multipartisme, les partis communistes ont entamé une révision de leurs statuts et de leur programme, optant pour la plupart en faveur d'un socialisme démocratique aux contours assez flous [2]. Mutation accompagnée d'une épuration des appareils dirigeants, mais qui n'a pu enrayer l'hémorragie de leurs effectifs. Les élections libres qui se sont déroulées au printemps 1990 dans cinq pays [3] ont considérablement réduit leur représentation, ce qui était prévisible, mais sans profiter à des tendances historiquement implantées (social-démocratie, libéraux, agrariens) ni au nouveau mouvement écologique. En fait, deux espaces se dessinent. En Europe centrale, où survivait une tradition démocratique et une culture d'opposition, les élections ont donné la victoire à des formations centristes, sortes de rassemblements animés par des personnalités plus que par des programmes [4]. Devenu très minoritaire, le vote communiste s'identifie à un réflexe conservateur de l'ancienne bureaucratie. Dans l'Europe bal-

1. Date anniversaire de la proclamation de la République, à Berlin, le 9 novembre 1918.

2. A l'exception du parti tchécoslovaque, les partis communistes ont voulu étayer ces nouvelles dispositions par un changement d'appellation : le PSOH devient le Parti socialiste hongrois, le SED devient Parti du socialisme démocratique, le Parti communiste bulgare devient Parti socialiste.

3. Élections du 18 mars en RDA, des 25 mars-8 avril en Hongrie, du 20 mai en Roumanie, des 8-9 juin en Tchécoslovaquie, du 10 juin en Bulgarie.

4. Alliance pour l'Allemagne (émanation de la CDU-CSU) en RDA, Forum démocratique et Alliance des démocrates libres en Hongrie, Forum civique en Tchécoslovaquie.

kanique, où la tradition libérale était plus modeste et le régime totalement plus achevé, ce même réflexe l'a emporté, étendu à des couches beaucoup plus larges de la population, assurant la majorité, vivement contestée par l'opposition, au néocommunisme du Front et du salut national d'Ion Iliescu en Roumanie et au Parti socialiste en Bulgarie.

Les problèmes internes auxquels sont confrontés les nouveaux gouvernements sont considérables, et assez identiques de pays à pays. La restructuration économique, le passage d'une économie collectiviste et centralisée à une économie de marché ne suscitent guère d'opposition de principe mais plutôt des controverses entre économistes radicaux et partisans des réformes graduelles. De toute évidence, et quelle que soit l'ampleur de l'aide internationale attendue, le coût social en sera, au moins initialement, très élevé, et peut être l'occasion de nouvelles tensions politiques comme l'ont démontré les débats souvent très durs qui ont précédé l'élection de Lech Walesa, en décembre 1991, à la présidence de la République polonaise. Le sort des anciens dirigeants, le reclassement des effectifs pléthoriques des services de sécurité semblent devoir être abordés sans esprit de représaille excessif malgré les pressions vindicatives qui s'exercent çà et là. Mais l'effondrement de l'encadrement idéologique peut donner libre cours à la démagogie populiste des nouveaux dirigeants, et poser en termes conflictuels le retour en force des Églises, l'expression publique d'un antisémitisme diffus et la résurgence des conflits ethniques [1].

Dans leurs relations avec l'extérieur, les nouvelles démocraties doivent conduire de pair leur intégration dans l'espace européen et la normalisation de leurs relations avec l'Union soviétique. La seconde semble devoir progresser plus vite que la première compte tenu de l'état de délabrement du Pacte de Varsovie [2]. Fortes de leur liberté retrouvée, la Hongrie et

1. Comme en témoignent les violents incidents entre Roumains et minorité hongroise de Transylvanie au printemps 1990, les manifestations d'un sentiment antiturc en Bulgarie, le réveil d'un séparatisme slovaque...

2. On pouvait en effet être sceptique sur les nouvelles perspectives du Pacte, telles qu'elles ont été tracées lors de la réunion du 7 juin 1990 qui a conclu à de nouvelles fonctions de l'alliance, plus politiques que militaires. De fait, le Pacte a été dissous le 25 février 1991.

la Tchécoslovaquie ont signé des accords pour le départ des troupes soviétiques de leur territoire, départ auquel la Pologne n'a souscrit qu'au prix de solides garanties dans la perspective d'une Allemagne réunifiée. L'arrimage européen devra prendre plus de temps, quelle que soit la vigueur du sentiment d'appartenance à cette « maison Europe » à laquelle l'URSS (ou la Russie) n'est pas indifférente. En l'attente d'une adhésion générale au Conseil et à la CEE, et compte tenu de la lourdeur des procédures, des rapprochements régionaux s'esquissent dans une *Mitteleuropa* où l'Autriche, voire l'Italie, peuvent apporter leur contribution.

C'est paradoxalement la RDA, le pays le plus longtemps hostile aux influences occidentales, qui va rejoindre l'Europe la première par le biais de la réunification. L'aspiration unitaire s'étant publiquement manifestée lors des événements qui ont précédé la chute du mur de Berlin, Helmut Kohl présente dès le 28 novembre 1989 un plan en dix points de réunification par étapes. Favorablement accueilli par la classe politique ouest-allemande (sauf les Verts), ce plan suscite embarras chez les alliés de Bonn et réprobation à l'Est, d'autant plus que le chancelier Kohl se refuse, pour des raisons de politique intérieure, à confirmer officiellement l'intangibilité de la frontière Oder-Neisse [1]. La poussée unitaire est pourtant irrésistible. Gorbatchev s'y rallie le 30 janvier 1990, dans le cadre d'une négociation globale (« quatre plus deux »), ce qui revient à enterrer la proposition avancée par Hans Modrow d'une neutralisation militaire du futur État. La victoire des chrétiens-démocrates en RDA aux élections du 18 mars, la bonne volonté du nouveau Premier ministre est-allemand, Lothar de Maizière, à se plier aux vues de Bonn, l'abstention bienveillante de Washington et celle, plus réticente, de Paris accélèrent la procédure. Après la signature du traité d'État du 21 juin, l'union monétaire est effective le 1er juillet. Mais l'impulsion décisive découle de l'accord Kohl-Gorbatchev conclu à Moscou le 16 juillet 1990 qui, accédant à l'exigence de Bonn d'une intégration totale du futur État

1. Refus juridiquement peu défendable compte tenu de la signature par la RFA de l'Acte final de la conférence d'Helsinki et des clauses explicites du traité germano-polonais de 1970.

allemand dans l'Alliance atlantique [1], ouvre la voie à une mise en œuvre rapide de l'unification.

En marge de ce qui fut le bloc de l'Est, la Yougoslavie et l'Albanie tentent de surmonter la disparition de leur dirigeant respectif, le maréchal Tito (1980) et Enver Hoxha (1985), sans que leurs relations aient connu, en raison de la lancinante question du Kosovo [2], une amélioration notable. Longtemps fidèle au modèle avoué du stalinisme, ce qui avait entraîné sa rupture avec Moscou en 1961 puis avec la Chine post-maoïste en 1978, l'Albanie s'est essayée à une timide détente intérieure sous l'impulsion de Ramiz Alia. La montée de la contestation étudiante et l'exode de milliers d'Albanais, en particulier vers l'Italie, précipitent l'évolution démocratique du régime. Mais les élections du 31 mars 1991 sont une victoire pour l'ex-parti unique, remportée grâce à l'électorat rural. La situation est plus confuse en Yougoslavie, où la dégradation de la situation économique a mis à nu les carences du système d'autogestion et le caractère artificiel d'un fédéralisme auquel seuls le charisme et la poigne de Tito avaient pu apporter quelque cohésion. La mise en place, après sa mort, d'une direction collégiale avec rotation annuelle de la présidence n'a pas permis d'enrayer la vague montante des critiques contre le monopole politique exercé par la Ligue des communistes, ni surtout la recrudescence de nationalismes particulièrement virulents en Slovénie et en Croatie. Entre nationalités que sépare un lourd contentieux historique, avivé par la disparité des développements économiques, l'élément serbe, longtemps hégémonique, est de moins en moins capable d'arbitrer, quelles que soient les velléités déployées en ce sens par Slobodan Milosevic, lui-même vivement contesté à Belgrade. Les tendances séparatistes se sont concrétisées par

1. Cet accord prévoit un retrait avant trois ou quatre ans des 380 000 soldats soviétiques stationnant en RDA. Les effectifs de la future armée allemande seront réduits dans un même délai à 370 000 hommes. L'interdiction des armes ABC demeure valable, étendue à l'Allemagne unie.

2. Province autonome de la République de Serbie, le Kosovo, peuplé à 85 % d'Albanais, est le théâtre d'affrontements répétés et violents avec la minorité serbe.

des référendums où l'« autonomie » a été massivement plébiscitée en Slovénie (décembre 1990) et en Croatie (mai 1991). Mais la direction serbe, épaulée par l'armée fédérale, laisse se développer dans les zones mixtes, c'est-à-dire serbo-croates, de Croatie des actions de représailles qui ont plongé le pays, depuis l'été 1991, dans une atroce guerre civile, face à laquelle la Communauté européenne demeure aussi divisée qu'impuissante.

4
La Chine

L'intervention de l'armée et l'habileté conciliatrice de Zhou Enlai avaient permis de stabiliser la révolution culturelle tout en rétablissant l'unité du pays [1]. Dans les années suivantes prévalut un strict encadrement militaire des masses, où l'étude systématique de la pensée de Mao allait de pair avec un durcissement de la politique rurale, des répressions et discriminations de toutes sortes [2]. Une discipline de fer s'était abattue sur le pays, troublée sans doute, mais dans des proportions mal connues, par des manifestations de multples mécontentements. Politiquement, après le IXe Congrès du Parti (avril 1969) et l'affaiblissement de la gauche maoïste consécutif à l'élimination de Chen Boda (août 1970), la position de l'armée et celle du maréchal Lin Biao semblaient au zénith. En fait, cette tutelle irritait les cadres civils qui restaient attachés à la primauté du parti, dont Lin Biao freinait précisément la reconstruction. Sur l'initiative de Zhou Enlai et avec l'accord de Mao Zedong, devenu d'une méfiance maladive et irrité par les initiatives de son dauphin, le déclin s'est amorcé à la suite du plénum d'août 1970 qui a réaffirmé le rôle dirigeant du PCC et opté pour une ligne rurale plus modérée. Par la suite, Lin Biao a-t-il voulu, comme l'affirme la thèse officielle, attenter à la vie de Mao Zedong ? On

1. Cf. *supra*, t. III, p. 432-438.

2. Les principales victimes en sont les minorités ethniques, les « catégories noires » de la population rurale, les intellectuels et surtout des millions de jeunes, anciens Gardes rouges pour la plupart, contraints à un exil dans les campagnes particulièrement mal vécu.

l'ignore encore, de même que restent mystérieux son hypothétique fuite vers l'Union soviétique et l'écrasement de son avion en Mongolie, le 13 septembre 1971.

Cette élimination, suivie par la disgrâce d'une soixantaine de chefs militaires, signe la fin de la révolution culturelle. Mais elle ouvre aussi une période de cinq ans marquée par un contraste saisissant entre l'affirmation diplomatique de la Chine et l'incertitude croissante de sa politique intérieure. Les oscillations sont en effet constantes entre le gauchisme hérité de la révolution culturelle et la ligne gestionnaire, alors que Mao se révèle de plus en plus incapable d'arbitrer les factions rivales attisées par les perspectives de sa succession.

Dans l'immédiat, Zhou Enlai tire bénéfice de l'élimination de Lin Biao dont il a été le principal artisan. Le parti est réorganisé, ainsi que ses organisations de masse. La détente se précise dans les universités et dans les campagnes. D'anciennes victimes de la révolution culturelle, comme Hu Yaobang et Yu Qiuli, retrouvent leurs postes de responsabilité, et Deng Xiaoping fait en avril 1973 sa rentrée politique comme vice-Premier ministre. Mais, de la façon la plus contradictoire, le Xe Congrès du parti, tenu secrètement pendant l'été et en l'absence de Mao, voit la confirmation du programme modéré de Zhou Enlai et la promotion de Wang Hongwen, un tenant de l'ultra-gauche qui appelle de « nouvelles révolutions ». De fait, l'offensive de cette dernière ne tarde pas. Par le biais d'une campagne contre Confucius [1], c'est Zhou Enlai qui est directement visé et sa politique de restauration poursuivie depuis 1971. Mais, dans l'hostilité ou l'indifférence des masses, cette « seconde révolution culturelle » s'enlise dans l'ésotérisme. Une habile riposte de Zhou Enlai a pour résultat le plus clair d'apaiser cette campagne durant l'été 1974, avec, semble-t-il, l'appui de Mao Zedong. Malgré une santé déclinante, Zhou Enlai convoque l'Assemblée nationale populaire en janvier 1975. Celle-ci n'avait pas été réunie depuis dix ans. Outre la révision de la Constitution

1. Il s'agit d'une dénonciation des valeurs et de la morale traditionnelles, accusées de fonder l'élitisme et le mépris du travail manuel. L'accusation est d'autant plus transparente que Zhou Enlai était fils d'un mandarin.

de 1954, elle entérine le programme des « quatre modernisations fondamentales » (industrie, agriculture, sciences et techniques, défense), qui, au dire de Zhou Enlai, porteront la Chine « aux premiers rangs du monde ». Avec l'abandon du primat des transformations idéologico-politiques, la révolution culturelle ne saurait être plus clairement reniée. Forts de leurs bastions dans le secteur de la propagande, les radicaux conduits par Jiang Qing et Zhang Chunqiao contre-attaquent par une campagne de presse, mais sans parvenir à soulever une mobilisation d'envergure. L'avantage reste aux réformistes.

Ouverte depuis plusieurs années en coulisse, la crise de succession éclate en 1976. Zhou Enlai meurt le 8 janvier. Son successeur ne sera ni Deng Xiaoping ni Zhang Chunqiao, candidat des radicaux, mais l'obscur Hua Guofeng, ancien cadre de la province de Hunan, récemment promu ministre de la Sécurité publique. Imposé par Mao, ce choix de compromis penche plutôt en faveur des radicaux qui déclenchent une campagne contre les « déviationnistes de droite ». A travers Den Xiaoping, ce sont les « quatre modernisations » qui sont visées. Mais le parti suit mal et l'armée demeure à l'écart du mouvement. Bien plus, le 4 avril et les jours suivants, de violents affrontements opposent place Tien Anmen, à Pékin, le service d'ordre à des manifestants venus exprimer leur attachement à la mémoire de Zhou Enlai. Une vigoureuse répression s'ensuit, ainsi que la destitution de Deng Xiaoping de toutes ses fonctions politiques. Hua Guofeng accède à la vice-présidence du Comité central, mais, conscient de l'impopularité des thèses gauchistes dans le pays comme dans le parti, et soucieux avant tout de ménager l'avenir, il refuse de systématiser la répression qu'exigent les radicaux. Ce flottement politique encourage tous les désordres : grèves sauvages, banditisme urbain, marché noir, trafics et pillages, mouvements de troupes mal contrôlés [1].

La mort de Mao Zedong, le 9 septembre, déclenche un long

1. Les tragiques séismes qui ravagent la Chine durant l'été 1976 ajoutent encore à la confusion. Aux offres de secours de la communauté internationale, les dirigeants rétorquent en invoquant la mobilisation populaire et le génie de Mao Zedong...

deuil officiel qui ne trouve guère d'écho dans la population. Le clan gauchiste de la Bande des Quatre [1] invoque les dernières volontés du défunt pour porter au pouvoir Jiang Qing, la veuve de Mao. Mais, faute de relais suffisants dans le parti et dans l'armée, le complot est rapidement déjoué par Hua Guofeng qui s'est ménagé le soutien des hauts responsables militaires et celui, plus surprenant mais tout aussi décisif, de Wang Dongxing, ancien garde du corps de Mao et maoïste confirmé. Le 6 octobre 1976, Jiang Qing et ses complices sont arrêtés, tandis que l'armée régulière désarme les milices de Pékin acquises à leur cause. Accueillie par des manifestations de liesse populaire, la chute des Quatre signifie l'effondrement du maoïsme qui, de l'échec du Grand Bond aux crimes de la révolution culturelle, avait semé trop de désillusions pour conserver une assise solide dans la population. Mais, dans l'immédiat, le problème de la succession n'est nullement résolu. L'enjeu se situe désormais entre le maoïsme atténué de Hua Guofeng et le pragmatisme gestionnaire qu'incarne Deng Xiaoping. Mais entre les deux tendances se situe un groupe « centriste » composé d'anciens collaborateurs de Zhou Enlai, d'économistes, de militaires de haut rang, qui se sont tous plus ou moins opposés à la ligne maoïste, mais qui redoutent les implications d'une démaoïsation trop prononcée. C'est de l'évolution de ce groupe que va dépendre la victoire de Deng Xiaoping.

En octobre 1976, la position de Hua Guofeng est très forte. Cumulant les titres de président du parti, de la commission militaire du Comité central et de Premier ministre, il dispose d'une confortable majorité dans l'appareil du parti et en province. Tout en soignant son image personnelle, sa politique combine un maoïsme assagi [2] et une dénonciation des méfaits de la Bande des Quatre comme de Deng Xiaoping. Il parvient pourtant mal à s'imposer, tant à Pékin, où apparaissent en janvier 1977 des *dazibao* critiques, qu'en province,

1. Outre Jiang Qing, la Bande des Quatre regroupe Zhang Chunqiao, le théoricien de la campagne contre Confucius, Yao Wenyuan et Wang Hongwen.

2. C'est lui qui patronne la publication du tome V des *Œuvres choisies* de Mao Zedong, portant sur la période 1950-1957, la moins contestée.

où diverses mutations favorisent des partisans de Deng. Ce dernier, à la suite d'une autocritique mesurée, opère en juillet un rétablissement dans ses fonctions antérieures [1]. Le mois suivant, lors du XIe Congrès du parti, Hua Guofeng s'appuie sur les gestionnaires du groupe centriste (tel Yu Qiuli) pour maintenir une ligne collectiviste et volontariste [2], mais le renouvellement du Comité central fait la part belle aux réhabilités de la révolution culturelle et même aux victimes de purges antérieures. A partir du printemps 1978, les réhabilitations se comptent par millions, alors que la nouvelle Constitution du 5 mars garantit à chacun la liberté d'opinion et d'expression. Quand, en novembre, les manifestants de la place Tien Anmen sont à leur tour réhabilités, l'effervescence populaire s'exprime à Pékin par une floraison de *dazibao* hostiles à Mao Zedong, à la Bande des Quatre et à la révolution culturelle.

Ce « printemps en hiver [3] » s'étend en province et tend à se radicaliser par la revendication de la « Cinquième modernisation », c'est-à-dire la démocratie politique. Bien qu'explicitement tournées en sa faveur, ces manifestations inquiètent Deng Xiaoping qui les freine ostensiblement à partir de mars 1979 [4]. Les souvenirs de 1957 et de 1966 sont trop présents pour que soit tolérée la dérive d'un mouvement contestataire qui, au reste, manque de soutien dans le pays. Mais, maître de l'appareil répressif, Deng Xiaoping s'en tient à une répression modérée. Entre-temps, au troisième plénum de décembre 1978, il a considérablement renforcé sa position. D'habiles mesures d'intéressement de la paysannerie ont été adoptées

1. Vice-Premier ministre, chef d'état-major et membre du Bureau politique.

2. C'est la ligne du plan décennal présenté à l'Assemblée populaire en février 1978, qui s'inscrit dans la filiation du Grand Bond par l'ambition de ses objectifs, tout en retenant certains aspects des « quatre modernisations » comme l'importation accélérée de technologies étrangères.

3. Selon l'expression de J.-L. Domenach et P. Richer, *La Chine, 1949-1985*, Imprimerie nationale, « Notre Siècle », 1987, p. 333.

4. Dans son discours du 30 mars, Deng Xiaoping affirme les « quatre principes » intangibles du régime chinois : socialisme, dictature du prolétariat, rôle dirigeant du parti, fidélité au marxisme-léninisme et à la pensée de Mao Zedong.

et les organes dirigeants se sont encore ouverts aux réformistes. En particulier, Hu Yaobang et Chen Yun, deux victimes de la révolution culturelle, accèdent au Bureau politique, tandis que Hua Guofeng et ses alliés doivent se soumettre à une autocritique. Ceux-ci tentent d'exploiter les médiocres résultats de la campagne militaire contre le Vietnam (février-mars 1979) et les difficultés économiques du moment. Mais le mouvement de réhabilitation se poursuit avec la réintégration de l'ancien maire de Pékin, Peng Zhen, et la promotion de Hu Yaobang au secrétariat général du parti. Après la réhabilitation officielle de Liu Shaoqi, Hua Guofeng doit renoncer en septembre 1980 à ses fonctions de Premier ministre. Entamé en novembre, le procès de la Bande des Quatre, de Chen Boda et des généraux « complices » de Lin Biao est en fait dirigé contre lui. Le recours à un procès public peut apparaître comme une garantie d'impartialité, mais il est plus que probable que la non-exécution des sentences de mort ait été troquée en coulisse contre une retraite volontaire de Hua Guofeng. Celle-ci est effective le 29 juin 1981 quand il perd ses dernières fonctions, notamment la présidence de la commission des Affaires militaires qui échoit à Deng Xiaoping. Le XIIIe Congrès du parti, tenu en septembre 1982, liquide l'héritage maoïste [1]. La modernisation économique est reconnue comme priorité absolue, tandis que les cadres dirigeants, substantiellement rajeunis, sont davantage choisis en fonction de leur spécialisation. Une nouvelle Constitution est adoptée, qui renforce les structures de l'État et des institutions locales face au parti, et rétablit la présidence de la République [2].

Entamée en 1978, confirmée en 1982, la rupture avec le maoïsme a profondément transformé la Chine des dix der-

1. Dès avant, lors du plénum de juin 1981, l'appréciation du rôle personnel de Mao Zedong a fait l'objet d'un bilan nuancé : favorable avant 1949, correct de 1949 à 1957, lourd de nombreuses erreurs de 1957 à 1966, désastreux durant la dernière décennie. Mais, sur la base d'une distinction entre les principes et les erreurs personnelles, la pensée de l'ancien président sort relativement indemne, et doit continuer d'inspirer le parti.

2. Il s'agit de la Constitution du 4 décembre 1982, la quatrième de la République populaire après celles de 1954, 1975 et 1978.

nières années. Cette mutation est l'œuvre de tout un peuple, dont on a assez souligné les facultés d'adaptation et d'ingéniosité, mais elle reste étroitement liée aux vues réformatrices de Deng Xiaoping. Survivant de la vieille garde communiste et de la Longue Marche, longtemps considéré comme un *apparatchik* modèle mais profondément marqué par les souffrances de la révolution culturelle, Deng Xiaoping est bien moins un libéral qu'un communiste pragmatique soucieux avant tout de promouvoir la Chine comme grande puissance. Pour ce faire, il entend moins inventer une nouvelle société communiste qu'adapter celle qui existe aux exigences d'une modernisation accélérée. Conscient des libéralisations nécessaires, mais nullement acquis à une libéralisation générale, sa gestion se révèle à la fois audacieuse et prudente, ponctuée de virages tactiques, et somme toute assez chaotique. Cette sinuosité de la démaoïsation s'explique par la complexité même des problèmes, mais aussi par les contraintes qu'impose l'environnement politique. Car, si la haute direction semble acquise à ses vues, Deng Xiaoping doit compter avec l'opposition plus ou moins ouverte de ceux dont l'innovation dérange les habitudes et les intérêts : chefs de l'armée rendus amers par la stagnation des crédits militaires et par le déclin du rôle politique de l'ALP, cadres des échelons intermédiaires et inférieurs du parti, vétérans du maoïsme et anciens collaborateurs de Zhou Enlai attachés à la discipline, au moralisme austère des décennies précédentes. Il n'est pas douteux que certains durcissements périodiques soient redevables à une conjonction d'hostilités de ce type. Ainsi en est-il de la campagne engagée à l'automne 1983 contre la criminalité qui s'élargit aux diverses formes de « pollution spirituelle » engendrées par l'ouverture sur l'Occident, le tout assorti d'une répression dans la jeunesse et dans les milieux intellectuels. Après avoir approuvé le lancement de cette campagne, Deng Xiaoping et Hu Yaobang se sont attachés à en endiguer les débordements. Mais, en 1985, Deng Xiaoping doit consentir à assumer certaines critiques sur les « faiblesses idéologiques » de la nouvelle ligne.

Plus gravement, une relance de l'agitation étudiante — toujours dangereuse pour le pouvoir en raison de sa capillarité avec d'autres couches sociales — a lieu fin 1986 à Pékin et Shanghai, avec pour revendication majeure l'extension de la démocratie politique. Il s'ensuit, en janvier 1987, le limogeage de Hu Yaobang, principal lieutenant de Deng Xiaoping, du poste de secrétaire général, et son remplacement par le Premier ministre Zhao Ziyang. Un certain nombre d'intellectuels sont exclus du parti en raison de leurs vues libérales. Pourtant, le XIIe Congrès du parti, tenu en octobre-novembre de la même année, apparaît bien comme une confirmation de la ligne dengiste. Outre un rajeunissement considérable des membres du Comité central [1] (élus pour la première fois à bulletins secrets et pour un nombre supérieur de postulants), le Congrès s'achève par la confirmation de Zhao Ziyang au secrétariat général et par la désignation d'un Bureau politique très majoritairement favorable à la poursuite du réformisme. Mais, si la réintégration de Hu Yaobang dans cette instance a valeur de symbole, elle est équilibrée en quelque sorte par la promotion de Li Peng au poste de Premier ministre. Celle-ci doit en effet être entendue comme s'inscrivant dans une tradition de prudence et de centralisation qui est celle de Zhou Enlai bien plus que des nouveaux dirigeants.

Le bilan de dix années de démaoïsation est à la fois flatteur et lourd de menaces. Le bond spectaculaire de la production agricole [2] doit beaucoup à la décollectivisation accélérée des campagnes, mais ne peut masquer l'aggravation des disparités régionales et plus encore sociales en raison d'un koulakisme délibérément encouragé. En 1988, on dénombre encore officiellement une centaine de millions d'habitants touchés par la sous-alimentation, surtout dans

1. Sont ainsi évincés Peng Zhen, première victime de la révolution culturelle mais devenu l'un des ténors du conservatisme, le chef de l'État Li Xiannian, et divers vétérans de la Longue Marche comme les généraux Yang Dezhi, Yu Qiuli et Xi Zhongxun. Quant à Chen Yun, ancien adversaire des théories aventuristes de Mao mais fidèle au dogme marxiste en matière de développement économique, il demeure au Comité central tout en étant évincé du Bureau politique.

2. La production céréalière est passée de 280 à 400 millions de tonnes entre 1978 et 1984, mais plafonne ou diminue légèrement depuis cette date. L'essor est plus net encore pour les productions à forte plus-value spéculative : coton, cultures industrielles, fruits, élevage...

les régions de l'intérieur et de la périphérie occidentale du pays, tandis que des millions de paysans errent à la recherche d'un emploi. Dans les villes, la modernisation industrielle s'est attachée à combiner une large décentralisation et l'ouverture aux capitaux privés, avec plus de succès dans les secteurs des biens de consommation et des activités de services que dans les entreprises d'État dont la dégradation et la sous-productivité sont alarmantes. Le niveau de vie urbain s'est considérablement élevé, mais les effets pervers d'une croissance incontrôlée sont nombreux : déséquilibres sectoriels et régionaux, chômage, déficits cumulés, endettement, et surtout tensions inflationnistes qui ont pris ces dernières années une allure galopante [1]. Le retrait du parti de ses bases rurales favorise les velléités autonomistes de certaines provinces et hypothèque la maîtrise de la croissance démographique. L'absence de tout système fiscal cohérent, l'anarchie réglementaire et la pléthore bureaucratique favorisent l'enrichissement rapide, souvent illicite, les abus de pouvoir, le népotisme et la corruption. Ballottée entre le communisme et le confucianisme qu'elle rejette également, une jeunesse urbaine avide d'occidentalisation oscille entre le désœuvrement et la petite criminalité, tandis que se maintient la pression étudiante et que l'arme de la grève apparaît dans les usines.

C'est de ces tensions accumulées, et de la contradiction majeure d'un régime qui a omis de doubler la libéralisation économique d'une démocratisation politique, que découle l'explosion populaire du printemps 1989. Le signal en est donné par l'annonce, le 15 avril, de la mort de Hu Yaobang, ancien secrétaire général limogé deux ans plus tôt pour « libéralisme bourgeois ». Centrées sur la place Tien Anmen de Pékin, orchestrées par les étudiants acquis de longue date à la contestation et attentifs à la libéralisation entamée dans certains pays de l'Est, les manifestations gagnent en ampleur, atteignant 500 000 personnes le 4 mai [2], dépassant le million

1. Estimée officiellement à 26 % l'an, l'inflation gravite plutôt autour de 40 % annuellement depuis 1984.

2. On a relevé qu'il s'agissait du soixante-dixième anniversaire du « Mouvement du 4 mai » qui, en 1919, avait ébranlé la Chine ancienne. Cf. *supra*, t. I, p. 347-348.

le 17 mai, au point d'éclipser la rencontre Deng Xiaoping-Gorbatchev qui devait marquer avec éclat la normalisation des relations sino-soviétiques. Face au secrétaire général Zhao Ziyang, accessible au dialogue, le Premier ministre Li Peng choisit la fermeté en accord avec Deng Xiaoping et la haute hiérarchie militaire. Alors que le mouvement s'étend à la province, l'adoption de la loi martiale amorce la répression, déclenchée dans la nuit du 2 au 3 juin par le massacre de la place Tien Anmen [1]. Il s'ensuit une vague d'arrestations et d'exécutions, accompagnées des classiques appels à la délation, et dont seule la réprobation internationale, suivie il est vrai de mesures de rétorsion assez réduites, a pu limiter l'ampleur. Politiquement, le remplacement de Zhao Ziyang à la tête du parti par Jiang Zemin, alors secrétaire à Shanghai, peut apparaître comme une solution de compromis entre les tenants d'un repliement dictatorial et autarcique et ceux qui, avec Deng Xiaoping, entendent maintenir les réformes économiques et la coopération avec l'étranger.

4

Les mutations de la société internationale

1

Les relations Est-Ouest

Entamée dans les années soixante, la détente Est-Ouest a connu un premier âge d'or dans les années 1970-1973 avec les progrès de l'*Ostpolitik* et la multiplication des accords bilatéraux entre les deux puissances américaine et soviétique [1]. Parallèlement, celles-ci avaient adopté un comportement suffisamment responsable pour qu'aucun des grands conflits en cours, tant au Vietnam qu'au Proche-Orient, ne dégénérât en confrontation des blocs. Peu après, l'accord d'Helsinki confirme le *statu quo* européen et semble ouvrir la voie à une coopération durable. En fait, le désenchantement est proche. Le renforcement constant du potentiel militaire de l'URSS, l'extension de ses zones d'influence dans le Tiers Monde, le durcissement idéologique et politique du bloc de l'Est laissent rapidement à penser que la détente se fonde sur un malentendu et tourne au marché de dupes. Après cinq années de tergiversations et de relatif effacement, les États-Unis opèrent, au seuil des années quatre-vingt, un retour remarqué sur la scène mondiale. L'Amérique focalise alors son antisoviétisme sur divers conflits régionaux (Angola, Nicaragua, Afghanistan), mais engage aussi l'épreuve de force sur le terrain de la confrontation stratégique. Une telle intensification de l'effort militaire est assurément dommageable pour les finances américaines, mais elle l'est plus encore pour l'économie soviétique. L'avènement de Mikhaïl Gorbatchev, en 1985, ouvre la voie à une révision substantielle des choix extérieurs de l'URSS : désengagement des foyers de tension,

1. Cf. *supra*, t. III. p. 478-493.

moindre soutien aux alliés lointains, abandon implicite de la doctrine Brejnev, arrêt de la course aux armements. Après un temps d'incrédulité, ou de réticence, l'Occident se met au diapason de la nouvelle pensée soviétique. Du traité de Washington sur la réduction des armes intermédiaires à la récente adoption de la « Charte de Paris », trois années suffisent pour annuler la plupart des contentieux et pour que soit proclamée la fin de la guerre froide.

Les derniers feux de la détente

Dans le climat d'optimisme, sinon d'euphorie, qui prévalait dans les relations entre les deux grandes puissances, les premiers craquements sont apparus dès l'automne 1973, durant cette guerre d'Octobre où le comportement soviétique a été jugé à Washington comme dangereusement empreint d'unilatéralisme. Il apparaît aussi que, loin de stabiliser les efforts d'armements, le traité de Moscou laisse toute latitude à l'URSS pour réaliser de spectaculaires progrès qualitatifs [1], mettant à mal le principe de « destruction mutuelle assurée » (MAD) qui fondait la négociation SALT. Dans un climat de suspicion qu'alimentent la rivalité Kissinger-Schlesinger au sein de l'administration américaine [2] et la modernisation de l'arsenal nucléaire soviétique, la dernière visite à Moscou du président Nixon, le 3 juillet 1974, ne donne pas les résultats escomptés. Sans doute, un traité y est signé sur la limitation des expériences souterraines d'armes nucléaires, mais fixée à un seuil si élevé que cet accord ne gêne en rien la poursuite des programmes d'essais respectifs [3]. La

1. En particulier dans le mirvage de ses têtes nucléaires, expérimenté avec succès dès l'été 1973, qui peut rompre à bref délai l'équivalence des forces stratégiques des deux grands.

2. Face à Kissinger, partisan de la poursuite du dialogue, le secrétaire à la Défense James Schlesinger prône une politique de fermeté en raison des manquements soviétiques aux accords SALT. Désavoué par le Congrès sur ses propositions budgétaires, il donne sa démission en novembre 1975.

3. Un protocole au traité de mai 1972 est également adopté, réduisant les ABM de deux sites à un seul dans chaque pays.

démission de Nixon et son remplacement par Gerald Ford n'affectent pas théoriquement la volonté de dialogue des États-Unis, Henry Kissinger conduisant toujours la politique extérieure américaine. Conformément aux décisions prises à Washington un an plus tôt, les pourparlers SALT sont poursuivis en vue de conclure un traité plus complet. La rencontre Ford-Brejnev à Vladivostok, le 23 novembre 1974, permet l'adoption d'un protocole fixant un plafond global de 2 400 vecteurs pour chacun des deux pays, assorti d'un sous-plafond de 1 320 engins mirvés. Qualifié de « bon accord » par le président Ford qui veut y voir une limite à la course aux armements, ce compromis laisse en suspens tous les problèmes posés par la compétition stratégique des deux puissances et maintient la faculté de poursuivre l'amélioration de leur arsenal : sous-marin Trident, bombardier B1 et missile Cruise pour les États-Unis, fusée géante SS 19 et bombardier Backfire pour l'Union soviétique. Or l'évolution contradictoire des budgets militaires des deux pays met les États-Unis en position délicate [1]. Sur d'autres terrains, les espoirs placés dans l'entrevue de Vladivostok s'estompent rapidement. Au terme d'une guérilla parlementaire de deux ans, l'adoption de l'amendement Jackson [2] est ressentie à Moscou comme une intolérable ingérence dans ses affaires intérieures. Plutôt que de se soumettre aux nouvelles conditions américaines, l'URSS préfère renoncer à la clause de la nation la plus favorisée. A partir de cette date, le commerce soviéto-américain, et plus généralement Est-Ouest, amorce une décrue significative.

En cette année 1975 qui voit l'extension du communisme à l'ensemble de la péninsule indochinoise et les progrès de l'influence soviétique en Afrique, alors même que le Congrès

1. Les dépenses militaires américaines passent de 130 milliards de dollars en 1968 à 96 en 1977 ; les dépenses soviétiques passent, selon les estimations occidentales, de 101 à 130 milliards durant la même période.

2. Intégré au *Trade Act* du 20 décembre 1974, malgré le veto du président Ford, cet amendement conditionne la ratification du traité de commerce de 1972 et l'octroi de crédits à l'URSS aux facilités que les autorités soviétiques accorderaient à leurs citoyens, surtout juifs, candidats à l'émigration.

interdit à l'exécutif américain toute capacité de rétorsion, l'espoir d'une perpétuation de la détente peut venir du Vieux Continent. L'idée d'une conférence sur la sécurité en Europe est ancienne. On peut la faire remonter à 1969 avec l'appel de Budapest des pays du Pacte de Varsovie, voire même à 1954. Procédant d'une initiative soviétique, elle s'est longtemps heurtée aux réticences occidentales. Les progrès de l'*Ostpolitik* et la signature de l'accord quadripartite sur Berlin ont permis d'aplanir les divergences. Ouverte en 1972 à Helsinki, poursuivie à Genève, la Conférence pour la sécurité et la coopération en Europe (CSCE) s'achève le 1er août 1975 avec la signature de l'Acte final par trente-cinq chefs d'État et de gouvernement [1]. A côté des principes classiques de souveraineté, d'indépendance, de non-ingérence et de non-recours à la force, ce texte officialise les frontières héritées de l'immédiat après-guerre. Les diverses formes de la coopération économique et technologique, le respect des libertés démocratiques, de la libre circulation des hommes et des idées sont également approuvés. En fait, derrière l'apparente symétrie des trois « corbeilles » (principes internationaux, coopération, droits de l'homme), se dissimule mal le déséquilibre entre les bénéfices tangibles dont peut se prévaloir l'Union soviétique, grande bénéficiaire de la reconnaissance du *statu quo* territorial, et les bonnes intentions dont doivent se satisfaire les pays occidentaux. Ces derniers devront rapidement constater les manquements répétés aux droits de l'homme et à la libre information. Les conférences ultérieures de la CSCE, tenues à Belgrade en 1977 et à Madrid en 1980, seront l'occasion de constats aussi désabusés qu'impuissants. Quant au volet militaire de la détente européenne, c'est-à-dire la réduction mutuelle des forces militaires, il ne donne pas de résultats plus probants. Exigée par les États-Unis comme une contrepartie à la conférence paneuropéenne, mais aussi comme un moyen de contrecarrer au Congrès les tendances favorables à un retrait unilatéral des forces américaines, la négociation MBFR [2] s'est

1. L'Acte final est signé à Helsinki par les représentants des trente-trois pays européens, ainsi que par les États-Unis et le Canada en tant que membres de l'OTAN.

2. *Mutual and Balanced Forces Reductions.*

ouverte à Vienne en 1973 entre pays de l'OTAN et du Pacte de Varsovie. Il se révèle rapidement que les deux blocs ne s'entendent sur rien, les États-Unis privilégiant les forces terrestres et intégrant les forces étrangères stationnant en Europe, l'URSS voulant prendre en compte les forces aériennes et nucléaires, et ne concédant que des réductions par pourcentages égaux qui maintiendraient en fait sa supériorité. De propositions en contre-propositions, la conférence s'enlise dans l'indifférence générale.

Une décennie de guerre fraîche

Portée à son zénith en 1973, la détente Est-Ouest s'est en trois ans considérablement dégradée, au point d'être désormais bannie des discours officiels américains. Affaire de climat d'abord, ou plutôt de perception du partenaire-adversaire. L'expulsion de Soljenitsyne par les autorités soviétiques, le 14 février 1974, la révélation du Goulag et sa perpétuation même sous des formes atténuées, ont développé dans le monde occidental une image négative de l'URSS. L'idée, fort répandue dans les années soixante, d'une convergence des systèmes n'est plus de mise, de même que sont démentis les théories ou postulats plus récents d'un Kissinger et d'un Samuel Pisar sur l'« assagissement » de l'Union soviétique par intégration dans un système stable de relations diplomatiques et commerciales. Il est devenu plus courant de se demander si le bagage conceptuel élaboré par l'administration américaine (intérêt commun dans la gestion des crises, nouvelle structure de paix, *linkage*...) n'a pas débouché sur un marché de dupes. Pour l'Est, la détente a signifié la reconnaissance tant attendue d'une grande puissance respectable, des flux commerciaux, des crédits et des transferts de technologie. L'Ouest ne peut évidemment faire état de gains similaires. De surcroît, l'URSS s'est engouffrée dans la brèche ouverte par le repli américain et s'est constitué en quelques années un véritable empire dans le Tiers Monde dont on s'est beaucoup demandé s'il obéit à une stratégie globale d'encerclement ou bien à une simple saisie d'opportunités. Si la réponse doit se situer entre ces deux hypothèses extrêmes, elle apporte un contredit aux vues paradoxalement un peu naïves de la *Realpolitik* américaine qui a sous-estimé cette réalité première que rien n'oblige une grande puissance, portée à une idéologie révolutionnaire et des moyens militaires impressionnants, à se conformer au code de bonne conduite élaboré en commun. Moscou a toujours estimé que la coexistence pacifique ne signifie en aucun cas la stabilisation de l'équilibre international, mais qu'elle doit aller de pair avec une modification continue du rapport de forces en faveur du socialisme.

Au Moyen-Orient, et sur ses marges, l'URSS enregistre autant de succès que d'échecs. Si elle maintient solidement ses positions en Syrie et en Irak, l'appui qu'elle peut trouver en Libye et au Sud-Yémen ne compense pas la perte de l'Égypte depuis 1976, ni le glissement vers des positions de plus en plus occidentalistes du Soudan dirigé par le maréchal Nimeiry. D'où, par la suite, sa prudence à l'égard de l'Iran khomeiniste et sa volonté de maintenir coûte que coûte l'Afghanistan dans son orbite. L'avancée est plus spectaculaire en Asie du Sud-Est où le traité soviéto-indien de 1971 lui confère déjà un solide ancrage. Au Vietnam, la capitulation des forces du Sud, le 30 avril 1975, a ouvert la voie à la réunification sous l'égide du Nord communiste. D'emblée, Moscou s'engage à réorganiser l'armée vietnamienne et à financer la reconstruction du pays, prélude à une intégration plus nette avec l'entrée du Vietnam dans le CAEM (juin 1978) et la signature d'un traité d'amitié (novembre) dont les clauses secrètes mettent à sa disposition les bases militaires de Cam Ranh et de Danang. Par Vietnam interposé s'opère l'assujettissement du Laos et, plus tard, celui du Cambodge [1]. Réunifié par Hanoi, le bloc indochinois est devenu tout à la fois un pôle d'encerclement de la Chine et une position de première importance dans la recherche de la suprématie navale sur le front Asie-Pacifique.

La percée en Afrique est plus surprenante, s'agissant d'un continent qui, depuis la décolonisation, demeurait la chasse

1. Traité vietnamo-laotien du 18 juillet 1977 et traité vietnamo-cambodgien du 18 février 1979 après l'intervention vietnamienne en janvier.

gardée des Occidentaux. Khrouchtchev lui avait manifesté quelque intérêt, mais ses successeurs avaient jugé cette ouverture inopérante et dispendieuse. Au milieu des années soixante-dix, l'émancipation des colonies portugaises crée une opportunité dont les dirigeants soviétiques se saisissent d'autant plus vite que s'affirme la sollicitude concurrente de la Chine. L'Angola et l'Éthiopie deviennent les bastions les plus sûrs. Dans le premier cas, il s'agit de porter secours au MPLA contre les mouvements rivaux du FNLA et de l'UNITA [1]. Durant l'été 1975, l'entrée massive en Angola des troupes sud-africaines, épaulées par des bataillons zaïrois, déclenche en novembre la riposte soviéto-cubaine (opération Carlota) sous la forme d'un gigantesque pont aérien faisant transiter jusqu'à 20000 soldats cubains et un abondant matériel [2]. Alors que Kissinger et une partie de l'administration prônent une riposte, le Sénat, encore échaudé par le précédent vietnamien, adopte l'amendement Clark interdisant toute activité militaire en Angola sans l'approbation du Congrès. Dans la Corne de l'Afrique, qui revêt une importance stratégique essentielle, la tête de pont soviétique est initialement la Somalie du général Syad Barre avec laquelle est signé un traité de coopération en juillet 1974. Une aide militaire permet une offensive victorieuse dans l'Ogaden, disputé à l'Éthiopie pour des raisons ethniques et économiques. Mais, la Somalie se révélant un allié peu discipliné, accessible à l'aide chinoise et saoudienne, des perspectives plus vastes se présentent quand le négus Hailé Sélassié est destitué le 12 septembre 1974 par une junte militaire dont l'orientation « marxiste-léniniste » est confirmée trois ans plus tard avec l'arrivée au pouvoir du colonel Mengistu. Après avoir cru un temps pouvoir tenir la balance égale entre les deux États,

1. Sur la dénomination et l'orientation de ces trois mouvements, cf. *supra*, t. III, p. 272-273.

2. Cette intervention cubaine en Angola, puis en Éthiopie, et plus largement dans l'ensemble de l'Afrique sous forme de conseillers civils et militaires dans une quinzaine de pays, ne saurait être réduite à un simple appoint de l'engagement soviétique. Elle relève au moins autant d'une politique délibérée de solidarité révolutionnaire et tiers-mondiste à l'heure où l'Amérique latine n'offre plus guère de perspectives de ce type.

l'URSS choisit l'Éthiopie à laquelle est consentie, après le voyage de Mengistu à Moscou en mai 1977, un soutien militaire considérable pour enrayer une nouvelle offensive somalienne dans l'Ogaden [1]. A ce renversement des alliances, l'Union soviétique perd la base aéronavale somalienne de Berbera, mais fait passer dans son camp un État plus peuplé et d'une valeur stratégique au moins égale. La détermination soviétique, plus nette qu'en Angola, ne se heurtant qu'à des réactions américaines inconsistantes [2], Moscou consolide ses positions ou s'introduit dans divers autres États par la multiplication d'accords de coopération lui permettant une implantation civile et militaire souvent complétée par des conseillers cubains et allemands de l'Est. Sont ainsi plus ou moins assujettis le Mozambique (traité du 31 mars 1977), le Congo et la Guinée, le Bénin, la Tanzanie, voire le Mali et Madagascar.

Après l'immobilisme de Gerald Ford, le président Jimmy Carter, qui prend ses fonctions début 1977, entend fonder la poursuite des relations Est-Ouest sur une démarche originale [3]. En réaction contre le réalisme affiché, le goût immodéré du marchandage et des négociations secrètes, le nouveau président veut réintroduire la diplomatie ouverte et l'inspiration morale des décisions qui s'inscrivent dans la tradition démocrate. Plaçant au premier chef de ses préoccupations la lutte contre la pauvreté et le respect des droits de l'homme, Carter souhaite libérer l'Amérique de l'obsession de la menace soviétique. Contrairement à l'administration précé-

1. Un pont aérien, mettant à contribution tous les pays amis de l'URSS dans la région, permet d'acheminer près de 20 000 soldats cubains et accessoirement allemands de l'Est. L'aide militaire soviéto-cubaine permet d'autre part à l'Éthiopie d'engager la lutte contre les maquis séparatistes de l'Érythrée, qui se réclament eux aussi du marxisme-léninisme.

2. Dans la mesure de ses moyens, la France fait preuve à l'époque d'une plus grande fermeté avec, en 1978, une première intervention au Tchad (avril) contre les forces du Frolinat soutenues par la Libye, et une autre au Zaïre (mai) pour protéger les ressortissants européens de la province du Shaba contre une attaque de « gendarmes katangais » derrière lesquels se profilent les forces cubaines en Angola.

3. Cf. le discours-programme prononcé à l'université de Notre-Dame (Indiana) le 22 mai 1977.

dente, les relations avec Moscou n'ont plus forcément la priorité et la détente ne constitue plus le pivot de la politique américaine. Celle-ci demeure souhaitable, mais ne pourra être approfondie qu'au prix de gages tangibles apportés par l'URSS dans la réforme de son système intérieur. Pour l'y contraindre, la pression de l'opinion internationale, la modulation des relations économiques, la mise en chantier (ou la simple menace) de nouveaux armements, et au besoin le maniement de la carte chinoise, apparaissent comme des atouts suffisants.

La sous-estimation des réactions soviétiques et le manque de cohérence dans la décision expliquent, pour l'essentiel, l'insuccès de cette démarche. Pour la mettre en œuvre, Carter s'est entouré de Cyrus Vance, secrétaire d'État, et de Zbigniew Brzezinski, conseiller général pour les affaires de sécurité, dont les vues ne concordent guère. Le premier apparaît comme un homme de dialogue, attaché à la priorité de la détente ; le second, soviétologue de formation, plus porté à la confrontation, discerne dans l'expansionnisme soviétique la volonté de forger un « arc de crises » propre à déstabiliser les positions de l'Occident. Entre ces vues divergentes, le président ne parvient pas à dégager une synthèse, ni à s'assigner une politique claire. Les manifestations publiques de soutien aux dissidents Sakharov et Boukovski n'ont pour effet que de rompre les négociations SALT en mars 1977. Celles-ci reprennent en septembre, mais sur des bases peu favorables aux États-Unis. Alors que l'URSS s'engage plus massivement en Afrique, appuie les coups d'État procommunistes en Afghanistan (avril 1978) et au Sud-Yémen (juin), et soutient le Vietnam dans son invasion du Cambodge (janvier 1979), les valses-hésitations du président Carter minent le crédit américain. Un moment agitée après la condamnation de Chtcharanski et Guinzbourg, l'arme des représailles économiques fait long feu et se réduit en fin de compte à l'annulation d'une vente d'ordinateurs destinés à l'agence Tass. Après avoir déclaré « intolérables » la présence de Mig 23 et d'instructeurs soviétiques à Cuba, il est reconnu assez piteusement que cette présence ne menace pas la sécurité américaine. Même l'établissement, en décembre 1978, de relations diplomatiques complètes avec la Chine populaire, assorti d'une rupture avec Taiwan, est suffisamment mal accueilli à Moscou pour provoquer quelques adoucissements, en particulier le refus d'accorder à Pékin la clause de la nation la plus favorisée. Dans le domaine militaire enfin, la décélération des dépenses américaines, l'abandon ou le ralentissement de certains programmes contrastent avec l'augmentation constante des dépenses soviétiques et le déploiement massif des forces aéronavales de l'URSS à travers le monde.

Dans ce morne climat, où se renvoient les accusations de « fauteur de guerre » froide ou fraîche, le sommet de Vienne apparaît comme une parenthèse insolite. Au terme d'innombrables rencontres Vance-Gromyko, et alors que les accords SALT I avaient expiré depuis deux ans, Jimmy Carter et Leonid Brejnev signent le 18 juin 1979 le traité SALT II dont la validité s'étend jusqu'au 31 décembre 1985. Conformément aux accords de Vladivostok, le nouveau traité fixe un plafond global de 2 400 lanceurs d'armes stratégiques, assorti d'un plafond de 1 320 vecteurs MIRV et de sous-plafonds pour les différentes catégories de missiles. Un protocole précise un certain nombre de règles complémentaires (déploiement, essais) et s'en remet, pour la vérification, aux « moyens internationaux » et à l'échange d'informations numériques ou techniques. Une déclaration de principe ouvre la voie à une négociation SALT III qui prendrait en compte les armes nucléaires installées en Europe. Or, à peine signé, ce traité déclenche aux États-Unis une vigoureuse controverse, les principaux arguments de ses adversaires résidant dans l'affaiblissement des possibilités de contrôle depuis la perte des stations d'écoute installées en Iran et dans la vulnérabilité des missiles basés à terre compte tenu de la capacité soviétique de détruire, grâce à sa panoplie de missiles MIRV, les silos américains en première frappe [1]. En outre, les adversaires de la ratification entendent se déterminer au vu d'un relèvement substantiel des dépenses militaires, auquel le président Carter finit par accéder par la mise en place d'une Force rapide

1. D'où l'intérêt porté au missile mobile MX dont le traité de 1979 interdit le déploiement et les essais en vol mais autorise la mise au point, et que la majorité au Sénat « interprète » comme compatible avec les engagements pris.

d'intervention et une augmentation des autorisations de programme pour l'année 1980.

Mais c'est bien davantage la dégradation de l'environnement international qui va avoir raison de la ratification du traité. En ce même mois de décembre 1979, les relations Est-Ouest sont doublement affectées : par la décision des pays membres de l'OTAN qui déclenche la longue bataille des euromissiles, dont il sera fait état plus loin, et par l'invasion soviétique en Afghanistan.

Dans ce pays reposant sur des structures sociales figées mais traditionnellement soumis à l'influence de l'URSS[1], les coups d'État militaires de 1973 et 1978 ont introduit de profondes perturbations. Le premier, dans lequel Moscou ne semble pas avoir joué un rôle actif, a mis fin à la monarchie et instauré la dictature « républicaine » du prince Daoud. Ce dernier s'appuya un temps sur les forces progressistes, mais celles-ci étaient trop peu nombreuses et trop divisées pour offrir une alternative au régime déchu. Le régime républicain s'enfonce donc dans l'immobilisme et la corruption, alors même que Daoud se révèle un allié peu docile, entamant un rapprochement avec le Pakistan[2], l'Iran et l'Arabie Saoudite. C'est dans la conjoncture des inquiétudes soviétiques et du malaise grandissant de la petite bourgeoisie civile et militaire afghane, largement acquise au communisme, qu'il faut entendre le coup d'État du 27 avril 1978 auquel l'URSS apporte son soutien. Le prince Daoud éliminé et l'aristocratie contrainte à l'exil ou à la prison, le pouvoir revient au Parti démocratique populaire (PDPA) ou plutôt à ses deux organisations concurrentes, le Parcham (Parti du drapeau) et le Khalq (Parti du peuple), ce dernier nettement

1. Les relations soviéto-afghanes sont émaillées par une longue suite de traités d'amitié ou de non-agression : 1921, 1926, 1931, 1936, 1955. L'armée afghane est équipée par du matériel exclusivement soviétique et ses officiers formés pour une part en URSS, de même que des milliers d'étudiants afghans.

2. Les relations avec le Pakistan (allié des États-Unis) sont traditionnellement tendues en raison des revendications afghanes sur le Pachtounistan, territoire arbitrairement partagé en 1893 par la « ligne Durand » considérée comme frontière entre l'Afghanistan et l'Empire des Indes.

plus radical, dont les bases sociales se réduisent à la classe moyenne urbaine. Les réformes adoptées dans le domaine foncier, social et scolaire relèvent d'un projet modernisateur sincère, mais leur introduction brutale heurte trop les structures tribales et les mentalités religieuses pour ne pas susciter une résistance armée qui finit par gagner l'ensemble du pays. Parallèlement, le nouveau pouvoir donne des signes d'instabilité chronique. Dès juillet 1978, Mohammed Taraki s'est débarrassé des partisans du Parcham, mais il est évincé à son tour en septembre 1979, à son retour même de Moscou, par son Premier ministre Hafizullah Amin qui le fait assassiner. Il apparaît vite qu'Amin est pour le Kremlin un allié incontrôlable. Sourd aux conseils de prudence, il imprime au régime une orientation plus gauchiste et répressive, tout en prenant d'audacieuses initiatives en politique étrangère. Le soulèvement des tribus au nom de la foi islamique, les désertions au sein de l'armée afghane, le massacre de centaines de ses conseillers [1] placent l'Union soviétique devant l'alternative d'un retrait ou d'une intervention. Celle-ci, comme il se doit, a été mûrement préparée. La décision est prise durant l'été 1979, après les missions des généraux Epichev et Pavlovski qui ont joué un rôle important, en 1968, dans la préparation et l'exécution du coup de force en Tchécoslovaquie. L'intervention a lieu le 27 décembre, avec son double volet militaire et politique. Après le contrôle des aéroports et de la capitale, un pont aérien déverse un contingent soviétique d'environ 90000 hommes. Le même jour, Amin est assassiné (alors qu'il est désigné comme celui qui a demandé l'intervention), remplacé par Babrak Karmal, leader du Parcham, alors en disgrâce à Prague mais de longue date favori au Kremlin.

L'instrument de l'intervention réside dans le traité soviéto-afghan du 5 décembre 1978, signé à Moscou par Taraki, et dont l'article 4 prévoit la « coopération nécessaire » pour assurer la sécurité et l'indépendance des deux pays. Sur la base de cette rédaction assez floue, les justifications soviétiques se révèlent fluctuantes, invoquant tour à tour les impératifs

1. En particulier en mars 1979, lors du soulèvement de la garnison et de la ville de Hérat.

de la solidarité, ceux de la confrontation Est-Ouest, le processus mondial d'avancée du socialisme et l'unité du camp socialiste. Toutes raisons qui laissent entier le problème des explications profondes de cette intervention sur l'opportunité de laquelle les dirigeants du Kremlin étaient partagés. Si on laisse de côté la thèse trop simpliste d'une solution de force imposée par l'armée à une direction collégiale vieillie, on peut discerner trois types de raisons, à la fois concurrentes et convergentes. Raisons *sécuritaires* : l'Afghanistan est devenu au cours des ans une pièce du glacis soviétique au même titre que la Pologne ou la Mongolie extérieure, comme telle indispensable à sa sécurité, d'autant plus qu'il s'y mêle l'inquiétude suscitée par la vague islamique attisée par l'Iran et ses risques de contagion des populations musulmanes frontalières. Raisons *politiques*, selon lesquelles il en va de la crédibilité de l'URSS, celle-ci ne pouvant tolérer qu'une révolution patronnée par elle soit défaite à ses portes, ce qui autoriserait toutes les dérives dans les démocraties populaires ; raisons *stratégiques*, enfin, le coup de Kaboul s'inscrivant dans un dessein hégémoniste, comme maillon de l'« arc de crises » qui, de l'Afrique au Pacifique, conférerait à l'URSS le contrôle des grandes voies de communication maritime essentielles à l'approvisionnement du monde occidental.

En tout état de cause, l'émotion internationale est considérable. A l'ONU d'abord, où l'invasion soviétique est massivement condamnée [1], mais aussi dans le monde islamique où elle contribue à tendre les relations entre l'URSS et l'Iran et à altérer celles avec un pays allié comme l'Irak. Si au Japon et en Europe occidentale, particulièrement en Allemagne fédérale et en France [2], les réactions sont empreintes d'une cer-

1. Par 104 voix contre 18, et 18 abstentions, le 3 janvier 1980. Par la suite, l'exigence d'un retrait « immédiat, inconditionnel et total des troupes étrangères d'Afghanistan » fera l'objet de résolutions annuelles, obtenant un décompte de voix comparable, auxquelles l'URSS opposera régulièrement son veto.

2. Les deux pays plaident en effet pour une poursuite de la détente. Mais la bonne volonté du président Giscard d'Estaing à prendre à son compte, lors de sa rencontre avec Leonid Brejnev à Varsovie en mai 1980, la promesse d'un retrait partiel des troupes soviétiques, est diversement jugée.

taine prudence, la riposte américaine, visiblement inspirée par Brzezinski, est d'une inhabituelle vigueur. Les mesures de rétorsion sont annoncées dès le 4 janvier : gel des négociations SALT et des débats en vue de la ratification du traité de Vienne, plafonnement des exportations de céréales, interdiction de toute vente de matériel technologique ou stratégique, suivies de peu par la décision de boycotter les jeux Olympiques de Moscou. Parallèlement, l'aide au Pakistan est renforcée, les liens avec la Chine populaire sont resserrés, le budget militaire est relevé [1]. Dans son message du 23 janvier 1980, le président américain expose la « doctrine Carter », sorte de *containment* renforcé applicable à la région du golfe Persique. Il entre sans doute quelque naïveté dans la « révélation » que constitue le coup de Kaboul pour Jimmy Carter, et les mesures prises à l'encontre de l'URSS ne vont pas se révéler suffisantes pour contraindre Moscou à retirer avant longtemps ses troupes d'Afghanistan. Mais l'Union soviétique, qui avait probablement tablé sur l'embarras suscité à Washington par la prise des otages américains de Téhéran, doit convenir que le coup porté à la détente est rude. La rhétorique de l'affrontement s'impose désormais entre les deux grandes puissances.

L'arrivée de Ronald Reagan à la Maison-Blanche, en janvier 1991, ne contribue pas à améliorer les relations. Porté par une vague conservatrice, le nouveau président doit une part de son succès à une critique impitoyable des « faiblesses » accumulées par son prédécesseur. Répudiant tout schéma abstrait et tout projet civilisateur, il entend fonder sa politique étrangère sur des termes simples : une Amérique forte et respectée. Sceptique à l'égard des Droits de l'homme, peu ouverte aux problèmes du Tiers Monde, l'administration Reagan se veut intransigeante dans la dénonciation du communisme, pourvoyeur de servitude et auxiliaire

1. Le budget militaire est relevé de 3 % en 1979 et de 5 % en 1980. Divers programmes sont lancés (missile mobile MX) ou accélérés (missile Trident I). Une Force de déploiement rapide, d'environ 150 000 hommes, est créée en vue d'une éventuelle intervention au Moyen-Orient ou en Asie centrale.

du terrorisme international. La désignation du général Alexander Haig [1] comme secrétaire d'État et de la très conservatrice Jeane Kirkpatrick comme représentante à l'ONU sont à cet égard symboliques. Mais le président se veut également pragmatique et n'entend pas fermer tout dialogue avec « l'Empire du mal [2] ». Encore veut-il l'engager en position de force, ce qui suppose une restauration préalable de la puissance économique et surtout militaire des États-Unis, ainsi que de sa crédibilité internationale. Tout geste d'ouverture suppose d'autre part une bonne volonté jugée équivalente de l'adversaire, ce qui revient à une nouvelle version du *linkage*. Mais, à cet égard, les circonstances se montreront plutôt avares. L'instauration de l'état de guerre en Pologne, en décembre 1981, la destruction d'un avion civil de la Korean Airlines, le 1er septembre 1983 [3], seront l'occasion de mesures de rétorsion américaines et auront pour effet de retarder ou de suspendre les négociations en cours.

Le renforcement de la puissance militaire américaine est un préalable auquel souscrit la majeure partie de l'opinion et du Congrès, du moins pendant le premier mandat reaganien. Les efforts déployés en ce sens par Jimmy Carter sont donc poursuivis, mais à un rythme plus élevé [4]. La majeure partie des nouveaux crédits sont affectés à l'accroissement des systèmes d'armes majeurs ainsi qu'au potentiel d'intervention extérieure. En dépit de la non-ratification du SALT II, les États-Unis s'en tiennent aux plafonds fixés par ce traité [5], la principale innovation résidant dans le déploiement

1. Ancien commandant en chef de l'OTAN, le général Haig se démet de ses fonctions le 25 juin 1982, invoquant son désaccord avec les proches conseillers du président Reagan. Il est remplacé par George Shultz, ancien secrétaire au Trésor de Richard Nixon, plus accessible au dialogue avec l'Est.

2. Selon la formule prononcée dans un discours à Orlando (Floride), le 8 mars 1983.

3. Cette attaque par la chasse soviétique sur le territoire de Sakhaline a fait 269 morts, dont 61 Américains.

4. Les autorisations de programme s'élèvent à 222 milliards de dollars pour 1982, 258 pour 1983, 277 pour 1984, 305 pour 1985, 336 pour 1986, soit un rythme d'accroissement annuel de 7,3 %. Entre 1977 et 1986, les dépenses militaires sont passées de 5,2 à 7 % du PNB.

5. Ce pragmatisme éclate dès 1983 quand Reagan annule les repré-

du missile mobile MX au terme d'une longue controverse avec le Congrès. Au renforcement de l'arsenal offensif s'ajoute l'ébauche d'un programme de défense stratégique présenté en mars 1983 et doté deux ans plus tard de ses premiers crédits. Il s'agit de l'Initiative de défense stratégique (IDS), vulgarisée sous le nom de « guerre des étoiles », visant à réaliser un bouclier spatial contre les armements nucléaires d'un ennemi potentiel grâce à un réseau de canons à lasers placés sur orbite, et dont l'efficacité serait de l'ordre de 95 % contre une attaque massive soviétique. Quelle que soit l'ampleur des objections techniques et politiques soulevées par ce projet, tant aux États-Unis qu'en Europe, il est devenu pour l'URSS un sujet d'inquiétude supplémentaire, même si tout laisse à penser qu'elle s'adonne aussi à des recherches de ce type.

Le volontarisme anticommuniste de l'administration américaine s'illustre d'emblée en Amérique centrale selon un plan mûri de longue date [1]. Présentée crûment comme partie intégrante de la confrontation Est-Ouest, la lutte contre la « subversion » armée et financée par La Havane, donc par Moscou, revêt l'aspect d'une croisade, même s'il est reconnu par la suite que la réponse ne saurait être exclusivement militaire, mais aussi économique et politique. Au terme d'une longue bataille avec le Congrès à majorité démocrate, Reagan obtient donc les crédits nécessaires à la lutte contre les guérillas au Salvador, au Honduras et au Guatemala, sans préjudice du terrible coût humain occasionné par les opérations contre-révolutionnaires. Au Nicaragua, où la dictature du clan Somoza a été renversée en juillet 1979, l'orientation de la coalition sandiniste qui a pris le pouvoir est jugée trop radicale, ce qui entraîne d'abord l'arrêt de l'aide américaine puis, à

---

sailles céréalières prises par Carter au lendemain de l'invasion de l'Afghanistan. Aux doléances des *farmers* du *Middle West* s'ajoute la constatation de l'inanité d'une telle mesure de rétorsion, l'URSS ayant trouvé en Argentine, en Australie et au Canada l'appoint nécessaire.

1. La doctrine de l'administration républicaine est définie dès le printemps 1980 par le document de Santa Fe (Nouveau-Mexique) mis au point par un groupe de militaires et de spécialistes. Il s'y profile une nouvelle « théorie des dominos » qui justifie la fermeté de l'engagement contre la menace « soviéto-cubaine ».

partir de 1982, l'allocation de crédits substantiels à la CIA pour assister les « contras » nicaraguayens [1]. Dans les Caraïbes, la minuscule île de la Grenade, promue au rang de « relais de la subversion soviéto-cubaine dans les pays voisins », est l'objet, le 5 octobre 1983, d'un débarquement de Marines, intervention qui, jointe au soutien affiché à la Grande-Bretagne lors de la guerre des Malouines l'année précédente, ne va pas sans susciter quelque hostilité contre la *pax americana* dans l'ensemble de l'Amérique latine.

Mais c'est avec ce qu'il est convenu d'appeler la bataille des euromissiles que la détermination américaine, et plus largement occidentale, porte à la détente son coup le plus rude. L'origine en remonte à 1977, quand le chancelier Helmut Schmidt avait révélé l'asymétrie existante au plan des armes nucléaires du théâtre européen depuis l'implantation récente en territoire soviétique de fusées à moyenne portée de type SS-20. Une telle implantation n'était pas en soi nouvelle, car depuis la fin des années cinquante des fusées de portée équivalente (SS-4 et SS-5) étaient braquées sur l'Europe occidentale, sans compter les milliers de missiles tactiques entreposés à l'Est comme à l'Ouest. Mais les SS-20 sont d'une qualité bien supérieure [2] et présentent pour l'URSS le double avantage d'affaiblir le potentiel adverse dans la mesure où l'OTAN n'entretient pas d'armes identiques, et d'encourager le « découplage » par déconnection des théâtres européen et américain. Face à ce déploiement, que l'URSS présente comme une simple modernisation de ses forces et justifie comme un contrepoids aux missiles français et britanniques qui peuvent atteindre son territoire, les Occidentaux s'inquiètent de ce qui leur paraît relever d'une stratégie conquérante visant à assurer à Moscou une supériorité régionale atomique *et* classique. Cette inquiétude se fait jour au sommet de la Guadeloupe [3],

1. Le Congrès n'ayant pas renouvelé cette aide en 1984, elle sera allouée indirectement grâce aux bénéfices tirés des ventes d'armes américaines à l'Iran, ce qui constitue l'un des volets de l'*Irangate* révélé en 1987.

2. Il s'agit d'un missile mobile, d'une portée de 4 500 à 5 000 km, au déclenchement rapide, doté de têtes mirvées, et d'une grande précision d'impact.

3. Réunissant Jimmy Carter, James Callaghan, Valéry Giscard d'Estaing et Helmut Schmidt.

en janvier 1979, et dicte la double décision de l'OTAN du 12 décembe prévoyant le déploiement en dix ans de vecteurs à moyenne portée [1] et l'ouverture parallèle de négociations avec l'URSS sur l'ensemble des euromissiles. L'objectif est moins d'établir une parité numérique entre les deux camps que de restaurer la crédibilité stratégique de l'OTAN et du couplage entre systèmes centraux américains et forces du théâtre européen quelque peu mis à mal par les accords SALT II.

Le déploiement prévu par l'OTAN ne devant intervenir qu'à partir de 1983, une véritable partie de bras de fer s'engage entre les deux blocs. Avant même que la négociation s'ouvre à Genève, le 30 novembre 1981, le président Reagan a pris position en faveur de l'*option zéro*, c'est-à-dire le renoncement mutuel à toute force nucléaire intermédiaire (FNI). Cette offre est immédiatement rejetée par les Soviétiques qui invoquent l'équilibre régional face aux systèmes avancés américains et aux arsenaux franco-britanniques. Propositions et contre-propositions [2] alternent dans un climat tendu, ponctué de refus et d'interruptions. L'URSS entretient parallèlement en Europe occidentale une effervescence pacifiste dont la spontanéité et la sincérité ne sont pas niables, mais qui n'échappe pas à des manipulations directes ou indirectes et qui, en tout état de cause, n'affecte pas la fermeté des gouvernements [3]. Les divergences ne pouvant être

1. Au total 572 vecteurs se décomposant en 108 missiles Pershing II et 464 missiles de croisière sol-sol, répartis sur le territoire de cinq pays européens : Grande-Bretagne, Pays-Bas, Belgique, Allemagne fédérale, Italie.

2. Proposition Brejnev de moratoire unilatéral quant à l'installation de SS-20 dans la partie européenne de l'URSS (mars 1982) ; proposition Andropov de réduction des missiles soviétiques au niveau des forces françaises et britanniques (décembre 1982).

3. Ce mouvement pacifiste est, on l'a maintes fois relevé, plus puissant dans les pays protestants de l'Europe du Nord (Royaume-Uni, Pays-Bas, Danemark, partie de la RFA) que dans l'Europe méridionale catholique, France comprise. En Allemagne fédérale, dont le comportement est capital, la fermeté des chanceliers Schmidt et Kohl a reçu le soutien remarqué de la France, pourtant non partie prenante à la négociation, comme en témoigne le discours prononcé par François Mitterrand devant le Bundestag le 20 janvier 1983.

surmontées avant l'échéance, les premiers missiles américains arrivent en Grande-Bretagne en novembre 1983, quelques jours avant que le Bundestag autorise leur déploiement sur le territoire de la RFA. Moscou rompt alors la négociation FNI et suspend du même coup *sine die* sa participation aux autres conférences Est-Ouest [1]. Elle rétorque également par l'installation de fusées SS-22 en RDA et en Tchécoslovaquie, passant outre aux réticences discrètement exprimées de ces deux pays. Nul doute que l'annonce de l'IDS, en mars 1983, ait contribué à ce durcissement.

De la nouvelle détente à la fin de la guerre froide

La bataille des euromissiles s'est donc achevée par un indéniable échec pour la diplomatie soviétique. Mais celle-ci a prouvé maintes fois son aptitude à faire passer aux profits et pertes ce type de déconvenues. Dès le début 1984, les fils d'un dialogue sont renoués. Estimant avoir restauré le prestige et la confiance de l'Amérique, soucieux aussi de sa réélection, Ronald Reagan plaide, le 16 janvier, à la veille de la conférence de Stockholm sur le désarmement en Europe, pour un dialogue « constructif et réaliste » avec Moscou. Les rencontres Reagan-Gromyko à Washington (septembre 1984) et Gromyko-Shultz à Genève (janvier 1985) permettent de remettre sur les rails la négociation sur les armements stratégiques. Entre-temps, Mikhaïl Gorbatchev, qui fait de plus en plus figure de successeur présomptif, a réussi à Londres un voyage de séduction. Une fois installé au pouvoir, en mars 1985, il fait savoir assez vite que la modernisation de l'économie soviétique est désormais l'objectif prioritaire, ce qui implique à la fois un répit dans la course aux armements et une détente avec les Occidentaux, seuls pourvoyeurs possibles en produits de haute technologie.

1. Il s'agit de la négociation START ouverte à Genève en juin 1975, qui, à la suite des SALT, porte sur les armements intercontinentaux, et de la négociation MBFR qui se déroule à Vienne et qui porte sur la réduction des forces conventionnelles en Europe.

Ce nouvel état d'esprit place l'administration américaine dans une situation embarrassante. D'une part, l'effort d'armement se heurte à des contraintes budgétaires accrues, et la classe politique n'est pas loin de penser, à l'unisson de son électorat, que les États-Unis n'ont plus les moyens d'une nouvelle course aux armements. Mais, d'autre part, le postulat des reaganiens, ou du moins des plus intransigeants [1], demeure le maintien d'une marge de sécurité (ou de supériorité) propre à endiguer la puissance soviétique, voire à la faire reculer. Il en découle des réponses régulièrement négatives aux propositions parfois fracassantes du Premier soviétique, avant comme après le sommet de Genève des 19-21 novembre 1985, dont l'atmosphère assez chaleureuse ne peut masquer l'absence de résultat. Ainsi, aucune suite n'est donnée à la proposition soviétique d'une interdiction définitive des essais nucléaires [2], pas plus qu'à celle d'une élimination complète des armes atomiques avant l'an 2000 sur la base d'un calendrier en trois étapes [3]. Le sommet des pays du Pacte de Varsovie, tenu à Budapest en juin 1986, s'achève par un appel à ceux de l'OTAN en faveur d'une réduction mutuelle des forces classiques et nucléaires tactiques dans une Europe entendue « de l'Atlantique à l'Oural ». Un tel recentrage européen ne peut manquer d'avoir un certain écho en Allemagne fédérale et en France.

Cette offensive de paix tous azimuts surprend la Maison-Blanche et la place en porte à faux vis-à-vis de l'opinion américaine et mondiale à l'heure où la « communication » est devenue un atout maître dans la conduite des relations internationales. Or il est clair que, sur ce plan, Gorbatchev est en passe de ravir la vedette au président américain pourtant

1. Notamment les experts civils du Pentagone et le secrétaire à la défense Caspar Weinberger, très hostile à tout compromis, à la différence de George Shultz, sur la question des armes stratégiques ou spatiales.

2. Proposition du 6 août 1985, quarantième anniversaire du bombardement d'Hiroshima, doublée de l'annonce d'un moratoire unilatéral des essais nucléaires soviétiques.

3. Déclaration de Mikhaïl Gorbatchev à la télévision américaine du 15 janvier 1986. La condition engageant les États-Unis à abandonner leur projet de guerre des étoiles permet à la Maison-Blanche de s'en tenir à une réponse dilatoire.

expert en la matière. Le dilemme est lourd pour Ronald Reagan dans la mesure où tout refuser revient à s'exposer à l'isolement et à l'impopularité, et tout accepter revient à reconnaître à l'URSS une parité et une légitimité qui lui ont toujours été déniées. Dans l'immédiat, le non l'emporte, même assorti de contre-propositions. Malgré la bonne tenue du sommet de Genève, on assiste dans les mois suivants à une sorte de repli sur les dogmes reaganiens. Au refus d'engager des discussions sur l'arrêt des essais nucléaires s'ajoutent les premiers crédits significatifs à l'IDS [1] et l'annonce, en juin 1986, que les États-Unis ne s'estiment plus liés par les clauses du traité SALT II [2]. Sans compter quelques gestes secondaires, mais dont l'agressivité sonne comme autant de coups de semonce : la demande de diminution du personnel de l'ambassade soviétique auprès des Nations unies et le spectaculaire bombardement de Tripoli le 15 avril 1986.

Cette crispation ne suffit pas à fonder une politique cohérente à l'heure où la Chine, le Japon, l'Europe occidentale sont sensibles, à des titres divers, au nouveau cours de la diplomatie soviétique. Pour rompre l'isolement, force est donc de négocier, d'autant que la conférence de Stockholm s'achève le 21 septembre 1986 sur des résultats non négligeables [3]. De fait, le sommet de Reykjavik des 11 et 12 octobre est bien près d'être une réussite. Gorbatchev accepte de retirer totalement les euromissiles d'Europe de l'Est [4] et de ramener à cent ceux implantés en Asie. Une réduction de 50 % en cinq ans des armements stratégiques est avalisée de part et d'autre. Même sur le terrain de l'IDS un rapprochement est esquissé, mais jugé insuffisant par les États-Unis

1. Des accords de coopération sont même passés avec la Grande-Bretagne en décembre 1985 et avec la RFA en mars 1986.

2. Bien que non ratifié, le traité SALT II, qui est arrivé à échéance fin 1985, a été dans l'ensemble observé par les États-Unis.

3. Le document final, signé par trente-cinq États, impose la notification préalable de certaines activités militaires, prévoit la possibilité d'inviter des observateurs étrangers et reconnaît à chaque pays participant le droit d'effectuer des contrôles sous forme d'inspections terrestres ou aériennes.

4. Entendue comme la partie européenne de l'URSS et les démocraties populaires européennes, ce qui revient à l'option zéro formulée par Ronald Reagan en 1981.

qui refusent de renoncer aux expérimentations prévues. Le sommet s'achève donc sur un échec. Mais à bien des égards il peut être considéré comme plus prometteur que celui de Genève, les progrès réalisés étant considérés de part et d'autre comme demeurant « sur la table ». Après l'inévitable refroidissement — expulsion réciproque de diplomates, échec des entretiens Shultz-Chevardnadze en marge de la troisième CSCE à Vienne —, la négociation reprend à Genève sur des bases nouvelles : la disjonction des pourparlers sur les euromissiles des autres dossiers du désarmement, et, à la demande américaine, l'inclusion des missiles à courte portée. Cette dernière ne va pas sans inquitéter un certain nombre de pays européens qui estiment que la sécurité de l'Europe occidentale ne peut être assurée sans un minimum de forces nucléaires, compte tenu de l'écrasante supériorité des forces conventionnelles du Pacte de Varsovie. Mais le ralliement du chancelier Kohl, en juin 1987, prépare celui de l'ensemble des membres de l'OTAN à cette option « double zéro ». Entretemps, les gestes de bonne volonté ont été prodigués de part et d'autre. Début 1987, Washington a levé l'embargo que le président Carter avait décrété sur le matériel pétrolier et gazier vers l'URSS. Outre la libération de Sakharov, Moscou a annoncé le démantèlement de ses SS-20 en Asie et autorise une visite officielle d'Erich Honecker en Allemagne fédérale. Au terme d'une préparation intensive, le troisième sommet Reagan-Gorbatchev s'achève par la signature du traité de Washington le 8 décembre 1987. Premier véritable accord de désarmement de l'ère nucléaire, il prévoit l'élimination d'Europe, en trois ans, des missiles à courte et moyenne portée (de 500 à 5 000 km), ainsi qu'un dispositif de vérification.

Le sommet de Washington est prolongé par celui de Moscou, fin mai 1988, qui voit l'échange des instruments de ratification du traité et l'affirmation d'un accord de principe sur une réduction de 50 % des armes stratégiques. Si les divergences sur les droits de l'homme et sur les conflits régionaux interdisent d'aller plus loin, le chemin parcouru par les États-Unis n'en est pas moins considérable. Les concessions s'expliquent sans doute par la nouvelle doctrine stratégique américaine qui tend à dévaloriser le nucléaire au profit des armes conventionnelles et accessoirement (ou provisoirement) des techniques spatiales de dissuasion. Elles s'expliquent aussi, de façon plus prosaïque, par le souci d'effacer le souvenir de l'*Irangate*, de faire oublier la minceur du bilan intérieur par un revirement spectaculaire, à même de conférer au président Reagan un rôle flatteur dans la consolidation de la paix mondiale. Son successeur George Bush semble continuer dans la voie ainsi tracée et rechercher, avec la circonspection qu'impose un reste de méfiance, l'intégration de l'URSS dans une communauté internationale pacifiée. Depuis son élection, les propositions réciproques, pas toujours très bien coordonnées, ont permis la reprise et les progrès de diverses négociations : à Vienne sur la réduction des forces conventionnelles en Europe (CFE), à Genève sur la réduction des arsenaux nucléaires centraux et sur l'espace [1]. Les sommets Bush-Gorbatchev (Malte, 2-3 décembre 1989; Washington, 31 mai-3 juin 1989) et les nombreuses rencontres Baker-Chevardnadze conduisent à l'adoption, le 19 novembre 1990, dans le cadre de la CSCE, d'un important traité « CFE [2] », en attendant la signature prochaine d'un accord sur la réduction des missiles à longue portée.

La détente Est-Ouest ne se limite pas au dialogue des deux grandes puissances, même élargi à leurs partenaires respectifs. Un réexamen lucide de la politique étrangère soviétique, que rendent plus urgent les turbulences internes de l'URSS et la désagrégation de l'Est européen, a permis un certain nombre de révisions. Car la pénétration massive dans le Tiers Monde, telle qu'elle a été mise en œuvre par les hiérarques de l'ère Brejnev, semble avoir été payée très cher pour un bilan décevant. Les résultats sont pour le moins médiocres

1. Cette seconde négociation, dite NST (*Nuclear and Space Talks*), porte sur la réduction des arsenaux nucléaires centraux (START) et sur l'espace, notamment l'IDS à laquelle les États-Unis n'ont pas officiellement renoncé, mais dont les crédits sont considérablement amputés. Un traité START a été signé à Moscou, le 31 juillet 1991, portant sur la destruction d'un tiers des arsenaux.

2. Signé par les vingt-deux pays des deux alliances militaires, ce traité établit, pour 1994, la parité des arsenaux classiques et met au point un système précis de vérification. Compte tenu de sa supériorité initiale, l'URSS s'engage à détruire un tiers de ses chars et un cinquième de ses avions de combat stationnés à l'ouest de l'Oural.

en Afrique, où le soutien accordé à l'Éthiopie n'a pas mis fin aux irrédentismes érythréen et tigréen, pas plus que celui accordé au Mozambique et à l'Angola n'a empêché ces pays de sombrer dans le chaos. Les résultats ne sont guère plus encourageants en Amérique centrale où l'aide très élevée distribuée à Cuba, de l'ordre de 4 à 5 milliards de dollars par an, est mal payée de retour par le régime castriste, et où le Nicaragua est discrètement encouragé à trouver un terrain d'accord avec l'opposition armée. La tentation n'est pas moindre d'alléger l'aide consentie au Vietnam et de distendre les liens avec un encombrant allié, ce qui permettrait de renouer avec la Chine et d'entamer un fructueux dialogue avec le Japon et le Sud-Est asiatique capitaliste. C'est cette même appréciation réaliste qui s'impose en Afghanistan où, après huit années d'une guerre sans merci, avec son million de morts et ses cinq millions de réfugiés, l'Union soviétique n'a rencontré que des déboires. Ni le maintien d'un corps expéditionnaire de 120000 à 150000 hommes, ni le déclenchement annuel d'offensives gigantesques, ni l'infiltration souvent habile des maquis ennemis, n'ont pu venir à bout d'une résistance, divisée certes, mais continûment maîtresse des deux tiers du pays, et puissamment armée de l'extérieur. Sur le plan politique, le renvoi brutal, le 4 mai 1986, de Babrak Karmal, son remplacement par le chef de la police secrète, Mohammed Najibullah, n'ont rien résolu, la tentative de « réconciliation nationale » de ce dernier s'étant heurtée au refus déterminé de l'opposition comme à celui de la population, rebelle dans son immense majorité au régime prosoviétique. Par la suite, la livraison de missiles sol-air américains à la résistance afghane provoque de lourdes pertes aériennes, Moscou amorce un désengagement partiel et renoue avec la médiation tentée par l'ONU en 1982. Cette démarche aboutit à l'accord pakistano-afghan signé à Genève le 14 avril 1988 avec la caution des États-Unis et de l'URSS, qui organise le retrait échelonné des troupes soviétiques [1], mais laisse entier le problème des relations entre le gouvernement de Kaboul et la résistance. Ayant rejeté en bloc un arrangement conclu

1. Étalé sur un délai de dix mois, ce retrait s'est achevé le 15 février 1989.

en son absence, celle-ci maintient la menace d'un encerclement de la capitale.

Ce parrainage des deux grandes puissances en vue d'un apaisement des conflits régionaux a trouvé récemment d'autres terrains d'application. La volonté de désengagement soviétique et l'encouragement américain à une démocratisation de l'Afrique du Sud ont facilité la signature des deux traités du 22 décembre 1988 amorçant la détente en Afrique australe [1]. De même, l'accord du 8 août de la même année, mettant fin aux hostilités entre l'Irak et l'Iran, conclu sur la base de la résolution 598 du Conseil de sécurité, doit aussi à l'entente modératrice des deux grands, même si ce conflit a, plus que tout autre, illustré les limites de leur influence. Une bonne volonté commune se manifeste aussi dans le rapprochement des points de vue en Indochine et au Moyen-Orient. Vivement encouragé par Moscou, le retrait des forces vietnamiennes du Cambodge [2] ouvre la voie à une conférence internationale qui se tient à Paris durant l'été 1989. Celle-ci s'achève sur un constat d'échec, dû aux divisions persistantes des factions cambodgiennes sur la composition d'un gouvernement de transition. Mais le revirement diplomatique américain [3] devrait accroître l'isolement de la Chine dans son soutien aux Khmers rouges et, à terme, faciliter la solution d'un règlement global. Au Proche-Orient, où l'aide soviétique à ses alliés arabes a considérablement diminué, on a remarqué la hâte du Kremlin à condamner, en août 1990, l'agression du Koweït par l'Irak et à ne gêner en rien les mesures punitives prises par les États-Unis [4].

Entre-temps, le théâtre européen a été totalement bouleversé. Si certains s'obstinaient à ne voir qu'un recul tactique dans les applications de la « nouvelle pensée soviétique », la

1. Sur le contenu de ces traités, cf. *infra*, p. 482-483.

2. Retrait partiel (de 50000 « volontaires ») annoncé en mai 1988 et retrait total annoncé en mai 1989. Cf. *infra*, p. 503.

3. C'est le 18 juillet 1990 que James Baker annonce à Paris que les États-Unis ne soutiendront plus à l'avenir le gouvernement de coalition du prince Sihanouk en raison de la place prépondérante des Khmers rouges dans cette coalition.

4. Cf. *infra*, p. 434-435.

facilité avec laquelle l'URSS a consenti à la perte de son glacis est-européen et à la réunification de l'Allemagne dans le giron de l'OTAN[1] lève les doutes sur la sincérité de la démarche gorbatchévienne. Suite aux accords conclus en 1990 avec la Hongrie, la Tchécoslovaquie et l'Allemagne unie sur le retrait des troupes soviétiques, les structures militaires du Pacte de Varsovie ont été officiellement dissoutes le 25 février 1991. Auparavant, sous l'impulsion de George Bush et d'Helmut Kohl, et malgré les réticences britanniques, les pays de l'OTAN ont également révisé la doctrine militaire de l'Alliance[2]. Après la signature du traité sur la réduction des forces conventionnelles, la détente trouve son point d'orgue le 21 novembre 1990 avec l'adoption, par les trente-quatre États de la CSCE, de la Charte de Paris pour une nouvelle Europe. Celle-ci salue la fin de la confrontation et de la division, et engage les pays signataires à « édifier et raffermir la démocratie comme seul système de gouvernement ».

La guerre froide est donc théoriquement close et le communisme soviétique l'a perdue. Peut-être est-il plus difficile de désigner un vainqueur. Car, si le *leadership* occidental revient bien aux États-Unis, celui-ci risque d'être entamé par le dynamisme japonais et par les ambitions d'une Allemagne dopée par la réunification. Mais, outre qu'un raidissement soviétique n'est pas à exclure, la fin de la rivalité Est-Ouest n'est pas, tant s'en faut, synonyme de paix. Le regain des nationalismes, la résurgence des haines interethniques, la généralisation des armes de terreur, la montée des fanatismes religieux laissent un monde beaucoup plus instable et dangereux que celui légué en 1945 par la bipolarité.

1. Accord Kohl-Gorbatchev du 16 juillet 1990, entériné peu après par la conférence « deux plus quatre ».

2. Sommet de l'OTAN tenu à Londres les 5 et 6 juillet 1990, qui voit l'abandon des postulats stratégiques de la « riposte flexible » et de la « défense de l'avant ».

2

L'exacerbation des conflits au Moyen-Orient

Mosaïque de peuples aux multiples clivages religieux, ethniques et politiques, le Moyen-Orient demeure en ce dernier quart de siècle l'une des régions les plus conflictuelles de la planète. Une stabilisation est sans doute intervenue dans divers États. En Syrie et en Irak, la consolidation du parti Baas a fait sortir ces pays des crises endémiques [1]. Mais elle a coïncidé avec l'affirmation de tendances hégémoniques concurrentes dont les répercussions ont été considérables, tant au Liban que dans le golfe Persique. De même, la promotion de l'Arabie Saoudite comme puissance régionale, due aux énormes moyens que lui procure la rente pétrolière et à l'exclusion momentanée de l'Égypte de la communauté arabe, s'est exercée dans un sens modérateur de l'ensemble des tensions. Mais elle s'est révélée insuffisante tant à faire avancer un règlement politique de la question palestinienne qu'à contenir les ambitions syriennes. Dans l'indifférence croissante des États arabes, soucieux avant tout de la défense de leurs intérêts nationaux, le face-à-face palestino-israélien demeure tendu. Autre peuple sans État, les Kurdes, partagés entre la Turquie, l'Irak et l'Iran,

1. En Syrie, le coup d'État du général Hafez el-Assad, perpétré en novembre 1970, a mis fin au régime marxisant de Salah Jedid. Depuis cette date, la fraction militaire du Baas est aux commandes, dans laquelle la minorité alaouite occupe une place privilégiée. En Irak, où le Baas est parvenu au pouvoir en 1968, le général Saddam Hussein s'est progressivement imposé, d'abord comme vice-président du Conseil de la révolution, puis comme chef de l'État en 1979.

ont vu leur sort aggravé par le conflit entre Bagdad et Téhéran, sans qu'aucune perspective d'unification soit en vue.

Sur un autre registre, l'avènement en 1969 du colonel-théoricien Kadhafi en Libye et, dix ans plus tard, le triomphe de la révolution islamique en Iran illustrent la vigueur de la poussée religieuse, générale au Moyen-Orient, et l'affirmation de l'islam comme instrument de transformation de l'ordre politique et social. Il faut en rechercher les causes dans l'échec, ou le semi-échec, des tentatives de modernisation économique, que celles-ci soient d'inspiration libérale ou étatique, alors que, dans le même temps, l'orientation dictatoriale des régimes en place, la généralisation du parti unique, la mise au pas des syndicats et de la presse ont fini par ériger la mosquée comme espace unique de liberté et l'islam comme ultime recours. Dans ce contexte, l'idéologie islamique s'est rapidement propagée dans les catégories les plus exposées à la paupérisation ou aux blocages sociaux : prolétariat urbain et petite classe moyenne, jeunes sans emploi, étudiants. Le terme de fondamentalisme fréquemment accolé à ce renouveau peut prêter à confusion, car le respect des fondements religieux n'a jamais été interrompu par la grande masse des musulmans, mais négligé ou oublié par une sphère dirigeante corrompue par des idéologies et des systèmes jugés étrangers et irréligieux, le socialisme marxiste et le capitalisme libéral. Rejetant tout processus de laïcisation, l'islamisme nie la séparation de la religion et de l'État, la charte de ce dernier résidant dans la *charia* qui détermine l'ensemble des normes individuelles, sociales et politiques. Dans le sillage des Frères musulmans [1], la plupart des organisations sunnites poursuivent leurs buts par des voies légalistes, qui n'excluent pas toujours la violence verbale et l'intimidation. D'autres recourent à une stratégie révolutionnaire qui peut épouser les formes les plus odieuses du terrorisme [2], mais que justifie à

1. Confrérie religieuse et organisation politico-sociale fondée en Égypte en 1927, le mouvement des Frères musulmans a été durement persécuté sous Nasser et toléré par ses successeurs. Il a essaimé dans la plupart des pays arabes, en particulier en Jordanie et en Syrie.

2. Parmi les faits les plus marquants : l'occupation de la grande mosquée de La Mecque par des intégristes hostiles au régime saoudien, fin

leurs yeux l'impératif religieux, surtout dans le cadre de la communauté chiite [1]. Bardés de certitudes, peu accessibles au dialogue et moins encore à la recherche intellectuelle ou scientifique, les fondamentalistes appuient leur propagande sur les thèmes assurément mobilisateurs de justice, d'honnêteté et de solidarité. Mais ils ne proposent aucun plan concret et moderne de développement. La révolution iranienne peut constituer une source d'inspiration, mais n'a pas forcément valeur d'exemple.

Face à cette offensive, les États du Proche-Orient réagissent diversement. Terre du Prophète et gardienne des lieux saints de l'islam, l'Arabie Saoudite combine le respect de la *charia* et l'observance du rite rigoriste propre au wahhabisme. Mais ce fondamentalisme s'accommode assez bien d'une idéologie moderniste et technicienne pénétrée des bienfaits du capitalisme pétrolier. Dans les pays baasistes, au contraire, où une incompatibilité sépare l'arabisme officiel de l'islamisme, la répression est sans faiblesse, tant en Irak, où le mouvement khomeiniste Al Daawa a été démantelé, qu'en Syrie, où l'activisme sunnite animé par les Frères musulmans a été férocement maté [2]. Entre ces deux extrêmes, la Jordanie tente de neutraliser la poussée religieuse par une intégration partielle dans les rouages de l'État et, plus récemment,

---

novembre 1979 ; l'assassinat d'Anouar el-Sadate, le 6 octobre 1981, par des fanatiques proches du groupe Hidjark wa-Takfir ; les attaques menées contre les quartiers généraux américain et français à Beyrouth en octobre 1983 ; les affrontements de La Mecque qui firent, le 31 juillet 1987, plus de 400 victimes : les multiples enlèvements, prises d'otages, détournements d'avions...

1. L'islam sunnite est majoritaire au Moyen-Orient, mais le chiisme y compte, outre l'Iran, d'importantes implantations : 55 % de la population en Irak, 30 % au Liban et au Koweït. Certains mouvements chiites, inspirés et armés par l'Iran, se signalent par leurs exploits tristement célèbres, commme le Hezbollah et le Djihad islamique au Liban.

2. En particulier à la suite du soulèvement de la ville de Hama, en janvier 1982, où la répression aurait fait autour de 10 000 victimes. Cet activisme sunnite n'est pas étranger aux origines alaouites du président Assad et de l'oligarchie militaire qui l'entoure, les alaouites étant traditionnellement perçus comme hérétiques.

dans la représentation nationale, tandis que l'OLP doit compter avec une implantation non négligeable dans la bande de Gaza. Quant à l'Égypte, qui réunit toutes les conditions d'une large adhésion populaire — explosion démographique, déracinement rural du prolétariat, échecs économiques, corruption et enrichissement effréné d'une minorité —, les relations entre le pouvoir et l'islamisme y sont fluctuantes. Durement réprimés par Nasser, qui s'était pourtant appuyé sur eux pour parvenir au pouvoir, les Frères musulmans ont fait l'objet d'une certaine tolérance sous Sadate, du moins jusqu'aux dernières années de sa présidence. Son successeur, Hosni Moubarak, oscille entre concessions et répression.

Du conflit israélo-arabe au face à face israélo-palestinien

L'objectif déclaré de la guerre d'Octobre[1] avait été la récupération, même limitée, de territoires occupés par Israël depuis 1967 pour créer une base honorable de négociation. Militairement, la guerre s'est soldée par une victoire israélienne, mais le mythe de l'invincibilité de Tsahal a été momentanément ébranlé. Politiquement, le recours à l'arme du pétrole, d'autant plus crédible qu'il est le fait des États arabes modérés (Arabie Saoudite, Koweït), a conduit les États-Unis à faire pression sur Israël pour que cessent les combats et s'amorce un dialogue. Conformément à la résolution 338 du Conseil de sécurité[2], et en accord avec les chefs d'États arabes réunis à Alger fin novembre, une Conférence de la paix s'ouvre à Genève le 21 décembre sur invitation soviéto-américaine, avec la participation d'Israël, de l'Égypte et de la Jordanie. Mais l'absence de la Syrie, qui n'entend reconnaître la résolution 338 qu'aux conditions d'un retrait préalable des territoires occupés et de la reconnaissance des droits du peuple palestinien, fait échouer cette tentative apparemment prématurée de règlement concerté.

Les États-Unis n'en semblent pas autrement émus. Prompt

1. Cf . *supra*, t. III, p. 476-478.
2. Cf. *supra*, t. III, p. 477.

à s'arroger le premier rôle, Henry Kissinger ne souhaite pas l'enlisement d'une conférence internationale qui risquerait de faire prévaloir un arbitrage trop proche des thèses soviétiques. Convaincu que la crise du pétrole rend urgente la conclusion d'accords partiels, il entend privilégier des arrangements limités entre Israël, l'Égypte et la Syrie. Cette politique des « petits pays » finit par porter ses fruits. Au terme d'innombrables navettes, sont signés les accords israélo-égyptiens de désengagement du Sinaï des 18 janvier 1974 et 4 septembre 1975, ainsi que, plus péniblement négocié, l'accord syro-israélien du 31 mai 1984 relatif au Golan [1].

D'autres facteurs interviennent dans le sens de la détente. L'un deux réside dans le poids croissant de l'Arabie Saoudite, en raison de l'aide massive qu'elle est en mesure d'attribuer aux pays dits « de la confrontation », au premier rang desquels la Syrie et la Jordanie, mais aussi dans l'orientation conciliatrice de sa diplomatie qui trouvera dans le plan Fahd de 1981 son expression la plus achevée. Un autre relève de l'évolution même du mouvement national palestinien, marquée par une audience internationale accrue et, ceci conditionnant cela, par des positions plus réalistes au regard de l'adversaire sioniste. D'une importance capitale sont à cet égard le sommet de Rabat (26-28 octobre 1974), qui reconnaît publiquement l'OLP comme le « seul représentant légitime du peuple palestinien », et l'invitation de Yasser Arafat à l'Assemblée générale des Nations unies le 13 novembre de la même année. Ayant opté pour un discours modéré et pacifique, l'OLP obtient un statut d'observateur à l'ONU et la reconnaissance des droits à l'autodétermination, à l'indépendance et à la souveraineté du peuple palestinien. Par la suite, Arafat définit les modalités d'une non-belligérance mutuelle

1. Sur le détail de ces accords, cf. P. Rondot, *Le Proche-Orient à la recherche de la paix, 1973-1982*, Paris, PUF, 1982, p. 46-61. Un « accord intérimaire » du 1er septembre 1975 entre l'Égypte et Israël ouvre en outre le canal de Suez (remis en service depuis juin) aux cargaisons non militaires israéliennes. Mais une de ses clauses adjoint aux Casques bleus de l'ONU une « force civile » américaine de 200 hommes chargée de contrôler le système d'alerte dans le Sinaï et, comme telle, vivement dénoncée par l'Union soviétique et la Syrie.

avec Israël, garantie par les deux grandes puissances dans le cadre d'une neutralité sur le modèle autrichien.

Mais ces bonnes dispositions sont doublement contrecarrées. D'abord par divers groupes palestiniens dissidents de l'OLP [1], parfois manipulés par l'Irak, la Syrie ou la Libye, et qui s'acharnent à créer l'irréparable par le recours à un terrorisme qui frappe prioritairement les vies et intérêts israéliens [2], accessoirement les pays arabes modérés. Autant de coups qui minent le capital de sympathie acquis en Occident pour la cause palestinienne et la nouvelle ligne de l'OLP, même si le recentrage opéré est partiellement démenti par le refus d'abroger les clauses ouvertement anti-israéliennes de la charte de 1968 et par certaines ambiguïtés persistantes de Yasser Arafat à l'égard du terrorisme. Mais l'indéniable évolution de l'OLP est systématiquement contrée par les dirigeants israéliens. Quelles que soient les nuances, voire les divisions, qui affectent les gouvernements successivement présidés par Golda Meir (1969-1974) et par Itzhak Rabin (1974-1977), c'est toujours la tendance intransigeante des « faucons » qui finit par prévaloir : représailles systématiques sur les populations civiles aux actions terroristes, refus de tout dialogue avec l'OLP, annexion rampante des territoires occupés par voie militaire et rurale. La victoire, en mai 1977, de la droite nationaliste et religieuse regroupée dans la coalition

1. Il s'agit surtout du FPLP de Georges Habache, d'idéologie marxiste-léniniste, mais hostile à la politique soviétique et soutenu par l'Irak ; du FDLP (scindé du précédent en 1969), dirigé par Nacef Hawatmeh, plus proche du camp socialiste et soutenu par le Sud-Yémen ; du FPLP « Commandement général » d'Ahmed Jibril, soutenu par la Libye, et du mystérieux groupe Abou Nidal, spécialisé dans les attentats contre les cadres modérés du Fath, soutenu alternativement par l'Irak, la Syrie et la Libye.

2. Parmi les actions terroristes les plus sanglantes, on relèvera le massacre de l'aéroport de Rome le 17 décembre 1973, les attaques de populations civiles en Israël tout au long de l'année 1974, notamment à Maalot en mai, la prise d'une centaine d'otages juifs à Entebbe (Ouganda) en juin 1976, le raid contre trois autobus israéliens près de Tel-Aviv, le 11 mars 1978, qui fit 45 morts. Chacune de ces actions déclenche des raids de représailles non moins sanglants contre les bases et les camps palestiniens installés au Sud-Liban.

du Likoud, va permettre d'aller beaucoup plus loin dans cette voie [1].

Faute de perspective de règlement global, et alors que s'est allumé au Liban un nouveau foyer d'antagonismes qui met fin aux succès de la politique des « petits pas », une nouvelle initiative de paix va venir de l'Égypte. Conscient de la situation désastreuse de l'économie en raison d'un budget militaire pléthorique, Anouar el-Sadate entend brusquer les choses par une négociation directe avec Israël. Accueilli avec des égards exceptionnels, le président égyptien prononce le 20 novembre 1977 à la Knesset un discours d'une rare hauteur de vues qui reconnaît avec éclat l'État d'Israël mais revendique l'évacuation des territoires occupés et la légitimité des droits du peuple palestinien. A cette offre de paix, le Premier ministre Menahem Begin n'apporte qu'une réponse décevante et dilatoire. Conformément à une argumentation maintes fois exposée, il est affirmé que, la Cisjordanie et Gaza n'appartenant à aucun État, leurs territoires ne sont pas occupés mais administrés par Israël. De ce fait, la résolution 242 n'implique ni évacuation totale ni reconnaissance d'une entité palestinienne, qu'elle soit nationale ou étatique. C'est ce qu'expose Begin dans un mémorandum remis en décembre aux dirigeants américains, acceptant tout au plus une autonomie administrative pour les résidents arabes des territoires en question. Dès lors, la rencontre Sadate-Begin à Ismaïlia (25-26 décembre) tout comme le voyage effectué par Jimmy Carter au Proche-Orient n'aboutissent guère qu'à un constat de divergences. Tout laisse à penser que les commissions mixtes, militaire et politique, instituées à Ismaïlia, vont se perdre dans d'interminables marchandages. Telle n'est pas l'appréciation américaine. Carter croit possible la synthèse du plan Begin et des suggestions de son conseiller Brzezinski, acquis à l'idée d'un *homeland* palestinien. Il croit aussi à une initiative spectaculaire qui renforcerait la stature des États-

1. Lorsque Begin accède au pouvoir en 1977, on compte 25 colonies en Cisjordanie. Fin 1982 on en compte 139, auxquelles il faut en ajouter 20 dans la bande de Gaza et une trentaine sur le Golan. De nombreuses « implantations sauvages » ont été ainsi rétroactivement légalisées, ce qui revient à contrôler 35 % du territoire cisjordanien.

Unis dans la région et assurerait du même coup, en cas de succès, sa réélection. Les « entretiens informels » de Leeds des 18 et 19 juillet 1978, tenus au niveau des ministres des Affaires étrangères, sans aboutir à un résultat concret, préfigurent l'acceptation de Sadate et de Begin de se rendre à un sommet organisé à Camp David.

Celui-ci se déroule du 5 au 17 septembre. Au terme de multiples séances de travail, de navettes du président américain, de menaces de rupture, deux accords-cadres sont signés *in extremis* alors que les observateurs s'attendaient à un échec. Le premier prévoit la conclusion d'un traité de paix israélo-égyptien dans un délai de trois mois, suivi de l'établissement de relations diplomatiques, et l'évacuation rapide du Sinaï avec démantèlement des colonies juives. Le second, beaucoup plus vague, prévoit la mise en place d'un régime d'autonomie interne en Cisjordanie et à Gaza dans un délai inférieur à cinq ans, et l'ouverture de négociations, auxquelles seront associés la Jordanie et des représentants du peuple palestinien, en vue d'élaborer un statut définitif. Il est certain que chacune des deux parties a consenti à des concessions substantielles. L'Égypte accède à la signature d'un traité de paix avant le retrait définitif du Sinaï et accepte d'ignorer l'OLP au mépris des décisions du sommet de Rabat. Israël, de son côté, reconnaît la validité des résolutions 242 et 338, mentionnées en préambule des deux accords, consent au redéploiement de ses troupes et à abandonner ses fonctions de police au profit d'une force locale. Dans les deux cas, les dirigeants osent braver la fureur de leurs extrémistes respectifs : progressistes nassériens et Frères musulmans en Égypte, « faucons » du Likoud et des partis religieux en Israël.

Les réactions dans le monde arabe sont dans l'ensemble négatives. L'approbation du Soudan et du Maroc pèse peu à côté des réticences jordaniennes et des critiques de l'Arabie Saoudite, même si ces deux pays s'abstiennent d'appartenir au Front de la fermeté qui regroupe, tout au long de divers sommets [1], l'Algérie, la Syrie et l'Irak (provisoirement réconciliés), le Sud-Yémen, la Libye et l'OLP, cette dernière

1. Tripoli (décembre 1977), Alger (février 1978), Damas (septembre), Bagdad (novembre).

ne pouvant accepter ni l'autonomie otroyée par une puissance ocupante, ni l'instauration d'une force de police locale à quatre composantes [1] chargées d'assurer la sécurité pendant les cinq années intérimaires. C'est dire que la concrétisation des accords de Camp David progresse très inégalement, au gré en fait des choix israéliens. Désireux, pour d'évidentes raisons, de conclure avec l'Égypte, Menahem Begin consent aux sacrifices nécessaires dans le Sinaï, pour qu'aboutisse la normalisation des relations israélo-égyptiennes. Le traité de paix est signé à Washington le 26 mars 1979, ce qui vaut à l'Égypte son exclusion de la Ligue arabe [2]. Pour le reste, la mauvaise volonté manifeste de Begin d'amorcer quoi que ce soit de sérieux en Cisjordanie et à Gaza, malgré les pressions américaines et la démission de quelques-uns de ses ministres [3], vide de toute substance le second accord de Camp David. L'esprit en est même sciemment détourné par les projets du ministre de l'Agriculture Ariel Sharon visant à installer de nouvelles colonies dans les régions à forte densité arabe. Parallèlement, les tentatives de « ligues de villages », suscitées par les autorités israéliennes comme l'amorce de l'autonomie prévue, ne rencontrent qu'un succès des plus limités.

L'élection de Ronald Reagan, fin 1980, va se révéler comme un atout supplémentaire pour Israël. Le nouveau président et son secrétaire d'État Alexander Haig sont en effet moins sensibles à la survie des accords de Camp David, même si ceux-ci restent une référence formelle, qu'à la recherche du « consensus stratégique », c'est-à-dire à une coordination renforcée des États conservateurs de la région en vue de contenir l'influence soviétique en Méditerranée orientale. Par ailleurs, les élections du 30 juin 1981 ont reconduit la coali-

1. Palestinienne, israélienne, égyptienne (à Gaza) et jordanienne (en Cisjordanie).

2. Le siège en est transféré du Caire à Tunis. Dix-huit pays arabes rappellent leur ambassadeur et suspendent leur aide économique à l'Égypte.

3. Démission de Moshe Dayan en 1979 et d'Ezer Weizmann en 1980, qui ont vainement tenté d'exercer une influence conciliatrice sur le Premier ministre.

tion de droite et le nouveau gouvernement Begin est dominé par les partisans intransigeants du « Grand Israël » : Itzhak Shamir aux Affaires étrangères, Ariel Sharon à la Défense, le général Eytan à l'état-major. Il s'ensuit une politique d'implantation renforcée et le vote par la Knesset, le 14 décembre 1981, de l'annexion du Golan qui, intervenant un an après la réunification de Jérusalem comme capitale, provoque la mauvaise humeur, mais comme toujours passagère, des États-Unis. Quelques mois auparavant, le 7 août 1981, un plan « pour une paix juste et durable » a été présenté par le prince Fahd [1], qui, largement inspiré du plan de partage de 1947 et de la résolution 242, propose la reconnaissance d'Israël par les États arabes, et de solides garanties de paix régionale, moyennant l'évacuation des territoires occupés et la mise en place d'une entité palestinienne souveraine, les deux États ayant Jérusalem pour capitale. Bien accueilli en Occident et en URSS, ce plan est entériné dans ses grandes lignes par le sommet arabe de Fès (6-9 septembre 1982) dans une conjoncture il est vrai particulièrement défavorable à l'OLP [2]. Mais il est rejeté par les dirigeants israéliens qui ne veulent y voir qu'une « nouvelle déclaration de guerre », sans que les États-Unis aient rien tenté pour le faire aboutir. En net retrait, le plan Reagan du 1er septembre 1982 n'est guère qu'une réactivation des accords de Camp David, à mi-chemin entre l'instauration d'un État palestinien et la perpétuation de la domination israélienne, également condamnées. Ce plan est refusé par Israël comme par l'OLP.

Entre-temps a été déclenchée, en juin 1982, l'opération « Paix en Galilée » qui n'a officiellement d'autre but que d'assurer la sécurité d'Israël sur sa frontière libanaise. En fait, l'objectif est plus ambitieux. Il s'agit d'anéantir la résistance palestinienne, de porter un coup décisif à la Syrie et de contribuer à la formation d'un Liban dominé par les phalanges chrétiennes et uni à Israël par un traité. Le contexte est éminemment favorable dans la mesure où l'Égypte s'est retirée du conflit et où l'Irak a d'autres soucis ; dans la mesure aussi

1. Alors héritier du trône et chef du gouvernement saoudien.

2. Le sommet de Fès suit de peu l'évacuation de 15 000 combattants palestiniens de Beyrouth.

où il est peu probable que la Syrie engage son va-tout pour porter secours à l'OLP et où, au Liban même, la lourdeur du dispositif palestinien a fini par susciter des réactions d'animosité tant au Sud qu'à Beyrouth. Au terme d'opérations militaires particulièrement brutales qui ont conduit les troupes du général Sharon au cœur de Beyrouth [1], les objectifs visés ne sont que partiellement atteints. Sans doute l'armée israélienne a prouvé une nouvelle fois sa supériorité, notamment lors des combats aériens avec la Syrie dans le ciel de la Bekaa, et a contraint, par ses coups de boutoir, Yasser Arafat et les siens à évacuer Beyrouth [2]. Mais la longueur et le coût humain de cette guerre, le rôle indirect joué par l'armée dans les massacres des camps palestiniens de Sabra et de Chatila (16-17 septembre 1982) ont engendré un malaise dans la population et chez les soldats israéliens qui s'exprime dans diverses manifestations animées par le mouvement « La Paix maintenant ». L'armée israélienne est ainsi contrainte d'évacuer progressivement le Liban.

Cette amorce d'évolution de l'opinion est bien sûr insuffisante à dénouer le problème même si les élections de 1984 ont ramené, partiellement, les travaillistes au pouvoir [3]. La confusion ne fait que croître dans les années suivantes qui voient se prolonger l'imbroglio libanais, se nouer des négociations compliquées entre une OLP affaiblie [4], l'Égypte et

1. Sur la dimension libanaise du conflit, cf. *infra*, p. 415-416.

2. Évacuation négociée en août par l'émissaire américain Philip Habib. Le coup de grâce sera porté en novembre 1983 par des dissidents palestiniens soutenus par l'armée syrienne contre les forces d'Arafat retranchées dans la région de Tripoli, au Nord du Liban.

3. Un accord d'alternance a été conclu en septembre. Disposant d'une légère avance à la Knesset, le travailliste Shimon Peres dirige le gouvernement jusqu'en octobre 1986, cédant alors la place à Itzhak Shamir. Les élections d'octobre 1988, marquées par une forte poussée des partis religieux, ont débouché, après de laborieuses tractations, sur un gouvernement associant les deux grands partis mais où le Likoud est en position dominante.

4. Notamment par l'assassinat d'Issam Sartaoui, conseiller politique d'Arafat et partisan de la reconnaissance d'Israël ; la dissidence du colonel Abou Moussa, encouragée par la Syrie et la Libye ; le raid israélien du 1er octobre 1985 contre le quartier général de l'OLP près de Tunis, faisant 70 morts, présenté comme une mesure de représailles à l'assassinat de trois Israéliens à Chypre quelques jours auparavant.

la Jordanie, mais régulièrement torpillée par la Syrie qui rejette l'édification d'un État palestinien, surtout sous l'égide de l'OLP, dans ce qu'elle considère comme sa zone d'influence. La reprise des actions terroristes contre Israël, suivies des classiques représailles, fragilise l'accord Hussein-Arafat du 11 février 1985 qui envisage une délégation commune à de futures négociations de paix et, à terme, la formation d'une confédération jordano-palestinienne de part et d'autre du Jourdain. Encouragée par le président Moubarak, cette « option jordanienne » a les faveurs de Shimon Peres, mais elle se heurte à l'hostilité du Likoud, à la mauvaise volonté des États-Unis, à l'hostilité de la Syrie et à de fortes résistances au sein même de l'OLP, jusque dans les rangs du Fath où s'interrogent des dirigeants importants comme Abou Iyad ou Farouk Kaddoumi. Le roi Hussein ne semble pas du reste très désireux de pousser dans cette voie et, ayant esquissé un rapprochement avec la Syrie, rompt unilatéralement l'accord un an après sa signature. Le terme de ce désengagement sera la décision du 31 juillet 1988 par laquelle le souverain jordanien rompt « les liens légaux et administratifs » entre son pays et la Cisjordanie. Geste de dépit ou manœuvre tactique ? Hussein doit compter avec une population jordanienne plus qu'à moitié palestinienne et ne peut, sans compromettre son trône, se désintéresser de la rive occidentale du Jourdain.

Deux faits majeurs sont venus renouveler les données du conflit. Le premier réside dans l'*intifada*, cette « révolte des pierres » déclenchée à Gaza le 7 décembre 1987, étendue ensuite à la Cisjordanie, rapidement doublée d'actions plus ou moins inspirées de la désobéissance civile : manifestations, grèves diverses. Les protagonistes insistent sur son caractère spontané ; Israël veut n'y voir qu'un nouveau complot de l'OLP. En fait, la « Direction unifiée du soulèvement » reproduit bien les principales composantes de l'OLP, mais l'explication de l'*intifada* réside aussi dans les modifications structurelles de la société palestinienne : rajeunissement, prolétarisation, effritement des valeurs anciennes. La misère des bidonvilles, le chômage à perpétuité et l'humiliation d'une jeunesse qui ignore la résignation de ses aînés ont été les principaux détonateurs de la révolte. Face à elle, et sans prendre vraiment conscience du « péril démographique » qui l'environne, Israël a choisi la répression, suffisamment brutale et diversifiée [1] pour infliger au mouvement un indéniable essoufflement. D'où l'importance du relais politique pris par la décision « historique » du Conseil national de l'OLP le 15 novembre 1988, confirmée par le discours de Yasser Arafat devant l'Assemblée générale de l'ONU à Genève. En proclamant leur adhésion à la résolution 181, par laquelle les Nations unies avaient procédé au partage de la Palestine en 1947, et en proposant une conférence internationale fondée sur les résolutions 242 et 338 du Conseil de sécurité, les Palestiniens ont clairement opté pour la coexistence de deux États. Ajouté à la répudiation du terrorisme, ce revirement, du reste entamé de longue date, a conduit les États-Unis à amorcer un timide dialogue avec l'OLP, jusqu'alors systématiquement ignorée. L'isolement diplomatique d'Israël s'en trouve accru, mais insuffisamment pour vaincre l'obstination de ses dirigeants à refuser toute négociation avec l'organisation palestinienne [2]. La guerre du Golfe et le large ralliement soviétique aux positions américaines ont pourtant contribué au dégel des positions. L'heure est en effet à la convocation d'une conférence internationale sur le règlement du conflit israélo-palestinien. Mais la place exacte de l'ONU, la représentation de la population arabe de Jérusalem et la compo-

1. A la fin de l'année 1988, l'*intifada* se solde, côté palestinien, par 300 à 400 morts, 20000 blessés, 6000 emprisonnements et plusieurs dizaines de bannissements, sans compter de très lourdes amendes sur la population.

2. Sans aller jusqu'à revendiquer l'annexion de Gaza et de la « Judée-Samarie » (Cisjordanie), assortie d'une expulsion des populations arabes, que réclament les fanatiques du Grand Israël, la droite au pouvoir exclut tout abandon des territoires occupés, privilégie les négociations bilatérales au détriment de toute internationalisation du problème palestinien, et n'envisage, dans le sillage des accords de Camp David qu'elle n'a jamais voulu appliquer, que la seule autonomie des Palestiniens. L'opposition travailliste admet à la rigueur un retrait partiel et prône une conférence internationale pouvant aboutir à un compromis territorial. Répudiant toute reconnaissance de l'OLP, les deux partis font preuve d'un irréalisme dont s'irrite l'administration américaine, moins conciliante depuis le remplacement de Ronald Reagan par George Bush.

sition de la délégation palestinienne suscitent de vives controverses.

Le drame libanais

Après une sérieuse alerte en 1958 [1], et en dépit de joutes politiques assez âpres, le Liban avait traversé les années soixante sans crise majeure. Îlot de paix (relative) dans une région où se rallument des guerres sporadiques, îlot de prospérité (non moins relative) dans un monde arabe encore largement maintenu dans le sous-développement, le Liban entretenait cette image un peu factice de « Suisse du Proche-Orient », refuge des capitaux étrangers et terre d'élection d'une économie de services en plein essor. C'est pourtant durant la décennie 1958-1968 que se mettent en place les éléments d'une guerre qui, depuis 1975, déchire le pays en ajoutant aux rivalités internes la greffe palestinienne et la stratégie des puissances voisines.

Aux origines de l'équilibre politico-institutionnel libanais, le fameux Pacte national, simple accord verbal conclu en 1943 entre chrétiens et musulmans luttant alors pour l'indépendance, engageait les diverses communautés religieuses [2] au respect mutuel et procédait à une répartition des principaux postes politiques, administratifs et militaires sur une base confessionnelle [3]. Mais cette répartition reposait sur un recensement effectué en 1932. Même si aucune évaluation n'avait été publiée par la suite, tout laisse à penser que l'évolution démographique avait joué en faveur des musulmans devenus majoritaires. Le refus des chrétiens de réviser une prééminence à laquelle la loi du nombre ôtait toute justifica-

1. Cf. *supra*, t. III, p. 328-329.

2. Si l'on excepte une poignée de juifs, la configuration religieuse du Liban juxtapose des communautés chrétiennes (maronites, grecs orthodoxes, catholiques, arméniens, protestants, chaldéens, nestoriens...) et musulmanes (sunnites, chiites, druzes, alaouites...).

3. Président de la République maronite, Premier ministre sunnite, président de la Chambre chiite, ministre des Affaires étrangères grec orthodoxe, etc.

tion était en soi un premier facteur d'affrontement. Mais celui-ci s'aiguise aussi à des causes sociales et politiques. Sans mésestimer les bénéfices tirés de l'essor économique par la bourgeoisie sunnite, il est clair que la masse musulmane, — les chiites et les druzes en particulier — a continué de végéter dans le sous-développement face à une minorité maronite de plus en plus opulente. Par ailleurs, le Pacte national reposait bien sur la double concession (chrétienne) d'un Liban arabe et (musulmane) d'une renonciation à toute union avec la Syrie. Mais rien ne pouvait empêcher les chrétiens de nourrir des affinités pro-occidentales, les musulmans d'entretenir des sympathies pour les thèses nassériennes de la nation arabe. De ce conflit de tendances, ou plutôt d'identités, avait découlé la crise de 1958. La formation des Phalanges chrétiennes de Pierre Gemayel lui est également due.

Les deux vagues d'implantation palestinienne, celle de 1948-1949 et celle de 1970-1971, ont également contribué à la montée des tensions. Une fraction des réfugiés palestiniens s'est remarquablement intégrée à l'élite économique et financière. Mais, pour l'essentiel, ils forment un sous-prolétariat assisté, accumulé dans des bidonvilles à la périphérie des agglomérations. Au nombre de 600 000 environ, ils représentent pourtant une force considérable. Politiquement, ils soutiennent, tout en les traitant avec condescendance, les partis de la « gauche musulmane », notamment le Parti socialiste progressiste du leader druze Kamal Joumblatt gagné à la cause de l'OLP. Militairement, quelque 40 000 *fedayin* palestiniens entretiennent, surtout au Sud-Liban, des bases à partir desquelles sont lancées des actions de commando contre Israël. La vigueur des réactions israéliennes [1] et la fréquence des affrontements entre la résistance palestinienne et l'armée libanaise obligent à rechercher un *modus vivendi*. Celui-ci est théoriquement réalisé par l'accord du Caire du 3 novembre 1969, qui légalise la présence militaire des Palestiniens au Liban sous le contrôle quasi exclusif de l'OLP, à charge pour cette dernière de respecter la souveraineté du pays. Mais

1. La plus spectaculaire a lieu le 28 décembre 1968, quand un commando israélien détruit, sur l'aérodrome de Beyrouth, une série d'appareils libanais en représailles de l'aide que le Liban procure aux Palestiniens.

l'accord est mal appliqué, surtout après 1970 quand affluent au Liban un grand nombre de Palestiniens armés chassés de Jordanie par l'opération Septembre noir. Des affrontements très violents éclatent en mai et septembre 1973 entre Palestiniens et une armée libanaise de plus en plus débordée. La minorité maronite se mobilise contre le « complot palestinien » qui vise, selon elle, à s'emparer de l'État et à ruiner la patrie libanaise. Principale force organisée, le Parti phalangiste de Pierre Gemayel qui aligne alors 15 000 hommes armés.

L'accrochage entre phalangistes et Palestiniens qui fait, le 13 avril 1975, 27 morts (palestiniens) dans la banlieue de Beyrouth peut être considéré comme le point de départ de la guerre libanaise. Celle-ci prend d'emblée un tour inexpiable, tristement illustré, en janvier 1976, par le massacre de chrétiens à Damour et de musulmans à La Quarantaine. Centrée autour de Beyrouth, puis dans la capitale elle-même, la guerre évolue favorablement pour les Palestiniens, épaulés par la gauche libanaise et discrètement aidés par les Syriens [1]. Mais le général Hafez el-Assad ne tient nullement à une victoire de l'OLP pour laquelle il nourrit la plus vive aversion, et qu'en tout état de cause Israël ne saurait tolérer. D'où le revirement opéré au printemps 1976 avec l'entrée au Liban de l'armée syrienne qui conduit une offensive générale contre les forces palestiniennes. Le mini-sommet arabe de Ryad entérine cette intervention par la création d'une Force arabe de dissuasion (FAD) de 30 000 hommes, en grande majorité syrienne. Après l'écrasement des Palestiniens et de leurs alliés de la gauche libanaise [2], la Syrie ramène au Liban un semblant de calme durant l'année 1977, pratiquement dénuée d'affrontements. Mais le gouvernement de techniciens formé par le nouveau président, Élias Sarkis, ne contrôle pas réellement la situation. Surtout, le prolongement de l'occupation, les soupçons qui pèsent sur les termes d'une *pax*

1. La Syrie s'appuie sur des forces locales qui lui sont dévouées, la Saïka et l'Armée de libération de la Palestine.

2. Assassinat en mars 1977 de Kamal Joumblatt, chef de la communauté druze et dirigeant de la gauche libanaise. En représailles, 150 chrétiens sont massacrés à Beyrouth et dans le Chouf.

syriana[1] indisposent les milices chrétiennes qui, d'incidents en incidents plus ou moins discrètement attisés par Israël, en viennent à l'affrontement généralisé avec l'armée syrienne. Cette longue guerre syro-chrétienne culmine de juillet à octobre 1978 à Beyrouth, puis d'octobre 1980 à avril 1981 dans la région de Zahlé.

Entre-temps, Israël est intervenu en force au Sud-Liban, le 14 mars 1978, tant pour signifier son soutien aux milices chrétiennes, qu'il arme de longue date, que pour déloger la résistance palestinienne et affaiblir du même coup sa représentativité dans les mois qui précèdent le sommet de Camp David. Condamnée par le Conseil de sécurité, cette intervention conduit l'ONU à établir, à la demande du gouvernement libanais, une force intérimaire, la FINUL, qui, à vrai dire, ne règle rien. Car, si Israël retire bien ses troupes, le relais est pris par les milices chrétiennes du commandant Haddad, sécessionniste pro-israélien de l'armée libanaise, que la FINUL ne parvient pas à déloger. Les années suivantes sont d'une extrême confusion, qui voient la poursuite des combats entre forces libanaises chrétiennes et troupes syriennes (à Zahlé notamment), de nouvelles incursions israéliennes et les premiers déchirements intracommunautaires, par exemple entre phalanges de Bechir Gemayel et milices de Camille Chamoun. A Beyrouth, enlèvements, assassinats, explosions de voitures piégées sont devenus monnaie courante. Dans le Sud, les relations se tendent entre les Palestiniens et l'importante communauté chiite directement exposée aux représailles israéliennes. Les risques d'un affrontement israélo-syrien se profilent quand, fin avril 1981, les Syriens décident d'implanter dans la plaine de la Bekaa des missiles sol-air de fabrication soviétique[2].

1. A défaut d'une annexion pure et simple du Liban, difficile pour des raisons internationales, Hafez el-Assad aspire au rôle de fédérateur de la région par nostalgie de l'éphémère Grande Syrie proclamée en 1920 par Fayçal et brisée peu après par la France.

2. Cette « crise des missiles » n'est réglée que grâce aux bons offices du diplomate américain Philip Habib, qui ne peut obtenir le retrait des fusées syriennes mais parvient à faire observer, à partir du 24 juillet 1981, un cessez-le-feu entre l'OLP et Israël sur la frontière israélo-libanaise. Ce cessez-le-feu est rompu en avril 1982 par des bombardements près de Beyrouth en représailles de l'assassinat d'un diplomate israélien à Paris.

D'une tout autre ampleur que celle de 1978, l'invasion israélienne du 6 juin 1982 va apporter de nouveaux bouleversements. On sait que ses buts réels dépassent largement sa justification officielle [1]. Il s'agit en fait d'en finir avec le sanctuaire libanais de l'OLP et d'imposer au pays un gouvernement allié, c'est-à-dire phalangiste, avec lequel il sera facile de traiter. Mais, comme souvent en pareil cas, le volet militaire de l'opération se déroule plus aisément que le volet politique. D'une part, le leader chrétien Bechir Gemayel [2], en refusant obstinément, malgré toutes les pressions en ce sens, d'engager ses forces dans la bataille de Beyrouth, n'a pas voulu apparaître comme l'homme lige des Israéliens. Son élection à la présidence, le 23 août 1982, lève un souffle d'espoir sur le pays, y compris dans la communauté musulmane. Quelques jours avant son entrée en fonction le 14 septembre, Bechir Gemayel trouve la mort dans un attentat perpétré contre le siège du Parti phalangiste, mais son successeur, son propre frère Amine, s'empresse de souligner la « dimension arabe » du Liban. D'autre part, la participation indirecte des militaires israéliens aux massacres des camps de Chabra et de Chatila (16-18 septembre), l'impopularité croissante de l'intervention dans l'opinion israélienne, les pressions américaines et le jeu syrien se conjuguent pour obliger le gouvernement Begin au retrait de ses forces alors que se déploie la Force multinationale d'interposition [3]. Après l'évacuation de Beyrouth (octobre 1982), l'armée israélienne se retire en septembre 1983 au sud de la rivière Awali. Le retrait du Sud-Liban est achevé en juin 1985, hormis une « zone de sécurité » tenue par les milices chrétiennes du général Lahad encadrées et financées par Israël. L'accord libano-israélien du 17 mai 1983 mettant fin à l'état de guerre entre les deux pays a été dénoncé dix mois plus tard par le gouvernement de Beyrouth.

L'évacuation israélienne et palestinienne n'a pas clarifié la situation politique, ni mis fin au calvaire du Liban. Sans

1. Cf. *supra*, p. 410-411.
2. Fils de Pierre Gemayel, qui mourra en 1984.
3. Cette force comprend des contingents des États-Unis, de la Grande-Bretagne, de la France et de l'Italie.

doute, les 6000 soldats de la Force multinationale parviennent à rétablir durant quelques mois le calme dans la capitale réunifiée. Mais la Syrie, qui maintient sa pesante occupation, s'emploie à miner l'autorité du gouvernement, tandis qu'Israël déploie un jeu complexe qui, favorisant tour à tour les chrétiens et les druzes, vise à dresser les uns contre les autres et à rendre impossible toute coexistence intercommunautaire, avec force de preuve pour une éventuelle Palestine réunifiée. Un autre fait majeur intervient avec le réveil de la communauté chiite, devenue la plus nombreuse du pays [1], longtemps maintenue dans le sous-développement et dans une quasi-exclusion des hautes charges de l'État. La mobilisation chiite a commencé dans les années soixante, sous l'impulsion de l'imam Musa Sadr [2]. Celui-ci obtint la création d'un Conseil supérieur chiite et fonda en 1974 le Mouvement des déshérités, puis l'année suivante le mouvement Amal (espoir). Initialement allié à l'OLP, et armé par elle, Amal s'en est progressivement séparé en raison de tensions très vives dans le Sud. Stimulé par la révolution iranienne de 1979 et l'arrivée au Liban de centaines de missionnaires islamistes, le mouvement Amal est devenu l'une des principales composantes politico-militaires du Liban. Ses milices se sont emparées en février 1984 du secteur (musulman) de Beyrouth-Ouest et son dirigeant, l'avocat Nabih Berri, incarne la revendication d'un Liban unifié et rééquilibré par une refonte radicale du système représentatif. Mais il entre en rivalité avec diverses organisations fondamentalistes inspirées et subventionnées par l'Iran — Jihad islamique, Hezbollah — qui combinent le fanatisme religieux et le terrorisme pour perpétuer l'anarchie : attentats contre les forces américaines et françaises [3] qui obligent au

1. Les chiites représentent 25 % de la population libanaise en 1975, 30 % dix ans plus tard, particulièrement implantés dans le Sud du pays et, par migration, dans la « ceinture de misère » de Beyrouth.

2. Originaire de Qom en Iran, devenu imam de Tyr, Musa Sadr a disparu en Libye en 1978.

3. Le 23 octobre 1983, l'attaque des immeubles abritant les « soldats de la paix » font respectivement 239 victimes américaines et 58 françaises. Les contingents américain, britannique et italien sont retirés en février 1984, le contingent français en mars.

départ progressif de la Force multinationale, attaques contre l'armée israélienne, prises d'otages occidentaux et libanais. Ces exactions vont de pair avec de sanglants affrontements à Beyrouth-Ouest entre chiites d'Amal (soutenus par les Syriens) et Palestiniens pour le contrôle des camps de réfugiés.

Depuis 1985, la désagrégation du Liban n'a cessé de s'aggraver. Le cap des cent mille victimes est largement dépassé. Après s'être maintenues vaille que vaille durant une dizaine d'années, l'économie et la monnaie se sont effondrées. Les espoirs placés dans une paix dictée par Damas (accord du 28 décembre 1985 entre chiites, druzes et chrétiens ; retour en force de l'armée syrienne à Beyrouth en mai 1988) n'ont pas résisté à la conjonction des forces antagonistes, déclenchant de violents combats entre factions d'une même communauté : entre milices chrétiennes, entre chiites d'Amal et du Hezbollah, entre Palestiniens. Dans la cantonisation de fait qui a fractionné le pays en une mosaïque de secteurs tenus par telle ou telle milice, la fiction de l'État unitaire s'est évanouie avec la formation, en septembre 1988, de deux gouvernements rivaux, l'un dirigé par le général Aoun, presque exclusivement chrétien, l'autre par Salim Hoss, tout dévoué à la Syrie. Après les terribles duels opposant à Beyrouth l'artillerie syrienne à celle du général Aoun (août 1989), une solution semble s'esquisser avec l'accord de Taëf du 22 octobre, qui définit les réformes du système politique libanais. Bien accueilli par la population et la communauté internationale, l'accord est néanmoins rejeté par le général Aoun, qui le dénonce comme une « légalisation du crime de l'occupation syrienne [1] ». Au terme de très âpres combats, celui-ci finit par se rendre le 13 octobre 1990. Sous l'égide de l'armée syrienne, maîtresse du terrain, une Seconde République libanaise a été proclamée et un rééquilibrage des pouvoirs a été opéré en faveur des composantes musulmanes. Le ralliement de Damas à la coalition anti-irakienne lors de la guerre du Golfe devrait normalement renforcer cette quasi-satellisation du Liban.

1. Cette détermination antisyrienne vaut au général Aoun la sympathie de certains secteurs conservateurs de l'opinion occidentale, mais aussi, de façon moins avouée, une aide militaire considérable de l'Irak que la fin du conflit avec l'Iran a rendu à son hostilité prioritaire contre la Syrie.

La révolution iranienne et la guerre Irak-Iran

La crise ouverte en 1951 par la nationalisation du pétrole iranien, close deux ans plus tard par le retour du chah et le procès de Mossadegh [1], avait eu deux conséquences majeures. La première résidait dans le renforcement de l'absolutisme monarchique, épaulé depuis 1958 par la toute-puissante Savak, police politique redoutable et dévouée au régime ; la seconde dans la substitution de l'influence des États-Unis à celle de l'Angleterre, tant dans le domaine de l'exploitation pétrolière (accord du 5 août 1954) que par l'arrimage croissant de l'Iran au camp occidental, *via* le pacte de Bagdad puis le CENTO. Cette double évolution n'a cessé de se confirmer dans les décennies suivantes. A l'intérieur, la volonté modernisatrice du souverain épouse les voies les plus autoritaires, qu'il s'agisse de la réforme agraire [2] ou des grandioses projets d'industrialisation encouragés par la manne des revenus pétroliers [3]. A l'extérieur, une ambitieuse politique de *leadership* régional doit garantir la sécurité des voies pétrolières et contribuer à la défense des régimes modérés du Moyen-Orient sans se départir de bonnes relations avec l'Union soviétique. Dans cette double promotion de puissance moderne et de gendarme du Golfe, les États-Unis jouent un rôle essentiel. Les commandes d'armements dépassent 5 milliards de dollars en 1977. Compte tenu de l'ampleur des investissements civils et des liens étroits de coopération militaire, les ressortissants américains atteignent le nombre de 40 000.

1. Cf. *supra*, t. III, p. 204.

2. Baptisée « révolution blanche », cette réforme agraire adoptée en 1962 a donné des résultats plutôt décevants. L'introduction précipitée d'un modèle agro-industriel de type américain a dérouté la paysannerie sans permettre un accroissement substantiel de la production. L'expropriation des fondations religieuses a levé une opposition chiite violemment réprimée en 1963.

3. Les revenus pétroliers sont passés de 750 millions de dollars en 1967 à près de 4 milliards en 1973.

Exprimé en chiffres bruts, le succès de cette modernisation accélérée est incontestable [1]. Relativement à la société iranienne, ses effets vont se révéler catastrophiques. Outre l'armée, à qui est dévolu un matériel surabondant et hautement sophistiqué, les principaux bénéficiaires en sont la bourgeoisie d'affaires et la haute administration, occidentalisées et avides d'enrichissement immédiat. Mais la réforme agraire a pour effet de chasser vers les villes un prolétariat rural qui, faute de qualification, ne peut être absorbé par l'industrie de pointe dont l'essor, par ailleurs, paupérise dangereusement, l'inflation aidant, l'artisanat et le commerce traditionnels. C'est précisément dans la masse des chômeurs, dans la bourgeoisie du Bazar étroitement liée aux mollahs et dans les catégories intellectuelles particulièrement visées par la répression de la Savak, que la révolution islamique puisera ses forces. Car l'occidentalisation effrénée des catégories dirigeantes, le luxe ostentatoire et la corruption du régime accroissent l'audience des milieux religieux au moment où le chah, ne tolérant aucune opposition à ses rêves de puissance, déchaîne contre eux insultes et menaces, et instaure le parti unique. Or, plus que les partis politiques divisés et traqués, l'islam chiite fournit à la révolte populaire un encadrement et une base idéologique : un vaste clergé de quelque 180 000 mollahs et une doctrine contestataire fondée sur la revendication de la justice [2]. En exil après les violentes émeutes de juin 1963, d'abord en Irak puis en France, l'ayatollah Khomeiny [3] dénonce l'illégitimité de la monarchie et

1. Le PNB iranien quintuple en six ans, passant de 15 à 75 milliards de dollars entre 1972 et 1977.

2. Le chiisme dit « duodécimain » enseigne que le pouvoir légitime appartient à une lignée d'imams descendant d'Ali, cousin et gendre du Prophète déposé en 661. Le douzième imam s'étant retiré du monde visible depuis un millénaire, le gouvernement doit, en attendant son retour, être celui des chefs religieux les plus qualifiés, et conforme au principe de justice qui doit régner sur le monde. Ce millénarisme fortement teinté de manichéisme se combine à une longue tradition de résistance à la mainmise étrangère sur le pays et aux souverains qui s'en font l'instrument.

3. Né en 1902, issu d'une lignée d'imams, chef de la communauté chiite depuis 1962, l'ayatollah Khomeiny doit son prestige auprès des masses à la stricte discipline de sa vie quotidienne et à la fermeté de son opposi-

appelle au renversement d'un régime vendu à l'étranger. Sa tâche est facilitée par les atermoiements de l'administration Carter qui fait alterner, à l'égard du chah, critiques feutrées, inquiétudes pour l'avenir et brevets de bonne conduite.

L'année 1978 est celle de la révolte. Les partis politiques surmontent momentanément leurs divisions pour épauler les chefs religieux dans la mobilisation des masses. Après les émeutes de Qom (7-9 janvier) et de Tabriz (18 février), après le drame d'Abadan (19 août) où 377 personnes périssent dans l'incendie peut-être criminel d'un cinéma, la protestation culmine à Téhéran avec les troubles du 8 septembre. Ce « vendredi noir » aurait fait 180 morts officiellement, autour de 2000 selon l'opposition. Le 10 décembre, des défilés monstres réunissent dans la capitale, pour le dernier jour du grand deuil chiite, plusieurs millions de personnes. Incertain sur la marche à suivre, le chah, après avoir épuisé diverses formules gouvernementales alternant répression et concessions, finit par appeler le 31 décembre Chapour Bakhtiar, un opposant libéral venu du Front national de Mossadegh. L'ouverture est de taille, mais elle arrive trop tard. Ni le départ du chah [1], le 16 janvier 1979, ni la dissolution de la Savak, la libération des prisonniers politiques, le rétablissement des libertés ne peuvent enrayer la décomposition du régime qu'accélèrent la grève des ouvriers du pétrole et des désertions massives dans l'armée. Trop démocrate pour céder à la pression de la rue, trop laïc pour apprécier l'ampleur de la vague religieuse, privé de tout soutien substantiel, Bakhtiar disparaît le 10 février. Entre-temps l'imam Khomeiny a effectué un retour triomphal à Téhéran et a désigné Mehdi Bazargan comme Premier ministre.

La révolution iranienne est assurément le plus grand mouvement populaire qui ait embrasé le Moyen-Orient au

---

tion au régime monarchique. Après un long exil en Irak, de 1963 à 1978, il s'est retiré quelques mois en France à Neauphle-le-Château.

1. Miné par la maladie, et après avoir « erré » du Maroc au Mexique et des Bahamas aux États-Unis, Reza Pahlevi meurt au Caire le 27 juillet 1980. Anouar el-Sadate est le seul chef d'État à assister à ses obsèques.

XXe siècle, comparable aux révolutions égyptienne de 1952 et irakienne de 1958 qui s'étaient aussi effectuées sur le thème de la libération nationale, mais qui n'en avaient pas atteint la spontanéité et la vigueur. Produit des indéniables excès et erreurs du régime, elle l'est aussi, paradoxalement, de ses réussites : l'élévation du niveau de vie, l'avènement d'une économie moderne, l'émancipation de la femme. Ce qui a manqué au chah, c'est non seulement le sens de la mesure, dans ses objectifs comme dans ses méthodes, mais aussi la capacité d'intégrer la modernisation dans le tissu social et culturel du pays. A l'inverse de Khomeiny qui, indifférent à toute modernisation, a excellé dans la manipulation des thèmes de justice et de dignité nationale capables de mobiliser les foules jusqu'au fanatisme. D'où l'impact possible de cette révolution, non seulement dans les pays à forte implantation chiite (Irak, Koweït, Liban...), mais dans l'ensemble de l'Islam où survit la contradiction apparemment insoluble de la tradition et de la modernité.

D'emblée, la République islamique, adoptée à 98 % des votants par le référendum du 31 mars, administre les preuves de sa détermination. Car si les tendances s'affrontent au Conseil de la révolution entre marxistes et libéraux, entre laïques et religieux, ces derniers ont eu l'habileté d'investir immédiatement les centres du pouvoir : police, justice, organes d'information. Retiré dans la ville sainte de Qom, l'imam Khomeiny inspire les premières obligations islamiques, tandis que, se réclamant de son nom, des comités révolutionnaires se livrent à une justice expéditive [1] et à toutes sortes d'exactions. De vastes nationalisations sont opérées en juin. Divers soulèvements turkmènes, azerbaïdjanais et surtout kurdes sont impitoyablement réprimés par les débris de l'armée impériale et des unités de *pasdarans*, gardiens de la révolution encadrés par les mollahs. Malgré les réserves du Premier ministre Bazargan, puis du président de la République Bani Sadr [2], Khomeiny tolère la prise en otage d'une

1. Les victimes en sont les personnalités civiles et militaires du régime déchu. Parmi elles, l'ancien Premier ministre Amir Abbas Hoveyda.

2. Ayant vu rapidement s'effondrer les espoirs placés dans une république libérale, et la liberté d'action du gouvernement étant devenue à

cinquantaine de ressortissants américains, le 4 novembre 1979, par de soi-disant étudiants islamiques, et exige l'extradition du chah à des fins de procès public et exemplaire. Les offres de bons offices du secrétaire général de l'ONU, Kurt Waldheim, ayant été rejetées, et les mesures de rétorsion prises par l'administration Carter s'amplifiant [1], les manifestations antiaméricaines prennent une ampleur inégalée, notamment après le piteux échec de l'opération de sauvetage tentée dans la nuit du 24 au 25 avril 1980. La mort du chah contribue pourtant à dépassionner le problème et à faciliter un dénouement dans lequel des émissaires algériens jouent un rôle essentiel. Le 21 janvier 1981, Jimmy Carter peut accueillir les otages libérés à Wiesbaden, mais deux mois après l'échec de sa réélection auquel la crise a grandement contribué.

Sur place, cette affaire a laissé des traces profondes. Tenu à l'écart des négociations, Bani Sadr s'est vu retirer par l'imam le commandement de l'armée. Affirmant de plus en plus clairement ses divergences, il est déchu de la présidence le 21 juin et passe dans la clandestinité [2]. Alors qu'est déclenchée la répression contre ses partisans, les Moudjahidin du peuple, une série d'attentats meurtriers coûtent la vie à l'imam Behechti, chef du PRI et considéré comme le numéro deux du régime, au fils de l'ayatollah Montazeri, suc-

---

peu près nulle, Medhi Bazargan démissionne le 6 novembre. A la présidence de la République, Bani Sadr a été élu le 25 janvier 1980 au suffrage universel. La nouvelle Constitution lui reconnaît des pouvoirs étendus, mais « soumis au contrôle de l'imam » devant lequel il prête serment : ancien compagnon d'exil de Khomeiny, Bani Sadr incarne une voie tiers-mondiste et socialisante de la révolution, compatible avec son insertion dans la communauté internationale. Il ne tarde pas à entrer en conflit avec le nouveau Premier ministre, Ali Radjai, soutenu au Parlement par le Parti de la république islamique qui y détient une large majorité.

1. Suppression des importations de pétrole, puis embargo économique total et gel des avoirs iraniens. En avril 1980, les neuf pays de la CEE adoptent par solidarité des mesures de représailles.

2. Il obtient rapidement l'asile politique en France, ainsi que Massoud Radjavi, chef des Moudjahidin du peuple.

cesseur présumé de l'imam, au nouveau président de la République Ali Radjai, au Premier ministre, etc. Ces événements ouvrent une véritable guerre civile qui culmine entre l'été 1981 et le printemps 1982. Aux attentats contre les dignitaires religieux et les cadres du PRI, les autorités ripostent par des milliers d'arrestations et des centaines d'exécutions. Après sa dissolution en mai 1983, la répression s'étend au Parti communiste Toudeh qui avait cru possible une coexistence avec le nouveau régime. Parallèlement, les huit millions de Kurdes en guerre contre le pouvoir central depuis août 1979, continuent de payer un lourd tribut à leur revendication autonomiste.

Paradoxalement, cette terreur s'est accompagnée de mesures de libéralisation économique et d'une reprise de la production pétrolière. Sans doute s'agit-il de financer la guerre contre l'Irak, mais aussi de stabiliser une révolution qui s'est révélée plus conservatrice que prévu. Dans une économie anémiée par une décennie de troubles et de guerre, et dont le PNB s'est effondré de moitié entre 1979 et 1984, la classe moyenne du Bazar a pu trouver son compte grâce à un certain essor de la consommation et à un florissant marché noir. Mais la détérioration du sort de la paysannerie, l'urbanisation sauvage, le chômage endémique ont aggravé la condition des *mostazafin* (déshérités), supposés être la base sociale du régime islamique. Ni la réforme agraire, ni la refonte de la législation du travail, ni la sécurité sociale n'ont accompli le moindre progrès. Grandes pourvoyeuses des vagues d'assaut lancées, sans trop de souci d'économie, contre l'Irak, ces catégories populaires laissent parfois éclater, comme au printemps 1985, un mécontentement que ne tempère plus toujours un indéniable patriotisme.

Cette contradiction entre la démagogie d'un discours populiste et une gestion naturellement conservatrice est suffisamment répandue dans le Tiers Monde pour qu'elle n'étonne pas outre mesure. Elle s'expliquait aussi par les options divergentes des différentes factions au sommet de l'État. La mort de l'imam Khomeiny, le 3 juin 1989, devrait normalement restituer au pays plus de cohésion interne. Après l'intérim exercé par l'imam Ali Khamenei, la présidence de la République échoit au président du Parlement Hachemi Rafsandjani avec des pouvoirs renforcés. Secondé par un gouvernement que dominent les technocrates, le nouvel homme fort s'attache à améliorer la situation économique et internationale de l'Iran, sans consentir à un relâchement significatif des contraintes sociales de l'islamisme.

Le conflit militaire qui oppose depuis septembre 1980 les deux grandes puissances du golfe Persique s'enracine dans une rivalité multiséculaire entre Perses et Arabes. L'un de ses enjeux réside dans le tracé frontalier du Chatt al-Arab qui sépare au sud les deux pays, et dont le développement de l'industrie pétrolière a fait une voie d'eau d'une importance primordiale [1]. Aux termes d'un traité remontant à 1937, le fleuve avait été attribué à l'Irak. Mais l'aide apportée par Bagdad à l'irrédentisme kurde en Iran avait conduit le chah à abroger unilatéralement ce traité en avril 1969 puis, deux ans plus tard, à occuper quelques îlots du détroit d'Ormuz. Faute de soutiens arabes suffisants, en proie lui-même au soulèvement de sa propre minorité kurde, l'Irak avait dû accepter la médiation des pays de l'OPEP. Les accords d'Alger du 6 mars 1975 opèrent une délimitation de la frontière fluviale le long de la ligne du thalweg, moyennant la fin du soutien iranien à la rébellion kurde, qui s'effondre peu après. Une notable amélioration des relations entre les deux pays s'ensuit, marquée notamment par la signature de divers accords de coopération et par l'expulsion d'Irak, en 1978, de l'ayatollah Khomeiny.

La révolution islamique à Téhéran et la confortation au pouvoir du général Saddam Hussein à Bagdad vont contribuer, l'année suivante, à remettre en cause ce fragile équilibre. Le choc peut-il être évité entre ces deux messianismes, celui de l'islam chiite et celui du panarabisme baasiste ? De fait, Bagdad soutient d'emblée la minorité arabe du Khouzistan iranien, alors que Téhéran subventionne le mouvement chiite clandestin Al Daawa en Irak. Mais c'est bien Saddam Hussein qui prend, le 22 septembre 1980, l'initiative des hostilités. La décision irakienne combine un réflexe défensif, celui

1. Y sont installés de part et d'autre les ports et raffineries d'Abadan en Iran et de Bassorah en Irak.

d'écarter préventivement la menace de subversion que représente la révolution islamique dans un pays qui compte environ 50 % de chiites, et un plan ambitieux de *leadership* régional alors que l'Égypte semble avoir renoncé à ce rôle et que la Syrie est empêtrée au Liban. Une victoire sur l'Iran vaudrait à l'Irak la reconnaissance des États du Golfe qui redoutent la contagion chiite [1] et aurait pour effet d'accroître leur aide aux ambitieux plans de développement économique envisagés par le régime baasiste. Le moment semble favorable tant l'Iran apparaît fragilisé par la guerre civile, la désorganisation de son armée consécutive à la répression et à l'embargo des armées américaines. Quant aux deux grandes puissances, elles semblent paralysées : les États-Unis par l'affaire des otages, l'Union soviétique par son engagement en Afghanistan. Celle-ci du reste est liée à l'Irak par le traité d'amitié et de coopération du 9 avril 1972. L'avantage militaire et diplomatique de l'Irak est donc évident, qui compense le handicap d'une population près de trois fois inférieure à celle de l'Iran.

Mais ce qui était conçu à l'origine comme une guerre éclair fondée sur des objectifs limités [2] va tourner en une impitoyable guerre d'usure. Le déroulement des opérations militaires ne peut donner lieu ici qu'à un survol rapide [3]. L'offensive du 22 septembre est suivie par d'importants succès irakiens (bombardements d'Abadan, prise de Khorramchahr), mais assez vite la guerre s'enlise, les troupes iraniennes résistant mieux que prévu et réussissant quelques opérations ponctuelles. Fin mars 1982, une vigoureuse offensive iranienne permet la reprise de Khorramchahr (en mai) et une pénétration

1. Les chiites sont majoritaires au Bahrein (sur lequel l'Iran fait valoir périodiquement des « droits historiques ») et nombreux au Koweït. Très minoritaires en Arabie Saoudite, ils auraient joué un rôle essentiel dans les sanglants incidents de la grande mosquée de La Mecque, le 20 novembre 1979.

2. Les buts de guerre de l'Irak se limitent à une restauration de ses droits frontaliers (Chatt al-Arab, îlots du détroit d'Ormuz, Khouzistan) et au respect du principe de non-ingérence dans les affaires intérieures.

3. Cf. par exemple, P. Balta, *Iran-Irak, une guerre de 5 000 ans*, Anthropos, 1988.

en territoire irakien. Inquiet, Saddam Hussein propose en octobre la fin des hostilités sur la base des accords d'Alger de 1975, mais Téhéran n'entend négocier qu'à des conditions de capitulation pure et simple. Grave erreur, car sur leur sol national les troupes irakiennes se battent bien et, contre toute attente, les chiites se montrent loyalistes au gouvernement de Bagdad. Les années 1983-1984 sont marquées par de sanglantes offensives iraniennes (Aurore I à VI) auxquelles l'Irak répond par le blocus du terminal pétrolier de l'île de Kharg, au nord du Golfe. Des deux côtés, le bombardement d'objectifs civils prend le relais de la guerre de position avec la guerre des villes puis, en mars 1985, celle des capitales. L'Irak franchit un nouveau pas dans l'escalade en décidant de porter le combat sur mer, déclenchant la « guerre des pétroliers », qui ne donne pas les résultats attendus. L'occupation de la presqu'île de Fao, le 10 février 1986, même si l'importance de son port pétrolier est devenue plus symbolique que réelle, est également un avertissement sévère pour l'Irak. Des deux côtés, la lassitude et la démoralisation des populations sont évidentes alors que le rapport de forces semble s'être stabilisé entre deux pays à bout de souffle [1].

Après diverses tentatives infructueuses, le moment semble venu de relancer les initiatives diplomatiques. Appels du Conseil de sécurité, voyage de George Bush dans le Golfe, tentative de médiation du roi Hussein ponctuent l'année 1986. Sans succès, car l'Iran maintient l'exigence irrévocable d'une mise en jugement préalable de Saddam Hussein. Or ce dernier entend contraindre l'adversaire à une négociation que ni les offensives terrestres, ni la guerre des villes, ni celle des pétroliers n'ont su ouvrir, l'Iran ayant trouvé chaque fois des parades suffisantes. Une chance peut venir de l'internationalisation du conflit. La résolution 598 du 20 juillet 1987, adoptée à l'unanimité des quinze membres du Conseil de sécu-

1. La prolongation du conflit est due dans une certaine mesure aux amples approvisionnements en armes dont peuvent se prévaloir les deux belligérants. L'Irak bénéficie de fournitures essentiellement soviétiques (sujettes à variations), françaises et saoudiennes. Compte tenu de l'embargo américain, l'Iran doit recourir aux sources les plus diverses, parmi lesquelles la Libye, la Syrie, Israël, la Chine et divers pays de l'Est.

rité, réitère l'exigence d'un cessez-le-feu immédiat assorti d'un retrait des forces sur les frontières « internationalement reconnues ». La formulation est suffisamment ambiguë pour que la résolution soit immédiatement acceptée par Bagdad sans être totalement rejetée par Téhéran. Entre-temps, les États-Unis ont prélevé sur leur force d'intervention déployée dans la région un certain nombre de navires de guerre pour escorter leurs pétroliers. Après quelques réticences, ils sont imités par le Royaume-Uni, la France, l'Italie, etc. Une telle armada occidentale n'a officiellement d'autre objet que de renforcer la sécurité des convois. Mais il s'agit aussi de rassurer les pétromonarchies inquiètes de l'évolution du conflit et de déjouer, par une présence suffisamment dissuasive, une éventuelle exploitation de la crise par l'Union soviétique.

C'est pourtant l'isolement diplomatique croissant de l'Iran, et la détérioration de sa situation militaire, qui vont ouvrir une perspective de paix. La rupture des relations diplomatiques entre Téhéran et Londres (juin 1987), puis Paris (juillet) [1] et Ryad (avril 1988), la clarification des positions américaines après le faux pas de l'*Irangate* [2], la condamnation massive des pays arabes et islamiques aux sommets d'Amman sont autant de coups très durs pour l'Iran au moment où la rente pétrolière s'amenuise dangereusement. Comme pour l'Irak, du reste, mais l'année 1988 est celle de son redressement militaire : reprise des raids sur les villes et les pétroliers iraniens, reprise de la presqu'île de Fao, reprise des villes du Kurdistan irakien [3]. Cette suite de revers oblige l'Iran à accepter le cessez-le-feu, rendu effectif le 19 juillet 1988 par l'acceptation sans conditions de la résolution 598. L'arrêt des combats est imposé par les pragmatiques de Téhé-

1. La rupture des relations franco-iraniennes est consécutive à l'affaire Gordji, du nom d'un diplomate iranien accusé de répandre le terrorisme en France.

2. Cf. *supra*, p. 264.

3. Pour donner un coup d'arrêt à la rébellion kurde soutenue par Téhéran, Saddam Hussein recourt aux armes chimiques qui font plusieurs milliers de morts à Halabja. La réprobation internationale est unanime, mais demeure mesurée tant est ancrée la conviction qu'une victoire de l'Irak représente un moindre mal.

ran contre le bellicisme obstiné de l'imam Khomeiny [1]. Entamées en février 1989, les négociations de paix se révèlent ardues en raison de multiples désaccords portant sur le Chatt al-Arab, la libération des prisonniers, la réparation des dommages de guerre. La crise et la guerre du Golfe conduisent Saddam Hussein à multiplier les concessions pour s'attirer la neutralité bienveillante de Téhéran. Mais les relations bilatérales et la place respective des deux pays dans l'échiquier moyen-oriental demeurent des plus incertaines.

La crise et la guerre du Golfe

Le 2 août 1990, l'armée irakienne envahit le Koweït et, compte tenu de la disproportion des forces militaires, s'en empare en quelques heures. L'émir Jaber al-Sabah parvient à se réfugier en Arabie Saoudite, mais la résistance sporadique de ses troupes ne peut empêcher l'annexion de l'émirat par l'Irak et la mainmise sur l'ensemble des richesses koweïtiennes. La réaction américaine est d'emblée très vive. Washington annonce un boycottage économique total de l'Irak et décide de renforcer sa présence militaire dans le Golfe. Dès le 3 août, tandis que Moscou suspend toute livraison d'armes à l'Irak, une déclaration Baker-Chevardnadze appelle la communauté internationale à des mesures de rétorsion. Le même jour, un comité ministériel de la Ligue arabe adopte une condamnation de l'invasion, à l'exception de la Jordanie, du Soudan, du Yémen et de l'OLP. Alors que le prix du pétrole s'envole et que les marchés financiers s'affolent, le Conseil de sécurité vote le 6 août, par treize voix et deux abstentions (Cuba et Yémen), la résolution 661 instaurant l'embargo commercial, financier et militaire de l'Irak. Le lendemain, à l'appel officiel de l'Arabie Saoudite, les États-Unis déclenchent l'opération « Bouclier du désert », vaste déploiement de troupes, de chars et d'avions sur le territoire saoudien. Dans les jours et les semaines suivants, la Grande-Bretagne

1. Ce dernier tente avec l'affaire Rushdie d'occulter la défaite de l'Iran et de ruiner les chances d'un rapprochement avec l'Occident. Sa mort, le 4 juin 1989, a sans doute interrompu ce vaste projet.

et quelques pays de l'OTAN, la France et divers pays arabes acceptent de souscrire à la proposition américaine d'une force multinationale, qui compte au total vingt-neuf États.

Moins d'une semaine a donc suffi pour plonger le monde dans les affres d'une crise dont l'issue demeure incertaine, mais dont la gravité, compte tenu de ses implications multiples — militaires, pétrolières, terroristes —, n'échappe à personne.

Que Saddam Hussein ait sous-estimé la promptitude de la réaction américaine ne fait pas de doute. Il est moins aisé d'interpréter la précipitation de cette invasion dès lors que semblait s'imposer depuis deux ans une patiente stratégie d'encerclement des pétromonarchies. En août 1988, l'Irak est sorti quasi victorieux de sa longue guerre avec l'Iran, mais dans un état de total épuisement économique et financier. La reconstruction du pays exigerait 60 milliards de dollars et l'endettement atteint une somme au moins équivalente. Comme il y a peu à attendre de nouvelles facilités financières internationales, la solution réside dans un relèvement substantiel du prix du pétrole. Mais les pétromonarchies n'y sont pas favorables, invoquant l'état du marché, inquiètes surtout des initiatives déstabilisatrices de Saddam Hussein. Parvenu au pouvoir absolu en 1979 dans le sillage du Baas, celui-ci a toujours fait siens les thèmes d'unité arabe de ce parti. La guerre contre l'Iran en a certes différé le projet, mais elle a accru le potentiel militaire de l'Irak, renforcé sa stature internationale et son rôle de gendarme du Golfe. La guerre terminée, Saddam Hussein déploie une politique arabe active, censée porter ses fruits à long terme. Le désengagement soviétique aidant, la réunification du Yémen intervient en mai 1990 et le nouveau président yéménite Ali Abdallah Saleh adopte d'emblée des positions progressistes hostiles à l'Arabie Saoudite. Au Soudan, Saddam Hussein soutient le gouvernement central de Khartoum contre la rébellion sudiste, au Liban il tente d'entraver la mainmise syrienne en armant les forces du général Aoun. Depuis 1989, l'Irak anime un Conseil de coopération arabe qui axe sa propagande sur l'inégale répartition des richesses au Proche-Orient. Parallèlement, Bagdad maintient sous les drapeaux une armée de 800 000 hommes, poursuit activement son programme nucléaire, renforce son stock d'armes chimiques et d'engins balistiques.

Cette volonté hégémonique et ce surarmement semblent peu émouvoir les pays occidentaux. Malgré les avertissements israéliens, les États-Unis demeurent circonspects [1]. Les dirigeants français se répandent en propos aimables. L'Allemagne fédérale n'intervient que de mauvais gré dans une affaire de livraison de produits chimiques. L'inquiétude est plus vive dans les États modérés de la région : Ryad dénonce les ingérences de Bagdad et Le Caire renoue avec Damas pour faire contrepoids aux ambitions irakiennes. Or celles-ci se précisent à la mi-juillet contre le Koweït, nouvel épisode d'un contentieux fort ancien. Passé, à l'extrême fin du XIXe siècle, de la domination ottomane à la protection britannique, l'émirat a accédé en 1961 à une indépendance d'emblée contestée par Bagdad, qui dénonce le caractère artificiel et néocolonial du nouvel État. La guerre avec l'Iran a sans doute amélioré des relations traditionnellement tendues, le Koweït, qui compte une forte minorité chiite, ne lésinant pas sur les facilités commerciales et financières en faveur de l'Irak. Mais le répit est de courte durée. Sitôt la guerre terminée et fort d'une victoire chèrement acquise en faveur de la cause arabe, Saddam Hussein renouvelle ses revendications qui portent sur trois domaines : un élargissement du débouché maritime par cession ou location de longue durée des îles de Warbach et Boubiyan dans le Golfe ; l'annulation de la dette irakienne estimée à quinze milliards de dollars ; une attitude plus coopérative en matière pétrolière [2]. Derrière cette triple revendication se profile le dessein d'une satellisation politique à laquelle les autres émirats du Golfe devront tôt ou tard se soumettre.

1. Informés des ambitions irakiennes, les États-Unis oscillent entre la méfiance, qu'illustre le retrait seulement partiel du dispositif naval envoyé dans le Golfe en 1987, et des propos conciliants à l'égard de Saddam Hussein. La thèse, forgée après coup, selon laquelle Washington aurait sciemment tendu un piège à l'Irak pour l'abattre militairement est difficile à admettre.

2. Le différend pétrolier revêt lui-même deux aspects. L'Irak dénonce le pompage abusif dans une zone frontalière contestée et une tendance à la surproduction pour maintenir, en accord avec l'Arabie Saoudite, le prix du pétrole à un niveau catastrophiquement bas.

La fin de non-recevoir koweïtienne conduit Saddam Hussein à masser, le 24 juillet, deux divisions blindées à la frontière. L'apaisement pourrait venir de l'OPEP, sous forme d'un relèvement de 18 à 21 dollars du prix du baril, accepté en principe le 27 juillet sous la pression conjointe de l'Irak et de l'Iran. Mais le contentieux bilatéral demeure total et la rencontre de Djeddah, tenue à l'initiative de Hosni Moubarak, tourne court. Dans ce qui ressemble fort à un accès de dépit, Saddam Hussein ordonne l'invasion du 2 août.

Invasion sans risque apparemment, qui, en cette période de torpeur estivale, ne doit arracher à la communauté internationale que quelques protestations de principe. L'erreur du président irakien réside dans la double sous-estimation des mutations intervenues dans les relations Est-Ouest et de la détermination américaine. Saddam Hussein misait encore sur la quasi-alliance qui remontait au traité soviéto-irakien de 1972, et qui avait fait de l'URSS le principal pourvoyeur de son armée. Dans cette optique, le soutien soviétique devait annuler, à l'ONU notamment, les protestations américaines et permettre d'entériner le fait accompli. C'était méconnaître l'ampleur des révisions opérées depuis deux ou trois ans par Moscou : désengagement des foyers de tension, désarmement accéléré, recherche de solutions consensuelles aux crises internationales dans le cadre des Nations unies. Au Proche-Orient, les tendances sont au rapprochement avec Israël, à un moindre soutien en faveur de la Syrie, à un intérêt marqué pour les possibilités financières de l'Arabie Saoudite. La désillusion est donc totale au lendemain du communiqué Baker-Chevardnadze — dont les auteurs soulignent le caractère « inhabituel » — et de la rencontre Bush-Gorbatchev du 9 septembre, à Helsinki, qui en confirme les termes. Non seulement Moscou a été pris au dépourvu par l'initiative irakienne, mais Mikhaïl Gorbatchev n'entend pas renouer avec la guerre froide pour une cause qui, dans une large mesure, lui échappe. Cela ne signifie pas un alignement pur et simple sur les positions américaines, et l'URSS recherchera tout au long de la crise une voie moyenne propre à lui conserver son influence dans la région. Mais la désapprobation du recours à la force ira toujours de pair avec le refus obstiné de reconnaître l'annexion du Koweït. Cette attitude modérée préserve l'avenir et permet, en outre, de mieux faire avaliser la reprise en main des pays Baltes.

Libéré de l'hypothèque soviétique, le président Bush adopte d'emblée une position très ferme, que ne laissaient présager ni sa réputation d'indécision ni les propos conciliants de ses diplomates. Théoriquement, le recours à la force, tel qu'il se dessine avec l'opération « Bouclier du désert » n'a d'autre justification que la protection de l'Arabie Saoudite et la défense du droit international garanti par les résolutions de l'ONU. A plus long terme doit s'esquisser un nouvel ordre mondial fondé sur le respect de l'autre, la concertation permanente, les équilibres régionaux et une meilleure répartition des richesses. Ambition légitime à l'heure où la fin plausible de la rivalité Est-Ouest libère des forces instables et déplace vers le Sud des tensions plus difficiles à contrôler. Il n'est pas douteux qu'un comportement passif de la communauté internationale serait un encouragement à d'autres ambitions conquérantes dans un monde rendu plus dangereux par la fin de la bipolarité et la banalisation des armes de terreur. On peut toutefois se demander si la communauté internationale est disposée à intervenir aussi massivement à chaque entorse du droit international. On a tôt fait d'objecter aussi, et Saddam Hussein ne s'en est pas privé, le caractère sélectif et discriminatoire du respect de ce droit, alors qu'on ne compte plus les résolutions de l'ONU enjoignant, mais sans le moindre effet, Israël à se retirer des territoires occupés depuis 1967. Et il est assez curieux de voir à cette « croisade pour le droit » la Syrie qui le viole au Liban et la Turquie qui le viole à Chypre, pour ne rien dire des libertés que s'arrogent les États-Unis dans ce domaine [1].

C'est donc davantage dans la menace que l'Irak fait peser sur les intérêts stratégiques et économiques du monde industrialisé qu'il convient de rechercher la clé de la détermination américaine. L'état de surarmement de l'Irak, sa puissance destructrice réelle (armes conventionnelles et chi-

1. Pour s'en tenir à des faits récents, on rappellera les fondements juridiques assez minces de l'intervention au Panama et la récusation de la Cour internationale de La Haye quand celle-ci avait condamné le minage des ports du Nicaragua par la marine américaine.

miques) et potentielle (armes nucléaires disponibles dans un avenir proche) sont une évidente menace pour l'Arabie Saoudite et Israël, deux alliés traditionnels des États-Unis. A cela s'ajoute le facteur pétrolier, peut-être plus décisif. Car, s'il ne représente que 3 % de la production mondiale actuelle, le Koweït détient plus de 9 % des réserves mondiales prouvées, soit presque autant que l'Irak. Reconnaître l'annexion reviendrait à laisser au régime irakien le contrôle du cinquième des réserves mondiales, voire du quart à la fin du siècle si aucune découverte importante n'était effectuée d'ici là au Proche-Orient. Compte tenu de l'épuisement prévisible des réserves américaines et européennes, le pétrole du XXIe siècle sera détenu à 85 % par les pays riverains du golfe Persique, et pour un tiers par l'Arabie Saoudite, objet de la vigilance compréhensible des États-Unis.

Tandis que se met en place le dispositif militaire allié, auquel la France se joint à la mi-septembre [1], l'Irak organise, indépendamment de ses propres préparatifs militaires, une riposte multiforme dont l'indéniable habileté ne donne pourtant pas les résultats escomptés.

L'appel à la guerre sainte contre les armées étrangères qui « profanent » la terre du Prophète relève d'une propagande surprenante, s'agissant d'un régime officiellement laïc. La contradiction n'émeut pas outre mesure les mouvements islamiques qui, au Maghreb notamment, font l'impasse sur les subsides saoudiens dont ils ont si longtemps vécu pour se rallier bruyamment à Saddam Hussein. D'une façon générale, le discours populiste du leader irakien, sa récupération de la cause palestinienne et ses diatribes contre l'État d'Israël [2],

1. Tout en dénonçant la violation du droit international par l'Irak et la situation inacceptable des otages occidentaux, François Mitterrand s'était limité à un renforcement symbolique de la présence militaire française dans le Golfe. C'est l'agression de l'ambassade de France au Koweït, perpétrée le 14 septembre par les soldats irakiens, qui détermine une riposte de plus grande ampleur, baptisée « opération Daguet », avec l'envoi d'un corps expéditionnaire en Arabie Saoudite.

2. Les menaces contre Israël s'aggravent à la suite du massacre de vingt-deux Palestiniens, le 8 octobre, par les forces de sécurité israéliennes sur l'esplanade des Mosquées de Jérusalem. Cet acte, condamné par le Conseil de sécurité, déclenche une vive agitation en Cisjordanie et à Gaza.

lui rallient un ample mouvement d'opinion arabe, mais sans atteindre l'unanimité attendue. En termes d'image, l'échec est plus manifeste encore avec la prise en otage de quelque onze mille ressortissants occidentaux, dont certains sont regroupés sur des sites stratégiques à titre de « bouclier humain » [1]. L'émotion internationale soulevée par de tels procédés, jusque dans les pays les plus disposés au compromis, oblige le dictateur irakien à relâcher ses « hôtes étrangers », progressivement à partir du 1er septembre, puis totalement le 6 décembre [2]. Sur le plan diplomatique, le rapprochement ostensible avec l'Iran, qui va jusqu'au rétablissement des relations diplomatiques rompues depuis dix ans, ne suffit pas à détourner le président Rafsandjani de l'application en principe loyale de l'embargo. L'appel, formulé dès le 12 août, à une solution globale de l'ensemble des problèmes d'occupation étrangère au Proche-Orient et qui conditionnerait le retrait irakien du Koweït, a le mérite de poser en termes peu réfutables le caractère illégitime des occupations israéliennes en Palestine arabe et israélo-syrienne au Liban. L'Union soviétique et la France ne sont pas insensibles à une telle approche, mais elle se heurte au veto formel des États-Unis qui, à l'instar d'Israël, affirment ne voir là qu'une prime à l'agression.

Vivement recommandée par l'Union soviétique et par certaines forces politiques des pays occidentaux, une solution pacifique peut-elle être trouvée dans le cadre d'une conférence interarabe ? En fait, le sommet du Caire a fait apparaître une fracture que les appels à la solidarité arabo-islamique lancés par Saddam Hussein ne parviennent pas à refermer, et il se vérifie très vite que la famille du refus l'emporte sur celle des frères. Outre l'Arabie Saoudite et les

1. Des centaines de milliers de ressortissants égyptiens, indiens, philippins... sont libres de quitter l'Irak, mais leur exode par la Jordanie, accessoirement par la Turquie, s'effectue dans des conditions dramatiques.

2. Entre-temps, divers dirigeants occidentaux, en fonction (Kurt Waldheim) ou en cessation d'activité (Willy Brandt, Edward Heath, Yasuhiro Nakasone) se sont livrés à des opérations de rapatriement de leurs ressortissants dans des conditions souvent peu glorieuses.

émirats, la première compte deux puissances de choix : l'Égypte, qui a opéré de longue date un recentrage occidental et qui, en matière de nationalisme arabe, n'entend pas s'en laisser montrer par l'Irak ; la Syrie, où l'autre branche du parti Baas occupe le pouvoir depuis 1963 et s'érige en force rivale des ambitions irakiennes [1]. Au Maghreb, les trois pays ont condamné l'agression, mais, si le Maroc a dépêché un millier d'hommes en Arabie Saoudite, la condamnation est plus platonique en Algérie et en Tunisie où l'opinion s'enflamme en faveur de la cause irakienne. En fait, les alliés de Bagdad sont peu nombreux et de poids médiocre. Le crédit du colonel Kadhafi a beaucoup baissé, et le Yémen ne pèse guère plus que sa propre voix au Conseil du sécurité. Restent la Jordanie et l'OLP. On a relevé d'emblée la situation inconfortable du roi Hussein, allié traditionnel des États-Unis dans la région mais trop dépendant de l'Irak pour s'opposer à lui et soumis à la pression très vive de son opinion publique. D'où la recherche d'une impossible médiation, rejetée avec d'autant plus de mauvaise humeur par Washington que le port jordanien d'Aqaba apparaît comme la principale brèche dans l'embargo international. Quant à l'OLP, en se précipitant dans un soutien inconditionnel à Saddam Hussein, elle a non seulement interrompu le processus de paix entamé depuis deux ans, mais annulé le capital de sympathie acquis depuis le début de l'*intifada* [2]. Sans doute Yasser Arafat n'avait guère d'autre choix depuis que l'Irak était devenu le principal bailleur de fonds de l'organisation palestinienne et que les États-Unis avaient mis fin, en juin 1990, à leur amorce de dialogue avec l'OLP. Mais le crédit international de cette dernière en sort affaibli, sans que son ralliement soit pour Saddam Hussein d'une grande utilité,

1. Saddam Hussein n'oublie pas que la Syrie a soutenu l'Iran contre l'Irak, et arme en conséquence le général Aoun au Liban. Cette rivalité régionale des deux sectes du Baas est moins surprenante que la quasi-alliance des États-Unis avec le général Hafez el-Assad, désigné jusqu'alors comme l'un des principaux commanditaires du terrorisme international.

2. Le comportement de certains Palestiniens au Koweït, dans le sillage de l'armée irakienne, n'a rien fait pour améliorer cette image.

du moins tant qu'il ne sera pas recouru à l'arme du terrorisme international [1].

Le véritable tournant de la crise du Golfe se situe fin novembre. Outre la condamnation de l'Irak, les premières résolutions de l'ONU instauraient un embargo [2] devenu blocus dès lors que l'usage de la force était autorisé pour le faire respecter [3]. Au terme de plusieurs semaines d'efforts diplomatiques, notamment en marge du sommet de la CSCE à Paris, les États-Unis parviennent à faire adopter le 29 novembre la résolution 678 permettant, à partir du 15 janvier 1991, le recours à la force pour rétablir la souveraineté du Koweït [4]. Le caractère d'ultimatum de cette résolution est sans doute atténué par la proposition d'une double rencontre Tarek Aziz-Baker à Bagdad et Bush-Saddam Hussein à Washington, mais il n'en reste pas moins que les États-Unis sont passés d'une politique de blocus à une perspective de guerre, sans que ce revirement ait été assorti d'explications satisfaisantes. On ne peut sans doute ignorer les pressions habituelles du complexe militaro-industriel sur l'administration, plus insistantes dans le contexte récent de désarmement Est-Ouest. On discutera également de l'affirmation, officielle celle-ci, selon laquelle le blocus était devenu trop perméable pour être efficace [5]. Il n'est pas impossible

1. Une soixantaine d'attentats ou d'actes terroristes ont été commis contre des intérêts alliés durant la crise et la guerre du Golfe, le plus souvent sans gravité et sans lien direct avec Bagdad.

2. Résolution 661 du 6 août 1990.

3. Résolutions 665 et 670 des 25 août et 25 septembre.

4. Cette résolution a été adoptée par douze voix contre deux (Cuba et Yémen) et une abstention, celle de la Chine, qui n'a pu être obtenue qu'en échange d'une certaine « compréhension » à l'égard d'un régime très solide depuis le massacre de la place Tien Anmen.

5. L'embargo sur le pétrole irakien a été total, mais Bagdad a pu maintenir certaines importations, agro-alimentaires notamment, permettant de couvrir convenablement les besoins de la population. La date du 15 janvier est sciemment choisie : elle réserve une marge suffisante à l'action diplomatique et laisse six semaines à d'éventuelles opérations militaires, celles-ci devant être achevées avant mars pour des raisons climatiques.

que les dirigeants américains aient été inquiets du décalage croissant entre la fermeté officielle de leurs alliés arabes et les risques d'embrasement d'une opinion de plus en plus favorable à l'Irak. Mais rien n'interdit de se demander si le principe d'une solution militaire n'avait pas été retenu en fait depuis plusieurs mois. Auquel cas le blocus n'aurait été qu'une solution d'attente, en vue de permettre le déploiement de l'armada américaine, et accessoirement alliée, dans le Golfe et en Arabie Saoudite. Ce qui confirmerait *a posteriori* l'appréciation formulée publiquement dès le 21 août par François Mitterrand, selon laquelle une « logique de guerre » s'était imposée.

En tout état de cause, une bataille de dates s'engage entre Washington et Bagdad, chacun des deux pays s'appliquant à réfuter les propositions de l'autre. Cette intransigeance rejoint l'antagonisme des positions de fond, puisque les États-Unis affirment qu'il est exclu de négocier quoi que ce soit et s'en tiennent à la stricte application des résolutions de l'ONU, alors que Bagdad écarte toute idée de retrait du Koweït sans un règlement d'ensemble des occupations étrangères dans la région. Cette incompatiblité est confirmée lors de la rencontre Baker-Tarek Aziz à Genève, le 9 janvier, qui s'achève sur un constat de totale divergence. Tandis que les deux camps accélèrent leurs préparatifs de guerre [1], que se multiplient les rassemblements pacifistes ou les manifestations pro-irakiennes, le secrétaire général de l'ONU, Javier Perez de Cuellar, tente le 13 janvier, à Bagdad, une « ultime mission de paix » qui se solde aussi par un échec. La guerre est dès lors inévitable et tout laisse à penser que son déclenchement doit suivre de peu la date fatidique du 15 janvier.

On ne s'étendra pas sur les opérations militaires [2]. L'opé-

1. Au 15 janvier, les forces se répartissent comme suit : 550 000 Irakiens (dont 110 000 pour les troupes d'élite de la garde républicaine) font face à plus de 600 000 alliés dont 400 000 Américains, 60 000 Saoudiens, 36 000 Égyptiens, 20 000 Syriens, 25 000 Britanniques et 12 000 Français. Le dispositif allié relève directement ou indirectement du commandement américain basé à Dhahran et confié au général Schwarzkopf.

2. Cf., pour une première approche, B. Kodmani-Darwish et M. Chartouni-Dubarry, *Golfe et Moyen-Orient, Les Conflits*, Paris, Dunod (IFRI), 1991, p. 103-133.

ration « Tempête du désert » est déclenchée dans la nuit du 17 janvier, débutant par un bombardement aérien massif des cibles stratégiques irakiennes installées en Irak et au Koweït. Le lendemain, sept missiles sol-sol Scud irakiens, équipés de charges conventionnelles, atteignent Israël qui vit dans la hantise d'une attaque aux armes chimiques. En s'attaquant à l'État juif, qui a pourtant adopté durant toute la crise le profil le plus bas, Saddam Hussein tente évidemment de l'impliquer dans une guerre israélo-arabe qui aurait pour effet de détacher l'Égypte et la Syrie de la coalition. Conscients du piège, et dissuadés par Washington de toute mesure de rétorsion, les dirigeants israéliens font preuve de retenue et s'abstiennent d'engager leur aviation contre l'Irak. Par la suite, la plupart des Scuds lancés sur Israël ou l'Arabie Saoudite [1] seront efficacement interceptés par les missiles sol-air américains Patriot. Les opérations aériennes se poursuivent au rythme de deux mille sorties par jour durant la seconde quinzaine de janvier, n'épargnant pas toujours les populations civiles. Leur but est de détruire le maximum du potentiel militaire irakien afin de minimiser les pertes alliées lors de l'offensive terrestre présumée très meurtrière. La conviction que la guerre sera longue, confirmée par les voix officielles, amplifie les manifestations pacifistes dans les pays occidentaux, sans entamer pourtant le consensus très large des opinions publiques et des forces politiques autour de leurs dirigeants [2].

1. En six semaines, 39 Scuds ont été tirés contre Israël et 41 contre l'Arabie Saoudite, faisant respectivement deux et une trentaine de morts.

2. Aux États-Unis, le Congrès a autorisé le président Bush a recourir à la force contre l'Irak par une très forte majorité, renouant avec la tradition du consensus des partis en politique étrangère. En Grande-Bretagne, les prises de position systématiquement pro-américaines de Margaret Thatcher, puis de John Major à partir du 28 novembre, n'affectent pas le ralliement de l'opposition travailliste. La situation est plus nuancée en France où la droite parlementaire soutient, non sans critiques de détail, les options de François Mitterrand. L'opposition la plus vive émane du Parti communiste et du Front national, qui se rejoignent dans la dénonciation d'une intervention « où la France et la paix n'ont rien à gagner ». Encadré par le PCF, le pacifisme connaît une indéniable faveur dans la jeunesse, la mouvance écologique et les derniers ves-

Les risques d'enlisement du conflit réactivent les initiatives diplomatiques. Début février, le chef de l'État iranien, Hachemi Rafsandjani offre une médiation sur la base d'une « idée de paix » qui demeure imprécise. Mais une centaine d'avions irakiens ont été, peu auparavant, mis à l'abri en Iran, ce qui rend suspecte la position officielle de neutralité de Téhéran. Tout en enregistrant positivement cette initiative, qui vise en fait surtout à la réinsertion internationale de l'Iran, George Bush évite de lui donner suite. Le 18, l'Union soviétique amorce une tentative de paix incluant un retrait complet et inconditionnel du Koweït. Peu enthousiasmé par une proposition qui revient, selon lui, à détourner l'attention internationale de la reprise en main soviétique des pays Baltes, le président américain la reprend partiellement à son compte sous forme d'un ultimatum enjoignant à l'Irak de commencer dans les vingt-quatre heures son retrait du Koweït (22 février). Aucun retrait n'ayant été constaté, les opérations terrestres débutent le 24 février. Une partie des forces alliées attaque de front les positions irakiennes, une autre (dont la division Daguet) entreprend une manœuvre de contournement visant à encercler le Koweït par l'ouest et à prendre à revers les troupes d'élite de la garde républicaine. La résistance de l'armée irakienne est dans l'ensemble beaucoup plus faible que prévu, de nombreux soldats se rendent sans combattre. Le 26, Saddam Hussein donne l'ordre à ses forces de se retirer du Koweït. Tandis qu'une bataille de chars s'engage dans le Sud de l'Irak, la capitale koweïtienne est libérée le 27. Le gouvernement irakien ayant accepté sans condition l'ensemble des résolutions de l'ONU, les opérations militaires s'arrêtent le 28 février [1].

---

tiges du trotskisme. Le Parti socialiste ressent divers états d'âme, notamment dans le courant du CERES, favorable à l'embargo mais non à l'intervention militaire. Interprète de cette tendance, le ministre de la Défense Jean-Pierre Chevènement présente une démission acceptée le 29 janvier 1991. Il est remplacé par Pierre Joxe.

1. La guerre du Golfe s'achève par un bilan humain inégalement lourd et inégalement connu. Du côté allié, les Américains comptent 115 morts, les forces arabes une quarantaine, les Britanniques 36 et les Français 2. Le nombre des victimes irakiennes, tant civiles que militaires, oscille selon les évaluations entre 50 000 et 150 000 morts.

Hormis la restauration de la souveraineté koweïtienne, la guerre du Golfe n'a rien réglé. Au Koweït même, le retour de la famille princière s'est effectué dans des conditions de sanglants règlements de compte, et pose le problème d'une hypothétique démocratisation du régime. Pris entre le soulèvement chiite au Sud du pays et la révolte kurde au Nord, Saddam Hussein se maintient au pouvoir par la répression, sans que l'avenir du régime et la place régionale de l'Irak soient clairement définis. Au Koweït comme en Irak, les tâches de reconstruction sont gigantesques, aggravées par les sabotages pétroliers commis par l'armée irakienne [1]. Si le contrôle des armes stratégiques de l'Irak semble en bonne voie, rien n'indique qu'une régulation des ventes d'armes dans la région puisse voir le jour.

Dans la recherche d'une paix globale au Proche-Orient, à laquelle le président Bush semble désormais acquis, la diplomatie doit se pencher sur plusieurs dossiers. Le problème israélo-palestinien devrait être abordé dans le cadre d'une conférence régionale dont Israël s'applique à limiter par avance les pouvoirs et à exclure toute représentation de l'OLP. L'irritation américaine est perceptible, mais Israël est un allié trop indispensable et le lobby israélien est trop agissant à Washington pour que les relations bilatérales en soient gravement affectées. Seule une évolution considérable de l'opinion israélienne, assortie d'une solide garantie internationale de la sécurité du pays, peut à terme débloquer la situation. Un tel déblocage suppose aussi que l'ensemble des organisations palestiniennes se rallient à la coexistence de deux États en Palestine, ce qui n'est rien moins qu'assuré, et que soit levée la méfiance qu'inspire à Damas, et à un moindre titre à Amman, l'idée d'un État palestinien. Autre peuple sans État, réparti pour l'essentiel dans trois pays — l'Irak, l'Iran et la Turquie —, les Kurdes n'ont guère de chance de se voir reconnaître un territoire national malgré l'ampleur du mouvement de sympathie lié à leur récent exode aux frontières turques et iraniennes. Les efforts diplomatiques devront

1. Marée noire déclenchée le 25 janvier et destruction des puits de pétrole du Koweït entre les 22 et 25 février.

plutôt convaincre les pays maîtres de leur accorder un statut acceptable, et plus encore de le faire respecter. Quelque peu oublié depuis que les armes se sont tues, le Liban devrait recouvrer une indépendance qui lui est théoriquement reconnue par les accords de Taëf d'octobre 1989. Mais, compte tenu du désengagement américain et de l'isolement des positions françaises, tout laisse à penser que le protectorat syrien est appelé à durer.

3
L'Amérique latine

L'Amérique du Sud

Analyser l'évolution politique de l'Amérique du Sud depuis le début des années soixante-dix revient, au prix de quelque simplification, à décrire le passage d'une militarisation quasi générale de la vie publique à une lente et problématique reconquête de la démocratie.

Quelle que soit la diversité des situations locales, la généralisation des régimes militaires, à laquelle n'ont échappé que le Venezuela et la Colombie, se fonde sur une longue tradition putschiste et de caudillisme armé. Mais elle trouve une justification nouvelle dans l'idéologie de la sécurité nationale et dans l'exigence de la rationalité économique. La multiplication des *focos* de guérilla rurale et de terrorisme urbain a accrédité dans les sphères militaires l'urgence d'une lutte totale contre le communisme que seule l'armée est à même de conduire avec détermination et efficacité. L'ordre et la stabilité assurés faciliteront parallèlement les intérêts du capitalisme international et la mise en œuvre des politiques de rigueur financière, ce qui suppose la mise au pas des forces syndicales et progressistes. La politique économique ultralibérale menée, au moins un temps, par les gouvernements militaires brésilien, argentin et chilien épaule cette explication de type instrumental, de même qu'au Pérou le coup d'État du général Bermudez, en 1975, a pour effet de balayer les réformes populaires de son prédécesseur, le général Alvarado, et d'imposer une gestion orthodoxe.

En tout état de cause, l'extension des dictatures militaires est foudroyante. Après le Brésil (1964), la Bolivie (1971), le Chili (1973) [1], c'est au tour de l'Uruguay où, derrière la façade de présidences civiles [2], l'armée s'installe aux commandes, dissout le Parlement et instaure un régime autoritaire tout à fait étranger aux traditions du pays. En Argentine, l'accaparement du pouvoir par l'armée n'est pas chose nouvelle, et c'est l'incapacité des militaires — généraux Ongania, Levingston, Lanusse — à maîtriser la détérioration de la situation économique et le développement du terrorisme révolutionnaire qui a ouvert la voie à la restauration péroniste. Plébiscité le 23 septembre 1973, le vieux général Peron ne parvient pas pour autant à arbitrer la lutte des factions qui déchire le mouvement justicialiste qui continue théoriquement à se réclamer de lui, ni à faire cesser attentats et enlèvements. Lorsqu'il disparaît, le 1er juillet 1974, la succession échoit comme prévu à sa femme. Mais « Isabelita » n'a ni l'intelligence ni le charisme de feu Eva Peron, et son inexpérience la place d'emblée sous la tutelle d'un groupe gangstéro-politique que domine son conseiller et âme damnée Lopez Rega. Aux attentats des Montoneros répondent la répression gouvernementale et les exactions d'organisations paramilitaires comme le « Triple A [3] ». Ce n'est pourtant pas dans la poussée terroriste, en déclin depuis 1975, qu'il faut rechercher la principale cause du coup d'État militaire du 24 mars 1976, mais dans la décomposition de l'État et dans la faillite de sa politique économique. Comme tel, le programme de « réorganisation nationale » défini par la junte du général Videla n'est pas mal accueilli par une opinion traumatisée par l'impuissance des institutions à assurer un minimum d'ordre et de cohésion. De fait, la dictature saura jouer un temps du sentiment national argentin [4], et trouvera des soutiens dans de larges secteurs du péronisme.

1. Cf. *supra*, t. III, p. 294-198.

2. Juan Maria Bordaberry de 1971 à 1976, Aparicio Mendez de 1976 à 1981.

3. Alliance anticommuniste argentine.

4. *Mundial* de 1978, tension avec le Chili à propos du chenal de Beagle. Mais la guerre des Malouines montrera les limites d'une telle mobilisation une fois le premier enthousiasme passé.

Il est juste de créditer les dictatures sud-américaines des années soixante-dix d'une industrialisation rapide, consécutive à un afflux de capitaux extérieurs sans précédent, d'une modernisation des structures économiques et d'une élévation du niveau de vie des couches moyennes urbaines. Mais, outre le caractère éphémère de la croissance, et malsain de son financement, le coût social de cette restructuration en limite la portée compte tenu de la stagnation, ou de la régression, du niveau de vie de près de la moitié de la population. C'est cette persistance de l'extrême pauvreté qui a fait évoluer une partie du clergé catholique vers une théologie de la libération et une pastorale de la solidarité, actives surtout au Brésil, en Argentine et au Chili, illustrées par les noms de don Helder Camara et d'Adolfo Perez Esquivel, mais dans l'ensemble mal soutenues par la hiérarchie et le Saint-Siège. La pastorale de la solidarité a étendu ses activités à la défense des droits de l'homme, particulièrement maltraités. Aux élections suspendues ou frauduleuses, à l'exercice d'un pouvoir soustrait à tout contrôle, les dictatures militaires ont ajouté une violence d'État systématique sans rapport avec le caudillisme, pittoresque et parfois populiste, des décennies précédentes. Cette « bourreaucratie [1] » a épousé de multiples formes — arrestations sans jugement, enlèvements, torture, exécutions sommaires —, doublant les organes publics de répression d'une tolérance bienveillante aux exactions de centaines de formations paramilitaires. Au Chili, le général Pinochet intègre la répression dans un discours nationaliste et chrétien, visant à « remodeler l'âme chilienne ». Moins teintée de justification idéologique, plus secrète, et comme telle moins exposée à la réprobation internationale, la répression déployée par les militaires argentins est plus méthodique et plus redoutable encore. On aurait dénombré, après la chute de la junte, jusqu'à 300 centres de torture, 1 500 tortionnaires et 10 000 assassinats...

Le reflux des régimes militaires depuis la fin des années soixante-dix n'obéit à aucune cause unique. La nouvelle approche américaine, consécutive à l'arrivée au pouvoir du

1. Selon l'expression d'Alain Rouquié, *L'État militaire en Amérique latine*, Paris, Éd. du Seuil, 1982.

président Carter, ne peut être négligée, même si ses effets ont été modestes [1]. Fondée sur le principe de la souveraineté des États du sous-continent, mais aussi sur le respect des droits de l'homme que les États-Unis s'estiment habilités à apprécier, assortie dans certains cas de la menace de suppression des crédits américains aux pays récalcitrants, elle opère assez efficacement en Équateur (1979) et au Pérou (1980) [2], à un moindre titre en Bolivie et en Uruguay où le retour à un régime civil est particulièrement laborieux [3]. La politique de Carter n'est du reste pas poursuivie par Ronald Reagan, qui s'attache à distinguer les régimes totalitaires (tel Cuba), qu'il faut combattre, et les régimes autoritaires, avec lesquels des accommodements sont possibles. Il convient pourtant de relever que l'administration républicaine n'a pas soutenu la dictature argentine durant la guerre des Malouines et n'a, à l'inverse, entravé l'essor d'aucune démocratie renaissante. La démilitarisation des régimes sud-américains trouve d'autres explications, au premier rang desquelles la pression exercée par les classes populaires et moyennes, ces dernières particulièrement désireuses de conformer leur ascension sociale à un régime politique décent. Cette pression peut prendre la forme d'amples manifestations de *protesta* comme au Chili, en Uruguay, voire au Brésil. La faillite économique des juntes militaires est un autre facteur. Après les années de la croissance rapide, à laquelle les entreprises multinationales se sont montrées moins empressées que prévu de participer, les problèmes redoutables de la récession, du chômage, de l'endet-

1. Esquissée en 1977, cette « doctrine Carter » se veut plus explicite lors de la Xe Conférence de l'OEA tenue à Washington en novembre 1980. Mais elle n'aurait pu prendre effet que si Carter avait été reconduit pour un nouveau mandat.

2. L'élection en mai 1980 du démocrate-chrétien Terry met fin au régime militaire instauré en 1968. Mais l'état d'urgence adopté en 1982 dans le cadre de la lutte contre la guérilla du Sentier lumineux n'est levé qu'avec l'entrée en fonction du social-démocrate Alan Garcia, élu en avril 1985.

3. En Uruguay, un projet de constitution autoritaire a été repoussé par référendum en novembre 1980, mais il faudra encore quatre années avant que l'élection de Julio Sanguinetti (novembre 1984) mette fin au régime militaire imposé en 1973.

tement et de l'inflation invitent à passer la main. Le retrait s'effectue en plus ou moins bon ordre mais affecte tous les pays, jusqu'au Paraguay où est renversée le 3 février 1989 la plus ancienne dictature d'Amérique du Sud [1].

En Argentine, l'inflation persistante et les dévaluations successives ont fini par user la junte militaire, comme en témoignent les renouvellements à la tête de l'État [2]. Mais c'est la guerre des Malouines qui va avoir raison de la dictature. Sans négliger l'intérêt stratégique et économique de cet archipel [3], cette guerre a été engagée pour des raisons de politique intérieure. Réveiller le nationalisme des masses était devenu urgent pour masquer l'étouffement des libertés et la débâcle économique du pays potentiellement le plus riche de l'Amérique latine. Ordre est donc donné, le 1er avril 1982, d'occuper les Malouines. Mais à la sous-estimation de la détermination britannique à relever le défi s'ajoute la surestimation des soutiens politiques de l'Argentine. Car ni la solidarité latino-américaine, même étendue au-delà des frontières idéologiques [4], ni le soutien de l'Union soviétique ne contrebalancent l'efficacité de l'aide logistique fournie par les États-Unis à l'armada britannique, à laquelle il faut ajouter les sanctions économiques adoptées par les pays de la CEE, qui auraient pu se révéler redoutables en cas de guerre prolongée. Sans trop se soucier des pressions de la Maison-Blanche, qui

1. La visite du pape Jean-Paul II, en mai 1988, et ses remontrances au régime, ne sont peut-être pas étrangères au coup d'État du général Rodriguez. Les élections du 1er mai 1989, les premières élections libres depuis 1926, doivent théoriquement instaurer un régime constitutionnel.

2. Général Videla de 1976 à 1981, général Viola de mars à décembre 1981, puis général Galtieri jusqu'en juin 1982.

3. La souveraineté britannique sur les îles Falkland remonte à 1833, à la suite d'un différend mineur avec l'Argentine. En 1965, l'ONU a rangé l'archipel parmi les territoires à décoloniser et invité les deux pays à un règlement pacifique. Mais la Grande-Bretagne invoque l'autodétermination pour faire traîner les négociations en longueur, alors que l'Argentine exige une reconnaissance sans préalable de sa souveraineté. Dialogue de sourds auquel le général Galtieri décide de mettre fin au printemps 1982.

4. Comme en témoigne le soutien inattendu de Cuba et du Nicaragua à l'Argentine.

redoute les conséquences d'une déroute argentine, et moins encore des tentatives de médiation venues de l'ONU, Margaret Thatcher mise ouvertement sur une solution militaire qui — juste pendant des préoccupations argentines — pourrait jouer un effet dérivatif aux tensions sociales, raciales et irlandaises qui agitent le Royaume-Uni. Le Premier ministre pèche en outre par une sous-estimation des capacités militaires adverses, d'autant plus étonnante qu'une partie de ses moyens sont d'origine anglaise. D'où le caractère spectaculaire et meurtrier d'un conflit qui va faire grand usage des armes les plus sophistiquées : missiles en tout genre, engins électroniques, moyens satellites, sous-marins nucléaires. Mais la bravoure des pilotes argentins ne supplée pas l'insuffisance de l'infanterie du général Menendez, obligé à la reddition le 14 juin 1982. Depuis lors, les négociations nouées entre les deux pays n'ont guère faire avancer la solution du problème.

A tout le moins, la guerre des Malouines sonne le glas de la dictature militaire. Déconsidéré par l'aventure, le général Galtieri démissionne le 15 juin, sous la pression pour une fois convergente de la population et de l'armée. Le général Bignone assure la transition vers le retour à la démocratie, marquée notamment par la légalisation des partis politiques. Rassurant et débonnaire, le candidat radical Raoul Alfonsin l'emporte d'une courte tête, le 30 octobre 1983, sur son adversaire péroniste Italo Luder. Six années de dictature lui lèguent la tâche immense de reconstruire une économie en faillite et de consolider la démocratie. Irréprochable dans le respect des libertés constitutionnelles recouvrées, sa présidence n'a pu éviter un désenchantement certain parmi ceux qui l'avaient cru capable d'arrêter la dégradation du niveau de vie. Sa modération dans la poursuite des responsables de la dictature, explicable par l'état d'insubordination dans lequel demeurent certaines unités, n'a satisfait ni l'opinion démocratique ni l'armée [1]. La

1. Le 9 décembre 1985 le Tribunal fédéral n'a condamné que cinq des neuf officiers généraux accusés de graves violations des droits de l'homme durant la dictature, et deux seulement à la détention perpétuelle. Les tentatives de putsch de 1987 et 1988 montrent la détermination de l'armée à arrêter toute poursuite et, plus généralement, à poser ses conditions au régime démocratique.

proposition présidentielle d'une nouvelle capitale comme symbole fondateur d'une nouvelle République n'a guère suscité d'écho. Signe de cette déception, le Parti radical tombe de 52 % des suffrages en 1983 à moins de 37 % aux élections législatives de 1987. Dès lors, la victoire du candidat péroniste Carlos Menem sur le radical Angelos, le 14 mai 1989, peut sembler logique, mais aussi, compte tenu du passé et de l'entourage du nouveau président, quelque peu inquiétante pour la jeune démocratie argentine.

Faute de traumatisme comparable à la guerre des Malouines, les transitions sont plus longues au Brésil et au Chili. La dictature militaire brésilienne s'est maintenue sans défaillance jusqu'en 1974, pour connaître ensuite, sous la présidence des généraux Geisel puis Figueiredo, une ouverture progressive qui coïncide avec la fin du miracle brésilien. Les partis politiques ayant été légalisés, les élections législatives de novembre 1982 sont un succès pour le parti gouvernemental, mais l'opposition l'emporte dans les grands États industrialisés du Sud. Affaibli par ses divisions internes et par des manifestations de masse, le régime militaire connaît une usure évidente dont se saisit la principale force d'opposition, le Parti de mobilisation démocratique, pour lancer une campagne en faveur d'élections présidentielles au suffrage direct. Cette campagne des *Diretas ja*[1] *!* est cependant brisée par le Congrès où la majorité des deux tiers nécessaire à la révision de la Constitution n'est pas réunie. Une coalition se forme pour présenter Tancredo Neves, qui l'emporte le 15 janvier 1985 sur le candidat gouvernemental, au prix de compromis divers parmi lesquels l'impunité des dirigeants de la dictature figure en bonne place. Mais, hospitalisé le jour même de la passation des pouvoirs, celui-ci meurt le 21 avril. C'est le vice-président José Sarney qui lui succède. Grâce à une série de réformes constitutionnelles et sociales visant à redémocratiser le pays, grâce aussi à la bonne conjoncture des années 1985-1986, le nouveau président acquiert une légitimité initialement compromise par une longue fidélité au régime anté-

1. « Élections directes tout de suite. » Aux termes d'un acte constitutionnel remontant à 1965, le président est élu par un collège essentiellement composé de députés et de sénateurs.

rieur. Mais, depuis 1987, la dégradation rapide de la situation économique, assortie d'une inflation galopante, a mis en lumière les hésitations et les divisions de l'équipe gouvernementale, sur laquelle pèsent aussi des griefs fondés de corruption. L'élaboration d'une nouvelle Constitution, finalement promulguée le 5 octobre 1988, engendre des débats passionnés, mais passablement déconnectés de l'acuité des problèmes sociaux. Populismes de droite et de gauche s'affrontent durant la campagne présidentielle de décembre 1989, sans que la victoire de Fernando Collor (droite) rende très convaincante sa promesse d'un « gouvernement propre ».

La personnalisation extrême de la dictature militaire chilienne, inconnue en Argentine comme au Brésil, soumet le processus de libéralisation au bon vouloir du général Pinochet, sans que l'on puisse tenir pour négligeables ces facteurs habituels de la transition que sont la crise économique et surtout la pression exercée par la société civile. Les référendums de 1978 et 1980 avaient conforté au pouvoir le « chef suprême de la nation », qui s'est cru dès lors autorisé à décider son maintien à la tête de l'État jusqu'en 1989. La vigueur des journées de *protesta* organisées dans les années 1983-1985, la formation d'un vaste regroupement des forces démocratiques sous le patronage de l'Église obligent le pouvoir à composer, d'autant plus que certaines failles apparaissent dans l'unité de la junte et que la pression américaine en vue d'une normalisation de la vie politique se fait plus pressante. La levée de l'état de siège est un premier pas vers cette « démocratie contrôlée » qu'entend instaurer le général Pinochet. Le redressement économique des années 1987-1988, la renaissance d'un terrorisme d'extrême gauche lui permettent d'aborder en position de force le référendum prévu par la Constitution de 1980 sur l'éventuelle reconduction de ses fonctions jusqu'en 1997. Mais, malgré toutes sortes de pressions durant la campagne électorale, le *non* l'emporte assez largement (55 %), le 5 octobre 1988. Cette victoire de l'opposition ne signifie pas la fin immédiate du régime militaire. Après un nouveau référendum, le 31 juillet 1989, sur la révision de la Constitution, l'élection présidentielle du 14 décembre accorde la victoire, dès le premier tour, au démocrate-chrétien Patricio Aylwin contre le candidat de la droite Hernan Buchi. La passation des pouvoirs a lieu le 11 mars 1990, dans un climat de liesse et de violence mêlées.

Au Chili comme ailleurs, le retrait militaire ne signifie pas une retraite définitive de la scène politique. Outre diverses dispositions constitutionnelles qui, ici ou là, laissent à l'armée un droit de regard sur la législation, la tradition putschiste est historiquement trop ancrée et l'élargissement des bases sociales de la démocratie trop limité pour écarter tout risque de *pronunciamientos*. Même affaiblie, la perpétuation de la guérilla rurale, au Pérou notamment [1], peut servir de prétexte à un retour en force de l'armée. Derrière une façade constitutionnelle et démocratique, la Colombie donne le spectacle d'une violence endémique où militaires et narcotrafiquants se disputent en fait la réalité du pouvoir. De plus, si le retour à la démocratie implique pour la plupart des pays des élections libres et la fin de la terreur d'État, il n'apporte pas forcément de solutions aux problèmes qui assaillent le sous-continent : l'inflation galopante, l'hyperendettement, la misère des masses, la délinquance urbaine, l'intégration des minorités. Pour faire face à certains d'entre eux, la coopération sud-américaine a réalisé de notables progrès, et hors de la tutelle trop pesante des États-Unis. Aux organisations antérieures — le Pacte andin (1969), le SELA [2] (1975) —, la démocratisation a ajouté de nouveaux acteurs et de nouveaux modes de relation pour affirmer la solidarité des pays endettés et coopérer dans les domaines les plus divers du développement industriel, de l'équipement, de la recherche et de l'information.

L'Amérique centrale

Caractérisés par un faible niveau de développement, des injustices sociales criantes et des régimes dictatoriaux traditionnellement dévoués aux États-Unis, les petits États d'Amé-

1. Où la guérilla « maoïste » du Sentier lumineux se signale depuis 1980 par des actions souvent proches du banditisme, dont la paysannerie indienne fait le plus souvent les frais.

2. Système économique latino-américain.

rique centrale n'avaient longtemps éveillé qu'un intérêt mineur, qui n'allait guère au-delà des habituels sarcasmes réservés aux républiques bananières. Derrière cette apparente stabilité, des mutations s'opéraient pourtant, à la faveur du modeste décollage économique entamé dans les années soixante et avec l'élargissement d'une classe moyenne impatiente de briser les privilèges de l'oligarchie. De nouveaux partis s'étaient formés, démocrates-chrétiens ou socialistes, tandis que s'implantaient les premiers *focos* d'une guérilla rurale inspirée de l'exemple cubain. A partir de 1975, la récession économique tend à aggraver les ressentiments et à favoriser le regroupement des forces d'opposition.

C'est au Nicaragua que la situation se révèle la plus grave et la plus caricaturale. Le pouvoir y est confisqué depuis 1936 par la dynastie Somoza [1] qui opère une véritable mainmise sur les ressources du pays, se joue des garanties constitutionnelles et fait commettre les pires exactions par la garde nationale. Longtemps embryonnaire et divisée, l'opposition libérale se regroupe autour du journal *La Prensa* [2], tandis que les guérilleros du Front sandiniste [3] lancent en 1978 un certain nombre d'offensives dans les villes du pays. Grèves et insurrection générale viennent à bout de Somoza qui, totalement isolé, lâché par le président Carter, s'enfuit le 17 juillet 1979 après cinq semaines de combats au lourd bilan. Mais, comme à Cuba vingt ans plus tôt, la coalition des guérilleros marxisants et des démocrates bourgeois ne résiste pas au maximalisme révolutionnaire des sandinistes, à la mainmise qu'ils opèrent sur les rouages de l'État et sur la presse. En moins de deux ans, l'alignement sur le modèle castriste est acquis. Par éliminations et démissions successives, l'équipe dirigeante s'est réduite à une junte de cinq membres présidée par Daniel Ortega. S'il faut mettre à son actif une réforme agraire, des campagnes dans le domaine sanitaire et de la sco-

1. Anastasio Somoza de 1936 à 1956, Luis Somoza de 1956 à 1963, Anastasio — dit Tachito — Somoza depuis 1963.

2. L'assassinat de son directeur, Joachim Chamorro, le 10 janvier 1978, déclenche le cycle de violences qui conduira à la chute de Somoza.

3. Du nom de Cesar Sandino, assassiné en 1934 sur ordre d'Anastasio Somoza qui dirigeait alors la garde nationale.

larisation, la dérive bureaucratique et autoritaire est sensible. Dès 1982, l'Armée populaire sandiniste, considérablement étoffée et équipée d'un abondant matériel soviétique, doit affronter la guérilla des *contras*, anciens somozistes opérant au Nord, à la frontière du Honduras, et démocrates passés à l'opposition, appuyés au Sud sur le Costa Rica.

L'écho de la révolution sandiniste est considérable, tant au Guatemala où opère une guérilla bien implantée dans la paysannerie indienne, et si violemment réprimée que le président Carter a décidé en 1978 de suspendre l'aide américaine au pays, qu'au Salvador, le plus exigu des États d'Amérique centrale, doté d'une longue tradition dictatoriale protectrice des intérêts de l'oligarchie la plus étroite [1]. Les affrontements entre la guérilla révolutionnaire, dominée par les Forces populaires de libération (FPL) Farabundo Marti [2], et l'armée, épaulée par des groupes d'extrême droite comme l'*Orden*, ne cessent de gagner en intensité. Le coup d'État du 15 novembre 1979 qui chasse le général Romero, frauduleusement élu deux ans plus tôt, opère une relève réformiste mais trop hétérogène pour que l'armée ne regagne rapidement le terrain perdu. Une manifestation dans la capitale, le 22 juin 1980, tourne au bain de sang et rouvre dans le pays un cycle de violences extrêmes, marquées en particulier par les exactions des Escadrons de la mort du major d'Aubuisson contre les paysans suspects de sympathies martistes. La seule année 1980 aurait fait autour de 10 000 victimes. Chef de la junte gouvernementale, puis porté à la présidence en 1984, le leader de la démocratie-chrétienne José Napoleon Duarte tente d'opérer une stabilisation politique. Mais, pris en tenaille entre l'armée et l'oligarchie, il ne peut poursuivre ses timides réformes, ni venir à bout, malgré une aide américaine considérable, d'une guérilla qui contrôle près du quart du territoire salvadorien.

Soucieux d'atténuer l'image impérialiste des États-Unis dans la région, Jimmy Carter avait encouragé les débuts réfor-

1. Les quatorze « barons du café ». Au Salvador, 0,5 % des propriétaires détiennent 40 % de la terre cultivée.

2. Du nom du premier leader communiste salvadorien, fusillé en 1932.

mistes des juntes nicaraguayenne et salvadorienne. Cette démarche, centrée sur le respect des droits de l'homme et la réduction des injustices sociales, n'est pas celle de son successeur, qui avait déjà vivement critiqué les accords signés en 1977 avec les autorités de Panama [1] comme incompatibles avec les exigences de la sécurité américaine. Cet impératif de sécurité devient en effet prioritaire avec l'administration Reagan, qui fait valoir l'importance des courants commerciaux (pétroliers surtout) transitant dans le bassin Caraïbe et son rôle vital dans la défense de l'Atlantique Sud. Principal accusé, le régime sandiniste, considéré comme le relais de Cuba et de Moscou en Amérique centrale, et pourvoyeur des maquis salvadoriens. Par une nouvelle application de la théorie des dominos, il est entendu qu'une victoire de la subversion au Salvador s'étendrait au Guatemala, porterait la révolution aux portes du Mexique et menacerait la zone vitale du canal de Panama. Inspirée des thèses manichéennes de Jeane Kirkpatrick, nouvel ambassadeur des États-Unis à l'ONU, mais aussi des conclusions plus nuancées d'un rapport Kissinger sur l'Amérique centrale de 1983, la « doctrine Reagan » combine *containment* et *roll back* par une panoplie de moyens économiques, politiques et militaires. Aux pays amis, une aide considérable est distribuée, majoritairement économique, secondairement militaire [2]. Le principal bénéficiaire de cette dernière est le Honduras, prototype de la république bananière relativement épargnée par la guérilla, transformé pour la circonstance en « porte-avions immobile » de la contre-révolution. Parallèlement, les États-Unis encouragent une certaine moralisation de la vie politique dont témoignent les élections « régulières » de José Napoleon Duarte en 1984 et, au Guatemala, celle du démocrate-chrétien Vinicio Cerezo en 1985, ainsi qu'une mise au pas des formations d'extrême droite. Contre le Nicaragua est adoptée une

1. Cf. *infra*, p. 459-460.

2. L'aide américaine a quintuplé de 1981 à 1985. L'aide économique est passée de 177 millions de dollars en 1980 à 1,2 milliard en 1985. L'aide militaire a permis au Salvador de faire passer son armée de 8 000 à 53 000 hommes, et a même amorcé une militarisation du Costa Rica traditionnellement dépourvu de toute institution militaire.

stratégie de « guerre de basse intensité » excluant toute intervention directe [1], mais combinant le soutien aux *contras* et l'asphyxie économique du régime sandiniste dont les effets vont se révéler redoutables [2].

De telles pressions ne sont pas dénuées d'effets. Dans le domaine militaire, les maquis du Front Farabundo Marti ont dû réviser leur stratégie et revenir à de petites unités mobiles de harcèlement, tandis que les sandinistes doivent consentir un effort militaire considérable pour faire face aux raids de plus en plus audacieux de la *Contra*. A lui seul, le budget militaire nicaraguayen dépasse 50 % des dépenses. La guerre impose une militarisation du pays et des déplacements de population aussi préjudiciables à l'économie qu'à la popularité du gouvernement Ortega. Mais, globalement, la stratégie reaganienne est un échec dans la mesure où elle ne vient à bout ni du Nicaragua, ni des guérillas salvadorienne et guatémaltèque. Les espoirs de paix se trouvent ailleurs, plus précisément dans les propositions avancées par les pays voisins non directement impliqués dans les conflits en cours. Créé en janvier 1983, le groupe de Contadora, regroupant la Colombie, le Venezuela, le Mexique et Panama, s'est fixé pour objectif la recherche d'une solution négociée et politique en Amérique centrale et, à terme, la définition de nouvelles relations avec les États-Unis. L'administration Reagan s'attache bien à saboter ces efforts, mais ne peut empêcher ni l'intérêt que suscite cette nouvelle approche en Europe occidentale, ni la formation d'un « groupe d'appui » en Amérique du Sud [3]. C'est des

1. Une telle intervention se heurterait à l'opposition déterminée du Congrès, toujours échaudé par le précédent vietnamien. C'est pour passer outre que le président Reagan invoque une situation d'urgence pour décider le débarquement de 1 500 Marines, le 25 octobre 1983, dans l'île antillaise de la Grenade. Il s'agit d'éliminer un régime castriste jugé « dangereux » pour la sécurité américaine. Payante sur le plan intérieur, cette opération se révèle plus coûteuse que prévu et se heurte à une certaine mauvaise humeur internationale, notamment britannique.

2. Arrêt de l'aide économique dès le 23 janvier 1981, pressions diverses sur les organismes internationaux pour empêcher tout prêt au Nicaragua, participation de la CIA au minage des ports nicaraguayens (1984) et embargo total sur le commerce (1985).

3. Comprenant le Brésil, l'Argentine, le Pérou et l'Uruguay.

conclusions de ce groupe que s'inspire le plan de paix négocié par le président costaricien Oscar Arias [1], signé le 7 août 1987 par les cinq présidents du Nicaragua, du Salvador, du Guatemala, du Honduras et du Costa Rica [2]. Ce plan prévoit un cessez-le-feu dans les trois mois, une amnistie, le respect de la démocratie pluraliste, la mise en place de commissions de réconciliation. Il prône la fin des aides extérieures aux mouvements insurrectionnels et s'attache au règlement de la question des réfugiés et des personnes déplacées.

Comme tel, ce plan est mal accueilli par la Maison-Blanche que continue d'animer la volonté obsessionnelle d'abattre le régime sandiniste : il consacre au moins partiellement l'échec de la politique américaine. Il reçoit pourtant au Nicaragua comme ailleurs, et peut-être plus qu'ailleurs, un début d'application qu'enregistre le Congrès en refusant de renouveler l'aide américaine à la *Contra* antisandiniste [3]. Mais ni l'amnistie, ni la restauration des principales libertés, ni les discussions entamées entre gouvernements et rébellions ne suffisent à créer un climat durable de paix, surtout au Salvador où le retour en force de l'extrême droite aux élections législatives de 1988 et présidentielles de 1989 encourage les vieux démons de la terreur répressive [4]. Au Nicaragua, pourtant, divers éléments se conjuguent pour relancer la dynamique du plan de paix : la dégradation économique accélérée du pays et la lassitude d'une population soumise à toutes les contraintes d'une militarisation intensive, la perspective — signifiée aux sandinistes — de la cessation à plus ou moins bref délai, de l'engagement soviétique, mais aussi l'affaiblissement et les divisions de la *Contra*, l'attitude plus pragmatique du nou-

1. Prix Nobel de la paix 1987.

2. Accords dits d'Esquipulas II, par référence à un précédent sommet des mêmes chefs d'État à Esquipulas, au Guatemala, en mai 1986.

3. Vote du 3 février 1988 à la Chambre des représentants. Sévère camouflet pour le président Reagan, déjà affaibli par les développements de l'*Irangate* l'année précédente. L'aide américaine à la *Contra* n'en est pas moins estimée à environ 200 millions de dollars.

4. Ces élections voient la victoire d'une nouvelle formation, l'Alliance républicaine nationaliste (ARENA), et celle de son candidat, Alfredo Christiani, dans un climat de violence meurtrière.

veau président américain. Après le cessez-le-feu intervenu le 23 mars 1988, une démocratisation de la vie politique et le respect des accords passés permettent l'élection présidentielle du 25 février 1990 qui est, à ce jour, l'expression la plus loyale de l'application du plan Arias. La victoire inattendue de la candidate modérée, Violeta Chamorro, crée une situation problématique dans la mesure où la nouvelle présidente, même assurée de l'appui des États-Unis, doit se frayer une voie étroite entre la nostalgie somoziste d'une partie de la *Contra* et les exigences sandinistes à maintenir intacts les acquis de la révolution.

Alors que tant d'incertitudes pèsent encore au Salvador et au Guatemala [1], les préoccupations américaines se sont déplacées vers la République de Panama. Ancien chef des services secrets panaméens, chef des forces armées et véritable homme fort du pays, le général Noriega est devenu depuis 1988 la « bête noire » des États-Unis. Il s'agit à l'origine d'une inculpation pour trafic de drogue, étayée d'une demande d'extradition. Accusation assurément fondée, sur laquelle peuvent se greffer d'autres suspicions : double jeu avec les pays de l'Est ou liens inavoués avec des syndicats d'obédience communiste. Il s'ensuit une guerre d'usure à laquelle Noriega résiste un temps grâce à la mobilisation du sentiment national ancré dans les classes populaires. Mais son isolement diplomatique sur le continent américain, la fraude et les violences scandaleuses qui accompagnent les élections présidentielles du 7 mai 1989 affaiblissent sa position. Une tentative de putsch ayant échoué en octobre, les États-Unis lancent le 20 décembre l'opération militaire « Juste cause » en vue de restaurer le processus démocratique. Condamnée par l'URSS et la plupart des pays latino-américains, cette intervention s'achève par la reddition du général Noriega, au prix de violents combats (2 000 morts). La restauration de la démocratie est en marche, mais il n'est pas impossible que l'épreuve de force débouche sur une révision substantielle du traité de

1. Dix ans de guerre civile ont fait environ 100 000 morts au Guatemala et 60 000 au Salvador. L'offensive lancée fin 1989 dans la capitale salvadorienne a montré la détermination des rebelles du Front Marti de libération nationale.

1977 qui garantissait à long terme la permanence des bases américaines utilisées pour le contrôle de la région.

Ainsi, la *pax americana* semble reprendre ses droits dans cette « Méditerranée des États-Unis » formée par l'ensemble Amérique centrale-Caraïbes. L'endettement et la subordination économique où sont placés la quasi-totalité des pays freinent les velléités d'indépendance ou de rééquilibrage, dont le Mexique avait, dans l'euphorie du boom pétrolier des années soixante-dix, donné un temps l'exemple. L'essoufflement de la révolution cubaine, l'isolement croissant de Fidel Castro dans un environnement intérieur et international de plus en plus hostile, le retrait déjà bien amorcé de l'Union soviétique, restituent à Washington une hégémonie un temps disputée. La zone demeure pourtant instable et fragile. Anciennes ou récentes, ouvertes ou larvées, les luttes armées ont causé la mort de plus de 200 000 victimes et créé une situation dramatique pour plusieurs millions de réfugiés. L'asphyxie économique du Nicaragua s'est révélée plus « payante » que l'aide américaine distribuée aux pays alliés où les causes structurelles de misère et d'inégalité n'ont pas été entamées. La stabilisation politique est loin d'être générale, comme en témoignent les troubles persistants en Haïti [1], au Surinam, au Guyana, et la respectabilité démocratique dont ont été parés quelques États demeure sujette à caution tant l'armée demeure une force essentielle.

1. Consécutive à la fuite en France de Jean-Claude Duvalier, la chute du duvaliérisme en février 1986 a soulevé de grands espoirs dans ce pays exsangue. Mais l'armée s'est attachée à brouiller la renaissance démocratique et à maintenir le pays dans la terreur. Une stabilisation semble être intervenue, fin 1990, avec l'élection, sous contrôle international, du père Aristide, adepte de la théologie de la libération, sur un programme de justice sociale.

4

L'Afrique

L'Afrique du Nord

Les bouleversements politiques enregistrés au Maghreb depuis une quinzaine d'années sont inégaux, mais les trois pays qui le composent sont confrontés à des problèmes assez semblables, et la solidarité maghrébine connaît un regain d'intérêt après une longue phase de tensions.

Monarchie « démocratique et sociale » selon les termes de sa Constitution, le Maroc ne l'est que par le bon vouloir de son souverain. Avec constance et une habileté consommée, Hassan II n'a cessé de conforter son pouvoir, jouant selon les circonstances les partis contre l'armée, l'armée contre les partis et les partis entre eux. L'habileté n'est pas moindre à récupérer et à canaliser le sentiment national autour de sa personne, qu'il s'agisse de la spectaculaire Marche verte en 1975 ou du gouvernement d'union formé en 1983 pour remédier à l'isolement diplomatique résultant de la question saharienne [1]. Depuis 1977, l'année des premières élections législatives depuis 1963, le pays a retrouvé une certaine vie démocratique, même si le clientélisme et les manipulations de votes minent la sincérité des scrutins. Mais, hors de l'enceinte parlementaire, la contestation du régime n'est guère tolérée et tout ce qui se démarque d'un « consensus » préalablement tracé est suspect. La presse et les partis de gauche, à un moindre titre les intégristes islamiques, font périodiquement les frais d'une répression vigilante. De même, les moda-

1. Cf. *infra*, p. 465-467.

lités de financement de la grande mosquée de Casablanca suscitent quelques réserves qu'il est préférable de ne pas exposer publiquement.

En Algérie, la présidence du colonel Boumedienne et le parti unique perpétuent l'idéologie marxisante de la Charte d'Alger. En fait, sous l'égide du Conseil de la révolution se développe l'emprise de l'État-parti où la stabilité du personnel dirigeant — hiérarques du FLN, militaires de l'ALN, technocrates du secteur industriel — n'a d'égale que la faiblesse de l'opposition. En 1976, une nouvelle Charte nationale et une nouvelle Constitution réaffirment la vocation socialiste de l'Algérie tout en renforçant le caractère présidentialiste du régime.

Quand il meurt le 27 décembre 1978, Houari Boumedienne laisse un pays profondément transformé. Mais, à côté de succès indéniables dans le domaine de l'industrialisation et l'audience internationale reconnue à l'un des pays les plus engagés dans le non-alignement, l'héritage lègue bien des problèmes non résolus : bureaucratie pléthorique et népotique, clivages sociaux aggravés, indifférence des masses à l'idéologie officielle, insuccès de la réforme agraire. Désigné par un FLN apparemment unanime, imposé en fait par l'armée dont la sphère d'intervention politique n'a cessé de s'élargir, le colonel Chadli Bendjedid va tenter d'y remédier avec une prudente conviction. Les encouragements discrets à la privatisation, le démantèlement de quelques baronnies économiques et politiques, quelques amendements constitutionnels sont autant d'indices d'évolution, mais insuffisants à entamer la contradiction fondamentale entre le volontarisme de l'idéologie et le conservatisme profond, sinon borné, des instances dirigeantes du pays. D'où des signes d'insoumission qui éclatent en 1980 dans la Kabylie berbérophone, et en 1982 quand se manifeste, avec une certaine vigueur, le radicalisme de la contestation islamique. Déclenchées par la pénurie et la dégradation du pouvoir d'achat, mais révélatrices de la crise profonde que traverse la société algérienne [1], les manifesta-

1. Les mauvaises récoltes et la baisse des revenus pétroliers sont les raisons officiellement avancées au lendemain des troubles d'octobre. Il s'agit bien davantage d'une sclérose profonde de la société algérienne :

tions populaires d'octobre 1988 donnent lieu à une répression violente [1] qui en dit long sur le hiatus entre l'État et les masses. L'indignation internationale qui s'ensuit et le déclenchement d'un mouvement de grèves obligent le président Chadli Bendjedid à une série de réformes rapides ouvrant théoriquement la voie à une démocratisation du régime. La séparation des fonctions du parti et de l'État, l'adoption d'une nouvelle Constitution abandonnant toute référence au socialisme, l'introduction modulée du pluripartisme constituent assurément le socle d'une nouvelle légitimité politique [2]. Mais, compte tenu des réticences du FLN à l'entériner et de la poussée d'un islamisme de plus en plus insistant, on peut s'interroger sur les chances d'un tel recentrage.

Le changement ouvert en Tunisie avec la déposition, en 1987, du président Bourguiba semble plus tangible. Les oscillations de la « ligne » bourguibiste n'avaient cessé de s'aggraver. Après la tentative de dirigisme socialisant brutalement interrompue à la fin des années soixante, le long ministère Nouira s'était identifié pendant dix ans à la combinaison d'un libéralisme économique sans contrôle et de l'autoritarisme politique. L'expérience avait reçu sa sanction avec les émeutes ouvrières du 27 janvier 1978, dont les ressorts ne sont pas sans analogies avec l'explosion algérienne de 1988. Quelles que soient les rigueurs de la répression [3], le ministère dirigé par Mohamed Mzali à partir d'avril 1980 symbolise un temps une ligne plus ouverte. L'amnistie des syndicalistes arrêtés, la légalisation du Parti communiste et de nouveaux organes

---

opulence et arrogance des profiteurs et privilégiés du régime, baisse du pouvoir d'achat des salariés, chômage endémique de la jeunesse et de nombreux diplômés.

1. Le bilan officiel de la répression est de 160 morts. Selon d'autres sources, médicales notamment, il serait supérieur à 500 victimes.

2. Le référendum du 3 novembre 1988 a donné 92 % de *oui* aux nouvelles orientations politiques, celui du 28 février 1989 73 % à la nouvelle Constitution.

3. 130 morts, des milliers d'arrestations, une sévère épuration de l'UGTT. Les mêmes excès seront commis lors des « émeutes de la faim » en décembre 1983.

de presse soulèvent de grands espoirs dans l'opinion. Mais le truquage éhonté des élections du 1er novembre 1981 clôt cet intermède libéral. La répression et la censure reprennent alors leurs droits, aggravées après la destitution de Mzali en juillet 1986. La sénilité manifeste du Combattant suprême, son obsession permanente du complot, les intrigues de sérail qui se nouent autour de lui conduisent le général Ben Ali, tout récemment promu Premier ministre, à déposer Bourguiba pour « incapacité à gouverner » le 7 novembre 1987. Bien accueillie par l'opinion, cette relève a permis au président Ben Ali d'opérer un déblocage en profondeur du système politique, qui devrait acheminer la Tunisie vers une démocratie pluraliste, laïque mais respectueuse des valeurs arabo-islamiques.

Comme dans le reste du monde arabe [1], le Maghreb n'échappe pas à la montée de l'islamisme depuis le début des années quatre-vingt, même si, à la différence de certains pays du Proche-Orient, les courants qui s'en réclament n'ont pas encore accédé au rang de forces politiques institutionnalisées. Idéologie de ressourcement, volonté de distanciation de l'Occident (d'autant plus corrupteur qu'il est identifié ici à la longue nuit coloniale), l'islamisme est comme ailleurs l'expression des frustrations non seulement culturelles, mais sociales et politiques, une réaction contre l'autoritarisme du pouvoir et le recours des oubliés de la croissance. Longtemps confiné dans les universités, il tend à pénétrer plus largement la société, mais inégalement selon les pays. Son extension est limitée au Maroc où le monarque est aussi chef des croyants, attentif de surcroît à intégrer l'occidentalisation dans la tradition musulmane. A l'inverse, la laïcité officielle de la Tunisie, les libertés prises sous Bourguiba avec les valeurs et l'appareil religieux, ont valu au Mouvement de la tendance islamique (MTI) une audience certaine dans les syndicats. Assez tardive, la pénétration de l'islamisme en Algérie est surtout due à un environnement politique rebelle à tout pluralisme ; son identification à la démocratie lui vaut par la suite une adhésion croissante. Longtemps à l'unisson dans une attitude de méfiance et de répression, cette dernière bien plus

1. Cf. *supra*, p. 402-403.

vigoureuse en Tunisie [1], les trois États semblent avoir opté pour une démarche plus conciliante. Mais le caractère intolérant et agressif de certaines initiatives islamiques (spectacles, statut de la femme) laisse parfois les autorités désemparées, notamment en Algérie [2].

Les relations intermaghrébines ont longtemps été orageuses. La cause en revient d'abord à l'activisme du colonel Kadhafi qui, sous couvert d'unité arabo-islamique, s'est attaché à dresser les uns contre les autres par d'incessants renversements d'alliance. C'est après avoir échoué avec les pays du « champ de bataille » (Égypte, Syrie) que Kadhafi s'est tourné vers le Maghreb. Il noue d'abord avec la Tunisie, en 1974, sous forme d'une « République arabe islamique » unissant les deux pays. Mais les relations tuniso-libyennes se détériorent rapidement en raison d'un différend frontalier, et deviennent exécrables à la suite du raid d'un commando d'opposants tunisiens sur Gafsa, le 26 janvier 1980, dans lequel Tunis dénonce l'instigation de Tripoli. Fondées sur une identité de vues à propos du problème saharien, les relations avec l'Algérie demeurent longtemps étroites, encore que Boumedienne et Chadli se dérobent à toute proposition d'union, ce qui, joint à certaines revendications libyennes non satisfaites, débouche sur un rapprochement spectaculaire avec le Maroc. Mais le traité d'Oujda (août 1984), qui inquiète vivement Washington, signifie surtout l'arrêt du soutien libyen aux maquisards sahraouis. Peu soucieux de prolonger l'union entre les deux pays, Hassan II le dénonce unilatéralement deux ans après sa signature.

A cette date, le conflit du Sahara occidental est en voie de règlement. Cette ancienne possession espagnole, faible-

1. Fermeture de l'université de la Zitouna, incarcération et procès de nombreux affiliés du MTI à la fin de l'ère bourguibiste. Des mesures de détente ont été prises depuis 1987.

2. La victoire du Front islamique du salut (FIS) aux élections municipales du 12 juin 1990 conduit son dirigeant, Abassi Madani, à revendiquer des élections législatives anticipées et à multiplier les démonstrations de force. La proclamation de l'état de siège, un an plus tard, met provisoirement un terme à cette agitation.

ment peuplée [1] mais riche en phosphates et autres ressources minières, fait de longue date l'objet d'une triple convoitise. Le Maroc y fait valoir les « droits historiques » de l'Empire chrérifien, la Mauritanie ceux de l'Empire almoravide dont elle serait l'héritière, l'Algérie invoquant le principe de l'intangibilité de frontières pour contrer l'ambition de ses deux rivaux, mais n'excluant pas l'acquisition d'une « fenêtre » sur l'Atlantique. Tardivement apparu, le Front Polisario [2] a été pris de vitesse par les initiatives du roi du Maroc, soucieux de mobiliser son peuple autour d'une cause nationale et de restaurer son crédit quelque peu entamé dans les années précédentes. Profitant de la longue agonie du général Franco, il prend la tête, le 16 octobre 1975, d'une Marche verte qui rassemble plus de 300 000 Marocains, et obtient peu après du gouvernement de Madrid un accord de partage entre le Maroc et la Mauritanie. Cet accord est aussitôt dénoncé par l'Algérie, qui encourage le Polisario à proclamer, le 27 février 1976, la République arabe sahraouie démocratique (RASD). Puissamment soutenu par l'Algérie et la Libye, le Polisario vient à bout en quelques années des forces mauritaniennes du président Ould Daddah, renversé en juillet 1978, et inflige quelques durs revers à l'armée marocaine. Ce n'est qu'à partir de 1980 que celle-ci retourne la situation grâce à une aide militaire occidentale accrue, essentiellement américaine et française, et grâce à l'efficacité de sa stratégie des murs de défense [3]. La RASD prend sa revanche sur le terrain diplomatique avec son admission officielle à l'OUA en février 1982 et sa reconnaissance par plus de soixante-dix États, ce qui entraîne le retrait du Maroc de l'Organisation africaine. Persuadé de l'inanité de tout effort militaire supplémentaire et de l'intransigeance marocaine,

1. Moins de 75 000 habitants selon un recensement de 1974, deux ou trois fois plus, selon d'autres sources, pour un territoire de 250 000 km^2.

2. Abrégé de Front populaire pour la libération de la Saguia el-Hamra et du Rio de Oro, créé en 1973.

3. Six murs, dont la construction s'échelonne de 1980 à 1987, qui ont pour effet de réduire le déploiement des forces du Polisario, d'intégrer au Maroc l'essentiel des ressources en phosphates et de verrouiller la frontière algérienne.

Chadli Bendjedid opère un rapprochement progressif avec Hassan II qui ouvre la voie à une solution politique. Le secrétaire général de l'ONU Perez de Cuellar présente le 11 août 1988 un plan de paix prévoyant la proclamation d'un cessez-le-feu et l'organisation d'un référendum offrant aux Sahraouis le choix entre l'indépendance et l'intégration au Maroc. Ce plan reçoit l'accord de principe du Maroc et celui, plus nuancé, de la RASD. La solution la plus vraisemblable doit résider dans une intégration du Sahara occidental dans le royaume marocain, assortie d'une large autonomie interne.

Il n'est pas douteux que l'effacement algérien doit beaucoup aux perspectives offertes par la construction maghrébine. L'idée en est déjà ancienne. Dès 1948, le prestigieux héros de la guerre du Rif, Abd el-Krim, avait présidé un Comité de libération du Maghreb [1], à vrai dire assez somnolent, et la guerre d'Algérie avait donné lieu à diverses manifestations de solidarité, et même à l'esquisse d'une confédération [2]. La discorde l'avait ensuite emporté. Aucun des traités d'union ou de fraternité n'avait résisté à l'épreuve des faits, traduisant le plus souvent la volonté hégémonique de l'un des signataires.

La gravité croissante de la crise économique, la pression des opinions publiques et l'amélioration des relations bilatérales créent un contexte renouvelé. Échaudé par une longue série d'échecs, le colonel Kadhafi semble conduire une politique assagie, tandis que le général Ben Ali entend régionaliser une politique extérieure jusqu'ici résolument occidentale. Le rétablissement des relations diplomatiques entre Tunis et Tripoli (décembre 1987) précède de peu la réconciliation algéro-marocaine (mai 1988). Un premier sommet maghrébin se tient à Alger le 10 juin 1988, surtout symbolique. De plus vaste portée, le sommet de Marrakech proclame, le 17 février 1989, l'Union du Maghreb arabe constituée par le Maroc, l'Algérie, la Tunisie, la Mauritanie et la Libye. Sa finalité est pour l'heure essentiellement économique, soit

1. Siégeant au Caire, ce comité regroupait le Néo-Destour, l'Istiqlal et le MTLD.

2. Notamment en avril 1958, lors de la conférence tripartite de Tanger.

comme cadre de coopération régionale, soit comme instance de dialogue avec l'Europe des Douze.

L'Afrique noire

Si l'on admet avec Walt W. Rostow le lien étroit qui unit la croissance économique et l'évolution démocratique d'un État, l'Afrique en offre depuis le début des années soixante-dix une illustration tragiquement négative. Les espoirs placés au lendemain de l'indépendance dans la capacité des pays africains à construire simultanément un système économique moderne et un ordre politique stable n'ont été que très incomplètement réalisés. La crise dans laquelle se débat le continent, dont la responsabilité ne lui incombe que très relativement, n'a pas contribué à remédier aux maux chroniques de la politique africaine : faiblesses structurelles de l'État, parasitisme et corruption bureaucratiques, instabilité endémique du pouvoir, extension des pratiques autoritaires et dictatoriales, généralisation du parti unique. Pour quelques transitions pacifiquement assurées — au Sénégal, au Cameroun, en Tanzanie [1] —, la liste des coups d'État, le plus souvent d'origine militaire, demeure impressionnante [2], qui illustre l'inadaptation des mécanismes institutionnels et la difficulté de se départir de la conception traditionnelle du chef. Ces caractéristiques ne sont sans doute pas irréversibles, comme en témoignent le Nigeria, la Haute-Volta ou la Sierra Leone qui ont renoué, au moins un temps, avec la démocratie pluraliste. On prendra aussi en considération la vertu « cathartique » de certains coups d'État, parfois susci-

1. Léopold Sédar Senghor s'est retiré fin 1980, remplacé par le Premier ministre Abdou Diouf. Au Cameroun, Ahmadou Ahidjo a donné sa démission en novembre 1982, remplacé par le Premier ministre Paul Biya. En Tanzanie, Julius Nyerere n'a pas renouvelé son mandat et a transmis le pouvoir en 1985 à Ali Hassan Mwinyi.

2. Cf. le tableau p. 470-471, qui ne rend pas compte des innombrables complots et tentatives de coups d'État donnant lieu à une répression plus ou moins sanglante.

tés ou aidés par une puissance étrangère, dont le mérite est d'avoir mis fin à une odieuse tyrannie et rétabli un minimum de garanties démocratiques. Ainsi en est-il, en 1979, du renversement de Macias Nguema — le trop fameux « Grand Messie » de la Guinée-Équatoriale — et de l'empereur Bokassa en Centrafrique, de Sékou Touré en 1984, dont les longues sympathies tiers-mondistes n'ont pas suffi à occulter les débordements répressifs et totalitaires. Mais, en Ouganda, la chute d'Idi Amin Dada, opérée en 1979 par une intervention de l'armée tanzanienne, n'a pas suffi à ramener le calme et a révélé par la suite combien l'appellation de « sage de l'Afrique », celle d'un Milton Obote ou d'un Julius Nyerere, pouvait être usurpée. A l'inverse de l'instabilité générale, la longévité dont peuvent se prévaloir les présidents Houphouët-Boigny en Côte-d'Ivoire, Omar Bongo au Gabon, Mobutu au Zaïre, Daniel Arap Moi (successeur de Jomo Kenyatta, décédé en 1979) au Kenya, Kenneth Kaunda en Zambie ne suffisent pas à préserver ces pays des abus d'autorité et de la corruption.

A la relative indifférenciation qui caractérisait les régimes africains durant la décennie qui a suivi l'indépendance, généralement regroupés dans la catégorie vague et commode de « socialisme africain », l'une des originalités de la période suivante réside dans la radicalisation d'un certain nombre de pays engagés dans la voie du marxisme-léninisme. Une telle adhésion procède assurément de la percée soviéto-cubaine, mais elle peut aussi la précéder. Ainsi au Congo et au Bénin, où elle apparaît comme une réponse possible aux déboires suscités par la persistance de la crise économique, alors qu'en Angola et au Mozambique elle est directement issue de l'idéologie qui animait les mouvements de libération — respectivement la MPLA et le FRELIMO — qui ont conduit ces pays à l'indépendance. Il n'est pas sûr qu'une telle orientation ait beaucoup profité aux populations concernées. L'idéologie marxiste a surtout servi de caution au renforcement du présidentialisme et de l'emprise du parti unique, autorisant toutes les répressions, à l'instar de l'Éthiopie où une tentative de coup d'État, le 3 février 1977, a permis au lieutenant-colonel Mengistu de s'emparer du pouvoir au prix d'une effroyable terreur rouge. Pour n'être pas for-

LES COUPS D'ÉTAT EN

Année	*Pays*	*Chef d'État destitué ou assassiné*	*Chef d'État porté au pouvoir*
1972	Ghana	Edward Akufo-Addo	colonel Acheampong
	Dahomey (Bénin en 1975)	Justin Ahomadegbe	commandant Kerekou
1973	Rwanda	Grégoire Kayibanda	général Habyarimana
1974	Niger	Diori Hamani	colonel Kountché Seyni
	Éthiopie	Haïlé Sélassié	junte militaire colonel Mengistu en 1977
1975	Madagascar	colonel Ratsimandrava	général Andriamanazo, puis Didier Ratsiraka
	Tchad	François Tombalbaye	général Malloum
	Nigeria	général Gowon	général Muhammed, puis général Abasanjo
1976	Burundi	Michel Micombero	colonel Bagaza
1977	Congo	Marien Ngouabi	Junte militaire
	Seychelles	James Mancham	France-Albert René
1978	Comores	Ali Soilih	Ahmed Abdallah
	Ghana	général Acheampong	général Akuffo
	Mauritanie	Moktar Ould Daddah	lieutenant-colonel Salek
1979	Congo	général Yhombi-Opango	colonel Sassou Nguesso
	Ouganda	Idi Amin Dada	Yusuf Lule, puis Godfrey Binaïssa, puis Milton Obote
	Ghana	général Akuffo	capitaine Rawlings, puis Hilla Limann

cément d'une ampleur révolutionnaire, les nationalisations et les fermes coopératives censées illustrer le passage à la nouvelle idéologie n'ont pas suffi à tirer ces pays du marasme économique (quand elles n'ont pas contribué à l'aggraver)

AFRIQUE DEPUIS 1972

Année	*Pays*	*Chef d'État destitué ou assassiné*	*Chef d'État porté au pouvoir*
	Guinée-Équatoriale	Macias Nguema	lieutenant-colonel Mbazogo
	Centrafrique	Bokassa Ier	David Dacko
1980	Liberia	William Tolbert	sergent-chef Samuel Doe
	Guinée-Bissau	Luis Cabral	commandant Vieira
	Haute-Volta	général Lamizana	colonel Saye Zerbo
1981	Centrafrique	David Dacko	général Koligba
	Ghana	Hilla Limann	capitaine Rawlings
1982	Haute-Volta	colonel Saye Zerbo	commandant Ouedraogo
1983	Haute-Volta (Burkina Faso en 1984)	commandant Ouedraogo	capitaine Sankara
	Nigeria	Shehu Shaqari	général Buhari
1984	Guinée	Sékou Touré	colonel Conte
	Mauritanie	colonel Haidalla	colonel Ould Taya
1985	Soudan	maréchal Nimeiry	général Dahab
	Nigeria	général Buhari	général Babangida
	Ouganda	Milton Obote	général Olara Okello
1986	Lesotho	Leabua Jonathan	général Lekhanya
	Ouganda	général Okello	Yoweri Museveni
1987	Burkina Faso	capitaine Sankara	capitaine Compaoré
	Burundi	colonel Bagaza	Major Buyoga
1989	Soudan	Sadek El Mahdi	général Omar El Bechir
	Comores	Ahmed Abdallah	Saïd Djohar

malgré l'ampleur de l'aide consentie par les pays de l'Est. De sorte que les effets les plus notables de cette option relèvent de la politique internationale : extension de l'influence soviétique, tant sur le continent africain que dans les instances internationales, et infléchissement du mouvement des non-alignés [1]. Mais la faillite économique, patente dans la plupart des pays, et la révision récente de la stratégie soviétique ont fait considérablement régresser, depuis 1988, la référence marxiste, sans que la Chine soit en état de prendre le relais. Une telle idéologie n'est encore officiellement défendue (pour combien de temps ?) que dans l'Angola d'Eduardo Dos Santos et l'Éthiopie de Mengistu. Elle est désormais répudiée au Bénin, en Somalie, à Madagascar et au Mozambique, très édulcorée au Congo et au Zimbabwe, sans que cette répudiation signifie du reste l'abandon du parti unique. Cette démonétisation agit aussi sur divers mouvements d'opposition comme les mouvements de libération de l'Érythrée et du Tigré, l'ANC sud-africain ou la SWAPO, qui, en quête d'une crédibilité nouvelle, adoptent un langage plus pragmatique.

Le drame de l'Afrique s'est encore alourdi des multiples conflits qui l'agitent, et dont certains ont engendré des tragédies face auxquelles toute solidarité s'est révélée impuissante. Sur les antagonismes interethniques [2] ou religieux dégénérant en guerres civiles, sur les tendances séparatistes ou irrédentistes attisées par tel ou tel État voisin, s'est greffée l'intervention directe ou indirecte des puissances extérieures. Espace relativement préservé durant une quinzaine d'années, l'Afrique est devenue l'une des zones les plus conflictuelles de la planète et, durant une décennie, un enjeu majeur des relations internationales. Faute de structures étatiques appropriées, de regroupements régionaux autres que fictifs et d'une conscience africaine autre que rhétorique [3],

1. Décisive à cet égard est la Conférence des non-alignés de La Havane en septembre 1979 où les thèses de Tito sur l'équidistance des blocs sont mises en échec par les thèses philosoviétiques défendues par Fidel Castro et nombre de leaders africains.

2. Parfois d'une extrême violence comme au Burundi où des massacres entre populations Hutu et Tutsi ont fait autour de 100 000 victimes en 1972 et des dizaines de milliers en 1988.

3. Réuni à Khartoum en juillet 1978, le XVe Sommet de l'OUA s'achève par la reconnaissance du « droit inaltérable » de chaque État à faire appel à l'aide extérieure en cas de nécessité, ce qui en soi n'est pas nouveau, mais revient à légitimer toutes les interventions extérieures.

le continent s'est vu divisé en zones d'influences dont la finalité est moins idéologique que stratégique. Car les pays occidentaux s'accommodent, au nom de la défense du monde libre, des dictatures les plus répressives et les plus corrompues, de même que l'Union soviétique se montre peu regardante sur le contenu du marxisme-léninisme appliqué à l'Afrique. A l'inverse, le commerce des armes — dont la valeur a plus que décuplé en dix ans —, le contrôle des immenses ressources minérales que recèle le continent africain, l'acquisition de bases militaires ou de facilités de transit constituent les véritables enjeux des interventions extérieures.

La percée soviéto-cubaine entamée en 1975 à la faveur de la décolonisation portugaise a donné à l'URSS et à ses alliés un avantage certain [1]. Non que les deux pays poursuivent des buts exactement identiques. Le rôle de bras séculier de Moscou joué par La Havane n'est pas niable, mais, pour Fidel Castro, l'Afrique s'est, au moins provisoirement, substituée à l'Amérique latine comme terre de mission révolutionnaire. Pour « Brejnev l'Africain », la crise pétrolière de 1973-1974 a mis en évidence la faiblesse de l'Occident et, pour le Tiers Monde, les risques d'une gigantesque récession qu'il était loisible d'exploiter à des fins expansives. D'où la tentation d'une implantation durable qui offrirait le triple avantage d'un contrôle renforcé sur les sources d'approvisionnement en matières premières et en pétrole, la maîtrise des grands axes commerciaux (mer Rouge, route du Cap) et la disposition des bases nécessaires au déploiement d'une marine de guerre omniprésente. En quelques années, un énorme empire s'est ainsi constitué, essentiellement centré sur l'Angola, le Mozambique et l'Éthiopie, qui s'appuie aussi, de Madagascar au Bénin, du Congo à la Libye, sur un certain nombre d'États proclamés socialistes ou révolutionnaires.

1. Sur l'intrusion de l'Afrique dans la confrontation Est-Ouest, cf. *supra*, p. 380-382. La Chine doit être tenue à part. Sa pénétration en Afrique n'est pas négligeable, déterminante même dans quelques États comme la Tanzanie. Mais ses moyens sont trop limités et son positionnement prioritairement antisoviétique la conduit à s'aligner parfois sur les Occidentaux.

Face à ce qui a pu être perçu comme autant de maillons d'un arc de crises déployé à des fins de déstabilisation, les pays occidentaux ont réagi en ordre dispersé. Victime du « syndrome vietnamien », victime aussi des analyses complaisantes de certains spécialistes [1], l'administration américaine n'a pas cru bon d'intervenir en Angola, pas plus qu'en Éthiopie où les États-Unis disposaient d'une influence ancienne. Ce n'est qu'à la fin de la présidence Carter et plus nettement avec Ronald Reagan que s'est esquissée une politique de *containment* avec l'appui apporté aux États conservateurs (Nigeria, Zaïre), aux mouvements contre-révolutionnaires (Unita en Angola, Renamo au Mozambique) et par une indulgente compréhension à l'égard de l'Afrique du Sud. Dans la mesure de ses moyens, et compte tenu de la relative abstention de la Grande-Bretagne attentive surtout au maintien de ses liens économiques et culturels, cette politique d'endiguement a été aussi celle de la France, au Zaïre d'abord [2], puis au Tchad où elle s'est opposée à l'activisme panislamique du colonel Kadhafi. Le changement de majorité intervenu en 1981 n'a pas introduit d'inflexion majeure dans une politique fondamentalement conservatoire du pré carré africain.

Quatre zones majeures de tension peuvent être retenues [3]. La guerre civile au Soudan et le conflit tchadien présentent la similitude d'opposer les populations arabo-islamiques du Nord aux populations christianisées et animistes du Sud.

1. Tel Andrew Young, ambassadeur des États-Unis à l'ONU durant les trois premières années de la présidence Carter, qui considérait l'influence soviétique comme transitoire, car liée à une instabilité locale, et la présence cubaine en Angola comme un facteur de stabilité.

2. La sécession du Shaba (ex-Katanga) a été perçue par la France comme une tentative de dislocation du Zaïre fomentée par le régime marxiste de l'Angola. Sur ordre de Valéry Giscard d'Estaing, la France intervient indirectement une première fois en avril 1977 en soutenant l'envoi d'une force marocaine, directement en mai 1978 en faisant larguer des parachutistes sur la ville de Kolwezi.

3. On ne jugera pas pour autant négligeables le conflit armé qui oppose en 1978 et 1979 l'Ouganda à la Tanzanie ; le conflit frontalier qui éclate fin 1985 entre le Mali et le Burkina Faso ; le conflit d'avril 1989 entre Sénégalais et Mauritaniens, marqué par des massacres et des mouvements de réfugiés dans les deux pays.

Mais, alors qu'au Soudan le Sud se rebelle contre le Nord, c'est le schéma inverse qui prévaut au Tchad. Une première rébellion du Sud-Soudan avait éclaté en 1955, dès le départ de l'occupant britannique, provoquée par la politique d'islamisation forcée des dirigeants de Khartoum. Elle s'était close avec les accords d'Addis Abeba de mars 1972, succès personnel pour le général Nimeiry dont le pouvoir était sorti renforcé du putsch manqué de 1971 qui lui a permis d'écarter ses anciens alliés communistes. Un calme relatif règne durant une dizaine d'années, mais les maladresses plus ou moins délibérées du régime — sous-développement systématique du Sud, entraves à son autonomie, reprise de l'islamisation — relancent le conflit en 1983. A la tête du Mouvement de libération des peuples soudanais (MLPS), le colonel Garang mène contre une armée soudanaise mal entraînée une guérilla efficace, et politiquement habile dans la mesure où elle répudie tout séparatisme sudiste mais se réclame d'une réforme d'envergure du pays. Incapable de faire face à l'extension de la rébellion, à la désorganisation économique et aux ravages de la famine, la dictature du président Nimeiry s'effondre le 6 avril 1985 sous les coups d'une conjuration militaire élargie aux forces politiques et syndicales. Il s'ensuit une éphémère réconciliation nationale, rompue par la radicalisation islamique du gouvernement de Khartoum. L'internationalisation du conflit, déjà ancienne [1], s'aggrave en 1987 avec l'entrée en lice de l'armée éthiopienne aux côtés du MLPS, tandis que l'armée soudanaise reçoit un surcroît d'armements des pays arabes. Inquiets de l'implication croissante de la Libye, les États-Unis et l'Égypte poussent à une solution politique, longtemps différée par le problème de la *charia* dont le MLPS exige l'abolition. Un accord de paix, signé à Addis Abeba le 16 novembre 1988, divise profondément le cabinet soudanais et n'a pas encore été entériné officiellement. Il est le préalable à la reconstruction d'un pays rendu exsangue par les atrocités militaires, la famine et les déplacements de population.

1. Le Sud est traditionnellement soutenu par les États voisins (Éthiopie, Kenya, Ouganda) et a bénéficié un temps du soutien libyen. Le président Nimeiry pouvait compter sur l'aide de Washington et de Ryad en raison de ses positions anticommunistes.

Au Tchad, ce sont les populations islamiques du Nord qui peuvent à bon droit se plaindre de l'hégémonisme du Sud, le « Tchad utile ». Créé en 1966 par quelques intellectuels arabophones, le Frolinat [1] a déclenché un soulèvement d'une ampleur suffisante pour que le général de Gaulle ait jugé bon de procéder à l'envoi, deux ans plus tard, d'un contingent militaire français pour rétablir la position du président Tombalbaye. L'ordre étant provisoirement rétabli et les troupes françaises s'étant retirées, la situation se tend à nouveau en 1977 quand les forces du Frolinat, dirigées par Goukouni Oueddei, puissamment armées par la Libye, s'emparent en quelques mois du Nord du pays, le BET [2], et menacent N'Djamena. A la demande du général Malloum, sucesseur de Tombalbaye assassiné en 1975, la France intervient à nouveau. L'imbroglio politico-militaire culmine en 1979 quand Hissène Habré, chef du Frolinat en rupture avec Goukouni [3], se rallie au général Malloum puis se retourne contre lui grâce aux troupes de Goukouni... Le fragile gouvernement d'union nationale qui s'ensuit ne résiste pas à la reprise des hostilités entre Goukouni, qui ne tient que grâce à une intervention libyenne dans la capitale, et Hissène Habré qui l'emporte en juin 1982 grâce au soutien américain et soudanais.

Chassé du pouvoir, Goukouni Oueddei ne désarme pas. Réfugié dans le Tibesti, il s'empare de Faya-Largeau, le chef-lieu du BET, en juin 1983. L'engagement de l'aviation libyenne à ses côtés détermine la France à intervenir une troisième fois (opération *Manta*, août 1983). Cette intervention dans le guêpier tchadien est diversement appréciée. Répudiant tout rôle de gendarme de l'Afrique, François Mitterrand, comme Valéry Giscard d'Estaing cinq ans plus tôt, entend s'en tenir à une action ponctuelle, mais suffisamment vigoureuse pour dissuader le colonel Kadhafi de persister dans ses projets d'unification du Sahel islamique. Il est clair qu'une abstention française aurait eu pour conséquence un engage-

1. Front de libération nationale du Tchad.

2. Régions sahariennes du Borkou-Ennedi-Tibesti.

3. Hissène Habré n'admet pas en effet l'occupation depuis 1973, par les troupes libyennes, de la bande frontalière d'Aozou, riche en uranium.

ment accru des États-Unis, le président Reagan manifestant sa sollicitude à tous les adversaires du dictateur libyen. Prolongé par le dispositif *Épervier*, le soutien français permet à Hissène Habré la reconquête du Nord tchadien, puis la récupération de la bande d'Aozou qui précède de peu le rétablissement des relations diplomatiques, le 3 octobre 1988, avec Tripoli. Si Goukouni Oueddei demeure en exil à Alger, nombre de ses partisans se sont ralliés au pouvoir « légal » de N'Djamena. Mais l'unité nationale demeure assez factice compte tenu du caractère dictatorial et militaire du régime tchadien.

Les conflits qui déchirent la Corne de l'Afrique se situent dans le prolongement d'une longue histoire locale sur laquelle sont venues se greffer idéologies nouvelles et ambitions extérieures [1]. L'origine du conflit réside dans le heurt de deux expansions séculaires, somalienne et éthiopienne. La République de Somalie, indépendante depuis 1960, réunit à peine plus de la moitié des populations somalis, le reste se répartissant entre le Kenya, l'Éthiopie (Ogaden et Haud) et Djibouti. D'abord dirigé contre le Kenya, le pansomalisme s'est tourné contre l'Éthiopie avec les incursions périodiques du Front de libération de la Somalie occidentale (FLSO), accessoirement contre la République de Djibouti [2]. Tant en 1966 qu'en 1973, les tentatives de médiation de l'OUA se révèlent inopérantes. Parallèlement, l'abolition en 1962, par l'empereur Hailé Sélassié, du statut d'autonomie de l'Érythrée a suscité un séparatisme auquel la Somalie n'est pas étrangère, et qui, pour être divisé en tendances rivales [3], a pu porter des

1. Longtemps isolée, cette région revêt une importance stratégique considérable en raison des possibilités de contrôle des principales routes pétrolières : celle du golfe Persique au canal de Suez par la mer Rouge et celle du Golfe au Cap par le détroit de Mozambique.

2. La France est intervenue militairement en février 1976 pour contrer l'irrédentisme somalien qui s'appuie sur l'ethnie Issa. Depuis l'accession à l'indépendance de Djibouti, le 27 juin 1977, elle entretient une force de cinq mille hommes pour protéger sa neutralité dans le différend somalo-éthiopien.

3. Essentiellement le Front de libération de l'Érythrée (FLE) et le Front populaire de libération de l'Érythrée (FPLE). Ce dernier, de tendance marxiste, pourvu en armes soviétiques, a fini par s'imposer aux autres tendances en 1971.

coups très durs à l'armée éthiopienne. L'incapacité du négus à maîtriser ces diverses rébellions, l'indifférence des autorités impériales à l'extension de la famine conduisent au coup d'État du 12 septembre 1974 par lequel des officiers progressistes déposent le monarque et engagent le pays dans la voie du socialisme. Mais le nouveau pouvoir, le DERG, est instable et diplomatiquement isolé en raison de l'effacement progressif des États-Unis. Cette situation profite au président somalien, le général Syad Barre, au pouvoir depuis 1969, qui peut se prévaloir du soutien soviétique [1], de la neutralité américaine et de la sympathie de nombreux pays arabes. L'action du FLSO s'intensifie donc au printemps 1977, pour déboucher sur la conquête de la quasi-totalité de l'Ogaden et la mise en place d'une administration autonome. Au même moment, le FPLE s'empare des principales villes d'Érythrée.

Mais entre-temps, l'Union soviétique a révisé son système d'alliances. Considérant le poids respectif de la Somalie et de l'Éthiopie, considérant aussi Syad Barre comme un allié peu fiable en raison de son rapprochement avec la Chine, Moscou choisit d'apporter désormais son soutien au lientenant-colonel Mengistu, nouveau maître de l'Éthiopie depuis février 1977. Encore ce soutien ne devient-il décisif qu'après une vaine tentative de conciliation des antagonismes somalo-éthiopiens dans un éventuel cadre confédéral. L'envoi d'une force cubaine estimée à 15 000 « volontaires », un appoint de forces yéménites [2], une assistance militaire et économique considérable du bloc soviétique permettent un rapide retournement de la situation. En moins d'un an, Addis Abeba retrouve son autorité sur l'Ogaden et l'Érythrée, sans que cesse pour autant, durant toute la décennie suivante, une guerre atroce compliquée par une série de famines et de

1. Ayant opté pour le socialisme, Syad Barre noue des liens étroits avec l'Union soviétique (traité de 1974). En contrepartie d'une assistance considérable — on compte 6000 experts soviétiques en 1977 —, l'URSS obtient de larges facilités militaires, notamment pour l'utilisation des ports de Berbera et de Chisimaio.

2. Il s'agit du Yémen du Sud ou République démocratique populaire du Yémen, qui se réclame depuis 1978 du « socialisme scientifique » et signe en 1979 un traité d'amitié et de coopération avec l'URSS.

dramatiques mouvements de réfugiés [1]. Soutenue par l'aide américaine et saoudite, la Somalie n'a pas renoncé à ses revendications traditionnelles, tandis que les maquisards de l'Ogaden et du Tigré maintiennent leur pression.

Les conflits de l'Afrique australe [2] sont dus pour l'essentiel à la dislocation du glacis érigé autour de l'Afrique du Sud pour se protéger d'une avancée africaine qui menacerait la domination du pouvoir blanc. Au Nord-Ouest, la Namibie, ancienne colonie allemande devenue mandat puis territoire sous tutelle sud-africaine, peu peuplée mais riche en minerais divers d'une grande valeur stratégique, a été quasiment annexée en 1949. Condamnée à de nombreuses reprises par les Nations unies [3], cette annexion a eu pour effet de lever, à partir de 1966, la résistance armée de la SWAPO [4] dirigée par Sam Nujoma, reconnue par l'ONU et par l'OUA comme l'unique représentant du peuple namibien malgré l'existence d'autres mouvements de résistance. Au nord, la Rhodésie, dont la minorité blanche avait unilatéralement proclamé l'indépendance en 1965, trouvait dans l'Afrique du Sud, outre une parenté idéologique fondée sur la ségrégation raciale, son principal soutien pour contourner l'embargo décrété par l'ONU et pour lutter contre la guérilla déclenchée par les forces de l'opposition noire [5]. Quant au Botswana, peu peuplé, il vit dans l'étroite sujétion économique de l'Afrique du Sud.

La situation se complique avec l'accession des colonies portugaises à l'indépendance [6]. L'organisation marxiste-

1. Au nombre d'un million environ, pour moitié des Érythréens réfugiés au Soudan, pour l'autre des habitants de l'Ogaden réfugiés en Somalie et à Djibouti.

2. Entendue au sens large, c'est-à-dire Angola, Zambie et Mozambique inclus.

3. Résolutions 385 (1976) et 435 (1978) du Conseil de sécurité.

4. South West African People's Organization.

5. Un Front patriotique s'est formé en 1976 à la demande des pays voisins dits de la « ligne de front » (Angola, Botswana, Mozambique, Tanzanie, Zambie). Il regroupe la ZAPU (Union du peuple africain du Zimbabwe) dirigée par Joshua Nkomo, implantée dans le Nord et l'Est, pourvue en armes soviétiques, et la ZANU (Union nationale africaine du Zimbabwe) de Robert Mugabe, active surtout dans l'Ouest, qui a les sympathies de la Zambie.

6. Cf. *supra*, t. III, p. 272-274.

léniniste des régimes de Luanda et de Maputo y est en effet d'emblée contestée. En Angola, le MPLA d'Agostinho Neto doit disputer son hégémonie au FNLA soutenu par le Zaïre et surtout à l'Unita de Jonas Sawimbi qui a les préférences de l'Afrique du Sud et plus tard des États-Unis. L'entrée de l'armée sud-africaine sur le territoire angolais, fin octobre 1975, déclenche peu après l'intervention des soldats cubains, transités par un gigantesque pont aérien soviétique. En janvier 1976, les forces sud-africaines se retirent mais continuent de soutenir l'Unita. Au Mozambique, le Frelimo de Samora Machel a été porté au pouvoir sans heurt majeur, mais il doit combattre dans les années suivantes la guérilla contre-révolutionnaire fomentée par la Renamo [1], qui est encadrée par d'anciens colons portugais, financée et armée par Salisbury et Pretoria, soutenue aussi par la CIA. La détermination sud-africaine s'explique dans la mesure où l'Angola abrite et arme les maquisards de la SWAPO et le Mozambique ceux de l'ANC [2] et de la ZANU. Face aux raids répétés et conjugués des armées « blanches » et des mouvements de résistance, l'Angola résiste le moins mal, grâce aux revenus de ses ressources pétrolières et à la présence sur son sol de troupes cubaines considérables (50 000 soldats ?), mais les autorités ne parviennent pas à venir à bout des forces de l'Unita qui contrôlent près de la moitié du territoire national. La situation est plus tragique encore au Mozambique qui souffre des effets conjugués de la famine, de la paralysie économique et des tristes exploits de la Renamo. Une lueur de paix est apparue en 1984 avec la signature par l'Afrique du Sud de deux traités, l'un à Lusaka (16 février) avec l'Angola, l'autre à Nkomati (16 mars) avec le Mozambique, sortes de pactes de non-agression et de bon voisinage, mais qui n'ont été respectés par aucun des signataires. Par ailleurs, la levée de l'amendement Clark [3] en 1985

1. Résistance nationale mozambicaine.

2. L'African National Congress, principal mouvement d'opposition noire au gouvernement de Pretoria, qui est doté de milices armées, organisées par Nelson Mandela au lendemain du massacre de Sharpeville (1960), et qui disposent de bases arrière au Mozambique depuis 1975.

3. Adopté en 1975, cet amendement interdisait au président toute possibilité d'intervention en Angola.

et l'entrevue Reagan-Sawimbi l'année suivante permettent une aide accrue des États-Unis à l'Unita.

Un élément de stabilisation est néanmoins intervenu avec l'accession à l'indépendance de la Rhodésie du Sud, le 18 avril 1980, sous le nom de Zimbabwe. Après avoir longtemps misé sur l'efficacité de ses forces de répression et sur les divisions des mouvements nationalistes, le gouvernement « blanc » dirigé par Ian Smith a dû prendre acte de la dégradation de la situation économique et de l'intensification de la guérilla. Sous la pression des pays anglo-saxons, il est donc contraint de négocier, d'abord avec les éléments modérés de la majorité noire (Mgr Muzorewa), puis avec les leaders du Front patriotique. Munie de l'aval des pays du Commonwealth [1], et au terme d'une large consultation, Margaret Thatcher dicte quasiment les termes d'un accord anglo-rhodésien signé à Londres le 21 décembre 1979. Cet accord comprend l'adoption d'une Constitution consacrant la majorité noire tout en garantissant les droits de la minorité, d'un cessez-le-feu et d'une période transitoire permettant la préparation des élections. Celles-ci ont lieu, non sans violences, fin février 1980 et donnent une large victoire à la ZANU de Robert Mugabe. L'indépendance est proclamée le 18 avril. Marxiste pragmatique, Mugabe s'est attaché depuis cette date à une politique de conciliation nationale et d'ouverture aux pays occidentaux, tout en recherchant un équilibre entre la solidarité avec les pays « de la ligne de front » et un bon voisinage avec l'Afrique du Sud.

C'est pourtant de la nouvelle approche soviétique du Tiers Monde, et singulièrement de l'Afrique, que l'on peut attendre la résorption prochaine des conflits. Un bilan réaliste de la percée soviétique invite en effet à une révision, pas forcément déchirante, des choix de l'ère Brejnev. Ce bilan juxtapose un coût très élevé et des résultats médiocres, voire désastreux. Si en Angola les armes livrées par Moscou et la présence cubaine sont en quelque sorte financées par les revenus pétroliers, il n'en va ainsi ni au Mozambique ni en Éthiopie où la partie se joue à fonds perdus. Un tel fardeau pourrait trouver sa justification, d'une part dans la viabilité des régi-

1. Conférence de Lusaka du 5 août 1979.

mes alliés, d'autre part dans les facilités consenties au déploiement de la puissance soviétique. Or l'aide massive distribuée par l'URSS et les pays de l'Est n'a permis d'empêcher ni l'effondrement économique ni le maintien de la guérilla contre-révolutionnaire. Et, à l'heure où Moscou entend promouvoir un processus rapide et durable de désarmement, et privilégier la coopération avec l'Occident et les États les plus performants du Sud, les ressources et les possibilités stratégiques de l'Afrique n'offrent plus le même intérêt.

Les effets de cette nouvelle donne sont déjà appréciables. Ils le sont dans la Corne de l'Afrique où un accord de paix somalo-éthiopien [1] a été signé le 3 avril 1988, prévoyant le retrait des troupes, le rétablissement des relations diplomatiques et l'examen du tracé des frontières par une commission mixte. Parallèlement, l'ancien président Jimmy Carter s'est chargé d'une médiation en vue de rechercher une solution politique au problème de l'Érythrée et du Tigré, ces deux provinces ayant été préalablement élevées (avec l'Ogaden) au rang de régions autonomes par le régime Mengistu. Mais l'activité du FPLE et du FPLT reste entière, et les opérations militaires aggravent pour les populations civiles les méfaits de la famine en bloquant ou en détournant l'aide internationale. Les résultats sont plus tangibles en Afrique australe. S'agissant de l'Angola, pressions américaines et soviétiques se sont conjuguées pour permettre la signature, à New York, des deux accords du 22 décembre 1988 entre Cubains, Sud-Africains et Angolais. Le premier, signé par les trois pays, prévoit l'application de la résolution 435 du Conseil de sécurité sur l'indépendance de la Namibie après l'organisation d'élections libres supervisées par l'ONU [2]; le second, signé par l'Angola et Cuba, prévoit le retrait échelonné sur vingt-sept mois des quelque 50 000 soldats cubains, comme celui des troupes sud-africaines et des guérilleros de l'ANC. Sous

1. Les menaces qui pèsent sur le régime de Syad Barre, en raison de la rébellion armée du Mouvement national somalien, et les pressions sur le colonel Mengistu lors de sa visite à Moscou la même année ne sont pas étrangères à la conclusion de cet accord.

2. Ces élections ont eu lieu, non sans mal, en novembre 1989, et ont vu la victoire, plus courte que prévue, de la SWAPO.

l'égide du président Mobutu, une réconciliation « historique » a été scellée entre le président Dos Santos et Jonas Sawimbi, dont la sincérité demeure à démontrer, avec promesse d'intégration des cadres et forces de l'Unita dans ceux de l'État. Frêle espoir de paix et de reconstruction d'un pays exsangue, que peut partager le Mozambique où les accords de Nkomati ont été réactivés en 1988, alors que la Renamo se trouve plus isolée en raison de l'arrêt du soutien américain. Le retrait des conseillers soviétiques et cubains dépend de la négociation entamée début 1989 entre Moscou et Pretoria.

En raison de la domination économique qu'elle exerce sur les pays de la « ligne de front », l'Afrique du Sud est la clé de voûte de cette détente, mais celle-ci ne peut être confirmée que par une transformation profonde de son système politique et interracial.

Dans le sillage de ses prédécesseurs, John Vorster, Premier ministre puis président de 1966 à 1979, avait incarné avec austérité et rigueur la perpétuation du pouvoir blanc. Quelques allégements portés à la législation raciale, l'ouverture d'un dialogue avec divers États africains, la mise en chantier d'une constitution élargissant la représentation nationale aux Indiens et aux Métis (mais non aux Noirs), n'avaient pas suffi à modifier substantiellement les choix et les méthodes du régime d'*apartheid*. Durement réprimées [1], les émeutes scolaires de Soweto, du 16 au 22 juin 1976, avaient justifié une reprise en main brutale, marquée dans les années suivantes par la dissolution des organisations noires, le strict contrôle de la presse, le quadrillage policier des *townships*. Parallèlement, la politique des bantoustans était accélérée, sans qu'il soit rien entamé de leur totale subordination à l'État sud-africain [2].

Successeur de Vorster, contraint à la démission à la suite d'un scandale politico-financier, Pieter Botha relève de cette fraction plus éclairée (*verlichte*) de la minorité blanche, dont

1. Un millier de morts environ.

2. Le Transkei voit son « indépendance » proclamée en 1976, le Bophutatswana en 1977, le Venda en 1979, le Ciskei en 1984 — sans qu'aucun de ces États fictifs ne fasse l'objet d'une reconnaissance internationale.

la devise « s'adapter ou mourir » vise à créer les conditions d'un État viable dans ses diverses composantes ethniques et présentable au regard de la communauté internationale. La situation intérieure du pays, son isolement diplomatique, invitent en effet à un certain réalisme. Dans la communauté blanche, les clivages s'approfondissent entre anglophones et afrikaners, et entre afrikaners eux-mêmes. Les organisations religieuses se déterminent contre l'*apartheid*, tel le Conseil sud-africain des Églises en 1978. Bien qu'interdite et pourchassée, l'opposition noire continue de défier le pouvoir blanc, encore que celui-ci exploite habilement les antagonismes tribaux, pour lever notamment des forces supplétives, et mise sur la promotion d'une élite impatiente de jouer un rôle même dans le cadre fictif des bantoustans. L'African National Congress (ANC) conserve son audience et son pouvoir de mobilisation dans les agglomérations noires et recourt, dans les années 1981-1983, à des attentats spectaculaires. Adeptes de la non-violence, le mouvement Conscience noire, puis l'United Democratic Front (UDF), alliance multiraciale de plusieurs centaines d'organisations, trouvent en Mgr Desmond Tutu, prix Nobel de la paix, un leader écouté. Sur le plan international, l'Afrique du Sud voit s'accroître son isolement après l'embargo sur les ventes d'armes adopté en 1977 par le Conseil de sécurité. Le pays pâtit aussi de la chute du shah d'Iran, allié et principal pourvoyeur de pétrole, ainsi que de diverses sanctions économiques. Sans doute, les États-Unis et la Grande-Bretagne refusent d'aller trop loin dans cette voie. Quelles que soient les critiques formulées contre l'*apartheid*, les pays occidentaux ne peuvent négliger que le régime de Pretoria a assuré jusqu'à présent la sécurité de la route maritime du Cap, ce qui explique que les demandes réitérées d'une aggravation des sanctions, tant à l'ONU qu'à l'OUA, sont tardivement et médiocrement suivies.

Sous l'égide de Pieter Botha se poursuit donc un déblocage graduel des institutions : suppression du *petty apartheid* (*apartheid* mesquin) dans le domaine des contacts sociaux et des relations professionnelles, assouplissement du système des *pass books*, reconnaissance du droit syndical aux Noirs. Mais il est mis un terme à ces concessions, elles-mêmes limitées, quand l'agitation des *townships* se réveille à partir de 1983, liée d'abord au rejet de la Constitution et à la discrimination électorale, puis à un ensemble de revendications à caractère social. D'emblée très vigoureuse, la répression culmine avec l'adoption, en juillet 1985, de l'état d'urgence dans les zones les plus peuplées du pays [1].

Cette crispation, conjuguée à une intensification des raids contre la SWAPO et l'ANC dans les pays voisins, débouche pourtant sur une impasse en raison des mesures de rétorsion prises par la communauté internationale. Parallèlement à la chute du cours de l'or, durement ressentie, la tendance au désinvestissement des firmes étrangères s'accélère, soit par mouvement spontané, soit par application de mesures gouvernementales. En septembre 1988, le Congrès américain passe outre au veto du président Reagan et aggrave les sanctions économiques. La maladie qui frappe Pieter Botha, début 1988, est l'occasion d'une guerre de succession qui tourne à l'avantage de Frederik De Klerk. Bien que précédé d'une solide réputation conservatrice, le nouveau président rompt avec la mentalité de « bunker » de son prédécesseur en se prononçant pour un pays « libre de racisme et de discrimination » [2]. La légalisation des mouvements nationalistes noirs (dont l'ANC interdite depuis 1960), la libération, le 11 février 1990, de Nelson Mandela au terme de vingt-sept ans de captivité, la levée de l'état d'urgence en juin, sont des gestes assurément décisifs. Mais l'avènement d'une démocratie pluraliste et multiraciale, substituée au régime déchu de l'*apartheid*, demeure hypothétique. Outre les résistances d'une partie de la communauté blanche, il se heurte aux divisions et aux surenchères de la population noire. Si le communisme dont se targuaient la plupart des dirigeants de l'ANC n'est plus de mise, le parti de Nelson Mandela doit compter avec le radicalisme du *Pan African Congress* et sur-

1. Outre l'extension des pouvoirs policiers, l'état d'urgence permet un contrôle plus strict de l'information, l'interdiction des rassemblements et des activités politiques. Fin février 1988, dix-sept organisations d'opposition sont interdites, dont la puissante UDF, et les syndicats mis au pas.

2. Les élections du 6 septembre 1989 donnent à cet égard des résultats plutôt contradictoires : recul du Parti national au pouvoir depuis 1948, poussée du Parti démocrate (libéral).

tout avec l'*Inkhata* du chef Buthelezi, principale bénéficiaire des minces concessions accordées par le pouvoir blanc dans les décennies précédentes. Les affrontements qui ensanglantent depuis plus d'un an la communauté noire hypothèquent gravement l'avenir.

Du reste, les perspectives ouvertes par la résorption des conflits et la normalisation du régime sud-africain ne doivent pas être surestimées. Car, au terme des années quatre-vingt, l'Afrique noire apparaît comme un continent sinistré et marginalisé. En raison de l'évolution défavorable des marchés et du surendettement, sa place dans le commerce mondial ne cesse de régresser, et le désinvestissement est devenu général. Le clientélisme diplomatique, très actif et assez fructueux durant la décennie 1975-1985, ne fait plus recette. Le retrait soviétique et la détente Est-Ouest restreignent en effet le chantage au renversement des alliances qui avait alimenté un temps la manne de l'aide publique internationale. La dislocation de l'Europe de l'Est aidant, une revendication démocratique s'est exprimée en divers points, notamment dans l'Afrique francophone, tout au long de l'année 1990. Mais elle tarde à se concrétiser, même si le pluripartisme progresse. Les troubles qui ont ensanglanté récemment le Liberia et le Rwanda rappellent la fragilité des structures internes, alors que l'effondrement de certaines dictatures (Syad Barre en Somalie, Mengistu en Éthiopie) laisse des pays ravagés par la famine et la guerre civile, sans compter le dramatique problème des réfugiés.

5

L'Asie-Pacifique

Nouvel axe ou *nouveau centre* du monde : pour excessives qu'elles soient, ces formules appliquées à l'ensemble Asie-Pacifique rendent compte de la redistribution de puissance amorcée depuis une vingtaine d'années. L'essor asiatique est d'abord économique. Dans le sillage du Japon, de nouveaux pôles de croissance sont apparus : les Nouveaux Pays Industriels sans doute, mais aussi l'Inde, le Pakistan, la Thaïlande, tandis que la Chine postmaoïste a entamé une révision radicale de ses structures économiques. La croissance spectaculaire des exportations, jointe à une vive demande de produits essentiellement fournis par les pays de l'OCDE, ont érigé les océans Indien et Pacifique en voie commerciale majeure. Cette promotion économique, fondée sur des options délibérement néocapitalistes, a un impact social très inégalement réparti, mais elle est allée de pair avec une remise en question des régimes autoritaires, des idéologies et des dogmatismes hérités du passé, dont s'accommodent mal les nouvelles générations militantes issues d'une classe moyenne en plein essor. Le bilan de cette démocratisation apparaît encore fragile là où il s'est amorcé — Corée du Sud, Thaïlande, Taiwan, Philippines —, et se trouve provisoirement bloqué ailleurs, notamment en Chine, en Indonésie, en Birmanie, voire au Pakistan. Elle n'en demeure pas moins l'une des grandes conquêtes des années quatre-vingt.

Bordée par trois des plus grandes puissances mondiales, l'Asie a été par excellence le théâtre du jeu triangulaire conduit par Washington, Moscou et Pékin. Jeu complexe et mouvant, dominé durant la décennie 1975-1985 par la spectaculaire percée de l'Union soviétique. A défaut du pacte de sécurité collective qu'elle aurait inspiré [1], l'URSS renforce sa présence navale dans les deux océans et conclut divers traités bilatéraux dispensateurs de facilités stratégiques. Avec le renforcement de ses bases extrême-orientales, la quasi-satellisation de l'Indochine par le biais de l'expansionnisme vietnamien et l'invasion de l'Afghanistan, l'URSS est au faîte de sa puissance asiatique. Face à un tel déploiement, la réaction américaine est tardive. Paralysée par le précédent de la guerre du Vietnam et soucieuse d'économies budgétaires, l'administration Carter opère une déflation de ses moyens militaires [2]. Pourtant, sans attendre le coup de Kaboul, les États-Unis se rapprochent de la Chine avec l'établissement, en janvier 1979, de relations diplomatiques complètes. Ce qui revient à répudier l'alliance nouée avec Taiwan au temps de la guerre froide, mais ouvre la voie à une quasi-alliance, pouvant aller jusqu'à la livraison de matériel militaire moderne, avec la Chine populaire. S'estimant menacée d'encerclement par l'impérialisme soviétique, celle-ci tente, mais sans grand succès, d'administrer une « leçon » au Vietnam qui vient d'occuper le Cambodge, et opère un rapprochement ostensible avec les pays non communistes de l'Asie du Sud-Est. Précédé par le voyage du Premier ministre Tanaka à Pékin et la signature de divers accords techniques, un traité de paix et d'amitié est d'autre part signé, en août 1978, avec le Japon.

Le *containment* américain revêt plus de détermination et d'efficacité à partir de 1981, même si on a relevé la prudence des réactions consécutives à la destruction, par la chasse soviétique, d'un avion civil des lignes coréennes [3]. Obsédé

1. Cette nouvelle « doctrine Brejnev », exposée en 1969 après l'annonce de la « doctrine Nixon » visant au désengagement américain, revenait à une neutralisation de l'Asie du Sud-Est. Ce projet était trop ouvertement antichinois pour ne pas être accueilli avec réticence et fut abandonné par la suite.

2. Évacuation des bases américaines de Thaïlande en 1978, et annonce (rétractée) d'un retrait progressif de Corée du Sud.

3. Survenue le 31 août 1983 près de l'île de Sakhaline, et qui cause la mort de 269 personnes. Bien que portée devant le Conseil de sécurité, l'affaire se solde par de timides mesures de boycott aérien.

par l'expansionnisme de l'URSS et délivré de tout complexe à l'égard de la guerre du Vietnam (qualifiée désormais de « noble cause »), Ronald Reagan entend restaurer le crédit de l'Amérique en Asie par un retour aux amitiés sûres. Un soutien politique et une aide militaire renforcée sont accordés aux régimes dictatoriaux (Marcos aux Philippines, Chun Dao Hwan en Corée du Sud, Zia au Pakistan) dès lors que leur anticommunisme les aligne sur le « consensus stratégique ». Sans nier toute valeur au rapprochement avec Pékin, mais très proche de longue date du lobby taiwanais, le nouveau président fait comprendre assez vite que la carte chinoise n'est plus de mise. Les dirigeants de Pékin en sont si conscients qu'ils rouvrent, fin 1982, les pourparlers avec Moscou. Paradoxalement, les relations des États-Unis se dégradent aussi avec les grandes démocraties : l'Australie, coupable de ne pas rompre avec Hanoi, et le Japon, auquel il est reproché, outre un protectionnisme commercial excessif, de ne consentir qu'une trop faible contribution à sa propre défense. A partir de 1983, le Premier ministre Nakasone, ancien directeur de l'Agence de défense, rompt avec la frilosité de ses prédécesseurs : il imprime à la politique extérieure japonaise une orientation plus déterminée, combinant une coopération renforcée avec Washington et une modernisation du potentiel militaire [1]. Les réactions inquiètes que provoque en Asie cette renaissance du « militarisme » sont atténuées par le profil bas d'une diplomatie soucieuse de désamorcer les tensions et par une aide accrue aux pays les plus nécessiteux.

Ouverte par l'important discours prononcé, le 28 juillet 1986, par Mikhaïl Gorbatchev à Vladivostok [2], la détente a accompli en quelques années des progrès considérables, même

1. La limite du 1 % du PNB imposée, selon une règle non écrite, aux budgets militaires annuels depuis 1976 a été abandonnée en 1987. Bien qu'encore grevées de multiples insuffisances, les forces japonaises tirent parti de la technologie avancée (*high tech*), et le budget militaire est en passe de devenir le troisième du monde.

2. Ce discours doit être complété par celui de Krasnoïarsk, du 16 septembre 1988, qui, sans apporter d'éléments nouveaux, affirme la volonté soviétique de progresser dans la voie de la détente.

si ses résultats tangibles, en termes d'accords et de traités, demeurent inférieurs à ceux enregistrés en Europe. Tout en affirmant sa vocation de grande puissance asiatique, l'URSS entend rechercher la réduction des tensions et réduire la course aux armements. Cette nouvelle logique implique un allégement de ses charges (au Vietnam notamment) et une ouverture vers les économies les plus dynamiques.

L'amélioration des relations sino-soviétiques est incontestable depuis le démantèlement des SS-20 asiatiques effectué sans contrepartie chinoise, la signature d'un accord frontalier partiel et, en décembre 1988, l'annonce du retrait des troupes vietnamiennes du Cambodge, auquel l'URSS n'est évidemment pas étrangère. Mais depuis la répression du printemps de Pékin qui a suivi de peu la visite de Gorbatchev dans la capitale chinoise, la Chine manifeste la plus vive hostilité à l'évolution du système soviétique, et les deux pays semblent s'en tenir à une sorte de coexistence pacifique. Ce qui, après deux décennies de tension et compte tenu des divergences actuelles, peut être considéré comme un moindre mal. La détente semble plus prometteuse avec les pays capitalistes. Longtemps réservé à l'égard de l'expérience gorbatchévienne, le Japon semble s'acheminer vers une solution négociée du problème des îles Kouriles [1] et envisager favorablement la coopération avec l'Union soviétique. Tandis que la Corée du Sud et Taiwan diversifient leurs relations extérieures, les relations intercoréennes connaissent depuis 1984 un réchauffement progressif. Mais, entre le rétablissement d'une « communauté nationale coréenne » prôné par le Sud et le « système confédéral » proposé par le Nord, la voie de la réunification est longue. Du reste, la fin de la guerre froide ne suffit pas à rendre moins complexe l'échiquier asiatique, compte tenu du jeu plus décousu des grandes puissances riveraines et du rôle accru des acteurs régionaux.

1. L'occupation, depuis 1945, des quatre îles de l'archipel des Kouriles par l'Union soviétique a empêché jusqu'à présent la signature d'un traité de paix. Un assouplissement des positions respectives permettrait une restitution au moins partielle, assortie d'une négociation plus large sur la sécurité dans la région Asie-Pacifique.

Le sous-continent indien

Par la vigueur de ses antagonismes ethniques, sociaux, religieux, l'Asie méridionale a vu s'aggraver les tendances à l'instabilité. Dans un contexte de difficultés économiques persistantes, qui n'exclut pas quelques belles réussites, la violence demeure le mode d'expression courant des revendications, même si elle se combine aux procédures électorales classiques. Les chances d'une démocratisation ont été brutalement interrompues en Birmanie (août 1988) et au Pakistan (août 1990). La persistance des disparités sociales, la montée des fondamentalismes religieux, la virulence des séparatismes entretiennent dans la plupart des pays un état de violence endémique. A cette instabilité a longtemps concouru la pression des grandes puissances, promptes à intégrer les conflits régionaux dans une stratégie globale d'affrontement, et qui ont déployé dans l'océan Indien un appareil militaire impressionnant. L'amélioration récente des relations Est-Ouest opère dans le sens d'une certaine détente régionale, et peut-être davantage en faveur d'un redéploiement de la politique extérieure des principaux États.

Permanence et changement, stabilité nationale et agitation régionale continuent de caractériser la vie politique de l'Inde. Les tendances autoritaires et centralisatrices de Mme Indira Gandhi, Premier ministre depuis 1966, se sont poursuivies à la faveur du conflit indo-pakistanais [1] et ont culminé avec la proclamation de l'état d'urgence en 1975. Celle-ci trouvait sa justification dans la lente dégradation du système politique depuis la fin des années soixante, marquée par le factionnalisme du Parti du Congrès, le verbalisme mêlé de corruption de la classe politique, la généralisation des violences sociales et ethniques. Mais l'incapacité du gouvernement à résoudre la crise économique par la voie dirigiste, les atteintes répétées aux libertés individuelles favorisent la coalition conservatrice regroupée autour du parti Janata. Aux élections du 20 mars 1977, le Congrès subit une écrasante

1. Cf. *supra*, t. III, p. 305-307.

défaite. Morarji Desai, vétéran congressiste écarté du pouvoir par Mme Gandhi, devient Premier ministre, mais maîtrise mal un jeu politique rendu plus instable par la scission du Parti du Congrès et ne rompt que partiellement avec l'autoritarisme légué par l'état d'urgence.

Le désenchantement de l'opinion est tel qu'Indira Gandhi prend en janvier 1980 une éclatante revanche, qui doit beaucoup au renouvellement des cadres du Congrès opéré par son fils Sanjay [1]. La mort de ce dernier, en juin, ouvre une crise politico-familiale que le Premier ministre arbitre habilement en renforçant la présidentialisation du régime. Un décollage industriel remarquable, qui s'appuie sur une mutation technologique sans précédent, les succès d'une politique extérieure active ne peuvent pourtant masquer les tares persistantes du gouvernement, ni surtout la crise du fédéralisme. A l'Est, l'Assam est secoué en 1983 par de violents incidents liés à l'immigration massive de réfugiés du Bangladesh. A l'Ouest, au Pendjab, la puissante minorité sikh, consciente de son poids dans l'armée et dans la vie économique de l'Union, radicalise tout un ensemble de revendications autonomistes, jusqu'à la création d'un État purement sikh, le Khalistan. Quelques promesses sont faites, mais, les affrontements se multipliant entre sikhs et hindouistes, Indira Gandhi opte pour la fermeté. Le 6 juin 1984, l'armée donne l'assaut au Temple d'or d'Amritsar et écrase la rébellion des extrémistes sikhs. La mort du leader religieux Singh Bhindrawale et les dommages causés au lieu saint occasionnent une série de troubles dans l'armée qui trouvent leur terme avec l'assassinat, le 31 octobre, d'Indira Gandhi par ses gardes sikhs. Cette tragédie désigne à sa succession son autre fils, Rajiv, qui, exploitant l'émotion populaire, remporte aisément les élections anticipées de 1984. Mais après des débuts prometteurs, Rajiv Gandhi épuise assez vite son crédit en raison d'une politique extérieure jugée trop ambitieuse alors que le bilan économique demeure mitigé et que les violences sociales ou intercom-

1. Il s'agit du Congrès I, parti d'Indira Gandhi, qui recrute moins dans l'intelligentsia anglophone que dans la nouvelle classe moyenne levée par le décollage économique.

munautaires ne désarment pas [1]. Sans compter quelques affaires de corruption que le Premier ministre tente vainement d'étouffer. Aux élections du 22 novembre 1989, le Parti du Congrès essuie son deuxième échec historique, rétrogradant de 515 à 193 sièges. La victoire revient à l'alliance des forces conservatrices, le Janata Dal et le Bharatiya Janata, ce dernier de tendance nettement hindouiste.

Cette montée en puissance de l'intégrisme religieux et la vigueur des affrontements ethniques caractérisent également l'évolution politique du Pakistan, un État qui, même amputé du Bengale en 1971, reste une construction artificielle où l'Islam demeure le seul lien réel [2]. Discrédité par la débâcle de l'armée au Bangladesh, le régime militaire présidé par le général Yahya Khan s'est effrondré en décembre 1971. Premier dirigeant civil démocratiquement élu, Zulfikar Ali Bhutto, leader du Parti populaire pakistanais (PPP), s'impose comme une grande figure du Tiers Monde et un réformateur animé par une foi progressiste sincère. Mais la nationalisation par pans entiers de l'industrie ne donne pas les résultats escomptés et, politiquement, le nouveau président se montre fort peu respectueux des libertés démocratiques : interdiction du principal parti d'opposition, le Parti national Awami, répression des tendances séparatistes au Baloutchistan, omniprésence du PPP dans l'administration, incarcération des principaux dirigeants de l'opposition. Les élections de mars 1977, contestées entre le parti officiel et les forces adverses, donnent lieu à de violents affrontements à Karachi. De difficiles négociations s'engagent entre les deux camps, mais, lasse des marchandages et compromis, l'armée intervient le 5 juillet. Ali Bhutto est déposé par le chef d'état-

1. Guerre des castes au Bihar, agitation agraire en Uttar Pradesh. Au Pendjab, le terrorisme sikh et le contre-terrorisme des forces paramilitaires auraient fait plus de 1 500 victimes en 1987 et de 2 300 en 1988.

2. Il convient de rappeler que l'exigence d'un État pakistanais est venue des minorités musulmanes du centre de l'Inde actuelle, en raison de leur difficile cohabitation avec les hindouistes. Les quatre peuples principaux qui forment le Pakistan n'ont ni la même langue ni la même histoire, et les partis politiques correspondent à des groupes ethniques plus qu'à des forces cimentées par une idéologie.

major, le général Zia ul-Haq, qui refuse la grâce de son prédécesseur, condamné à mort et pendu le 4 avril 1979 malgré une campagne internationale de soutien.

Une fois libérés quelques milliers de prisonniers politiques, le régime du général Zia ne se révèle pas moins dictatorial. Les élections sont constamment reportées, de nombreux partis et journaux sont interdits et la loi martiale finit par supplanter tout ordre constitutionnel. Si les rouages économiques font l'objet d'une large libéralisation, le régime prend, de concert avec la révolution iranienne et en accord avec les convictions personnelles du général Zia, une tournure islamique accentuée, sensible dans le domaine de la justice, des activités bancaires et de la vie quotidienne. Cette orientation ultraconservatrice et répressive finit par lever une opposition, regroupée dans le Mouvement pour la restauration de la démocratie (MRD) dont la principale composante demeure le PPP animé par la veuve et la fille d'Ali Bhutto, particulièrement implanté dans la province du Sind. L'opposition connaît pourtant une certaine usure en raison de la politique de « légitimité démocratique » conduite par le général Zia. Mais celui-ci trouve la mort dans un accident d'avion le 17 août 1988, dans des circonstances jamais éclaircies. Peu après, Benazir Bhutto remporte les élections sur la base d'un programme populiste très proche du modèle paternel. Poursuivre l'islamisation tout en atténuant la discrimination qui pèse sur la femme, accroître les pouvoirs provinciaux, lutter contre la « féodalité » et améliorer le sort des masses sont les principaux objectifs d'un Premier ministre populaire et généreux, mais inexpérimenté. Pour abus de pouvoir et corruption (accusations commodes), Benazir Bhutto est renversée le 7 août 1990, ce qui laisse augurer un retour en force de l'armée.

Plus que les relations sino-indiennes, gâtées par un contentieux frontalier d'assez médiocre importance [1], les relations indo-pakistanaises sont traditionnellement tendues.

1. Il s'agit de deux régions contestées, l'une par l'Inde dans la région de l'Aksai Chin, l'autre par la Chine dans le territoire de l'Arunachal Pradesh.

Le Cachemire, partagé entre les deux pays depuis 1949, fait toujours l'objet de revendications contradictoires, avivées depuis quelques années par un terrorisme issu du fondamentalisme islamique. A ce conflit ancien s'ajoutent d'autres facteurs de tension : l'aide qu'a pu apporter Islamabad à la révolte des Sikhs du Pendjab et surtout l'émulation nucléaire qui s'est emparée des deux pays. Bien qu'appartenant au mouvement des non-alignés, les deux États relèvent d'alliances longtemps antagonistes. Liée à l'URSS par le traité « d'amitié et de coopération » du 9 août 1971, l'Inde s'est montrée très proche, à quelques nuances près, des thèses et initiatives soviétiques, notamment lors de l'affaire afghane. Bien que s'étant retiré en 1979 de l'alliance du CENTO, le Pakistan a été érigé en bouclier occidental contre les visées expansionnistes de Moscou en Asie méridionale, ce qui impliquait une aide américaine considérable malgré l'irritation que suscitaient les ambitions nucléaires du général Zia. Le retrait soviétique d'Afghanistan et le nouveau contexte Est-Ouest conduisent actuellement les deux pays à redéployer leur diplomatie et à rechercher une amélioration de leurs relations bilatérales [1].

Mais, plus que le Pakistan, économiquement moins développé et grevé d'une masse de réfugiés afghans, l'Inde s'affirme comme la grande puissance du sous-continent. Son potentiel militaire s'est considérablement renforcé et modernisé, avec pour objectif de parvenir d'ici peu à l'autonomie en matière d'armements. Sans se départir officiellement d'un non-alignement de plus en plus vide de sens, ni de la traditionnelle amitié avec l'Union soviétique [2], l'Inde mène de front une politique d'ouverture en Europe et au Proche-Orient, un rapprochement prudent avec la Chine populaire et des initiatives plus audacieuses sur ses marges. Ce rôle de gendarme régional la conduit à une politique assez directive

1. Comme en témoigne l'accord signé le 31 décembre 1988 par Rajiv Gandhi et Benazir Bhutto sur la non-destruction réciproque des installations nucléaires des deux pays.

2. Visite de Rajiv Gandhi à Moscou et accords indo-soviétiques de mai 1985.

à l'égard de ses proches voisins (Bangladesh [1], Bhoutan, Népal), et lui a permis de déjouer, en novembre 1988, une tentative de putsch aux Maldives. Le succès est moins probant au Sri Lanka où, les affrontements entre Cinghalais et Tamouls [2] dégénérant depuis 1983, l'Inde s'est interposée en juillet 1987. Un certain calme est revenu dans l'île, permettant la tenue d'élections et la mise en place d'un régime d'autonomie dans les provinces tamoules. Mais l'armée indienne, pourtant de plus de 50000 hommes, n'a pu venir à bout du principal groupe indépendantiste tamoul (les Tigres de libération), ni mettre un terme aux affrontements interethniques. D'où la décision indienne, prise en 1989, d'un retrait progressif de ses troupes, sans que la situation srilankaise se soit stabilisée.

La péninsule indochinoise et l'ASEAN

Dans cette zone assurément la plus conflictuelle du continent asiatique, le fait majeur réside dans l'expansionnisme vietnamien. Celui-ci s'inscrit dans la logique de la confrontation Est-Ouest, au moins jusqu'à une date récente, mais obéit aussi à un projet stratégique autonome d'unification de l'Indochine contre les visées chinoises.

La première étape réside dans la mainmise du Nord-Vietnam sur le Sud, facilitée par le désengagement américain. Pas plus que les accords de Genève de 1954, les accords de Paris de 1973 [3] n'ont été respectés. La responsabilité en incombe

1. Un contentieux sur le partage des eaux du Gange et l'infiltration d'immigrés clandestins en Assam altèrent, mais sans réelle tension, les relations entre l'Inde et le Bangladesh.

2. Ces affrontements opposent la majorité cinghalaise (de religion bouddhiste) et la minorité tamoule (de religion hindouiste), ou plus exactement les extrémistes de ces deux communautés. Concentrés sur la côte orientale et au Nord de l'île (péninsule de Jaffna), les Tamouls se plaignent de discriminations diverses qu'exploitent des mouvements séparatistes. Une quasi-guerre civile aurait fait plus de 6000 victimes entre 1983 et 1987, jusqu'à l'intervention de l'Inde provoquée initialement par solidarité tamoule.

3. Sur ces accords, cf. *supra*, t. III, p. 465.

au général Thieu qui, encouragé sans doute par le président Nixon, n'entendait ni relâcher la lutte contre les communistes, ni reconnaître la représentativité du Gouvernement révolutionnaire provisoire (GRP). Le cessez-le-feu ne fut donc pas respecté, la reprise des opérations militaires se doublant d'un blocus économique des zones tenues par le GRP. Le Nord-Vietnam en conclut qu'il n'y avait de solution que dans le renversement par la force du régime Thieu. La démission de Richard Nixon, le 9 août 1974, l'encouragea dans cette voie, dans la mesure, où, refusant d'accéder aux demandes de Gerald Ford, le Congrès réduisit considérablement son aide à Saigon. En l'absence de toute réaction américaine, Hanoi et le GRP font avancer leurs forces avec une surprenante facilité, qui met à nu l'échec de la vietnamisation de la guerre. Après la prise de Ban Me Thuot, capitale méridionale des hauts plateaux, Hué et Da Nang tombent fin mars 1975. La menace qui pèse sur Saigon et la pression internationale aidant, Thieu démissionne le 20 avril. Mais son successeur, le général Duong Van Minh, ne peut que constater l'effondrement des forces du Sud et signer la capitulation le 30 avril, tandis que, dans la plus grande confusion, quelque 150 000 Sud-Vietnamiens quittent le pays.

Sans concrétiser le moins du monde le pluripartisme politique qu'il avait si longtemps exigé, le GRP impose partout un pouvoir révolutionnaire qui parvient du moins à parer au plus pressé : la démobilisation de l'armée sud-vietnamienne, le rétablissement des communications, la mise en place d'une nouvelle administration, le retour de millions de réfugiés. Mais la débâcle économique du Sud ne peut être atténuée que par l'aide venue du Nord, dont le plan quinquennal préparé pour la période 1976-1980 est refondu pour être étendu à l'ensemble du Vietnam. L'absorption économique prépare ainsi l'unification politique, effective en juillet 1976 après qu'une Assemblée nationale commune a proclamé la République socialiste du Vietnam et que s'est constitué un nouveau gouvernement incluant les principaux leaders du GRP. Après trente années de lutte, satisfaction est donc donnée à la vieille revendication nationaliste de l'unité des « trois Ky ». Mais l'euphorie est de courte durée. Une série de catastrophes naturelles, le poids maintenu des dépenses militaires, l'étatisation précipitée des divers secteurs économiques, l'incompétence et la gabegie des cadres venus du Nord précipitent le pays dans une situation catastrophique de pénurie malgré l'aide consentie par les pays du COMECON. Produit de la misère et de l'orientation totalitaire du pouvoir, le drame des réfugiés vietnamiens, entamé dès la chute de Saigon, revêt un caractère aigu à partir de 1978, aggravé par celui des réfugiés laotiens et cambodgiens. En quatre ans, le total des réfugiés des trois pays d'Indochine dépasse le million. Les principaux pays d'accueil — Thaïlande, Malaisie, Indonésie — sont rapidement débordés et en appellent à l'aide internationale. La conférence ouverte à Genève par Kurt Waldheim le 20 juillet 1979 réalise un accord sur le droit à l'émigration et dégage un soutien financier assumé pour moitié par les États-Unis. Même atténuée, la tragédie des *boat people* n'en continua pas moins. L'émotion qu'elle a suscitée n'a pas peu contribué au discrédit du communisme dans ce qu'il est convenu d'appeler l'intelligentsia occidentale.

Dans ce contexte, l'insertion internationale du nouvel État vietnamien va se révéler difficile. Alors que Washington bloque provisoirement son admission à l'ONU [1] et élude toute discussion sur une éventuelle contribution américaine à la reconstruction du pays, et que les démocraties occidentales demeurent dans une prudente expectative, ses relations se détériorent avec la Chine et ses voisins de l'Asie du Sud-Est. Ne pouvant dicter les termes d'une neutralisation régionale, le Vietnam rabat ses ambitions sur le reste de la péninsule indochinoise. Au Laos d'abord, où le Pathet Lao, mouvement communiste qui s'est de tout temps aligné sur le Viêt-minh, s'est emparé du pouvoir en mai 1975. Compte tenu des résistances diverses qu'elles rencontrent (montagnards Méos, formations anticommunistes), les autorités laotiennes doivent s'appuyer sur l'assistance technique et militaire vietnamienne, accessoirement soviétique. En 1977, les forces vietnamiennes au Laos sont estimées à une centaine de mille, ou davantage. Le 18 juillet, un traité d'amitié et

1. Cette admission n'est effective qu'en septembre 1977, après que Jimmy Carter a timidement renoué avec Hanoi.

de coopération, conclu pour vingt-cinq ans, scelle en fait la sujétion du plus faible au plus fort.

La satellisation du Cambodge va se révéler plus laborieuse et lourde de conséquences. Après la dictature fantasque du prince Sihanouk, le Cambodge était sorti durement éprouvé du régime militaire imposé en 1970 par les forces de droite et les États-Unis. A la répression gouvernementale s'étaient ajoutés les effets dévastateurs de l'intervention américaine visant à éliminer les « sanctuaires » vietnamiens du Cambodge. Tombé dans la dépendance complète de Washington et de Saigon, le régime du général Lon Nol se heurtait à la coalition des sihanoukistes et des communistes khmers [1], aidés à distance par la Chine et sur place par l'Armée populaire vietnamienne. Les campagnes tombaient progressivement aux mains des Khmers rouges. Ignorée par les accords de Paris, à tel point que l'aviation américaine poursuit ses bombardements jusqu'en août 1973, la résistance khmère lance une grande offensive début 1975 et s'empare de Phnom Penh le 17 avril.

S'ouvre alors une des plus grandes tragédies de ce siècle. Le régime khmer rouge mis en place après l'effacement du prince Sihanouk relève d'une organisation longtemps mystérieuse, l'Angkar, derrière laquelle agit en fait le Parti communiste dirigé depuis 1962 par Saloth Sar, qui a pris le nom de Pol Pot. Au fil de purges sévères dans le conglomérat de factions qui compose le nouveau pouvoir, ce dernier s'impose rapidement en s'appuyant sur l'armée et une police politique impitoyable. Une idéologie primaire, assez proche du maoïsme [2], opposant l'« ancien peuple » (la paysannerie révolutionnaire) au « nouveau peuple » (le monde corrompu des villes), sert de support à des expériences radicales de désurbanisation et de rééducation, tandis que surgissent dans les campagnes des bagnes-coopératives où la population est

1. Cette coalition se forme dans le FUNK (Front national uni du Kampuchea) et le GRUNK (Gouvernement royal d'union nationale du Kampuchea). Le soutien appuyé de Pékin à ces formations conduit l'URSS à en différer la reconnaissance jusqu'en 1973.

2. Il s'agit du maoïsme radical de la révolution culturelle, tel qu'il se prolonge à l'époque avec la Bande des Quatre.

contrainte de travailler à un rythme forcené. Travail forcé, malnutrition, épidémies ajoutent leurs ravages à une répression féroce qui vise, outre les adversaires réels ou supposés de la ligne, les intellectuels suspects de corruption occidentale, laissés à l'arbitraire d'adolescents fanatisés. Un bilan précis de ce régime esclavagiste n'a pu être dressé avec précision. Il est généralement estimé à environ deux millions de victimes entre 1975 et 1979, ce qui porte à trois millions les pertes de la décennie 1970-1979.

Autant pour compromettre ses adversaires que pour donner au régime sa justification « nationale », Pol Pot choisit la confrontation avec le Vietnam. En fait, celle-ci ne fait que prolonger le vieil antagonisme vietnamo-khmer, avivé par diverses revendications territoriales et maritimes [1]. Le coup d'État manqué d'éléments provietnamiens à Phnom Penh, en avril 1977, radicalise le conflit [2]. A partir de cette date, les accrochages frontaliers se multiplient, culminant le 16 décembre avec une profonde offensive vietnamienne en territoire khmer, entraînant la rupture des relations diplomatiques. Ses propositions de négociation ayant été rejetées, et fort du soutien soviétique [3], le Vietnam déclenche le 27 novembre 1978 une invasion de grande envergure qui aboutit à la chute de Phnom Penh le 7 janvier 1979 et de la plupart des capitales provinciales dans les jours suivants. Un comité populaire révolutionnaire est mis en place, présidé par Heng Samrin, un ancien Khmer rouge rallié à Hanoi. Un traité d'amitié et de coopération, signé dès le 18 février, parachève la satellisation et légitime l'occupation militaire. D'où le refus de la communauté internationale de reconnaître le nouveau régime de Phnom Penh et de l'admettre à l'ONU, position juridiquement plausible, mais qui revient à accorder une légitimité pour le moins discutable à l'ancienne équipe

1. De longue date, le Cambodge a protesté contre l'annexion à la Cochinchine de territoires qu'il considère comme siens (le « Kampuchea Krom »), et rejette le partage des eaux maritimes entre les deux pays tel qu'il a été édicté à l'époque coloniale (la « ligne Brévié »).

2. Une seconde rébellion de ce type intervient, et échoue également, en avril 1978, assortie de purges sanglantes.

3. Le traité soviéto-vietnamien a été signé le 3 novembre 1978.

khmère rouge, coupable d'une entreprise de génocide à laquelle il a tout de même été mis fin en 1979.

La politique indochinoise du Vietnam ne peut qu'indisposer la Chine populaire, d'autant plus que l'expansionnisme de Hanoi est perçu comme un simple prolongement de celui de Moscou. Alors que Pékin avait bien accueilli les accords de Paris, dans la mesure où ils maintenaient un Vietnam divisé et garantissaient l'indépendance du Laos et du Cambodge, l'unification de 1979, la satellisation du Laos puis du Cambodge, les facilité stratégiques accordées à l'URSS sont autant de menaces d'un encerclement soviéto-vietnamien de la Chine. A la fois cause et effet de cette tension, les relations bilatérales s'aigrissent à propos de divers contentieux déjà anciens et jamais réglés : le tracé frontalier légué par l'ère coloniale et la revendication de quelques îlots en mer de Chine [1]. Le statut de plus en plus précaire de l'importante minorité chinoise du Vietnam (les « Hoa ») [2] conduit la Chine à diminuer son aide économique, puis à y mettre fin en juillet 1978 quand le Vietnam adhère au COMECON. Quand les troupes vietnamiennes pénètrent au Cambodge en décembre, les dirigeants chinois décident d'administrer une « leçon » au Vietnam. L'objectif de Pékin est de se saisir de gages territoriaux suffisants pour obliger Hanoi à reculer au Cambodge et à relâcher son emprise au Laos. Mais l'offensive chinoise, déclenchée le 17 février 1979 sur un front relativement restreint, se solde par un semi-échec. Sans doute la pénétration des troupes chinoises, de l'ordre de 50 à 60 km, est-elle appréciable, et Pékin peut enregistrer avec satisfaction la prudence des réactions de Moscou. Mais le coût humain de l'opération est élevé [3] et l'inter-

1. La frontière sino-vietnamienne, fixée par une série d'accords franco-chinois datant de 1886-1891, fait de part et d'autre l'objet d'un contentieux assez modeste. En mer de Chine, l'occupation en 1974 des îles Paracels a ouvert une crise avec le régime de Saigon, puis avec le Vietnam.

2. Au nombre de 1,2 million, essentiellement concentrés dans le Sud et contrôlant l'essentiel des activités commerciales, les Hoa sont l'objet de mesures discriminatoires qui conduisent une grande partie d'entre eux à l'exil. Mais une faible minorité choisit de gagner la Chine.

3. Closes dès le 5 mars, les opérations militaires ont fait quelque 50 000 morts et blessés du côté chinois, soit le quart des effectifs engagés.

vention n'a pas suffi à contraindre le Vietnam à se retirer du Cambodge. Des négociations ouvertes en avril 1979 entre Pékin et Hanoi s'enlisent rapidement.

La situation en Indochine ne va guère connaître de modification majeure durant une dizaine d'années. Au Cambodge, le Vietnam maintient, conformément au traité du 18 février 1979, une présence militaire oscillant entre 100 000 et 150 000 soldats. En face, la résistance cambodgienne disposerait de 25 000 Khmers rouges aguerris, essentiellement ravitaillés par la Chine [1], auxquels il faut ajouter les maigres forces sihanoukistes et celles du nationaliste conservateur Son Sann. De vigoureuses offensives vietnamiennes, durant l'hiver 1984-1985 notamment, sont d'indéniables succès, mais insuffisants pour anéantir la résistance, tandis que des centaines de milliers de réfugiés cambodgiens affluent en Thaïlande. A l'impasse militaire s'ajoute l'impasse politique. Le Vietnam entend ignorer le « soi-disant problème cambodgien » et affirme la situation « irréversible ».

A partir de 1986, divers facteurs interviennent pourtant en faveur du changement. L'un d'eux réside dans l'état désastreux de l'économie vietnamienne. Une armée et une bureaucratie hypertrophiées, les incohérences de gestion et la corruption endémique ont fini par reléguer le pays parmi les plus pauvres de l'Asie [2], et ce malgré une aide soviétique annuelle gravitant autour de cinq milliards de dollars, assistance militaire non comprise. Or, depuis l'arrivée de Mikhaïl Gorbatchev au pouvoir, l'URSS rechigne à poursuivre une aide aussi dispendieuse et contre-performante, et encourage Hanoi à trouver une solution négociée. Le concours des capitaux occidentaux suppose d'autre part une réforme intérieure et un dégel de la situation cambodgienne. Le tournant est opéré en décembre 1986, quand le VIIe Congrès du Parti communiste vietnamien entérine un ensemble de réformes placées sous le signe de la libéralisation, de la décentralisation et de l'ouverture. Le Congrès enregistre aussi, de façon signi-

1. Bien qu'ayant officiellement reconnu les « excès » des Khmers rouges, la Chine arme et finance, par la Thaïlande, leurs actions de guérilla.

2. En 1985, le FMI estime à 130 dollars le PNB par habitant du Vietnam, plus faible que celui du Bangladesh.

ficative, le retrait de quelques figures historiques (Truong Chinh [1], Pham Van Dong, Le Duc Tho) et la promotion de dirigeants réputés réformateurs comme Nguyen Van Linh, nouveau secrétaire général. La concrétisation de ce réformisme est pourtant modeste. Face à la *perestroïka* soviétique, Hanoi se pose volontiers en bastion de l'orthodoxie marxiste-léniniste, et affirme que, si la réforme économique est nécessaire, celle-ci n'implique aucune modification du système politique.

La pression internationale et la nécessité d'alléger les charges militaires du Vietnam poussent à une solution négociée au Cambodge. Tandis que se multiplient, à Paris et à Djakarta, les rencontres entre le prince Sihanouk et le Premier ministre cambodgien Hun Sen (successeur de Heng Samrin), Hanoi allège progressivement son dispositif. Un premier retrait est annoncé en mai 1988, le retrait total en avril 1989, effectif en septembre même si les spécialistes tablent sur le maintien de quelques milliers de soldats vietnamiens. Entretemps s'est ouverte, le 30 juillet à Paris, une conférence internationale sous l'égide de l'ONU réunissant dix-neuf pays concernés et les quatre factions cambodgiennes [2]. Si un terrain d'entente est trouvé sur le statut du futur État (« neutre, pacifique et non aligné »), une participation des Khmers rouges à un gouvernement de transition fait l'objet de divergences insurmontables. La conférence est donc suspendue le 30 août. Mais la forte pression militaire qu'exercent les Khmers rouges à l'Ouest du Cambodge et l'éventualité d'une reconquête du pouvoir inquiètent les États-Unis qui opèrent, au printemps 1990, un rapprochement sensible avec le Vietnam.

Face aux événements qui ravagent l'Indochine, et face aux risques d'extension de ses conflits successifs, les pays de l'Asie

1. Successeur de Le Duan, mort en juillet 1986, et principal inspirateur, comme secrétaire général, de la ligne dure du parti.

2. Le Premier ministre Hun Sen et les trois tendances de l'opposition antivietnamienne, réunies depuis 1982 dans un gouvernement de coalition : Sihanouk (chef de l'État), Son Sann (Premier ministre) et le Khmer rouge Kieu Samphan, chargé des relations extérieures.

du Sud-Est ont tenté de s'organiser. L'OTASE ayant administré la preuve de son inefficacité [1], le relais est pris par une démarche plus autonome de cinq États soucieux de coopération et de stabilité régionale. L'Association des nations de l'Asie du Sud-Est — l'ASEAN [2] — naît officiellement en août 1967 à la conférence de Bangkok réunissant la Thaïlande, les Philippines, l'Indonésie, la Malaisie et Singapour [3]. La vocation initiale du groupe est d'ordre économique et culturel, et même dans ces domaines ses débuts apparaissent bien modestes. Mais le désengagement britannique à l'est de Suez [4], et plus encore l'énoncé de la doctrine Nixon (1969) qui prépare le désengagement américain font peser la menace d'un vide politique que l'URSS et la Chine peuvent être tentées de combler. Sous l'impulsion du dirigeant malais Tun Razak, la conférence de l'ASEAN tenue fin novembre 1971 à Kuala-Lumpur politise davantage l'organisation en lui conférant comme priorité de s'ériger en « zone de paix, de liberté et de neutralité ». Cette option neutraliste coûte à certains États dont l'orientation est délibérément anticommuniste. C'est pourquoi la normalisation des relations avec la Chine populaire est incomplète : effective pour les Philippines, la Thaïlande et la Malaisie, elle est obstinément refusée par l'Indochine [5]. En fait, l'attentisme prévaut et la neutralisation tarde à sa concrétiser.

Ce sont les bouleversements de l'année 1975, marquée par la victoire du communisme en Indochine, qui font sortir l'ASEAN de sa torpeur. Le sommet de Bali, tenu en février

1. Affaiblie par les retraits de la France et du Pakistan, l'OTASE disparaît après la chute de Saigon, en 1975, qui illustre le caractère dérisoire de la garantie américaine.

2. On a retenu les initiales de la formulation anglaise, *Association of South East Asian Nations*, plus courante.

3. Un sixième État, le Brunei, adhérera à l'ASEAN en 1984.

4. Déclaration de Harold Wilson aux Communes du 6 janvier 1968. Ce retrait, qui concerne la Malaisie et Singapour, est achevé en 1971.

5. Les relations diplomatiques entre la Chine et l'Indonésie sont gelées depuis 1967 en raison des liens étroits unissant Pékin au Parti communiste indonésien, décapité lors du coup d'État de 1965 mais dont de nombreux cadres se sont réfugiés en Chine. Cette option antichinoise conduit l'Indonésie à une certaine bienveillance à l'égard du Vietnam.

1976, dote l'Association d'une structuration accrue et lui assigne comme priorité la stabilité régionale. Cet infléchissement ne signifie pas d'emblée la rupture avec le Vietnam. Mais celui-ci entend dicter ses vues. Refusant de souscrire à la déclaration de Kuala-Lumpur en raison du maintien des bases américaines aux Philippines (la Thaïlande a obtenu le retrait de celles-ci en 1976), Hanoi se prévaut d'une conception très soviétophile du non-alignement [1] qui inquiète ses voisins. L'invasion du Cambodge consomme la rupture. Face au bloc indochinois unifié par le Vietnam et soutenu par l'Union soviétique, l'ASEAN fait désormais figure de bloc adverse, pro-occidental et capitaliste, tout en étant prêt à des accommodements avec la Chine dans le sillage des États-Unis. Outre la condamnation répétée de l'intervention et l'exigence du retrait des troupes vietnamiennes, l'ASEAN patronne la formation, en 1982, d'un gouvernement de coalition unissant les trois formations hostiles au Vietnam. Elle empêche également, avec succès, la reconnaissance du régime de Heng Samrin.

Fermeté dans l'ensemble payante. Il est devenu évident que le problème cambodgien ne se réglera pas sans l'accord de l'Association. Il n'est pas sûr pourtant que la cohésion du groupe se révèle durable, s'agissant de pays très différents par la taille, le développement économique, l'héritage historique et religieux. Malgré des performances industrielles parfois remarquables, l'ambition d'un marché commun du Sud-Est asiatique ne s'est guère concrétisée : les échanges intrarégionaux ne représentent que moins de 20 % du commerce total de la zone et la coopération industrielle est quasiment au point mort. La guérilla communiste à laquelle sont confrontés un certain nombre de pays [2], la fréquence des heurts interethniques, la vigueur de certains séparatismes ne suffisent pas à créer une solidarité. Dans la perspective

1. Notamment à la conférence des pays non alignés de Colombo, en 1976.

2. Les partis communistes les plus agissants, et dans l'ensemble soutenus par la Chine, sont le Parti communiste malais, opérant du Sud de la Thaïlande, le Parti communiste thaïlandais, qui dispose de bases au Laos, et surtout la *New People's Army* aux Philippines.

d'un apaisement des tensions en Indochine, il est probable que la loi des affaires s'imposera rapidement.

L'évolution politique des pays de l'ASEAN vérifie pourtant assez bien l'aspiration démocratique telle qu'elle s'est généralisée dans les années quatre-vingt. La Malaisie et Singapour relèvent d'un multipartisme encore confus dont la violence n'est pas exclue. La Thaïlande connaît depuis 1973 un relatif effacement des militaires, ou du moins de la faction la plus autoritaire de l'armée. Tel n'est pas le cas de l'Indonésie où la dictature imposée en 1965 ne s'est pas démentie. Candidat unique, le général Suharto a obtenu en 1988 un cinquième mandat présidentiel. Certaines formes démocratiques ont été réintroduites en 1971, en particulier des élections législatives régulières, mais un strict contrôle du vote populaire a permis la reconduction non moins régulière du parti gouvernemental, le Golkar. Les partis d'opposition ont dû se regrouper en deux formations, la presse est étroitement censurée et toute activité politique demeure interdite dans les campagnes. Peu connus, car échappant à tout contrôle des instances internationales, les séparatismes de l'Irian Jaya et de Timor oriental [1] font l'objet d'une répression militaire coûteuse et sanglante. Si l'intégrisme islamique a peu d'audience en Indonésie, l'opposition étudiante s'est à plusieurs reprises (1974, 1978, 1989) vigoureusement manifestée, à l'unisson des classes moyennes qui souhaitent une libéralisation du régime.

L'évolution la plus remarquable est celle des Philippines. Au pouvoir depuis 1965, Ferdinando Marcos régnait sur l'archipel grâce aux méthodes éprouvées du népotisme, de la corruption, de la répression et de la fraude, et grâce au soutien inconditionnel des États-Unis dont le retrait récent (1946) avait laissé un réseau d'influences et d'intérêts considérables, à commencer par les bases militaires de Clark Field

1. Dans l'Irian Jaya, moitié occidentale de la Nouvelle-Guinée annexée en 1963, l'Indonésie est confrontée à une guérilla se réclamant d'un Mouvement pour la libération de la Papouasie. A Timor, ancienne colonie portugaise, l'Indonésie maintient depuis le débarquement de 1975 une occupation militaire combattue par le mouvement nationaliste Fretilin dirigé par Xanana Gusmao.

et Subic Bay. Pouvoir triplement contesté, surtout depuis le second choc pétrolier qui a plongé le pays dans une crise endémique et entamé les acquis de la classe moyenne. Dans le prolongement de la rébellion paysanne des Huks d'après guerre, mais étendue à d'autres couches sociales, la guérilla communiste n'a cessé de s'étendre. D'inspiration maoïste, la New People's Army compterait quelque 25 000 combattants et contrôlerait 20 % des villages, surtout au Sud de l'archipel. Plus récente, l'insurrection des musulmans *Moros* du Mindanao (îles du Sud) est traitée avec plus de circonspection en raison de ses soutiens extérieurs [1], mais n'en absorbe pas moins d'énormes contingents militaires.

Longtemps embryonnaire et divisée, l'opposition libérale se soude, en partie grâce aux efforts de l'Église catholique, après l'assassinat du sénateur Benigno Aquino, le 21 août 1983. Malgré les pressions et les violences, les élections législatives de mai 1984 sont un camouflet pour le président qui doit, peu après, démettre quelques militaires compromis. Bien que bénéficiant de l'appui personnel de Ronald Reagan, Marcos ne parvient pas à maîtriser la crise consécutive à l'élection présidentielle du 7 février 1986. La candidate de l'opposition, Corazon Aquino, veuve du sénateur assassiné, finit par s'imposer en menaçant de déclencher un vaste mouvement de désobéissance civile. Mais le ralliement de la hiérarchie militaire n'est pas moins décisif. Assiégé dans son palais, Marcos accepte l'asile politique des États-Unis aux Hawaii. Une amnistie générale des prisonniers politiques et un cessez-le-feu avec la NAP, conclu en décembre, sont autant de succès de la nouvelle présidente qui, après s'être débarrassée de la tutelle encombrante du général Enrile, aborde sereinement le référendum constitutionnel du 2 février 1987. Celui-ci proroge, à une large majorité, ses pouvoirs présidentiels jusqu'en

1. Disposant d'une aide syrienne et libyenne, le Front national de libération moro fondé par Nur Misuari est politiquement soutenu par les pays de la Conférence islamique. Très dépendants des pays arabes pour leur approvisionnement en pétrole, les pays de l'ASEAN font pression sur le président Marcos pour que soit trouvée une solution négociée. Un statut d'autonomie est accordé en 1977 aux provinces musulmanes, mais jugé trop restrictif par le Front qui maintient la lutte armée.

1992. Disposant d'un indéniable charisme, bien intentionnée mais médiocrement entourée, Corazon Aquino voit son crédit populaire s'éroder assez vite en raison des multiples problèmes qui l'assaillent : crise économique et sociale persistante, reprise de la guérilla communiste, état de rébellion endémique des sphères militaires [1]. Sans compter la moralisation de la vie publique, qui demeure très en deçà de la démocratisation politique.

Le Pacifique Sud

La réunion en 1972 du premier Forum du Pacifique Sud a révélé la promotion internationale de ce vaste ensemble océanien, géographiquement peu homogène [2], mais fort de ses potentialités économiques et doté d'une importance stratégique considérable en raison de ses communications avec l'océan Indien. Pour ces raisons, et compte tenu de la fragilité de ses micro-États (une quinzaine), les grandes puissances ont renforcé leur présence militaire [3] et signifié leur sollicitude par une série d'accords de coopération, notamment dans le domaine de la pêche où l'Union soviétique a su se placer en position avantageuse. Le relatif effacement des anciens États coloniaux, symbolisé par la décolonisation maladroite du condominium franco-britannique des Nouvelles-Hébrides devenu le Vanuatu en 1980, donne leur chance aux puissances régionales, la Nouvelle-Zélande et sur-

1. On ne compte pas moins de six tentatives de putsch entre 1986 et 1990, les plus graves étant celles d'août 1987 et de décembre 1989, cette dernière n'ayant pu être surmontée que grâce à un soutien américain à la présidente.

2. Deux grands pays industrialisés (Australie et Nouvelle-Zélande), la Polynésie, la Mélanésie (Papouasie-Nouvelle-Guinée, Nouvelle-Calédonie, Vanuatu, Fidji...) et les archipels micronésiens.

3. L'Union soviétique ne dispose pas de bases militaires dans le Pacifique Sud mais déploie une présence maritime d'envergure, et elle couvre l'ensemble du continent océanien à partir de bases sibériennes et de sa base vietnamienne de Cam Ranh. Les États-Unis assurent la dissuasion à partir de leurs propres bases (Midway, Wake, Guam) et de celles dont ils disposent au Japon et aux Philippines.

tout l'Australie, qui s'emploient à renforcer leur influence par une multiplication d'accords qui s'étendent jusqu'aux pays de l'ASEAN.

Deux thèmes agissent commodément pour développer une communauté d'intérêts. Issus de la décolonisation, les pays du Pacifique Sud nourrissent une aversion de principe pour le colonialisme et placent la France en position d'accusée. C'est à l'initiative du Forum que la question de la Nouvelle-Calédonie [1] a été portée devant le comité de décolonisation de l'ONU. Mais l'activisme australien dans ce domaine, que devrait pourtant modérer le sort passé et présent des populations aborigènes, a été quelque peu freiné par les crises récentes qui ont secoué les Fidji (coup d'État du colonel Rabuka en 1987) et le Vanuatu. Celles-ci ont révélé, comme en Nouvelle-Calédonie, la vigueur du nationalisme mélanésien et les soutiens lointains (libyen, soviétique) dont il pouvait disposer. De fait, les accords de Matignon de mai 1988 ont été bien accueillis et ont introduit une détente.

Le mouvement antinucléaire fait l'objet d'un consensus plus large, même si les travaillistes, à Canberra et à Wellington, sont plus acquis à la dénucléarisation que les partis conservateurs, et si la Nouvelle-Zélande adopte des positions plus en pointe que l'Australie. C'est sur proposition néo-zélandaise que les treize États du Forum du Pacifique Sud ont adopté en août 1985 le traité de Rarotonga, inspiré du traité de dénucléarisation de l'Amérique latine de 1967. Ce traité vise au premier chef la France, en raison des essais nucléaires qu'elle poursuit depuis 1963 en Polynésie. La position inutilement cassante de la France à ce sujet, son incapacité à dialoguer avec les micro-États parvenus à l'indépendance [2] ont fini par lever un sentiment antifrançais aggravé par l'affaire du *Rainbow Warrior* en 1985, et qui a mis du temps à se dissiper. Les retombées les plus directes

1. Sur les développements de la question néo-calédonienne en France, cf. *supra*, p. 331-334.

2. La création d'un secrétariat d'État au Pacifique Sud, dans le gouvernement Chirac formé en 1986, traduit un regain d'intérêt de la France pour cette région et le début d'une attitude plus coopérative, même si ce secrétariat n'a pas été reconduit en 1988.

du traité de Rarotonga concernent pourtant les États-Unis. Le traité interdit en effet aux pays signataires de posséder des armes atomiques, mais les laisse libres d'autoriser ou de refuser le transit des navires à propulsion nucléaire ou transportant des armes de ce type. Or l'Australie a maintenu ses autorisations, à la différence de la Nouvelle-Zélande qui, depuis 1985, refuse le droit d'escale. Cela revient à une rupture de fait de l'ANZUS, le traité liant depuis 1951 les États-Unis à l'Australie et à la Nouvelle-Zélande, rupture compensée, il est vrai, par un renforcement de la coopération militaire américano-australienne.

L'équilibre est délicat entre les aspirations des grandes et moyennes puissances et les revendications des micro-États. Mais la percée soviétique et la virulence du mouvement antinucléaire ne suffisent pas à compromettre les chances d'une région promise à un bel avenir de coresponsabilité internationale, propre à concourir au monde... pacifique de demain.

Orientation bibliographique[1]

TOME IV

Outre les titres cités en note ou mentionnés ci-après, il est nécessaire de rappeler que l'étude d'une période aussi récente ne se conçoit pas sans le recours à des revues ou périodiques de haut niveau. Parmi ceux qui ont paru indispensables, on peut indiquer : *Commentaire*, *Le Débat*, *The Economist*, *Esprit*, *Hérodote*, *L'Histoire*, *Vingtième Siècle*.

Une mention spéciale revient aux publication annuelles, depuis 1981, du *Rapport Ramsès*, réalisé dans le cadre de l'Institut français des relations internationales.

On y ajoutera les Bilans économiques et sociaux, ainsi que les Dossiers et documents du *Monde*, et certaines publications annuelles de la Documentation française.

Enfin, *La Revue française d'Économie* et *Politique internationale* sont des publications capables de rivaliser avec les revues anglo-saxonnes tout en demeurant accessibles aux non-spécialistes.

★

I. L'évolution économique générale et la crise ouverte en 1973 sont retracées dans deux rapports du CEPII, *Économie mondiale : la montée des tensions*, Economica, 1983, et *Économie mondiale 1980/1990 : la fracture ?*, Economica, 1984 ; J.H. David, *Crise financière et Relations monétaires internationales*, Economica, 1985 ; P.A. Gourevitch, *Politics in Hard Times : Comparative Responses to International Economic Crisis*, New York, Cornell University Press, 1986 ; D. Bell et I. Kristoll, *The Crisis in Economic Theory*, New

1. Comme dans les tomes précédents, il n'a été retenu que des travaux récents, d'une valeur scientifique reconnue et, dans la mesure du possible, écrits ou traduits en français. Sauf mention contraire, il s'agit d'ouvrages édités à Paris.

York, Basic Books, 1981. Y. Gauthier, *La Crise mondiale de 1973 à nos jours*, Bruxelles, Éd. Complexe, 1989, est une excellente mise au point.

Pour les principaux pays, on retiendra S. Bowles, *Beyond the Waste Land, a Democratic Alternative to Economic Decline*, New York, Anchor Press, 1983 ; B. Keizer, *Le Modèle économique allemand, mythe et réalité*, Documentation française, 1979 ; J. Fourastié, *D'une France à l'autre, avant et après les trente glorieuses*, Fayard, 1987 ; C. Sautter, *Les Dents du Géant, le Japon à la conquête du monde*, Olivier Orban, 1987 ; A. Grosser (sous la dir. de), *Les Pays d'Europe occidentale*, Notes et Études documentaires, série annuelle ; M. Labori, *L'Europe des douze, une puissance mondiale en devenir*, Ellipses, 1985.

Sur les pays d'économie dirigée, G. Schöppflin, *The Soviet Union and Eastern Europe*, Londres, Blond and White, 1986 ; B. Kerblay, *Les Soviétiques des années 80*, A. Colin, 1985 ; M. Blecher, *China : Politics, Economics and Society*, Londres, Pinter, 1986 ; C. Cado et M. Nakajima, *Stratégie chinoise ou la mue du dragon*, Éd. Autrement, 1986.

Sur le Tiers Monde et les relations Nord-Sud, B. Stern, *Un nouvel ordre économique international*, Economica, 1983 ; P. Lenoir, *Le Tiers Monde peut se nourrir*, Fayard, 1984 ; A. Gauthier, *Les Pays ateliers d'Extrême-Orient*, Bréal, 1981 ; E. Jouve, *Le Tiers Monde dans la vie internationale*, Berger-Levrault, 1983.

II. Sur l'ampleur des mutations sociales et culturelles on peut extraire, d'une très abondante bibliographie, G.F. Gaus et S. Benn, *Public and Private in Social Life*, Londres, Croom Helm, 1983 ; M. Crozier, *La Société bloquée*, Éd. du Seuil, 1980 ; J. Baudrillard, *La Société de consommation, ses mythes et ses structures*, Gallimard, 1986 ; E. Mossé, *Les Riches et les Pauvres*, Éd. du Seuil, 1985 ; F. Guéry, *La Société industrielle et ses ennemis*, Olivier Orban, 1989 ; O. Mongin, *La Peur du vide : essai sur les passions démocratiques*, Éd. du Seuil, 1991 ; F. Balle, *Médias et Sociétés*, Monchrestien, 1985 ; A. Ehrenberg, *L'Obsession de la performance*, Calmann-Lévy, 1991 ; P. Yonnet, *Jeux, modes et masse*, Gallimard, 1985. A. Prost et G. Vincent (sous la dir. de), *Histoire de la vie privée*, Éd. du Seuil, 1989, t. V ; J. Ellul, *L'Empire du non-sens : l'art dans les sociétés techniciennes*, PUF, 1980 ; J. Gritti, *Le Pape à la une : nouveaux visages de la papauté*, Salvator, 1986 ; J. Vernette, *Sectes et Réveil religieux : quand l'Occident s'éveille*, Salvator, 1976.

III. L'évolution intérieure des principaux États est retracée par P. Mélandri et J. Portes, *Histoire intérieure des États-Unis au XXe siècle*, Masson, 1991 ; B. Clad, *Jimmy Carter in Search of the Great White House*, New York, Norton, 1980 ; P. Mélandri, *Reagan. Une biographie totale*, Robert Laffont, 1988 ; G. Sorman, *La Révolution conservatrice américaine*, Fayard, 1983 ; N.N. Bernheim, *Les Années Reagan*, Stock, 1984 ; M.-F. Toinet, *Le Système politique américain*, PUF, 1986. Sur le Japon, E. Reischauer, *Histoire du Japon et des Japonais*, Éd. du Seuil, coll. « Points », 1988, t. II (*De 1945 à nos jours*) ; K. van Wolferen, *L'Énigme de la puissance japonaise*, Hachette, coll. « Pluriel », 1981 ; J.-F. Sabouret, *L'état du Japon*, La Découverte, 1988.

Pour les pays d'Europe occidentale, J. Leruez, *Gouvernement et Politique en Grande-Bretagne*, Presses de la FNSP, 1989 ; M. Charlot, *L'Effet Thatcher*, Economica, 1989 ; J. Guiffan, *La Question d'Irlande*, Bruxelles, Éd. Complexe, 1989. A. Grosser, *L'Allemagne en Occident. La République fédérale quarante après*, Fayard, 1985 ; A.-M. Le Gloannec, *La Nation orpheline. Les Allemagnes en Europe*, Hachette, coll. « Pluriel », 1989 ; H. Ménudier (sous la dir. de), *La République fédérale allemande dans les relations internationales*, Bruxelles, Éd. Complexe, 1990. Sur l'Italie, à défaut d'ouvrages français récents, P. Ginsborg, *A History of Contemporary Italy : Society and Politics : 1943-1988*, Londres, Penquin, 1990, et D. Sasson, *Contemporary Italy, Politics, Economy and Society since 1945*, Londres, Longman, 1986. Sur les pays de la péninsule ibérique, G. Hermet, *L'Espagne au XXe siècle*, PUF, 1986, et J. Marcade, *Le Portugal au XXe siècle, 1910-1985*, PUF, 1988.

Pour la France, J.-L. Monneron et A. Rowley, *Les 25 ans qui ont transformé la France*, « Histoire du peuple français », Nouvelle Librairie de France, 1986, t. VI ; J. Chapsal et A. Lancelot, *La Vie politique sous la Ve République*, PUF, coll. « Thémis », 1987, t. II (1974-1987) ; P. Favier et M. Martin-Roland, *La Décennie Mitterrand*, Éd. du Seuil, 1989-1991, 2 vol.

Sur l'Union soviétique et les pays de l'Est, N. Werth, *Histoire de l'Union soviétique*, PUF, coll. « Thémis », 1990 ; A. Avtorkhanov, *La Méthode Brejnev, Analyse et Histoire d'un règne*, Fayard, 1981 ; H. Carrère d'Encausse, *Le Pouvoir confisqué : gouvernés et gouvernants en URSS*, Flammarion, 1981 ; M. Tatu, *Gorbatchev : l'URSS va-t-elle changer ?*, Fayard, 1987 ; F. Thom, *Le Moment Gorbatchev*, Hachette, coll. « Pluriel », 1989 ; « L'URSS de Gorbatchev », revue *Pouvoirs*, n° 45, 1988 ; J. Rupnik, *L'Autre Europe. Crise et fin du communisme*, Odile Jacob, 1990 ; F. Fejtö et E. Kulesza, *La Fin des démocraties populaires. Les chemins du post-communisme*, Éd. du Seuil, 1992.

Sur la Chine, les synthèses récentes de M.-C. Bergère, *La République populaire de Chine de 1949 à nos jours*, A. Colin, 1987 ; J.-L. Domenach et P. Richer, *La Chine (1949-1985)*, Imprimerie nationale, série « Notre siècle », 1987 ; et surtout M.-C. Bergère, L. Bianco et J. Domes (sous la dir. de), *La Chine au XXe siècle*, Fayard, 1990, t. II (*De 1949 à nos jours*).

IV. Sur les relations internationales et particulièrement les rapports Est-Ouest, les ouvrages de J.-M. Le Breton, *Les Relations internationales depuis 1968*, Nathan, 1988 ; E. Berg, *La Politique internationale depuis 1955*, Economica, 1990 ; P. Moreau Defarges, *Les Relations internationales dans le monde d'aujourd'hui*, Éd. STH, 1991 ; Ch. Zorgbibe, *Chronologie des relations internationales depuis 1945*, PUF, coll. « Thémis », 1991 ; P. Mélandri, *La Politique extérieure des États-Unis*, PUF, 1982 ; H. Carrère d'Encausse, *Ni paix ni guerre, Le nouvel Empire soviétique ou du bon usage de la détente*, Flammarion, coll. « Champs », 1987 ; P. Wajsman, *L'Illusion de la détente*, PUF, 1977 ; F. de Rose et H. Carrère d'Encausse (sous la dir. de), *Après la détente*, Hachette, coll. « Pluriel », 1982 ; A. Fontaine, *L'Un sans l'autre*, Fayard, 1991. Sur les problèmes stratégiques, J. Vernant, *Les Relations internationales à l'âge nucléaire*, La Découverte, 1987 ; T. Garcin, *Les Nouvelles Menaces militaires*, Economica, 1986 ; P. Moreau Defarges, *Problèmes stratégiques contemporains*, Hachette, 1992.

Sur le Moyen-Orient, B. Lewis, *Le Retour à l'Islam*, Gallimard, 1985 ; P. Rondot, *Le Proche-Orient à la recherche de la paix, 1973-1982*, PUF, 1982 ; H. Laurens, *Le Grand Jeu. Orient arabe et rivalités internationales*, A. Colin, 1991 ; G. Corm, *Le Proche-Orient éclaté*, Gallimard, 1991 ; N. Benjelloul-Ollivier, *La Palestine, un enjeu, des stratégies, un destin*, Presses de la FNSP, 1984 ; N. Picadou, *La Déchirure libanaise*, Bruxelles, Éd. Complexe, 1989 ; P. Balta, *Irak-Iran, Une guerre de 5 000 ans*, Anthropos, 1987 ; B. Kodmani-Darwish et M. Chartouni-Dubarry, *Golfe et Moyen-Orient, Les conflits*, Dunod, 1991 ; Ch. Haghighat, *Histoire de la crise du Golfe*, Bruxelles, Éd. Complexe, 1992.

Pour l'Afrique du Nord, F. Burgat, *L'Islamisme au Maghreb*, Khartala, 1988 ; P. Balta, *Le Grand Maghreb, des indépendances à l'an 2 000*, La Découverte, 1990 ; T. Hodges, *Sahara occidental : origines et enjeux d'une guerre du désert*, L'Harmattan, 1987. Sur l'Afrique noire, P. Decraene, *Vieille Afrique, jeunes nations*, PUF, 1982 ; C. Coquery-Vidrovitch, *Afrique noire, permanences et ruptures*, Payot, 1985 ; P. Haski, *L'Afrique blanche, Histoire et enjeux de l'apartheid*, Éd. du Seuil, 1987 ; I.W. Zartman, *La Résolution des conflits en Afrique*, L'Harmattan, 1990 ; A. Bourgi et Ch. Casteran, *Le Printemps de l'Afrique*, Hachette, coll. « Pluriel », 1991.

Sur l'Amérique latine, M. Lemoine, *Les 100 Portes de l'Amérique latine*, Éd. Autrement, 1988 ; Ph. Rouquié, *Amérique latine. Introduction à l'Extrême-Occident*, Éd. du Seuil, 1987 ; P. Vayssière, *Les Révolutions d'Amérique latine*, Éd. du Seuil, coll. « Points », 1991 ; A. Destexhe, *L'Amérique centrale : enjeux politiques*, Bruxelles, Éd. Complexe, 1989.

Sur l'Asie-Pacifique, « Géopolitique en Asie des moussons », *Hérodote*, n° 49, La Découverte, 1988 ; J.-A. Bernard, *L'Inde : le pouvoir et la puissance*, Fayard, 1985 ; Ph. Richer, *L'Asie du Sud-Est, indépendances et communismes*, Imprimerie nationale, série « Notre siècle », 1981 ; Idem, *Jeu de Quatre en Asie du Sud-Est*, PUF, 1982 ; H. Mazeran, *L'Océan Indien, un enjeu pour l'Occident*, PUF, 1987 ; H. Couteau-Bégarie, *Géostratégie du Pacifique*, Economica, 1987.

Index par pays

Index des noms

Table

3. L'ÉVOLUTION DES ÉTATS

4. LES MUTATIONS DE LA SOCIÉTÉ INTERNATIONALE

COMPOSITION : CHARENTE-PHOTOGRAVURE À L'ISLE D'ESPAGNAC
IMPRESSION : MAURY-EUROLIVRES MANCHECOURT (LOIRET)
DÉPÔT LÉGAL : MARS 1992 - N° 14622 (92.02.M0402)

Collection Points

SÉRIE HISTOIRE

H1. Histoire d'une démocratie : Athènes
Des origines à la conquête macédonienne
par Claude Mossé
H2. Histoire de la pensée européenne
1. L'éveil intellectuel de l'Europe du IXe au XIIe siècle
par Philippe Wolff
H3. Histoire des populations françaises et de leurs attitudes devant la vie depuis le XVIIIe siècle
par Philippe Ariès
H4. Venise, portrait historique d'une cité
par Philippe Braunstein et Robert Delort
H5. Les Troubadours, *par Henri-Irénée Marrou*
H6. La Révolution industrielle (1770-1880)
par Jean-Pierre Rioux
H7. Histoire de la pensée européenne
4. Le siècle des Lumières
par Norman Hampson
H8. Histoire de la pensée européenne
3. Des humanistes aux hommes de science
par Robert Mandrou
H9. Histoire du Japon et des Japonais
1. Des origines à 1945, *par Edwin O. Reischauer*
H10. Histoire du Japon et des Japonais
2. De 1945 à 1970, *par Edwin O. Reischauer*
H11. Les Causes de la Première Guerre mondiale
par Jacques Droz
H12. Introduction à l'histoire de notre temps
L'Ancien Régime et la Révolution
par René Rémond
H13. Introduction à l'histoire de notre temps
Le XIXe siècle, *par René Rémond*
H14. Introduction à l'histoire de notre temps
Le XXe siècle, *par René Rémond*
H15. Photographie et Société, *par Gisèle Freund*
H16. La France de Vichy (1940-1944)
par Robert O. Paxton
H17. Société et Civilisation russes au XIXe siècle
par Constantin de Grunwald
H18. La Tragédie de Cronstadt (1921), *par Paul Avrich*
H19. La Révolution industrielle du Moyen Age
par Jean Gimpel
H20. L'Enfant et la Vie familiale sous l'Ancien Régime
par Philippe Ariès

H21. De la connaissance historique
par Henri-Irénée Marrou
H22. André Malraux, une vie dans le siècle
par Jean Lacouture
H23. Le Rapport Krouchtchev et son histoire
par Branko Lazitch
H24 Le Mouvement paysan chinois (1840-1949)
par Jean Chesneaux
H25. Les Misérables dans l'Occident médiéval
par Jean-Louis Goglin
H26. La Gauche en France depuis 1900
par Jean Touchard
H27. Histoire de l'Italie du Risorgimento à nos jours
par Sergio Romano
H28. Genèse médiévale de la France moderne, XIVe-XVe siècle
par Michel Mollat
H29. Décadence romaine ou Antiquité tardive, IIIe-VIe siècle
par Henri-Irénée Marrou
H30. Carthage ou l'Empire de la mer
par François Decret
H31. Essais sur l'histoire de la mort en Occident
du Moyen Age à nos jours, *par Philippe Ariès*
H32. Le Gaullisme (1940-1969), *par Jean Touchard*
H33. Grenadou, paysan français
par Ephraïm Grenadou et Alain Prévost
H34. Piété baroque et Déchristianisation en Provence
au XVIIIe siècle, *par Michel Vovelle*
H35. Histoire générale de l'Empire romain
1. Le Haut-Empire, *par Paul Petit*
H36. Histoire générale de l'Empire romain
2. La crise de l'Empire, *par Paul Petit*
H37. Histoire générale de l'Empire romain
3. Le Bas-Empire, *par Paul Petit*
H38. Pour en finir avec le Moyen Age
par Régine Pernoud
H39. La Question nazie, *par Pierre Ayçoberry*
H40. Comment on écrit l'histoire, *par Paul Veyne*
H41. Les Sans-culottes, *par Albert Soboul*
H42. Léon Blum, *par Jean Lacouture*
H43. Les Collaborateurs (1940-1945), *par Pascal Ory*
H44. Le Fascisme italien (1919-1945)
par Pierre Milza et Serge Berstein
H45. Comprendre la révolution russe, *par Martin Malia*
H46. Histoire de la pensée européenne
6. L'ère des masses, *par Michaël D. Biddiss*
H47. Naissance de la famille moderne, *par Edward Shorter*
H48. Mythe de la procréation à l'âge baroque
par Pierre Darmon

H49. Histoire de la bourgeoisie en France
1. Des origines aux temps modernes
par Régine Pernoud
H50. Histoire de la bourgeoisie en France
2. Les temps modernes, *par Régine Pernoud*
H51. Histoire des passions françaises (1848-1945)
1. Ambition et amour, *par Theodore Zeldin*
H52. Histoire des passions françaises (1848-1945)
2. Orgueil et intelligence, *par Theodore Zeldin* (épuisé)
H53. Histoire des passions françaises (1848-1945)
3. Goût et corruption, *par Theodore Zeldin*
H54 Histoire des passions françaises (1848-1945)
4. Colère et politique, *par Theodore Zeldin*
H55. Histoire des passions françaises (1848-1945)
5. Anxiété et hypocrisie, *par Theodore Zeldin*
H56. Histoire de l'éducation dans l'Antiquité
1. Le monde grec, *par Henri-Irénée Marrou*
H57. Histoire de l'éducation dans l'Antiquité
2. Le monde romain, *par Henri-Irénée Marrou*
H58. La Faillite du Cartel, 1924-1926
(Leçon d'histoire pour une gauche au pouvoir)
par Jean-Noël Jeanneney
H59. Les Porteurs de valises, *par Hervé Hamon et Patrick Rotman*
H60. Histoire de la guerre d'Algérie, 1954-1962
par Bernard Droz et Évelyne Lever
H61. Les Occidentaux, *par Alfred Grosser*
H62. La Vie au Moyen Age, *par Robert Delort*
H63. Politique étrangère de la France (La Décadence, 1932-1939)
par Jean-Baptiste Duroselle
H64. Histoire de la guerre froide
1. De la révolution d'Octobre à la guerre de Corée, 1917-1950
par André Fontaine
H65. Histoire de la guerre froide
2. De la guerre de Corée à la crise des alliances,1950-1963
par André Fontaine
H66. Les Incas, *par Alfred Métraux*
H67. Les Écoles historiques, *par Guy Bourdé et Hervé Martin*
H68. Le Nationalisme français, 1871-1914, *par Raoul Girardet*
H69. La Droite révolutionnaire, 1885-1914, *par Zeev Sternhell*
H70. L'Argent caché, *par Jean-Noël Jeanneney*
H71. Histoire économique de la France du XVIIIe siècle à nos jours
1. De l'Ancien Régime à la Première Guerre mondiale
par Jean-Charles Asselain
H72. Histoire économique de la France du XVIIIe siècle à nos jours
2. De 1919 à la fin des années 1970
par Jean-Charles Asselain
H73. La Vie politique sous la IIIe République
par Jean-Marie Mayeur

H74. La Grèce archaïque d'Homère à Eschyle, *par Claude Mossé*
H75. Histoire de la « détente », 1962-1981
par André Fontaine
H76. Études sur la France de 1939 à nos jours
par la revue « L'Histoire »
H77. L'Afrique au XXe siècle, *par Elikia M'Bokolo*
H78. Les Intellectuels au Moyen Age, *par Jacques Le Goff*
H79. Fernand Pelloutier, *par Jacques Julliard*
H80. L'Église des premiers temps, *par Jean Daniélou*
H81. L'Église de l'Antiquité tardive
par Henri-Irénée Marrou
H82. L'Homme devant la mort
1. Le temps des gisants, *par Philippe Ariès*
H83. L'Homme devant la mort
2. La mort ensauvagée, *par Philippe Ariès*
H84. Le Tribunal de l'impuissance, *par Pierre Darmon*
H85. Histoire générale du XXe siècle
1. Jusqu'en 1949. Déclins européens
par Bernard Droz et Anthony Rowley
H86. Histoire générale du XXe siècle
2. Jusqu'en 1949. La naissance du monde contemporain
par Bernard Droz et Anthony Rowley
H87. La Grèce ancienne, *par la revue « L'Histoire »*
H88. Les Ouvriers dans la société française
par Gérard Noiriel
H89. Les Américains de 1607 à nos jours
1. Naissance et essor des États-Unis, 1607 à 1945
par André Kaspi
H90. Les Américains de 1607 à nos jours
2. Les États-Unis de 1945 à nos jours, *par André Kaspi*
H91. Le Sexe et l'Occident, *par Jean-Louis Flandrin*
H92. Le Propre et le Sale, *par Georges Vigarello*
H93. La Guerre d'Indochine, 1945-1954
par Jacques Dalloz
H94. L'Édit de Nantes et sa révocation
par Janine Garrisson
H95. Les Chambres à gaz, secret d'État
par Eugen Kogon, Hermann Langbein et Adalbert Rückerl
H96. Histoire générale du XXe siècle
3. Depuis 1950. Expansion et indépendance (1950-1973)
par Bernard Droz et Anthony Rowley
H97. La Fièvre hexagonale, 1871-1968
par Michel Winock
H98. La Révolution en questions, *par Jacques Solé*
H99. Les Byzantins, *par Alain Ducellier*
H100. Les Croisades, *par la revue « L'Histoire »*
H101. La Chute de la monarchie (1787-1792)
par Michel Vovelle

H102. La République jacobine (10 août 1792 - 9 Thermidor an II)
par Marc Bouloiseau
H103. La République bourgeoise
(de Thermidor à Brumaire, 1794-1799), *par Denis Woronoff*
H104. La France napoléonienne (1799-1815)
1. Aspects intérieurs, *par Louis Bergeron*
H105. La France napoléonienne (1799-1815)
2. Aspects extérieurs, *par Roger Dufraisse* (à paraître)
H106. La France des notables (1815-1848)
1. L'évolution générale, *par André Jardin et André-Jean Tudesq*
H107. La France des notables (1815-1848)
2. La vie de la nation, *par André Jardin et André-Jean Tudesq*
H108. 1848 ou l'Apprentissage de la république (1848-1852)
par Maurice Agulhon
H109. De la fête impériale au mur des Fédérés (1852-1871)
par Alain Plessis
H110. Les Débuts de la Troisième République (1871-1898)
par Jean-Marie Mayeur
H111. La République radicale ? (1898-1914)
par Madeleine Rebérioux
H112. Victoire et Frustrations (1914-1929)
par Jean-Jacques Becker et Serge Berstein
H113. La Crise des années 30 (1929-1938)
par Dominique Borne et Henri Dubief
H114. De Munich et à Libération (1938-1944)
par Jean-Pierre Azéma
H115. La France de la Quatrième République (1944-1958)
1. L'ardeur et la nécessité (1944-1952), *par Jean-Pierre Rioux*
H116. La France de la Quatrième République (1944-1958)
2. L'expansion et l'impuissance (1952-1958)
par Jean-Pierre Rioux
H117. La France de l'expansion (1958-1974)
1. La République gaullienne (1958-1969), *par Serge Berstein*
H118. La France de l'expansion (1958-1974)
2. Croissance et crise (1969-1974)
par Serge Berstein et Jean-Pierre Rioux (à paraître)
H119. La France de 1974 à nos jours
par Jean-Jacques Becker (à paraître)
H120. Le XXe Siècle français, documents (à paraître)
H121. Les Paysans dans la société française, *Annie Moulin*
H122. Portrait historique de Christophe Colomb
par Marianne Mahn-Lot
H123. Vie et Mort de l'ordre du Temple, *par Alain Demurger*
H124. La Guerre d'Espagne, *par Guy Hermet*
H125. Histoire de France, *sous la direction de Jean Carpentier et François Lebrun*
H126. Empire colonial et Capitalisme français
par Jacques Marseille

H127. Genèse culturelle de l'Europe (Ve-VIIIe siècle)
par Michel Banniard
H128. Les Années trente, *par la revue « L'Histoire »*
H129. Mythes et Mythologies politiques, *par Raoul Girardet*
H130. La France de l'an Mil, *collectif*
H131. Nationalisme, Antisémitisme et Fascisme en France
par Michel Winock
H132. De Gaulle 1. Le rebelle (1890-1944)
par Jean Lacouture
H133. De Gaulle 2. Le politique (1944-1959)
par Jean Lacouture
H134. De Gaulle 3. Le souverain (1959-1970)
par Jean Lacouture
H135. Le Syndrome de Vichy, *par Henri Rousso*
H136. Chronique des années soixante, *par Michel Winock*
H137. La Société anglaise, *par François Bédarida*
H138. L'Abîme 1939-1944. La politique étrangère de la France
par Jean-Baptiste Duroselle
H139. La Culture des apparences, *par Daniel Roche*
H140. Amour et Sexualité en Occident, *par la revue « L'Histoire »*
H141. Le Corps féminin, *par Philippe Perrot*
H142. Les Galériens, *par André Zysberg*
H143. Histoire de l'antisémitisme 1. L'âge de la foi
par Léon Poliakov
H144. Histoire de l'antisémitisme 2. L'âge de la science
par Léon Poliakov
H145. L'Épuration française (1944-1949), *par Peter Novick*
H146. L'Amérique latine au XXe siècle (1889-1929)
par Leslie Manigat
H147. Les Fascismes, *par Pierre Milza*
H148. Histoire sociale de la France au XIXe siècle
par Christophe Charle
H149. L'Allemagne de Hitler, *par la revue « L'Histoire »*
H150. Les Révolutions d'Amérique latine, *par Pierre Vayssière*
H151. Le Capitalisme « sauvage » aux États-Unis (1860-1900)
par Marianne Debouzy
H152. Concordances des temps, *par Jean-Noël Jeanneney*
H153. Diplomatie et Outil militaire
par Jean Doise et Maurice Vaïsse
H154. Histoire des démocraties populaires
1. L'ère de Staline, *par François Fejtö*
H155. Histoire des démocraties populaires
2. Après Staline, *par François Fejtö*
H156. La Vie fragile, *par Arlette Farge*
H157. Histoire de l'Europe, *sous la direction de Jean Carpentier et François Lebrun*
H158. L'État SS, *par Eugen Kogon*
H159. L'Aventure de l'Encyclopédie, *par Robert Darnton*

70. Autocritique, *par Edgar Morin*
71. Nouveau Guide du militant, *par Denis Langlois* (épuisé)
72. Les Syndicats en France, t. 1, *par Jean-Daniel Reynaud* (épuisé)
73. Les Syndicats en France, t. 2, textes et documents *par Jean-Daniel Reynaud*
74. Force ouvrière, *par Alain Bergounioux*
75. De l'aide à la recolonisation, *par Tibor Mende*
76. Le Patronat, histoire, structure, stratégie du CNPF *par Bernard Brizay*
77. Lettre à une étudiante, *par Alain Touraine*
78. Sur la France, *par Stanley Hoffmann*
79. La Cuisinière et le Mangeur d'hommes *par André Glucksmann*
80. L'Age de l'autogestion, *par Pierre Rosanvallon*
81. Les Classes sociales dans le capitalisme aujourd'hui *par Nicos Poulantzas*
82. Regards froids sur la Chine, *ouvrage collectif*
83. Théorie politique, *par Saint-Just*
84. La Crise des dictatures, *par Nicos Poulantzas* (épuisé)
85. Les Dégâts du progrès, *par la CFDT*
86. Les Sommets de l'État, *par Pierre Birnbaum*
87. Du contrat social, *par Jean-Jacques Rousseau*
88. L'Enfant et la Raison d'État, *par Philippe Meyer*
89. Écologie et Politique, *par A. Gorz et M. Bosquet*
90. Les Racines du libéralisme, *par Pierre-François Moreau*
91. Syndicat libre en URSS *par le Comité international contre la répression*
92. L'Informatisation de la société, *par Simon Nora et Alain Minc*
93. Manuel de l'animateur social, *par Saül Alinsky*
94. Mémoires d'un révolutionnaire, *par Victor Serge*
95. Les Partis politiques en Europe, *par François Borella*
96. Le Libéralisme, *par Georges Burdeau*
97. Parler vrai, *par Michel Rocard*
98. Mythes révolutionnaires du tiers monde, *par Gérard Chaliand*
99. Qu'est-ce que la social-démocratie ?, *par la revue « Faire »*
100. La Démocratie et les Partis politiques *par Moisei Ostrogorski*
101. Crise et Avenir de la classe ouvrière *par la revue « Faire »* (épuisé)
102. Le Socialisme des intellectuels, *par Jan Waclav Makhaïski*
103. Reconstruire l'espoir, *par Edmond Maire*
104. Le Tertiaire éclaté, *par la CFDT*
105. Le Reflux américain, *par la revue « Faire »*
106. Les Pollueurs, *par Anne Guérin-Henni*
107. Qui a peur du tiers monde ? *par Jean-Yves Carfantan et Charles Condamines*
108. La Croissance… de la famine, *par René Dumont*
109. Stratégie de l'action non violente, *par Jean-Marie Muller*

110. Retournez les fusils !, *par Jean Ziegler*
111. L'Acteur et le Système, *par Michel Crozier et Erhard Friedberg*
112. Adieux au prolétariat, *par André Gorz*
113. Nos droits face à l'État, *par Gérard Soulier*
114. Les Partis politiques, *par Maurice Duverger*
115. Les « Disparus », *par Amnesty International*
116. L'Afrique étranglée, *par René Dumont, et Marie-France Mottin*
117. La CGT, *par René Mouriaux*
118. Le Mal-développement en Amérique latine *par René Dumont et Marie-France Mottin*
119. Les Assassinats politiques, *par Amnesty International*
120. Vaincre la faim, c'est possible *par Jean-Yves Carfantan et Charles Condamines*
121. La Crise de l'État-providence, *par Pierre Rosanvallon*
122. La Deuxième Gauche, *par Hervé Hamon et Patrick Rotman*
123. Les Origines du totalitarisme. 1. Sur l'antisémitisme *par Hannah Arendt*
124. La Torture, *par Amnesty International*
125. Les Origines du totalitarisme. 2. L'Impérialisme *par Hannah Arendt*
126. Les Rebelles, *par Jean Ziegler*
127. Le Pari français, *par Michel Albert*
128. La Fin des immigrés *par Françoise Gaspard et Claude Servan-Schreiber*
129. Les Régimes politiques occidentaux *par Jean-Louis Quermonne*
130. A l'épreuve des faits, *par Michel Rocard*
131. Introduction aux relations internationales *par Jacques Huntzinger*
132. Individu et Justice sociale. Autour de John Rawls *ouvrage collectif*
133. Mai 68. Histoire des événements, *par Laurent Joffrin*
134. Le Libéralisme économique, *par Pierre Rosanvallon*
135. Un pays comme le nôtre, *par Michel Rocard*
136. La Nouvelle France, *par Emmanuel Todd*
137. Les Juges dans la balance, *par Daniel Soulez Larivière*
138. Les Cadets de la droite, *par Jacques Frémontier*
139. La République des fonctionnaires, *par Thierry Pfister*
140. La Question immigrée *par Jacques Voisard et Christiane Ducastelle*
141. L'Impuissance publique, *par Denis Olivennes et Nicolas Baverez*
142. La Presse en France, *par Jean-Marie Charon*
143. L'Appareil administratif de l'État *par Jean-Louis Quermonne*
144. Essais politiques, *par Václav Havel*
145. Le Parti des patrons, *par Henri Weber*
146. Un monde intolérable, *par René Dumont*

H160. Histoire générale du XXe siècle
4. Crises et mutations de 1973 à nos jours
par Bernard Droz et Anthony Rowley
H161. Le Creuset français, *par Gérard Noiriel*

H201. Les Origines franques (Vᵉ-IXᵉ siècle), *par Stéphane Lebecq*
H202. L'Héritage des Charles (de la mort de Charlemagne aux environs de l'an mil), *par Laurent Theis*
H203. L'Ordre seigneurial (XIᵉ-XIIᵉ siècle), *par Dominique Barthélemy*
H204. Temps d'équilibres, Temps de ruptures
par Monique Bourin-Derruau
H205. Temps de crises, Temps d'espoirs, *par Alain Demurger*
H206. La France et l'Occident médiéval
de Charlemagne à Charles VIII, *par Robert Delort*
H207. Royaume, Renaissance et Réforme (1483-1559)
par Janine Garrisson
H208. Guerre civile et Compromis (1559-1598)
par Janine Garrisson
H209. La Naissance dramatique de l'absolutisme (1598-1661)
par Yves-Marie Bercé (à paraître)
H210. La Puissance et la Guerre (1661-1715), *par André Zysberg*
(à paraître)
H211. L'État et les Lumières (1715-1783), *par André Zysberg*
(à paraître)

Collection Points

SÉRIE POLITIQUE

DERNIERS TITRES PARUS

39. La Pensée politique arabe contemporaine
par Anouar Abdel-Malek
40. Pour le nouveau parti socialiste, *par Alain Savary*
41. Autogestion, *par Daniel Chauvey*
42. Un socialisme du possible, *par François Mitterrand* (épuisé)
43. La CFDT, *ouvrage collectif* (épuisé)
44. Paris libre 1871, *par Jacques Rougerie*
45. Les Nouveaux Intellectuels
par F. Bon et M.-A. Burnier (épuisé)
46. Les Origines du gauchisme, *par Richard Gombin*
47. La Société bloquée, *par Michel Crozier*
48. Classe ouvrière et Révolution
par F. Bon et M.-A. Burnier (épuisé)
49. Histoire des démocraties populaires
1. L'ère de Staline, *par François Fejtö*
50. Histoire des démocraties populaires
2. Après Staline, *par François Fejtö*
51. La Faute à Voltaire, *par Nelcya Delanoë*
52. Géographie de la faim, *par Josué de Castro*
53. Le Système totalitaire, *par Hannah Arendt*
54. Le Communisme utopique, *par Alain Touraine*
55. Japon, troisième grand, *par Robert Guillain*
56. Les Partis politiques dans la France d'aujourd'hui
par François Borella
57. Pour un nouveau contrat social, *par Edgar Faure*
58. Le Marché commun contre l'Europe
par Bernard Jaumont, Daniel Lenègre et Michel Rocard (épuisé)
59. Le Métier de militant, *par Daniel Mothé*
60. Chine-URSS, *par François Fejtö*
61. Critique de la division du travail, *par André Gorz*
62. La Civilisation au carrefour, *par Radovan Richta*
63. Les Cinq Communismes, *par Gilles Martinet* (épuisé)
64. Bilan et Perspectives, *par Léon Trotski*
65. Pour une sociologie politique, t. 1
par Jean-Pierre Cot et Jean-Pierre Mounier
66. Pour une sociologie politique, t. 2
par Jean-Pierre Cot et Jean-Pierre Mounier
67. L'Utopie ou la Mort, *par René Dumont*
68. Fascisme et Dictature, *par Nicos Poulantzas*
69. Mao Tsé-toung et la Construction du socialisme
textes inédits traduits et présentés par Hu Chi-hsi